UNA PERDICIÓN DE RUINA Y FURIA

JENNIFER L.
ARMENTROUT

UNA
PERDICIÓN
DE
RUINA
Y
FURIA

Traducción de Eva González

Argentina – Chile – Colombia – España
Estados Unidos – México – Perú – Uruguay

Título original: *Fall of Ruin and Wrath*
Editor original: Tor Publishing Group
Traducción: Eva González

1.ª edición: octubre 2023

© 2023 *by* Jennifer L. Armentrout
All Rights Reserved
Derechos de traducción gestionados por Taryn Fagerness Agency y Sandra
Bruna Agencia Literaria, SL.
© de la traducción 2023 *by* Eva González
© 2023 *by* Urano World Spain, S.A.U.
Plaza de los Reyes Magos, 8, piso 1.º C y D – 28007 Madrid
www.mundopuck.com

ISBN: 978-84-19252-41-8
E-ISBN: 978-84-19699-75-6
Depósito legal: B-14.555-2023

Fotocomposición: Ediciones Urano, S.A.U.

Impreso por: Rodesa, S.A. – Polígono Industrial San Miguel
Parcelas E7-E8 – 31132 Villatuerta (Navarra)

Impreso en España – *Printed in Spain*

Para ti, lector.

VYTRUS

HIGHGROVE

TIERRAS ALTAS

ITHACA

COLD SPRINGS

RÍO KERN

TIERRAS ORIENTALES

PRIMVERA

TIERRAS BAJAS

DE CAELUM

PRÓLOGO

Un inquietante silencio descendió sobre el dormitorio del orfanato, acallando los suaves ronquidos y las jadeantes respiraciones de aquellos que dormían en los catres. Echando de menos la cálida cama que había tenido en el Monasterio de la Piedad, apreté la manta rasposa y gastada con mis dedos doloridos. Nunca dormía bien en el suelo, por donde los ratones y las ratas solían corretear por la noche.

Pero aquella noche no había ni rastro de sus finas y rápidas colas, ni oía los rasguños de sus uñas sobre la piedra. Debería haberme alegrado de aquel descubrimiento, pero algo no parecía ir bien. Ni en el suelo sobre el que estaba acostada ni en el aire que respiraba.

Me había despertado con la piel erizada y un mal augurio en el vientre. La madre superiora me había enseñado a confiar siempre en mi sexto sentido, en lo que me decía mi intuición y en el apremio de mi instinto. Eran dones que me habían otorgado los dioses, me había dicho una y otra vez, porque yo era una hija de las estrellas.

No comprendía qué quería decir con todo eso de las estrellas, pero en ese momento mi intuición me estaba advirtiendo de que algo iba muy mal.

Miré los húmedos muros de piedra iluminados por las lámparas de gas, buscando un indicio de lo que hacía que sintiera el estómago como si hubiera comido una carne en mal estado. Junto a la puerta, una luz titiló y se apagó. La lámpara junto a la ventana chisporroteó y se extinguió mientras otra hacía lo mismo. Al otro lado del dormitorio, la última lámpara pereció.

No habían sido unos dedos los que habían extinguido la luz. Yo habría visto a cualquiera que se arriesgara a despertar la ira del patrón toqueteando las lámparas.

Mis ojos regresaron a la chimenea. Las ascuas todavía ardían, haciendo un pobre trabajo para calentar la habitación, pero no fue eso lo que llamó mi atención. El fuego… no emitía ningún sonido. Ni un chisporroteo, ni un siseo.

Un escalofrío de temor me erizó el vello de la nuca y caminó como una arañita por mi columna.

A mi lado, un bulto se movió bajo la manta. Unos mechones de cabello castaño, alborotado y rizado, aparecieron cuando Grady se giró y miró sobre el borde de la manta. Parpadeó, con ojos somnolientos.

—¿Qué haces, Lis? —murmuró. Se le rompió la voz a mitad de la frase. Le pasaba cada vez más últimamente; había empezado más o menos cuando comenzó a crecer como las malas hierbas que había en el patio detrás del hogar—. ¿Lis? —Grady se incorporó un poco, sujetándose la manta con la barbilla mientras las llamas de la chimenea seguían debilitándose—. ¿Te ha molestado el patrón otra vez?

Negué rápidamente con la cabeza, pues no había visto al patrón. Sin embargo, tenía los brazos llenos de marcas, prueba de otras noches y de sus crueles pellizcos.

Frotándose el sueño de los ojos, frunció el ceño.

—¿Has tenido una pesadilla o algo así?

—No —susurré—. El aire está raro.

—¿El aire…?

—¿Serán fantasmas? —grazné.

Él resopló.

—Los fantasmas no existen.

Entorné la mirada.

—¿Cómo lo sabes?

—Porque…

12

Grady se detuvo, miró sobre su hombro mientras las llamas de la chimenea se extinguían, dejando la habitación apenas iluminada por unas astillas de luz de luna. Giró la cabeza despacio, como si examinara el dormitorio, y entonces reparó en las lámparas apagadas. Sus enormes ojos se detuvieron en los míos.

—Están aquí.

Mi cuerpo entero se sacudió cuando una gélida oleada de terror pasó sobre mí. «Están aquí» solo podía significar una cosa.

Los Hyhborn.

Los vástagos de los dioses tenían nuestro aspecto (bueno, la *mayoría* lo tenía), pero aquellos que gobernaban el Reino del Caelum no eran como nosotros, el vulgo. No eran mortales, en absoluto.

Y no tenían ninguna razón para estar allí.

No eran las Festas, el momento en el que los Hyhborn interactuaban más abiertamente con nosotros, y aquello era el Rook. No estábamos en un lugar bonito, con cosas y personas valiosas. Allí no había nada placentero con lo que pudieran alimentarse.

—¿Qué hacen aquí? —susurré.

Grady me agarró el brazo; el frío de sus dedos atravesó mi jersey.

—No lo sé, Lis.

—¿Van...? ¿Nos harán daño?

—No tienen motivo para hacerlo. No hemos hecho nada malo. —Me hizo tumbarme, de modo que nuestras cabezas compartieron la misma almohada fina—. Cierra los ojos y finge que estás dormida. Nos dejarán en paz.

Hice lo que Grady me dijo, como había hecho siempre desde que dejó de apartarme de él, pero no podía quedarme callada. No podía evitar que el miedo siguiera acrecentándose, haciéndome pensar lo peor.

—¿Y si...? ¿Y si han venido a por mí?

Me metió la cabeza debajo de la suya.

—¿Por qué harían eso?

Me temblaron los labios.

—Porque yo… Porque no soy como tú.

—No tienes ninguna buena razón para preocuparte por eso —me aseguró, en voz baja para que los demás no pudieran oírnos—. Eso no va a importarles.

Pero ¿cómo podía estar seguro? A otra gente le importaba. A veces los ponía *nerviosos*, porque no podía evitar decir algo que veía en mi mente… algo que todavía no había ocurrido, o una decisión que aún no se había tomado. Grady estaba acostumbrado. ¿El patrón? ¿Los demás? No tanto. Me trataban como si me pasara algo malo, y el patrón me miraba a menudo como si creyera que era una bruja y como si a él… Como si le diera un poco de miedo. No lo bastante para dejar de pellizcarme, pero lo suficiente para seguir haciéndolo.

—Puede que los Hyhborn noten algo raro en mí —resollé—. Y quizá no les guste o crean que soy…

—No notarán nada. Te lo prometo.

Nos cubrió con la manta, como si eso pudiera resguardarnos de algún modo.

Pero una manta no nos protegería de los Hyhborn. Podían hacerle lo que quisieran a quien quisieran y, si se enfadaban, podían dejar en ruinas ciudades enteras.

—*Shh* —me urgió Grady—. No llores. Cierra los ojos. Todo irá bien.

Las puertas del dormitorio se abrieron con un chirrido. Entre nuestros cuerpos, Grady me apretó el brazo hasta que sentí los huesos de sus dedos. El aire se volvió de repente espeso y tenso, y las paredes gimieron como si la piedra no pudiera contener lo que se había deslizado en su interior. Un temblor me sacudió. Me sentía tan mal como la última vez que la madre superiora me tomó de la mano; aunque lo hacía a menudo, sin preocupación aparente por lo que yo pudiera ver o saber, aquel día había sido distinto: había visto a la muerte yendo a por ella.

No respiraba profundamente, pero aun así un aroma serpenteó debajo de la manta y se interpuso entre nosotros, desplazando el olor de la cerveza rancia y de demasiados cuerpos abarrotando un lugar demasiado pequeño. Era un aroma a menta que me recordó a... los caramelos que la madre superiora solía llevar en los bolsillos de su hábito. *No te muevas. No hagas ni un ruido*, me repetí, una y otra vez. *No te muevas. No hagas ni un ruido.*

—¿Cuántos hay aquí? —preguntó una voz masculina y grave.

—El número ca... cambia cada noche, lord Samriel. —Al patrón le temblaba la voz, y yo nunca lo había oído tan asustado antes. En general, era *su* voz la que nos asustaba a nosotros, pero había un lord Hyhborn entre nosotros, uno de los Hyhborn más poderosos. Aterrorizaría incluso al matón más cruel—. Normalmente ha... hay unos treinta, pero no sé de ninguno que tenga lo que están buscando.

—Eso lo decidiremos nosotros —contestó lord Samriel—. Examinadlos a todos.

Los pasos de los jinetes Hyhborn, los Rae, resonaron al ritmo de mi corazón. Lo que parecía una fina capa de hielo se asentó sobre nosotros mientras la temperatura del dormitorio bajaba.

Los Rae fueron en el pasado grandes guerreros del vulgo que cayeron en combate ante los príncipes y princesas Hyhborn. Ahora eran poco más que carne y hueso, pues sus almas fueron capturadas y retenidas por los príncipes, las princesas y el rey Euros. ¿Significaba aquello que uno de ellos estaba aquí? Me estremecí.

—Abre los ojos —ordenó lord Samriel en algún sitio de la estancia.

¿Por qué nos hacían abrir los ojos?

—¿Quiénes son? —preguntó otro. Un hombre. Lo hizo en voz muy baja, pero su voz vertía un destemplado poder en cada palabra.

—Huérfanos. Abandonados, mi señor —graznó el patrón—. Algunos vinieron del Monasterio de la Piedad —continuó—. O... Otros aparecieron sin más. No sé de dónde vienen ni dónde

15

terminan cuando desaparecen. Ninguno de ellos es un serafín, lo juro.

Ellos... ¿Creían que había un *serafín* aquí? Por eso estaban examinando los ojos, buscando la marca. Se trataba de una luz en los ojos, o eso había oído, pero no había nadie así aquí.

Me estremecí al oír los gemidos sorprendidos y los suaves gimoteos que se prolongaron varios minutos, con los ojos cerrados con fuerza mientras deseaba con toda mi alma que nos dejaran en paz. Que desaparecieran...

El aire se movió justo sobre nosotros, portando ese aroma a menta. Grady se tensó contra mí.

—Abrid los ojos —nos ordenó lord Samriel desde arriba.

Me quedé paralizada mientras Grady se incorporaba un poco, protegiéndome con su cuerpo y la manta. Le temblaba la mano con la que me rodeaba el brazo, y eso me hizo estremecerme aún más porque Grady... Él miraba a los niños mayores con valentía y se reía cuando los agentes de la ley lo perseguían por las calles. Él nunca tenía miedo.

Pero lo tenía ahora.

—Nada —anunció lord Samriel, con un suspiro grave—. ¿Y estos son todos?

El patrón se aclaró la garganta.

—Sí, estoy todo lo se... seguro que se puede es... Espere. —Sus pasos resonaron, pesados e irregulares, contra el suelo—. Este siempre está con esa otra más pequeña. Una niña, que además es muy rara —dijo, empujando mis piernas tapadas con su bota, y me tragué un chillido—. Aquí.

—No sabe de lo que habla —lo desmintió Grady—. Aquí no hay nadie más.

—Chico, será mejor que vigiles esa boca —le advirtió el patrón.

Me mordí el labio hasta que me supo a sangre.

—¿Qué tal si eres tú el que se calla? —replicó Grady, y otra dosis de miedo me aporreó las tripas. El patrón no se tomaría bien que Grady replicara. Si salíamos de aquella, lo castigaría. Mucho, además, como la última vez...

Sin advertencia, nos arrancaron la manta. Se me heló la sangre. Grady se movió para cubrir mi cuerpo con la mitad del suyo, pero no sirvió de nada. Sabían que yo estaba allí.

—Parece que hay dos, en lugar de uno, compartiendo una manta. Una niña. —El lord sin nombre se detuvo—. Creo.

—Apártate de ella —ordenó lord Samriel.

—No es nadie —replicó Grady. Su cuerpo temblaba contra el mío.

—Todo el mundo es alguien —contestó el otro.

Grady no se movió. Se oyó un suspiro grave, impaciente, y entonces Grady *desapareció*...

El pánico explotó en mi interior, moviendo todas mis extremidades a la vez. Me encorvé, buscando a ciegas a Grady en la repentina y demasiado brillante luz que inundó el dormitorio. Grité mientras un Rae lo agarraba por la cintura. Unas sombras ralas, tenues, escapaban de las ropas del Rae y se arremolinaban alrededor de las piernas de Grady.

—¡Suéltame! —chilló Grady, pataleando mientras lo arrastraban—. No hemos hecho nada malo. Suélta...

—Silencio —ordenó lord Samriel, interponiéndose entre Grady y yo. Su largo cabello era tan claro que casi parecía blanco. Colocó la mano en el hombro de Grady.

Grady se quedó inmóvil.

La piel del niño, normalmente de un marrón cálido, asumió un tono gris calcáreo mientras solo... me miraba, con los ojos muy abiertos y vacíos. No habló. No se movió.

—¿Grady? —susurré, temblando hasta que me castañetearon los dientes.

No hubo respuesta. Él siempre me respondía, pero era como si ya no estuviera allí. Como si fuera solo un cascarón que se parecía a él.

Unos dedos se curvaron sobre mi barbilla. El roce fue como si una descarga de electricidad atravesara mi cuerpo. Noté cómo se erizaba el vello de mis brazos, cómo la conciencia de lo que estaba ocurriendo ponía un hormigueo en mi piel.

—No pasa nada —me aseguró el otro lord con una voz casi amable, casi gentil, mientras me giraba la cabeza hacia él—. No le harán daño.

—Eso ya lo veremos —contestó lord Samriel.

Me sacudí, pero no conseguí demasiado. La mano del lord sin nombre no me lo permitió.

A través de los mechones de mi apelmazado y oscuro cabello, miré al lord. Él... parecía más joven de lo que había esperado, como si estuviera solo en la tercera década de su vida. Su cabello era de un castaño dorado y le rozaba unos hombros vestidos de negro, y sus mejillas eran del color de la arena que se encontraba en la orilla de la bahía de Curser. Su rostro era una interesante mezcla de ángulos y líneas rectas, pero sus ojos...

Se elevaban en los rabillos, pero... fue el color de sus iris lo que captó mi atención. Nunca había visto nada como esos *colores*. Cada ojo contenía motas azules, verdes y marrones.

Cuanto más lo miraba, más me recordaba a... a las descoloridas figuras pintadas en la bóveda del convento. ¿Cómo los había llamado la madre superiora? *Ángeles*. Así fue como una vez la oí llamar a los Hyhborn, diciendo que eran los custodios de los mortales y del mismo reino, pero los que habían entrado en el hospicio no parecían protectores.

Parecían depredadores.

Excepto aquel, el de los ojos extraños. Él parecía...

—¿Y ella? —La voz de lord Samriel rompió el silencio.

El joven señor Hyhborn que sostenía mi barbilla no dijo nada mientras me miraba. Despacio, me di cuenta de que había dejado de temblar. Mi corazón se había calmado.

Yo... Yo no le tenía miedo.

Como no lo tuve cuando conocí a Grady, pero eso era porque había *visto* qué tipo de persona era. Mi intuición me había dicho que Grady era tan bueno como era posible ser. No vi nada mientras miraba los ojos del lord, pero *sabía* que estaba a salvo, incluso cuando sus pupilas se dilataron. Diminutos estallidos blancos aparecieron en sus ojos. Eran como estrellas, y brillaron hasta que fueron lo único que pude ver. Mi pulso comenzó a latir como un caballo desbocado. Entonces ocurrió por fin: mis sentidos se abrieron a él. No vi *nada* en sus ojos ni en mi mente.

Pero *sentí* algo.

Una advertencia.

Una evaluación.

Una promesa de lo que estaba por venir.

Y lo *supe*.

El lord retrocedió. Sus pupilas se encogieron a un tamaño normal y las motas blancas desaparecieron.

—No —dijo, bajando la mirada hasta mis brazos, expuestos porque el jersey me quedaba demasiado grande—. No hay nada.

Me soltó la barbilla.

Retrocedí sobre la manta, arrastrándome hacia Grady. Seguía suspendido allí, inmóvil y vacío.

—Por… Por favor —susurré.

—Suéltalo —ordenó el lord.

Lord Samriel lo hizo, con un suspiro, y la vida regresó a Grady en ese mismo segundo. La palidez desapareció de su piel mientras yo gateaba sobre las mantas revueltas para rodearlo con mis brazos. Me aferré a su cuerpo tembloroso y mi mirada regresó con el lord Hyhborn que tenía estrellas en los ojos.

Seguía donde estaba, todavía agachado y mirándome… mirando mis brazos mientras lord Samriel pasaba a su lado, dirigiéndose a la entrada. Clavé los dedos en el fino jersey de la espalda de Grady.

—Tus brazos —me dijo, en voz tan baja que no estaba segura de haber visto sus labios moverse—. ¿Qué te ha pasado?

No sabía por qué me lo preguntaba o si le importaba, y sabía que no debía decirle quién me lo había hecho, pero miré al patrón y asentí.

El lord me miró un momento más, se llevó los dedos a unos labios que se habían curvado en una leve sonrisa y se irguió hasta una altura imposible.

El dormitorio se oscureció de nuevo y el pesado silencio regresó, pero esta vez no tuve miedo.

Un grito abrupto y agudo atravesó la oscuridad, y terminó de repente con un crujido húmedo. Me sobresalté cuando algo pesado golpeó el suelo.

El silencio se hizo de nuevo y, de inmediato, la pesadumbre abandonó la habitación, como si el mismo aire hubiera exhalado un suspiro de alivio. Las lámparas de la pared cobraron vida con un parpadeo, una después de otra. El fuego creció en la chimenea, chisporroteando y siseando.

El patrón yacía en un charco de su propia sangre junto a la puerta, con el cuerpo roto y retorcido. Alguien gritó. Los catres crujieron cuando los demás los abandonaron, pero yo no me moví. Miré la entrada vacía, *sabiendo* que volvería a ver al lord Hyhborn.

1

—¿Tienes un momento, Lis? Levanté la mirada de la camomila que había estado machacando hasta convertirla en polvo para los tés del barón Huntington y vi a Naomi en la entrada de mi dormitorio. La chica morena estaba ya vestida para la noche: la gasa de su vestido habría sido completamente transparente de haber sido por sus paneles estratégicamente colocados en un tono de profundo cerúleo.

El barón de Ashwood llevaba... Bueno, una vida poco ortodoxa comparada con la de la mayor parte de los mortales, pero, claro, Claude no era un simple mortal. Era un *caelestia*: un mortal que descendía de la inusual unión entre alguien del vulgo y un Hyhborn. Los *caelestias* nacían y crecían igual que nosotros, los del vulgo, y a sus veintiséis años, Claude no tenía planes de matrimonio. En lugar de eso, prefería repartir su afecto entre muchos, en lugar de ofrecerlo en exclusiva. Él, como los Hyhborn, era un coleccionista de todo lo que era hermoso y único. Y no habría sido prudente compararse con ninguno de los amantes del barón, pero sin duda sería una tontería mayor pretender medirse con Naomi.

Con su cabello brillante y sus rasgos delicados, resultaba absolutamente imponente.

Yo, por el contrario, tenía el aspecto de alguien que ha tomado muchos rasgos distintos y los ha unido en su rostro. Mi boca pequeña no encajaba con el fruncido natural de mis labios. Mis ojos, demasiado redondos y demasiado grandes, parecían ocupar la totalidad de mi cara, dándome un aspecto mucho más inocente de lo que era. Eso me había venido bien más de una vez mientras estaba en la calle, pero a mí me parecía que recordaba vagamente a esas muñecas espeluznantes que había visto en los escaparates, aunque con la piel de un dorado oliva en lugar de porcelana.

El barón me dijo una vez que era interesante mirarme («impresionante», de un modo extraño), pero aunque no fuera así, yo seguía siendo su favorita, la que mantenía siempre cerca, y eso no tenía nada que ver con mi singular atractivo.

La tensión reptó hasta mis hombros mientras me movía en el sofá y asentía. Mordiéndome el labio, la vi cerrar la puerta y cruzar la sala de estar de mis aposentos… mis aposentos *privados*.

Dioses, a mis veintidós años, llevaba allí… seis años. Lo suficiente para que no me asombrara el hecho de tener mi propio espacio, mis propios aposentos con electricidad y agua caliente, algo de lo que carecían en muchos lugares del reino. Tenía mi propia cama (una cama de verdad y no un montón de mantas aplastadas o un colchón hecho de paja infestada de pulgas), pero todavía no me entraba en la cabeza.

Me concentré en Naomi. Se estaba comportando de un modo extraño, entrelazando las manos y separándolas repetidamente. Naomi estaba nerviosa, y yo nunca la había visto así.

—¿Qué necesitas? —le pregunté, aunque tenía la sensación… No; *sabía* exactamente qué necesitaba. Por qué estaba nerviosa.

—Yo… Quería hablar contigo sobre mi hermana —comenzó con indecisión, y Naomi nunca se mostraba indecisa en nada de lo que hacía. Había pocos que fueran tan valientes y audaces como ella—. Laurelin ha estado enferma.

El corazón me dio un vuelco. Mi mirada regresó al cuenco de mi regazo y al polvo marrón amarillento del interior. Aquello era lo que había temido.

Su hermana se había casado con un terrateniente rico, por encima de su supuesta clase. Fue una unión anunciada como amor verdadero, algo de lo que yo normalmente me burlaría, pero era cierto. Laurelin era una rareza en un mundo donde la mayoría se casaba por conveniencia, oportunidad o seguridad.

Pero ¿qué hacía el amor por la gente, en realidad? ¿Qué había hecho por ella? No había evitado que su marido quisiera un hijo, aunque su parto anterior estuvo a punto de costarle la vida. Así que ella siguió intentándolo, a pesar del riesgo.

Ahora él tenía a su hijo y Laurelin sufría la fiebre que se había llevado a tantas después del parto.

—Quería saber si ella… —Naomi tomó aliento profundamente, tensó los hombros—. Si se recuperará.

—Supongo que no buscas mi opinión —le dije, machacando el montón de camomila con la mano del mortero. El aroma a tabaco ligeramente afrutado se incrementó—. ¿No?

—No, a menos que te estés pluriempleando y en realidad seas médica o matrona —me contestó con sequedad—. Yo… Quiero saber qué le depara el futuro.

Exhalé suavemente.

—No deberías pedirme eso.

—Lo sé. —Naomi se puso de rodillas en el suelo ante mí; la falda de su vestido se encharcó a su alrededor—. Y sé que al barón no le gusta que te lo pidan, pero te juro que él nunca lo sabrá.

Mi reluctancia tenía poco que ver con Claude, aunque a él no le gustaba que usara mi premonición (mi intuición intensificada) con nadie que no fuera él. Temía que me acusaran de ser una bruja y de practicar la prohibida magia de hueso, y aunque yo *sabía* que al barón le preocupaba eso, también *sabía* que no eran los magistrados de Archwood quienes lo inquietaban. Los tenía a todos en el bolsillo y ninguno de ellos iría en contra de un Hyhborn, aunque solo fuera un descendiente de estos. Lo que realmente temía era que otro con más dinero o poder me captara.

Pero su orden de mantener mis habilidades ocultas y mi miedo a ser acusada de bruja no me detenía. Yo no... no conseguía mantener la boca cerrada cuando *veía* o *sentía* algo y me veía estúpidamente obligada a hablar. Me había pasado lo mismo más veces de las que podía recordar, en todos los lugares en los que Grady y yo habíamos vivido antes de llegar a la ciudad de Archwood, en la Región Central, lo que invariablemente conducía a acusaciones de brujería y nos obligaba a huir en mitad de la noche para evitar la soga de la horca. Mi incapacidad terminal para meterme en mis propios asuntos me ayudó a conocer a Claude.

Y fue también así como la gente de la mansión y de fuera de esta supo de mí: la mujer que sabía cosas. No muchas, pero las suficientes.

La razón por la que no quería que Naomi me preguntara aquello solo tenía que ver con ella.

Cuando llegué a la mansión Archwood, a los dieciséis años, Naomi ya llevaba allí unos trece meses. Tenía la misma edad que Claude, solo un par de años más que yo, y era tan lista y sofisticada, mucho más de lo que yo podría aspirar a ser jamás, que asumí que no querría tener nada que ver conmigo.

No fue así.

Naomi se había convertido en... Bueno, mi primera amiga además de Grady.

Haría cualquier cosa por ella.

Pero temía romperle el corazón, y me aterraba tanto perder su amistad como perder la vida que por fin me había construido en Archwood. Porque, en la mayoría de los casos, la gente en realidad no quería las respuestas que buscaba, y esa verdad era a menudo mucho más destructiva que una mentira.

—Por favor —susurró Naomi—. Nunca te he pedido nada así antes, y yo... —Tragó con dificultad—. Odio hacerlo, pero estoy muy preocupada, Lis. Temo que deje este mundo.

Las lágrimas comenzaron a brillar en sus ojos oscuros, y no pude soportarlo.

—¿Estás segura?

—Por supuesto…

—Eso dices ahora, pero ¿y si es la respuesta que temes? Porque, si lo es, no mentiré. Tu preocupación se convertirá en angustia —le recordé.

—Lo sé. Confía en mí, lo sé —me prometió. Sus suntuosos rizos castaños se derramaron sobre sus hombros mientras se inclinaba hacia mí—. Por eso no te lo pregunté cuando me informaron de la fiebre que sufría.

Me mordí el labio, apretando la mano del mortero.

—No te lo reprocharé —me aseguró en voz baja—. Sea cual fuere la respuesta, no te culparé.

—¿Me lo prometes?

—Por supuesto —juró.

—De acuerdo —le dije, esperando que fuera la verdad. Naomi no era proyectora, lo que significaba que no transmitía sus pensamientos e intenciones como hacían muchos, lo que los hacía demasiado fáciles de leer.

Pero podía entrar en su mente, si quería hacerlo, y descubrir si decía la verdad. Lo único que tenía que hacer era abrir mis sentidos para ella y permitir que esa conexión cobrara vida.

No haría eso, si podía evitarlo. Era demasiado invasivo. Una violación. No obstante, saberlo no evitaba que lo hiciera cuando me beneficiaba, ¿verdad?

Apartando a un lado esa pequeña verdad, tomé una bocanada de aire que me supo a camomila mientras dejaba el cuenco sobre una pequeña mesa.

—Dame tu mano.

Naomi no dudó entonces y levantó la mano, pero yo lo hice, porque era inusual que mi mano tocara la carne de otros sin que sus intenciones, y a veces incluso su futuro, quedaran claras para mí. El único modo en el que podía tocar a otro miembro del vulgo era embotando mis sentidos, normalmente con alcohol o alguna otra sustancia, y bueno, eso embotaba también todo lo demás y no duraba mucho, así que en realidad no tenía sentido.

Le rodeé las manos con la mía, deseando tomarme solo un breve instante para disfrutar de la sensación. La mayoría no se daba cuenta de que había un mundo de diferencia entre ser tocado y tocar. Pero esto no era por mí. No me tomaría ese segundo, porque cuanto más sostuviera la mano de Naomi, más probable sería que terminara viendo cosas sobre ella que podría no querer saber, o que yo descubriera. Tararear o mantener mi mente activa no evitaría eso.

Acallando mi mente, abrí mis sentidos y cerré los ojos. Pasó un segundo, y otro; después, una serie de hormigueos erupcionó entre mis omoplatos y subió por la parte de atrás de mi cráneo. En la oscuridad de mi mente, comencé a ver la silueta neblinosa del rostro de Naomi, pero la borré.

—Haz la pregunta de nuevo —le indiqué, porque me ayudaría a concentrarme solo en lo que ella quería saber y no en todo lo demás que estaba tomando forma y creando palabras.

—¿Se recuperará Laurelin de su fiebre? —me preguntó Naomi en una voz que apenas era un susurro.

Hubo silencio en mi mente, y después oí lo que sonaba como mi propia voz susurrando: *Se recuperará.*

Me atravesó un escalofrío de alivio, pero se me heló la piel rápidamente. La voz siguió susurrando. Solté la mano de Naomi y abrí los ojos.

Naomi se había quedado inmóvil, con la mano suspendida en el aire.

—¿Qué has visto?

—Se recuperará de la fiebre —le aseguré.

Un nudo bajó delicadamente por su garganta.

—¿De verdad?

—Sí. —Sonreí, pero la sonrisa parecía frágil.

—Oh, gracias a los dioses —susurró, presionándose la boca con los dedos—. Gracias.

Mi sonrisa se convirtió en una mueca cuando aparté la mirada. Me aclaré la garganta, recogiendo el cuenco. Apenas sentía la fría cerámica.

—¿Está teniendo Claude problemas para dormir otra vez? —me preguntó Naomi después de un puñado de segundos, con la voz más ligera que cuando había entrado en la habitación.

Agradecida por el cambio de tema, asentí.

—Quiere estar descansado para las próximas Festas.

Naomi levantó las cejas.

—Las Festas no comenzarán hasta dentro de varias semanas... Un mes, más o menos.

La miré.

—Quiere estar *bien* descansado.

Naomi resopló.

—Debería estar entusiasmado. —Se echó hacia atrás y jugó con el colgante de zafiro que llevaba siempre en una fina cadena plateada—. ¿Y tú? ¿Estás entusiasmada?

Levanté un hombro, con el estómago un poco revuelto.

—En realidad no he pensado en ello.

—Pero estas serán tus primeras Festas, ¿verdad?

—Sí.

Aquel era el primer año que podía asistir, ya que se deben tener veintiún años o estar casada. Aquello tenía poco sentido para mí, pero eran los Hyhborn y el rey Euros quienes dictaban las reglas, no yo.

—Te va a gustar el... espectáculo —me dijo en voz baja.

Me reí, pues había oído las historias.

Se inclinó hacia mí de nuevo, bajando la voz.

—Pero ¿participarás en las... en las celebraciones?

—Celebraciones —me reí—. Qué descripción tan sosa.

Sonrió de oreja a oreja.

—¿De qué otro modo podría llamarlas?

—¿Orgía?

Se rio, echando la cabeza hacia atrás, y fue un sonido adorable y contagioso. Naomi tenía la mejor risa, y provocó que una sonrisa tirara de mis labios.

—Eso no es lo que ocurre.

—¿De verdad? —le pregunté con sequedad.

Naomi fingió una expresión inocente, lo que era bastante impresionante teniendo en cuenta que había poco en ella que pudiera considerarse inocente.

—Las Festas sirven para que los Hyhborn reafirmen su compromiso de servir al vulgo compartiendo su abundancia de comida y bebida. —Recitó la doctrina tan bien como cualquier madre superiora mientras entrelazaba las manos recatadamente en su regazo—. A veces hay un montón de bebida, y con los Hyhborn por allí, ciertas *actividades* pueden ocurrir. Eso es todo.

—Ah, sí, reafirmando su compromiso con el vulgo —dije con un poco de sarcasmo. Naomi estaba hablando de la esfera más alta de los Hyhborn, los Deminyen.

Se decía que los Deminyen emergían de la tierra y comenzaban su existencia totalmente formados; eran eternos, capaces de manipular los elementos e incluso las mentes de los demás. Algunos de ellos eran lores y damas Hyhborn, pero esos no eran los Deminyen más poderosos. Los príncipes y princesas que gobernaban junto al rey los seis territorios del Caelum eran los de poder más impresionante. Podían asumir distintas formas, hacer que las aguas de los ríos corrieran frenéticas con un movimiento de sus muñecas, e incluso apresar las almas de los vulgares, creando a las aterradoras criaturas conocidas como los Rae.

No se sabía demasiado de ninguno de ellos, excepto del rey Euros. Diablos, salvo en el caso del príncipe Rainer de Primvera, ni siquiera conocíamos sus nombres. El único otro del que habíamos oído hablar y que normalmente aparecía en los rumores era el príncipe de Vyrtus, que gobernaba las Tierras Altas, y solo porque la mayoría lo temía. Después de todo, se decía que era la mano que ejecutaba la ira del rey.

Casi me reí entonces. Los Hyhborn eran los protectores del reino, pero yo no estaba muy segura de cómo nos servían. Aunque los Hyhborn eran en su mayoría como terratenientes ausentes que solo aparecían cuando había que pagar el alquiler, controlaban cada aspecto de las vidas del vulgo, desde quién obtenía una educación a quién podía poseer tierras o empresas. Y yo creía que las Festas eran solo un modo más de proporcionarles a los Hyhborn lo que ellos querían. Nuestra indulgencia durante las Festas, desde el atiborrarse de comida hasta el disfrute de las delicias de los demás, también *alimentaba* a los Hyhborn. Los fortalecía. Los vigorizaba. Nuestro placer era su sustento. Su fuerza vital. Se hacía más por ellos que por nosotros.

Además, había muchos otros modos en los que podían demostrarnos que se preocupaban por el vulgo, empezando por proporcionar comida durante el año a los necesitados. Demasiados se morían de hambre o se rompían la espalda en las minas o arriesgaban sus vidas cazando para mantener a sus familias alimentadas mientras los aristócratas (los Hyhborn y los vulgares más adinerados) se hacían más ricos, y los pobres se empobrecían aún más. Las cosas siempre habían sido así y siempre lo serían, sin importar cuántas veces se rebelara el vulgo. En lugar de eso, nos proporcionaban comida solo una vez al año, cuando gran parte de ella se desperdiciaba porque todos estaban participando en esas *actividades*.

Pero no dije nada de eso en voz alta.

Puede que fuera imprudente, pero no era tonta.

—¿Sabes? No todos son tan malos —me dijo Naomi después de un momento—. Los Hyhborn, quiero decir. He conocido a algunos que han dado un paso adelante para ayudar a los necesitados, y los de Primvera son amables e incluso empáticos. Creo que la mayoría son así.

De inmediato, pensé en *mi* Hyhborn: el lord sin nombre que me había tocado la barbilla y me había preguntado por qué tenía los brazos llenos de moretones. No sabía por qué pensaba en él como si fuera mío. Era obvio que no lo era. Los Hyhborn podían follarse a toda la raza vulgar y a algunos más, y algunos podían incluso reclamar a un miembro del vulgo como suyo, al menos durante un tiempo, pero ellos nunca eran de un vulgar. Era solo que no conocía su nombre, y esa extraña costumbre había comenzado aquella noche.

Sinceramente, dudaba que el lord Hyhborn se hubiera dado cuenta de que aquella noche le salvó la vida a Grady. El patrón lo habría castigado por contestarle delante de los Hyhborn, y demasiados no habían sobrevivido a sus castigos.

El estómago se me revolvió, rápida y abruptamente, como hacía siempre que pensaba en mi Hyhborn, porque *sabía* que volvería a verlo.

Todavía no había ocurrido, y cada vez que pensaba en ello me inundaba una mezcla de temor y anticipación que ni siquiera intentaba comprender.

Pero quizá Naomi tuviera razón cuando decía que muchos de ellos eran lo que afirmaban ser: protectores del reino. Archwood había florecido en parte gracias a los Hyhborn de Primvera, la corte que había justo más allá del bosque que se abría tras la mansión, y mi Hyhborn había castigado al patrón. Aunque lo había hecho de un modo brutal, así que no estaba segura de que fuera un buen ejemplo de un Hyhborn amable y empático.

—¿Crees…? ¿Crees que habrá Deminyen en las Festas? —le pregunté.

—Normalmente siempre aparece un par de ellos. —Arrugó la frente—. Algunas veces he visto incluso a uno o dos lores. Espero que se dejen ver este año.

Jugando con la maza, la miré.

Su sonrisa se volvió artera mientras se rodeaba los dedos con la cadena de plata.

—Nunca hay necesidad de usar la Larga Noche con un Hyhborn —añadió, refiriéndose a un polvo hecho con las semillas de un tipo de campanilla. La poderosa hierba, en la dosis adecuada, lo dejaba a uno abotargado y sin muchos recuerdos del momento después de haberla ingerido—. Son encantadores.

Levanté las cejas.

—¿Qué? —exclamó, con otra carcajada robusta y gutural—. ¿Sabías que los Hyhborn son conocidos por propiciar orgasmos que pueden durar horas? *Horas* de verdad.

—Lo he oído.

No estaba segura de que eso fuera cierto, pero un orgasmo de horas de duración sonaba... intenso. Seguramente incluso un poco doloroso.

Su mirada se posó en la mía.

—¿Puedes tocar a un Hyhborn sin... *saber*?

—No estoy segura. —Pensé en Claude y después en mi lord Hyhborn—. Puedo tocar a un *caelestia* un poco antes de empezar a saber cosas, pero nunca he tocado a un Hyhborn, y siempre que me han preguntado algo relacionado con ellos, no he sentido nada. Así que no estoy segura.

—Bueno, quizá merezca la pena descubrirlo. —Me guiñó el ojo.

Me reí, negando con la cabeza.

Ella sonrió de oreja a oreja.

—Tengo que marcharme. Allyson es un desastre últimamente —me dijo, hablando de una de las adiciones más recientes a la mansión—. Tengo que asegurarme de que conserve la cabeza en su sitio.

—Buena suerte con eso.

Naomi se rio mientras se levantaba y la gasa se encharcaba alrededor de sus pies. Se dirigió a la puerta, pero se detuvo.

—Gracias, Lis.

—¿Por qué? —Fruncí el ceño.

—Por haberme respondido.

No supe qué decir mientras la veía marcharse, pero no quería su agradecimiento.

Mis hombros se desplomaron cuando levanté la mirada hasta el ventilador que giraba despacio sobre mí. No había mentido a Naomi. Su hermana sobreviviría a la fiebre, pero la visión no se había detenido ahí. Había seguido susurrando, diciéndome que Laurelin todavía estaba marcada por la muerte. Cómo, o por qué, no me permití descubrirlo, pero tenía la sensación (y mis premoniciones rara vez se equivocaban) de que no sobreviviría para ver el final de las Festas.

2

—¿Te gustaría un vino distinto, cachorrito?

Tensé los dedos y los presioné contra la piel expuesta entre dos de las muchas ristras de joyas que adornaban mi cadera. Normalmente el apelativo no me molestaba, pero el primo de Claude, Hymel, estaba cerca, lo que era habitual ya que se trataba del capitán de la guardia. Incluso de espaldas a mí, supe que Hymel estaba sonriendo. Era un capullo, lisa y llanamente.

Las finas y delicadas cadenas de diamantes que colgaban de una corona con crisantemos recién cortados me golpearon las mejillas cuando dejé de mirar a la multitud para observar al hombre que estaba a mi lado.

El moreno barón de Archwood estaba sentado en lo que solo podría describirse como un trono. Uno bastante llamativo, en mi opinión. Lo bastante grande como para que se sentaran dos, y tachonada de rubíes obtenidos en las minas Hollow, la butaca costaba más dinero del que verían nunca aquellos que habían extraído los rubíes.

No era que el barón se diera cuenta de eso.

Claude Huntington no era necesariamente un mal hombre, y lo habría sabido incluso sin mi intuición. Había conocido a suficiente gente mala de todas las clases para no reconocerla. Claude tenía tendencia a la irreflexión y quizá se entregaba demasiado a los placeres de la vida. Era conocido por ser un auténtico horror cuando se enfadaba, estaba claramente malcriado y, como era un *caelestia*, era previsiblemente egoísta. Una arruga de preocupación rara vez mancillaba la piel de alabastro del barón.

Pero eso había cambiado en los últimos meses. Sus arcas no estaban tan llenas. Las butacas abominables y la decoración dorada en la que Claude insistía, las fiestas y celebraciones casi diarias que parecía necesitar para sobrevivir, seguramente tenían algo que ver con aquello. Aunque eso no era totalmente justo. Sí, Claude quería celebrar aquellas fiestas, pero también era algo que se le exigía... a todos los barones. Era posible disfrutar de muchos tipos de placeres en esas reuniones, ya fuera bebida, comida, conversación o lo que normalmente ocurría por la noche, más tarde.

—No —dije, sonriendo—. Pero eres muy amable al ofrecérmelo.

Las luces brillantes de la lámpara de araña destellaron sobre la piel de sus pómulos y el puente de su nariz. Había una capa de polvo dorado allí. No era alguna suerte de pintura facial; era solo su piel. Los *caelestias* brillaban.

Unos ojos de un adorable tono de azul, como el de los cristales pulidos por el mar, escudriñaron los míos. En Claude todo era adorable. Sus manos suaves, de manicura perfecta, y su arreglado cabello teñido. Era delgado y alto, con una constitución perfecta para la moda con la que la aristocracia estaba obsesionada, y cuando sonreía, podía ser devastador.

Y, durante un tiempo breve, me gustó ser devastada por esa sonrisa. Ayudaba que siempre me hubiera resultado extremadamente difícil sentir a Claude, debido a su condición de *caelestia*. Mis habilidades no se ponían en acción rápidamente con él. Podía tocarlo, aunque solo un poquito.

—Pero no has bebido demasiado vino —observó.

La risa y la conversación zumbaron a nuestro alrededor mientras yo miraba mi cáliz. El vino era del color de la lavanda que crecía en los jardines de Archwood y sabía a bayas dulces.

Era sabroso, y beber vino era algo que me gustaba e incluso ansiaba. Después de todo, era placentero beber alcohol, pero también embotaba mis habilidades. Aunque estas fueran la verdadera razón por la que yo era la amante favorita del barón.

No se trataba de mi desconcertante y extraño atractivo o de mi personalidad. El barón nos cuidaba, nos cobijaba y nos alimentaba, a mí y a Grady, debido a mis habilidades y a lo útiles que pudieran ser para él. Y me aterraba que el momento en el que ya no fueran de utilidad sería cuando Grady y yo volveríamos a las calles, para apenas subsistir y vivir al borde de la muerte.

Lo que no era vivir, en absoluto.

—No pasa nada —le aseguré, tomando un sorbo de vino muy pequeño mientras dirigía mi atención de nuevo a los que estaban más allá del estrado. La dorada Gran Cámara estaba llena de aristócratas: adinerados transportistas y comerciantes, banqueros y terratenientes. Nadie llevaba máscara. No era *ese* tipo de fiesta. Todavía. Busqué a Naomi entre ellos, pues la había perdido de vista antes.

—¿Cachorrito? —me dijo Claude en voz baja.

Lo miré de nuevo. Se dobló por la cintura, extendió la mano. A nuestra espalda, sus guardias personales mantuvieron los ojos en la concurrencia. Todos excepto Grady. Capté un atisbo rápido de la piel marrón de su mandíbula, tensándose. Grady no era exactamente un admirador del barón y de nuestro acuerdo. Mi mirada regresó con el barón.

Claude sonrió.

Apoyando una mano sobre el cojín de terciopelo en el que estaba sentada, me acerqué y coloqué la barbilla en su mano. Sus dedos estaban tan fríos como siempre. Como también lo estaban sus labios, cuando bajó la cabeza y me besó. Solo sentí un pequeño aleteo en el estómago. Solía sentir más, antes, cuando creía que su atención era fruto de su deseo *por mí*.

Esa era la razón por la que a Grady no le gustaba aquel acuerdo.

34

Si Claude me hubiera cubierto de atenciones porque me quisiera por... bueno, por mí, a Grady no le hubiera importado. Pero él creía que me merecía algo más. Algo mejor. Y no era que yo no lo pensara, pero «más y mejor» era algo difícil de conseguir para cualquiera por aquellos días. Tener un tejado sobre nuestras cabezas, comida en la barriga y seguridad y protección siempre salía victorioso ante «más y mejor».

Apartó su boca de la mía.

—Me preocupas.

—¿Por qué?

Me pasó el pulgar justo por debajo del labio inferior, con cuidado de no arrastrar el carmín.

—Estás callada.

¿Cómo podría no estarlo mientras estaba sentada en el estrado sin nadie más que él y Hymel a poca distancia? Claude había estado charlando con todo el mundo aquella noche, y yo preferiría cortarme la lengua antes de hablar con Hymel. En serio. Me cortaría la lengua y se la lanzaría.

—Creo que solo estoy cansada.

—¿Qué te ha cansado tanto? —me preguntó. En su voz resonó solo la cantidad justa de preocupación.

—No he dormido bien.

Una pesadilla del pasado me había despertado la noche anterior, una que había sido un inquietante paseo por la calle de la memoria. Había soñado que estábamos de nuevo en la calle y que Grady estaba enfermo, con esa tos que le sacudía todo el cuerpo, la que todavía podía oír con claridad, tantos años después. Sufría a menudo esa pesadilla, pero la noche anterior... había sido demasiado real.

Y esa era la razón por la que me había pasado la mayor parte del día ocupándome del jardín de flores que yo misma había diseñado. Apenas tuve tiempo para comer algo entre eso y prepararme para mi presencia en la Gran Cámara, pero en ese pequeño jardín no pensaba en el muy real pasado, en las pesadillas o en el miedo a que todo aquello terminara en algún momento.

Claude levantó una ceja oscura en respuesta.

—¿De verdad se trata solo de eso?

Asentí.

Deslizó sus manos en mi cabello, me recolocó una de las ristras de diamantes.

—Empezaba a temer que estuvieras celosa.

Lo miré, confusa.

—Sé que últimamente he estado prestando mucha atención a las demás —me dijo, enderezándome otra ristra mientras miraba a los asistentes, seguramente a la rubia Allyson—. Me preocupaba que empezaras a sentirte poco apreciada.

Mis cejas subieron por mi frente.

—¿En serio?

Frunció el ceño.

—Sí.

Seguí mirándolo, dándome cuenta despacio de que estaba siendo sincero. Una carcajada borboteó por mi garganta, pero la aplasté. Ni siquiera podía recordar la última vez que Claude había hecho algo más que darme un beso rápido o una palmada en el trasero, y me parecía totalmente bien.

Casi siempre.

Aunque aquellos días sentía poca atracción real por él, disfrutaba cuando me tocaba. Cuando era deseada. Querida. Disfrutaba de las caricias, aunque fuera solo unos minutos. Y aunque Claude no ponía límites a sus amantes, las cosas eran un poco más complicadas para mí. Yo era más como una consejera… o una espía a la que a veces prestaba atención.

—Me han dicho que no duermes en los aposentos de otros —añadió.

Me enfadé. No me gustaba la idea de que me estuviera vigilando, pero aquel era además un comentario bastante irrelevante.

Claude sabía muy bien lo difícil que me era intimar con otros. Lo incómoda que me hacía sentir que no fueran conscientes de… bueno, de los riesgos de tocarlos sin tener mis sentidos embotados con lo que parecía mi peso en licor. Y no ser capaz de recordar si había tenido sexo o si lo había disfrutado era tan inquietante como ver u oír cosas que no debía. Quizás incluso más.

No obstante, Claude también solía olvidar que eso no era asunto suyo.

—No quiero que estés sola —me aseguró, y lo dijo en serio. Por eso sonreí.

—No lo estoy.

Claude me devolvió la sonrisa rápidamente y se apartó, concentrando su atención de nuevo en otra cosa. Le había dado lo que quería. Le había asegurado que era feliz. Él había buscado eso porque yo le importaba, pero también porque temía que, si no lo era, me marcharía. Pero lo que yo le había dado era una mentira. Porque yo estaba…

Me detuve, como si eso pudiera cambiar de algún modo cómo me sentía.

Tomé el cáliz y me bebí la mitad del vino de un solo trago mientras miraba las vetas doradas que recorrían el suelo de mármol. Mi mente se acalló, solo unos segundos, pero eso fue lo único que necesitó para que el zumbido de voces se intensificara. Cerré los ojos, tomé aire profundamente y lo retuve hasta que corté todas las cuerdas invisibles que empezaban a formarse en mi mente.

Después de varios segundos, exhalé suavemente y abrí los ojos. Mi mirada pasó sobre la multitud; los rostros eran un borrón, y mi mente era mía.

Frente a mí, Hymel se apoyó contra el estrado. Me miró, con una mueca de desdén en su boca encuadrada por una pulcra barba.

—¿Necesitas algo, *cachorrito*?

Mi expresión no delató nada cuando le devolví a Hymel la mirada. No me gustaba aquel hombre, y la única razón por la que Claude lo toleraba era porque era de su familia y porque se ocupaba de las tareas más desagradables de gobernar una ciudad. Por ejemplo, Hymel gozaba cuando lo enviaban a cobrar el alquiler, sobre todo si era alguien que no podía pagar. Era innecesariamente duro con los guardias y se burlaba de mí siempre que tenía la oportunidad.

Quería que respondiera como lo hacía cuando otros provocaban mi temperamento. Yo tenía lo que Hymel llamaba «una boquita sucia». No obstante, había aprendido a mantener esa boca a raya. Bueno, el noventa por ciento del tiempo. Pero ¿cuando me enfadaba de verdad? ¿O cuando estaba realmente nerviosa o asustada? Esa era la única defensa que tenía.

Aunque, bien pensado, no era realmente una defensa. Era más parecido a una tendencia autodestructiva, porque siempre, *siempre*, me metía en problemas.

En cualquier caso, Naomi me dijo una vez que Hymel era así porque tenía dificultades con su desempeño en la cama: no podía terminar. Yo no sabía si eso era cierto y me parecía irónico que un ser así tuviera tales dificultades, pero los *caelestias* eran tan parecidos a los mortales como podría serlo cualquier Hyhborn. No enfermaban tan a menudo y eran físicamente más fuertes. No necesitaban alimentarse, como lo hacían los Deminyen, pero no eran inmunes a los males. Como fuera, dudaba que aquella fuera la fuerza motora tras la mezquindad de Hymel, o la única, pero *sabía* bien una cosa sobre él.

Hymel era especialmente cruel, y era en eso donde encontraba placer.

Sonrió con arrogancia.

—Eres como el perro preferido, lo sabes, ¿verdad? —Habló lo bastante bajo para que solo yo pudiera oírlo, ya que Claude estaba concentrado en uno de sus amigos—. Mira cómo te tiene, sentada a sus pies.

Lo sabía.

Pero prefería ser el perro preferido a uno que se estuviera muriendo de hambre.

Aunque Hymel no comprendería eso. Aquellos que nunca han tenido que preocuparse por cuándo volverán a llenarse la barriga o si las ratas que te corretean por el pelo durante la noche portan enfermedades no tenían ni idea de lo que se podía llegar a hacer para seguir siendo alimentado y cobijado.

Por tanto, sus opiniones y las de otros como él no significaban nada para mí.

Así que sonreí, me llevé el cáliz a los labios y tomé otro sorbo mucho más pequeño.

Hymel entornó los ojos, pero después me dio la espalda. Se tensó. Seguí su mirada. Un hombre alto, vestido elegantemente, se apartó del gentío. Lo reconocí.

Ellis Ramsey se acercó al estrado, caminando hacia el barón. El magnate naviero de la vecina ciudad de Newmarsh se detuvo para hacer una profunda reverencia ante Claude.

—Buenas noches, barón Huntington.

Claude asintió como saludo mientras señalaba con el brazo una de las butacas vacías al otro lado.

—¿Te apetece un poco de vino?

—Gracias, pero eso no será necesario. No quiero acaparar demasiado tu tiempo esta noche. —Ramsey le mostró una sonrisa tensa que no consiguió dispersar la dureza de su rostro arrugado mientras tomaba asiento—. Tengo noticias.

—¿De? —murmuró Claude, mirándome de soslayo. Fue rápido, pero lo vi.

—Las Tierras Occidentales —dijo—. Ha sucedido... algo.

—¿Y de qué se trata? —le preguntó Claude.

Ramsey se inclinó hacia el barón.

—Hay rumores de que la corte de las Tierras Occidentales tiene un conflicto con el rey.

Levanté mis pequeñas y viejas orejas, bajé mi cáliz y abrí mis sentidos. En una sala con tanta gente, tenía que ser cuidadosa para no terminar abrumada. Me concentré solo en Ramsey, creé un lazo imaginario en mi mente, un cordón que me conectaba directamente con él. Podía ser difícil otorgarles sentido a las ideas; a veces, solo oía una colección de palabras que encajaba con lo que se decía o que era algo completamente distinto. En cualquier caso, siempre necesitaba un momento para orientarme, para descifrar qué estaba oyendo en voz alta y qué no se estaba diciendo.

—Tengo poco interés por los rumores —contestó Claude.

—Creo que lo tendrás por este. —La voz de Ramsey se acalló cuando oí: *Dudo que tengas interés por algo que no esté húmedo y abierto de piernas.* Puse los ojos en blanco—. Dos cancilleres han sido enviados a Visalia en representación del rey —informó Ramsey, hablando de los mensajeros del vulgo que actuaban como intermediarios entre el rey y las cinco cortes—. Parece que hubo algún problema durante su visita, ya que fueron devueltos a su alteza... —El magnate se permitió una pausa dramática—. En trocitos.

Apenas conseguí disimular mi asombro. Yo diría que ser enviado a algún sitio en trocitos es más que un problema.

—Bueno, eso es inquietante. —Claude tomó un largo sorbo de su vino.

—Hay más.

El barón apretó la copa.

—Me muero por oírlo.

—La princesa de Visalia ha estado desplegando una presencia importante en la frontera entre las Tierras Occidentales y la Región Central —compartió Ramsey, y sus pensamientos reflejaron lo que decía—. Más rumores, pero unos que también parecen ciertos.

—¿Presencia importante? —Claude miró a la muchedumbre—. ¿Estamos hablando de su batallón?

—Se está hablando del suyo y de los Caballeros de Hierro. —Ramsey se colocó una mano grande en la rodilla.

La sorpresa me atravesó mientras dejaba el cáliz en la bandeja. Los Caballeros de Hierro, un grupo de rebeldes del vulgo que eran más saqueadores que caballeros de verdad, habían estado causando problemas en las ciudades de la frontera entre la Región Central y las Tierras Bajas todo el año anterior. Por lo que yo sabía, querían que el rey Hyhborn fuera reemplazado por alguien del vulgo, y aunque yo no prestaba demasiada atención a la política a menos que tuviera que hacerlo, sabía que estaban obteniendo apoyos en Caelum. Era difícil no hacerlo, pues conocía a gente que creía que Vayne Beylen (el comandante de los Caballeros de Hierro) podía cambiar el reino para mejor, pero no entendía cómo sería eso posible si unían sus fuerzas a las de los Hyhborn de las Tierras Occidentales.

Claude se pasó el pulgar por la barbilla.

—¿Y se han adentrado en la Región Central?

—No, que yo sepa.

—¿Y Beylen? —preguntó Claude—. ¿Lo han visto?

—Tampoco tengo respuesta para eso —dijo Ramsey, mientras pensaba: *Si ven a ese canalla, será hombre muerto*. Algo en esa idea era inquietante, porque era casi como si la muerte de Beylen fuera alarmante. Los Caballeros de Hierro estaban ganando apoyos entre el vulgo, pero normalmente los ricos no deseaban su éxito. Eso pondría en riesgo el *statu quo*—. Pero Archwood está bastante lejos de la frontera. Recibiremos al menos una advertencia si los Caballeros de Hierro se adentran en nuestras tierras, pero… si fueran más allá de las ciudades fronterizas, eso ya no sería una rebelión.

—No —murmuró Claude—. Sería una declaración de guerra.

Cuando corté la conexión que había forjado con el magnate, noté una presión en el pecho. Miré a Grady, y luego a la multitud. No habíamos vivido guerras, no desde la Gran Guerra que tuvo lugar cuatro siglos antes y después de la que apenas quedó algo en el reino.

—No creo que llegue tan lejos —dijo Ramsey.

—Tampoco yo. —Claude asintió despacio—. Gracias por la información. —Se reclinó en su asiento—. Yo mantendría esto en secreto hasta que supiéramos algo más con seguridad, no vaya a ser que se desate el pánico.

—Estoy de acuerdo.

El barón se quedó callado mientras Ramsey se levantaba y bajaba del estrado. El magnate naviero ya no era visible entre la gente cuando Claude se dirigió a mí.

—¿Qué sabes?

Y allí estaba el corazón de nuestro acuerdo. Cómo lo beneficiaba yo. A veces, se trataba de descubrir el futuro de otro o de escuchar los pensamientos de otro barón, si estaba tramando algo o si había acudido a Archwood de buena fe. Había momentos en los que, para saberlo, era necesario un... tratamiento más personal.

Pero no esta vez.

Tan pronto como me hizo su pregunta, me atravesó un escalofrío. Su frialdad se asentó en el centro de mis omoplatos. Se me revolvió el estómago mientras buscaba bajo la pesada longitud de mi cabello oscuro para tocarme el espacio detrás de la oreja izquierda, donde tenía la sensación de que alguien me había dado un beso frío. La voz de mis pensamientos me lanzó una advertencia.

Ya viene.

3

El sordo dolor de cabeza que sentía cada vez que me rodeaba de mucha gente solo se alivió cuando regresé a mis aposentos. Estaba cansada, pero tenía la mente demasiado inquieta para que me planteara dormir, así que entré en el cuarto de baño.

Rápidamente, me quité el maquillaje y me trencé el cabello. Después de ponerme el camisón, me cubrí con una bata ligera de manga corta que me anudé en la cintura antes de calzarme un par de botas de suela fina. Atravesé las puertas acristaladas de mis aposentos y salí al húmedo aire de la noche para cruzar el estrecho patio y dirigirme a los jardines traseros. Al parecer había llovido hacía poco, pero las nubes se habían despejado. Con la luna llena proyectando su luz plateada sobre la hierba y el sendero de piedra, no intenté esconder mis movimientos de aquellos que patrullaban las murallas de la propiedad, a lo lejos. El barón era muy consciente de mis salidas nocturnas y no tenía ningún problema con ellas.

Durante el día, los ciudadanos se adentraban a menudo en los terrenos de la mansión para pasear por los jardines, pero estos estaban tranquilos y silenciosos en aquel momento de la noche. No podía decirse lo mismo del interior de la casa, donde la fiesta acababa de comenzar de verdad en la Gran Cámara. Toda la aristocracia desconocía que algo se acercaba.

Que *alguien* se acercaba.

Se me revolvió el estómago, como si lo tuviera lleno de serpientes. ¿Podría estar advirtiéndome mi intuición sobre los Caballeros de Hierro, sobre su comandante? Era lo único que tenía sentido, pero ¿por qué se habrían aliado los Caballeros de Hierro con la princesa de Visalia?

Intentar ver un futuro en el que los Deminyen estuvieran involucrados era casi tan inútil como tratar de vislumbrar el mío. Mis supuestos dones no servían de nada si no oía ni veía nada, o si solo recibía impresiones vagas.

Pensé en la respuesta de Claude a mi premonición. El barón se quedó en silencio antes de decidir que el rey Euros seguramente haría algo para evitar que la inquietud política entre la Corona y las Tierras Occidentales se propagara por la Región Central. Su estado de ánimo mejoró entonces, pero el mío había empeorado, porque en lo único en lo que podía pensar era en Astoria, la majestuosa ciudad de la antigüedad en la frontera entre la Región Central y las Tierras Occidentales. Se decía que no solo había sido el lugar de nacimiento de Vayne Beylen sino también donde aquellos que querían unirse a la rebelión habían encontrado refugio.

El rey Euros había autorizado la destrucción de Astoria, y el príncipe de Vyrtus fue quien hizo efectiva la ira del monarca. Miles tuvieron que marcharse, y solo los dioses sabían cuántos fueron asesinados. Lo único que aquella devastación había conseguido era crear más rebeldes.

Así que a mí no me aliviaba la idea de que el rey se involucrara.

Suspirando mientras pasaba junto a los oscuros edificios donde el herrero y los demás trabajadores de la mansión pasaban sus días, vi los establos apareciendo ante mis ojos. Sonreí cuando atisbé a Gerold, uno de los mozos de cuadra, dormitando apoyado en la pared y con las piernas abiertas sobre la paja. Al ver la botella de whisky vacía entre sus muslos, mi sonrisa se amplió. Gerold no se despertaría pronto.

Pasé junto a varios cubículos, camino de la parte de atrás, donde una preciosa yegua azabache mordisqueaba un aperitivo nocturno de alfalfa a la luz de la lámpara. Me reí en voz baja.

—Iris, ¿cómo es que siempre estás comiendo?

La yegua resopló, agitando las orejas.

Sonriendo, deslicé mi mano por el lustroso pelaje. Iris era uno de los muchos regalos que Claude me había hecho. Era el único caballo que había tenido nunca y mi favorito entre todos los regalos que el barón me había entregado, aunque no... En realidad, no sentía que fuera mía.

Nada en Archwood me lo parecía, aun después de seis años. Todo seguía pareciéndome temporal y prestado. Seguía teniendo la sensación de que podían arrancármelo todo en cualquier momento.

Busqué un cepillo y comencé con su crin, peinando las puntas de los mechones por secciones. Además de los jardines y de la pequeña zona que había cultivado yo misma, los establos eran el único sitio donde sentía... No lo sabía. ¿Paz? Disfrutaba del sencillo acto de ocuparme de Iris. Suponía que era el sonido: el suave relincho de los caballos y el arrastrar de sus cascos sobre el suelo cubierto de paja. Incluso los olores; aunque, cuando no habían limpiado los establos, no tanto. Pero me gustaba estar allí, y era donde pasaba gran parte de mi tiempo libre. No obstante, no era lo mejor para silenciar mi intuición. Esto solo lo conseguía con grandes cantidades de alcohol y metiendo las manos en la tierra. Aun así, me proporcionaba placer, y eso era tan importante para mí como para los Hyhborn.

Arrugué la nariz. No tenía ni idea de cómo... cómo se alimentaban de nosotros. Suponía que era algo que no debíamos saber, y también suponía que seguramente era mejor no comprenderlo.

Mientras cepillaba la crin de Iris, la parte de mí que solía preocuparse asumió el control; era la parte que había aprendido a esperar lo malo y a temer lo peor en todas las situaciones. ¿Qué ocurriría si la agitación del oeste conseguía llegar a la Región Central, a Archwood? El miedo me puso un nudo en el estómago.

Antes de llegar a Archwood, todos los lugares en los que Grady y yo habíamos vivido se emborronaban para formar una única pesadilla. Conseguir dinero cómo pudiéramos. Aceptar cualquier empleo en el que contrataran a gente de nuestra edad y recurrir al robo cuando no lográbamos encontrar trabajo. No habíamos tenido planes de verdad para el futuro. ¿Cómo podríamos tenerlos, si nos pasábamos cada minuto de cada día intentando sobrevivir, concentrados en todos esos *no*? *No* morirnos de hambre. *No* ser detenidos. *No* convertirnos en víctimas de los depredadores. *No* enfermar. *No* rendirnos… y los dioses sabían que aquello había sido lo más difícil, porque no teníamos ninguna esperanza real de nada más, y porque inevitablemente terminábamos siempre igual que como habíamos comenzado.

Huyendo.

Escapando.

Grady y yo huimos de Union City la noche en la que los Hyhborn aparecieron en el orfanato, escondidos en uno de los carruajes que partían de las Tierras Bajas. Yo estaba convencida de que habíamos escapado. Y era bastante gracioso, de un modo triste y en cierto sentido perturbador, pensar en lo asustada que había estado aquella noche, temiendo que los Hyhborn descubrieran que era diferente y me detuvieran. Que me hicieran daño. O incluso que me mataran. Todavía hoy no sé por qué lo temía tanto. Los Hyhborn no estaban interesados en unos huérfanos piojosos; ni siquiera en uno cuya intuición podía alertarlos de las intenciones de los demás, o permitirles ver el futuro.

Pero, después de aquella noche, lo único que habíamos hecho era huir y huir, y si Archwood caía, regresaríamos de nuevo a aquella vida y yo… Me tembló la mano. Eso me aterraba más que nada, incluso más que las arañas y otros bichos asquerosos y rastreros. Incluso pensar en ello me hacía sentirme como si se me descomprimieran los pulmones y estuviera a punto de perder la capacidad de respirar.

Haría cualquier cosa para asegurarme de que eso no ocurriera. De que ni Grady ni yo tuviéramos que volver a sobrevivir a todos esos *no*.

Pero, mientras cepillaba la cola de Iris, una sensación de soledad que conocía demasiado bien, hormigueante y sofocante, cayó sobre mí como una manta gruesa. Había cosas más importantes por las que preocuparse en aquel momento, pero había pocos sentimientos peores que la soledad. O quizá no los había y la soledad fuera el peor, porque era penetrante y difícil de ahuyentar, incluso cuando no estabas solo, y trabajabas horas extra para convencerte de que la satisfacción y la dicha eran posibles.

Pero eso era mentira.

¿Y si de verdad te pasabas la mayor parte del día sola, si *tenías* que hacerlo aunque no *quisieras*? No había alegría posible. Ese era mi destino, durara mucho o poco. Pero el futuro no sería distinto, estuviera aquí o en otra parte.

Esa soledad me acompañaría.

La pesadumbre de mis pensamientos me acosó mientras usaba el cepillo en el manto de Iris. Exhalé un suspiro exasperado. Tenía que pensar en otra cosa…

Escucha.

Me quedé paralizada de repente. Fruncí el ceño, me giré y examiné el oscuro pasillo de los establos, oyendo solo los sonidos de los otros caballos y los leves ronquidos de Gerold. Apreté el cepillo mientras un intenso presentimiento caía sobre mí. No era inquietud; era algo distinto. La presión entre mis hombros era algo totalmente diferente, una intuición que debía seguir allá adonde me condujera. O, más precisamente, una *demanda*.

Curiosa, salí del cubículo, dejando que mi intuición me guiara. Había aprendido hacía mucho que no me quedaría tranquila aunque de verdad consiguiera ignorarla, algo que rara vez era capaz de hacer.

Caminé hasta la parte de atrás del establo, donde la puerta estaba entreabierta, sin hacer ruido. Justo cuando iba a empujar la puerta, oí voces.

—¿Lo tienes? —Las palabras amortiguadas atravesaron la madera. La voz me resultaba familiar—. ¿Y estás seguro de que no lo has confundido con uno de los hombres de Primvera?

Contuve el aliento. Si el «hombre» del que hablaban podía ser confundido con alguien de Primvera, debían referirse a un Hyhborn y seguramente a un Deminyen, ya que estos no vivían en las ciudades del vulgo sino en sus cortes.

—¿Cómo crees que supe qué era, para empezar? Lo vi y recordé qué aspecto se suponía que debía tener —respondió otra voz, y esa la reconocí de inmediato por su tono único y cavernoso. Era un guardia que se hacía llamar Mickie, aunque yo sabía que su verdadero nombre era Matthew Laske y que era... Bueno, malas noticias. Era uno de los guardias que se mostraba ansioso por ayudar a Hymel cuando llegaba el momento de cobrar las rentas—. Es al que Muriel nos pidió que esperáramos. Estoy seguro, Finn.

Otro de los guardias de Claude. Un joven con el cabello oscuro que siempre me sonreía, y tenía una bonita sonrisa.

Sabía que no debía escuchar; rara vez se sacaba algo bueno de eso. Pero aquello fue lo que hice, porque en el espacio entre mis omoplatos se había asentado una presión que había comenzado a hormiguear. Crucé el par de pasos que me separaba de la pared compartida y me apoyé en ella. Sin saber por qué me sentía obligada a hacerlo o de qué se había percatado mi intuición, obedecí el impulso y escuché.

—Y además de ser la viva imagen de lo que Muriel dijo, si fuera de Primvera dudo que hubiera estado merodeando por los Dos Barriles —continuó Mickie, haciendo referencia a una de las tabernas más sórdidas de Archwood. Yo había estado allí una o dos veces con Naomi. No era un sitio donde esperaría que un Hyhborn pasara el rato—. Como sea, voy a llevarlo al granero de Jac.

—¿Me estás tomando el pelo? —demandó Finn—. ¿Vas a llevarte a esa cosa a su granero? Jac está fuera desde el domingo, follando de todos los modos posibles.

Levanté las cejas. No conocía a nadie llamado Muriel, pero sabía quién era Jac: se trataba de un herrero, el herrero viudo que esperaba reemplazar al forjador personal del barón. A veces hacía algún trabajo para nosotros, cuando el del barón no podía ocuparse. También lo hacía Grady, que tenía un increíble don natural para forjar metal.

—No me mires así —gruñó Mickie—. Porter se ha asegurado de que no se despertara pronto —dijo, nombrando al propietario de los Dos Barriles—. Le ha servido el especial de la casa. —El guardia se rio—. Le ha pegado fuerte, y el aliño que le puse lo mantendrá fuera de juego. No va a irse a ninguna parte. Estará ahí, listo para que nos ocupemos de él cuando Jac le ponga fin a la velada, dentro de un par de horas.

Se me revolvió el estómago mientras el hormigueo entre mis omoplatos se intensificaba. Sin verlos no podía leerles el pensamiento, pero mi intuición estaba ya llenando los huecos de lo que decían, provocando que se me acelerara el pulso.

—Tengo que admitir que es un jodido alivio que no me haya equivocado con él y matado a uno de los nuestros —dijo Mickie con otra carcajada ronca—. Porter puso tanto perejil bastardo en el whisky que le sirvió que, si hubiera sido un vulgar, habría caído muerto en el sitio, incluso con solo uno o dos sorbos.

El perejil bastardo, también conocido como cicuta menor, haría exactamente lo que Mickie afirmaba dependiendo de la cantidad ingerida.

Con el cepillo de Iris contra el pecho, me sentí abatida. Sabía qué sería de aquel Hyhborn.

—Si tanto te preocupa que escape —estaba diciendo Mickie—, puedo volver y clavarle otra estaca.

La náusea creció bruscamente en mi interior. ¿*Estacas* clavadas en un Hyhborn? Dioses, eso era… eso era horrible, pero tenía que dejar de escuchar y comenzar a fingir que no había oído nada. Aquello no era asunto mío.

—Lo necesitamos vivo, ¿recuerdas? —La impaciencia quebró la voz de Finn—. Si le clavas demasiadas, no nos será de ninguna utilidad.

No me marché.

—Esperaremos hasta que Jac regrese por la mañana —dijo Finn—. Él sabrá cómo hacer que Muriel hable. Tengo una botella de buena mierda de la bodega del barón —La voz se estaba alejando—. E iremos a casa de Davie…

Intenté oír más, pero se habían alejado demasiado. No obstante, había oído suficiente. Habían capturado a un Hyhborn y solo se me ocurría una razón por la que alguien haría algo tan increíblemente estúpido: para quedarse con las *partes* del Hyhborn y usarlas en la magia de hueso. Se me secó la boca. Por todos los buenos dioses, no tenía ni idea de lo que pasaba en Archwood, ¿y no era eso algo terriblemente ingenuo? Porque había mercado oculto en todas partes, en todas las ciudades de todos los territorios, floreciendo allí donde había desesperación.

Cerré los ojos mientras el cosquilleo entre mis omoplatos se convertía en una tensión que se asentó en todos los músculos que bordeaban mi columna. Nada de aquello era problema mío.

Pero se me revolvió el estómago cuando me giré y comencé a caminar. La presión se movió, se asentó en mi pecho y en mi mente; podía oír esa irritante voz mía susurrando que *me equivocaba…* que aquel Hyhborn sí era problema mío. La tensión se incrementó, me revolvió el estómago todavía más. Y no era solo mi problema. Era el de Archwood. Los Hyhborn habían destruido barrios enteros para localizar a quienes creían que estaban involucrados en la magia de hueso. Habían destruido ciudades.

—Pero eso no es problema *mío* —susurré—. *No* lo es.

No obstante, la innegable necesidad de intervenir, de ayudar a aquel Hyhborn, era más fuerte que cualquier otra cosa que hubiera sentido en mi vida.

—Joder —gemí.

Me giré y me apresuré hasta el cubículo de Iris con el dobladillo de mi capa azotándome las botas. Regresar a la mansión no era una opción. El barón estaría totalmente incapacitado a aquellas alturas de la noche, y no quería involucrar a Grady por si acaso las cosas se torcían.

Lo que era muy probable.

Mierda. Mierda. Mierda.

Tomé las bridas de la pared.

—Lo siento, chica, sé que es tarde —dije cuando Iris giró la cabeza y me empujó la mano con el morro. Le rasqué la oreja y después le coloqué las bridas y enganché las riendas—. Lo haremos tan rápido como sea posible.

Iris sacudió la cabeza y yo decidí que eso significaba que estaba de acuerdo, aunque seguramente me estaba mostrando su molestia tras ser interrumpida.

No quería perder el tiempo con una silla, pero no era lo bastante buena montando para hacerlo sin nada. Así que me tomé unos minutos para ensillarla y comprobé dos veces que lo había hecho bien, justo como Claude me había enseñado. Un retraso de cinco minutos era mejor que un cuello roto.

Agarré la perilla, monté y me acomodé en la silla. Seguramente estaba cometiendo un terrible error al sacar a Iris de su cubículo y hacerla tomar velocidad, pero mientras corría por el césped, no podía dar marcha atrás. No cuando cada parte de mi ser me estaba empujando hacia adelante. No importaba que no supiera por qué. Ni que no tuviera en cuenta los riesgos.

Tenía que salvar al Hyhborn.

¿Qué estás haciendo?

¿Qué diantres estás haciendo?

La pregunta, o alguna variación de ella, giró en mi mente una y otra vez mientras cabalgaba a través de las oscuras calles de Archwood mojadas por la lluvia, camino de lo que esperaba que fuera la casa del herrero con mi intuición como única guía. No podía responderla. Puede que me preocupara en exceso, pero eso no había evitado que tomara decisiones extraordinariamente malas en mi vida, y aquella debía ser una de las cosas más temerarias y estúpidas que había hecho nunca (y había hecho algunas cosas realmente tontas). Como no hacía mucho, cuando intenté alejar a esa culebrilla de las flores en lugar de hacer lo sensato y dejarla en paz. En lugar de darme las gracias, me regaló un bonito mordisco. O como cuando era pequeña y salté por la ventana de un orfanato para descubrir si podía volar. Que no me rompiera ningún hueso fue un milagro. Tenía muchos, muchos ejemplos más.

Pero aquello no solo era temerario. Era una locura. Los Hyhborn eran peligrosos y aquel podía volverse fácilmente contra mí, igual que había hecho esa maldita culebra. Y me arriesgaba a que me descubrieran los que lo habían drogado. Los guardias de las puertas sin duda me habrían visto pasar. Llevaba puesta la capucha de la capa, pero reconocerían a Iris. Solo eso no levantaría sospechas, pero me habían visto y era probable que me identificaran. ¿Y quién sabía cuántos guardias más estaban involucrados en aquello? Claude era mi protector, en cierto sentido, pero la clase de gente que capturaría a un Hyhborn no era de la que temía la ira de un barón. ¿Y si lo descubría Grady? Seguramente se volvería loco. O pensaría que me había vuelto loca yo... Y, hablando con sinceridad, era bastante probable.

Con la capucha de mi capa subida, hice que Iris aminorara la velocidad al pasar frente a la oscura fachada de la herrería. Hice que la yegua girara hacia la entrada de un callejón estrecho y de inmediato brincó, nerviosa. Algo pequeño, con garras y una cola gruesa, correteó ante nosotras, provocando que me tragara un grito.

Odiaba a las malditas ratas más de lo que odiaba a las arañas.

—Vamos a fingir que eso era un conejo —le susurré a Iris.

El caballo resopló en respuesta mientras recorríamos el callejón, salpicando agua y quién sabía qué. Le debía a Iris una buena limpieza después de aquello, y también una manzana y una zanahoria.

Al pasar junto a los puestos llenos de herramientas de metal a medio terminar, vi el granero del que Mickie había hablado. Estaba pegado al bosque. No había ni rastro de vida en el exterior y solo el tenue brillo de la luz de las velas o de las lámparas de gas se filtraba a través de las rendijas de las puertas. Llevé a Iris hasta el bosque, que le proporcionaba cierto refugio mientras la mantenía oculta. Desmonté, aterricé sobre mis pies con un gruñido y las riendas en la mano. Las até a un árbol cercano, dejándole a Iris espacio suficiente para moverse.

—No te comas todo lo que veas —le advertí mientras le frotaba el hocico—. No tardaré mucho.

Iris comenzó a pastar de inmediato.

Suspiré, me giré hacia el granero y eché a andar, diciéndome que iba a arrepentirme de aquello. No necesitaba ningún don especial para saberlo.

Corrí por el camino de tierra empapado por la luz de la luna y llegué al lateral del granero. Aplastándome contra la madera avejentada, me puse de puntillas y miré por las ventanas. Eran demasiado altas para que pudiera ver algo más que el tenue resplandor amarillo, pero lo único que oía era el martilleo de mi corazón.

Ni Mickie ni Finn habían mencionado que alguien estuviera vigilando al Hyhborn, así que no creía que hubiera nadie en el interior del granero. Esperé algunos minutos y después me asomé a la esquina. Llegué hasta las puertas y no me sorprendió nada descubrir que no estaban cerradas.

Mickie no era el más listo de los hombres.

Diciéndome de nuevo que aquello era un enorme error, deslicé mis dedos enguantados entre las puertas. Dudé y después las abrí despacio, haciendo una mueca cuando las bisagras chirriaron ruidosamente. Me tensé, casi esperando que alguien se abalanzara sobre mí.

Nadie lo hizo.

Una fina capa de sudor cubrió mi frente mientras me colaba por la rendija y después cerraba las puertas a mi espalda. Mirando sobre mi hombro, examiné los oscuros cubículos delanteros del pasillo central mientras inspeccionaba las puertas con las manos. Encontré el postigo y lo solté al darme cuenta de que la tenue luz venía del fondo.

Avancé por el pasillo haciéndome otra buena pregunta: *¿Qué demonios pensaba hacer yo con el Hyhborn?* Si estaba inconsciente, dudaba que pudiera moverlo. Seguramente debería haberlo pensado antes de embarcarme en aquella aventura.

Nunca hubiera querido abofetearme más fuerte que en aquel momento.

Me acerqué al final del pasillo. Mi corazón era ahora como la pelota de goma de un niño, rebotando contra mis costillas. La luz de la lámpara se derramaba débilmente desde un cubículo a mi izquierda. Conteniendo el aliento, me detuve y miré el interior.

Mi cuerpo entero se quedó rígido cuando oteé el cubículo, deseando negar lo que estaba viendo.

Había un hombre tumbado sobre una mesa de madera, desnudo hasta la cintura. Enormes estacas de un blanco lechoso se clavaban profundamente en sus antebrazos y en sus muslos, y una sobresalía del centro de su pecho desnudo, quizás a un centímetro o dos de donde debía estar su corazón. Yo sabía de qué estaban hechas, aunque solo había oído hablar de ello, pues la *lunea* era el único material capaz de atravesar la piel de un Hyhborn. Su posesión entre el vulgo estaba prohibida, pero yo apostaba a que aquellas dagas eran otra cosa que se conseguía en el mercado oculto.

Mareada, levanté la mirada hasta su cabeza, girada hacia un lado. El cabello castaño dorado hasta el hombro le ocultaba el rostro.

Una extraña sensación me atravesó a medida que me acercaba, incapaz de sentir las piernas mientras le miraba el pecho. El Hyhborn respiraba, pero débilmente. Yo no entendía cómo, con toda la sangre que manaba de sus heridas. Demasiada sangre. Tenía el pecho cubierto de escarlata, que brotaba en ríos que seguían las… definidas líneas de su pecho y su vientre. Sus pantalones estaban hechos de algún tipo de cuero suave, y le quedaban tan bajos en las caderas que podía ver los bloques de músculo a cada lado de sus ingles y…

Vale, ¿qué diantres estaba haciendo, mirando *tan* intensamente a un hombre inconsciente clavado a una mesa de madera?

Había algo malo en mí.

Había una amplia variedad de cosas malas en mí.

—Ho… Hola —grazné, e hice una mueca ante el sonido de mi voz.

No hubo respuesta.

Ni siquiera sabía por qué esperaba que la hubiera, con esas heridas. Ni comprendía cómo podía seguir respirando el Hyhborn, cómo podía seguir sangrando. Sí, eran casi indestructibles comparados con los mortales, pero aquello… Aquello era demasiado.

La punta de mi bota rozó algo en el suelo. Bajé la mirada y apreté la mandíbula. Un cubo. Varios baldes pequeños, en realidad. Miré la mesa. Estrechos canales tallados en la madera recogían la sangre que rezumaba, canalizándola hasta los cubos de abajo.

—Dioses —jadeé, mirando los cubos con el estómago revuelto. Venderían la sangre para su uso en la magia de hueso, así como otras partes del Hyhborn. Sinceramente, no sabía si algo de aquello funcionaba de verdad cuando lo usaba un brujo, pero mientras la gente creyera en pociones y encantamientos, habría demanda.

Aparté la mirada de los cubos y decidí que tenía que despertarlo de algún modo. Me fijé en la estaca de su pecho. La intuición me dijo lo que tenía que hacer: quitar las estacas, comenzando por la de su pecho. Tragué saliva de nuevo, con la garganta seca, y levanté la mirada. Su rostro seguía vuelto hacia el lado contrario, pero ahora que estaba más cerca, podía ver que había una decoloración en la piel de su cuello. Observé con mayor atención: no, no era una decoloración. Era un… un patrón *en* su piel, uno que parecía una enredadera. Era de un marrón rojizo, en lugar del tono arena del resto de su carne, y había algo en el diseño alargado, casi en espiral, que me resultaba familiar, aunque no creía que hubiera visto nunca algo así.

Volví a mirar la estaca de *lunea* de su pecho y alargué la mano hacia ella, pero me detuve cuando mis ojos subieron hasta los húmedos mechones de cabello que le ocultaban la cara. El corazón me latía con fuerza.

Volví a notar ese zumbido.

Le aparté el cabello con una mano temblorosa, revelando más de la marca de su piel. El patrón marrón rojizo viajaba sobre la curva de una mandíbula fuerte, se estilizaba en su sien y después seguía la línea de su cabello hasta el centro de la frente. Había un espacio del ancho de un dedo y luego la marca comenzaba de nuevo al otro lado, como si el diseño encuadrara su rostro. La carne debajo de la ceja, ligeramente más oscura que su cabello, estaba hinchada, como sus dos ojos. Unas pestañas absurdamente largas abanicaban una piel que era de un furioso tono rojo. La sangre le cubría la zona bajo la nariz, tenía un corte a lo largo de sus pómulos altos y definidos y sus labios…

—Oh, dioses —retrocedí un paso, presionándome el pecho con el puño.

Las marcas que encuadraban su rostro no habían estado allí años antes, y su rostro estaba terriblemente amoratado, pero era él. Sin duda.

Mi lord Hyhborn.

4

Volví a sentir lo que noté la última vez que lo vi.

Una advertencia.

Una evaluación.

Una promesa de lo que estaba por venir.

No había comprendido qué significaba entonces y todavía no lo hacía, pero *era* él.

El asombro me mantuvo inmóvil. No podía creérmelo, aunque siempre había sabido que volvería a verlo. Lo había esperado, prácticamente había anticipado su regreso, y aun así no estaba preparada para descubrirme ante él.

De repente pensé en la premonición. *Ya viene.* Me había equivocado. No tenía nada que ver con el comandante de los Caballeros de Hierro.

Había sido sobre *él*.

Una risa aguda me separó los labios, sorprendiéndome. Me tapé la boca con la mano, me tensé.

No se movió.

De repente me pregunté si *este* momento sería la razón por la que me había sentido así, tantos años antes, en Union City. Si quizá había sido una advertencia de que algún día nuestros caminos se cruzarían, y él necesitaría mi ayuda.

Como Grady y yo necesitamos la suya, aquella noche en Union City.

Se lo debía.

Pero él era un lord Hyhborn, un Deminyen, y en lo único en lo que podía pensar era en aquella maldita culebra.

Me acerqué a la mesa y tragué saliva.

—Por favor… Por favor, no me hagas daño.

Agarré la estaca de *lunea*, conteniendo el aliento. La piedra estaba templada. Caliente. Cerré los ojos y tiré. La hoja no se movió.

—Oh, venga ya —murmuré, abriendo un ojo. Le coloqué la mano en el pecho, junto a la herida. Su piel… estaba antinaturalmente dura, pero no sentía ni oía nada. No sabía si se debía a lo que él era o a que mis pensamientos eran demasiado caóticos para que mis sentidos se activaran, pero tenía una preocupación mucho mayor que descubrir si podía leer a un Hyhborn como lo hacía con un mortal o si sería como un *caelestia*.

¿Y si no conseguía extraer las estacas?

Tomando otra inspiración, cerré los ojos y tiré de nuevo. El sonido húmedo de la *lunea* deslizándose, rasgando la carne, me revolvió el estómago. Me tragué una arcada cuando se soltó. La dejé caer en el suelo cubierto de paja, abrí un ojo y después el otro. La piel rasgada del agujero de su pecho… *humeaba*.

De acuerdo, no iba a pensar en eso. Me tembló la mano cuando la acerqué a la estaca de su muslo izquierdo.

Un golpe en algún sitio fuera del cubículo me hizo girar la cabeza bruscamente. El corazón me dio un vuelco. Mierda. Me aseguré de que todavía tuviera puesta la capucha, me acerqué a la entrada del cubículo y esperé otro sonido. Como no oí nada, salí al pasillo. Las puertas del granero seguían cerradas. El sonido seguramente habría sido un animal correteando por allí. Probablemente una rata. Había visto algunas del tamaño de perros pequeños.

Me estremecí y comencé a retroceder…

Una ráfaga de aire agitó el dobladillo de mi capa. Me quedé totalmente inmóvil, conteniendo el aliento. Una escalofriante sensación me erizó el vello de la nuca y el de los brazos. La atmósfera del granero cambió, se cargó de estática. Despacio, me giré.

Quedaban cuatro estacas de *lunea*, brillantes por la llamativa sangre roja, profundamente clavadas en la mesa… en la mesa *vacía*.

La lámpara de gas se apagó, sumiendo el cubículo y el granero en una completa y absoluta oscuridad.

Mi instinto, la zorra voluble que me había llevado hasta allí, me estaba diciendo otra cosa ahora. Que me moviera. Que sacara el culo de allí. Que *huyera*.

Conseguí dar un paso antes de que un cuerpo colisionara contra el mío, abatiéndome. El aire escapó de mis pulmones cuando golpeé con fuerza el suelo cubierto de heno. Lo que Grady me había enseñado en aquellos años sobre cómo defenderme y lo que había tenido que aprender yo misma por las malas puso mi cuerpo en acción. Arañé el suelo mientras levantaba las caderas, intentando apartar su enorme peso de mí.

El lord Hyhborn me aplastó contra el polvo y la tierra mientras un retumbante sonido escapaba de él y me *atravesaba* simultáneamente, helándome la sangre. El gruñido fue parecido al de un animal… un animal muy furioso, muy salvaje. Todos los músculos de mi cuerpo se tensaron. En esos breves segundos, me di cuenta de que, en la condición en la que estaba, no podría reconocerme. Ni siquiera verme.

—¿Te marchas tan pronto? —bramó—. ¿Justo… cuando empieza la diversión? No lo creo.

Se movió muy rápido; todo ocurrió demasiado deprisa, sin permitirme reaccionar. Me levantó del suelo. Me tambaleé, golpeé el borde de la mesa. Los cubos traquetearon, se volcaron. Me aparté de un salto. Mis botas resbalaron. Me caí de nuevo, golpeándome las rodillas contra el suelo, el suelo cubierto de *sangre* que… Oh, no, todavía estaba caliente. Podía sentirla empapándome las rodillas, cubriéndome las palmas. Contuve un grito, traté de levantarme.

—Querías… mi sangre —dijo, furioso, con una voz cavernosa que no se parecía en nada a la que recordaba—. Ahora… te ahogarás en ella.

La mano que se cerró sobre mi garganta terminó con mi grito de sorpresa, permitiendo que apenas pasara un poco de aire. Me tiró hacia el lado como si no fuera nada más que una muñeca de trapo. El pánico explotó en mi interior cuando le agarré la mano y le clavé el codo en el estómago. El dolor estalló en mi brazo cuando se encontró con la dura e inflexible carne. Intenté que me soltara, pero sus dedos no cedieron mientras me arrastraba por el suelo. La paja se clavó en mi cadera y golpeé con el brazo uno de los cubos que todavía seguían en pie. El horror hincó sus garras en mí. Tenía la intención de cumplir su amenaza: ahogarme en su sangre.

Diminutos estallidos blancos explotaron tras mis ojos mientras me arrastraba por el suelo. No había aire suficiente. Me dolía el pecho mientras le golpeaba el brazo, aunque no servía de nada. Le clavé los dedos en la mano, pataleando mientras procuraba liberarme, y pude pronunciar dos únicas palabras:

—*Por favor*.

El lord Hyhborn se detuvo, todavía presionándome la garganta. Después me puso en pie de repente. La presión abandonó de inmediato mi garganta. Me bebí el aire, atragantándome y sufriendo arcadas mientras se me aflojaban las piernas.

Esta vez no golpeé el suelo.

El Hyhborn me agarró por la cintura, tensó el brazo. Se quedó totalmente inmóvil contra mi cuerpo.

—Por favor —repetí, con el corazón tronando y fuera de control—. He venido a ayudarle.

—Tú… ¿Afirmas que no has… tenido nada que ver con esto? —me preguntó.

—No… No lo tuve.

—Tonterías. —Esa sola palabra me acarició el cuello.

—Oí… que hablaban de usted. —Le empujé el pecho. Necesitaba espacio… Necesitaba más aire y más luz. No cedió. Ni siquiera un centímetro. Los métodos básicos de defensa que conocía no servirían de nada contra un Hyhborn. Me retuvo como si no fuera nada más que un gatito revoltoso—. Estaba... Estaba intentando ayudarle. —Tragué saliva, hice una mueca ante su crudeza cuando levanté las manos de su pecho. Me temblaron mientras las detenía en el pequeño espacio entre nosotros—. Lo... Lo juro. Le pusieron... Le pusieron perejil bastardo en algo que le dieron...

Se le escapó otro gruñido.

—Lo juro. Solo he venido a ayudarle —susurré mientras mi pulso se descontrolaba. Ya no sentía su respiración contra mi mejilla. Pasó otro momento y la lámpara de gas se encendió, haciendo que me encogiera de miedo. Su tenue luz atravesó la antinatural oscuridad. Parpadeé hasta que comencé a ver lo que me rodeaba.

Estaba mirando el pecho del Hyhborn... el agujero irregular del que todavía manaban sangre y humo.

Me agarró la parte de atrás de la capucha con la otra mano y me la bajó. Los mechones de cabello húmedo escondían su rostro mientras me miraba.

¿Me había reconocido? Parecía improbable, ya que mi apariencia era muy diferente de la que había tenido más de una década atrás.

El lord se tambaleó de repente. En el siguiente instante, cayó de rodillas, arrastrándome con él, aunque yo aterricé sobre mi trasero. La lámpara de gas chisporroteó débilmente, pero siguió encendida.

Comencé a retroceder, pero me detuve cuando cayó hacia delante, sobre sus puños. Solo la curva de su barbilla y una comisura de su boca eran visibles. Sus hombros se movían ahora con respiraciones rápidas.

—¿Por qué? —Cada inspiración que tomaba sonaba dolorosa—. ¿Por qué... me... ayudas?

—No lo sé. —Aparté las piernas de él—. Me pareció que lo que iban a hacer no estaba bien, y tenía que hacer algo.

Dijo algo demasiado bajo para que lo oyera. Levanté la mirada hasta lo que podía ver de su cuerpo encorvado. Respiraba con demasiada dificultad, demasiado rápido. Me llené de preocupación.

—No sabía en qué estado estaría cuando viniera a ayudar. —Miré la herida roja y abierta de su brazo. Se había… Se había liberado de las estacas a fuerza de tirar—. Yo le quité la estaca del pecho.

No hubo respuesta.

—¿Mi señor? —susurré. Mi preocupación se convirtió en ansiedad.

Silencio.

—¿Está bien? —Hice una mueca en el momento en el que la pregunta abandonó mi boca. Claro que no estaba bien. Acababan de drogarlo, golpearlo y clavarlo a una mesa.

Me mordí el labio, me incliné hacia adelante y levanté las manos. Con cuidado, le aparté el cabello de la cara…

Contuve un grito, horrorizada. Las llamativas líneas de su rostro estaban contorsionadas por el dolor. Tenía los ojos abiertos… Al menos eso era lo que pensaba, pero no podía estar segura, porque lo único que veía era carne rosada, cruda y sanguinolenta allí donde sus ojos *deberían* estar.

—Me los arrancaron —exhaló.

Un sonido deshilachado me ahogó cuando lo miré, incapaz de comprender cómo era posible hacerle eso a alguien. Cómo alguien podía causar tanto daño, tanto dolor.

—Lo siento —susurré. Se me humedecieron los ojos—. Lo siento mucho…

—Para —gruñó, echándose hacia atrás, fuera de mi alcance—. No tienes… por qué disculparte si tú… no lo hiciste.

Un vacío se abrió en mi pecho.

—Aun así, lo siento.

—No lo sientas. Ya me están creciendo de nuevo. —Otro escalofrío lo atravesó—. Se están regenerando.

Bajé las manos hasta mi regazo.

—Eso es… un consuelo. —Tragué saliva, hice una mueca ante el dolor sordo de mi garganta—. Creo.

Emitió un sonido que creí que podía ser una carcajada, pero después se quedó en silencio, ralentizando su respiración.

Miré la entrada del cubículo.

—Deberíamos…

—¿Estás herida? —ladró.

Me sobresalté un poco.

—¿Qué?

Ese sonido grave y escalofriante tronó de nuevo.

—¿Te he hecho daño? ¿Al agarrarte?

—No —susurré.

Levantó la cabeza y un par de mechones de cabello cayeron hacia el lado, revelando la altura de un pómulo afilado y un ojo que ya no parecía en carne viva y destrozado.

—Mientes.

—No… No, no lo hago.

—Te estás frotando la garganta. La misma garganta que he estado a segundos de triturar.

Detuve los dedos. Su recordatorio era innecesario, pero ¿ahora podía ver? Bajé la mano.

Pasaron unos minutos más. Ninguno de los dos se movió o habló, y yo necesitaba ponerme en marcha. También él. Miré la puerta de nuevo.

—Lo siento.

Algo me sacudió cuando mis ojos regresaron con él.

—Cuando volví en mí, solo… solo reaccioné —continuó con brusquedad, bajando las manos hasta sus muslos—. No era yo mismo. Pensé… que tú tenías… algo que ver con esto.

Lo miré fijamente. Mi intuición estaba muda, como ocurría normalmente cuando se trataba de un Hyhborn, pero su disculpa sonaba sincera.

El chirrido de unos goznes oxidados llegó hasta nosotros desde la parte delantera del granero, atrayendo mi atención hacia la entrada. El corazón me dio un vuelco. Aquello no parecía una rata. El temor me atravesó. Nadie podía verme allí, con él.

—Quédese aquí —susurré, levantándome del suelo mientras el lord se giraba despacio por la cintura hacia la entrada del cubículo.

Lo dejé allí, sin saber qué iba a hacer o decir si alguien había entrado, ya que por poderoso que pudiera ser un lord Hyhborn, aquel estaba gravemente herido. Seguramente me sería de poca ayuda.

Salí al pasillo central con las manos temblorosas. Una de las puertas del granero estaba entreabierta. No vi nada mientras avanzaba, subiéndome la capucha. Quizá se había levantado viento fuera y una ráfaga había abierto la puerta. No era imposible. Me acerqué a los dos cubículos delanteros y mis músculos comenzaron a relajarse. Tenía que ser...

La sombra emergió del cubículo de la izquierda. Retrocedí con brusquedad, pero no fui lo bastante rápida. Una mano se cerró sobre mi brazo, y tiró dolorosamente de él.

—¿Qué haces aquí?

El gemido de dolor se convirtió en uno de reconocimiento mientras retrocedía, agarrándole el brazo. Conocía aquella voz. Era Weber, uno de los empleados de la panadería del pueblo que siempre coqueteaba con las amantes de Claude cuando nos traía las pastas recién horneadas que al barón le gustaban, unas que juraba que nadie más podía hacer tan bien. Era un hombre grande, corpulento, con los nudillos amoratados y siempre hinchados por los combates de boxeo que se llevaban a cabo en las casas de apuestas junto a los muelles.

Me agarró el cabello y tiró hacia atrás.

—Contesta.

—Me haces daño —jadeé.

—Chica, voy a hacerte cosas peores si no me contestas. —Weber me arrastró hacia el cubículo, alejándome de la entrada mientras me rodeaba el cuello con el otro brazo—. No deberías estar aquí.

El olor del sudor y del azúcar de caña me abrumó mientras le decía lo primero que se me ocurrió:

—Yo... He salido a dar un paseo...

—Venga ya. —Weber bajó la cabeza y su saliva me salpicó la mejilla—. Vas a tener que... *Espera.* ¿Eso es sangre?

—Me he caído —dije apresuradamente—. Por eso...

—Tonterías. ¿Qué hacías aquí? —siseó, quedándose inmóvil de repente a mi espalda.

—Yo...

—Calla. —Ladeó la cabeza.

Sabía lo que estaba oyendo: el repentino y antinatural silencio del granero, el aire espesándose y cargándose. Entonces lo escuché. Un paso, suave y casi mudo. Mi cuerpo entero se puso rígido. Weber nos hizo girar. El pasillo estaba vacío. Por supuesto. El lord apenas podía mantenerse en pie, casi se había desangrado y todavía le faltaba al menos un ojo.

—¿Eso es sangre de Hyhborn? —me preguntó Weber, dando un paso atrás—. ¿Has soltado a esa cosa?

Antes de que pudiera responder, me tiró de la capucha hacia atrás y soltó una maldición.

—Por todos los demonios, eres una de las putas del barón.

—Soy... Oh, que te den. —No tenía sentido seguir mintiendo, así que golpeé con el brazo hacia atrás. Esta vez, no impacté en carne dura cuando le clavé el codo en el estómago con fuerza suficiente para que me soltara con un grito de dolor. Me giré y le aplasté la entrepierna con la rodilla.

—Puta —resolló, encorvándose.

Lo rodeé, pero él se lanzó sobre mí. Agarró la parte de atrás de mi capa, y me arrojó al suelo como si no fuera más que una bolsa de basura. Caí de rodillas por enésima vez aquella noche.

—Quédate ahí —me espetó, buscando a su espalda—. Me ocuparé de ti en un momento.

A la luz de la luna, vi el destello de una hoja blanca lechosa: tenía una daga de *lunea* en la mano. Me levanté mientras Weber se dirigía al pasillo, salté hacia él y le agarré la manga del brazo en el que blandía la daga.

El panadero levantó el brazo, golpeándome la cara. El dolor estalló en mi nariz y me tambaleé hacia un lado hasta colisionar contra la pared. La madera gimió con el impacto, y me llevé la mano a la nariz. Una húmeda calidez me cubrió los dedos.

Sangre.

Mi sangre.

El vello de todo mi cuerpo se erizó cuando mi mirada se clavó en la suya. Mi mente se silenció, y… *ocurrió*. Conecté con él y mi intuición cobró vida, mostrándome el futuro: el enloquecedor crujido del hueso del brazo derecho, después del izquierdo. Un dolor fantasma viajó hasta mi garganta. Lo sentí todo.

Su *muerte*.

Y yo… yo *sonreí*.

—Zorra estúpida, quédate ahí y no hagas ruido. Ya tienes un gran precio que pagar. No hagas que sea… —Sus palabras terminaron en un gemido estrangulado.

Y mi respiración se detuvo en mi pecho.

El lord Hyhborn estaba allí, bajo un rayo de luz de la luna que segaba su cabeza inclinada y su pecho ensangrentado. Parecía un espíritu vengador invocado de las profundidades de una pesadilla mientras sostenía al panadero por la garganta con una mano y por la muñeca con la otra.

—Intentar capturarme… fue una mala… decisión. —Su voz sonó muy suave, pero tan fría que envió un escalofrío de miedo por mi columna—. Pero ¿golpearla?

Separé mis labios teñidos de sangre mientras el lord levantaba al mortal del suelo, impasible mientras Weber le golpeaba el brazo con el que lo sostenía.

—Eso ha sido un error fatal —gruñó el Hyhborn.

Weber farfulló, con los ojos desorbitados.

El Hyhborn ladeó la cabeza y varios mechones de su cabello se deslizaron hacia atrás. La luz de la luna cortó su perfil, sobrevolando su boca. Su sonrisa era tan sangrienta como lo había sido la mía. Le retorció el brazo a Weber con brusquedad.

El crujido del hueso del panadero fue como un trueno. La daga aterrizó con un golpe sordo. Su jadeante gemido dio paso a un aullido ahogado y agudo.

—Yo... te recuerdo. —El lord enderezó la cabeza—. Fuiste tú el que... me asaltó al salir de la taberna. —Agarró el otro brazo de Weber—. Fuiste tú el que... me clavó la estaca... en el pecho.

Me aplasté contra la pared cuando oí el chasquido del segundo hueso, apartando la mano de mi nariz ensangrentada.

—Y te reíste al hacerlo. —El lord movió la mano bruscamente hacia atrás.

Me giré, pero aun así oí el nauseabundo crujido; aun así, vi el brillante blanco azulado del cartílago de la tráquea de Weber. Intenté no verlo, aunque ya lo había hecho, segundos antes.

—Y no será ese un sonido que vuelvas a hacer. —El lord lanzó a un lado el montón de tejido y carne destrozada. Dejó caer al panadero.

La bilis subió por mi garganta, me giré y miré el sitio donde estaba Weber, un retorcido y convulsionante montón de hombre. Había visto mucha muerte. En las calles y en los hospicios, de niña, incluso mucho antes de que mi lord Hyhborn llegara a Union City. Había visto muerte demasiadas veces, en mi mente y ante mí: aquellos que fallecían debido a dolencias que se enconaban y crecían en su interior, y aquellos que morían debido a los males que habían crecido dentro de otros. Había visto tanta muerte que pensaba que ya estaba acostumbrada a ella, y quizá lo estuviera un poco, porque no estaba gritando ni temblando. Pero seguía siendo una conmoción. Una pérdida, aunque Weber se lo mereciera, pero...

Nunca antes había sonreído al verla.

—Tu intervención... fue innecesaria —dijo el lord, atrayendo mi mirada hasta él. Se arrodilló y se limpió la sangre de la mano en la camisa de Weber. Giró la cabeza hacia mí y pensé que podía ver el inicio de un ojo de verdad en su cuenca derecha—. Deberías haberte… quedado atrás.

Tardé un instante en encontrar las palabras.

—Estaba herido. Sigue herido.

Así era. Su pecho se movía en jadeos breves y superficiales. Incluso a la luz de la luna, podía ver que su piel había perdido gran parte de su color. La violencia tenía un coste para él.

—Y tú eres… una mortal que apenas es capaz de defenderse… o de defender a otro. —Se levantó, con movimientos trémulos—. Pero eres valiente, más valiente que… muchos más fuertes que tú.

Se me escapó una carcajada.

—No soy valiente.

—Entonces, ¿cómo… defines tus acciones de esta noche?

—Estúpidas.

—Bueno, existe la valentía estúpida —dijo, suspirando mientras se acercaba a mí—. Te ha… pegado.

Me moví hacia un lado, alejándome de él.

—Estoy bien.

El lord Hyhborn se detuvo.

—Ya ni siquiera me sangra la nariz —divagué—. Casi no me dio.

Pasó un instante de silencio.

—No voy a hacerte daño. —Tensó los hombros—. No… No volveré a hacerte daño.

Al menos era consciente de que lo había hecho, aunque sus actos hubieran sido accidentales.

—¿Conocías… a ese hombre? —Se pasó una mano por la cara, a través del cabello.

—Sí. Trabajaba en la panadería.

—Estaba… esperando fuera cuando me marché de la taberna. Estaba con… dos más. El de… la taberna… y otro que estaba allí bebiendo.

Abrí la boca, después la cerré. Estaba hablando de Porter y seguramente de Mickie.

—Han hecho esto antes —continuó, con voz ronca.

Me estremecí. Que supieran lo que el perejil bastardo podía hacerle a un Hyhborn y que dispusieran de las estacas de *lunea* dejaba claro que seguramente lo habían hecho más de una vez.

Entonces se miró, se presionó con un dedo la carne bajo la herida del pecho.

—¿Le duele? —quise saber; otra pregunta más, increíblemente absurda.

Levantó la cabeza, pero lo único que vi fue la línea recta de su nariz.

—Es como si… me hubieran abierto un agujero… en la cavidad torácica.

La bilis subió por mi garganta.

—Lo siento.

El lord se quedó inmóvil de nuevo.

—¿Lo haces mucho? Disculparte… por algo con lo que no has tenido nada que ver.

—Empatizo —le dije—. Usted no hizo nada para merecerse eso, ¿verdad? Solo estaba en la taberna por… por la razón que fuera. Eso es todo. Nadie se merece lo que le hicieron.

—¿Ni siquiera un Hyhborn?

—No.

Emitió un sonido que sonó como una risa amarga.

Tomé una pequeña inspiración.

—Tengo que marcharme. Usted también. Los demás volverán.

—Y también morirán. —Se giró, tambaleándose.

Mi corazón se llenó de alarma.

—¿Mi señor?

—Necesito… tu ayuda. Otra vez. —Emitió un suspiro irregular—. Tengo que limpiarme. La *lunea* contamina el cuerpo. Está en mi sangre y en mi sudor, y el perejil bastardo… hace que sea difícil… excretarla. Tengo que bañarme. Necesito agua. De lo contrario, no podré sanar por completo. Me desmayaré de nuevo.

Miré a mi alrededor. No había agua allí, seguramente no la suficiente para que se bañara o para que la bebiera.

Tensé los músculos mientras lo miraba. La parte lógica de mi cerebro me exigía que le dijera que no podía ayudarlo más, que le deseaba buena suerte, y que después me alejara tanto como pudiera. Pero la otra parte, aquella con la que había nacido y que siempre, siempre, ganaba sobre cualquier otra cosa que mi mente estuviera diciéndome, me exigió que hiciera justo lo contrario a lo que era prudente y razonable.

Pero no solo era mi intuición. Se trataba también de que era *él*, mi lord Hyhborn, aunque… No, no era mío. Tenía que dejar de pensar eso.

Miré la puerta y después a Weber, cerré los puños en mis costados.

—¿Puede caminar?

Durante un largo momento, no contestó.

—Sí.

—Bien —susurré, dando un paso hacia él. Vi la lechosa daga blanca bajo la luz de la luna. Me agaché, la levanté y lo miré, a él y al pasillo oscuro—. Quédese aquí. De verdad esta vez.

El lord no contestó cuando lo dejé allí y me apresuré a volver al cubículo donde lo habían retenido. La lámpara de gas seguía encendida. Me acerqué, y apreté la daga de *lunea* mientras volcaba los cubos de sangre.

5

Estaba preocupada.

El lord Hyhborn era fuerte, sin duda, pero apenas había conseguido dar algunos pasos fuera del cubículo antes de que su respiración se volviera trabajosa. Trastabilló. Salté hacia adelante, le rodeé la cintura con un brazo y lo sostuve lo mejor que pude. Mi fuerza se quebró rápidamente bajo su peso, pero la herida de su pecho había comenzado a sangrar de nuevo, y no poco. También parecía más grande. No creía que el resto de sus heridas estuvieran mejor.

—Solo un poco más —le aseguré, esperando que Finn tuviera razón y que Jac estuviera ocupado hasta el alba, porque de lo contrario…

Sería malo.

Asintió; su cabello colgaba en mechones alrededor de su rostro. Aquella fue la única respuesta que conseguí mientras salíamos del granero. Atravesando el terreno irregular, miré el bosque y atisbé la sombría silueta de Iris, pastando.

Apreté los dientes y avancé, aunque se me resbalaban los dedos en su viscosa cintura. Me pareció que había pasado una eternidad hasta que llegamos a la puerta trasera de la casa del herrero. El lord se apoyó contra el revestimiento de cemento típico de los edificios tan antiguos; la cabeza le colgaba sin fuerza sobre los hombros.

—¿Quién vive… aquí? ¿El herrero?

—Sí. No debería regresar pronto —le aseguré—. Esto no es una trampa, ni nada de eso.

—Eso… espero —dijo, apoyando la cabeza contra el muro y exponiendo su garganta a la luz de la luna—. En ese caso… te habrías metido en… un montón de problemas innecesarios.

Mordiéndome el interior del labio, giré el pomo. O lo intenté. Me encogí de hombros.

—Está cerrada.

—Qué… inconveniente. —El Hyhborn inclinó su cuerpo hacia el mío. Levantó el puño y golpeó la puerta, justo por encima del pomo. La madera se agrietó y estalló cuando su puño la atravesó.

Me quedé boquiabierta.

Buscó a través del agujero irregular y giró el pestillo.

—Eso… es. Ya no está cerrada.

Parpadeé mientras mis dedos aleteaban hasta mi cuello. La misma mano que acababa de atravesar una gruesa puerta de madera había rodeado mi garganta.

—Si no estuviera tan… débil —me dijo, mirándome desde detrás de una cortina de cabello—, te habría matado en el momento en el que apreté… tu garganta. Tienes suerte.

Bajé la mano y mi corazón se saltó un latido. No me sentía muy afortunada en aquel momento. En lugar de eso, me sentía como si, esta vez, de verdad, las cosas estuvieran escapando de mi control.

El lord empujó la puerta para abrirla y casi tropezó ante el tenue hedor de la cerveza rancia y de la comida en mal estado. Le eché al espacio un vistazo rápido, vi una pequeña mesa y cacharros y sartenes sucios apilados en un fregadero. Miré el estrecho pasillo que parecía conducir a la parte delantera de la casa, donde Jac seguramente recibía a sus clientes. Muchos de los edificios de aquella parte de Archwood tenían varios siglos de antigüedad y habían sobrevivido a la Gran Guerra, así que eran grandes, tenían un montón de habitaciones y estaban construidos de un modo totalmente distinto al que usábamos en la actualidad. Me giré y vi otra puerta al otro lado de la mesa.

Suponiendo que conducía a los dormitorios y con suerte a un baño, ayudé al lord a rodear la mesa de madera.

—Tú… no estabas en la taberna —dijo con voz ronca.

—¿Cómo lo sabe?

—Te habría… visto.

Levanté una ceja.

—Había salido a dar un paseo cuando sin querer oí lo que había pasado.

—¿Dónde?

No respondí mientras abría la puerta y lo conducía por el estrecho pasillo.

—Has… estado en algún sitio cerca… de un jardín —me dijo.

Giré la cabeza hacia él.

—¿Cómo sabe eso?

—Hueles… a tierra —dijo, y fruncí el ceño, pues no tenía ni idea de si eso significaba que olía mal o no—. Un poco a… a hierbabuena y…

Aquello me sorprendió. Había estado trasteando con la hierbabuena. Lo miré con atención.

—¿Cómo puede oler eso?

—Porque puedo —murmuró mientras se me escapaba, tambaleándose. Intenté sujetarlo, pero me rechazó—. Estoy bien.

Yo no estaba tan segura de eso, pero miré hacia adelante. Había otra puerta, entreabierta.

Usó la pared para apoyarse, respirando trabajosamente.

—¿La hierbabuena?

—Hoy he cortado un poco.

Emitió un sonido que parecía una especie de zumbido.

—Me… gusta su… olor.

—A mí también.

Exhalé y abrí la puerta. La luz de la luna entraba a través de la ventana, tiñendo de plata una cama en una habitación sorprendentemente ordenada que olía a ropa limpia.

El lord entró en el dormitorio. Cerré la puerta a su espalda y coloqué la diminuta aldaba, como si eso pudiera evitar que un conejo entrara, y mucho menos una persona.

Me senté pesadamente en el borde de la cama. Me detuve, con una mano contra el pecho, cuando él se agarró las rodillas, encorvándose ligeramente por la cintura. Iba a preguntarle si estaba bien, pero me contuve. No lo estaba. En absoluto. Ver a alguien así hacía que mi estómago saltara por todas partes.

Le di la espalda, encontré una lámpara cerca de la cama y la encendí. Su luz de mantequilla iluminó el espacio mientras cruzaba la habitación, abría otra puerta y entraba. Me sentí aliviada cuando vi la típica cabina de ducha que solía encontrarse en los edificios más antiguos. No era muy grande, pero serviría.

—Puede asearse aquí.

—Voy a necesitar un minuto —dijo, arrastrando las palabras—. Parece que el dormitorio se mueve.

Regresé a la habitación, miré a mi alrededor y vi una alacena. Me apresuré hacia ella y me saqué la daga de *lunea* del bolsillo de la capa, un poco sorprendida porque no me había apuñalado con ella. La dejé en la alacena cuando vi un frasco cerrado de lo que parecía agua en una pequeña mesa frente a la cama. Me lo acerqué a la nariz, lo olfateé y, como no olía a nada, me serví un vaso y tomé un trago.

—¿Esto lo ayudará? Es solo agua, pero tibia.

—Debería.

Le entregué el vaso, di un paso atrás. Tomó un sorbo pequeño al principio y después se bebió el vaso entero.

—¿Más?

—Creo que… debería dejar… que se asentase.

Le quité el vaso y lo deposité sobre la mesa.

—¿Sigue moviéndose la habitación?

—Por desgracia. —Puso las manos en el borde de la cama—. Ahora mismo no siento las piernas y la luz… Mis ojos no están preparados.

Maldije, porque no había pensado en eso.

—Lo siento —murmuré, apagando la lámpara rápidamente.

El lord se había callado mientras lo miraba. Me sentí turbada cuando me acerqué a él: era uno de los seres más poderosos de todo el reino, y estaba… estaba temblando. Las piernas. Sus brazos.

—¿Es la cicuta menor o la… pérdida de sangre?

—Ambas cosas… y la *lunea*. Eso nos debilita… Nos enferma —me explicó—. Cuando nos clavan una hoja de *lunea* o su herida no se trata, se convierte en una toxina que destruye nuestros tejidos. —Encorvó sus enormes hombros—. Otro de los míos habría necesitado mucho más que agua y tiempo para curarse.

Eso significaba que, si no fuera un lord, las heridas seguramente habrían terminado con su vida. Sentí la necesidad de disculparme de nuevo, pero conseguí detenerme.

Tenía que lograr que se limpiara y salir de allí antes de que vinieran los demás… O Jac.

—¿Qué más necesitaría? —le pregunté, por si el agua no era suficiente, mientras me arrodillaba ante él—. Para curarse.

—Yo… Necesitaría alimentarme.

—Uhm. —Miré la puerta—. Puede que encuentre algo para comer.

—No hablo… de comida.

Levanté las cejas mientras tanteaba en la oscuridad, pasando los dedos sobre su bota hasta que hallé la parte de arriba. Durante el breve periodo de tiempo en el que tuve intimidad con Claude, obtuve bastante experiencia desnudando a un hombre semiinconsciente, pero todavía me sentía un poco fuera de mi elemento cuando agarré la caña de la bota y tiré de ella.

—¿De qué habla?

Un repentino brillo suave cobró vida, haciéndome levantar la mirada mientras pasaba a la otra bota. Vi que había tomado una vela de la mesita de noche y que la había encendido… con los dedos. Separé los labios con una suave inhalación ante el recordatorio de lo que era.

—¿Cómo… ha hecho eso?

—Magia.

Levanté las cejas. En realidad, nunca había visto a un Hyhborn usando los elementos.

—¿De verdad?

—No.

Lo miré un instante, después negué con la cabeza. Inquieta, agarré la otra bota.

—¿Le hace daño en los ojos la luz de la vela?

—No —me respondió.

No estaba segura de creerlo. Solté la bota y miré el baño, después le quité la vela de la mano.

—Le prepararé la ducha. —Me levanté—. Pero no puedo prometerle que esté caliente.

—Estará… bien.

Mordiéndome el labio, entré de nuevo en el baño y coloqué la vela en un estante. Eché una mirada a mi reflejo e hice una mueca. Tenía un corte en el puente de la nariz y los ojos hinchados. La nariz no parecía rota, pero no tenía ni idea de cómo iba a explicarle aquello a Grady.

Entré en la ducha y giré rápidamente los grifos de la pared. Un constante torrente de agua golpeó el suelo de porcelana de la cabina. Metí la mano bajo el chorro. La sangre corrió entre mis dedos, salpicando el suelo mientras probaba la temperatura. No estaba exactamente caliente, pero tampoco helada. Me lavé la sangre de la otra mano y regresé.

El lord estaba apoyado en el marco de la puerta. Cómo se movía tan silenciosamente estando herido y siendo tan… bueno…, tan grande, era un misterio para mí.

—¿No debería sentarse? —le pregunté.

—La habitación ha dejado de moverse.

—Eso suena bien… —Me detuve cuando se tambaleó.

Se echó mano a los pantalones, con la cabeza bajada con debilidad. Al darme cuenta de que estaba a punto de desvestirse, comencé a girarme, pero tenía los dedos torpes, casi inútiles, mientras se balanceaba.

—Joder.

Corrí hacia él y lo sujeté. Su peso era inmenso; cuando lo rodeé con mis brazos, descubrí que la piel desnuda de su pecho estaba caliente.

—¿Está bien?

Se estabilizó un poco.

—Sí.

Empecé a soltarlo, pero se bamboleó.

—No está bien.

—Sí —repitió, rodeándome para colocar una mano en el borde del lavabo.

Con la garganta seca y la mente desbocada, miré sobre mi hombro el agua corriente. Después miré mi capa, y por último sus pantalones. Suspiré.

—¿Puede agarrarse al lavabo un instante?

Con la cabeza bajada, asintió.

Lo solté y esperé hasta asegurarme de que no fuera a caerse. Como no lo hizo, me quité las botas y las lancé de una patada al dormitorio. Me quité también los broches del cuello.

—¿Qué estás haciendo? —resolló, con voz ronca.

—Tiene que asearse, ¿no? —Dejé que la capa cayera al suelo—. Y no parece que pueda hacerlo solo.

—Y yo que pensaba… —Se estremeció; los músculos de sus brazos se contrajeron—. Pensaba que ibas a aprovecharte de mí.

Me detuve.

—¿En serio?

—No. —Se estremeció—. La habitación se está moviendo de nuevo, *na'laa*.

Maldición. Me quedé inmóvil, pensando que ayudaría que no me moviera. Un momento. ¿Qué me había llamado?

—¿*Na'laa*?

—Es enoquiano. —Bajó un brazo para apoyarlo en su rodilla doblada—. Una expresión… en nuestro idioma.

Sabía que los Hyhborn tenían su propia lengua, pero nunca la había oído.

—¿Qué significa?

—Tiene… muchos significados. A veces se… usa para describir… a alguien que es valiente.

Por alguna razón, se me calentaron las mejillas.

—Hay… debe haber… un montón de actividad mágica en tu ciudad —dijo después de un momento.

Pensando en todas las veces que en el pasado había sido acusada de bruja, lo miré.

—Sinceramente, no sé si la hay —contesté—. Ni siquiera estoy segura de creer que sea posible todo lo que se dice de la magia de hueso.

—Oh, es real. —Le temblaron los brazos mientras se sostenía—. Ingerir nuestra sangre mataría a un mortal, pero ¿aplicarla… sobre una herida? ¿Sobre una cicatriz? La hará sanar. Rocíala sobre una tierra estéril y los sembrados florecerán. Entierra una mano… en la tierra recién arada, y las cosechas prosperarán allí también, y no serán susceptibles a las sequías o a plagas. —Bajó la barbilla aún más—. Nuestros dientes, cuando se lanzan al agua, pueden crear monedas.

—¿De verdad? —La duda reptó a mi tono mientras me daba cuenta de que su sangre había empapado mi capa y manchado mi camisón.

—De verdad —me confirmó—. Pero eso no es todo.

—Claro que no —murmuré.

—Nuestros ojos… advierten al portador de cualquiera que se… aproxime —continué, y ni siquiera quise saber cómo podía alguien llevar un ojo. Podría pasarme la vida entera sin saberlo—. Nuestras lenguas obligan a decir la verdad… a cualquiera que hable, y trenzando nuestro cabello con el vuestro os aseguráis una buena salud. Nuestros huesos… pueden devolver la salud perdida.

—Oh —susurré, de algún modo estupefacta.

—Enterrar los dedos de nuestras manos y pies… hará brotar el agua de la profundidad de la tierra—. Las tiras de nuestra… de nuestra piel, colgadas sobre una puerta, mantienen alejados a los *nix*.

—Eso es asqueroso.

Pero la mención de la criatura me provocó un escalofrío. Los *nix* estaban relacionados con los Hyhborn, en cierto sentido, y habitaban en el bosque, donde normalmente solo se adentraban los cazadores de caza mayor, sobre todo en los Wychwoods, los extensos bosques sagrados donde se rumoreaba que había árboles que sangraban. Los Wychwoods bordeaban las Tierras Bajas y la Región Central y se extendían hasta las Tierras Altas, donde las criaturas que moraban en ellos no parecían ni remotamente mortales y eran más aterradoras que las tarántulas Goliat, unas arañas con garras increíblemente grandes y espeluznantes. Yo nunca los había visto, ni a las tarántulas Goliat ni a los *nix*.

—¿Qué... aspecto tienen? Los *nix* —le pregunté.

—¿Has... visto un Rae?

Me estremecí, pensando en los jinetes Hyhborn que eran más hueso que carne.

—Una vez.

—Imagínalos así... pero más delgados, más rápidos, con dientes y garras afiladas —me dijo—. Y pueden meterse en tu cabeza, hacerte creer que estás viendo y experimentando... lo que no está ahí.

Me tensé, conteniendo el aliento.

—Entonces, quizá... Después de saber cómo son, quizá ya no te parezca tan asqueroso colgar nuestra piel en la puerta —me indicó—. También están... nuestras pollas.

—Perdone —me atraganté—, ¿qué?

—Nuestras pollas, *na'laa* —repitió—. Contar con una de ellas... proporcionará al propietario... una unión muy... fructífera.

Abrí la boca, pero me quedé sin palabras durante varios segundos.

—Hay una parte de mí, una parte enorme de mí, que se arrepiente de haber comenzado esta conversación.

—Hay más —continuó, y me pareció que su tono se aligeraba, que se volvía casi burlón—. No he... ni siquiera he llegado a lo que nuestros músculos...

—Genial —murmuré—. ¿Todavía se mueve la habitación?

—No.

Gracias a los dioses. Eché mano a los tirantes de mi camisón.

—Nuestro semen —dijo, y me detuve—. Se sabe que es un... poderoso afrodisíaco. Algunos lo mezclan con hierbas para... frotárselo. Otros se lo beben...

—Lo capto —lo interrumpí, pues había oído hablar de pociones que prometían incrementar el placer de quienes las usaban—. Solo para que quede claro: a mí no me interesa su sangre ni su...

—¿Ni mi semen? —terminó.

—Por supuesto que no —repliqué.

—Qué pena.

Negando con la cabeza, me despojé de mi camisón. Me rehusé a pensar en lo que estaba haciendo mientras el calor húmedo me erizaba la piel.

—Estoy desnuda, por cierto.

—Es extraño, pero eso ha sonado a... advertencia —murmuró—. Como si saber que estás desnuda evitara de algún modo que... te mirara.

—No es una advertencia. Solo lo digo para que pueda mostrarse educado y no mirar.

—Sé que no... nos conocemos... bien, pero deberías... saber que tengo fama de... ser educado.

—Puede intentarlo. —Me arrodillé a su lado y dudé; la realidad de lo que estaba haciendo me golpeó.

Estaba desnudando a un Hyhborn, a un lord Hyhborn.

Naomi se moriría de envidia.

Me tragué una carcajada, busqué la cinturilla de su pantalón y comencé a desabotonarlo. El dorso de mis manos rozó algo en lo que también me rehusé a pensar, provocando que él succionara la inspiración más profunda que le había oído tomar aquella noche.

—No se mueva.

—No me muevo, pero… estás de rodillas, tus dedos están cerca de mi nabo, y en este momento estás gloriosamente desnuda, así que…

Mientras trabajaba en el último botón, puse los ojos en blanco.

—Ni siquiera se tiene en pie y sus ojos todavía se están regenerando. En lo último en lo que necesita pensar es en que estoy de rodillas, en sus genitales o en mi desnudez.

—Mis ojos ya se han regenerado, *na'laa*.

Levanté la barbilla. Un caos de cabello ocultaba su rostro, pero tenía la cabeza girada en mi dirección. Bajé la mirada hasta sus manos, hasta sus largos dedos, presionando el borde del lavabo.

—Por eso… sé que estás gloriosamente desnuda —continuó.

Se me tensaron los músculos del estómago, robándome el aire.

Por todos los buenos dioses, aquello era lo último que necesitaba sentir.

Me deshice rápidamente del último botón, y quizá fui un poco brusca, porque su gemido grave me quemó las puntas de las orejas. Intenté bajarle el pantalón….

—Yo puedo —murmuró.

No estaba segura de que fuera cierto, así que, cuando me incorporé, me quedé detrás. Mantuve la mirada fija en su espalda mientras, inestable, se quitaba el pantalón, y me aparté cuando terminó y se alejó del lavabo. Dio un paso y comenzó a tambalearse de nuevo. Lo sostuve, le rodeé la cintura con el brazo. Le coloqué una mano en el estómago y me tensé.

No había voces.

Ninguna imagen.

¿Sería como con los *caelestia*, con los que podía disfrutar de un par de dichosos minutos durante los que podía tocarlos? Aunque aun así tenía que concentrarme para evitar deslizarme en sus mentes en esos pocos instantes.

—Me equivocaba. —El lord se apoyó en mí, presionando mi vientre con su cadera—. No puedo.

Lo ayudé a caminar hasta la ducha, incapaz de ignorar su roce. Su piel estaba increíblemente caliente.

—Hay un pequeño escalón —le advertí.

Asintió, levantó el pie sobre el escalón mientras yo lo seguía, rodeándolo con el brazo.

Y manteniendo los ojos fijos en los azulejos blancos de la cabina.

La caída del agua fue desconcertante cuando nos situamos bajo el chorro, aunque su cuerpo se llevaba la peor parte. Aguanté, cerrando un puño mientras se giraba y apoyaba una mano contra los azulejos, mirando el agua. Levanté la vista y descubrí que había echado la cabeza hacia atrás, exponiendo su rostro y su pecho a la ducha.

Su gemido mientras el agua bajaba sobre su rostro y a través de su cabello fue... completamente pecaminoso. El calor regresó conmigo, reptó por mi garganta mientras mis ojos seguían el curso del agua sobre los músculos tensos de su espalda, cortando senderos en la sangre seca y en la... Bueno, firme curva de su trasero.

Cerré los ojos con fuerza y me ordené tranquilizarme. Los Hyhborn eran agradables de mirar. Eso ya lo sabía. Todo el mundo lo sabía. No importaba que fuera un trasero bonito. Un trasero era un trasero. No había nada espectacular en ninguno, incluido el suyo.

Abrí los ojos y deseé abofetearme mientras el agua que se arremolinaba en el sumidero se teñía de rojo.

—¿Cómo se siente?

—Mejor.

Llevé los ojos hasta su mano, sobre el azulejo. El brazo todavía le temblaba. Manchas azuladas y púrpuras mancillaban su carne. Volví a sentirme furiosa.

—Le han dado una buena paliza.

—El perejil bastardo me hizo... efecto justo cuando salí de la taberna. Creo que esperaban que fuera más... rápido.

Se irguió mientras yo intentaba llegar hasta el jabón que había visto antes. El esfuerzo pegó mi pecho desnudo contra su espalda. El contacto fue breve, pero suficiente para provocarme un escalofrío de conciencia. Agarré la pastilla y me eché hacia atrás.

—Ese... se abalanzó sobre mí.

—¿Weber?

Asintió.

—Luego se unieron los otros dos. A esos... no los reconocí.

Suponiendo que hablaba de Finn y de Mickie, aparté el brazo despacio. Como se mantuvo erguido, froté el jabón entre mis manos.

—Cuando le asaltaron, ¿se defendió?

—Maté a uno de ellos... antes de perder el conocimiento.

Contuve la respiración y me detuve. La espuma bajó por mi brazo. Vale. Quizá no estuviera hablando de Finn y de Mickie. ¿Cuánta gente de Archwood estaba involucrada en aquello? Había que advertir al barón. Me mordí el labio y le puse la mano en la cintura. Sus músculos se tensaron bajo mi palma, pero no se apartó. Le froté la espalda, para tratar de lavarle la sangre.

—Esos a los que oíste hablar —comenzó—. ¿Los oíste... decir algo más?

Pensé en lo que había oído.

—En realidad, sí. Hablaron de alguien al que llamaron Muriel.

El lord se tensó.

—¿Sabe quién es?

—Sí —dijo, pero no se explayó.

Me dolió un poco la nariz cuando el chorro del agua cayó sobre mí.

—¿Le había pasado algo así antes?

Se le escapó una carcajada áspera y seca.

—No, pero debí tener más cuidado. Conozco el perejil bastardo, y su efecto sobre los míos. Solo fue...

Me moví, le pasé la mano enjabonada por la cadera y de nuevo hacia arriba, esquivando los moretones mientras me concentraba en el tacto y en la textura de su piel. Me recordaba al… al mármol o al granito.

—¿Qué?

—Solo fue un descuido —me reveló cuando levanté la mano.

—Bueno, nos pasa a los mejores, ¿no? —Me enjaboné la mano de nuevo y la moví por el otro lado de su espalda.

Volvió a echar la cabeza hacia atrás, provocando que las puntas de su cabello acariciaran mis dedos mientras pasaba la mano ligeramente sobre su hombro. Parecía haber un… tenue brillo en su piel, pero no estaba segura de que fuera eso lo que estaba viendo.

—Sí.

En el silencio que cayó sobre nosotros, me encontré perdiéndome un poco en tocar a alguien… En tocarlo a él. No oía ni sentía nada. No había futuros violentos ni susurros con información, con detalles que era imposible que yo supiera. Nombres. Edades. Si estaban casados o no. Cómo vivían. Sus secretos y deseos más profundos, que eran los que Claude encontraba más valiosos.

Solo estaban mis pensamientos. Incluso con Claude, debía ser cuidadosa, y a aquellas alturas ya habría comenzado a oír sus pensamientos. Solo experimentaba aquella nada cuando bebía lo suficiente para embotar mis sentidos, pero haciéndolo también embotaba todo lo demás, incluyendo mi memoria. Cuando tocaba a alguien, no necesitaba imaginar aquella conexión mental, pero con aquel lord no había nada.

Un escalofrío me atravesó. Tal vez estaba demasiado distraída, demasiado abrumada para que mi intuición se activara. No lo sabía, y en aquel momento no me importó. Cerré los ojos y me permití… disfrutar de aquello. Del contacto. De la sensación de la piel de otro bajo mis palmas. De cómo sus músculos se tensaban y se movían bajo mis manos. Podría seguir así una eternidad.

Pero no teníamos una eternidad.

—¿Qué… estaba haciendo en los Dos Barriles? —le pregunté, aclarándome la garganta—. No es un lugar frecuentado por los Hyhborn de Primvera.

—Yo no soy… de Primvera —me dijo, confirmando lo que Mickie había creído—. Iba a encontrarme con alguien. Él me sugirió ese sitio.

Miré su nuca.

—¿Llegó a reunirse con esa persona?

—No. —Movió la cabeza al otro lado—. Y no creo que esté buscándome.

No necesitaba mi intuición para suponer que la persona con la que iba a reunirse le había tendido una trampa. Quizá fuera incluso el tal Muriel.

—¿Lo habría buscado alguien? ¿Un amigo, quizá?

Asintió.

—Al final lo habrían hecho.

Aquello era un alivio.

Hasta que se giró en el pequeño espacio y de repente mis ojos estuvieron a la altura de su pecho.

Separé los labios al ver que la herida se había reducido de nuevo, esta vez al tamaño de una pequeña moneda de oro. La mayor parte de la sangre había desaparecido, excepto por un par de manchas aquí y allá, pero había… Entorné la mirada. Había unos diminutos puntos blancos salpicando su pecho y su vientre.

No me permití seguir mirando, y él se movió ligeramente. Más agua tibia cayó sobre mí.

—¿Qué es lo que está… saliendo de su piel? ¿Es el perejil bastardo?

—La mayor parte de eso ha desaparecido ya —me contó—. Estás viendo los efectos secundarios de lo que hace una daga de *lunea*. Cuando la hoja toca nuestra carne, también actúa como un veneno. Se la come, llega hasta nuestra sangre y entonces… nos quema desde el interior, como haría una fiebre con un mortal. Mi cuerpo está expulsándolo.

—Oh —susurré, en cierto sentido fascinada y perturbada por ello. Por todo ello. Todo parecía demasiado surrealista: la conversación que había oído y la frenética carrera hasta la ciudad; descubrir que era a él a quien me había conducido mi intuición; estar en la ducha con él… Su cuerpo.

Había visto a un montón de hombres desnudos en distintas situaciones. Algunos como Grady, cuyo cuerpo estaba pulido por el entrenamiento y el manejo de la espada, y otros que estaban más blandos que yo misma, y aún algunos como Claude, que era naturalmente esbelto. Pero aquel lord era… Él era diferente.

Despacio, levanté la mirada hasta la suya. Sus ojos… Sin duda se habían regenerado, y eran exactamente como los recordaba: un estallido de arremolinado azul, verde y castaño. Eran muy extraños y muy bonitos. Estudié sus rasgos. El moretón casi había desaparecido de su cara. Aquello no era lo único ausente.

—Las marcas de su cara —le dije, frunciendo el ceño—. Han desaparecido.

Ladeó la cabeza ligeramente.

—¿Marcas? No estoy seguro de qué hablas.

—Tenía… Tenía unas marcas en la cara, a lo largo de la mandíbula y de la sien. Parecía un tatuaje —le dije—. Pero como si estuviera debajo de la piel.

Los colores de sus iris se fueron apaciguando, y después se detuvieron.

—Creo que has confundido lo que viste —me aseguró, bajando la barbilla—. Debió ser sangre o suciedad.

—Quizá. —Mi carne se erizó, respondiendo a la repentina frialdad del baño. Retrocedí un paso, nerviosa—. Creo…

—Tócame —me pidió.

El aire me abandonó cuando volví a mirarlo a los ojos.

—¿Qué?

—Mientras me limpias —me aclaró, bajando sus gruesas pestañas—. He descubierto que lo disfruto mucho. —Hubo una pausa—. Y creo que tú también lo disfrutas.

Estaba disfrutando mucho de aquello… de tocarlo. Tragué saliva mientras lo miraba. Se me habían soltado algunos mechones de cabello húmedo, que se me pegaron a las mejillas mientras apretaba la pastilla de jabón. Ayudarlo ya no parecía tan necesario a aquellas alturas. Su voz sonaba más fuerte. A juzgar por el movimiento de su pecho al respirar y por cómo habían disminuido las pausas entre sus palabras, ya no le costaba respirar. Podía terminar de limpiarse él mismo, sobre todo si era capaz de disfrutarlo.

Pero yo… Yo era una… insensata, era más que un poco tonta, y tenía una historia extremadamente larga tomando malas decisiones a pesar de saber que no debía.

Y… podía tocarlo.

Con nervios en el estómago, coloqué una mano jabonosa en su pecho. Me pareció que inhalaba profundamente, o quizá fui yo. No estaba segura, mientras deslizaba la palma sobre su piel y observaba las perlas blancas desapareciendo con la espuma. Me mantuve alejada de la herida de su pecho y de las de sus brazos, aunque parecían estar mucho mejor, casi totalmente cerradas. Tras hacer espuma una vez más, deslicé la palma sobre su vientre.

Mordiéndome el labio, acerqué la mano a su ombligo. Mi pulso se aceleró; sentía la piel caliente, a pesar de cómo se habían enfriado el agua y el aire. Cerré los ojos mientras recorría su cadera, por el interior y sobre el tenso músculo de su ingle. No fui más allá. Quería hacerlo, pero eso me habría parecido tremendamente inapropiado, teniéndolo todo en cuenta.

Sus músculos se tensaron bajo mis dedos y abrí los ojos para ver qué había conseguido con mi esfuerzo. La sangre había desaparecido y ya no veía esas motas diminutas surgiendo allí donde se desvanecía la espuma. Excepto por la herida, parecía estar mucho mejor. Su tono de piel se había profundizado, más bronceado que arenoso ahora, y su cuerpo…

Todavía no había ni un solo vello corporal a la vista. Era como si hubiera sido tallado en mármol, cada línea y músculo perfectamente definidos. Bajé la mirada, irresistiblemente atraída hacia su... su gruesa y dura longitud.

Dioses, yo... En realidad, nunca había creído que la polla de un hombre fuera algo atractivo o admirable, pero la suya era justo como el resto de él. Impresionante. Asombrosa. Brutalmente hermosa.

—*Na'laa*?

Una oleada de calor húmedo inundó mi centro.

—¿Sí?

—Estás mirándome.

Mi pecho se elevó bruscamente. Estaba haciéndolo. No podía negarlo.

—Está bien. —Su aliento danzó sobre mi coronilla, y el mío se detuvo. ¿Estaba más cerca? Lo estaba—. Yo estoy mirándote a ti.

No dijo ninguna mentira. Podía sentir sus ojos sobre mí. Había sentido su mirada moviéndose sobre mi frente, por mi nariz y sobre mis labios mientras la mía viajaba por su pecho. La intensidad de su mirada era como una caricia, deslizándose y bajando. Sentí un hormigueo en los pezones cuando su examen continuó, como el mío lo hacía, pasando sobre la curva de mi cintura, mis caderas y mis muslos, y entre ellos, donde ansiaba... donde quería... Quería que me tocara.

—No debería —susurré—. Está herido.

—¿Y?

—¿Y? —repetí. Había un movimiento de inmersión y remolino en mi estómago—. No sé qué está pensando...

—Creo que eres muy consciente de lo que estoy pensando.

Un suspiro embriagador me abandonó.

—Debería tener otras cosas en mente.

—No cuando hay una mujer preciosa ante mí, una que ha sido valiente y amable, que me ha ayudado cuando lo necesitaba, poniéndose en peligro y sin pedir nada a cambio.

Mi risa sonó trémula.

—No necesito halagos.

—Solo digo la verdad. —Sus palabras sobrevolaron mi mejilla, iniciando un aleteo en mi interior.

Cada inspiración que tomaba parecía trabajosa. Por enésima vez aquella noche, me pregunté qué diantres estaba haciendo. Pero seguí allí, con el pulso desbocado mientras mis ojos volvían a su mano y a sus dedos, ahora curvados. Las puntas presionaban la cerámica…

El aire abandonó mis labios. Sus dedos estaban *hundiendo* el azulejo de cerámica.

El lord levantó la mano entonces, me tomó la barbilla. Un extraño sonido subió por mi garganta, uno que no creía que hubiera hecho nunca antes. Apenas conseguí tragarme el gemido. Sus dedos eran ligeros como plumas, apenas estaban allí, pero mis sentidos se volvieron locos. Lo sentí en cada parte de mi ser. Eché la cabeza hacia atrás. Sus ojos… Esos colores eran un vertiginoso caleidoscopio, y motas blancas aparecieron en sus pupilas. Nuestras miradas se encontraron y me preparé, por costumbre, pero aun así… aun así no vi ni oí nada.

Sus dedos, los mismos que acababan de marcar la cerámica, acariciaron mi mejilla, atraparon los mechones de mi cabello. Burbujas jabonosas se filtraron entre mis dedos mientras estaba allí, con el corazón descontrolado. Me metió el cabello detrás de la oreja, deslizó la mano hasta mi mandíbula y habría jurado que sentí ese roce ligero en todo mi cuerpo. Su otra mano encontró el jabón que aferraba entre los dedos sin darme cuenta. Me lo quitó y lo colocó sobre el saliente.

El calor regresó conmigo, sonrojando mi piel e invadiendo mi sangre. Me dolía el pecho, lo notaba pesado. El deseo, caliente y oscuro, vibraba a través de mi cuerpo. Apenas me había tocado; solo un roce ligero en mi mandíbula, y me palpitaba el cuerpo entero. Nunca en mi vida me había sentido tan… tan visceralmente excitada.

El lord se acercó más, como si yo le hubiera pedido que lo hiciera, y fue solo una idea tonta, pero de algún modo yo también me había movido. Su polla rozó mi vientre y me estremecí, mi interior se tensó. Diminutos estremecimientos dominaron mi cuerpo entero. Los dedos prácticamente me dolían, por el deseo de tocarlo.

La necesidad de tocarlo.

6

Nunca antes había sentido una necesidad así. Lo ansiaba, y entonces levanté la mano…

Y la descubrí.

La razón tras aquel deseo.

Los Hyhborn exudaban sensualidad, en sus voces y en su piel, y esa lujuria carnal que expelían al aire que los rodeaba animaba a desviarse un poquito incluso a los vulgares más recatados. Era esa la razón por la que las próximas Festas se convertirían justo en lo que le dije a Naomi: una decadente indulgencia de todos los placeres carnales.

Aquella tenía que ser la causa de mi reacción ante él.

Aquella, y el hecho de que era… bueno, más que un poco agradable de mirar, y de que ambos estábamos completamente desnudos.

El corazón me latía tan rápido que pensé que iba a abandonarme, pero entonces bajé la mirada y me detuve en la herida de su pecho.

La visión de la herida casi sanada me ayudó a recuperar algo parecido a la sensatez.

Succionando aire bruscamente, di un paso atrás. Su mano abandonó mi mandíbula, dejando en mi piel un hormigueante remolino.

—Tengo que secarme. Disculpe.

Salí de la ducha, agarré rápidamente una de las toallas. Me rodeé con ella y después reuní mi ropa y me marché de inmediato del baño.

Entré en el dormitorio desconocido todavía goteando agua. Me sequé apresuradamente, con la mente caótica, y me dirigí al armario. Busqué hasta que encontré una camisa adecuada. No podía volver a ponerme ese camisón. Iba a tener que quemarlo. Quizá también la capa, algo que nunca habría considerado antes de llegar a Archwood. Sangre, suciedad... Eso no habría importado. La ropa era solo ropa.

La camisa que me puse estaba suave y desgastada, y me llegaba a las rodillas. Era totalmente inapropiado que me vistiera así, pero no tenía forma y me proporcionaba la misma cobertura que el camisón que había llevado, y que la mitad de mis vestidos. Y, además, acababa de estar totalmente desnuda.

Pero ahora... ahora me sentía distinta.

Como lo había sido mi reacción casi animal hacia él... mi deseo por él. Era demasiado bestial, demasiado instintiva.

Buscando en el armario, encontré un par de pantalones limpios que parecía que podían quedarle bien al lord. Saqué eso y otra camisa, esta blanca, y dejé ambas prendas sobre la esquina de la cama.

Al oír cerrarse el agua, me quité los mechones sueltos de cabello del cuello de la camisa. Me dirigí a la pequeña mesa, encendí la lámpara y después serví un vaso de agua para él y otro para mí. Me bebí el líquido, pero no me ayudó a calmar mi corazón o mis nervios. Me senté en el borde de la cama, pensando que probablemente debería haberme tomado un momento para poner el pestillo.

No tenía ni idea de qué hora era, pero las calles de la ciudad estaban tranquilas. La mañana estaría a apenas unas horas. Me toqué el puente de la nariz e hice una mueca ante el estallido de dolor. ¿Cómo iba a explicar aquello?

Al oír abrirse la puerta del baño, bajé la mano hasta mi regazo.

—Hay agua sobre la mesa —le dije—. Le he servido un vaso y he encontrado alguna ropa que le podría servir.

—Gracias.

Entonces levanté la mirada; mis ojos viajaron sobre los músculos tensos de su espalda mientras caminaba hacia la alacena. No llevaba nada más que la toalla, rodeando sus caderas, y era… sencillamente indecente, de un modo delicioso que desde luego no iba a reconocer.

El lord se mantuvo en silencio mientras se bebía el agua; llenó un tercer vaso y se lo terminó también. Aquello era bueno, que bebiera tanta agua. Lo vi colocar el vaso sobre la mesa y girarse hacia la ropa. Tomó los pantalones negros.

—Esto servirá —dijo.

—Bien.

Se quitó la toalla y rápidamente aparté la mirada, con el rostro caliente a pesar de todo lo que había dicho. Cuando estuve segura de que estaría al menos parcialmente vestido, miré y descubrí que se había puesto los pantalones. Le quedaban anchos de cintura, bajos sobre sus caderas.

Parpadeé, sorprendida. Las heridas de sus brazos y de su pecho casi habían desaparecido. Miré su rostro. Los tenues rastros de las magulladuras que le quedaban mientras estaba en la ducha habían desaparecido por completo. Una sensación hormigueante me recorrió cuando miré sus pómulos altos y sesgados y su nariz recta y orgullosa. Su mandíbula seguía una línea dura, tallada, y su boca era gruesa y lujuriosa. Había un aura tenue, casi felina en sus rasgos, ahora visibles sin los moretones. Era como observar una obra de arte que nadie se atrevía a apreciar porque su belleza era perturbadora.

—Sus heridas —conseguí decir.

—Están sanando —respondió. Se había apartado el cabello de la cara—. Gracias a ti.

Se produjo un inestable aleteo en mi pecho.

—No he hecho gran cosa.

Me miró durante un momento.

—¿Sabes por qué los Hyhborn tienen un efecto tan sensual en los mortales?

La pregunta me tomó desprevenida, y tardé un momento en responder.

—Sé algunas… cosas sobre lo que ayuda a fortalecer a un Hyhborn.

Curvó una comisura de sus labios en una media sonrisa.

—¿Y esas cosas que sabes están relacionadas con el placer?

—Sé que los Hyhborn se… —Intenté encontrar una palabra precisa para describir lo que había oído.

El lord, sin embargo, no lo hizo.

—¿Alimentan?

Asentí, notando que mi piel se calentaba un poco.

—No estoy segura de cómo he podido ayudarle en ese aspecto.

—*Na'laa* —murmuró, riéndose—, has disfrutado mucho ayudándome en la ducha. No creo que no te hayas dado cuenta.

Cerré la boca y aparté la mirada. Me había dado cuenta. Era solo que en ese momento había olvidado que mi placer ante el simple hecho de tocarlo era algo que podía ayudarlo.

—No solo nos alimentamos del placer de otros —añadió, después de un momento—. También de nuestro propio placer. Yo también gocé con la ducha.

Lo miré. Por alguna estúpida razón, me alegraba de que la hubiera disfrutado.

—Pero hiciste aún más de lo que crees —continuó—. Esta noche has salvado vidas.

¿Vidas? Sería la suya. Me moví, incómoda con esa idea.

—Eso no lo sabe. Podría haber escapado.

—Oh, sin duda habría escapado cuando hubiera vuelto en mí —me aseguró—. Pero mi propósito aquí no habría importado. Habría asolado la mitad de esta ciudad. No habría dejado atrás nada más que ceniza y ruinas.

Se me atenazó el corazón.

—¿Habría…? ¿Habría hecho eso?

—Sí. No me habría gustado, pero lo habría hecho. No disfruto matando a inocentes, pero mis remordimientos no habrían evitado mis actos ni los habrían compensado, ¿verdad?

—No —susurré, incómoda por lo que me estaba contando… por lo cerca que había estado Archwood de la destrucción.

—Interesante.

—¿Qué? —Me tensé mientras él se acercaba a la cama.

—Todo este tiempo no me has tenido miedo. Todavía no lo tienes. —Señaló con la cabeza el constante movimiento de mis dedos, abriéndose y cerrándose en mi regazo—. Pero estás nerviosa. A menos que sea normal que te muevas tanto.

Me mordí el labio, intentando no negarlo de inmediato.

—Soy una persona inquieta —admití—. Y usted me pone nerviosa. Aunque me dijera que no hay razón para estarlo, me sentiría así.

—Pero yo nunca te diría eso —replicó—. Siempre deberías estar nerviosa cerca de uno de los míos.

—Oh —susurré—. Eso es… tranquilizador.

El lord Hyhborn sonrió. Había un toque afilado, casi predatorio en su sonrisa.

—Pero no debes temerme. Hay una diferencia entre ambas cosas.

—¿Cómo sabe si estoy nerviosa o asustada?

—Por la rapidez de tu respiración y de tu corazón.

Levanté las cejas.

—No… No sabía que podía oírlo.

—No lo oigo, pero si nos concentramos en un individuo, si sintonizamos su esencia, podemos hacerlo. Es así como nos alimentamos. —El atisbo de una sonrisa apareció brevemente en su rostro—. Y yo estoy lo bastante concentrado en ti para saber qué ha provocado ese salto en tu aliento… Cuándo es el miedo el que causa un cambio en tu respiración, y cuándo es el placer. —Una pausa—. La excitación.

Inhalé bruscamente.

—Yo no…

—¿Vas a mentirme? Porque lo sabré.

—No creo que lo sepa —repliqué mientras retrocedía y la camisa se enganchaba alrededor de mis muslos.

—Por favor, miénteme. Me divierte.

Fruncí el ceño, pensando que era extraño.

Plantó una rodilla en la cama. Nuestras miradas se encontraron y la necesidad de preguntarle si me reconocía me golpeó con fuerza. Era obvio que no lo había hecho. De lo contrario, seguramente habría dicho algo, pero por alguna ridícula y absurda razón, quería saber si al menos me recordaba.

—¿Recuerda…? —Algo me detuvo. No estaba segura de qué era. ¿Qué importaba que lo hiciera? ¿O que yo le dijera que nos habíamos conocido antes?

Entonces me di cuenta.

Era mi intuición, mi instinto. Había una razón para ello, sobre todo porque mi intuición rara vez trabajaba en mi beneficio. Mi intuición estaba deteniéndome. Por qué, no lo sabía, pero mi corazón dio un brusco giro.

—¿Estás bien? —me preguntó el lord.

—Sí. Sí. —Me aclaré la garganta—. Solo estoy cansada. Ha sido una noche extraña.

Me miró fijamente un momento.

—La ha sido.

El nerviosismo que él había notado regresó.

—Deberíamos marcharnos antes…

—Lo sé —me aseguró, y entonces se movió increíblemente rápido. Se cernió sobre mí antes de que tomara otra inspiración.

Su simple presencia me tumbó sobre mi espalda. Nuestros cuerpos no se tocaron, pero estaba rodeándome; su enorme silueta bloqueó la estancia (el mundo entero) hasta que solo quedó él. Solo nosotros. Me acercó la punta de los dedos a la mejilla. Mi cuerpo entero se tensó ante el roce. El azul giró en el verde de sus ojos mientras bajaba los dedos por mi mejilla, mientras atrapaba un mechón de mi cabello. Me lo apartó con una suavidad desconcertante.

—Ahora no me tienes miedo —apuntó.

—No. —Tomé una pequeña inhalación cuando las yemas de sus dedos pasaron de nuevo sobre mi labio inferior—. ¿Intenta asustarme?

—No estoy seguro.

Un escalofrío de aprensión teñido de algo que no quería reconocer se deslizó sobre mi piel.

Su mirada sobrevoló mi rostro y después bajó por mi garganta.

—Sé que antes dijiste que estabas bien, pero en un par de horas, la piel bajo tus ojos y tu nariz se oscurecerá, uniéndose a las magulladuras que te he dejado en la garganta. Déjame cambiar eso.

Lo miré fijamente.

—¿Puede…? ¿Puede hacer eso?

—Hay muchas cosas que puedo hacer. —Esa media sonrisa arrogante regresó a su rostro cuando yo entorné los ojos—. Deja que haga esto por ti.

No tener que preocuparme por cómo explicaría los moretones sería un alivio, pero sobre todo sentía curiosidad. No estaba segura de cómo podía hacer aquello.

—Tienes que cerrar los ojos —me dijo.

—¿De verdad?

—De verdad. —Las estrellas de sus ojos se iluminaron.

Mantuve su mirada varios minutos, asentí y después hice lo que me había pedido. Cerré los ojos. Pasó un instante, luego otro, y nada ocurrió. Comencé a abrir los ojos, pero me detuve. Los dedos que había posado en la curva de mi mandíbula se… *calentaron*. Sentí su respiración en mi barbilla, contra mis labios separados. No pude tomar más que una inhalación rápida y superficial. Su aliento subió, y pasó otro segundo. Entonces sentí la suave presión de sus… sus labios contra el puente de mi nariz. Mi cuerpo entero se tensó.

—Quédate quieta —me ordenó. Su respiración se deslizó sobre mi mejilla.

Lo intenté, pero comencé a temblar. Apartó la boca. Entonces no sentí nada, y después *algo*: una extraña y cosquilleante calidez. Su aliento jugó con el lateral de mi cuello y sus labios lo siguieron. Me besó justo debajo del salvaje latido de mi pulso. Me tragué un gemido balbuceante cuando su cabello acarició mi barbilla, y después sus labios se presionaron contra el otro lado. Una escalofriante calidez floreció allí, y en pocos segundos, el dolor que había empujado hasta el fondo de mi mente se desvaneció.

Pero el lord no se movió.

Su cabeza permaneció encorvada, sus labios presionaron suavemente mi cuello y un tipo totalmente distinto de calor cobró vida de nuevo, enviando un doloroso pulso a mi interior. Aquello... Aquello parecía mucho más peligroso que estar en la ducha con él, pero entonces levantó los labios de mi piel. Se apartó, y deseé sentir un inmenso alivio. Debía sentirlo.

Pero no lo sentí.

Abrí los ojos despacio. El lord seguía sobre mí, con los ojos entrecerrados, y pensé... me pareció ver un tenue halo dorado a su alrededor, como el que creía haber visto en la ducha. ¿Sería la luz de la lámpara? No lo creía.

—Sus besos... —Mi voz sonaba demasiado atiplada. Me aclaré la garganta—. ¿Sus besos sanan?

—Algunas heridas. —La comisura derecha de sus labios se curvó en una sonrisa—. A veces.

Tenía la característica sensación de que no estaba siendo sincero del todo.

—No sé si se da cuenta de ello, pero creo que está brillando.

—Suele pasar.

—¿Cuando... se alimenta? —supuse.

—Sí.

Bajé la mirada. Mis ojos se llenaron de sorpresa.

—La herida de su pecho se ha cerrado.

Le miré los brazos. En sus bíceps, donde antes estaban las heridas, había aparecido una piel brillante y rosada.

Sus dedos danzaron por el cuello de mi camisa prestada mientras los míos seguían presionando la cama, comportándose. Apenas podía aguantarme las ganas de tocarlo.

¿Y por qué no podía hacerlo?

Bueno, había un montón de razones, seguramente unas en las que todavía no había pensado, pero levanté una mano. Por costumbre, dudé antes de colocar la palma contra su pecho.

El lord… *ronroneó.*

Mi piel se calentó mientras pasaba los dedos sobre las talladas losas de duro músculo. Nunca me acostumbraría al tacto de la piel de un Hyhborn.

Nunca me acostumbraría a tocar a alguien tan fácilmente.

Se cernió sobre mí, con los labios separados e inmóvil, mientras bajaba la mano por su pecho. Sabía que aquello no podía continuar. Teníamos que salir de allí. Yo tenía que regresar a la mansión, pero… pero mis dedos bajaron por el tenso músculo de su abdomen. Llegué a la cinturilla suelta de sus pantalones. Las puntas de mis dedos rozaron un duro, redondeado…

El lord emitió un sonido oscuro y lujurioso y después me agarró la muñeca, deteniendo mi exploración.

—Aunque disfrutaría mucho permitiéndote continuar, me temo que no tenemos tiempo para esto.

Levanté la mirada. Tenía razón. Cerré los dedos.

—Lo sé.

Bajó la cabeza mientras se llevaba mi mano a la boca. Inhalé suavemente cuando presionó un beso en el centro de mi palma. Nuestras miradas se encontraron una vez más. El azul había cubierto el resto de los colores, convirtiéndose en un intenso tono zafiro.

Entonces se apartó de mí y se detuvo a varios pasos de distancia. Giró la cabeza bruscamente hacia la ventana.

—Quédate aquí —me pidió en voz baja.

Tragué saliva con dificultad y me senté, sintiéndome mareada al hacerlo.

—¿Va todo bien?

—Sí. —Su atención regresó conmigo. Los verdes y marrones de sus ojos eran visibles de nuevo—. Ha… Ha llegado un amigo.

Fruncí el ceño e intenté oír lo que podría haberlo alertado de su presencia, pero no escuché nada.

—Ahora vuelvo.

Parpadeé y el lord se había *ido* de nuevo. Estupefacta por la velocidad a la que se movía, me levanté sobre mis piernas temblorosas. No me permití pensar en nada mientras me dirigía al baño para reunir mi ropa destrozada. Después de haberme calzado las botas, entré de nuevo en el dormitorio y esperé hasta el último momento antes de ponerme la capa.

El lord no se ausentó mucho tiempo; pasaron quizás un par de minutos antes de que notara el cambio en el aire de la habitación. Me giré y lo encontré apoyado en el marco de la puerta del dormitorio. Tenía algo negro en las manos.

—¿Sigue aquí su amigo? —le pregunté.

El lord asintió.

—El caballo amarrado en el bosque. ¿Es tuyo?

Miré la única ventana.

—Si se está comiendo todo lo que tenga delante, sí.

—Lo está haciendo. —Hubo una pausa—. Es un buen caballo.

Asentí.

—Te he traído esto. Es una capa… Una limpia.

—Oh, gra… —Recordando una de las extrañas costumbres relacionadas con los Hyhborn, me contuve antes de darle las gracias. Al parecer, creían que mancillaban un buen acto, o algo así—. Muy amable por su parte.

No dijo nada mientras se acercaba a mí, tomaba mi ropa manchada y la dejaba sobre la cama.

—Hay que destruirla —me dijo—. La sangre de Hyhborn no se puede lavar.

Aquello era otra cosa que no sabía.

—¿Está lejos tu casa? —me preguntó.

—No mu… —Me detuve cuando me rodeó los hombros con la capa. El dorso de sus manos rozó mi pecho al unir los dos extremos. El material era más pesado de lo que era adecuado para aquella época del año, pero llegaba hasta el suelo, y escondía mis piernas desnudas.

—¿Cuánto? —insistió, cerrándome el broche del cuello.

—No mucho.

Me miró.

—Bien.

—¿Y la suya?

Había algo duro en la sonrisa del lord que desentonaba totalmente con la ternura de sus caricias. Acercó la mano a mi mejilla. Las puntas de sus dedos se deslizaron sobre mi piel.

—Es seguro que te marches ahora. Deberías hacerlo, y rápido.

Un escalofrío irrumpió en mi columna.

—¿Qué va a…?

—No quieres que responda a eso.

Me colocó la palma en la mandíbula, haciéndome contener el aliento mientras me pasaba el pulgar por el labio inferior.

Sus ojos se clavaron en los míos unos momentos más; después, bajó la mano y se apartó. Pero yo no me moví, no durante varios minutos, y me fue difícil hacerlo.

—¿Estará bien?

Algo se suavizó ligeramente en sus rasgos.

—Sí.

—De acuerdo. —Tragué saliva—. Adiós, entonces.

El lord no dijo nada.

Cerré brevemente los ojos, y después me obligué a caminar. Me dirigí a la puerta.

— *Na'laa*?

Me detuve y algo… algo parecido a la esperanza creció en mi interior. ¿Esperanza de qué? No lo sabía, en realidad, pero lo miré sobre mi hombro.

El lord estaba de espaldas, con los hombros en una tensa línea recta.

—Ten cuidado.

7

Inclinándome sobre la pulcra hilera de clavellinas de un rosa feroz, rodeé con los dedos el tallo de un diente de león. Sintiéndome un poco culpable, arranqué el pequeño brote de la tierra. Debido a todos sus beneficios medicinales, las malas hierbas no se desperdiciaban, pero aun así me sentía mal por arrancarlas solo por razones estéticas.

No ayudaba que mi mente imaginara gritos lastimeros cada vez que arrancaba una hierba.

Tras tirarla a la cesta con sus compañeras, mi atención se desvió hasta las espigas azul violáceo de la hierbabuena. De inmediato lo vi a *él*, oí su voz y lo sentí.

Mi lord Hyhborn.

La noche anterior… me parecía un sueño febril, pero el espeluznante recuerdo de verlo clavado a aquella mesa eran demasiado real, como lo era la ducha. Tocarlo. La sensación de su cuerpo bajo mis palmas. El roce de sus labios contra mi piel magullada.

Aun así, nada de aquello parecía real; había sabido que lo vería de nuevo, pero nunca, ni en dos vidas, habría esperado lo que ocurrió. Mi reacción. Mi deseo. Mi *ansia*. Nada de ello.

Un leve escalofrío me atravesó cuando reabrí los ojos y levanté la mirada, más allá de las murallas de piedra de la mansión, hacia la ciudad de Archwood. Dos penachos gemelos de humo todavía se elevaban en el aire cerca del embarcadero.

Tragué saliva, con un escalofrío en la piel a pesar del calor del sol de la mañana.

Cuando desperté después de apenas un par de horas, si acaso, de sueño, me descubrí mirando la daga de *lunea* que estaba en la mesilla de noche junto a mi cama. Me la había llevado de la alacena antes de marcharme de la casa del herrero. No pensé en hacerlo conscientemente. Lo hice sin más, guiada por mi intuición.

Y mientras miraba la extraña daga, pensé en lo que tenía que hacer. Claude tenía que ser informado del al parecer muy activo mercado oculto de Archwood, y del hecho de que al menos dos de sus guardias estaban involucrados no solo en el comercio sino en el abastecimiento.

Sabiendo que Claude no se levantaría hasta más tarde, había salido al jardín con la esperanza de acallar mi mente. El jardín y mancharme las manos de tierra me habría ayudado de no ser por el humo que vi tan pronto como salí de la mansión. No necesitaba mi don para saber cuál era el origen de los incendios.

Él.

Era esa la razón por la que me había dicho que no querría que respondiera a mi pregunta sobre lo que iba a hacer.

Se había vengado. Pero ¿podía considerarse venganza si sus actos evitaban que otro Hyhborn fuera usado de esa manera? A mí me parecía justicia, por dura que fuera.

No había visto a Finn ni a Mickie aquella mañana, pero tampoco los busqué al salir al jardín. Creía (no, *sabía*) que no era necesario que lo hiciera. Ya no estaban en este mundo.

Y no sentí ni una pizca de compasión por ellos, ni siquiera por Finn y sus bonitas sonrisas. Habían formado parte de algo que estaba muy mal, que era horrible. No se parecía en nada a las historias que había oído, de gente que saqueaba las tumbas de los Hyhborn para usar lo que quedaba de ellos. Habían torturado y asesinado, y si hubieran tenido éxito, habrían desangrado al lord. Le habrían cortado sus… sus partes y las habrían vendido en el mercado oculto. Al final, esos actos siempre salían a la luz. No necesitaba mi intuición para saber cómo respondería el rey Euros si descubría lo que habían intentado hacerle a uno de sus lores. Enviaría al temido príncipe de Vyrtus para que se ocupara de Archwood, y los rebeldes de la frontera serían entonces el menor de nuestros problemas.

Pero ni siquiera era esa terrible realidad lo que hacía que me doliera el corazón. Era la idea de que… de que *él* podría haber muerto. La simple idea me revolvía el estómago, y no debería reaccionar *así*, a pesar de nuestro breve encuentro en el pasado que ni siquiera estaba segura de que él recordara.

¿Seguiría en Archwood?

Me quedé inmóvil, silencié mis pensamientos, pero no capté nada.

Sin embargo, esperaba…

—No —susurré, deteniendo esa estúpida línea de pensamiento. No podía esperar verlo de nuevo. Además del hecho de que era un lord, siempre existía el riesgo de que un Hyhborn descubriera mis habilidades y me acusara de brujería.

Sería mejor que jamás volviera a verlo.

No, susurró esa voz en mi mente, *no lo sería.*

Una sombra apareció a mi lado, bloqueando la luz del sol de primera hora de la mañana. Miré sobre mi hombro y vi a Grady.

—He estado buscándote —anunció—. ¿Te has enterado de los incendios de esta mañana?

—No, pero he visto el humo. —Me mordisqueé el labio interior—. Tú… ¿Tú sabes qué ha pasado?

—Han ardido el Dos Barriles y la casa de Jac, el herrero. Eso es lo que me ha contado Osmund —dijo, refiriéndose a otro guardia—. Estaba en la muralla esta mañana, cuando comenzaron los incendios.

Me tensé.

—Cuando me enteré de lo que había pasado, esperaba que fueran los Caballeros de Hierro…

—Dioses, Grady —lo interrumpí, con un nudo en el estómago—. Ni siquiera deberías pensar eso, y mucho menos decirlo en voz alta.

—¿Qué? —Grady puso los ojos en blanco—. Aquí no hay nadie.

—No sabes quién podría estar cerca, escuchándote —le indiqué—. ¿Y si alguien te oyera y te denunciara? —Mi corazón se saltó un latido—. Te juzgarían por traición, Grady, y con juzgarte, me refiero a que serías ejecutado sin juicio previo.

—Sí, ¿y vas a decirme que eso no está mal? —replicó—. El hecho de que la sola sospecha de ser afín a los Caballeros de Hierro termine con la muerte o algo peor. Como ocurrió en Astoria.

—Está fatal, y también lo está esperar que los Caballeros de Hierro tengan algo que ver con los incendios, pues sabes muy bien qué fue lo que pasó en Astoria.

—Una vez más, no puedes decirme que eso no estuvo mal.

—No digo que no lo esté… —Me detuve, mirándolo. Desde que las noticias de Beylen y los Caballeros de Hierro llegaron a Archwood, Grady había mostrado más que un interés temporal por lo que se decía sobre los rebeldes. ¿Y cómo podría no hacerlo? Ambos éramos producto de un reino que se preocupaba muy poco por los más vulnerables, pero ahora teníamos una vida. Teníamos futuro, y yo ya lo había arriesgado lo bastante por ambos. La preocupación me carcomió mientras apartaba la mirada.

—De todos modos —dijo Grady con un suspiro grave—, no fueron los Caballeros de Hierro. Osmund me dijo que las llamas eran *doradas*, y tú sabes que solo una cosa puede crear ese tipo de fuego. Pero eso no es todo.

Se me formó un nudo en el estómago.

—¿No lo es?

—No. Se han encontrado cadáveres. Dos en la casa del herrero y tres en el Dos Barriles.

No debería sentirme aliviada, pero así fue. El número de muertos podría haber sido muy superior en los Dos Barriles, donde se ofrecían habitaciones. Y habría sido catastrófico si el lord hubiera hecho lo que había dicho que haría, reduciendo media ciudad a ruinas.

—Son noticias terribles —murmuré, porque sinceramente no sabía qué decir.

—Sí. —Grady miró el cielo con el ceño fruncido—. No pareces muy sorprendida.

—¿No?

Se quedó callado solo un momento.

—¿Qué sabes?

Giré la cabeza para mirarlo de nuevo.

—¿A qué te refieres?

Examinó mis ojos, confiando en que, si perdía el control de mi intuición, yo apartaría la mirada. O que, si veía algo, no se lo diría. Grady, como Naomi, no quería saber qué le deparaba el futuro, y yo lo respetaba.

—¿Cuánto tiempo hace que nos conocemos?

Levanté una ceja.

—Algunos días me parece una eternidad.

—Sí, y este es uno de ellos —replicó, y arrugué la nariz—. Intentaste mentirme antes, y lo estás haciendo de nuevo. ¿Cuándo has conseguido mentirme?

—Si lo hubiera hecho, no lo sabrías. —Le dediqué una sonrisa traviesa—. ¿Verdad?

No hubo sonrisa. No hubo hoyuelos.

—Osmund te vio anoche, Lis, abandonando los terrenos de la mansión.

—¿Y?

—También te vio regresar horas después, cabalgando como un murciélago salido del infierno.

—No estoy segura de saber a dónde quieres ir a parar.

—Cuando regresaste, llevabas una capa diferente.

Me quedé boquiabierta.

—¿Cómo pudo darse cuenta?

Grady se encogió de hombros.

—Supongo que tiene muy buena vista.

—Dioses —murmuré.

—¿Y? ¿Vas a ser sincera conmigo ahora?

Abrí la boca, pero las palabras me abandonaron. Era una mentirosa patológicamente *mala*. Sobre todo con Grady, porque él me conocía lo bastante bien para saber que mi falta de respuesta a la noticia de los incendios significaba algo. Algunos días, él me conocía mejor que yo misma.

Y mentirle a Grady, o al menos intentar hacerlo, siempre me hacía sentirme mal. Si hubiera conseguido ahuyentarme cuando me acerqué a él, no habría sobrevivido al primer orfanato al que me enviaron después de que la madre superiora de la Piedad muriera sin una sucesora que la reemplazara. Yo era débil. Un estorbo. No sabía buscarme la vida… moverme sin hacer ruido. Las calles donde nos dejaron eran un laberinto desconocido y temible para mí, y no sabía cómo evitar los puños y las manos descuidadas de los supervisores.

Grady había sido amable incluso entonces. O se había apiadado de mí. Como fuera, al final yo ya no lo seguía, sino que él se aseguraba de que estuviera a su espalda. Se aseguró de que sobreviviera.

Grady todavía se aseguraba de que sobreviviera.

Suspirando, me crucé de brazos.

—Después de haberme marchado de la Gran Cámara no podía dormir y fui al establo a pasar el rato con Iris. Mientras estaba allí, oí hablar a dos personas, a Finn y a Mickie. Habían capturado a un Hyhborn.

—Joder —murmuró.

Asentí despacio.

—Y tenía que hacer algo al respecto.

Grady ladeó la cabeza.

—¿Qué?

—Sentí la necesidad… Ya sabes, la necesidad de hacerlo. Tenía que…

—¿Estás a punto de decirme que fuiste tú sola a liberar a ese Hyhborn?

Hice una mueca.

—No quería involucrarte…

—¿Te has vuelto loca?

—Sí. Completamente.

Grady suspiró, se pasó una mano por la cara.

—Por todos los dioses.

Tomé aliento profundamente y le conté lo que había pasado… Bueno, casi todo. Una de las cosas que me guardé fue lo que había pasado en la ducha. Grady no necesitaba saber eso.

—Así que, esos incendios… Tuvo que ser ese lord Hyhborn.

—¡En este momento no me importa una mierda ese lord! —exclamó Grady, examinando mi rostro—. ¿Estás segura de que no estás herida? Podría llamar a uno de los médicos para que te examinase.

—No me duele nada. En serio. Estoy bien.

Y lo estaba. Cuando me miré aquella mañana, no me encontré ni un solo moretón, y no me dolía nada.

—El lord Hyhborn con el que hablaste. —Grady atrajo mi atención de nuevo hacia él—. ¿Era de Primvera?

—No, pero no sé de dónde es.

Mi estómago se zambulló y se revolvió. No le había dicho a Grady que aquel lord había sido *mi* lord Hyhborn. A Grady no le gustaba hablar de aquella noche en Union City. Esa no era una excusa lo bastante buena para no decirle nada, pero tampoco le había dicho nunca que sabía que volvería a verlo.

Mirando el horizonte, vi los tenues rastros del humo y ocurrió de nuevo: la frialdad entre mis omoplatos y el vacío en mi vientre. El susurro regresó, repitiendo las mismas dos palabras que había dicho en la Gran Cámara.

Ya viene.

A mi regreso encontré al barón en su despacho, sentado en el diván con un paño sobre la frente y los ojos, por suerte solo.

Con el sombrero de paja en la mano, empujé la puerta para abrirla.

—¿Claude?

Levantó una muñeca laxa.

—Lis, cariño, entra.

Cerré la puerta a mi espalda y me dirigí al sofá verde bosque que había delante del que él ocupaba.

—¿Qué tal estás esta mañana?

—Estoy bastante bien. —Se echó hacia atrás, cruzó una larga pierna sobre la otra—. ¿No se me nota?

Sonreí un poco, divertida por el hecho de que incluso los *caelestias* tuvieran resacas.

—Sí, pareces lleno de energía y listo para aprovechar el día.

—Eres demasiado amable, cachorrito. —Una sonrisa lánguida apareció bajo el pálido paño azul—. ¿Qué te trae a mí esta mañana?

—Hay algo que tengo que contarte.

—Espero que sean buenas noticias. —Como no contesté, se apartó el paño de un ojo entreabierto—. ¿Qué llevas puesto, por todos los dioses?

Me miré, confusa. Llevaba una vieja y desgastada camisa y un par de pantalones que había encontrado algunos años antes abandonados en la lavandería. Los pantalones habían visto días mejores, sin duda, pero eran perfectos para trabajar en el exterior.

—He estado en el jardín.

Levantó una ceja.

—¿De quién son esos pantalones?

—No tengo ni idea —le dije, e hizo una mueca, como si la idea de ponerse la ropa de otro le diera ganas de vomitar—. Yo… me he enterado de algo potencialmente malo.

Claude suspiró, se apartó el paño. Lo dejó sobre la mesa auxiliar.

—Espero que no sean más extraños incendios dorados.

—¿Te has enterado?

—Hymel me despertó con la noticia. —Levantó lo que esperaba que fuera solo un vaso de zumo de naranja—. ¿Está relacionado?

—No estoy segura. —Elegí mis palabras con prudencia—. Anoche me topé con Finn y con Mickie… Dos de tus guardias.

La expresión de su rostro me dijo que no tenía ni idea de quiénes le estaba hablando.

—Y me enteré de algo sobre ellos —le conté—. Están metidos en el mercado oculto.

Claude bajó la copa.

—¿En qué sentido?

—En el peor. Lo abastecen… para la magia de hueso.

Me miró un instante.

—Joder. ¿Estás segura?

Lo miré.

—Sí. Claro que lo estás. —Dejó la copa a un lado y bajó la bota hasta el suelo. La camisa oscura que llevaba se movió como seda líquida sobre sus hombros mientras se pasaba una mano por su cabello—. ¿Y esos incendios? Hymel me dijo que los magistrados tienen testigos que aseveran que las llamas eran doradas.

—Eso es lo que Grady me ha contado. —Cerré los dedos sobre el ala de mi sombrero—. No tuvieron suerte con el abastecimiento.

—No lo parece, a juzgar por los restos calcinados que se encontraron tras haber extinguido los incendios —indicó, y se me revolvió el estómago—. ¿Porter? ¿El propietario de los Dos Barriles? ¿Estaba metido en eso?

Asentí.

—No sé cuántos más están involucrados, pero…

—Pero al menos dos de mis guardias lo están. —Apretó la mandíbula—. O lo estaban, si se encuentran entre los cadáveres descubiertos.

—Oí otro nombre. Muriel.

Claude frunció el ceño.

—¿Muriel?

—Sí. No estoy segura de quién es.

Me miró un momento, después se echó hacia atrás. Pasó un instante.

—Lo último que necesitamos es que el príncipe Rainer crea que Archwood es un paraíso para aquellos que quieren usar la magia de hueso.

El príncipe Rainer supervisaba la corte de Primvera. Yo nunca lo había visto, pero Claude decía que era un tipo simpático. Con suerte, seguiría siéndolo.

—Puedo intentar descubrir si hay algún otro guardia involucrado —me ofrecí.

El pecho de Claude se elevó con un profundo suspiro.

—Gracias por haber acudido a mí, y por tu ayuda. Apreciaría que lo hicieras.

Asentí y comencé a levantarme.

—Espero que fueran los únicos.

—Sí —murmuró Claude, mirando la ventana con los ojos entornados—. Yo también lo espero.

—Te avisaré si descubro algo. —Comencé a marcharme, pero me detuve—. ¿Quieres algo para el dolor de cabeza? Tengo menta…

—No, eso no será necesario. —Su sonrisa se volvió amarga cuando me miró—. El dolor de cabeza es merecido.

Seguramente sí, pero no creía que eso significara que tuviera que sufrir.

—¿Estás seguro?

—Sí, cachorrito. Lo estoy.

Dudé un momento y me giré. Solo di un par de pasos.

—¿Cachorrito?

Lo miré.

—¿Sí?

Se había levantado el paño.

—¿Eres feliz aquí?

—Sí, claro. ¿Por qué me lo preguntas? —De inmediato, se me hizo un nudo en el estómago cuando mi mente dibujó para mí el peor escenario posible. Que me hubiera preguntado algo similar dos veces en el transcurso de veinticuatro horas me alteraba los nervios—. ¿No estás contento conmigo?

—No… No. No te lo pregunto por eso —se apresuró a contestar—. Soy afortunado al tenerte. —Se giró por la cintura, hacia mí—. Solo quiero asegurarme de que lo sepas.

—Lo sé —susurré.

Claude sonrió, pero había algo raro en su sonrisa. Parecía cansada, incluso frágil, pero supuse que era por su dolor de cabeza.

—Espero que te sientas mejor —dije, cruzando el despacho. Entonces me di cuenta de algo… sobre el tal Muriel.

No sabía… nada de él. No sentía nada, y eso solo podía significar una cosa.

Muriel era un Hyhborn.

Pero eso tenía poco sentido. ¿Por qué se involucraría un Hyhborn en la magia de hueso?

8

Música sensual escapaba del balcón sobre el solario, enmascarando algunos de los sonidos que se emitían desde los distintos sofás y rincones. Bajo la música y el tintineo de las copas, había sonidos más densos y acalorados mezclándose con el murmullo de la conversación. Risas incitantes. Gemidos graves. Jadeos entrecortados mientras los cuerpos se movían, unos contra otros.

Las celebraciones de la noche estaban en su máximo esplendor, un exceso de todo tipo de lujuria, ya fuera bebiendo demasiado o entregándose a los placeres de la carne.

Me moví en el sofá en el que estaba sentada, con una sensación de opresión en el pecho mientras mis pensamientos giraban con la inquietud que se había ido acumulando en mi interior desde que hablé con Grady y abandoné el despacho de Claude. La causa podían ser varias cosas. Los asaltos en la frontera. El mercado oculto de Archwood. Claude. Un Hyhborn que podría estar involucrado en el abastecimiento. *Él.*

Ya viene.

Sentía frío en la piel, a pesar de la agradable calidez del solario, y el vino dulce que estaba bebiendo hacía poco por calentarme. Sabía que ese susurro se refería a él, a mi lord, pero lo que no entendía era por qué podía notar eso y nada más, cuando se trataba de un Hyhborn.

Miré a Claude, que estaba reunido con sus colegas más íntimos: los hijos e hijas de la élite de Archwood, aquellos desesperados por acercarse a cualquier Hyhborn, incluso a un *caelestia*. Se reían y charlaban mientras Claude tenía a Allyson en su regazo.

El barón había desaparecido más de una vez para salir, y temía que también se había estado pasando con el Óleo de Medianoche, un polvo derivado de las amapolas que crecían en las Tierras Bajas y que a menudo se fumaba. Los *caelestias* tenían una mayor tolerancia, pero no parecían saber bien cuándo sobrepasaban ese límite. Tenía el aire fluctuante que siempre lo acompañaba después de haber fumado la sustancia. ¿Se habría puesto en contacto con el príncipe Rainer?

No lo sabía, pero me había pasado buena parte del día caminando junto a la muralla, buscando en los pensamientos de los guardias que estaban de servicio. Afortunadamente, ninguno de ellos me mostró nada alarmante, pero claro, para que yo lo captara, tendría que estar pensando en el mercado oculto.

No obstante, descubrí que Hendrick, uno de los guardias, estaba pensando en declararse a la chica con la que se estaba viendo.

No estaba segura de qué podía hacer con esa información.

Tomé otro sorbo de vino mientras miraba el diván cercano, y casi me atraganté al ver a la señora Isbill. La esposa del adinerado empresario naval seguramente sería irreconocible para la mayoría, ya que la mitad de su rostro estaba oculta tras una máscara de dominó con joyas incrustadas. Estaba tumbada sobre un cojín rojo, y el corpiño de su vestido exponía uno de sus senos. Tenía la falda del vestido subida hasta las rodillas, dejando muy poco para esconder el hecho de que definitivamente no era la cabeza de su marido la que estaba entre sus muslos. Yo lo sabía porque su marido estaba en ese momento sentado a su lado, con la polla en la mano de quien estaba entre las piernas de su esposa.

Mi mirada voló sobre los asistentes. Como los Isbill, la mayoría llevaba máscaras que le cubrían la mitad de la cara, desde la frente a la nariz. Algunos vestían elaborados diseños con flores y cintas, con coronas o guirnaldas en la cabeza. Otros eran menos dramáticos, e iban vestidos de raso o tela brocada. La aristocracia usaba aquellas máscaras para esconderse, como si el hecho de que sus identidades se mantuvieran ocultas fuera el permiso que necesitaban para comportarse como deseaban.

Miré a Claude de nuevo. Como yo, él no llevaba máscara, y tampoco Grady ni los guardias que estaban a su espalda.

Grady y yo habíamos evitado mirarnos toda la noche, fingiendo que no estábamos siendo testigos de todo lo que estaba ocurriendo en aquella sala a la vez. Sin importar cuántas veces terminara así la noche, seguía siendo tremendamente incómodo.

Clavé la mirada en el suelo, ya que era el único lugar al que era seguro mirar. El comportamiento de la aristocracia me divertía. Claude nunca intentaba esconder sus deseos. No se sentía avergonzado a la mañana siguiente, como sin duda ocurriría con algunos de los aristócratas presentes. La mayoría nunca se comportaría de un modo tan provocativo y lascivo en público, pero allí, en Archwood, donde sabían que no los reconocerían y rodeados de otros que deseaban lo mismo que ellos, no tenían que fingir recato.

Yo suponía que su comportamiento no era tan divertido como triste. No obstante, fueron los aristócratas, y no los Hyhborn, quienes no solo establecieron sino que reforzaron aquellas normas de lo que creían que era una conducta apropiada. Aquellos aristócratas se estaban reprimiendo a sí mismos, ¿y para qué?

Un gemido de liberación llegó a mí desde el diván cercano. La cabeza que había estado entre los muslos de la señora Isbill estaba ahora en el regazo del señor Isbill. Dioses, esperaba que aquel hombre fuera bien recompensado por su... duro trabajo de aquella noche.

Suspiré y giré la cabeza hacia una cristalera cercana con vistas a los patios y jardines de la mansión.

Preferiría estar allí fuera.

Comencé a sentir un hormigueo en el espacio entre mis omoplatos.

Tenía que estar allí fuera.

Empecé a moverme antes de darme cuenta de lo que estaba haciendo, tensando los músculos para incorporarme, cuando un hombre con unos pantalones grises y una camisa de lino abierta se detuvo de repente ante mí. Apoyándome en los gruesos cojines del sofá, levanté la mirada para ver una máscara blanca escondiéndolo todo excepto la mitad inferior de su rostro.

—Parece que necesitas compañía —anunció el hombre.

—No.

—¿Estás segura? —Dio un paso adelante, moviéndose hacia mis piernas, que ocupaban toda la longitud del sofá.

No hice nada por esconderme. Aquel hombre no era el primero que conseguía escapar de Naomi, que hacía todo lo posible por atraer a los potenciales perseguidores. Empezaba a sentirme como si el solario fuera un gallinero lleno de zorros.

—Estoy segura.

—Puedo hacerte cambiar de idea —me aseguró, con toda la confianza típica de un hombre que está acostumbrado a convertir los *no* en *sí*. Mis sentidos se abrieron, lo buscaron. O con la confianza de un hombre que estaba acostumbrado a *forzar* los *no* hasta que fueran *sí*—. No te arrepentirás.

Sabiendo que debía ignorarlo, lo que hice fue sonreír y hacer justo lo que no debía.

Porque, al parecer, estaba en una época de tomar malas decisiones vitales.

Le ofrecí la mano. No lo dudó y la tomó. En el momento en el que mi piel conectó con la suya, sentí su voz en mi mente, tan clara como si estuviera hablando, pero era mi voz la que susurraba, diciendo cosas que desconocía hasta aquel mismo momento. Su nombre. Cómo se ganaba la vida. Su *esposa*, que no estaba allí. Vi lo que quería, sus intenciones. Quería correrse. Sorpresa. Pero había algo más, algo que me provocó una amarga dentellada de asco.

Le tiré del brazo, guiándolo hasta que sus ojos estuvieron al nivel de los míos, y entonces me acerqué.

—No estoy interesada en asfixiarme con tu polla esta noche —susurré, con mi boca a centímetros de la suya—. Ni ninguna otra noche, *Gregory*.

Se quedó boquiabierto, sorprendido. Intentó que le soltara la mano, pero se la agarré, dejando que viera crecer mi sonrisa… viendo cómo la sangre abandonaba la piel bajo su máscara. Lo solté. Con los ojos muy abiertos, retrocedió y se giró sin decir otra palabra. Riéndome con disimulo, me limpié la mano con la que lo había tocado en el cojín mientras volvía a ver a Naomi moviéndose entre la multitud, con sus piernas y brazos largos resplandecientes por el polvo de oro con el que se los había pintado. Se había mantenido a mi lado la mayor parte de la noche, antes de que la echara. Aunque apreciaba que me cuidara, no estaba… no estaba bien.

Yo no era su responsabilidad.

Pero venía directamente hacia mí.

—Déjame sitio —me ordenó, inclinándose sobre mis piernas.

Sujeté la copa de vino, mirando a Naomi con una sonrisa. Estaba claro que ella tenía algo en mente mientras reptaba sobre la longitud de mi cuerpo. Sus movimientos seductores y fluidos eran un poco exagerados. Yo sabía que ella también lo sabía, porque me guiñó un ojo. No llevaba máscara. Ninguna de las amantes de Claude sentíamos la necesidad de esconder nuestros rostros.

—Creí que esta noche podrías querer compañía. —Se estiró a mi espalda, apoyando el codo en el brazo del sofá. Acercó la cabeza a la mía—. Aleja de mí esas manitas especiales —me recordó.

—Lo haré —le prometí, sabiendo que, cuando vino a mí para preguntar por Laurelin, fue algo atípico. Ella prefería que no viera su futuro ni sus pensamientos. No obstante, a veces eso era imposible, incluso sin tocarla—. Sabes que no necesito compañía, ¿verdad?

—Oh, claro que la necesitas. —Me rodeó la cadera con la mano y apretó suavemente mientras miraba a Claude—. Cuanto más tiempo pasas sola, más interesante te vuelves para los que te rodean.

Apreté la mandíbula.

—Deberías estar divirtiéndote.

—Lo hago.

—Ya. —Me estremecí cuando las puntas de su cabello cayeron sobre mi brazo—. Debe ser emocionante tumbarte a mi lado.

—Lo es.

—Naomi…

—Venga ya, sabes que me gusta jugar contigo. —Deslizó la mano sobre mi cadera mientras yo ponía los ojos en blanco. Sus uñas se introdujeron por la abertura del vestido, pasando sobre la piel desnuda de mi muslo—. Sabes muy bien que mi motivación no es totalmente altruista.

Sabía que sus actos no eran solo producto de la bondad de su corazón. A Naomi le gustaba jugar, cuando era solo ella quien tocaba y acariciaba. Y como sabía que, sin importar cómo, yo no olvidaría lo que me había pedido para tocarla, tenía el control absoluto. A una parte de ella le excitaba eso.

A una parte de mí también.

Pero aun así no podía evitar sentirme un poco culpable y… miré a Grady. Yo era un peso colgado del cuello de aquellos que me importaban.

—Pero me siento incómoda.

Me concentré de nuevo en ella, le ofrecí mi copa de vino.

—¿Por qué?

—Grady está ahí —me dijo, aceptando la copa y terminándosela antes de dejarla sobre la pequeña mesa junto al sofá—. Lo que significa que, a menos que quiera verlo desmayarse de horror tras ver cómo te corres, no podré jugar.

Se me escapó una carcajada estrangulada.

—Se desmayaría, sin duda.

—Es un muermo. —Bajó la barbilla y posó un beso en la curva de mi hombro.

—No lo es. —Recorrí la estancia con la mirada, la gente que hablaba, bebía y comía y aquellos que estaban usando sus manos y bocas para otras cosas—. Yo me sentiría igualmente horrorizada si lo viera en una situación lujuriosa.

—Lo sé. Solo estoy siendo cruel porque debo comportarme. —Hizo una mueca, pasó los dedos de nuevo sobre mi vientre—. Pero, si tienes curiosidad sobre qué cara pone en una situación lujuriosa, solo tienes que pedírmelo y…

—Por favor, para. —Arrugué la nariz—. De verdad, no quiero saber nunca cómo es.

—Ambos sois tan aburridos como Laurelin. —La risa de Naomi se disipó.

Me dolió el corazón.

—¿Cómo está tu hermana?

—Un poco mejor.

Podía decirle la verdad sobre lo que esperaba a Laurelin después de la fiebre, pero no quería arrebatarle el alivio por la mejoría de su hermana. Y también estaba siendo egoísta. No quería ser yo la que le quitara ese alivio.

—Lo lamento. No sé si te lo he dicho antes, pero siento por lo que está pasando tu hermana… por lo que tú estás pasando.

—Gracias.

Asentí, la miré en silencio mientras silenciaba los pensamientos y las emociones relacionados con su hermana. Mi mirada viajó por la habitación y se detuvo en Claude. Allyson seguía en su regazo, los que lo rodeaban continuaban riéndose y charlando, pero él estaba mudo, con expresión tensa, mientras miraba algo que solo él podía ver.

—Creo que le pasa algo —me dijo Naomi en voz baja tras seguir mi mirada—. A Claude.

—¿De verdad? —Cuando asintió, le pregunté—: ¿Por qué crees que le pasa algo?

Sus uñas arañaron el fino material de mi corpiño, provocando que arqueara la espalda.

—No estoy segura. —Bajó la cabeza, apoyó la barbilla en mi hombro—. Pero está raro, nervioso y taciturno un momento y excesivamente alegre al siguiente, y últimamente está bebiendo mucho más.

—Me he dado cuenta. —Recordé su pregunta de aquella tarde—. ¿Te has enterado de lo que pasó anoche en la ciudad?

—Sí. Una noticia terrible. —Se estremeció—. Pero lleva semanas distinto.

—Esto también es reciente, pero hemos recibido noticias... —Contuve el aliento cuando jugó con mi pezón. Presioné con los dedos el cojín del sofá que tenía delante—. Tienes una idea muy distorsionada de lo que es comportarte.

—¿Sí? —Me guiñó el ojo—. ¿Qué estabas diciendo?

Negué con la cabeza.

—Estaba diciendo que hemos recibido noticias sobre las Tierras Occidentales.

—¿Qué? —preguntó, y mientras le contaba lo que Ramsey había dicho, apartó la mano de mi sensible seno—. ¿Qué puede haberlo provocado? ¿Por qué se volvería una princesa contra el rey?

—No lo sé —murmuré. Había prestado poca atención a la política de los Hyhborn. La mayoría en el vulgo lo hacíamos, ya que rara vez nos afectaba, pero eso... Eso estaba cambiando, ¿no?

—El rey Euros tiene algo que ver con ello —musitó Naomi—. ¿No crees?

—Se sospecha que los Caballeros de Hierro son los responsables de los asaltos en la frontera, ¿no? Y, si eso es cierto, significa que están haciéndolo a las órdenes de la princesa de Visalia, pero el rey no ha hecho nada respecto a los asaltos, así que...

—Cierto. —Se detuvo—. Es un cabrón.

La risa me sacudió los hombros.

—Estoy bastante segura de que todos los poderosos son unos cabrones.

Naomi sonrió mientras deslizaba la mano por mi muslo.

Mi mirada se detuvo en el barón. Estaba concentrado de nuevo en Allyson. ¿Estaría preocupado por si los asaltos se extendían a la Región Central? ¿O por lo cerca de la total devastación que había estado Archwood?

—¿En qué estás pensando? —me preguntó Naomi, y me sobresalté un poco cuando su mano se adentró por la abertura en los paneles—. Estás demasiado seria, teniendo en cuenta que te encuentras en mitad de una orgía.

Me reí, pero la preocupación me carcomía, aunque no por Claude. Miré a Naomi.

—¿Por qué sigues aquí?

Se quedó inmóvil a mi espalda, únicamente durante medio segundo.

—¿Por qué no?

Suspiré y aparté la mirada.

—¿Qué? —Como no contesté, me mordisqueó la garganta, arrancándome un gemido ante la doble punzada de dolor y de algo totalmente distinto—. *¿Qué?*

La miré sobre mi hombro con los ojos entornados.

—*Ay.*

—Te ha gustado —replicó con una sonrisa pícara—. ¿A qué ha venido ese suspiro?

—Se debió a la mano en el muslo —le contesté.

—Como si eso fuera cierto. Tú nunca emites un sonido, ni siquiera cuando hago eso con los dedos que sé que te gusta porque a todo el mundo le gusta.

Sabía exactamente de qué estaba hablando.

—Yo solo… No entiendo por qué sigues aquí —le dije al final, metiendo el pie entre los suyos mientras ella deslizaba el brazo entre los paneles de mi vestido.

—¿Crees que no soy feliz?

—¿Lo eres?

Naomi no contestó de inmediato, y en lugar de eso se limitó a pasarme los dedos sobre el ombligo y más abajo. No hizo ningún comentario cuando sus dedos aventureros no encontraron ropa interior, sabiendo que Maven me había vestido.

—Me quedo porque quiero hacerlo. Porque estoy bien aquí.

Entonces fui yo quien se quedó callada.

—No me crees, ¿verdad?

Metí la cabeza en el hueco de su hombro.

—Quiero creerte.

—Deberías. —Me miró, con sus serios ojos castaños—. Mira, te he oído decirlo antes: Archwood es como cualquier otra ciudad en cualquier otro territorio, pero esto es bonito. El aire está limpio en lugar de lleno de humo, como los pueblos cerca de las minas. Tengo un techo sobre mi cabeza y tanta comida como puedo desear, y no tengo que romperme la espalda para conseguirla.

—¿Estás segura de que no te estás rompiendo la espalda? —bromeé.

Naomi me miró, divertida, y yo me reí.

—No es mi espalda la que rompo —dijo, y se me escapó otra pequeña carcajada—. *De todos modos*, como te iba diciendo, no tengo que matarme trabajando en las minas o limpiando la mierda de otros. Ni tengo que casarme para sentirme segura. Yo elijo lo que hago con mis días, y con quién. Además, me gusta follar y que me follen —me dijo, deslizando la mano entre mis muslos.

—Nunca habría adivinado eso —repliqué.

La risa de Naomi me tiró de los labios y la mía subió por mi garganta. Eso era lo que pasaba con la risa. Era contagiosa.

—Yo no soy como mi hermana, ¿sabes? Nunca he querido casarme y que me usen como si solo fuera una yegua de cría —dijo, tensando las comisuras de su boca—. Esa es la razón por la que la vida con Claude es perfecta para mí. No hay expectativas. No hay límites. Me gusta lo que soy. —Su mirada se encontró con la mía brevemente—. Me gustaría que tú también pudieras disfrutar de lo que eres.

Contuve el aliento.

—Lo hago —susurré.

—Y yo quiero creerlo. —Me besó el hombro. Pasó un instante; después cambió de tema—. He oído un rumor.

—¿Sobre?

—Los incendios. Dicen que los Hyhborn tuvieron algo que ver.

—¿Sí?

No le había contado lo que sabía. No porque no confiara en ella; era obvio que lo hacía. Yo solo… no quería que se preocupara. Ya tenía suficientes preocupaciones con Laurelin.

—Ojalá hubiera visto a los Hyhborn… No el incendio de los edificios —se corrigió, y yo resoplé—. Son muy pocas y espaciadas las ocasiones en las que podemos observar su esplendor.

Sabía que Naomi estaba diciendo tonterías, pero era demasiado fácil evocar los rasgos de mi lord: la curva de su mandíbula, la pendiente de su sensual boca y esos ojos impresionantes.

—¿Lis? —susurró, con sus labios en la curva de mi mejilla.

Clavé la mirada en el suelo de piedra ante el sofá. Un aleteo se inició en mi pecho, uniéndose a otro mucho, mucho más lento, cuando su caricia me provocó un delicado y tenso escalofrío.

—¿Sí?

—Te he preguntado si quieres que te traiga algo de beber. —Sus dedos danzaron sobre la parte baja de mi estómago, descendiendo desde mi ombligo.

—Estoy… —Mis palabras terminaron en un gemido. Mis ojos volaron hasta los de Naomi y se entornaron.

¿Qué? —dijo, inocentemente—. ¿Se han acercado demasiado mis dedos a una parte muy sensible?

—Posiblemente.

Su sonrisa era pura malicia pícara.

—Espero que este año participes en las Festas.

Levanté una ceja.

—Creo que la única razón por la que quieres que lleguen las Festas es para tener a un Hyhborn a tus pies.

—¿Qué otra cosa quedaría mejor a mis pies? —Las puntas de sus dedos bajaron por mi vientre de nuevo, deteniéndose a un centímetro, si acaso, sobre la unión de mis muslos—. Aparte de ti.

Me reí.

Le brillaron los ojos.

—¿Te he contado que los Hyhborn están… *esplendorosamente* dotados?

Solo decía la verdad.

—¿Podemos dejar de hablar de *esplendor*?

—Jamás. —Sus labios se curvaron en una leve sonrisa mientras sus dedos subían y bajaban, casi… *casi* acariciando mi sensible flor—. Nos están mirando, por cierto.

—Ni a una sola parte de mí le sorprende oír eso —murmuré, pero levanté la mirada para ver al hombre que había estado con los Isbill, y a una mujer al otro lado. No eran los únicos. Por suerte, Grady no lo hacía. Sobre todo, porque la mano de Naomi estaba moviéndose de nuevo—. Y sigues teniendo un concepto muy raro de comportarte.

Naomi no me hizo caso.

—Es difícil, cuando sé que tengo audiencia. Siempre me pongo un poco nerviosa. —Sus dedos comenzaron a moverse de nuevo en círculos lentos y seductores—. Y un poco excitada.

—Tú no estás bien —afirmé.

—Por favor, como si no supiera que a ti también te gusta que te miren.

Moví las caderas, inquieta.

—Esa no es la cuestión.

—Cuéntame algo. —Los labios de Naomi se curvaron contra mi mejilla—. Exactamente, ¿cuán mojada estás?

La cara se me calentó, y la miré con los ojos entornados.

—Si no me estuviera comportando, por respeto al bienestar mental y emocional de nuestro pobre Grady, apuesto a que descubriría que lo estás. —Me rozó la nariz con la suya mientras susurraba—: Ni siquiera intentes mentirme, porque el modo en el que mueves las caderas me cuenta una historia muy diferente.

—Te cuenta la historia que están escribiendo tus dedos.

Emitió un sonido gutural en el espacio entre mis labios.

—Oh, y apuesto a que mis caricias te han calentado bien —dijo—. Pero también estoy dispuesta a apostar que pensar en el esplendorosamente dotado Hyhborn ha sido lo que te ha *empapado*.

Curvé los dedos de los pies y tensé los músculos, pero Naomi se equivocaba. Y tenía razón. Aunque técnicamente se estaba comportando, yo... lo *deseaba*, pero no era solo yo. Podía sentir cómo se había acelerado su respiración. Sentía sus movimientos contra mi muslo. Era en parte por sus caricias, y también tenía razón. Estaba pensando en un Hyhborn esplendorosamente dotado: estaba pensando en él.

En mi lord Hyhborn.

9

Sabiendo que Naomi no disfrutaría de la noche si se sentía obligada a vigilarme, le dije que daba por terminada la velada. Sinceramente, debería estar cansada, teniendo en cuenta lo poco que había dormido la noche anterior, pero una energía nerviosa me atravesó incluso después de haberme puesto un resbaladizo y suave camisón, haciéndome sentirme inquieta y nerviosa.

Culparía a Naomi y a su idea de comportarse por ello.

Mientras estaba tumbada en la cama, mi mente no me ayudó en nada, pues decidió alternar entre el recuerdo de las suaves y provocadoras caricias de Naomi y el de... la piel dura y resbaladiza de mi lord.

Con la piel arrebolada, me puse de costado, apretando los muslos. Un brusco latido resonaba en mi interior. Me mordí el labio mientras me pasaba la mano por el pecho. Tomé aire, temblorosa. Oía la voz de mi lord con mucha claridad, como si estuviera a mi espalda, susurrándome al oído. Extendí los dedos, acariciando un pezón duro a través del camisón de algodón. Pero no eran mis dedos. Eran los de Naomi. Eran los de *él*.

El calor se vertió en mis venas, reavivando el deseo en mi interior. Inhalé con brusquedad cuando arrastré las uñas sobre mi pezón. Me moví, inquieta, girando las caderas. Mis pezones nunca habían sido muy sensibles, pero en ese momento notaba un hormigueo, y era casi doloroso mientras la humedad se reunía abajo, entre mis piernas. El pulso me latía con fuerza y me puse boca abajo; cerré los ojos, deslicé la mano por mi estómago y bajé más, subiéndome el camisón mientras lo hacía. El aire frío besó el espacio caliente entre mis piernas, arrancándome un suave gemido. Me tensé cuando rocé con mis dedos la piel desnuda de mis muslos, abrasándome… haciéndome arder, porque eran *sus* manos las que yo estaba invocando.

Abrí las piernas, respirando en breves y superficiales jadeos mientras mis dedos rozaban la carne sensible y tensa. Me curvé de nuevo, curvé los dedos de los pies mientras bajaba más los dedos. Eché la cabeza hacia atrás, gemí mientras levantaba las caderas. Me acaricié justo como sabía que lo habría hecho Naomi, justo como imaginaba que lo habría hecho mi lord si me hubiera quedado en esa ducha. No fueron mis dedos los que se clavaron en mi resbaladiza humedad, o los que se curvaron alrededor de mi pecho. Eran los de Naomi y después los de él, trabajando en mí hasta que me elevé. Me arqueé, deseando más. Necesitando más.

Tócame.

El recuerdo de su voz me tiró por el precipicio, hacia el éxtasis, y me vi asaltada de nuevo por las tensas pero demasiado breves oleadas de placer. Me quedé jadeando y… y todavía anhelante.

Todavía insatisfecha.

Porque no habían sido las caricias de Naomi. No habían sido las caricias de él. Solo habían sido mis dedos.

Inhalé profundamente, y abrí los ojos al captar un aroma suave y ligeramente silvestre.

Su aroma.

Giré la cabeza hacia el diván, frente a la cama, donde había dejado la capa que él me había dado. Debería hacer algo con ella. Regalarla. Tirarla. Quizá quemarla.

Suspiré, miré el techo y, cuando me incorporé, fui al cuarto de baño. Me eché agua fría en la cara. Seguía inquieta, seguía…

Volví a sentir una urgencia, como la del solario.

El deseo.

La *necesidad* de salir.

Caminé, descalza, hasta la ventana, y miré al exterior. De inmediato vi las flotantes y relucientes bolas de luz que aparecían en el cielo nocturno entre el final de la primavera y el inicio del verano, en las semanas antes de las Festas, y que desaparecían poco después.

Una sonrisa atravesó mi rostro al verlas. Me aparté de la ventana y me puse un par de zapatos de suela fina. Saqué una bata azul marino de manga corta del cuarto de baño, me la puse y me la ceñí a la cintura mientras miraba la daga de *lunea* sobre la mesilla de noche, recordándome que debía preguntarle a Grady si tenía una vaina de sobra para ella.

Salí por las puertas de la terraza y crucé el césped de la parte de atrás, evitando a los asistentes a la fiesta mientras me dirigía al estrecho puente que cruzaba el pequeño arroyo para dar paso a los jardines. Seguí el serpenteante sendero de los jardines del barón, concentrada en las brillantes esferas que bajaban como estrellas para flotar entre los balanceantes pinos taeda. Los orbes mágicos proyectaban una suave luz al llenar el cielo. Siempre me habían fascinado, incluso de niña. No recordaba si la madre superiora me había contado alguna vez por qué aparecían cuando lo hacían. Se lo pregunté a Claude una vez, pero se encogió de hombros y me dijo que eran solo algo relacionado con los Hyhborn.

Eso en realidad era como no decir nada.

Detuve mis pasos cuando una de las esferas, del tamaño de mi mano, bajó flotando de entre los árboles para suspenderse a pocos pasos de mí, sorprendiéndome. Nunca había estado tan cerca de una de ellas, ni siquiera antes de llegar a Archwood. Di un paso vacilante hacia adelante, casi temiendo que el orbe se alejara o desapareciera.

No lo hizo.

La bola de luz siguió lo bastante cerca para que viera que no era solo una luz central. Mis ojos se llenaron de sorpresa. En realidad, era una serie de luces diminutas agrupadas. El orbe vibró y después se alejó, regresando lentamente a los árboles. Observé las luces bajando y subiendo mientras se unían en una danza antes de regresar al bosque.

Jugando con el extremo de mi trenza, comencé a alejarme de nuevo, siguiendo las luces mientras las aves nocturnas cantaban desde los árboles. La paz de los jardines calmó mi mente. Me pregunté si a Claude le parecería mal que instalara una… una hamaca allí. Dudaba que tuviera algún problema…

Para.

Me detuve de inmediato. Fruncí el ceño, me giré despacio y miré una arcada a la derecha. Sentí un hormigueo en los dedos cuando una intensa premonición me asaltó, presionando entre mis omoplatos.

Mi intuición se había disparado. Lo había hecho también más de una hora antes, pensé. Había sentido la necesidad de abandonar el solario y adentrarme en los jardines.

—Tienes que estar de broma —murmuré, mirando el sendero oscuro.

Me mantuve inmóvil mientras mi corazón pateaba mi pecho irregularmente. Solo los dioses sabían hacia dónde quería conducirme mi intuición aquella noche. Ni siquiera quería saberlo. Noté un espasmo en los dedos, mis músculos temblaron mientras me oponía a la atracción de la intuición.

—Maldita sea. —Exhalé un suspiro exasperado y atravesé la arcada.

Muy poca luz de luna penetraba entre las enormes wisterias y sus pesadas enredaderas, y solo un par de esferas brillantes se deslizaban arriba, en los árboles, iluminando con su tenue resplandor los pálidos tallos azules. Apartando las ramas bajas, continué por el sendero, adentrándome en las wisterias.

Entonces lo sentí, un cambio repentino en el aire. Se había enfriado, pero había una densidad en él. Un peso. Poder. Lo había sentido antes…

—Como acabo de decir, no tengo ni idea de qué estás hablando.

129

Un hombre estaba hablando más adelante. Había cierta…
cadencia en su entonación, algunas letras trinadas, algo poco común en la Región Central, pero su voz me provocó algo más.
Era como cardos contra mi piel, y abrió una puerta en mi mente.

Vi rojo.

Goteando contra la piedra.

Salpicando las pálidas flores.

Sangre.

Me detuve, conteniendo el aliento.

No vi nada de aquellos que hablaban bajo las sombras de las
wisterias, pero *sabía* que algo sangriento estaba a punto de ocurrir.

Lo que significaba que debía sacar el trasero de allí. Lo último que necesitaba era verme atrapada en el drama que estaba a
punto de desarrollarse. Fuera lo que fuere, sobre todo después
de lo de anoche, no era asunto mío.

Pero había visto sangre.

Alguien terminaría herido.

Cerré los dedos sobre una sarta de flores mientras me mor-
día el labio inferior. Debería haberme quedado en el solario y
haber bebido la mitad de mi peso en licor. Las visiones, las voces, los presentimientos se habrían silenciado un rato. No estaría
allí, a punto de hacer algo muy imprudente… Y, dioses, solo la
noche anterior valía por un año de estupidez.

Me ordené regresar, pero no era eso lo que estaba haciendo.

Avancé, apretando los dientes. No había nada malo en no
querer involucrarme, me dije. Eso no me convertía en una mala
persona. Lo había demostrado la noche anterior. Además, ¿qué
iba a hacer para evitar lo que estaba a punto de ocurrir? Grady
me había enseñado a propinar un derechazo bastante fuerte,
pero no creía que eso pudiera serme de mucha ayuda.

—Y tampoco me gustan las acusaciones que estás haciendo
—continuó el hombre—. Ni le gustarán a él, y eso debería preocuparte. No eres intocable, aunque lo creas.

Apartando una rama de wisteria, di un paso…

Se oyó en respuesta una risa fría y divertida que provocó que el vello se erizara en mis brazos desnudos. Ese sonido...

Abrí los ojos con sorpresa cuando se me enganchó el pie en una raíz expuesta.

—Joder —jadeé, trastabillando. Planté una mano en la corteza áspera de un árbol cercano, sujetándome antes de darme de bruces contra el suelo.

Silencio.

Un silencio completo me rodeó mientras levantaba la cabeza despacio, con el rostro ardiendo. Comencé a hablar... a decir algo, no sabía qué, porque todos mis pensamientos huyeron de mi mente cuando vi a dos hombres bajo las malditas esferas de luz que parecían haber aparecido de la nada para ser testigos de mi completa metedura de pata. Ambos se habían girado hacia mí, y me concentré en aquel sobre el que me habían advertido mis sentidos.

Era rubio y de piel pálida, alto y atractivo, con unos rasgos tan perfectamente tallados que cualquiera habría creído que habían sido creados por los propios dioses, y supe qué significaba eso antes de ver lo que llevaba sujeto a la cadera. Se me heló la sangre al notar la lechosa blancura mate de una daga de *lunea*.

No supe qué me desconcertó más: que mi intuición hubiera funcionado con algo relacionado con Hyhborn o que me hubiera conducido hasta... hasta *él*.

Con los dedos enredados en la vegetación, noté que mi corazón enviaba un gélido asombro por mis venas cuando mi mirada se detuvo en el otro hombre y lo supe. Lo supe en el momento en el que oí su risa, suave y ahumada.

El aire abandonó mis pulmones. Estaba casi oculto por las sombras y vestido todo de negro. Se habría mezclado con ellas de no haber sido por los atisbos de su piel color arena. Casi me olvidé de respirar cuando caminó hasta la tenue luz de los orbes. Estaba segura de que el suelo se había movido bajo mis pies.

Era *él*.

Mi señor Hyhborn.

La dura línea tallada de su mandíbula se inclinó mientras sus labios gruesos y lujuriosos se curvaban en una media sonrisa.

—Esto se está convirtiendo en una costumbre.

—¿Qué? —me oí susurrar.

Sus rasgos cayeron de nuevo en las sombras.

—Encontrarnos así.

—¿Quién demonios es esta? —exigió saber el otro Hyhborn, recuperando mi atención.

—No… No soy nadie. Yo solo… solo estaba siguiendo las pequeñas bolas de luz. Me gustan las bolitas… de luz —conseguí decir, e incluso mi cerebro hizo una mueca de vergüenza. *¿Me gustan las bolitas? Dioses.* Solté la wisteria y di un paso atrás—. Lo siento, por favor, olviden que he estado aquí… que ni siquiera existo.

Una tajada de luz de luna iluminó la mitad inferior del rostro de mi Hyhborn… Aunque, dioses, no era mío. Su sonrisa se había ampliado.

—Un momento, por favor.

El «por favor» me detuvo.

¿Un lord Hyhborn, aunque fuera *él*, diciendo eso? ¿A mí? ¿Una vulgar? Eso era… inaudito. Ni siquiera me lo había dicho la noche anterior, cuando me pidió ayuda.

Entonces todo ocurrió muy rápido.

El Hyhborn desconocido para mí soltó una maldición y retrocedió mientras extraía la daga de *lunea*, pero el otro lord fue más rápido. Lo agarró por la muñeca y se la retorció. El crujido del hueso fue como el trueno. Me cubrí la boca con la mano, silenciando un grito.

El Hyhborn siseó de dolor y la daga cayó al suelo.

—Si haces esto —dijo, apartando los labios en una mueca—, te arrepentirás. Lo harás hasta tu último aliento.

—No, Nathaniel —contestó el lord, y sonó aburrido. Como Grady, siempre que yo empezaba a hablarle de los distintos tipos de margaritas—. No lo haré.

Capté solo un atisbo del puño del lord. Solo un segundo antes de que golpeara el pecho del Hyhborn... de que se *hundiera* en su pecho.

El que se llamaba Nathaniel echó la cabeza hacia atrás; su cuerpo se sacudió mientras mi mano abandonaba mi boca.

—Solo un momento más —me pidió el lord, como si nada.

Un fuego dorado erupcionó en el pecho de Nathaniel... O en la mano del lord, que seguía hundida en el interior de su torso. El fuego se extendió sobre Nathaniel en una ondulada y violenta oleada de vibrantes llamas doradas, y de repente supe exactamente cómo se habían incendiado la herrería y los Dos Barriles. En un par de instantes, lo único que quedaba de Nathaniel era... era un montón de ceniza y algunas tiras de ropa chamuscada junto a la daga de *lunea*.

—Hostia puta —susurré, horrorizada... y un poco sobrecogida por la demostración de poder, aunque sobre todo horrorizada. Levanté la mirada. Detrás de donde Nathaniel había estado, las pálidas flores estaban salpicadas de sangre, justo como yo las había visto.

Miré al lord que... que la noche anterior apenas podía caminar sin ayuda, con quien acababa de fantasear mientras me masturbaba, y que...

Y que había incinerado a otro con su *mano*.

Si podía hacerle eso a uno de los suyos, ¿qué, en el maldito reino de las probabilidades, no podría hacerle a un vulgar?

Retrocedí dando un paso trémulo, recordando una vez más qué era exactamente aquel lord. De algún modo, lo había olvidado.

—*Na'laa* —dijo él en voz baja.

Mi cuerpo entero se sobresaltó.

Un mechón de cabello se deslizó y cayó sobre su mandíbula cuando se encorvó para limpiarse la mano en uno de los jirones de tela quemada.

—Deberías acercarte a mí.

Retrocedí otro paso.

—No sé por qué.

—¿Por fin me tienes miedo? —me preguntó, recogiendo la daga de *lunea* abandonada.

No estaba segura, pero sabía que debería tenérselo. Debería estar aterrorizada.

Giró la cabeza en mi dirección.

—No des un paso más…

Retrocedí varios pasos. De algún modo, verlo crear aquel fuego había sido más inquietante que ver cómo le arrancaba la nuez a Weber. Ni siquiera estaba segura de por qué, pero…

Se me enganchó la trenza en algo, tiró de mí hacia atrás. Grité cuando el dolor bajó por mi cuello y mi columna. Mis pies abandonaron el suelo mientras giraba. Una mano se cerró sobre mi garganta. Mientras me arrastraban contra un pecho que era como un muro, agarré la mano de mi cuello y no oí absolutamente *nada* hasta que vi al alto lord Hyhborn a través de las oscilantes enredaderas de wisteria.

—Muriel —dijo el lord, despacio, y el asombro me atravesó. Yo conocía ese nombre. Finn y Mickie lo habían pronunciado—. Llevo todo el día buscándote.

—No te acerques —le advirtió el que me sostenía mientras yo tiraba de su mano, rompiéndome las uñas contra la dura carne de otro Hyhborn.

Mi lord Hyhborn caminó despacio hacia adelante; las enredaderas se elevaron y apartaron de su camino antes de que su cuerpo las rozara.

—Corrígeme si me equivoco —dijo el lord, ignorando a Muriel—. Pero ¿no te he dicho que no te movieras?

—Yo…

—Para —gruñó Muriel, interrumpiéndome. Sus dedos se tensaron sobre mi garganta. El pánico amenazaba con apresarme—. O le romperé el puto cuello.

—Es un cuello muy bonito —respondió el lord Hyhborn—. Pero ¿por qué, Muriel, crees que a mí me importaría que se lo rompieras?

—Cabrón —siseé antes de poder contenerme. La incredulidad me había soltado la lengua.

El lord ladeó la cabeza.

—Eso no ha sido muy amable por tu parte.

Lo miré, boquiabierta. Lo había ayudado la noche anterior. Lo había puesto a salvo. Había arriesgado mi vida, y a él no le importaba que me rompieran el cuello.

—Acabas de decir…

Muriel me clavó los dedos en la garganta, poniendo fin a mis palabras con un gemido estrangulado.

—¿Qué le has hecho a Nathaniel? —exigió saber.

—Le he dado vacaciones. —Otro grupo de flores se agitó, apartándose de su camino—. Permanentes.

Muriel nos hizo retroceder, obligándome a apoyarme en las puntas de mis pies.

—¿Por qué demonios has hecho eso?

—Sabes que no debes hacer esa pregunta, pero como esta noche me siento generoso, te lo explicaré. Además del hecho de que estaba aburriéndome —contestó el lord—, me tendió una trampa. Como tú.

Muriel se detuvo mientras yo forcejeaba.

—Sí, sé que no debo. —Maldijo de nuevo—. También debí saber que no podía confiar en que el vulgo hiciera bien el trabajo.

—Debiste saberlo. —El lord hizo una pausa—. Y *tú* deberías dejar de moverte mientras Muriel y yo charlamos un poco. Si no lo haces, solo conseguirás hacerte daño.

¿Dejar de moverme? ¿Mientras Muriel me aplastaba la tráquea?

—Y tú deberías estar más preocupado por tu propio cuello —le espetó Muriel.

—Tu preocupación por mí es adorable.

—Sí, ya. —Muriel tiró de mí con brusquedad hacia un lado mientras yo intentaba liberarme. Nada funcionaba. Su mano seguía firme en mi cuello—. ¿Sabes? Esto te lo has buscado tú.

—¿Y cómo es eso posible?

—Hazte el tonto todo lo que quieras. No funcionará mucho tiempo más —gruñó Muriel—. Solo hay una razón por la que estás dispuesto a arriesgar el trasero para sacarnos esa información.

—Hablando de esa información —contestó el lord—. ¿Tiene algo de verdad?

—Que te den —replicó Muriel.

El lord suspiró.

—¿Cómo crees que va a reaccionar el rey cuando descubra qué estás buscando? —continuó Muriel. Yo no tenía ni idea de qué estaban hablando—. Euros pedirá tu cabeza.

—Lo dudo. —El lord se rio de nuevo, y el sonido me erizó el vello de la nuca—. Soy uno de sus favoritos, por si lo has olvidado.

—No lo serás después de esta noche —le prometió Muriel—. No cuando descubra la verdad.

¿La verdad de qué?

El lord había dejado de acercarse. Ahora estaba a un par de pasos de nosotros.

—Tengo curiosidad, Muriel, por saber por qué crees que el rey va a enterarse de algo de lo que ha ocurrido esta noche. O de lo que ocurrió anoche.

Muriel se tensó a mi espalda, como si notara la no tan velada amenaza en las palabras del lord. Pasó un tartamudeante segundo.

—Me marcho.

—De acuerdo. —El lord ladeó la cabeza.

—Lo digo en serio —dijo Muriel, y creí oír un temblor en sus palabras—. Si me sigues, le arrancaré el corazón.

—¿Te parece que estoy intentando detenerte? —le preguntó el lord.

No lo parecía.

No lo parecía en absoluto.

No sé por qué había esperado algo distinto de él. Aunque fuera mi lord Hyhborn. La noche anterior había necesitado mi ayuda, y estaba claro que no era así ahora. Era tonta, porque una sensación de… de traición se había asentado en mi interior, aunque incluso yo admitía que no tenía sentido. Que yo lo hubiera ayudado no significaba que él estuviera en deuda conmigo.

Dioses, ojalá no hubiera pensado en él mientras me tocaba.

Perdí la esperanza cuando Muriel nos hizo retroceder a través de las enredaderas de wisteria. Las fragantes ramas volvieron a su lugar, formando una cortina que ocultó rápidamente al lord. Muriel me arrastró hacia los árboles, lejos de la mansión, y eso era malo, porque dudaba seriamente que aquel Hyhborn me permitiera marcharme cuando hubiera escapado del lord.

Mi pánico explotó. Forcejeé salvajemente, pateando las piernas de Muriel mientras le golpeaba el brazo. Cada golpe enviaba una oleada de dolor por mi brazo y mi pierna. Sufrí una arcada, abrí los ojos como platos mientras nos hacía girar. Forcejeé, lanzando mi peso en cada dirección.

Muriel emitió un gutural sonido de advertencia cuando me elevó en el aire.

—Sigue así y te… *Mierda*.

Algo grande y oscuro colisionó contra nosotros, lanzando a Muriel varios pasos hacia atrás. Golpeó un árbol y el impacto lo hizo temblar primero a él y después a mí. Gruñó, sin soltarme, y mis piernas empezaron a ceder.

Un borrón de movimiento hizo que los mechones sueltos de mi cabello me azotaran la cara. Vi el atisbo de una mano bajando sobre el brazo de Muriel, después un destello de la lechosa daga de *lunea*. La presión abandonó mi cuello, pero no tuve tiempo para sentir alivio, ni siquiera para recuperar el aliento. Otra mano se cerró sobre mi brazo. Me vi arrojada hacia un lado, lanzada. Por un momento, floté entre las fragantes flores. No había arriba ni abajo, cielo ni tierra, y en esos segundos, me di cuenta de que se había acabado. La huida. La soledad. Todo había terminado. El barón iba a ponerse muy triste cuando encontrara mi cuerpo destrozado.

Golpeé el suelo con fuerza; todos los huesos de mi cuerpo traquetearon y mi cabeza sufrió una brusca sacudida hacia atrás. Aturdida, me sentí azotada por un dolor brutal.

Después no hubo nada.

10

Al salir de la bruma de la nada, sentí… sentí unos dedos subiendo por los lados de mi cuello e introduciéndose bajo la gruesa trenza de mi cabello, por la parte de atrás de mi cráneo. La caricia era como la de una pluma, pero cálida… Casi caliente, moviéndose en círculos consoladores y levísimos. Sentí el roce de algo aun más suave contra mi frente.

—¿Se recuperará? —preguntó un hombre.

No reconocí la voz, pero pensé que su acento tenía la misma cadencia que la de los otros Hyhborn. No podía estar segura, porque me deslicé en la nada de nuevo y no supe cuánto tiempo me mantuve allí. Me pareció que pasaba una pequeña eternidad antes de volver a ser consciente de ese roce, ligero como una pluma, a lo largo de mi brazo, un pulgar moviéndose en los mismos círculos lentos y suaves justo por encima de mi codo. No estaba caliente esta vez, solo reconfortante y… y agradable, provocando una hormigueante sensación de corrección a la que no le encontraba sentido. Estaba demasiado calentita y cómoda para intentarlo. Oí de nuevo esa voz. Sonaba como si estuviera al otro extremo de un túnel estrecho.

El hombre volvió a hablar.

—¿Quieres que me quede con ella hasta que se despierte?

—Aprecio tu oferta, Bas, pero estoy bien como estoy.

Parte de la bruma se aclaró entonces, y la intensa sensación de congruencia se intensificó. La voz sonaba más cerca, más clara. ¿Era *él*? ¿Mi lord Hyhborn, que…? ¿Qué había pasado? Destellos de recuerdos se abrieron paso en mi mente. Los jardines llenos de orbes brillantes. Mi intuición. La sangre salpicando las pálidas flores…

—¿Estás seguro? —La voz de Bas sonaba ahora más fuerte—. Tu tiempo estaría mejor empleado en otra parte.

—Sé que lo estaría —respondió el lord—. Pero disfruto bastante de esta paz y tranquilidad.

—¿Y de las vistas? —remarcó Bas.

—Eso también.

El tal Bas soltó una risa grave y ronca, y después llegó de nuevo el silencio de la inconsciencia y le di la bienvenida, sintiéndome… sintiéndome cuidada.

A salvo.

Y así me permití deslizarme.

Lentamente, fui consciente de un aroma agradable. Silvestre, suave. También noté que mi cabeza descansaba en algo firme, pero no tan duro como el suelo, y después del canto distante de las aves y de los insectos nocturnos. Mi corazón se aceleró. Seguía en los jardines, tumbada sobre la hierba fría, pero mi cabeza estaba…

El pulgar se detuvo sobre mi brazo.

—Creo que por fin estás despertando, *na'laa*.

Abrí los ojos, pestañeando, y contuve el aliento. El rostro del lord estaba sobre el mío, casi oculto en las sombras. Solo un fino tajo de luz de luna atravesaba el dosel de ramas sobre nuestras cabezas, iluminando su mandíbula y su boca.

Me dedicó una sonrisa débil.

—Hola.

Algunos fragmentos de lo que había pasado regresaron a mí en un instante, poniéndome en acción. Me incorporé y me arrastré sobre mis manos y rodillas, retrocediendo varios pasos.

—Ya deberías saberlo. —Las manos del lord cayeron en su regazo… el regazo en el que había estado apoyada mi cabeza—. No voy a hacerte daño.

—Dijiste que no te importaba que me rompieran el cuello —jadeé. Me temblaban los brazos y las piernas, debido a la acometida de la adrenalina que aún perduraba.

—Eso fue lo que dije.

Miré las sombras de su rostro, aturdida.

—Yo te ayudé anoche y tú dejaste que él me llevara…

—Pero no dejé que te llevara, ¿verdad? —Cruzó el tobillo de una larga pierna sobre el otro—. Si lo hubiera hecho, no estarías viva. Muriel te habría roto el cuello o te habría arrancado el corazón, como amenazó con hacer.

Tenía sentido. Eso tenía que reconocerlo, pero el miedo y la ira, la sensación de traición y el pánico helado estaban inundando mi sistema, alejando la extraña y totalmente estúpida sensación de seguridad, de ser cuidada.

Me llevé una mano temblorosa a la garganta, sintiendo todavía la mano de Muriel presionándola, amoratándola y aplastándola.

—¿Te duele? —me preguntó el lord.

—No. —Acaricié suavemente mi piel mientras me acuclillaba. Sentía la garganta un poco dolorida, pero nada extremo, lo que no tenía sentido. Recordaba haberme caído; no, me habían lanzado y mi cabeza había golpeado algo duro, y después un dolor repentino y violento me asaltó antes de la nada. Volví a mirar al lord, recordando la calidez de su mano y el roce de algo todavía más suave contra mi frente.

—Al contrario de lo que hice creer al muy difunto Muriel, y por desgracia, también a ti, no le permití que siguiera usándote como escudo —me dijo—. Lo detuve, y tú te quedaste atrapada en medio.

Recordé algo duro golpeándonos… El destello de una mano posándose en el brazo de Muriel.

—Él… Él me lanzó.

—En realidad fui yo —me corrigió el lord—. Estaba intentando ponerte a una distancia segura y puede que me pasara un poquito de entusiasta. —Bajó la barbilla y la luz de la luna se posó en un alto y dramático pómulo—. Mis disculpas.

Mi corazón latió con fuerza mientras bajaba la mano hasta detenerla a un par de centímetros sobre la suave hierba. ¿Se pasó un poquito de entusiasta? Recordaba la sensación de ingravidez… de volar. Me había lanzado como si no pesara más que un niño pequeño, y no había nada pequeño en mí. Tragué saliva con dificultad y comencé a mirar a nuestro alrededor.

—Muriel ya no está —me contó el lord.

—Eso lo suponía.

—Había otro aquí. Un tal… ¿Bas?

—Ese era Bastian, lord Bastian. Se ha marchado —me dijo—. Estamos solos, *na'laa*.

Contuve la respiración.

—Debería estar herida. Debería estar… —No me decidía a decirlo, que debería estar muerta. Me senté de nuevo. O me dejé caer, aterrizando en un charco de luz de luna—. ¿Has…? ¿Has vuelto a besarme?

—¿Disculpa?

—A curarme —le aclaré—. ¿Me has sanado de nuevo?

Frente a mí, el lord descruzó los tobillos y levantó una pierna. Elevó un hombro.

—Te dije que *na'laa* significa varias cosas en mi lengua.

Parpadeé, presionando la hierba con la mano. Su poca disposición a responder mi pregunta no pasó desapercibida.

—Lo recuerdo. Me dijiste que significa «la que es valiente».

—Sí. —Se apoyó un brazo en la rodilla—. También puede significar «la que es testaruda». —Había un toque de sonrisa en su voz—. Eso hace que el apodo sea aún más adecuado.

Hice un mohín triste.

—¿Y por qué piensas eso?

Sus dedos comenzaron a golpear el aire.

—¿Es una pregunta en serio?

—No soy testaruda.

—Permíteme discrepar. Recuerdo claramente haberte dicho que te acercaras a mí. No lo hiciste. Después te dije que no te movieras y echaste a correr.

Me tensé, indignada.

—Corrí porque acababa de verte quemando a otro solo con ponerle la mano en el pecho.

—Pero no fue en tu pecho donde puse la mano, ¿no? —replicó.

—No, pero…

—Pero corriste de todos modos —me interrumpió—. Después, cuando te dije que dejaras de forcejear porque así solo conseguirías hacerte daño, seguiste haciéndolo.

No podía creerme que tuviera que explicarle aquello.

—Porque me estaba aplastando el cuello.

—Yo no se lo habría permitido.

—Acababas de decir…

—Que no me importaba que te rompiera el cuello. Sé lo que dije —me interrumpió. *De nuevo*—. Y daba igual lo que dijera, porque no lo habría permitido.

—¿Cómo se suponía que debía saberlo yo? —le increpé.

—Bueno, tú me ayudaste anoche. ¿Qué tipo de hombre sería si dejara que te hicieran daño? Oh, ya lo sé. Un cabrón.

Entorné los ojos.

—Además, soy un Deminyen —dijo, como si eso significara algo—. Y somos vuestros protectores. —Se produjo otra pausa—. La mayoría.

Me tragué una carcajada que amenazaba con escapar. Sí. La *mayoría*.

—Muriel iba a hacerme daño. Él era…

—Muriel era un idiota.

La irritación me soltó la lengua, pero me contuve y cerré la boca. Estaba hablando con un lord Hyhborn, y ahora no estaba herido.

Ladeó la cabeza de nuevo.

—¿Ibas a decir algo?

—No, yo…

—Sí, ibas a decirlo.

—Oh, por todos los dioses —le espeté—. Iba a pedirte que dejaras de interrumpirme, pero eso parece imposible porque no dejas de hacerlo, así que estoy intentando ser educada.

—¿A diferencia…? —Esos dedos seguían danzando en el aire—. ¿A diferencia de mí?

—¿Sabes? Creo que me gustabas más cuando no tenías fuerzas para hablar.

—Entonces, ¿te gustaba?

—No he dicho eso.

—Has dicho exactamente eso.

—Por todos los dioses —siseé—. No me refería a eso.

El lord se rio, un sonido profundo y… y agradable. Inesperado. No se había reído así la noche anterior.

—¿Sabes que *na'laa* tiene otra acepción? Para referirse a la que es… tajante.

¿Testaruda? ¿Tajante?

—Creo que prefiero el sentido de «valiente».

—Hay un cuarto significado —añadió el lord.

—Esta palabra tuya tiene un montón de significados —murmuré.

—Muchos —susurró—. Pero el cuarto también se usa para describir a alguien que es ingrato. Lo que también es bastante adecuado, ¿no te parece? Te he salvado la vida, y, no obstante, te parezco maleducado.

Lo miré boquiabierta.

—Y también me he sentado aquí y he esperado hasta que has vuelto en ti solo para asegurarme de que estuvieras bien. Te he vigilado. Incluso te he dejado usar mi cuerpo como almohada. —Allí estaba de nuevo, el atisbo de sonrisa burlona que no conseguía ver pero que oía en su voz—. Creo que eso ha sido bastante educado por mi parte, sobre todo porque yo no llegué a usar tu cuerpo como almohada anoche.

—Recuerdo con claridad que anoche me pediste ayuda —repliqué—. Sin embargo, yo no te he pedido que hicieras ninguna de esas cosas.

—Me habrías ayudado aunque no te lo hubiera pedido —me dijo, y cerré la boca—. Igual que yo lo he hecho sin que tú me lo pidieras, aunque tengo cosas mucho más importantes de las que ocuparme.

La furia golpeó mi sangre en una caliente oleada, liberando *esa* boquita mía.

—Si tienes cosas mucho más importantes que hacer, nadie te detiene. Tu presencia no es necesaria ni bien recibida, mi *señor*.

Sus dedos se detuvieron en el espacio sobre su rodilla mientras retrocedía un poco bajo el rayo de luz de la luna. Su boca, la curva de su mandíbula y su nariz eran más visibles. Tenía una sonrisa lobuna.

Se me vació el estómago, y me quedé muy quieta. Había muchas posibilidades de que me hubiera pasado de la raya.

—Tienes razón, *na'laa*. No es *necesario* que esté aquí —dijo, con un tono casi tan suave como el que había usado con el Hyhborn unos segundos antes de terminar con su existencia—. *Quiero* estar aquí.

Entonces la sentí. Su mirada. Aunque no podía ver sus ojos, sentí su mirada recorriendo mis rasgos, y bajando. Una oleada de cosquilleante calidez siguió su descenso.

—Después de todo —dijo, con la voz más grave, más seductora—. Las vistas son encantadoras.

Bajé la mirada, descubrí que la bata azul marino se me había abierto en algún momento y que mi camisón marfil se veía debajo. Era básicamente transparente a la luz de la luna, dejando gran parte de mis pechos claramente visible bajo la escasa prenda.

—Te estoy mirando. Lo sé —dijo el lord—. Y también soy consciente de lo *maleducado* que estoy siendo ahora.

Despacio, levanté la mirada. Se sabía que los Hyhborn disfrutaban solo de dos cosas: de la violencia y… y del sexo. No debería sorprenderme, sobre todo después de haberlo visto la noche anterior, pero era un lord Hyhborn y, ahora que no estaba herido, yo… yo era solo una vulgar.

Pensándolo bien, ¿qué estaban haciendo él y los otros dos en aquellos jardines? Los Hyhborn solían relacionarse con el vulgo más libre e… íntimamente durante las Festas, incluso los lores Hyhborn, pero todavía faltaban unos días para que estas comenzaran.

—Muriel —dije—. ¿Fue de él de quien oí hablar a Finn y a Mickie?

—Lo fue.

Me mordí el labio inferior.

—¿Y Finn? ¿Mickie? —Se produjo un instante de silencio—. ¿Los incendios? ¿Fue así como terminaron?

—Creo que conoces la respuesta a eso.

La conocía.

—¿Por qué estabas tú en los jardines?

—Le envié un mensaje a Nathaniel para que nos encontráramos, sabiendo que Muriel nunca está lejos de su hermano —respondió—. Ha sido una suerte que fuera aquí donde Nathaniel me pidió que nos reuniéramos.

Entonces eso tenía que significar que los hermanos Hyhborn eran de Primvera.

—Dijiste que te gustaban esas bolitas de luz —dijo, sacándome de mis pensamientos, y tardé un instante en darme cuenta de que estaba hablando de lo que les había dicho a él y a Muriel—. Supongo que estabas hablando de las *ālms*.

—¿Almas? —susurré, lo bastante sorprendida como para preguntar.

—Sí, pero no son almas mortales. —Esa sonrisa leve apareció de nuevo—. Las *ālms* son la esencia de todo lo que nos rodea. El árbol bajo el que nos sentamos. La hierba. Las flores de wisteria que tienes en el cabello.

—Oh. —Levanté la mano por instinto. Me la pasé por la trenza hasta encontrar algo suave y cubierto de rocío. Tiré de los pétalos, haciendo una mueca—. No lo sabía.

Se rio de nuevo. El sonido seguía siendo agradable, lo que parecía discordar con… Bueno, con todo.

—Estoy seguro de que la flor se sintió satisfecha al unirse a una adorable mortal. Aunque se me ocurren lugares mucho más interesantes a los que yo me *uniría*.

Parpadeé una vez.

Después dos.

Y entonces mi mente decidió dar un paseo rápido por donde no debería, conjurando todos esos lugares interesantes. Un repentino deseo se enroscó en mi vientre. Me moví sobre la hierba, desequilibrada por el intenso pulso del deseo… por otro crudo recordatorio de lo que *él* era.

—Entonces, ¿estabas buscando las *ālms*? —me preguntó el lord, levantando una mano. Emitió un suave tarareo, un amable sonido melódico.

Un instante después, un orbe del color de la mantequilla apareció en el árbol sobre nuestras cabezas y descendió lentamente a través de las ramas y enredaderas. Después otro. Y otro. Me quedé boquiabierta. Algo más de media docena flotaba a través de los árboles.

—¿Puedes llamarlas? —le pregunté.

—Claro —respondió—. Somos parte de todo lo que nos rodea. Ellas son parte de nosotros.

Observé mientras una de las *ālms* pendía sobre mí.

—Son preciosas.

—Aprecian que lo digas.

Levanté una ceja.

—¿Me entienden?

—Te entienden. —Levantó la barbilla, señalando una de las *ālms*—. ¿Ves que su luz se ha hecho más fuerte?

Asentí.

—Así se sabe.

—Oh. —Sentí un hormigueo en los dedos, ansiosos por elevarse y tocar una sin los guantes, pero suponía que eso sería demasiado. Miré al lord, deseando ver más de su rostro. Sus ojos. Pero seguramente era una bendición que en ese momento no pudiera hacerlo—. ¿Cuál...? ¿Cuál es tu nombre?

—Thorne.

Se produjo un extraño movimiento sibilante en mi pecho. Después de tantos años, por fin tenía un nombre para él. No sabía qué pensar de ello, pero me parecía extrañamente importante.

Me aclaré la garganta.

—Yo... Seguramente debería irme.

Inclinó la cabeza.

—Seguramente.

Aliviada pero nerviosa porque se hubiera mostrado de acuerdo, me levanté.

—Pero me sentiré abandonado si lo haces —añadió, y yo lo dudé seriamente—. Tengo muchas preguntas.

Me detuve.

—¿Sobre?

Se levantó tan deprisa que no lo vi moverse. En un momento estaba sentado y al siguiente se había incorporado.

—Sobre ti, por supuesto.

Mi corazón dio un abrupto tirón.

—No hay mucho que saber sobre mí.

—No me puedo creer que eso sea cierto. —Estaba ya casi en las sombras de la wisteria, pero de algún modo parecía más cerca—. Apostaría a que lo hay, empezando por cómo nos encontramos.

Un delicado escalofrío se deslizó por mi nuca y mi columna. El suelo parecía estar moviéndose de nuevo.

—¿Cómo...? ¿Cómo nos encontramos?

—Esta noche —me aclaró—. ¿Es así como pasas normalmente las noches? ¿Sola, persiguiendo *ālms* cuando no estás rescatando a aquellos que están en apuros?

—Sí —admití—. Normalmente no vengo a esta parte de los jardines por la noche.

—Pero esta noche ha sido diferente.

Asentí, una vez más decidiéndome por una media verdad.

—Oí voces y me preocupaba que estuviera pasando algo malo.

—¿Y decidiste intervenir? ¿Otra vez? —La sorpresa era evidente en su voz—. ¿Sin ningún arma, y al parecer sin saber defenderte?

Hice una mueca.

—Supongo.

Se produjo un instante de silencio.

—Una vez más, has demostrado lo valiente que eres.

—Yo solo... Solo hice lo que creí que estaba bien.

—Y para eso se necesita a veces la mayor valentía, ¿no?

Asentí, diciéndome que tenía que ponerle fin a aquella conversación. Había un montón de razones para hacerlo. Debía ser tarde, pero dudé...

Esa sonrisa suya apareció de nuevo, la ligera y tensa curva de sus labios, y una vez más noté un giro brusco en mi vientre. La boca se me secó un poco.

—Supongo que la mansión Archwood es tu hogar —dijo Thorne. Aunque no lo vi moverse, estaba más cerca.

Asentí.

—Yo... paso mucho tiempo en estos jardines —le conté, y ni siquiera estaba segura de por qué, excepto por el nerviosismo que siempre me hacía divagar—. Por eso te pareció que olía a hierbabuena.

—No habría venido de no haber sido por Nathaniel —dijo, girando la cabeza para examinar los jardines—. Es extraño cómo ha salido todo. —Su mirada volvió conmigo—. Contigo.

Sí, era extraño.

—Siento lo de tus... —¿Amigos? Era obvio que ni Muriel ni Nathaniel eran sus amigos—. Siento lo que ha pasado con ellos.

Giró la cabeza hacia mí y se mantuvo en silencio. Era la misma reacción que había mostrado la noche anterior, cuando me disculpé por lo que le habían hecho.

Tragué saliva.

—Hay algo que llevo todo el día preguntándome sobre Muriel. Él te tendió una trampa, ¿no?

Lord Thorne asintió.

—¿Por qué se involucraría un Hyhborn en el mercado oculto?

Se quedó callado varios momentos.

—Es una buena pregunta. Una de la que me gustaría conocer la respuesta, pero yo tengo otra pregunta para ti.

—¿Cuál es?

Una de las enredaderas se movió hacia un lado y, esta vez, lo vi dar un paso hacia adelante. No había tocado la rama, pero como había dicho, formaba parte del reino de un modo que el vulgo nunca podría conocer.

—¿Por qué te has pasado todo el día preguntándote por qué un Hyhborn se involucraría en el mercado oculto si hasta esta noche no has sabido que era un Hyhborn?

Mierda.

Mi corazón se saltó un latido.

—Solo… Solo lo di por sentado. —Mi mente estaba desbocada—. Dijiste que te ibas a reunir con él en los Dos Barriles. Supuse que sería otro Hyhborn.

—Ah. —Otro tallo de wisteria giró sin que lo tocara—. Debería ser yo quien se disculpara, por lo que has tenido que ver y experimentar en estas últimas dos noches. Estoy seguro de que no es algo que veas cada día.

—No… No esperaba encontrar a un Hyhborn a punto de matar a otro.

Dejó escapar una risa amarga.

—Te sorprendería saber que no es algo tan inusual.

Levanté las cejas. *Estaba* sorprendida. Pero, claro, sabía muy poco de lo que ocurría en las cortes Hyhborn.

—Ahora debes pensar que soy un monstruo.

—No, eso no ha cambiado. Quiero decir, él iba a apuñalarte, lo que me parece una decisión realmente mala basándome en cómo le salió. Y, bueno, Muriel iba a matarme a mí, así que…

que le den —continué, sonrojándome ante su risa grave—. ¿Por qué te traicionó?

—¿Además del hecho de porque era un idiota? Estaba asustado.

—¿De?

—Mí. —Una de las *ālms* se movió sobre su hombro, casi acariciando el mío al pasar—. Así que pensó que lo mejor sería que se ocuparan de mí.

En realidad no conocía a lord Thorne, pero no me parecía del tipo que intenta forzar las cosas.

—Supongo que ambos tomaron más de una mala decisión esta noche.

—Supones bien. —Sus dedos se movieron de nuevo sobre uno de los tallos de wisteria.

Sin embargo, a mí me parecía que no era solo que Muriel temiera a lord Thorne. Sin duda esa habría sido una razón suficiente para la mayoría, pero en esos breves momentos habían hablado como si se refirieran a otra cosa… a algo que seguramente no era asunto mío, pero tenía curiosidad.

—Bueno, espero… espero que encuentres lo que estás buscando —le dije, y ladeé la cabeza de nuevo—. Parece que estabas buscando algo sobre lo que él afirmaba tener información.

—Sí, pero ahora no estoy seguro de que dijera la verdad.

Empecé a preguntarle qué era eso que posiblemente enfurecería al rey, pero lord Thorne tocó una flor de wisteria, atrayendo mi mirada mientras sus dedos bajaban por la enredadera sin arrancar una única flor.

Otra *ālm* apareció y se unió a las demás que flotaban sobre nosotros, emitiendo suficiente luz para que, cuando lord Thorne giró la cabeza del todo hacia mí, viera su rostro con claridad.

Una cosquilleante sensación se inició en mi cuello y se extendió por la totalidad de mi cuerpo mientras mi mirada subía hasta el cabello castaño dorado que rozaba sus poderosos hombros y un cuello del color de la arena caliente.

De niña, me había parecido guapísimo e impresionante.

Y eso no había cambiado.

Un ondulado mechón de cabello cayó sobre su mejilla mientras levantaba una ceja un tono o dos más oscura.

—¿Estás bien?

Me sobresalté.

—Sí. Solo estoy cansada. Han sido dos noches extrañas.

Me miró un momento.

—Lo han sido.

Tragué saliva.

—Creo que… que tengo que regresar a la mansión.

Lord Thorne estaba en silencio, mirándome atentamente. Intensamente.

Con el corazón desbocado, retrocedí otro paso.

—Aprecio que te hayas asegurado de que no… hubiera muerto, y que… Uhm. Que hayas cuidado de mí.

Irguió la cabeza.

—Entonces, ¿me *agradeces* la ayuda que no has pedido?

—Por supuesto… —Me detuve, viendo la sonrisa burlona en sus labios—. No tenías que hacerlo.

—Lo sé.

Mantuve su mirada un momento, después asentí.

—Buenas noches —susurré.

Comencé a girarme.

—*Na'laa?*

Me volví hacia él, conteniendo el aliento al retroceder, casi colisionando con una wisteria cercana. Lord Thorne estaba a menos de un paso de mí, con las flores a su espalda inmóviles, totalmente imperturbables. Ni siquiera lo había oído moverse. Se cernió sobre mí en la oscuridad del árbol, bloqueando todo rastro de luz de la luna. Mis manos cayeron a mis costados, presioné la áspera madera con las palmas.

—Hay algo que debo pedirte antes de que te vayas —me dijo.

La inspiración superficial que tomé estaba llena de su aroma suave y silvestre. ¿Qué era ese aroma? Me sobresalté ante el inesperado roce de sus manos en mi hombro.

—¿Qué?

—Lo que has visto aquí esta noche. —Sus manos bajaron por mis brazos. La caricia fue ligera, pero de inmediato hizo que mi pulso se acelerara. Llegó hasta mis muñecas—. Lo de Muriel y Nathaniel. No hables de ello.

Me estremecí cuando sus manos se deslizaron hasta mis caderas. El camisón no era barrera contra la calidez de sus palmas. Sus manos... parecían fierros.

—Por... Por supuesto.

—Con nadie —insistió. Sus manos abandonaron mis caderas y fueron a las dos mitades de mi bata. Inhalé una embriagadora bocanada cuando sus nudillos rozaron la curva de mi vientre. Me cerró la bata, después buscó el cinturón.

Contuve el aliento mientras me lo ataba justo debajo de los senos.

—No lo haré.

Me quedé totalmente inmóvil mientras terminaba con el cinturón, sentí mi pulso latiendo con fuerza cuando después apresó mi muñeca y se la llevó a la boca. No podía moverme. No era miedo ni angustia lo que me mantenía inmóvil, y debería serlo.

Pero no tenía miedo.

Era... Era una emoción que no podía nombrar ni describir. Me dio la vuelta a la mano, presionó los labios contra el centro de mi palma, justo como había hecho la noche anterior. La sensación de sus labios contra mi piel fue una conmoción para mis sentidos. Eran suaves y amables pero firmes e implacables, y cuando me bajó la mano, su aliento trazó la curva de mi mejilla hasta que nuestras bocas estuvieron a apenas unos centímetros de distancia.

¿Iba a besarme?

Durante un caótico momento, un despliegue de sensaciones me asaltó: incredulidad y deseo, pánico y anhelo. El corazón me amartilló el pecho, confuso. No quería que me besara un lord Hyhborn, sobre todo uno que en ese momento me parecía vagamente amenazador.

Pero no aparté la cabeza cuando su aliento danzó sobre mis labios. En ese momento supe lo que había descubierto varias veces durante mi vida: que había algo que no estaba bien en mí. Comencé a cerrar los ojos…

Una brisa fría me besó la nuca.

Lord Thorne se detuvo.

Abrí los ojos y sentí ese frío viajando por mi cuerpo. Las aves nocturnas ya no cantaban. El jardín entero se sumió en un inquietante silencio, y cuando miré a mi alrededor, vi que incluso las *ālms* parecían haber abandonado la zona y la sensación de antes regresó: el gélido engrosamiento del aire.

—Regresa a tu casa. —La voz de lord Thorne sonó más fría y dura, cayó sobre mi piel como la lluvia helada—. Vete rápido, *na'laa*. Hay cosas en el jardín que hallarán tu carne tan sabrosa como yo la encuentro adorable.

Se me revolvió el estómago.

—¿Tú estarás bien?

Lord Thorne se detuvo, y supuse que mi pregunta lo había dejado sin habla. También me sorprendió a mí. ¿Por qué me preocupaba por él, después de haberlo visto incinerar a otro Hyhborn? ¿O por qué me importaba que estuviera bien? ¿Por qué una vez nos ayudó a Grady y a mí? Parecía algo más.

—Por supuesto —me prometió—. Tienes que darte prisa. —Su mano se tensó contra mi cuello, y luego me soltó.

Retrocedí, con el corazón desbocado. Abrí la boca…

—Vete, *na'laa*.

Temblando, retrocedí y después me giré; me giré y corrí, sin saber qué me perturbaba más: si los sonidos de unas pesadas alas batiéndose en el cielo nocturno o la inexplicable sensación de que no debería correr.

De que debería quedarme a su lado, enfrentándome a lo que se avecinaba.

11

—¿Cuántos? —exigió saber el barón mientras caminaba de un lado a otro de una de las numerosas salas de recepción cerca de la Gran Cámara. Solo un lado de su pulcra camisa blanca estaba metido en los pantalones tostados que llevaba. Tenía el cabello oscuro como si se hubiera pasado las manos por él varias veces aquella mañana, dejándolo levantado en distintas direcciones—. ¿Cuántos de mis hombres fueron asesinados anoche?

—Se confirma que han fallecido tres —respondió el magistrado Kidder desde donde estaba sentado, agarrándose las rodillas con las manos hasta que sus nudillos palidecieron—. Se encontraron… fragmentos a lo largo de la muralla exterior de la mansión que nos hacen creer que podría haber dos o más todavía sin confirmar.

Hymel, a la espalda del canoso magistrado, frunció el ceño.

—¿Fragmentos? —Claude se giró hacia el funcionario y mi mirada voló hacia la puerta, topándose brevemente con la de Grady—. ¿A qué te refieres con *fragmentos*?

—Bueno, para ser más exactos, se hallaron más extremidades de las que corresponderían con los cadáveres. —La tez del magistrado Kidder era casi tan pálida como la camisa del barón—. Una pierna y dos brazos adicionales.

—Joder —murmuró Hymel, haciendo una mueca.

El mordisco de sándwich de fiambre que me había tragado unos minutos antes ardió de inmediato en mi estómago. Despacio, dejé el tenedor y el cuchillo sobre la mesa, arrepintiéndome inmensamente de no haber desayunado en mis aposentos. Pero no había esperado que Claude irrumpiera allí con el magistrado a la zaga. Ni estaba preparada para descubrir que la noche anterior habían matado a tres guardias del barón. O a cuatro. O a cinco.

Claude tomó un frasco de licor del aparador y bebió directamente de él.

—¿Cuánto tardarán tus hombres en recoger y retirar los restos a los que pertenecieron esos brazos y piernas adicionales? —Soltó el frasco de golpe—. Los invitados ya han empezado a llegar para la celebración de esta noche. Lo último que necesito es que alguno de ellos se tope con una cabeza o un torso entre las rosas.

Cerré brevemente los ojos, más disgustada por la en cierto modo sorprendente falta de empatía hacia aquellos a los que pertenecían los fragmentos que por el grotesco tema de conversación.

—Tengo a varios hombres en el exterior ahora mismo, buscando posibles restos —le aseguró el magistrado—. Pero te sugeriría que cerraras los jardines durante las siguientes horas.

—No me jodas —murmuró Claude, pasándose de nuevo la mano por el cabello. El agua de mi vaso comenzó a temblar cuando él empezó a caminar de nuevo—. Has visto los cadáveres, ¿no?

La nuez del magistrado Kidder subió y bajó mientras asentía.

—Y no creo que consiga olvidarlos.

Claude se detuvo delante de la ventana, bloqueando momentáneamente la luz del sol.

—¿Qué crees que ha causado esto?

—Seguramente lo que tu primo cree y lo que los demás han informado que vieron. —El magistrado miró a Hymel—. *Ni'meres.*

Un escalofrío me recorrió al recordar el sonido de las alas golpeando el aire. Tenía que estar de acuerdo con lo que Hymel y los demás guardias decían.

Los *ni'meres* eran otro tipo de Hyhborn, uno con el que el vulgo rara vez lidiaba o veía. Yo los había visto solo una vez, cuando Grady y yo éramos niños, después de habernos marchado de Union City. El cochero los divisó en la carretera, rodeando una parte de los Wychwoods. Parecía algo sacado de una pesadilla: criaturas con una envergadura de más de dos metros y garras más largas y afiladas que las de un oso. De cuello hacia abajo, eran como águilas extraordinariamente grandes, de casi un metro y medio de altura.

Pero su cabeza era la de un mortal.

—Pero ¿por qué diablos atacarían los *ni'meres* a mis hombres? —preguntó Claude—. ¿No atacan solo cuando alguien se acerca demasiado a sus nidos?

—No creo que ellos fueran el objetivo. —Grady habló desde su puesto ante las puertas—. Eso fue lo que Osmund dijo esta mañana. Que los *ni'meres* se dirigieron a una parte concreta de los jardines y los que patrullaban la muralla tuvieron la mala suerte de interponerse en su camino. Grell y Osmund estaban allí cuando atacaron.

Claude pasó junto a mi mesa.

—Entonces, ¿se sabe qué había en los jardines? ¿Qué los atrajo?

En ese momento se me revolvió el estómago por una razón diferente. Claro que había algo en los jardines: mi lord Hyhborn… No, no era mío. En serio, tenía que dejar de pensar eso. Agarré el vaso de agua y tomé varios tragos.

—Eso no lo puedo responder —contestó Grady, mirándome de soslayo brevemente. Me encogí un poco en mi asiento—. Nadie vio nada fuera de lo normal antes de que enjambraran los jardines.

Enjambraran.

Me tembló la mano ligeramente mientras bajaba el vaso. Un lord Hyhborn era un ser poderoso, pero debieron ser al menos una docena de *ni'meres*, o más. ¿Cómo podría haber luchado contra ellos lord Thorne? Pero tenía que haberlo hecho porque, de lo contrario, lo hubieran encontrado.

A menos que aquellas extremidades sobrantes le pertenecieran.

La preocupación se enconó en mi interior, atenazándome mientras soltaba el vaso.

—Malditos sean los dioses. *Ni'meres* —murmuró Claude, negando con la cabeza—. ¿Qué será lo siguiente? ¿*Nix*?

Me estremecí. Dioses, esperaba que no.

—¿*Ni'meres* comportándose así? —dijo Hymel, frunciendo el ceño—. Es inaudito, ¿verdad?

—Están ocurriendo muchas cosas inauditas —contestó el magistrado Kidder.

Claude se detuvo, mirando al anciano.

—¿Te importaría extenderte en eso?

—He oído rumores de enfrentamientos entre los Hyhborn —comenzó el magistrado—. He recibido informes de ello en otras ciudades. Justo la semana pasada, me enteré de que hace un mes se produjo una auténtica escaramuza en Urbane.

Fruncí el ceño. Urbane estaba en las Tierras Bajas, no lejos de la corte Hyhborn de Augustine, que también era la capital de Caelum. Pensé en lo que lord Thorne había dicho sobre los Hyhborn, que estaban siempre a punto de matarse unos a otros. Al parecer, no era inusual en sus cortes, pero era raro que ocurriera delante del vulgo.

—Varios fueron asesinados —añadió el magistrado Kidder—, así como un par de vulgares que tuvieron la mala suerte de estar en el lugar equivocado en el momento equivocado.

—¿Conocemos el origen del conflicto? —quiso saber Claude.

—Eso no lo he oído. —El magistrado se rascó la mandíbula—. Pero si me entero de algo, te avisaré.

—Gracias. —Claude me miró con expresión ilegible. Se cruzó de brazos—. Quiero los jardines despejados para esta noche.

—Se giró hacia el magistrado—. No quiero que quede nada en ellos, ni una uña.

—Así será.

El magistrado Kidder se puso en pie y abandonó con rigidez la habitación, sin mirar ni una sola vez en mi dirección. No lo había hecho desde que entró. No necesitaba mi intuición para saber que creía que yo no era nada más que una ramera bien alimentada a la que había que pagar solo por el placer de mirarla.

Me daba igual.

En el momento en el que la puerta se cerró tras el magistrado, el barón se giró hacia mí. Sus rasgos estaban tan tensos que su boca no era más que un tajo. Estaba claro que estaba de mal humor, y con razón. *Había* fragmentos de cadáveres en sus jardines.

—Dime, cachorrito, a pesar de tu intuición y de tu sexto sentido —comenzó, con los brazos en los costados—, ¿no viste una horda de *ni'meres* descendiendo para crear el caos en mis jardines?

—Para ver eso, tendría que ser útil de verdad —replicó Hymel, cruzándose de brazos. Sobre su hombro vi a Grady mirándole la nuca como si deseara arrancarle la cabeza de los hombros—. Y, además de para los trucos de salón y para mostrar un buen instinto, no vale para mucho más, primo.

Claude giró la cabeza hacia Hymel.

—Cállate.

Un rubor repentino golpeó las mejillas de Hymel. Le gustaba hablar de más, pero sabía que yo no tenía nada que ver con trucos de salón e ilusiones. Solo estaba portándose como un gilipollas, como siempre.

Así que lo ignoré, *como siempre*.

Claude me miró.

—¿Lis?

—No funciona así —le recordé—. Sabes…

Me sobresalté cuando Claude se lanzó hacia adelante, deslizando el brazo sobre la mesa. La jarra de agua y el plato de diminutos triángulos de sándwich salieron volando hacia el suelo de madera.

La sorpresa me abrió la boca mientras miraba los destrozos. Claude tenía carácter. La mayoría de los *caelestias* lo tenían. Lo había visto lanzar un vaso o dos antes. Sus caras botellas de vino habían golpeado el suelo más de una vez, pero nunca había actuado así conmigo.

—Sí —siseó Claude a centímetros de mi rostro mientras plantaba las manos en la mesa. Vi que Grady comenzaba a acercarse, pero se detuvo cuando negué bruscamente con la cabeza—. Sé que no funciona así. Sé que no puedes ver nada relacionado con los Hyhborn, o con aquello de lo que tú formas parte, pero... —Clavó su mirada en la mía—. Pero también sé que no siempre es así. A veces recibes impresiones vagas.

Mis dedos se hundieron en la falda de mi vestido cuando algo se me ocurrió. La noche anterior había visto lo que estaba a punto de suceder entre Muriel y lord Thorne: la sangre salpicando las flores de wisteria. Entonces no lo pensé, pero ¿fue porque estaba relacionado con lord Thorne?

—Así que dime, cachorrito. —Sonrió, sacándome de mi ensoñación. O lo intentó. Fue más una mueca—. ¿Formabas tú parte de esto?

—¡No! —exclamé. Lo miré fijamente, asombrada. No porque, *en cierto sentido*, hubiera estado involucrada en lo que había pasado la noche interior, sino porque él pensara que yo tenía algo que ver con los malditos *ni'meres*—. No tuve nada que ver con eso. Ni siquiera sabía que había *ni'meres* en Archwood.

El barón me miró durante varios segundos y después se apartó de la mesa, haciendo que traquetearan los cubiertos que quedaban en ella.

—No hay *ni'meres* en Archwood —dijo, hinchando las fosas nasales mientras daba un paso atrás, casi pisando la comida—. Pero hay algunos en Primvera. Seguramente vinieron de allí. —Miró el caos que había creado y un rubor se extendió por sus mejillas—. Como sea —continuó, metiéndose el faldón de la camisa en los pantalones—, es obvio que esos *ni'meres* no estaban muy contentos con algo de ese jardín.

No estaban muy contentos con *alguien*, diría yo.

—Asegúrate de que ese magistrado haga su trabajo —le ordenó a Hymel antes de detenerse y regresar a donde yo estaba sentada. Tragó saliva mientras me miraba—. Siento haber perdido los nervios. No debería haber hecho eso. No estaba enfadado contigo.

No dije nada, mirándolo con cautela.

Exhaló con brusquedad.

—Puedo traerte un nuevo plato de comida.

El barón sonaba realmente arrepentido, aunque eso no justificaba su arrebato.

—No pasa nada —dije con una sonrisa, porque quería que fuera así.

El barón dudó.

—No, es... —Se detuvo y tomó aire profundamente—. Lo siento —repitió, y después se dirigió a la puerta y se detuvo para hablar con Grady—. ¿Puedes pedir que limpien esto?

Grady asintió.

Me levanté cuando la puerta se cerró tras el barón y su primo, girándome hacia el desastre del suelo.

—Yo me ocupo —dijo Grady con brusquedad, acercándose a la mesa.

—Es mi comida. —Me arrodillé y empecé a recuperar las lonchas dispersas de jamón y queso.

—Eso no significa que no pueda ayudarte. —Grady se arrodilló frente a mí, recogió el plato—. Qué desperdicio de buena comida.

Asentí mientras dejaba un par de trozos en el plato que sostenía, pensando que hubo una época en la que ninguno de nosotros hubiera pestañeado antes de comerse algo que se había caído al suelo y había sido pisoteado.

Encontré una rodaja de tomate e hice una mueca ante su viscosa humedad.

—Está de mal humor, ¿no?

—Eso es quedarse muy corta, Lis. —Apretó la mandíbula mientras recuperaba la copa y la dejaba sobre la mesa—. Eso no ha estado bien.

—Lo sé. —Lo miré brevemente a los ojos—. No es mi amante —le recordé.

—¿Y qué es para ti? ¿Un jefe que de vez en cuando se pone demasiado cariñoso?

—No, es un jefe que finge ser más de lo que es.

Seguramente yo también deseaba que lo fuera... deseaba que sintiera más por mí.

—Sigue sin estar bien.

Asentí, pesqué el último trozo de comida y lo dejé en el plato mientras me levantaba.

—Pero no todos los días tienes *ni'meres* enjambrando tus jardines.

Grady resopló.

—Gracias a los dioses. —Tomó un pedazo de pan—. Me habría meado encima si hubiera estado allí, en la muralla, viéndolos venir.

—No, no lo habrías hecho.

Me clavó una mirada, con las cejas levantadas.

—Vale. —Me reí—. Lo habrías hecho y después habrías luchado.

—No, habría hecho eso y después habría huido, o me habría meado encima mientras huía, que es lo único sensato que puedes hacer cuando te enfrentas a algo parecido a un *ni'mere*.

Negando con la cabeza, recogí el último trozo de comida y lo dejé en el plato que sostenía Grady. Empecé a levantarme cuando vi una zona de piel de un furioso y brillante marrón rojizo en su brazo, justo debajo de su muñeca. Iba a agarrarle la mano, pero me detuve. Mi mirada voló hasta la suya.

—¿Qué te ha pasado en el brazo?

—¿Qué? —Bajó la mirada—. Oh. No es nada. Estaba haciendo una espada nueva y se me escurrió la mano. Me acerqué demasiado al fuego.

—Dioses, Grady. Parece doloroso. ¿Te has puesto algo? —De inmediato, empecé a pensar en los distintos ungüentos que podían usarse—. Podría...

—Ya he utilizado lo que me hiciste la última vez. ¿Ves? —Movió el brazo contra la luz—. El brillo. Es de eso que me preparaste con aloe.

—Tienes que usar algo más. —Le quité el plato y lo dejé sobre la mesa—. Y deberías cubrírtelo cuando estés fuera, sobre todo cuando trabajes en la forja.

—Sí, mamá —contestó Grady con amargura.

Mirando su herida, recordé algo.

—¿Has hablado con Claude sobre lo de sustituir a su herrero? Danil debería retirarse pronto, ¿verdad? Y después de lo que le ha pasado a Jac...

—No. —Grady me dio la espalda.

Entorné los ojos.

—Pero lo harás, ¿verdad?

Levantó un hombro.

—Yo podría pedirle...

—No lo hagas. —Grady me miró.

—¿Por qué no? —Me crucé de brazos—. Eres bueno en eso...

—Soy bueno en lo que hago ahora.

—Sí, pero disfrutas de verdad trabajando con el hierro y el acero. Es raro que alguien sea bueno en aquello que disfruta haciendo. —Lo vi juguetear con la correa de cuero que le cruzaba el pecho, sosteniendo una de las dagas que yo sabía que se había forjado él mismo—. Tienes que preguntárselo a Claude. No te dirá que no.

—Lo sé. Lo haré. —Se quedó callado un momento—. Vas a odiarme por lo que te voy a decir, pero seguramente deberías mantenerte alejada de los jardines por un tiempo.

—Sí, seguramente.

Crucé la habitación, con el vestido golpeándome los talones. Miré por la ventana; mis pensamientos regresaron a la extraña sensación que había tenido la noche anterior. Debería haberme quedado a su lado.

Seguía allí, como una sombra en el fondo de mi mente. Debería haberme quedado allí.

Con *él*.

Donde tenía que estar.

12

Los días siguientes, las cosas se calmaron en la mansión y en Archwood. No se produjeron más ataques de *ni'meres*, no oímos nada nuevo de los Caballeros de Hierro o de la princesa de las Tierras Occidentales ni me topé con ningún otro guardia involucrado en los negocios del mercado oculto.

Las cosas volvieron a la normalidad.

Pasaba tiempo en los jardines y con Naomi, me sentaba con Grady por las tardes. Me unía a los demás en la cena y cabalgaba a Iris a través de los prados que existían entre la mansión y la ciudad. Y hallaba placer en esas cosas, como una buena vulgar.

Pero cada noche iba a los jardines e intentaba convencerme de que no lo hacía por él. De que no estaba allí porque esperaba encontrarme al lord Hyhborn entre las flores de wisteria. De que no tenía nada que ver con la extraña sensación que me acompañaba mientras los días se convertían en semanas.

Lord Thorne no había regresado, pero la sensación que tuve la primera vez que nos vimos seguía conmigo. Sabía que lo vería de nuevo.

Aquella noche me quedé en mis aposentos, pues no me apetecía socializar. Estaba rara, con un estado de ánimo que no conseguía descifrar. Sola, me había pasado gran parte de la tarde viendo a las *alms* vagando por el césped y adentrándose en los jardines mientras el eco de la música seguía a la brisa cálida.

Incluso me fui a la cama a una hora inusualmente temprana, pero me desperté de repente, en algún momento antes de medianoche, con el corazón desbocado. Fue como despertar de una pesadilla, pero ni siquiera estaba segura de que hubiera dormido lo suficiente para soñar.

De aquello había pasado media hora e, incapaz de quedarme dormida de nuevo, regresé a mi butaca, con un libro sin abrir en mi regazo mientras observaba a las *ālms*. Medité sobre la extraña sensación que aún perduraba, como había hecho tantas veces desde la última vez que vi a lord Thorne. Pero no podía descifrarla, y me devoraba la mente. ¿Por qué tuve la impresión de que tenía que quedarme a su lado cuando llegaron los *ni'meres*? No habría sido de demasiada ayuda, a menos que los gritos los asustaran.

¿Por qué me sentía como si… como si ya no encajara en aquel sitio? Más de lo habitual. Empezaba a pensar que aquel era el origen de mi estado de ánimo.

Una sonora llamada a la puerta me hizo sobresaltarme un poco. Me giré hacia la entrada mientras oía a Grady preguntar:

—¿Lis? ¿Estás ahí?

—Voy.

Me levanté, ciñéndome el cinturón de la bata. La preocupación cobró vida en mi interior mientras cruzaba el estrecho espacio y abría la puerta. Solo se me ocurrían dos razones por las que Grady acudiría a mis aposentos a esa hora de la noche. A veces era solo para compartir mi cama, cuando tenía problemas para dormir; un consuelo nacido después de años haciéndolo, ya que ninguno de nosotros dormía demasiado bien. La otra razón era… Bueno, potencialmente estresante.

Grady estaba solo en el pasillo tenuemente iluminado.

—El barón te llama.

Tensé los hombros.

—Joder —murmuré, sin perder tiempo para cambiarme a un atuendo más adecuado. Salí al pasillo y cerré la puerta a mi espalda mientras miraba a Grady—. ¿Sabes por qué?

—No —respondió—. Lo único que sé es que estaba en el solario cuando Hymel fue a buscarlo. Se marchó durante media hora y después regresó y me ordenó que te buscara.

Me mordí el labio inferior. Las opciones eran realmente limitadas, tratándose de Claude, pero dudaba seriamente que quisiera que yo participara en las celebraciones que estarían teniendo lugar a aquella hora.

Grady me condujo por los pasillos traseros de la mansión, los que solo usaba el servicio y quienes no querían arriesgarse a toparse con alguien. Nos detuvimos en la pequeña antesala que había antes de la Gran Cámara.

Había un par de personas en la antecámara, pero mi atención se concentró en Claude. No lo había visto desde su pataleta anterior y me pregunté si él también estaría pensando en eso cuando nuestros ojos se encontraron, porque sus mejillas se sonrojaron. No creía que tuviera nada que ver con la rubia medio tumbada sobre su regazo. La mujer tenía la mirada perdida, y Claude le dio un golpecito en la cadera, indicándole que se levantara. Se deslizó hasta la parte vacía del sofá, y tuve la sensación de que había estado disfrutando del vino con láudano que a menudo se servía para los amigos más íntimos del barón.

—¿Cómo estás, cachorrito? —me preguntó mientras me acercaba a él.

De inmediato capté el nauseabundo hedor dulce del Óleo de Medianoche, y tuve que detenerme para no soltarle un sermón.

—Bien. ¿Qué ocurre?

—No estoy seguro. Tenemos invitados imprevistos —me contó mientras se alejaba del sofá con paso arrastrado. Bajó la voz cuando Grady se acercó a nosotros—. Es un miembro de la Corte Real que ha solicitado alojamiento para él y otros tres esta noche.

Cada parte de mi ser se tensó. Los miembros de la Corte Real eran a menudo cancilleres.

—Eso es inusual.

—Justo lo que yo pienso. —Les dio la espalda a los demás—. No dice por qué está aquí, y afirma que hablará conmigo por la mañana, cuando…

—Cuando ¿qué? —le pregunté cuando se detuvo.

—Cuando, como dijo: «Tenga la mente clara», o algo parecido. —El color se profundizó en las mejillas de Claude, y de repente comprendí su rubor. A mí también me daría vergüenza que un canciller viniera a mí para discutir un asunto potencialmente importante y me sorprendiera demasiado ebria y colocada como para hacerlo. Se aclaró la garganta, levantó la barbilla—. Me gustaría que fueras a saludarlo, a ver si consigues descubrir el motivo de su visita.

Consciente de los que nos rodeaban, mantuve la voz baja.

—¿No puedes esperar para descubrirlo tú mismo por la mañana?

—No será la espera lo que me mantenga toda la noche despierto y estresado. Será no saber qué quiere cuando nos encontremos. Tengo que estar preparado para esa reunión. —Parecía realmente horrorizado por la idea—. Ya sabes cuánto me cuesta dormir.

Dormir nos costaba a todos, pero no creía que el barón fuera consciente de ello.

—Me… —Claude bajó la cabeza y me apartó un mechón del hombro—. Me preocupa que traiga un mensaje del Trono Real… Del rey. Puede que me haya… retrasado un poco con el diezmo cuatrimestral.

—Por todos los dioses —murmuré.

A Claude se le escapó una risita aguda, y levantó las cejas mientras lo miraba.

—Lo siento —murmuró, con una mueca—. Necesito tu ayuda especial, cachorrito.

Lo que Claude necesitaba era prodigarse menos en fiestas y dejar de gastar dinero en tonterías frívolas.

Pero lo que ninguno de los que confiábamos en que mantuviera sus asuntos en orden necesitábamos era que se pusiera aún más nervioso. Eso seguramente provocaría que fumara más Óleo de Medianoche y que fuera un desastre total cuando tuviera que hablar con el canciller de la Corte Real. Y si todo aquello era porque no había pagado los impuestos cuatrimestrales, Claude necesitaría estar en buena forma para suplicar la paciencia y el perdón necesarios.

—De acuerdo —suspiré—. Lo haré.

Me mostró los dientes en una sonrisa.

—Gracias…

—*Si* me prometes que te irás a la cama —lo interrumpí—. Tienes que descansar.

—Por supuesto —asintió, demasiado rápido—. Ese es el plan.

Lo miré.

—Lo juro —añadió, y un mechón de cabello oscuro cayó sobre su frente—. Quiero estar tan fresco como la colada aireada… —Se rio de nuevo, esta vez solo—. Estaré dormido muy pronto.

—Eso espero —le advertí.

—Eres una joya inusual —exclamó, dándome un beso rápido en la frente—. Disfruta, Lis.

El barón volvió a darme una palmada en el hombro y le di la espalda antes de hacer algo imprudente, como propinarle una patada en el trasero.

Seguida por Grady, atravesé la antecámara y vi a Naomi. Su mirada se cruzó brevemente con la mía al pasar. Miré con intención en dirección a Claude y puso los ojos en blanco, pero asintió. Aquella no era la primera vez que le encargaba que se asegurara de que el barón llegara a su cama *solo*. Se acercó a Claude, con una carcajada escapando de sus labios: preciosa, pero capté el atisbo de irritación en el sonido. Por alguna razón, recordé la primera vez que me habían pedido que hiciera lo que fuera necesario para obtener lo que Claude quería, algo que exigía que me comportara como una cortesana. Fue Naomi quien me llevó a un lado, quien tomó el limitado conocimiento que tenía respecto a los distintos grados de intimidad y me preparó para lo que se avecinaba. Después de todo, yo había sido virgen antes de conocer a Claude y solo había experimentado un par de escarceos rápidos en los que terminaba oyendo cosas que deseaba no haber oído.

Pero Naomi también me había descubierto algo de lo que ni siquiera Claude era consciente: cómo podía usarse la Larga Noche. Grady siempre llevaba una pequeña bolsita en el bolsillo del pecho de su túnica. Con ella, yo podía decidir hasta dónde deseaba que la noche avanzara.

Por desgracia, había apelado a la Larga Noche más a menudo de lo que me habría gustado, y aquella noche no sería diferente.

—Tengo que ir a ver a Maven —le dije a Grady cuando abandonamos la antecámara.

Grady tensó los hombros, pero asintió. Entramos en otro estrecho e incluso menos transitado pasillo y nos detuvimos delante de una puerta de madera redondeada en el interior de una hornacina. Como siempre, la figura con túnica de la Maven de cabello plateado respondió cuando llamé a la puerta. Entré en su habitación, iluminada por las velas, dejando a Grady en el pasillo con la mandíbula tan apretada que no me sorprendería que se rompiera las muelas.

Tras un vistazo al espacio vi que había estado esperándome, lo que significaba que Claude o Hymel ya la habían alertado. Me sentí molesta. ¿Qué habría hecho Claude si le hubiera dicho que no?

Pero ¿por qué iba a esperar que lo hiciera? Yo nunca le decía que no. Hacerlo rara vez se me pasaba por la mente, porque era así como me aseguraba de que era valiosa para el barón. Era así como me aseguraba de que Grady y yo no termináramos de nuevo en la calle. Así que no estaba segura de con quién debería estar molesta: ¿con él o conmigo misma?

El espacio de Maven era más parecido a una cámara de preparación equipada con todo lo necesario: una bañera con patas llena de agua humeante y aromatizada, brochas de maquillaje y percheros con ropa. Había una estrecha mesa donde se llevaba a cabo una preparación más intensa: el depilado con cera de todo el vello del cuerpo excepto el que crecía en el cuero cabelludo. Claude lo prefería largo, así que ahora me llegaba a la cintura. A mí no me importaba su longitud, pero si alguna vez me decidía a marcharme, no volvería a tocar un solo pelo de otro sitio. Afortunadamente, ya habíamos eliminado el vello facial, como parte de nuestra rutina.

Me acerqué a la bañera, quitándome la bata en silencio. Maven no era conocida por ser charlatana. No habló. No lo hizo ni una vez mientras el camisón caía desde mis hombros y se deslizaba sobre mis caderas, o mientras me metía en la bañera y me aseaba. Solo esperó, con una toalla entre sus dedos torcidos y su mirada legañosa pero alerta.

Naomi me había dicho una vez que Maven era la abuela del barón por parte de padre, pero Valentino, otro de sus amantes, me contó que era la viuda de uno de los antiguos jardineros. Lindie, una cocinera de la mansión, afirmaba que Maven había sido amante de uno de los barones anteriores, pero yo creía que era un espectro que de algún modo había conseguido mantener la carne pegada a sus huesos. Miré la piel frágil y fina de sus antebrazos. La carne apenas se aferraba a sus huesos.

Cuando terminé de bañarme, Maven me secó con tanta brusquedad como era humanamente posible. Tampoco era conocida por su amabilidad. Me quedé desnuda, con los dedos de los pies curvados contra el suelo mientras ella caminaba hasta el perchero. Las perchas repiquetearon unas contra otras mientras buscaba entre las prendas, y al final sacó una bata que era de un color entre cian y celeste, el tono del cielo de la Región Central cuando no había nubes.

Metí los brazos en la bata y me quedé quieta mientras me anudaba el cinturón con tanta fuerza que la tela se clavó en la piel suave de mi talle. Una mirada al espejo de pie me confirmó lo que ya sabía: la uve del escote era absurdamente pronunciada y la bata era más de gasa que de tela. Si caminaba bajo una luz brillante, podría verse el tono exacto de la piel que rodeaba mi pezón.

Tragándome un suspiro, me acerqué al taburete y me senté para que Maven pudiera quitarme todas las horquillas que recogían mi cabello. Después me cepilló los enredos, tirando de mi cabeza hacia atrás con cada pasada. Me clavé las uñas en las palmas durante todo el proceso; estaba segura de que pronto estaría medio calva. Cuando terminó, no había transcurrido más de una hora. Abrió la puerta y dejó que me reuniera con Grady en el pasillo. No me siguió. Su labor aquella noche había terminado.

Ni Grady ni yo hablamos hasta que entramos en el silencioso pasillo que conducía a las distintas alas de la mansión. Solo la suave luz de la luna que entraba por las ventanas iluminaba nuestro camino, gracias a los dioses.

Rodeé el cinturón con los dedos, miré hacia adelante e inhalé el aire con aroma de la madreselva que florecía a lo largo de las murallas mientras pensaba en las otras veces que se me había pedido que usara mis habilidades. En general era un barón de visita, u otro miembro de la aristocracia. Habitualmente, mi intuición distinguía si el visitante era de fiar o si tramaba algo. Podía incluso sentir más, si era eso lo que Claude quería. Le gustaba conocer las debilidades de los demás para servirse de ellas en potenciales negociaciones.

—Toma —me dijo Grady al final, buscando en el bolsillo del pecho de su túnica y dejando una pequeña bolsa del tamaño de un monedero en mi palma. La sonrisa que normalmente llenaba sus profundos ojos castaños no estaba a la vista, ni esos hoyuelos encantadores y juveniles que lo habían sacado de tantos problemas cuando éramos pequeños—. Descubre lo que necesitas saber y márchate.

Miré la bolsa negra que contenía la Larga Noche. Los objetivos de Claude nunca eran conscientes de que los habían drogado. La Larga Noche no tenía olor ni sabor.

—¿Has visto quién ha venido?

—No. Solo sé lo que he oído, pero supongo que es un canciller. —Abrió las fosas nasales—. Esto no me gusta, Lis.

—Lo sé. —Rodeé la bolsa con los dedos y me la guardé en el bolsillo de la bata, cuya tela era afortunadamente más gruesa—. Pero no deberías preocuparte. Lo tengo controlado.

Apretó los labios y negó con la cabeza mientras caminábamos un poco más, con la empuñadura de su espada bien agarrada. Nos acercamos al ala este, con vistas a los patios y a la zona de los jardines donde florecían las rosas. Las habitaciones eran majestuosas allí, reservadas solo para aquellos a los que el barón quería impresionar.

Miré a Grady. Tenía un tic en el músculo de su mandíbula.

—Sabes que no tengo que hacer esto. Que soy yo quien decide hacerlo.

Grady levantó las cejas.

—¿En serio?

—Sí. Podría haber dicho que no. Claude no me habría obligado a hacerlo, y si no quiero que las cosas se descontrolen, usaré la Larga Noche cuando descubra por qué está aquí ese canciller. Con suerte, no será porque Claude se haya retrasado con el diezmo, porque no necesitamos una preocupación más —le dije—. Esta noche no será distinta de cualquier otra.

El músculo siguió latiendo en su mandíbula.

—Hablas como si esto no fuera nada.

Crucé los brazos sobre mi pecho y aparté la mirada. La cuestión era que esas reuniones eran complicadas, porque a veces no era para tanto. A veces *disfrutaba* de las caricias. Aquellos a los que conocía en estas circunstancias no siempre eran gente mala u odiosa. A menudo eran encantadores e interesantes, y yo... podía tocarlos sin sentirme culpable por ver o sentir lo que seguramente querían mantener oculto. Podía cargar a Claude con aquella culpa, y sí, sabía lo turbio que era. En mi interior, sabía que parte de la responsabilidad seguía siendo mía. En cualquier caso, terminaba los encuentros indemne, y solo un par de veces había descubierto cosas que sabía que jamás conseguiría olvidar.

Seguí caminando hasta que llegamos a unas puertas dobles. Solo se oía el golpear de las botas de Grady y el susurro de mi bata contra el suelo de piedra.

—Aquí es —dijo Grady en voz baja—. Si ocurre algo…

—Gritaré —le aseguré, algo que todavía no había hecho nunca.

Grady se acercó a mí, su mano se movió hasta mi brazo.

—Ten cuidado —susurró—. Por favor.

Se me atenazó el corazón.

—Lo tendré. —Sonreí—. Todo irá bien.

Grady se irguió.

—No dejas de decir eso.

—Quizá deberías empezar a creértelo.

—Quizá deberías empezar a creértelo *tú*.

Me tensé. Una extraña mezcla de sensaciones me golpeó: confusión y una emoción que me escaldó las entrañas, haciendo que me preguntara si debería parecerme bien algo de aquello. Si ya conocía la respuesta a eso y mis palabras eran falsa valentía y distracción. Le di la espalda, más que un poco inquieta, pero no era el momento de hacer introspección.

Porque ya estaba un poco nerviosa. Lo estaba cada vez que hacía aquello. Me gustaba pensar que cualquiera lo estaría, porque nunca sabía qué me estaba esperando al otro lado de la puerta. No perdí más tiempo y alargué la mano hacia los ornamentados pomos dorados. La llave no estaba echada, como esperaba. Entré en una antecámara iluminada por una lámpara solitaria colocada junto a un profundo sillón. Las puertas no hicieron ningún sonido cuando las cerré a mi espalda. Dudé apenas un par de segundos mientras examinaba el espacio. Estaba vacío, excepto por el lujoso mobiliario tallado en madera pulida y brillante y envuelto en suntuosos tejidos, pero había… había una presencia allí.

Una energía tangible que cubría mi carne, provocando que se me erizara la piel. Se me secó la boca mientras atravesaba el arco que conducía al dormitorio. Todavía retorciendo el cinturón nerviosamente entre mis dedos, avancé a pesar de la creciente inquietud.

Suponía que quien se encontrara allí estaría esperando compañía. Claude sin duda se habría asegurado de ello. Después de todo, las puertas no estaban cerradas. Pero no oí nada cuando entré en el oscuro dormitorio. Aminoré el paso para permitir que mi visión se adaptara a la falta de luz. Me acerqué, distinguí la puerta que conducía al baño y que habían dejado entreabierta. El poder también empapaba las paredes y el suelo. Ligeros escalofríos me recorrieron la piel. El corazón empezó a latirme aún más rápido. Conocía aquella sensación, y había cierto aroma allí. Un olor suave, silvestre, que me recordaba a…

De repente, ya no podía ver la puerta del baño. La habitación se había oscurecido totalmente, cegándome, y eso… Sí, eso no era normal. Comencé a retroceder.

Una oleada de aire caliente agitó los bordes de mi bata. Mis dedos se apartaron del cinturón mientras me quedaba totalmente inmóvil, conteniendo el aliento. Sentí un cosquilleo en la nuca. El aire de la habitación cambió, se espesó y electrificó, como la atmósfera justo antes de que el rayo cayera.

No estaba sola en aquella completa y antinatural negrura. El aire abandonó mis pulmones en una exhalación irregular y una conciencia aguda presionó todo el lado derecho de mi cuerpo. Era como si de repente estuviera demasiado cerca del fuego. Mi instinto se activó, no el que estaba alimentado por mis habilidades sino el que avivaba la pura necesidad de sobrevivir. Me gritó que huyera.

Separé los labios, temblando, para hablar o quizá gritar, pero antes de que un solo sonido pudiera escapar de mi boca, un brazo me rodeó la cintura y tiró de mí contra un duro muro de músculo. Me levantó en el aire hasta que mis pies ya no rozaron el suelo… hasta que colgaron a varios *centímetros*.

No conocía a ningún mortal que pudiera elevarme con tanta facilidad, y eso solo podía significar…

—Tengo dos preguntas, y será mejor que tus respuestas sean sinceras —dijo una voz profunda arrastrando las palabras, con una cadencia casi relajada pero un tono grave de advertencia, en el mismo instante en el que una mano encallecida y caliente presionaba la piel sobre mis senos, aplastándome contra un... un pecho—. ¿Qué haces en mi habitación? —Su aliento agitó el cabello suelto en mi sien—. ¿Y tienes un último deseo antes de morir?

13

Un Hyhborn.

El barón me había enviado a los aposentos de un maldito *Hyhborn*.

Y no cualquier Hyhborn. *Él*.

Lord Thorne.

Le agarré el antebrazo. Mis dedos se encontraron con el lino suave y limpio. No era como cuando Muriel me atrapó, pero aun así provocó que el pánico me atravesara.

—Eso no es una respuesta —me reprendió lord Thorne en voz baja.

Entonces se movió.

En dos pasos me tenía inmovilizada, con la mejilla aplastada contra la pared y los brazos sujetos. Su fuerza era aterradora, y puso mi pulso a un ritmo frenético. Lo empujé, intentando bajar los pies al suelo. Él me retuvo; toda la longitud de su cuerpo enjauló al mío.

—Te sugiero que lo intentes de nuevo —insistió, acariciándome la mejilla con la suya—. Esta es una oferta muy inusual, muy generosa. Te sugiero que no la malgastes.

—Soy yo —le dije—. Nos…

—Sé que eres tú —me interrumpió y mis ojos se llenaron de sorpresa—. Pero eso no responde a mis preguntas, *na'laa*.

Tardé un instante en recordarlo.

—Me han enviado contigo.

—¿Quién? —Su brazo se movió en mi cintura y sentí su mano abriéndose en mi costado, sus dedos presionando la fina bata.

—El barón Huntington. Me dijo que esperabas compañía.

Lord Thorne se quedó increíblemente quieto a mi espalda. Ni siquiera sentía su pecho alzándose contra mi cuerpo.

—No esperaba a nadie.

Cerré los ojos y me hirvió la sangre. *El puto Claude.* ¿Tan colocado o borracho estaba que no había pensado en advertirme de que me estaba enviando con un lord Hyhborn, y no con un canciller? ¿O para informarlo de mi llegada? Si no terminaba muerta esta noche, mataría a Claude por aquello.

La misma mano con la que lo había visto incinerar a un Hyhborn se movió sobre mi pecho y se deslizó hasta la base de mi garganta.

—¿Y?

Parpadeé, curvando los dedos de los pies en el aire.

—Y… ¿qué?

Su pulgar y su dedo índice comenzaron a moverse por los lados de mi cuello en movimientos suaves… casi *tiernos.*

—Y te he hecho una pregunta más, *na'laa.*

—No me llames así —le espeté.

—Pero sigue pareciéndome muy adecuado y disfruto de cuánto te enfada que lo haga —murmuró, y abrí la boca—. ¿Cuál es tu respuesta a mi segunda pregunta?

¿Una pregunta más? ¿De qué estaba…? *¿Tienes un último deseo antes de morir?* Retraje los labios mientras la rabia llameaba profundamente en mi interior.

—No, no tengo ningún deseo antes de morir. —Lo que salió de mi boca a continuación no fueron mis palabras más inteligentes—: Pero quizá tú sí.

—¿Yo? —Sus dedos siguieron moviéndose, creando una fricción cálida que era… que era extraña y perturbadoramente tranquilizadora—. Tengo curiosidad sobre la razón por la que debería tenerlo.

—Soy una de las favoritas del barón —le dije—. Se sentirá muy contrariado si me haces daño.

Lord Thorne se quedó en silencio durante lo que me pareció una pequeña eternidad, y después se rio. Se *rio* de verdad, y fue un sonido grave y ronco que reverberó en mi interior de un modo muy parecido al animalístico sonido que había emitido antes.

—Bueno. —Pronunció la palabra y sus dedos se detuvieron en mi cuello—. No me gustaría contrariar al honorable barón.

En cualquier otra situación, una en la que yo no estuviera en lo que al menos eran treinta centímetros del suelo, habría apreciado la burla que goteaba su voz.

—Pero tengo curiosidad. ¿Qué haría el barón? —Sus dedos se deslizaron desde mi garganta al hueco que había justo entre mis omoplatos. Su caricia y la palma que descansaba justo sobre mi todavía desbocado corazón fueron una sacudida para mis ya dispersos sentidos—. Si dañara a una de sus… *favoritas.*

Abrí la boca, pero no dije nada. ¿Qué podría hacer el barón si él decidía hacerme daño? Aunque era un *caelestia*, la respuesta era «absolutamente nada», y por esa razón era tan increíble que Claude me hubiera enviado así con un lord Hyhborn.

—Haría… —suspiré—. Haría un mohín.

Esa profunda carcajada volvió a retumbar en mi espalda y en mi trasero, haciéndome curvar los dedos de los pies todavía más. Estábamos demasiado cerca.

—No me gustaría que eso ocurriera.

Entonces me soltó, pero lo hizo muy despacio. *Dolorosamente* lento. Me deslicé por su longitud, y era mucha longitud. Fui incómodamente consciente de cómo se me enganchaba la bata, de cómo se quedaba atrapada entre nuestros cuerpos y… y del contacto con él. Era demasiado. Cuando mis pies rozaron el suelo, mis piernas estaban expuestas hasta los muslos. Por suerte, la habitación seguía a oscuras, pero no tanto como antes.

—Seguimos encontrándonos bajo las circunstancias más extrañas —apuntó—. Empiezo a pensar que es cosa del destino.

—¿El destino? —Me reí—. ¿Crees en el destino?

—¿Tú no?

¿Cómo podría, cuando sabía que el futuro no siempre estaba tallado en piedra, que cada decisión, por pequeña o nimia que fuera, podía tener un efecto dominó?

—No.

—Interesante.

El brazo que tenía entre mis senos desapareció, pero el de mi cintura seguía sujetándome contra su cuerpo.

Pasaron los segundos y empecé a ser consciente de esa mano en la curva de mi talle, moviéndose en círculos lentos y tensos que tiraban del cinturón.

—¿Vas…? ¿Vas a soltarme?

—No lo sé —dijo después de un momento.

Miré la pared oscura.

—¿No lo sabes?

—Me gusta notarte contra mí.

Vale, eso… eso no era lo que esperaba.

—No estoy segura de cómo podré servirte si sigues sujetándome.

Su barbilla me acarició la coronilla.

—Ya me estás sirviendo.

—No creo que eso sea posible.

—Si eres una de las favoritas del barón y te ha enviado para que me *sirvieras* —comenzó—, entonces sabes muy bien cómo me estás sirviendo.

Me mordí el labio, reconociendo de inmediato que estaba en problemas, en grandes problemas, y no creía que la Larga Noche fuera a ayudarme a escapar de ellos. Funcionaba en los *caelestia*, pero no tenía ni idea de si tendría algún efecto sobre un Hyhborn. Naomi nunca lo había usado con uno. Nunca había querido hacerlo. Como fuera, intentar drogar a lord Thorne sería demasiado arriesgado. Si no funcionaba y de algún modo se percataba de lo que había intentado hacer, no tendría que preocuparme por si terminaba en la calle. Estaría muerta.

Joder, ni siquiera sabía si mis habilidades serían útiles con un Hyhborn. No intenté leerlo la noche anterior y no capté nada durante la primera noche, pero claro, había estado distraída. Conseguí acallar mis pensamientos y vaciar mi mente. Bajé la mano, encontré la suya en la oscuridad. Mi mente era un campo extenso y vacío.

Y vi… No vi nada más que blanco.

Y no oí nada más que estática.

Pero sentí alivio, un estallido de *alivio propio* porque empezaba a pensar que podría tocarlo sin ser bombardeada con nada. Extendí los dedos sobre el dorso de su mano, siguiendo las elegantes extensiones de hueso y tendón. Aquello era… malo y aun así bueno, pero bueno de un modo muy cortoplacista.

Un nudo de inquietud se formó en mi estómago. Quizá debía esforzarme más. O quizá fuera porque no lo estaba mirando. Las puntas de mis dedos se deslizaron sobre sus nudillos. Su mano se quedó inmóvil bajo la mía. Su piel… era muy dura. Había sabido que no tendría el tacto de la piel mortal. La carne de un Hyhborn era distinta. Era por eso por lo que la mayoría de las armas no podía atravesarla, pero no había esperado que fuera tan dura y pulida. ¿Sería así todo en él? ¿*Todo* en él?

—¿Te he hecho daño? —me preguntó.

—¿Qué? —Aparté la mano de la suya.

—¿Te he hecho daño ahora? He sido rudo contigo.

También me hizo esa pregunta después de haberme agarrado en el granero, pero aun así me tomó desprevenida.

—Solo me has asustado. —Le dije la verdad—. Si sabías que era yo, ¿por qué me inmovilizaste? ¿O siempre recibes así a las mujeres que entran en tu habitación?

Resopló.

—Hubo una época en la que agradecía que mujeres suaves y curvilíneas entraran en mis aposentos, las esperara o no, pero eso fue antes de que más de una resultara que escondía una daga de *lunea* y se metiera en mi habitación con la intención de obtener mi sangre y enriquecerse.

Suponía que, después de lo que había experimentado recientemente, yo también actuaría primero y haría las preguntas después.

—A estas alturas, ya tienes que saber que no estoy interesada en tu sangre, en tus extremidades o en…

—¿Mi semen? —sugirió lord Thorne—. Creo que eso ha cambiado desde la primera vez que hablamos de ello.

Cerré un instante los ojos.

—¿Podrías soltarme para que pudiera servirte mejor? —le pregunté—. ¿Y quizás encender una luz?

Su barbilla acarició de nuevo mi nuca.

—Creo que estoy listo para ser servido.

No sabía qué debería preocuparme más en ese momento, que su brazo siguiera alrededor de mi cintura o que hubiera hecho que «servido» sonara como la palabra más retorcida y lujuriosa que se había pronunciado nunca.

Sus labios rozaron mi sien de repente, haciéndome contener la respiración de forma inesperada.

—Pero solo para dejarlo claro, *na'laa*: confío en tu barón menos que en aquellos que crearon a los *nix*. Aunque me hayas ayudado, si intentas algo, no dudaré en vengarme. —Su brazo se tensó a mi alrededor—. ¿Me comprendes?

14

Mi piel se enfrió cuando mis pensamientos se detuvieron en la pequeña bolsa que llevaba en el bolsillo. Aquel era el tipo de lord Hyhborn que esperaba: gélido, letal, en lugar de burlón y sonriente, afirmando ser un protector. Era un buen recordatorio de aquello con lo que estaba lidiando.

—Lo comprendo.

—Me alivia oírlo. —Su boca rozó de nuevo mi sien—. Odiaría tener que terminar contigo cuando estoy tan... embelesado por ti.

Sonó como si eso lo sorprendiera tanto como me sorprendía a mí. No estaba segura de que me gustara la idea de embelesar a alguien, y menos a un Hyhborn que había amenazado con matarme.

—Creo que confundes el embeleso con la diversión que te produce enfadarme.

—Es posible —indicó—. Encuentro placer en ello. —Se detuvo—. *Na'laa.*

Suspiré.

Lord Thorne me soltó entonces, y la repentina libertad me hizo tambalearme. Sus manos se posaron un instante alrededor de la parte superior de mis brazos, estabilizándome. Esta vez, cuando me soltó, estaba esperándolo, pero seguía sintiendo su...

su calor a mi espalda mientras los apliques de la pared cobraban vida, los dos que flanqueaban la puerta y el que estaba cerca del baño.

Lo había hecho sin moverse, usando el aire que respirábamos para pulsar un interruptor en la pared a varios pasos de distancia.

Tomé una inhalación superficial. Aunque sabía que era un lord Hyhborn y había visto de lo que era capaz, su poder seguía siendo tan desconcertante como el hecho de que Claude esperara que obtuviera información de él, que manipulara a un ser tan poderoso.

El pánico amenazó con arraigar y extenderse por mi interior, pero no podía permitirlo. Necesitaba un momento para recomponerme. No era solo mi vida lo que dependía de ello.

Me tomé un instante para calmar mi corazón y mi mente y grabé una sonrisa en mi rostro.

—Menos mal que yo no puedo encender las luces sin tocarlas —dije, girándome—. Nunca me levantaría de…

Las palabras me abandonaron cuando mi mirada reptó por unas largas piernas y unas caderas fuertes envueltas en una dúctil piel marrón oscura, una fluida túnica oscura y el cuero de su tahalí cruzando el pecho amplio que ya sabía que tenía. Llevaba una daga que no había sentido envainada y sujeta con correas. Viéndolo ahora a la luz, me sentí insegura.

—Me estás mirando. —Sus gruesos labios se curvaron en una sonrisa mientras caminaba hacia una estrecha mesa a la entrada del dormitorio.

Notando cómo se me calentaban las mejillas, me ordené recomponerme.

—Es… agradable mirarte, como estoy segura de que lo sabes bien.

—Lo sé —dijo sin una onza de arrogancia. Era solo la verdad. Extrajo una daga del tahalí y después otra de una vaina sobre su cadera. Se produjeron dos destellos gemelos de un blanco lechoso antes de que las dejara sobre la mesa. Dagas de *lunea.*

—Esa no era la única razón por la que te estaba mirando —admití después de un momento—. Estaba... Estaba preocupada por ti.

Levantó una ceja y sus manos se detuvieron en el otro lado de su cintura.

—¿Por qué razón?

—Oí que se produjo una violenta batalla en los jardines la noche en la que te vi por última vez. Con *ni'meres.* —Lo observé mientras extraía otra daga de su otra cadera—. Algunos guardias fueron asesinados.

—Una pérdida desafortunada. Una desgracia que no debería haber ocurrido —contestó, y sonó sincero—. Pero no resulté herido. —Una pausa—. Y yo no llamaría a eso «batalla», *na'laa.*

—Entonces, ¿cómo lo llamarías?

—Incordio.

Parpadeé, pensando que algo que terminaba con extremidades dispersas no podía considerarse solo un incordio. Pero lo que yo pensara no importaba. Me concentré en él, abrí mis sentidos. Imaginé ese cordón conectándonos mientras le preguntaba:

—¿Por qué...? ¿Por qué vinieron? ¿Fue debido a los otros dos Hyhborn?

Nada.

Nada más que el zumbido de una pared blanca.

Me miró un instante.

—¿Qué sabes sobre los *ni'meres, na'laa*?

El apodo cortó la conexión. Lo único que había descubierto era que no parecía haberse dado cuenta de lo que estaba intentando hacer.

—No mucho. Si te soy sincera, no sabía que había *ni'meres* en Primvera. Solo sabía que suelen dejar a la gente en paz siempre que no se acerquen a sus nidos.

—Eso es cierto, pero también pueden ser soldados de los Hyhborn, incluso pueden llegar a ser leales a algunos, lo que debía ser el caso de Nathaniel o de Muriel.

—¿Viajan los *ni'meres* con ellos o…?

—Ambos eran de Primvera —respondió, frunciendo el ceño.

El estómago se me revolvió un poquito. Lord Thorne había matado a dos Hyhborn y seguramente a muchos *ni'meres* de la corte que podía verse desde algunas zonas de la propiedad.

—Supongo que el príncipe Rainer no estará contento.

—En realidad, creo que será justo lo contrario. —Continuó antes de que pudiera preguntarle por qué—. Entonces, ¿tu barón no te advirtió quién se alojaba en la habitación a la que ibas a entrar?

No pasé por alto el cambio de tema, y eso me frustró ya que mis sentidos estaban demostrando no ser de demasiada ayuda.

—No.

Me distraje momentáneamente mientras él extraía otra daga que llevaba sujeta a la cintura. Separé los labios cuando buscó detrás y liberó una… una espada de acero con empuñadura de plata, de esas con una ligera curva en la hoja que portan a menudo los agentes de la ley que patrullan por la Calzada de Hueso que atraviesa los cinco territorios.

—Eres afortunada, ¿sabes? —Lord Thorne se agachó, buscó con sus largos dedos unas correas que yo no había visto en la caña de sus botas. Extrajo otra daga, la lanzó sobre la mesa. Aterrizó con un ruido sordo, haciendo que traquetearan el resto de las armas.

—¿Lo… lo soy?

—Sí. —Pasó a la otra bota, de la que desenvainó otra daga—. Tienes suerte de que mis hombres no estuvieran aquí cuando entraste. Nunca habrías llegado a este espacio.

Miré la antecámara.

—No están aquí. Llegaron más o menos en el momento en el que te inmovilicé contra la pared —dijo, y mi mirada regresó con él. ¿Sería cierto?—. Ahora se han ido. Estamos solos.

—Oh. —Eso fue lo único que pude decir mientras lo veía levantarse la manga del brazo izquierdo, revelando una vaina más a lo largo de su antebrazo—. ¿Cuántas armas llevas encima?

—Las suficientes —me indicó, colocando la pequeña daga envainada en la mesa.

—Pero ¿por qué? Eres un lord. Puedes… —Me callé para no señalar lo que obviamente ya sabía—. ¿Por qué necesitas tantas armas?

Se rio suavemente.

—¿Qué? —le pregunté—. ¿Qué tiene tanta gracia?

—Habría sido mejor que me preguntaras cómo fui lo bastante tonto como para no darme cuenta de que me habían drogado y clavado a una mesa en un granero sucio.

Cerré la boca de golpe.

Una sonrisa amarga apareció en sus labios mientras se acercaba a la cama y se sentaba en el borde.

—Ningún ser es tan poderoso como para no poder volverse débil. Ni siquiera un lord, un príncipe o un rey.

—De acuerdo. —Pensé en lo que había dicho—. ¿No podrías hacer lo del fuego con la mano otra vez? —le pregunté, y de inmediato me di cuenta de que era una pregunta que no debería haber hecho.

—¿Lo del fuego con la mano? —Se rio, mirándome mientras buscaba su bota. Me había estado observando sin cesar. Ni una sola vez apartó sus ojos de mí mientras descargaba su pequeño arsenal—. Podría invocar el elemento fuego, pero eso requiere *divus*.

—¿*Divus*? —Arrugué la nariz—. ¿Eso es… enoquiano? ¿Qué significa?

—Puede traducirse libremente como «energía», y la energía agotada debe reponerse —me explicó, y me pareció evidente que estaba hablando de alimentarse—. Además, eso solo mata a alguien menos poderoso que el que lo invoca.

Lo que significaba que no sería tan letal contra otro lord.

—Las armas no son necesarias —continuó—. Pero a veces, cuando se trata de mortales, es más interesante luchar de un modo más justo.

—¿En lugar de abrirles la garganta?

—Eso también es interesante. —Se irguió, ahora descalzo.

Me humedecí los labios, nerviosa.

La mirada de lord Thorne se clavó en mi boca. Estrellas blancas destellaron en sus pupilas, y como hacían las liebres del jardín siempre que me acercaba demasiado, me quedé paralizada. Su mirada era... era intensa y... *caliente*. Un rubor reptó por mi garganta. Nunca me habían mirado así, ni siquiera quienes creían que estaban a punto de unir sus cuerpos con el mío.

Se acercó, con paso lento y medido. Preciso, de un modo totalmente inquietante. Un escalofrío descendió por mi columna. Bajó la mirada. Mi cinturón se había aflojado durante nuestro forcejeo o cuando movió sus dedos sobre él, provocando que el escote fuera más profundo, más amplio. La curva interior de mis senos era claramente visible, hasta el tono más oscuro de mis pezones. Despacio, su mirada regresó con la mía. El azul caló en el verde de sus iris.

—Cuando dijiste que la mansión era tu hogar, supuse que eras miembro de la aristocracia —apuntó.

Resoplé.

—¿Por qué pensaste eso?

—Por tu ropa. Las dos veces que te he visto, llevabas el tipo de ropa cara en el que un miembro de una clase menos afortunada no gastaría el dinero.

—En eso tienes razón —le dije—. Pero no soy aristócrata.

—Entiendo. —Ladeó la cabeza mientras su mirada sobrevolaba mi rostro—. Y también entiendo por qué eres una de las favoritas del barón. Eres muy... interesante.

Bajé las comisuras de mis labios en una mueca.

—¿Se supone que es un halago?

—Debería serlo —replicó—. Nunca un mortal me había parecido tan interesante o fascinante. —Ladeó la cabeza—. O divertido.

Levanté las cejas.

—Entonces no creo que hayas conocido a muchos vulgares.

—He conocido a demasiados —me contestó mientras se dirigía a un pequeño aparador situado cerca de una ventana. Me pregunté qué edad tendría. Parecía que no podía ser más de una década mayor que yo, si acaso, pero los Hyhborn no envejecían como la gente común, y había peso en sus palabras… Una melancolía antigua.

—Entonces… ¿El vulgo te parece aburrido? —le pregunté.

—No es eso lo que he dicho. —Tomó un frasco de cristal y se sirvió un vaso del líquido ámbar—. ¿Te apetece una copa?

Negué con la cabeza.

Él alzó la suya.

—Frente a la improbabilidad, el instinto de supervivencia que es natural en los tuyos me parece admirable. Si te soy sincero, me fascina cómo cada segundo de cada minuto cuenta para vosotros de un modo que no creo que haya sentido jamás uno de los míos. Para un Hyhborn, la vida es un poco aburrida. Dudo que lo mismo pueda decirse de un mortal. —Mirándome, lord Thorne tomó un trago—. Pero nunca me habéis interesado, más allá de esa fugaz fascinación.

No estaba segura de qué decir a eso, pero dejé que mis sentidos lo buscaran de nuevo. No encontré nada más que el zumbido que producía ese muro blanco. ¿Y si mi habilidad no funcionaba con los Hyhborn?

Me miró sobre el borde de su vaso.

—Creo que no conozco tu nombre.

—Lis.

—¿Es el diminutivo de algo?

No supe por qué, pero asentí.

—Calista.

—Calista —murmuró.

Me quedé sin respiración al oír mi nombre. Seguramente porque era inusual que lo pronunciaran, ya que solo lo conocía Grady, pero el modo en el que dijo «Calista»… Retorció la lengua alrededor de mi nombre de un modo que nunca había oído antes.

Tomó un sorbo.

—Eso también es adecuado.

—¿Lo es? —murmuré, confusa por haber compartido con él ese fragmento de información, algo que me había reservado porque era lo único totalmente mío, por tonto que sonara.

—Sí. ¿Sabes qué significa?

—¿Mi nombre tiene un significado?

—Todos los nombres lo tienen. —Una sonrisa débil apareció en su rostro—. Calista significa «la más hermosa».

El calor reptó por mi cuello.

—Oh.

Inclinó la cabeza, después se terminó el whisky y soltó el vaso.

—Me gustaría darme un baño, ya que tengo tan... buenos recuerdos de cómo nos conocimos.

Pero no fue así como nos conocimos. En realidad, no.

—¿De acuerdo? —Una sonrisa ligeramente arrogante apareció en su rostro—. Te han enviado para que me sirvieras, ¿correcto? —Me miró—. ¿No sería parte de eso prepararme un baño?

Sí. Sí, lo sería, y me sentí tonta por no darme cuenta de ello de inmediato. Abrí la boca mientras él se agarraba el cuello de la camisa de lino. Lo que iba a decir murió en mi lengua cuando se sacó la camisa por la cabeza y la tiró a un lado.

Inhalé suavemente mientras admiraba su pecho, las porciones de músculos tensos de su abdomen y el estrechamiento de su cintura sobre el borde del pantalón. No quedaba ni una tenue cicatriz, allí donde las estacas de *lunea* le habían atravesado la piel. En lugar de eso, el poder vibraba en cada centímetro de músculo. Una energía cubría esas líneas definidas.

—O podemos saltarnos el baño y pasar directamente a las formas de servicio más placenteras, si lo prefieres —me ofreció, haciendo que lo mirara—. A mí no me importaría.

Me giré y me dirigí apresuradamente al cuarto de baño sin decir una palabra.

Su risa grave y ronca me siguió.

Por los buenos dioses, ¿qué tipo de cortesana favorita salía corriendo de una habitación ante la simple sugerencia de sexo? Y eso era obviamente lo que él creía que era. Después de todo, era así como me presentaba ante todos los objetivos de Claude, pero estaba actuando como una virgen tímida.

¿Qué me pasaba? Ya lo había visto desnudo. Era solo que… ahora todo parecía distinto.

Maldiciendo mi reacción y… bueno, todo lo demás, fui a encender la luz solo para darme cuenta de que no había apliques eléctricos en aquel espacio. Rápidamente me dispuse a prender las numerosas velas colocadas sobre los salientes de piedra que rodeaban la estancia ovalada. Deseando que dejaran de temblarme las manos, me acerqué a la profunda y amplia bañera en el centro de la habitación.

Giré el mando del grifo hasta que el agua cayó en la bañera de porcelana, y aproveché esos minutos para tranquilizarme.

Lo que lord Thorne fuera para mí, aunque no es que fuera algo, no importaba. Tampoco el hecho de que todavía no me hubiera reconocido. Ni lo… agradable que era de mirar, aunque esa era una pequeña bendición, ¿no? O una grande. Lo único que importaba era que necesitaba recomponerme, encontrar un poco de calma. Concentrarme. O Claude estaba tan colocado como para creer que mis dones funcionarían con un Hyhborn o de verdad creía que lo harían, y quizá lo sabía a ciencia cierta, ya que descendía de ellos, pero…

Pero ¿no significaría eso también que había sabido de otros que podían hacer lo mismo que yo? Algo que yo estaba segura de que no era así.

Como fuera, necesitaba poner mi intuición a trabajar para demostrarle al barón lo indispensable que era para él. Para que supiera que mantenerme contenta debía ser una prioridad, porque de lo contrario…

El siempre presente miedo de regresar a una vida desesperada amenazó con arraigar en mi pecho, pero lo aplasté. Rendirme
al pánico no me ayudaría. Cambié de perspectiva. Tenía la... la
sensación de que podía introducirme en la mente de un Hyhborn. Era una teoría que no había podido corroborar, pero que
estaba allí de todos modos. Mi intuición me decía que podía hacerlo. Solo tenía que descubrir cómo.

Pero sabía lo que él ya me había contado: que estaba allí
porque buscaba algo que Muriel sabía dónde encontrar. No
obstante, no estaba segura de que aquella fuera la razón por la
que estaba allí, en la mansión. Eso era lo que tenía que descubrir.

Probé el agua y cerré el grifo, esperando que a lord Thorne
le gustara caliente. Me erguí para buscar una toalla y la coloqué
en un taburete cercano mientras decía:

—El baño está listo, mi señor.

—Thorne —me corrigió.

Me sobresalté un poco ante lo cerca que sonó su voz. Que
alguien de su tamaño pudiera moverse tan sigilosamente era todavía un misterio para mí. Tomé una mullida toalla, me giré y
casi la dejé caer.

Una maliciosa sensación de *déjà vu* me atravesó. Una vez
más, lord Thorne estaba en la entrada, completamente desnudo,
y yo me quedé paralizada ante la demostración de tenso músculo y suave y arenosa piel mientras mi mirada bajaba hasta su
polla. Contuve el aliento. Era gruesa y larga, aunque ni siquiera
estaba totalmente excitada. ¿Cómo podría entrar por completo...?

De acuerdo. Tenía que dejar de pensar. Y de mirar. Tal vez
incluso de respirar. Quizá morirme habría sido una buena decisión, en ese momento.

—Si sigues mirándome así, voy a necesitar algo más que un
baño.

El calor explotó en mis mejillas mientras me obligaba a mirarlo, esperando que a la luz de las velas no pudiera ver lo roja

que sentía la cara. No creía que las cortesanas se ruborizaran ante un hombre desnudo.

Pero, claro…

Le eché otro vistazo breve a la gruesa longitud entre sus piernas y decidí que incluso Naomi se sonrojaría.

—¿Estás segura de que esto es lo que deseas?

Inhalé con brusquedad y lo miré.

—¿Disculpa?

—Servirme. —Me aclaró—. No estoy herido.

—Sí. —Fijé una sonrisa en mi rostro—. Por supuesto.

—¿Y comprendes lo que eso implica? ¿Que buscaré placer y me alimentaré de él?

El modo en el que lo dijo lo hizo sonar como un acuerdo laboral, y quizás ese fuera el modo adecuado de pensar en aquello. Después de todo, ¿no se trataba de eso? Pero no me sentía así, en absoluto, mientras asentía.

Me miró por varios segundos con unos ojos penetrantes, como si pudiera ver a través de mí… Aunque eso era en parte una fachada. Mi corazón estaba latiendo tan rápido que estaba segura de que podía oírlo. No me atreví a apartar la vista o a abandonar mi sonrisa, porque no quería delatar lo nerviosa que estaba.

Entonces se acercó, totalmente cómodo con el hecho de que no hubiera una sola hebra de tela cubriéndolo. Me miró brevemente de nuevo mientras se metía en la bañera y se hundía en el agua, proporcionándome una bonita vista de un trasero bastante firme.

Su culo era realmente extraordinario.

Lord Thorne emitió un sonido de placer que atrajo mi mirada. Había apoyado la cabeza en el borde de la bañera. Ahora que él tenía los ojos cerrados, me permití detenerme en los elegantes rasgos de su rostro y en la exposición de su cuerpo. Era realmente injusto que una criatura pudiera tener un aspecto tan… tan suntuoso como mi… *No*. Maldición, él no era mi nada. De verdad, tenía que dejar ya esa tontería. De verdad.

Me recompuse, busqué a mi alrededor y vi el jabón.

—¿Te gustaría que te enjabonara?

—Me agradaría mucho que lo hicieras.

Coloqué la toalla de nuevo en el taburete.

—Y sé que a ti te agradará mucho hacerlo —añadió.

Sí, y el hecho de que lo recordara me molestó y excitó. Me dirigí a uno de los numerosos estantes y tomé una pastilla de jabón que tenía el tenue aroma de la citronela. Al girarme, vi que tenía los ojos entornados y ambos brazos sobre el borde de la bañera. Me observó atentamente mientras me acercaba a él. Podía sentir aquella... aquella tensión crepitando entre nosotros, eléctrica y viva. Un aleteo de incomodidad y... y algo más brotó en mi pecho y descendió.

—¿Está el agua de tu agrado? —Me arrodillé en el suelo de mármol detrás de la bañera.

—Mucho —contestó, y el aleteo se inició de nuevo ante esa única palabra.

Coloqué el jabón en el pequeño cestito metálico que había a mi lado. Con las manos enjabonadas, busqué su brazo.

Se sobresaltó un poco cuando mis manos lo tocaron, como lo había hecho en la ducha. O fui yo esta vez. Quizá fuimos ambos. No estaba segura, pero le levanté el brazo y subí las manos, esperando que no notara en ellas el débil temblor.

Silenciar mis pensamientos me fue más difícil que la vez anterior, pero lo conseguí, aunque como antes, no... no pude captar ninguno de los suyos. Era muy probable que lo dura y suave que era su piel me estuviera distrayendo una vez más. Era casi como granito. ¿Todo en él...?

No.

No iba a pensar en eso.

—Cuéntame algo de ti —me pidió. La aspereza de su voz apartó mi mirada de su brazo. Todavía tenía la cabeza apoyada en el borde, y los ojos cerrados.

—¿Como qué?

—Cualquier cosa —contestó—. El silencio hace que mi mente divague y me imagine cómo sentiría tus manos en mi polla.

Detuve los dedos en su hombro durante medio segundo. Un repentino movimiento, brusco y giratorio, me atravesó. Un poco sin aliento, continué recorriendo la longitud de su fuerte brazo.

—¿Es eso algo en lo que no deseas que divague tu mente?

Levantó las comisuras de sus labios en una sonrisa.

—En absoluto. Sin embargo, he descubierto que me gusta que me bañes, y no deseo apresurarlo.

Con la piel arrebolada por un calor que ahora venía de mi interior, deslicé las manos sobre su hombro y las bajé por un lateral de su pecho.

—No sé qué decir, mi señor.

—Nuestros caminos se han cruzado ya tres veces —dijo, y lo corregí mentalmente. Cuatro veces. Nuestros caminos se habían cruzado cuatro veces—. No obstante, sé poco sobre ti. Puedes comenzar con algo fácil. Como... ¿eres de Archwood?

—No. —Mis dedos resbaladizos recorrieron la pétrea piel de la parte superior de su vientre.

—¿No eres de la Región Central?

Pensé en mentir, pero decidí no hacerlo. Volví a enjabonarme las manos.

—Soy de las tierras del sur.

—¿Las Tierras Bajas?

—Cerca. —Eso era, en cierto sentido, mentira. Union City se encontraba en la frontera entre las Tierras Bajas y la Región Central. Me pasé los dientes por el labio inferior—. ¿De dónde eres tú?

—Vyrtus.

Mi corazón se saltó un latido. Vyrtus era la corte Hyhborn en la profundidad de las Tierras Altas, al norte de Caelum. Estaba increíblemente lejos de la Región Central y, no obstante, todos habíamos oído hablar del príncipe de Vyrtus. Se decía que era uno de los Hyhborn más peligrosos, tan impredecible y volátil como las tierras que protegía, y que era la mano de la ira del rey. El favorito del...

Soy uno de los favoritos del rey, por si lo has olvidado.

Inhalé, pero ese aire no llegó a ningún sitio. Miré fijamente su nuca y el repentino descubrimiento me abrumó.

—El príncipe de Vyrtus... —susurré—. ¿Cuál es su nombre?

Giró la cabeza ligeramente. Pasó un instante.

—Ya lo sabes.

15

Un tenue temblor bajó por mis brazos.

—No eres un lord.

—No, no lo soy.

Con el corazón brincando, aparté las manos como si me las hubiera escaldado mientras un caótico pensamiento colisionaba con el siguiente. Había estado tocando a un príncipe Hyhborn. *El* príncipe de Vyrtus era *mi* Hyhborn. La criatura peligrosa y letal a la que había rescatado y a la que ahora estaba *bañando* era un príncipe. Oh, por todos los dioses, Finn y esos idiotas habían desangrado y torturado a un príncipe, casi…

—Por fin —murmuró el… príncipe Thorne.

Me sobresalté.

—¿Por fin qué?

Miró hacia adelante. Pasó un instante.

—Tienes miedo.

Parpadeé con rapidez. ¿Tenía miedo? Quién no lo tendría, pero…

—Me dejaste creer que eras un lord.

—Lo hice. —Sus hombros se habían tensado—. ¿Por eso tienes miedo ahora? ¿Porque sabes quién soy en realidad?

—Me siento… Me siento un poco incómoda. Eres un príncipe, y bastante…

—¿Conocido? —terminó por mí.

—Sí.

Tamborileó el borde con los dedos.

—No deberías creerte todo lo que oyes, *na'laa*.

—Ya —contesté—. A ver, puedes tomar el alma de un vulgar.

—Que pueda hacerlo no significa que tenga que hacerlo.

Levanté las cejas.

—¿No has creado a ningún Rae?

—No en mucho tiempo.

Miré con el ceño fruncido la parte de atrás de su cabeza. El modo en el que lo había dicho…

—¿Qué edad tienes exactamente?

Se rio.

—Soy mayor de lo que parezco pero más joven, seguramente, de lo que estás pensando.

Bueno, eso era increíblemente vago, pero a medida que el desconcierto por su identidad real se disipaba y mi corazón se calmaba, me di cuenta de que yo… yo no le tenía miedo. Temía más lo que *era*, y *por qué* estaba allí. Era imposible que el rey hubiera enviado al príncipe de Vyrtus a recaudar impuestos. Estaba allí por otra razón que no estaba segura de que tuviera algo que ver con la información que había querido sacarle a Muriel. Mi corazón comenzó a latir con fuerza. Cuando el príncipe de Vyrtus actuaba en nombre del rey Euros, la violencia y la destrucción casi siempre estaban aseguradas.

Se me secó la garganta y me obligué a tranquilizarme. Seguí enjabonándolo y sentí un pequeño escalofrío cuando mis manos volvieron a entrar en contacto con él.

—¿Por qué no has creado a ningún Rae en mucho tiempo?

—Porque me… me parece injusto hacerle eso a un alma.

No supe qué decir. No era justo. Sinceramente, era perturbador, pero no había esperado que un Hyhborn lo creyera, y mucho menos un príncipe.

—Me alivia oírlo.

No dijo nada al respecto.

Miré la línea tensa de sus hombros y brazos y decidí cambiar de tema.

—Estás muy lejos de casa.

—Lo estoy.

Abrí mi mente a la suya, vi y sentí ese muro blanco. Era como estar de cara al sol en un caluroso día de verano.

—La información que Muriel tenía… ¿Es por eso por lo que estás aquí?

Ese muro, esa especie de escudo, mantuvo su mente muda mientras decía:

—En parte.

—Eso… suena misterioso.

Curvó una comisura de sus labios.

—¿Sí?

—Sí —murmuré. ¿Podía sentir el latido de mi corazón contra la parte de atrás de sus hombros mientras me inclinaba sobre él?—. Tu visita también es misteriosa.

—¿En qué sentido?

—Estando tan cerca de Primvera, lo lógico habría sido que solicitaras alojamiento allí —señalé.

—Eso habría sido lo lógico —concedió—. No obstante, mis necesidades están mejor cubiertas fuera de la corte.

Fruncí el ceño. ¿A qué necesidades se refería? Las respuestas vagas que obtenía de él solo me conducían a más preguntas. Me acerqué, mordiéndome el labio mientras deslizaba las manos sobre su cuerpo.

—Tengo curiosidad, mi… —Me detuve—. Tengo curiosidad, excelencia.

—Thorne —me corrigió—. Y estoy seguro de que la tienes.

Arqueé una ceja.

—¿Cuáles son esas necesidades que no pueden satisfacer en Primvera?

—Si estuviera allí, justo ahora no tendría tus manos en mi cuerpo, ¿verdad?

—Como he dicho antes, los halagos no son necesarios.

—Pero ¿son apreciados?

Sonreí.

—Siempre.

Se rio con brusquedad.

—¿Cómo terminaste aquí? —me preguntó.

Lo miré, me detuve en el denso abanico de pestañas sobre sus mejillas. Las mangas de mi bata prestada flotaron en el agua mientras pasaba mis manos espumosas por la parte baja de su vientre. Los músculos estaban más contraídos allí, como si estuviera tenso.

—Archwood parecía tan buen sitio como cualquiera.

—No me refería a la ciudad —se explicó—, sino a esto, a esta mansión y a esta habitación, como… favorita de un *caelestia*.

Aspiré aire entre los dientes. Quería saber cómo había terminado siendo cortesana, algo que no era. Ninguno de sus amantes lo éramos en realidad, pero estaba segura de que las razones por las que se elegía una profesión así variaban, así que me decidí por una respuesta sencilla.

—Necesitaba un trabajo.

—¿Y esto fue lo único que encontraste? —Hizo una pausa—. ¿Esto fue lo que escogiste?

Una llama ardió en el fondo de mi garganta y lo miré con los ojos entornados. ¿Menospreciaba aquella labor? Eso me indignó y, aunque no fuera una cortesana, la idea de que desdeñara el trabajo incendió mi temperamento. Comencé a levantar las manos.

—¿Hay algo malo en decidir hacer esto?

Su mano se movió más rápido de lo que pude ver, se cerró sobre la mía y la atrapó contra su pecho. Mi corazón balbuceó al sentir su mano alrededor de la mía, pero no hubo pensamientos, no hubo imágenes. Echó la cabeza hacia atrás, sus ojos se encontraron con los míos.

—Si creyera que hay algo malo en esto, no estaría donde estoy, y tampoco tú.

Asentí. Vi que sus pupilas se dilataban y después se contraían hasta su tamaño normal.

El príncipe me sostuvo la mirada.

—Solo te lo preguntaba por cómo hablas. Tu forma de expresarte, tus palabras. No es lo que suele oírse en alguien que no pertenece a la aristocracia —apuntó—. O en aquellos... de tu gremio. Has recibido una educación.

Había sido educada. Más o menos. No había sido una educación formal, como la que Grady recibió antes de que sus padres murieran tras unas fiebres, dejándolo huérfano. No había sido autorizada por los Hyhborn, aunque la madre superiora me enseñó a leer y a escribir y a hacer cálculos básicos y el barón insistió en que debía aprender a expresarme adecuadamente.

Pero Naomi también se expresaba adecuadamente... a menos que estuviera enfadada. Lo mismo podía decirse de Grady y de mí, que furiosos nos abandonábamos a un modo de hablar menos formal.

—Mi educación y cómo hablo no me hacen mejor que los demás, ni peor que un aristócrata —le dije.

Resopló.

—Qué palabras tan originales en boca de un mortal.

Fruncí el ceño.

—¿Qué se supone que significa eso?

—En mi experiencia, los mortales siempre parecen preocupados por quién es superior o inferior a los demás.

—¿Y los Hyhborn son distintos, *excelencia*?

Sonrió ante el énfasis en su título.

—Lo fuimos.

Entonces fui yo quien resopló.

—¿No me crees?

Me encogí de hombros, pensando que era un tema bastante absurdo, ya que fueron ellos quienes crearon la estructura de clases.

—Sabes que los Hyhborn no pueden mentir. —Una sonrisa se extendió por sus labios.

—Eso he oído.

Se rio, me soltó la mano y miró de nuevo hacia adelante. Me quedé como estaba durante varios minutos, con la palma contra su pecho, donde su corazón debería estar, aunque no… no sentía nada.

Fruncí el ceño.

—¿Tienes…? ¿Tienes corazón?

—¿Qué? —Se rio—. Sí.

—Pero no lo noto —le dije, un poco inquieta—. ¿Es por la dureza de… tu piel?

—No es eso —me contestó—. Mi corazón no ha latido en mucho tiempo, no como lo haría en un mortal.

Abrí la boca, pero no sabía cómo responder a eso… al recordatorio de lo distintos que éramos. Inhalando suavemente, negué con la cabeza y luego aparté la mano de su pecho. No sabía por qué dije lo que dije a continuación. Las palabras escaparon de mí.

—No es lo que siempre quise ser —le conté, y, dioses, aquella era la verdad, si alguna vez la hubo—. Este no era el futuro que planeaba de niña.

Sin pensar, volvió a tamborilear el borde con el dedo de la mano derecha.

—¿Cuál era el futuro que planeabas?

—Yo… —Tenía que pensar en ello—. No lo sé —admití, y mi voz sonó débil incluso en mis oídos.

—Has dicho que tenías un plan, *na'laa*.

Frunciendo el ceño, negué con la cabeza. No tenía ni idea de por qué había dicho eso. No había planeado ningún futuro más allá de aquel día, aquella noche. No podía hacerlo, cuando vivir solo consistía en sobrevivir o temer lo que ocurriría al día siguiente, algo que no era vida en absoluto. Pero eso era lo único que yo conocía. Era así para la mayor parte del vulgo, aunque no estuviera en mi situación.

Pero los Hyhborn, sobre todo los que eran como el príncipe Thorne, no vivían así. Yo lo sabía porque, aunque nunca había estado en sus cortes, veía sus tejados dorados ocultos tras sus murallas fortificadas. Había visto desde lejos su ropa lujosa, sus caballos de pura raza y sus carruajes de líneas elegantes.

Nunca había oído hablar de un Hyhborn que se estuviera muriendo de hambre o al que hubieran visto con ojeras de preocupación tiñendo la piel bajo sus ojos. Joder, apenas veías eso en la cara de un *caelestia*. Dudaba que alguno de ellos supiera lo que era dormir con ratones correteándote por encima, o descubrirte al borde de la muerte debido a una enfermedad que has pescado por las malas condiciones en las que vives.

Pero nada de eso importaba en ese momento... ni nunca, parecía, así que aparté esos pensamientos y volví a enjabonarme las manos.

—Me gustan las plantas.

Ladeó la cabeza.

—¿Qué?

Hice una mueca, creyendo que debería haberlo dicho con un poco más de elocuencia.

—Quiero decir, siempre me han interesado las plantas... La jardinería. Tengo buena mano y conocimientos básicos sobre la utilidad de muchas plantas. La botánica no es la profesión más lucrativa, lo sé... —divagué—. Pero ese sería un plan.

—Si es algo de lo que disfrutas, entonces es lucrativo de un modo que importa más que el dinero.

Dicho por una persona que obviamente tenía más dinero del que nunca podría necesitar.

Pero fui prudente y me guardé ese pensamiento, y ninguno de los dos habló durante varios minutos. En el silencio, me tomé un momento para recordarme lo que se suponía que estaba haciendo, que no era tocar por tocar. Me concentré en él hasta que lo único que vi fue la extensión de piel arenosa y lo único que sentí fue su carne bajo la mía. El muro de luz blanca apareció en mi mente. Era infinito, tan alto como el cielo y tan ancho como el mundo. En mi mente, vi mis dedos rozándolo. No ocurrió nada, así que aparté las manos de su pecho y busqué el jabón, fijándome en el tenue brillo alrededor de sus hombros.

Se estaba alimentando.

¿De mi placer? Estaba gozando con aquello, aunque no consiguiera descubrir nada en él. ¿O se estaría alimentando de su propio placer, del placer que le proporcionaban mis caricias? Intenté no sentirme... bueno, especial. Los Hyhborn eran seres sensuales. No creía que importara con quién estuvieran.

—¿Por eso estabas dando un paseo nocturno por los jardines? —me preguntó—. ¿Porque disfrutas de las plantas?

—Sí. En los jardines encuentro... —Me detuve, buscando la palabra adecuada.

—¿Paz?

—Sí, pero no solo eso. —La sensación de estar en un jardín, o en el exterior, era más profunda que eso—. Es más como... No lo sé. Como estar en... en casa.

Giró la cabeza ligeramente para mirarme con expresión ilegible.

—¿Qué?

Negó con la cabeza.

—Nada. —Se aclaró la garganta—. ¿Sueles acudir a los jardines por la noche?

—Cuando no puedo dormir, sí.

—¿Y es seguro que lo hagas?

—Normalmente —contesté—. No suelo encontrar allí a ningún Hyhborn luchando, ni *ni'meres*.

El vapor del agua me había humedecido la piel, provocando que la fina bata se me pegara al cuerpo mientras extendía la mano para lavarle el otro lado del pecho. Mantuve los ojos fijos en lo que existía sobre el agua. Lo que era difícil, porque su piel me parecía fascinante. ¿Los Hyhborn solo tenían pelo en la cabeza? Caramba, eso era muy práctico.

Mordiéndome el labio, le coloqué la mano en la espalda. Sus músculos se agruparon bajo mi palma. Aparté las manos.

—¿Te...?

—Está bien. —Su voz sonó ronca—. Por favor, continúa.

La espuma bajó por mis brazos, pero hice lo que me pidió. Me concentré en la sensación y en la textura de su piel, empujando con mi mente contra lo que empezaba a creer que de verdad era un escudo, uno mental. Lo único parecido que se me ocurría era lo que veía cuando intentaba leer a Claude o a Hymel, aunque el de ellos era gris. No conocía a ningún vulgar que pudiera hacer eso, así que tenía que ser algún tipo de habilidad Hyhborn, de la que los *caelestias* habían heredado una versión debilitada.

No obstante, los escudos podían agrietarse. Romperse. Aunque había que ser fuerte para quebrantar un escudo. ¿Sería yo tan fuerte?

Me concentré en la sensación de su piel bajo mis manos. Le lavé los hombros, pensando que de verdad me recordaban al... al mármol o al granito. Aquella parte ya no podía estar más limpia, pero estaba disfrutando de aquello, de tocarlo y de sentir su piel bajo mis palmas sin que imágenes o pensamientos se colaran en los míos, y eso estaba mal, estaba muy mal, porque descubrir sus intenciones era prioritario.

Pero además de la noche en la que lo ayudé en la ducha, yo... no conseguía recordar la última vez que había tocado a alguien por... por puro placer, en lugar de hacerlo para obtener información o porque mis dones me obligaran a hacerlo. A veces la intuición me empujaba a tocar a alguien (a ver o a oír) y nunca conseguía negarme.

Hacía un puñado de años, cuando Grady y yo llevábamos en Archwood solo unas semanas y sobrevivíamos a duras penas, un hombre joven y atractivo pasó a mi lado. Había estado esperando a que el panadero me diera la espalda para poder birlarle el pan que sabía que iba a tirar, pero mi intuición me controló. Seguí al joven al exterior y le agarré la mano antes de poder evitarlo. Se giró bruscamente, el enfado retorció sus atractivos rasgos y me exigió que me explicara, pero yo solo lo veía a él, caminando por la calle hacia donde lo esperaba un hombre con una sucia gorra marrón, un hombre que le arrancaría la cadena del reloj de oro que colgaba del bolsillo de su chaleco. *Vi* a aquel hombre forcejeando. Oí sus gritos de dolor cuando la navaja del ladrón se hundió en su estómago. Le conté apresuradamente lo que había visto y su enfado se convirtió en sorpresa cuando le aconsejé que no siguiera calle abajo.

Ese joven, apenas unos años mayor que yo, era Claude Huntington, el recién nombrado barón de Archwood.

Dejando el pasado a un lado, me eché hacia atrás y apoyé las manos en el borde de la bañera.

—¿Hay algo más para lo que necesites mi ayuda?

—¿Para lo que la necesite? No. —Giró la cabeza hacia el lado. Un mechón de cabello broncíneo cayó sobre su mejilla—. ¿Para lo que la quiera? Sí. Pero sería egoísta por mi parte. Yo prefiero ser codicioso.

—¿No es lo mismo?

—En mi opinión, no. La codicia no es necesariamente un acto solitario —contestó—. Acompáñame mientras el agua sigue caliente.

—Ya me he bañado, excelencia.

—Thorne —me corrigió, y la curva de sus labios se amplió, provocando en mi estómago una emoción que no era totalmente desagradable—. No estaba pensando en un baño, *na'laa*.

Oh.

Oh.

Claro que no estaba pensando en un baño, ya que creía que yo era la cortesana favorita de Claude. Debería haberlo sabido, pero me sentía más sobrepasada que nunca y rápidamente entendí la razón.

A aquellas alturas, ya debería haber empezado a descubrir lo que Claude me había pedido que supiera, ya fuera sonsacándole o descubriendo la información. Pero no estaba cerca de hacerlo, y ni siquiera podía pensar en el hecho de que Grady estaba esperándome a una distancia discreta en el pasillo.

El príncipe Thorne bajó la barbilla, causando que varios mechones más de cabello cayeran sobre su mandíbula.

—¿No estás aquí para servirme, *na'laa*?

Contuve el aliento.

—Lo estoy.

—Entonces seguramente sabrás lo que quiero de ti.

—¿Quieres… seguir alimentándote? —supuse.

—Siempre tengo hambre —afirmó, haciendo que un escalofrío danzara por mi columna. Levantó sus gruesas pestañas. Esos ojos enloquecedores se encontraron con los míos—. Pero esa no es la única razón por la que me gustaría que me acompañaras, Calista. Tú decides si quieres hacerlo.

Pensando que quizás estuviera alucinando al oír esas palabras, miré fijamente al príncipe Hyhborn. Podía obligarme a hacer lo que quisiera, despojarme de mi voluntad como lord Samriel le hizo a Grady hacía tantos años. Podía hacerlo y no vería absolutamente nada malo en ello, pero no lo hacía. En lugar de eso, me lo estaba pidiendo y me estaba dando una opción. Eso importaba, aunque no debería importar lo *bastante*.

Y también importaba que no solo quisiera que lo acompañara para alimentarse. No debería. Porque de ese modo hacía que aquello no pareciera una transacción comercial, pero eso también importaba.

Una serie de leves temblores me atravesó mientras me incorporaba, en la parte de atrás de la bañera, y mis pensamientos colisionaban unos con otros. ¿Qué estaba haciendo? ¿En qué estaba pensando? Ni siquiera era un lord. Era un *príncipe*. No sabía qué hacer, pero recogí la pastilla de jabón y la devolví al estante, sin sentir del todo las piernas. Acerqué mis manos temblorosas al cinturón aflojado en mi talle. No tenía que hacerlo. Podía buscar otra razón para quedarme, para descubrir sus secretos, o podía dejar que me echara de allí. No había conseguido leerle la mente, así que daría igual que me marchara.

O podía acompañarlo.

Y tendría más posibilidades de agrietar ese escudo suyo si podía tocarlo, pero…

Me detuve, incapaz de seguir mintiéndome.

Que me metiera en esa bañera con él no tendría nada que ver con potenciar mis habilidades o con demostrarle mi valía al barón.

Era el hecho de que podía tocarlo sin ver ni oír nada, y solo *sentir*. Era porque... porque me gustaba tocarlo.

Era porque era *él*. El Hyhborn que no había sido más que un fantasma durante los últimos doce años, y que ahora era muy real y estaba allí.

Una dulce y embriagadora calidez invadió mi sangre ante la simple idea de seguir tocándolo. O de que él me tocara.

Aun así, dudé. No me preocupaban las consecuencias. Sabía que no había enfermedades que pudieran transmitirse entre mortales y Hyhborn, y tomaba precauciones, una hierba para evitar... ¿Cómo lo había llamado el príncipe Thorne? ¿Una unión fructífera? Además, era increíblemente raro que naciera un *caelestia*. Me detuve porque, si me metía en la bañera con él, las cosas podrían salirse de madre rápidamente, como casi había pasado en la ducha. Más de lo que ya se habían salido. Pero era eso lo que hacía que mi corazón se desbocara. Si la situación se calentaba, no sabía si yo querría ponerle fin.

Y había pasado mucho tiempo desde la última vez que hice algo más que tocar... desde que sentí algo más que mis propios dedos, o los de otro, en mi interior.

Tanto tiempo que había empezado a preguntarme si era posible volver a ser virgen.

Pero él era el príncipe de Vyrtus; se decía que ningún vulgar vivía a menos de un centenar de kilómetros de su corte. Que aquellos que se adentraban en sus límites jamás volvían a ser vistos. Sin embargo, yo no tenía la impresión de que odiara al vulgo. O, al menos, no hablaba como si lo hiciera. Quizá lo que se decía de él fuera solo parcialmente cierto.

Aunque eso no importaba.

Me desaté el cinturón; mi cuerpo y mi mente sabían con claridad lo que querían. Lo que yo quería. La bata se abrió y dejé que se deslizara sobre mis hombros, por mis brazos y después hasta el suelo, donde se encharcó a mis pies. El aire caliente y húmedo acarició mi ya sensible carne. Algunos mechones oscuros de mi cabello se pegaron a la piel húmeda de mis senos y de mi espalda cuando me giré.

El príncipe estaba mirándome con los ojos entornados y separó los labios cuando me acerqué a él. Creí… Creí ver sorpresa atravesando sus rasgos, pero desapareció antes de que pudiera estar segura. Bien podría haber sido mi imaginación, pero allí estaba ese tenue halo dorado. Mi mirada se deslizó sobre el resplandor que bordeaba sus hombros. La suave luz era preciosa… y un crudo recordatorio de lo sobrenatural que era.

—Me resulta placentero mirarte —me dijo, fijándose en lo que yo había estado contemplando.

Sentí un extraño y tonto brinco en mi pecho. No sabía si él detectaría los escalofríos que iban y venían por mi cuerpo, pero no parpadeó ni una sola vez mientras me ofrecía la mano.

Me latía el pulso como un martillo. Coloqué mi palma en la suya y sus dedos largos y ásperos se cerraron sobre los míos. El simple hecho de que nuestras manos estuvieran unidas resultaba desconcertante. Su mano se mantuvo firme y estable mientras superaba el borde de la bañera y me adentraba en el agua caliente y jabonosa, colocando mis pies a cada lado de sus piernas.

Comencé a descender, pero el príncipe me soltó la mano y me agarró las caderas. La sensación de sus dedos contra mi piel desnuda fue una sacudida, un herraje. No me moví.

Thorne echó la cabeza hacia atrás y, aunque solo podía ver un atisbo de esos asombrosos ojos suyos, sentí su mirada caliente y hambrienta sobre mi piel. ¿No había dicho que siempre tenía hambre? Pero yo pensaba que no era solo la necesidad de todos los Deminyen. La lenta marea de su excitación era como una caricia física sobre mi mandíbula y mi boca, por mi cuello y la hormigueante piel que se entreveía entre los mechones de mi cabello. Y más abajo, sobre la curva de mi vientre, el ensanche de mis caderas y… y entre mis muslos.

Poco aire parecía llegar a mis pulmones mientras estaba allí, dejando que el príncipe Thorne se saciara, algo que hizo ávidamente.

Un rubor tiñó mi piel. Podía sentirlo, y estaba segura de que él podía verlo. No lo provocó la vergüenza. Hombres y mujeres habían mirado mi cuerpo, pero ninguno lo había hecho como lo hizo el príncipe Thorne. Me observaba como si… quisiera devorarme.

No creía que me importara que lo hiciera.

Presionó con sus dedos la carne de mis caderas mientras se erguía. Era tan tremendamente alto que incluso sentado tuvo que bajar el cuello para posar los labios sobre la piel debajo de mi ombligo. Contuve el aliento al notar su boca. El puente de su nariz me acarició la piel mientras bajaba y bajaba la cabeza. Abiertas como tenía las piernas, no había nada que evitara que su atención terminara entre mis muslos. Tensé los músculos de las piernas cuando sentí su cálido aliento en mi centro. Sostuve el aliento, mirando su coronilla. No sabía qué iba a… Es decir, tenía una letanía entera de las cosas que podía hacer, pero…

Los labios del príncipe Thorne rozaron mi carne sensible y después sentí su lengua deslizándose sobre mí, *en mí,* durante un segundo. El aire abandonó mis pulmones cuando una oleada de deseo me atravesó. Su boca se cerró sobre el tenso cúmulo de nervios, y succionó; succionó con *fuerza.* Se me escapó un sonido, un gemido que nunca antes había emitido, y otro dardo de afilado placer me atravesó.

Su boca me abandonó. Se echó hacia atrás y levantó sus gruesas pestañas y, en ese momento, no conseguí que suficiente aire penetrara en mis pulmones. Unas motas blancas salpicaron sus pupilas. Me sentía ansiosa, palpitante.

—Preciosa —dijo, con voz de terciopelo.

Mi pecho se alzó y bajó pesadamente.

—Eres… Eres muy amable.

—No es amabilidad. —Tiró de mis caderas. Me agarré a los bordes de la bañera, con las piernas endebles. El agua golpeó los laterales mientras el príncipe me hacía descender, a horcajadas sobre sus muslos. Me estremecí al sentir su gruesa longitud rozando mi muslo. Deslizó las manos hasta mi cintura. Un escalofrío siguió a sus manos sobre mis costillas y después por mi pecho, justo debajo de mi clavícula—. Solo digo la verdad.

Me quedé inmóvil mientras reunía los mechones de cabello en sus manos. Un ligero suspiro me abandonó cuando me levantó el pelo para echármelo hacia atrás sobre los hombros, para que nada se interpusiera entre su mirada y yo.

Las estrellas de sus ojos se volvieron luminosas cuando se detuvieron en mi cabello. Yo observé sus rasgos. Pensé en las marcas que había visto en su rostro mientras estaba inconsciente, el serpenteante diseño de ligero relieve. Me dijo que era sangre y suciedad, y tenía que ser cierto, porque no había rastro de él ahora.

—Cuando entraste en mi habitación —me dijo—, no me agradó, aunque había disfrutado de parte de nuestro encuentro en los jardines, y antes.

—¿Y ahora? —le pregunté.

—Estoy muy complacido. —Sus dedos se alejaron de mi cabello y danzaron sobre mis brazos, dejando una delicada y temblorosa estela. Varios segundos pasaron—. Pero deberías marcharte de mis aposentos.

—¿Por qué?

—Porque tengo la peculiar sensación de que esto no es demasiado inteligente —me dijo, y se me revolvió el estómago—. Tócame, *na'laa*.

Me sentí dividida entre la inquietud creada por su afirmación y cómo su demanda hizo que se me acelerara el pulso. Solté la bañera, coloqué las manos sobre su pecho. Arqueó la espalda ligeramente, como un gato acariciado.

—Me gusta que me toquen —me dijo cuando lo miré—. ¿Y a ti?

Más de lo que él nunca sabría. Con el corazón enloquecido, asentí mientras arrastraba las yemas de mis dedos debajo del agua y sobre la cordillera de músculos de su estómago.

Abrí la mente mientras exploraba su vientre, pero cuando deslicé los dedos sobre su ombligo solo encontré ese escudo blanco.

Bajé la mirada. Un tenue brillo bordeaba su pecho y su cintura, pero era incapaz de ver a través de la espuma. No obstante, sabía que mis manos estaban cerca. Podía sentirlo, apoyado contra mi muslo.

Me pasó los pulgares sobre los pezones, lo que me hizo sobresaltarme.

—¿Cuánto tiempo llevas en Archwood?

Tardé algunos segundos en responder.

—Un par de años.

El príncipe hizo otra pasada por el centro de mi pecho mientras su mano derecha seguía la misma dirección que la mía, descendiendo por mi vientre y después bajo el agua. Tomé una intoxicante inspiración cuando su palma se detuvo justo debajo de mi ombligo. Su mano era tan grande que, cuando comenzó a mover el pulgar, este se hundió en el doblez entre mi muslo y mi cadera.

—Y en ese par de años que has estado aquí —me dijo, moviendo el pulgar que tenía en mi pecho con la misma lentitud que el del interior de mi muslo. Sus caricias crearon un calor que se extendió por mi piel y se filtró en mi sangre—, ¿cuántas veces has sido una seductora distracción?

Sonreí, permitiéndome explorar un poco más, pasando los dedos sobre la gruesa e imposiblemente dura carne entre sus piernas. Emitió un sonido, uno profundo que salió de su pecho mientras recorría su rígida longitud. Tenía la piel suave, aunque ligeramente rugosa. En la base era más gruesa y redondeada, casi como si su carne fuera más… robusta allí. No la había visto lo bastante bien para confirmarlo, y nunca había sentido nada así, ni Naomi me había mencionado nada parecido. No tenía ni idea de cómo se sentiría en… mi interior, pero mi imaginación…

Dioses.

Aparté los dedos. Tragué saliva al tiempo que contraía los músculos de mi vientre.

—No puedo responder a eso.

—Interesante —contestó, y moví las caderas cuando sus nudillos acariciaron mi centro. Las comisuras de sus labios se curvaron en una sonrisa. Las estrellas vibraron en sus ojos mientras sus dedos viajaban por mi muslo.

Sintiéndome sin aliento, me estremecí. Sus dedos se cerraron alrededor de mi pezón. Intenté concentrarme en algo que no fuera lo que estaba haciendo con sus manos, pero sus caricias eran cada vez más distractoras, como lo era la sensación de su cuerpo bajo mis manos.

El príncipe Thorne ladeó la cabeza cuando extendí los dedos. Bajo estos, los músculos de su estómago se tensaron y relajaron.

—¿Cómo te convertiste en una de las favoritas del barón?

Giré la cabeza despacio y lo miré.

—Como suele ocurrir.

Una sonrisa tensa reapareció en su boca y bajé la cabeza hasta su cuello. Lo presioné con mis labios, lo besé suave y lentamente, bajando, mordisqueando la piel de la curva de su hombro.

—¿De este modo? —me preguntó, volviendo a pasar el dorso de su mano por mi centro.

—De muchos modos —murmuré contra su pecho. La sal de su piel y el tenue sabor del jabón se mezclaron en mis labios.

La mano que tenía en mi muslo se deslizó un centímetro o dos. Me tensé, me trastabilló el corazón cuando uno de sus dedos vagó sobre mi hendidura. Fue una caricia ligera, pero mi cuerpo se sacudió en respuesta.

Curvé los dedos sobre su piel y subí con mis manos. Le lamí la dura línea del pecho. Sabía que debería estar usando mis manos en otra parte, pero ya estaba bastante distraída. Seguramente demasiado, porque ahora apenas podía ver el muro blanco.

—¿Qué otras...? —Uno de sus dedos presionó el centro sensible, y jadeé.

—¿Decías?

¿Qué estaba diciendo? Oh, sí. Por qué estaba allí.

—¿Qué otras razones te han traído a la mansión?

Su dedo rodeó mi clítoris, haciendo que me estremeciera.

—Haces muchas preguntas, *na'laa*.

—Dicen que soy muy curiosa.

—¿Y testaruda?

—Quizá…

Contuve la respiración cuando bajó la cabeza de repente. Su aliento caliente sobre mi piel fue la única advertencia que tuve antes de que su boca se cerrara sobre mi pezón. Me estremecí cuando su lengua me acarició, haciéndome temblar de placer. Subió la mano para tomar mi otro seno, para acariciar con el pulgar su sensible cumbre. Se me escapó un gemido susurrado. Entonces se llevó mi pezón a la boca, lo succionó con fuerza. Me sacudí, gemí. Él se rio, un sonido grave y gutural que vibró de un modo indecente y delicioso.

Despacio, liberó la palpitante carne de su boca.

—Lo siento —dijo, rozándome con los labios—. Quería saber qué gusto tenía tu piel.

Arañé con las uñas su dura carne, deslicé la mano sobre su ombligo y bajo el agua.

—¿Y cuál es el sabor de mi piel, excelencia?

—Thorne —suspiró, trazando un sendero de besos húmedos y calientes hasta mi otro pecho. Sacó la lengua, seductora y maliciosa—. Tu piel sabe a ansia y huele a… —Sus labios bordearon la línea de mi garganta, echándome la cabeza hacia atrás. No necesitaba hacerlo. Yo ya le estaba dando lo que buscaba—. Cerezas.

—¿*Cerezas*?

Le rocé la polla con los dedos. Había pasado un tiempo desde la última vez que masturbé a un hombre. En mi experiencia previa, no parecía algo difícil; la mayoría de los hombres era fácil de complacer. Pero aquel era un príncipe Hyhborn. Dudé mientras lo rodeaba con la mano, insegura.

—Tu piel huele a las cerezas que crecen en los prados del Highgrove. —Su mano abandonó mi pecho y buscó la mía debajo del agua—. Apuesto a que tus labios saben igual de dulces.

Me quedé sin aliento cuando su mano se cerró sobre la mía. Hizo que lo apretara más y comenzó a mover mi mano por su longitud. Exhalé, temblorosa, cuando palpitó contra mi palma.

—Así es como me gusta —me dijo, enviando una estremecedora oleada de calor por mi interior mientras me hacía bajar la mano—. Duro. Fuerte. No vas a hacerme daño.

Tragué saliva y asentí. Sus labios rozaron mi mejilla y me soltó la mano. Continué, respirando en breves y superficiales jadeos mientras movía la mano al ritmo de sus lentas caricias, ganando confianza en lo que estaba haciendo.

El príncipe Thorne me mordisqueó el labio inferior, pero no me besó. Deslizó su dedo sobre mi palpitante calor.

—¿Alguna vez habías hecho esto?

—¿Qué?

—Esto. —Su dedo hizo otra pasada—. *Servir* a otros.

—Por supuesto —contesté.

—Entonces, ¿cuánto tiempo llevas sirviendo a otros?

—El suficiente.

Una leve sonrisa regresó a sus labios mientras más motas blancas se agrupaban en sus pupilas. El efecto era tan sorprendente que descubrí que me resultaba difícil apartar la mirada.

—¿Sabes qué creo?

Moví las caderas de nuevo cuando su mano se detuvo entre mis muslos.

—¿Qué?

Me presionó con la palma, y mi cuerpo entero reaccionó sin pensar, frotándose contra él.

—Creo que me estás mintiendo.

16

En una parte muy lejana de mi cerebro sonaron sirenas de emergencia. Seguramente habían estado sonando todo el tiempo, pero había estado demasiado distraída para notarlas.

Los dedos del príncipe Thorne siguieron moviéndose distraídamente entre mis muslos y en mi pecho.

—*Na'laa*?

—Yo… Nunca había seducido a un Hyhborn —conseguí decir. Me temblaban los muslos—. Ni había sido seducida por uno.

—Eso no es estrictamente verdad —replicó—. Me sedujiste en la ducha, y estuviste muy cerca de ser seducida entonces.

—No creo que eso cuente.

—¿No? —Sus dedos se cerraron sobre la cima de mi pecho, enviando una oleada de doloroso placer a mi interior—. Entonces… —Pronunció las palabras mientras el dedo con el que me acariciaba se detenía en lugar de continuar y se deslizaba en mi interior. No profundamente, aunque la somera intrusión fue una conmoción desconcertante y brusca que me arrancó un suave gemido—. ¿Y si, en lugar de mi dedo, fuera mi polla la que estuviera en tu interior? —Retiró el dedo casi por completo, y después reclamó la escasa longitud de la yema—. Adentrándose en este tenso calor tuyo.

Cada inhalación que tomaba parecía no llegar a ninguna parte. El príncipe Thorne seguía moviéndose lenta y constantemente, y viró la mano para acariciar con el pulgar el nudo justo por encima de su dedo.

—Cada vez más profundo. Más fuerte. Más rápido. —El azul y el verde se batieron con frenesí en el castaño de sus iris. Sus pupilas eran casi blancas—. ¿Serían los sonidos que hicieras mientras te follo los de una amante hábil y experimentada? ¿O, por el contrario, serían los de alguien con poca experiencia en tales placeres?

El gemido que se me escapó fue uno que nunca antes había emitido. Me estremecí. Había *follado*, pero nunca había experimentado las sensaciones casi demasiado intensas que estaba creando en mi interior, que estaba arrancándome.

Bajó la cabeza, pasó los labios por mi mejilla.

—No creo que seas una experimentada cortesana.

Mi corazón tronó, y dije lo primero que se me vino a la mente.

—Puede que el barón creyera que no querías a alguien tan *experimentado*.

Levantó una única ceja.

—¿Estás sugiriendo que tu barón pensó que yo preferiría mancillar a una inexperta y potencial virgen que quiere llegar a ser botánica?

Una oleada de irritado calor golpeó mi piel, soltándome la lengua y haciéndome perder la sensatez. Le apreté la polla, justo sobre ese nudo de carne. *Estaba* incluso más duro que el resto de su cuerpo.

—¿Y no es así? —le pregunté, observándolo mientras movía la mano por su longitud justo como me había dicho que le gustaba. Duro. Fuerte. Esos diminutos destellos luminosos aparecieron en sus pupilas—. No soy virgen, alteza, pero la verdad no es ni de lejos tan importante como la percepción. Además, el hecho de que me creyeras una virgen inexperta no ha evitado que tratases de mancillarme, ¿no?

Las comisuras de sus labios se movieron como si deseara sonreír.

—No, no lo ha evitado.

Sabiendo que el terreno que pisaba era cada vez más inestable, más peligroso, miré la mano que tenía entre mis piernas, con el dedo *todavía* en mi interior. Volví a mirarlo a los ojos mientras lo acariciaba desde la base a la punta, sorprendiéndome un poco por la rugosa sensación.

—¿Y sigue sin evitarlo?

El príncipe no respondió durante un largo momento, pero sentí que su pecho se elevaba bruscamente bajo mi otra mano.

—¿Debo creer que el modo en el que prácticamente huiste al baño después de mi sugerencia de saltárnoslo, que el rubor de tu piel cuando entré en la estancia fue un truco de mis ojos? ¿Que tu vacilación al acompañarme, tu nerviosismo, fue solo una actuación?

Me incliné, reuniendo toda la valentía que poseía, hasta que nuestras bocas estuvieron a apenas unos centímetros de distancia.

—No estoy aquí para hacerte creer una cosa u otra.

Movió las caderas y sus dedos se clavaron en la carne de mi pecho.

—Entonces, ¿para qué estás aquí? —me preguntó, con voz grave y suave.

Le acaricié el glande con el pulgar y sonreí cuando el aire siseó entre sus dientes apretados.

—Si tengo que explicarte eso, es que estoy haciendo algo mal. —Apreté, sintiendo una oleada de satisfacción ante el movimiento de sus caderas, que hizo que el agua salpicara los lados de la bañera—. Pero no creo que sea así.

El príncipe Thorne separó los labios, pero no dijo nada mientras seguía acariciándolo, tan lento como su dedo se movía en mi interior. Con los ojos entrecerrados, lo observé con atención. Su respiración se aceleró, abandonándolo en jadeos breves y superficiales. Comencé a alternar entre pasadas más suaves y tirones más fuertes y lentos, pero los controlados empellones de su dedo hacían difícil que me concentrara en algo que no fuera eso.

—Creo que me debes una disculpa —jadeé, con un estremecimiento en el vientre.

—¿Por qué?

—Por haberte equivocado conmigo.

—Puede. —Gimió, su polla palpitó en mi mano. Sus dedos se extendieron sobre mi pecho y después encontraron su camino hasta mi nuca.

Con cada movimiento, su dedo se adentraba un poco más, iba un poco más rápido. Y entonces fueron *sus dedos*, ensanchándome mientras su pulgar giraba sobre mi tenso clítoris. Intenté contenerlo. Todo. El modo en el que me movía. Mi reacción a sus caricias. Los suaves y susurrantes sonidos que emitía. Mi cuerpo. El placer, y mi ansia. Mi necesidad. No estaba allí para aquello. Me detuve, con la garganta seca mientras intentaba recordar mi propósito, pero estaba muy desconcertada por el… descubrimiento de que yo deseaba aquello. Mucho. Quería más.

No debía. Al menos, no creía que debiera, pero… lo hacía. Disfrutaba siendo yo la causa de la aceleración de su respiración. De que fueran *mis manos* las que provocaban aquellos profundos y retumbantes sonidos en un príncipe Hyhborn, mientras lo tocaba… y él me hacía lo mismo a mí. Tenía un aleteo en la parte baja de mi estómago, e incluso más abajo. *Quería* hacer aquello.

Igual que había querido meterme en la bañera.

Que me tocara.

Tocarlo.

Tenía que ser porque estaba tocando a otro, proporcionando placer y experimentándolo sin llevarme sus pensamientos o inmiscuirme en su futuro. Y era eso, pero también parecía haber algo más. No sabía qué era, ni lo entendía, y eso me asustaba. Sentía cómo se construía en mi interior, una creciente marea de deseo que amenazaba con abrumar mis sentidos, cada parte de mí. Intenté retenerla, contenerme, pero era como querer detener el océano.

—No luches contra ello. Entrégate a lo que desea tu cuerpo —me susurró—. Entrégate a mí.

Me estremecí, cediendo a sus demandas... a las demandas de mi propio cuerpo. Me rendí al momento, meciéndome contra él. Mi mano, más *rápida*; sus dedos, más *duros*. Mis músculos se contrajeron, tensos y más tensos, hasta que la tensión bordeó el dolor. Hasta que comencé a temblar.

—Eso es —gruñó, poniendo rígido el cuerpo... Su cuerpo, que *vibraba* contra el mío—. Quiero sentir en mis dedos cómo te corres, *na'laa*.

Sus pupilas... se volvieron completamente blancas cuando comencé a temblar. Entonces toda esa rígida y retorcida presión erupcionó. Me corrí, gritando cuando la tensión se desplegó en una incandescente oleada de deseo y su sexo se hinchó contra mi palma. El orgasmo fue abrupto y desconcertante. Una marea de sensaciones rompió contra mí y... y me pareció que su cuerpo se calentaba, tanto que abrí los ojos, parpadeando, a pesar de la espiral de placer desenroscándose en mi interior.

Sus pupilas brillaban intensamente, como diamantes pulidos. Estaban tan dilatadas que no podía ver sus iris, y su cuerpo vibraba, proporcionando un efecto casi borroso a la silueta de sus hombros. Tiró de mí contra su cuerpo, su brazo rodeó mi cintura, me sostuvo con fuerza mientras jadeaba contra el hueco de su cuello. Sentir su cuerpo bajo mis senos envió una miríada de sensaciones inesperadas a mi interior. Perdí el ritmo con su polla, pero él no pareció notarlo y me empujó la mano con las caderas, haciendo que el agua desbordara la bañera. Su polla se movió bruscamente, en un espasmo, y el sonido que hizo al correrse me escaldó la sangre, calentándome tanto como notaba su cuerpo contra el mío.

Las réplicas del placer me dejaron sin fuerza contra su pecho, respirando con dificultad. Apoyé la mejilla en su hombro y seguí las directrices de su cuerpo, ralentizando mis movimientos mientras los espasmos cesaban y después, por último, apartando la mano. Pero no me separé de él. Sus dedos seguían danzando y acariciando, y me proporcionaron una oleada menor de placer antes de que extrajera sus dedos lentamente de mí. No me moví, con los ojos cerrados, y él me rodeó con el otro brazo. No sabía por qué lo hacía, pero me... me relajé. Había algo inesperadamente consolador en su cálido abrazo, reconfortante. Me hacía desear... *acurrucarme* contra él, contra el calor de su cuerpo.

El silencio se prolongó hasta que fui incapaz de contener mis preguntas.

—Tu cuerpo... me ha parecido que se calentaba y vibraba. ¿Es porque te estabas alimentando, o me lo he imaginado?

—No te lo has imaginado. —El príncipe Thorne se aclaró la garganta.

—¿Te duele cuando eso ocurre?

—No. —Su mano subió y bajó por mi espalda, se enredó suavemente en mi cabello—. Justo lo contrario.

Intenté imaginarme mi cuerpo calentándose y vibrando, pero era incapaz de concebir que eso pudiera ser agradable.

—Tendré que creerte.

Su risa sonó grave y ronca. La quietud regresó entonces y, durante un rato, me permití sentirlo todo. La fuerza con la que me abrazaba. El peso de sus brazos a mi alrededor, su carne caliente y dura presionada contra la mía y lo... lo agradable que era.

Dioses, era una idea muy tonta, pero era eso lo que sentía. No comprendía por qué era agradable. No debería, pero era así, y me empapé de ello, confiando cada segundo a la memoria.

Porque nunca me había sentido así antes.

Y no tenía ni idea de cuándo volvería a sentirlo de nuevo.

No intenté atravesar sus escudos, y eso... Bueno, no estaba bien. Podría intentarlo de nuevo, sobre todo mientras ambos estábamos tan callados, pero hacerlo me parecía que... mancillaría aquello.

Fuera lo que fuera *aquello*... que no era nada, nada en absoluto.

Sin embargo, no podía quedarme. Grady estaría loco de preocupación y yo... yo necesitaba descubrir qué demonios iba a contarle a Claude, porque las pocas respuestas que había obtenido eran vagas, como mucho. Lo único que podía contarle era la identidad de aquel príncipe Hyhborn y lo que ya había sabido.

—*Na'laa?*

—Uhm —murmuré.

—Yo nunca me equivoco.

Tardé un momento en entender a qué se refería. Cuando lo hice, un escalofrío se deslizó por mi columna. Abrí los ojos, levanté la cabeza y comencé a apartarme. Sus brazos se mantuvieron firmes. Apenas conseguí un escaso centímetro o dos de separación. Lo miré a los ojos. Las estrellas habían desaparecido. Sus colores se habían ralentizado y solo eran manchas verdes, azules y marrones. Los llamativos ángulos de su rostro no me desvelaron nada.

Reuní toda la valentía que había necesitado para entrar en sus aposentos, sintiendo que aquel no era el momento para sentir por fin el terror que debería haber experimentado en el momento en el que nuestros caminos se cruzaron en los jardines, la noche anterior.

—Aunque la idea de que alguien, Hyhborn o no, no pueda equivocarse nunca me parece increíble, no estoy totalmente segura de a qué te refieres.

Sus labios se curvaron, pero la sonrisa me pareció tensa y fría.

—Dijiste que te habían enviado para servirme, ¿correcto?

Asentí.

Una de sus manos subió por mi espalda para enredarse en mi cabello.

—No creo que esa fuera la única razón por la que te enviaron conmigo.

Presioné las puntas de mis dedos contra la dura carne de sus hombros.

—Yo...

—Aunque tus mentirijillas y medias verdades me resultan inusualmente entretenidas, este no es uno de esos momentos. —Sus dedos encontraron su camino hasta mi nuca, y se detuvieron en ella—. Confía en mí cuando te digo que mentirme sería muy, muy imprudente.

17

Me tensé. Cada parte de mi ser se concentró en la mano que tenía en mi cuello. No había presión, pero el peso de su mano era advertencia suficiente.

Me apretó la cintura con el brazo que todavía tenía alrededor de ella. Nuestros pechos se nivelaron de nuevo cuando atrajo mi cuerpo contra el suyo. Contuve el aliento, sintiéndolo contra mi núcleo. *Seguía* duro. Un palpitante latido de abrupto deseo resonó en mí con dolorosa ansia, desconcertándome, porque aquel no era el momento de sentir nada de eso.

La sonrisa del príncipe Thorne perdió parte de su frialdad.

—Por favor, no me mientas, Calista.

Por favor.

Esas palabras de nuevo. Mi nombre. Oír ambas cosas era inquietante. No creía que «por favor» fuera algo que dijera a menudo y eso me hacía desear ser sincera, pero aunque no me lo hubiera pedido así, era lo bastante lista para saber que mintiendo seguramente terminaría muy mal.

Diciendo la verdad también tenía posibilidades de acabar mal. Sabía que Claude no me echaría, pero se enfadaría lo suficiente para expulsar a Grady de la mansión, de Archwood. Pero ¿y si mentía y el príncipe se enfadaba? ¿Y si yo gritaba y Grady entraba? No sobreviviría a un cuerpo a cuerpo con el príncipe.

Así que no había una opción perfecta, pero sabía que mentir engendraría violencia y que la verdad, o al menos parte de ella, me haría perder la seguridad y, como poco, la sensación de estabilidad.

Tragué saliva, sabiendo que no podía poner a Grady en peligro.

—El barón estaba... está preocupado por tu inesperada visita.

—¿Tiene alguna razón para preocuparse? —me preguntó.

—Al parecer se ha retrasado en el pago del diezmo cuatrimestral —le conté, con el estómago revuelto—. Teme que el rey te haya enviado para recaudarlo.

Ladeó la cabeza ligeramente.

—Tu barón me vio. ¿Parezco alguien a quien el rey enviaría a recaudar impuestos?

—No. —Casi me reí, pero aquello no tenía ninguna gracia—. Pero no creo que el barón estuviera en el... estado adecuado para reconocerte.

—Eso está claro. —Sus dedos comenzaron a moverse por mi cuello, presionando mis músculos tensos—. De ese viaje podría haber llegado hasta las altas montañas de mi corte.

—Cierto —susurré.

—Entonces, ¿te envió para que descubrieras por qué estoy aquí? —supuso—. ¿En lugar de esperar a mañana, como le aconsejé?

—Sí.

La tensión le cerró la boca, pero los movimientos de sus dedos siguieron siendo amables, extrañamente reconfortantes.

—¿Eres al menos cortesana?

—¿Por qué importaría eso?

—Porque lo haría.

—No te importó hacerme creer que eras un lord —le indiqué, algo que una parte de mí reconocía que seguramente no debería haber dicho, pero era injusto y... y absurdo que me cuestionara cuando él tampoco había sido demasiado claro.

—No estamos hablando de mí, *na'laa*.

—Tengo la sensación de que, cuando me llamas eso, no me consideras valiente sino testaruda —murmuré.

—Justo ahora, es una mezcla de ambas. —Su mirada sobrevoló mis rasgos—. ¿Tuviste opción esta noche?

—¿Qué?

—¿Te obligaron a venir a verme esta noche?

Sus preguntas me desconcertaron. No se me ocurría ninguna razón por la que pudiera preocuparle que ese fuera el caso.

—Sí.

Me miró durante varios minutos; después bajó las pestañas, ocultando sus ojos.

—Tu barón es un idiota.

Abrí la boca, pero en realidad no podía estar en desacuerdo con esa afirmación. Claude era un idiota y yo también, por continuar con aquello. Mi corazón latió, vacilante, en el silencio que siguió. No sabía qué esperar, pero entonces el príncipe Thorne me soltó. Confusa, me quedé donde estaba, con el cuerpo firmemente presionado contra el suyo, las manos sobre sus hombros y… su erecta longitud todavía enclavada contra mi núcleo.

—Deberías secarte —me dijo en voz baja.

—¿No…? ¿No vas a castigarme? —le pregunté.

—¿Por qué debería castigarte por la imbecilidad de otro? —Entonces levantó las pestañas: el estallido más tenue de blanco era visible en sus ojos.

Más que un poco sorprendida, me incorporé sobre mis piernas temblorosas, causando que el agua se desbordara al salir de la bañera. Me sequé deprisa y busqué mi bata. Tras ponérmela, me ceñí rápidamente el cinturón y me aseguré de que la bolsa siguiera en el bolsillo. Si se caía… Por todos los dioses.

Me giré de nuevo hacia el príncipe y el sobresalto me hizo retroceder un paso. Ya había abandonado la bañera. No lo había oído, no había perturbado ni una sola gota de agua. Yo, por mi parte, había sonado como una niña pequeña chapoteando en un charco cuando me levanté. Tomé una toalla limpia y se la ofrecí.

No la aceptó.

En lugar de eso, sus manos se dirigieron a mi cuello. Me tensé, casi soltando la toalla.

Los labios del príncipe Thorne se curvaron en una sonrisa mientras deslizaba las manos bajo mi cabello. Sus dedos acariciaron mi nuca, enviando una serie de escalofríos por mi espalda. Me quedé allí mientras él... liberaba de la bata mi pesada melena.

—Ya —me dijo.

Me quedé... sin *aliento*. Desprevenida por su gesto, permanecí totalmente quieta de nuevo.

—Te comportas como si esperaras violencia de mí en cada movimiento —comentó, quitándome la toalla—. Sé que los míos pueden ser... impredecibles, pero ¿acaso he actuado de un modo que te hiciera recelar?

Tragué saliva.

Me miró mientras se rodeaba el pecho con la toalla.

—Es una pregunta sincera.

—Bueno, la noche del establo me lanzaste al suelo y me amenazaste con ahogarme en tu sangre.

—En ese momento no era yo mismo.

—Y cuando entré en tus aposentos, me inmovilizaste contra la pared —continué.

Levantó una ceja.

—En los aposentos en los que entraste inesperadamente y sin invitación.

Cambié el peso de un pie a otro.

—Me has preguntado por qué espero violencia de ti. Esos han sido solo dos ejemplos.

—¿Solo dos? —contestó—. ¿Hay más?

Miré la bañera.

—Vine aquí con un falso pretexto.

—Sí —asintió—. Eso es. ¿Has de hablar con el barón tras abandonar mis aposentos?

—Me reuniré con él por la mañana, antes de que hable contigo.

—¿Qué ocurrirá si no puedes proporcionarle información real?

—Nada.

Bajó la toalla. Su mirada me atravesó.

—*Na'laa*.

—No me gusta ese apodo.

—Te gustaría si conocieras todos sus significados.

Apreté los dientes mientras él seguía esperando una respuesta... la verdad.

—Se sentirá... decepcionado.

—¿Te castigará?

—No. —Aparté la mirada, incómoda con la idea de que él pudiera pensar eso. Incómoda con el hecho de que yo lo hubiera esperado de él—. Si te soy sincera, quizá ni siquiera recuerde que me envió a tu dormitorio. —Eso era improbable, pero había una pequeña posibilidad—. Estaba bastante perjudicado.

El príncipe emitió un gruñido grave. Lo miré de nuevo, sorprendida. No había nada ni remotamente humano en ese sonido. Parecía el de un... un lobo, o algo mucho más grande.

—Dile que no estoy aquí para recaudar impuestos —dijo, dándome la espalda mientras se rodeaba la cintura con la toalla—. Que estoy aquí para hablar de la situación con los Caballeros de Hierro. Eso debería ser suficiente para aplacarlo hasta que pueda hablar con él y darle más detalles. No le digas que me has contado la verdad. Yo no diré una palabra de esto.

El asombro me abrió la boca. Su perdón (porque eso era en realidad su silencio después de que le hubiera contado la verdad) fue inesperado. Una vez más, sin saberlo, nos estaba salvando a Grady y a mí.

Asintió, salió del cuarto de baño.

—Pareces sorprendida.

—Supongo que lo estoy. —Me detuve, siguiéndolo—. No esperaba que me lo contaras ni... —Ni que me cubriera. Me aclaré la garganta—. Tampoco esperaba que tu visita tuviera algo que ver con el asunto de los Caballeros de Hierro. —Lo miré mientras se servía un vaso de whisky. Me miró, y negué con la cabeza ante la oferta de una bebida—. ¿Esa era la información que buscabas cuando estuviste aquí? —le pregunté, con el corazón desbocado al pensar en Astoria—. ¿Cree el rey que Archwood simpatiza con los Caballeros de Hierro?

—Lo que vine a buscar no está relacionado con la razón por la que estoy aquí ahora. —Me miró, con la toalla anudada en la cintura y las puntas del cabello húmedas. Todavía tenía diminutas gotas de agua aferradas a su pecho, y atrajeron mi mirada mientras viajaban sobre las pendientes de su estómago—. Y la situación respecto a los Caballeros de Hierro ha cambiado.

Empecé a preguntar por qué, pero lo miré a los ojos y guardé silencio. En mi piel había un hormigueo de advertencia. Tenía la sensación de que debía dejar el tema, y esta vez hice caso a mi intuición. Miré sus aposentos, con las manos en el cinturón de mi bata. Quería darle las gracias por asegurarse de que no hubiera consecuencias por lo que había hecho aquella noche, pero tenía que elegir mis palabras con prudencia.

—Yo… aprecio que me hayas contado por qué has venido a Archwood.

El príncipe Thorne inclinó la cabeza en lo que asumí que era reconocimiento.

Un abrupto nerviosismo me invadió mientras me miraba.

—Si no hay nada más que pueda hacer por ti, debería marcharme.

Se mantuvo en silencio, observándome.

Tomando su falta de réplica como respuesta suficiente, hice una reverencia rápida y terrible.

—Buenas noches, excelencia.

No me corrigió el uso del título. Se mantuvo en silencio, observándome con una expresión que no conseguí comprender. Pasé junto a él y llegué a la puerta de la antecámara.

—Quédate.

Me giré hacia él.

—¿Perdón?

—Quédate —repitió, apretando el vaso—. Pasa la noche conmigo.

Abrí la boca, pero no encontré palabras. ¿Quería que me quedara? ¿Para pasar la noche con él? Miré la cama, con el estómago tenso y laxo al mismo tiempo.

—Para dormir —añadió, y mi atención regresó con él. Mis ojos se habían acrecentado ligeramente. Había grietas en la superficie del vaso que sostenía. No eran lo bastante profundas para derramar la bebida, pero podía ver las frágiles telarañas extendiéndose a través del cristal—. Eso es todo, *na'laa*.

Mi mente fue en dos direcciones muy distintas mientras lo miraba. Una parte de mí ni siquiera podía creerse que me estuviera pidiendo algo así, ya que ¿por qué razón, en los cinco reinos, querría dormir conmigo? La otra parte de mí se preguntaba bobaliconamente cómo sería dormir junto a alguien que no fuera Grady, y pensar en ello hizo que mi incapacidad para respirar se trasladara a mi pecho y a mi estómago.

Y eso... era inaceptable por varias razones.

—No puedo hacerlo —le dije.

Ladeó la cabeza.

—¿No puedes, o no quieres?

Había una diferencia entre las dos. «No puedo» no implicaba ninguna elección. «No quiero» lo hacía. El problema era que no sabía cuál era mi caso.

—Ambas cosas —admití, perturbada—. Buenas noches.

No esperé. Me volví, abandoné el dormitorio y me dirigí a la puerta. Giré la manija. No cedió. Fruncí el ceño y levanté la mirada, y comprobé que no estaba asegurada. ¿Qué...? *El príncipe Thorne.* Estaba evitando que abriera la puerta. Me tensé, sintiendo su intensa mirada en mi espalda, y, durante un momento frenético, una maliciosa emoción me atravesó, dejándome sin aliento. La idea de que me hubiera detenido envió un caliente y tenso escalofrío a mi interior.

No quería que me dejara marchar.

Esa maldita sensación (de corrección, cuando estaba con él) me atravesó y... Por los buenos dioses, en serio que había algo que no estaba bien en mí.

Coloqué las palmas contra la madera. En mi pecho, mi corazón se aceleró. Entonces la puerta se abrió bajo mis palmas. Estaba dejándome marchar. Algo parecido a... a la decepción me atravesó, dejándome aun más confusa. Con él. Conmigo misma.

—De acuerdo, me he quedado oficialmente... turulato.

El suave resplandor de la lámpara que había cerca de la cama en la que estaba sentada iluminaba el perfil de Grady. Él estaba acomodado en el borde del colchón, con la espada apoyada contra el baúl a los pies, más relajado después de que se le pasara el enfado al descubrir que el invitado especial no esperaba mi llegada.

—¿Turulato?

—Estupefacto y todos los demás adjetivos innecesarios que se te puedan ocurrir. El príncipe de Vyrtus ha venido a hablar de los Caballeros de Hierro. ¿Quién no estaría sorprendido? —Grady se pasó una mano por la cara—. ¿Y estás segura de que no va a decirle nada al barón sobre lo de que le hayas contado la verdad?

—Bastante segura. —Eché la cabeza hacia atrás. Era tarde, casi una hora después de que hubiera dejado los aposentos del príncipe Thorne. Acababa de terminar de contarle a Grady lo que había pasado... Bueno, no *todo*. No quería traumatizarlo con detalles innecesarios—. Pero no puedo estar segura, ya que no puedo leerle la mente. Intenté meterme en su cabeza varias veces, pero no pude.

Se rascó el tenue bozo a lo largo de su mejilla.

—Pero tienes que decirle al barón que conseguiste la información, al menos parcialmente, de ese modo. No se creerá que el príncipe te lo ha contado solo porque se lo preguntaste.

—Lo sé.

Eso significaba que debía esperar que el príncipe Thorne cumpliera con lo que había dicho, y que no dijera una palabra al respecto.

Tiré de los bordes de la bata negra (*mi* bata, una hecha de un cómodo algodón que no era transparente) para cubrirme, y contuve un bostezo mientras el silencio llenaba la enorme y casi vacía habitación.

No había mucho en el inmaculado espacio. Un armario. La cama. Un sofá junto a las puertas de la terraza. Una mesita de noche y un baúl. La antecámara, no obstante, estaba decorada con más de lo necesario: un sofá cómodo y butacas dispuestas sobre una gruesa alfombra de chenilla marfil, una pequeña mesa de comedor y un aparador de roble blanco, y varios cachivaches que el barón me había regalado con los años. El espacio era precioso, estaba bien mantenido y se encontraba a leguas de cualquier otro sitio donde hubiera dormido, pero no era mi hogar.

Me habría gustado sentirlo así.

Todavía no sabía qué era eso, pero pensaba que sería muy parecido a lo que sentía cuando estaba en los jardines, con los dedos hundidos profundamente en la tierra y la mente tranquila. Allí sentía que encajaba. Sentía paz.

—Estuviste con el príncipe mucho tiempo. —Grady abordó con vacilación el tema que todavía no había sacado.

Curvé los dedos de los pies contra la sábana.

—No tanto.

—Suficiente.

Pasa la noche conmigo. Mi vientre volvió a dar otro saltito idiota. Negué con la cabeza. ¿Por qué diantres había querido que pasara la noche con él? No estaba segura de haberlo complacido, más allá de haberle proporcionado una liberación. Aunque había dicho que le parecía interesante, fascinante.

—¿Qué sucedió? —insistió Grady.

De inmediato, el recuerdo de esa maldita bañera destelló en mi mente. Las manos del príncipe en mi cuerpo. Su dedo en mi interior. El abrazo. Y fue la última parte la que se quedó conmigo. La parte del *abrazo*. Me mordí el labio y tragué saliva.

—No mucho.

—Lis…

—¿Grady?

Un músculo se movió en su sien.

—Puedes hablar conmigo de cualquier cosa. Lo sabes. Así que si pasó algo que te hizo sentirte…

—No pasó nada que yo no permitiera que ocurriera —lo interrumpí.

—Esa es la cuestión. —Grady se acercó—. En realidad, no fuiste tú quien decidió visitarlo esta noche, ¿verdad? Te sentiste obligada a hacerlo, así que ¿estuviste en algún momento en posición de no permitir algo de lo que ocurrió?

Me moví un poco, incómoda, porque aquella era la segunda vez que me hacían esa pregunta.

—Claude me dio a elegir, y yo decidí ir a ver al invitado. Ya hemos hablado de eso.

Grady me miró como si me hubiera brotado un tercer ojo en el centro de la frente.

—Y, en serio, él me dejó opción en lo que hicimos… y no nos acostamos —le dije—. Pero, si lo hubiéramos hecho, ¿qué? No soy virgen, Grady.

Hizo una mueca. Aunque no podía ver el rubor en su piel bronceada, sabía que estaba allí.

—En realidad no necesitaba saber eso, pero gracias por compartirlo conmigo.

—De nada. —Bajé la barbilla, me reí ante la mirada que me echó—. Me dio opción, de verdad, Grady, y entiendo que la idea de que yo quisiera hacer algo de lo que hice es complicada. Confía en mí. Lo sé, pero…

Pensé en lo que Naomi me había dicho una vez cuando le confié que a veces disfrutaba cuando Claude me enviaba a sonsacar información para él. *Pocas cosas son blancas o negras, Lis. La mayor parte de la vida existe en esa caótica zona gris intermedia, pero si deseabas lo que estaba ocurriendo, si lo disfrutaste, y también lo hizo la otra persona, entonces no hay nada de malo en ello,* me dijo. *Cualquiera que te diga lo contrario, no ha estado donde tú has estado o vive una vida distinta. Eso no os da ni os quita la razón.*

Exhalé despacio.

—Pero este Hyhborn… Él es diferente —terminé.

—Diferente, ¿en qué sentido?

Me encogí de hombros.

—Todos son iguales, Lis. Agradables a la vista y encantadores por fuera, pero unos gilipollas y unos dementes por dentro. Que uno de ellos se haya asegurado de que no salieses perjudicada y que no te haya obligado a hacer algo contra tu voluntad no significa que sea de fiar, y menos ese. Sabes lo que se dice del príncipe de Vyrtus.

—Lo sé.

—¿Sí? —Levantó las cejas—. Lideró el ejército que asedió Astoria.

Me descubrí asintiendo de nuevo, pero era difícil reconciliar la imagen del príncipe Thorne al que conocía con aquel del que había oído hablar durante años. Pero, claro, en realidad yo no conocía al príncipe, ¿verdad?

Aunque eso no me parecía cierto.

Tenía la sensación de que lo conocía, incluso antes de saber su nombre, y no encajaba con lo que sabíamos de los Hyhborn. Tuve esa sensación cuando lo vi en los jardines, y antes. Mi mente regresó a la noche en Union City.

—Hay una cosa que no te he contado —comencé—. Ya conocíamos a este Hyhborn.

Grady me miró un momento antes de sentarse más recto. Sus ojos castaños se ampliaron en cuanto se dio cuenta de qué estaba hablando.

—¿Union City?

Asentí.

Se echó hacia atrás. Después se lanzó hacia adelante.

—¿Y ahora me lo dices?

Hice una mueca.

—Yo no... No sé por qué no te dije nada antes.

—Esa es una excusa de mierda, Lis.

—No pretendo que sea una excusa —le dije—. Lo siento. Debería haberte dicho algo antes.

Apartó la mirada.

—No es el que me agarró, ¿verdad?

—Por los buenos dioses, no. Es el otro —le aseguré, frunciendo el ceño al darme cuenta entonces de que, aquella noche, el príncipe Thorne también le hizo creer al patrón que era un lord—. Por cierto, él no me ha reconocido.

Grady parecía estar asimilando esa información.

—¿Estás segura de que es él?

Le eché una mirada.

—Es realmente molesto que te hagan esa pregunta.

Levantó la mano.

—Claro que estás segura. Solo lo pregunto porque es... es una coincidencia increíble.

Lo era, aunque yo no creía en coincidencias, y tampoco Grady.

Mi amigo se quedó en silencio y su mirada vagó hasta la puerta de la terraza. Pasó algún tiempo antes de que hablara.

—Pienso un montón en esa noche, ¿sabes? Primero, para intentar comprender por qué estaban allí los Hyhborn. Estaban buscando a alguien... ¿A uno de los suyos? ¿A un *caelestia* o algo?

—Quizá.

No era imposible, suponía. Claude y Hymel llevaban varias generaciones apartados de los Hyhborn de los que descendían, pero suponía que habrían nacido otros recientemente. Aunque no tenía ni idea de si los Hyhborn se ocupaban de esos niños. No sabía si algún *caelestia* vivía en sus cortes.

—Hay algo de lo que quiero hablar que no te va a gustar —comenzó Grady después de un momento.

—¿Qué?

Grady tomó aliento profundamente y me tensé, porque tenía la sensación de que aquella iba a ser una conversación que ya habíamos tenido antes. Una que me haría añadir otra cosa más a mis preocupaciones.

—No tenemos que quedarnos aquí —comenzó, y sí, yo tenía razón.

—Sí, tenemos. —Me aparté la manta de las piernas, sintiéndome ya acalorada.

—No, no tenemos. Hay otras ciudades, otros territorios...

—¿Y qué haríamos en esos otros lugares que sea mejor que esto? —lo desafié, levantándome de la cama. Necesitaba estar en pie para tener aquella conversación—. ¿Crees que puedes conseguir un empleo como este, uno en el que no solo te paguen sino que te ofrezcan alojamiento? ¿Un buen alojamiento? —Comencé a caminar—. ¿Un trabajo que no exija que arriesgues tu vida cada día, como hacen los mineros o los cazadores?

Grady apretó la mandíbula.

—¿Y qué haré yo? ¿Volveré a hacerme pasar por adivina en los mercados, arriesgándome a que me acusen de brujería? ¿O buscaré trabajo en alguna taberna donde seguramente estaré en el menú, junto con la cerveza que sabe a orina de caballo?

—¿Y ahora no estás en el menú? —replicó—. ¿Para que te pruebe cualquiera, en cualquier momento?

—Estoy en el menú porque yo quiero estarlo. —Cerré los puños—. Y ni siquiera estoy de verdad en él. Soy como un... aperitivo que apenas elige nadie.

Grady me miró fijamente, subiendo las cejas.

—¿Qué... cojones?

—Vale, esa ha sido una mala analogía, pero sabes a lo que me refiero. Hemos conseguido llegar hasta aquí, Grady. Dioses. —Me sentía frustrada—. En realidad no piensas pedirle a Claude que te permita ser aprendiz del herrero, ¿verdad?

—¿Sinceramente? No me interesa una mierda convertirme en el aprendiz del herrero del barón.

Cerré los ojos.

—Grady, se te da bien. Te gusta…

—Sí, se me da bien y lo disfruto, pero preferiría usar mi talento forjando armas para los Caballeros de Hierro que para un *caelestia* idiota.

—Grady —dije, conteniendo el aliento y mirándolo con sorpresa mientras acortaba la poca distancia que había entre nosotros—. Por todos los dioses, ¿quieres dejar de decir esas cosas, por favor? Sobre todo ahora, que tenemos aquí al príncipe de Vyrtus para hablar de ellas.

—Eso no me preocupa.

—¿En serio? —lo reté.

—En serio. —Me echó una mirada fulminante—. Mira, sé que te asusta que hable de los Caballeros de Hierro, pero, maldita sea, no puedes decirme que eres feliz aquí. Que eres feliz con todo *esto*. —Señaló con el brazo—. Y no solo estoy hablando de esta mansión o del barón, sino de cómo vivimos. De cómo hemos tenido que vivir.

—Oh, dioses. —Me llevé las manos a la cara.

—Y sé que no lo eres. Sé que piensas lo mismo que yo sobre los Hyhborn: que no hacen nada por el vulgo —dijo, y miré entre mis dedos para ver sus fosas nasales hinchadas por la rabia—. ¿Sabes? Algún día me gustaría casarme.

Bajé las manos a los costados.

—Y quizá tener un hijo o dos —continuó—. Pero ¿por qué demonios haría eso? ¿Por qué traería un niño a este mundo? No hay ninguna oportunidad real de que ese niño llegue a ser valioso cuando los Hyhborn lo controlan todo: quién puede recibir una educación, quién posee la tierra… —Se detuvo—. Seguirán dándole el control a *caelestias* como el barón y sí, sé que Claude no es tan malo, pero podría pasarme toda la noche nombrando a otros que estarían mejor capacitados pero que nunca tendrán la oportunidad. Para ellos somos básicamente ganado, trabajando en las minas, alimentándolos, manteniendo el reino en funcionamiento, ¿y para qué? Así que sí, estamos mejor que antes, pero no estamos bien, Lis. Ninguno de nosotros lo está.

—Yo… —Levanté los hombros, pero el peso de sus palabras, de la verdad, me los encorvó de nuevo. Caminé hasta la cama y me senté a su lado—. No sé qué decir.

—Puedes pensártelo y ya está, ¿sabes?

Contuve el aliento.

—¿Pensarme qué exactamente?

—Lo de marcharnos de aquí.

—Grady…

—Conozco un sitio —me interrumpió—. Es un pueblo en las Tierras Orientales.

Despacio, me giré hacia él. Oí el nombre de la ciudad susurrado en mi mente antes de que él lo dijera. *Cold Springs*. Después oí más, y eso me aterró.

—Estás hablando de una ciudad —dije, bajando la voz hasta un susurro— que se está convirtiendo en un bastión para los rebeldes. Una ciudad que inevitablemente terminará como Astoria. ¿Crees que habrá un futuro *allí*?

—Eso no lo sabes. —Entornó los ojos y tensó los hombros—. A menos que lo *sepas*.

—No lo sé, en el sentido de haber visto la ciudad destruida, pero no necesito un don especial para saber que al final ocurrirá.

Grady se relajó.

—Quizá no. Quizá Beylen se asegure de que no termine así.

Negué con la cabeza y dejé escapar una carcajada breve y brusca.

—Tienes mucha fe en alguien a quien no conoces y que solo ha conseguido dejar a un montón de gente sin hogar o sin vida.

—No soy distinto de cualquiera de esos que tienen fe en un rey al que no conocen —señaló—. Que no ha hecho una maldita cosa por el vulgo.

Bueno, en eso tenía razón. Crucé los brazos sobre mi cintura y apreté los dedos de los pies contra el suelo. Tenía razón sobre un montón de cosas, respecto a los Hyhborn y cómo estaba gobernado el reino. No era que yo misma no pensara aquello, pero Grady no solo estaba sugiriendo que nos marcháramos de Archwood. Estaba sugiriendo que nos marcháramos para unirnos a la rebelión, lo que seguramente nos pondría en una peor posición que la que nunca antes habíamos experimentado. Aunque no pudiera verlo, las probabilidades de que acabáramos muertos eran altas.

—¿Estaríamos teniendo esta conversación si Claude no me hubiera llamado esta noche?

—Al final la habríamos tenido —dijo Grady—. Pero está claro que esto ha hecho que el momento pareciera mejor que nunca. ¿Qué está pasando en las Tierras Occidentales? ¿Por qué está aquí el puto príncipe de Vyrtus?

Lo miré.

—El príncipe… es diferente —repetí.

—¿Y qué te hace pensar eso, Lis? Sinceramente.

—Bueno, para empezar, lo que hizo con el patrón.

—¿*Eso* te hace pensar que es distinto? —Grady tosió una carcajada breve—. Lis, dejó al patrón como si fuera un maldito pretzel humano.

Hice una mueca.

—No hablaba de eso. Él, el príncipe Thorne, me preguntó por los moretones de los brazos.

—¿Qué?

—Los pellizcos del patrón. Siempre me hacía moretones…

—Sí, recuerdo que el gilipollas siempre andaba pellizcándote —me interrumpió Grady—. Pero ¿a qué te refieres con lo de que el príncipe te preguntó?

Fruncí el ceño, lo miré. Su expresión era una copia de la mía.

—Esa noche, después de haberme mirado a los ojos, me examinó los brazos y me preguntó cómo me los había hecho.

Grady me miró fijamente. Sus cejas subieron por su frente.

—¿No lo recuerdas?

—Recuerdo todo lo de aquella noche, aunque no podía mover un maldito músculo ni parpadear. —Apretó la mandíbula—. Lo que no recuerdo es que ese príncipe te preguntara eso.

—Pero lo hizo. Los vio y me preguntó qué los había causado. Yo no respondí, pero miré al patrón. Por esa razón le hizo eso... —Me detuve—. ¿Hablas en serio? ¿De verdad no lo oíste preguntarlo?

—Sí, Lis, hablo en serio. No lo oí decir nada parecido, y estaba justo allí.

Abrí la boca, pero no sabía qué decir. Me eché hacia atrás. Sabía lo que había oído. Me habló mientras me sostenía el brazo, y después se llevó los dedos a los labios y sonrió. Pero ¿cómo era posible que Grady no lo hubiera oído?

¿Y cómo era posible que lo hiciera yo?

18

D espués de todo lo que había pasado con el príncipe Thorne y de la discusión que tuve con Grady, no creía que pudiera descansar. Sobre todo, porque mi mente seguía yendo y viniendo sobre si realmente había oído la voz del príncipe Thorne hacía todos esos años o si había sido solo el producto de la imaginación de una niña asustada. Esto último parecía la explicación más probable, pero también una que no terminaba de encajarme.

Pero acabé quedándome dormida después de que Grady se marchara, y no me revolví en la cama, no me desperté a cada hora como hacía normalmente. Dormí como un bebé y, por alguna razón, seguía cansada por la mañana y solo quería regresar a la cama. Sin embargo, mientras Hymel me escoltaba a través de los pasillos de la mansión Archwood, sabía que no debía dejarlo entrever.

Enormes arreglos florales de jazmín bordeaban los pasillos, llenando el aire de un aroma dulce y ligeramente almizcleño, seguramente colocados para impresionar al príncipe Thorne. El sofocante aroma de las flores no era lo único nuevo en los pasillos. Había… una carga característica en la atmósfera. La había notado aquella mañana, cuando me obligué a vestirme. Recibía una descarga de estática cada vez que tocaba algo, y la sentía allí, inundando el pasillo.

Era la presencia de los Hyhborn. La sentí aquella noche en Union City, de nuevo en los jardines, y la noche anterior. Sabía que se decía que el cambio en el aire ocurría cuando un Hyhborn sentía alguna emoción poderosa, como la rabia o la alegría, o si había varios en un único espacio.

Miré una de las arcadas y atisbé los establos a lo lejos, donde había más actividad de lo normal. Los mozos y ayudantes de las cuadras cepillaban y alimentaban a los caballos de brillante y puro negro y blanco bajo los aleros, caballos cuyas cruces, el punto donde el cuerpo se encuentra con el cuello, debían estar al menos a un metro ochenta del suelo. Eso era... Eso tenía que ser como una cuarta más que nuestro percherón.

—Pertenecen a los Hyhborn que han llegado —dijo Hymel, siguiendo mi mirada—. Enormes, ¿verdad?

Mirando los caballos, conté cuatro bestias. ¿Estaría el príncipe Thorne en la mansión? Mi corazón trastabilló un poquito. Todavía era muy temprano, pero...

—¿Sabes? —dijo Hymel, caminando un par de pasos por delante de mí, atrayendo mi mirada hasta la espada que llevaba sujeta a la espalda—. No te morirías por decir «buenos días». Por dar un poco de conversación. Por responder a un comentario o dos.

Me tragué un suspiro. No era la primera vez que me echaba en cara que no *charlara* con él. Era algo que ya formaba parte de la rutina, como mi silencio. Hymel no me caía bien. Él lo sabía.

—Quizá haría que las cosas fueran un poco más agradables para ti —añadió cuando doblamos la esquina.

Lo único que haría aquellos paseos más disfrutables sería que hubiera un precipicio y se lanzara por él.

—Y solo por si necesitas que te lo recuerde —estaba diciendo Hymel cuando nos acercamos a la arcada acolumnada del despacho de Claude—, no eres mejor que yo. Al final, te has convertido en poco más que una puta que a veces puede ver el futuro.

Puse los ojos en blanco con tanta fuerza que fue una sorpresa que no se me cayeran por la nuca. No estaba segura de si de verdad pensaba que eso me ofendía. Seguramente creía que me había asestado un golpe terrible con sus palabras. La mayoría de los hombrecillos se creían capaces de ello. Miró sobre su hombro, con desafío en sus ojos claros.

Lo miré a los ojos y sonreí, y mi sonrisa se amplió cuando lo vi apretar la mandíbula. Rompí el contacto visual y entré en el despacho.

Claude estaba sentado en el borde de su mesa, con sus largas y esbeltas piernas envueltas en unos pantalones negros. Cuando entramos, levantó la mirada de un pliego de pergamino. Una sonrisa vaga apareció en su rostro atractivo, y me sorprendió que no hubiera ni rastro de las vivencias de la noche anterior en él. Tenía que deberse a lo que era. Si yo me comportara como él, tendría bolsas permanentes bajo los ojos.

—Buenos días, cachorrito. —Dejó el pergamino sobre la superficie de roble blanco de su mesa—. Por favor, siéntate.

—Buenos días.

Me senté en el sofá mientras Hymel cerraba la puerta del despacho y entrelacé las manos en el regazo de mi sencillo vestido de color crema.

—¿Te apetece un poco de café? —me preguntó mientras levantaba una pequeña taza.

—No, gracias. —Lo último que mis nervios necesitaban era cafeína.

—¿Estás segura? —Claude tomó un pequeño y bastante delicado sorbo de café—. Pareces cansada.

—Fue una… noche larga —dije.

Claude levantó una ceja oscura.

—¿Y cansada?

Observé a Hymel acercándose al aparador con una sonrisa arrogante pegada a sus labios.

—Un poco. No… No esperaba encontrarme con un Hyhborn cuando entré en sus aposentos.

—Oh. —Frunció el ceño—. ¿No te dije que era un Hyhborn?

—No —dije sin emoción.

—Por todos los buenos dioses, creí haberlo hecho. Estaba... —Exhaló despacio—. Anoche me pasé un poco con las copas.

Un poco.

—Mis mayores disculpas, Lis. Pensaba de verdad que te había dicho que era un lord. —Sonaba sincero, pero en el momento no me importó—. Pero ¿te divertiste?

—Sí —respondí, sintiendo una pizca de calor reptando por mi cuello.

—Claro que sí. —Bebió de su copa—. Dime, ¿es cierto lo que dicen? ¿Están los lores Hyhborn dotados como...? —Miró a Hymel, frunciendo el ceño—. ¿Qué es lo que dicen?

—Dicen que están tan dotados como sus sementales —replicó Hymel, que se había servido un vaso de whisky.

—Ah, sí. —Claude relajó la frente—. Eso. Me muero por saberlo.

No estaba segura de por qué necesitaba Claude que le confirmara ese dicho. Además del hecho de que era bastante ordinario y grosero, él era en parte Hyhborn. Los *caelestias* estaban bien dotados.

—Creo que es una buena comparación.

La piel pálida de Claude se arrugó en los rabillos de sus ojos cuando se rio.

—Mírate —ronroneó—. Te has *ruborizado*.

Obligándome a tomar aire y después a expulsarlo, imaginé a uno de esos corceles precipitándose en el despacho y pisoteando al barón. Y a Hymel. Solo un poco. Mi sonrisa regresó.

—Por mucho que me gustara oírlo todo sobre lo que ha puesto color en tus mejillas, eso tendrá que esperar —continuó Claude—. ¿De qué hablasteis?

—Hablamos de su lugar de origen, pero no con gran detalle.

—¿Y?

Lo miré.

—¿Sabes *quién* es? ¿Algo, además de su nombre?

Claude levantó una ceja.

—Lo único que sé es su nombre, razón por la que te envié a ti, mi cachorrito. Supongo que es cualquier lord al que el rey mantiene cerca de la capital.

—No es cualquier lord —le dije—. Ni siquiera es un lord, Claude. Es el príncipe de Vyrtus.

—Hostia puta —resolló Hymel, con expresión sorprendida.

El barón bajó la taza hasta su muslo.

—¿Estás segura?

¿Por qué no dejaban de preguntarme eso?

—Sí, estoy segura. Es el príncipe de Vyrtus.

—Dioses, ¿qué diantres hace aquí? —exclamó Claude.

—No ha venido a recaudar impuestos —le conté.

—No jodas —murmuró Claude, dejando la taza en la mesa, seguramente tiñendo un anillo en la madera. Ni siquiera sabía por qué pensaba en eso, pero era una pena dañar una madera tan bonita.

—Creí que te sentirías aliviado —comencé.

—Lo estaría, pero ahora mismo me preocupa mucho más tener a un bárbaro así en la mansión. —Tragó saliva—. Cuando el rey está disgustado, es normalmente al príncipe de Vyrtus a quien envía a rectificar la situación, y con «rectificar» me refiero a derramar copiosas cantidades de sangre.

Se me atenazó el corazón.

—El príncipe Thorne podría ser muchas cosas, pero no es un bárbaro.

Hymel levantó las cejas mientras se apoyaba en el aparador.

—¿No lo es? —replicó Claude.

—No. —Me apreté los dedos—. No estoy segura de que lo que se dice sobre él sea cierto. Fue un… —¿Caballero? Esa no parecía la palabra adecuada. Negué con la cabeza—. No es un bárbaro.

El barón se quedó en silencio.

—Parece que a alguien le han quitado el sentido común a pollazos —sugirió Hymel.

Le eché una mirada de desagrado.

Hymel sonrió con suficiencia.

Aparté la mirada del primo de Claude y me resistí a tomar uno de los pesados pisapapeles del escritorio del barón y lanzárselo a la cabeza.

—Está aquí para hablar contigo de la situación en la frontera.

Claude enderezó los hombros.

—¿Las Tierras Occidentales? ¿Los Caballeros de Hierro?

Asentí.

—¿Cree que este asunto se contagiará al resto de la Región Central? ¿A Archwood?

Bolas de ansiedad cayeron desde mi pecho a mi estómago.

—Eso no lo sé —le dije. Ahí era donde las cosas se complicaban—. Me fue muy difícil leerlo, incluso mientras… mientras lo tocaba.

Claude se quedó en silencio, mirándome con curiosidad.

—¿Qué quieres decir?

—Cuando intentaba… Ya sabes, conectar con él —me clavé las uñas en las palmas. La historia que me estaba inventando era débil, como poco—, veía blanco… Como un muro blanco. Eso impidió que pudiera sonsacarle mucha información.

—Ajá. —Claude parecía pensativo, y por alguna razón, esas bolas de ansiedad comenzaron a anudarse aún más en mi vientre—. ¿Ese escudo que viste intentaba bloquearte?

—Sí. Pensé que, si era eso, podía romperse. —Se me revolvió el estómago al admitir eso en voz alta delante de Claude. Me dejó un mal sabor en la boca.

Claude no dijo nada durante un largo momento.

—Un príncipe te sería mucho más difícil de leer que un lord. —Entonces miró a Hymel, y yo fruncí el ceño—. Hablaré contigo más tarde.

La orden estaba clara. Como también lo estaba la irritación de Hymel. Golpeó el aparador al soltar el vaso antes de marcharse rígidamente del despacho.

Claude arqueó una ceja mientras Hymel cerraba la puerta a su espalda.

—Es un cascarrabias, ¿eh?

—No le gusta que uses tu rango y le recuerdes que eres el barón.

—¿Y que él no lo es?

—Sí. —Lo observé mientras se levantaba—. Pero eso ya lo sabes.

—Me encanta molestarlo cuando puedo. —Me dedicó una sonrisa rápida y me indicó que me acercara—. Ven.

El peligro de que Claude descubriera de algún modo que había admitido que me habían enviado con el príncipe para sonsacarle información parecía haber pasado. La curiosidad lo reemplazó, y me levanté para acercarme a él.

Se apartó, señaló con la mano el lado de su mesa libre de cartas.

—Siéntate.

Brinqué al escritorio, rodeando con los dedos el borde de la pulida madera. Me colgaban los pies a unos centímetros del suelo.

Claude me miró de arriba abajo despacio, comenzando con mi rostro y después descendiendo, como si buscara señales de algo.

Como no tenía ni idea de qué quería, me quedé inmóvil mientras me apartaba los mechones del hombro.

—¿Tuviste una buena velada? —me preguntó abruptamente—. ¿De verdad?

—Sí.

Me mostró una breve sonrisa.

—Quiero todos los detalles de lo que ocurrió entre vosotros.

—Bueno… —Alargué la palabra, pensando rápidamente en qué podía o debía compartir—. Parece que también creíste haberle dicho que iría a visitarlo, pero en realidad no lo hiciste.

—Joder. —Sus dedos se detuvieron en los mechones de mi cabello—. ¿En serio?

Asentí.

—Lo siento. De verdad. —Sus ojos se encontraron breve-mente con los míos—. No te habría enviado de haber sabido que era el príncipe de Vyrtus.

No estaba segura de creerlo. Claude era capaz de tomar cualquier decisión imprudente mientras estaba ebrio.

—¿Cómo respondió a tu aparición?

—Estaba... —Levanté las cejas cuando me rozó la barbilla, haciéndome girar la cabeza hacia la izquierda y después a la de-recha—. Lo tomó desprevenido.

—¿Te hizo daño? —me preguntó. Un mechón de cabello cayó sobre su frente—. En cualquier sentido.

—No. —Me di cuenta de que estaba buscando una señal, una marca o una magulladura—. No me hizo daño, Claude.

No dijo nada durante un largo momento.

—¿Lo serviste?

—Me pidió que lo ayudara con el baño.

Me sobresalté un poco cuando el dorso de su pulgar me rozó el labio inferior. Lo miré. Claude... no me había tocado así en más de un año. Quizás incluso dos años, y hubo una época en la que yo quería que lo hiciera. En la que deseaba que visitara mis aposentos o me llamara a los suyos, hasta desesperadamen-te, porque podía tocarlo sin sentirme culpable, porque él sabía lo que yo podía hacer, comprendía el riesgo para su privacidad, y tenía que concentrarme mucho para leerlo. Pero mi intuición no se quedaba callada mucho tiempo, y él siempre sabía cuándo ocurriría. Yo me tensaba, me apartaba, y entonces Claude evita-ba que le devolviera las caricias, los besos, y había una diminuta parte de mí a la que aquello la excitaba. Bueno, había una parte de mí que todavía lo hacía.

—¿Y? —insistió.

—Después me pidió que me bañara con él y lo hice.

Curvó un lado de su boca.

—Estoy seguro de que a partir de ahora todos los baños se-rán aburridos en comparación.

—Quizá —murmuré.

—¿Qué más? —Su mirada se detuvo en la mía.

—Me… Me tocó.

—¿Así?

Asentí cuando tomó mis pechos en sus manos, pasando los pulgares sobre mis pezones. Una oleada de placer me recorrió lentamente, una sencilla reacción a la caricia… A cualquier caricia, no necesariamente la de Claude. Deslicé las manos sobre la mesa, inclinándome un poco hacia adelante. Bajó la mirada de nuevo. Separó los labios mientras sus dedos se clavaban en mi carne. Claude siempre había tenido debilidad por los pechos. Lo vi deslizar un dedo por el escote de mi corpiño; su piel era más pálida que la mía, más clara y mucho más fría que la de Thorne. Contuve el aliento de nuevo, pero no fue la caricia del barón la que lo provocó.

—¿Te folló?

Un deseo que no tenía nada que ver con lo que las manos de Claude estaban haciendo apareció bruscamente. Fue el recuerdo del… del príncipe Thorne, que aquellas palabras habían conjurado, lo que me hizo contorsionarme un poco.

—No.

—¿De verdad? —La duda cargó su tono, y me miró.

—Usó sus dedos, y yo la mano. —El recuerdo demasiado claro de aquello me espesó la voz y la sangre—. Eso fue todo.

—Bueno, es un poco decepcionante.

Se me escapó una carcajada que atrajo su mirada verde como el mar.

—Lo siento. Es solo que pareces genuinamente decepcionado.

—Lo estoy. —Una pequeña sonrisa apareció en su rostro mientras amasaba mi piel—. No me gusta que pases tantas noches sola.

A mí tampoco, pero…

—Disfruté.

—Bien. —Su atención regresó una vez más a mi pecho. Si pudiera pasarse el resto de su vida tocando tetas, sería un hombre feliz.

Bajé la mirada hasta su entrepierna y vi que estaba semierecto. Podía tocarlo. Acariciarlo al menos un poco, antes de que me detuviera. Era evidente que aquella mañana estaba juguetón. Podía hacer que me penetrara, pedirle que me tomara justo allí, sobre su mesa. No sería la primera vez, pero...

En realidad, ninguno de nosotros quería eso del otro. Aparte de las tetas, yo no era su tipo. Él prefería el cabello más claro y los cuerpos más delgados, incluso en los hombres. ¿Y yo? No estaba segura de cuál era mi tipo. No había ningún rasgo concreto de un hombre o de una mujer que me gustara más que otro.

Aun así, si lo buscaba, él no me rechazaría. No solo porque era un cuerpo caliente. Yo *conocía* las intenciones de Claude. Me daría lo que quería porque deseaba poder darme más.

Pero me parecía demasiado esfuerzo, ¿y para qué? Por algunos segundos de placer fácilmente olvidables.

Y dioses, ¿no era delator? Sobre todo, cuando buscar placer era tan habitual como alguien que procura aplacar la sed.

—¿Descubriste algo más? —me preguntó Claude, recuperando mi atención.

Mi mente se aceleró. Claude seguramente esperaba que hubiera descubierto algo más sobre el príncipe, aparte de por qué estaba allí. Él sabía bien qué podía descubrir de un individuo.

—No ha creado un Rae en mucho tiempo —le dije. Fue lo primero que me vino a la mente.

—Bueno, eso es inesperado —comentó, pasando el pulgar sobre mi pezón.

Asentí.

—Y también está buscando algo... O lo estaba.

La mano de Claude se detuvo.

—¿Qué?

—Estaba buscando algo sobre lo que... creía que otro Hyhborn tenía información —dije despacio, confiando en lo que el príncipe me había contado.

Sus pálidos ojos verdeazulados se detuvieron en los míos.

—¿Sabes a quién estaba buscando?

—Eso no pude verlo.

Bajó las pestañas y se quedó callado varios minutos.

—El príncipe de Vyrtus se marchó a caballo esta mañana, al alba —dijo, pasando las manos sobre mis pechos una vez más, y después las detuvo en la mesa, junto a las mías—. Le dijo a uno de los guardias que volvería para la cena. Supongo que será entonces cuando planea hablar conmigo.

Busqué en mí una pizca de decepción porque hubiera dejado de tocarme y no encontré nada más que apatía. No quería aquello. Quería algo más.

—¿Deseas buscar señales de la brutalidad del príncipe en otro lugar? ¿A lo mejor entre mis piernas?

Claude resopló.

—Quizá más tarde. Los hermanos Bower me aguardan.

Los Bower eran un par de aristócratas a menudo tan imprudentes como el barón. Realmente esperaba que planeara mantener la mente clara.

—Te quiero a mi lado cuando venga a hablar conmigo.

Se me revolvió el estómago.

—¿Por qué?

—Porque quiero asegurarme de que me lo esté contando todo —dijo, arreglándome el encaje del corpiño—. Y de que no tenga malas intenciones, cuando acuda a su presencia.

Mierda.

Sería de tanta ayuda para él como una bola de cristal. Retrocedió y yo me bajé de la mesa. Mi vestido se encharcó en el suelo mientras el pánico amenazaba con emerger.

—Haré que Hymel te llame cuando regrese, así que no te alejes. —Se encorvó y me besó la mejilla—. Te veré luego.

Me quedé inmóvil mientras Claude salía del despacho, y me detuve allí varios minutos más.

—No me jodas —gemí, echando la cabeza hacia atrás.

—No pensaba hacerlo, gracias.

Levanté la cabeza con brusquedad y me giré hacia el sonido de la voz de Hymel.

Estaba en la puerta abierta, con la siempre presente sonrisa arrogante pegada a sus rasgos.

—Estoy seguro de que mi primo ya se ha ocupado de hacerlo hoy. —Hizo una pausa—. Pero, claro, ha debido ser mediocre y rápido.

Puse los ojos en blanco, y lo ignoré mientras me dirigía a la puerta.

Hymel no se movió.

—¿De qué quería hablar contigo en privado? —exigió saber—. ¿Era sobre el príncipe Rainer?

Entonces me detuve, pero no respondí.

—Acaba de pedirme que le enviase un mensaje al príncipe de Primvera solicitando una audiencia, pero no me ha dicho por qué —me contó.

Aquello me sorprendió. ¿Sería por el asunto del mercado oculto? Si lo era, ¿ahora iba a ocuparse de ello? ¿Semanas después?

—Apuesto a que tú sabes por qué ha solicitado una audiencia —continuó Hymel.

Lo cierto era que yo no lo sabía, pero lo que me parecía interesante era el hecho de que tampoco lo supiera Hymel. Dudaba que fuera algo que a Claude se le hubiera olvidado comentar. No dije nada, y pasé de largo junto a él.

Se giró rápidamente para agarrarme la muñeca y tirar de mí. Me tambaleé, recuperé el equilibrio mientras mi mirada furiosa se encontraba con la suya. Tironeé de su mano...

Hymel me giró la muñeca con rudeza. Grité ante el brusco y repentino dolor que subió por mi brazo. Sus ojos se iluminaron; la curva de su sonrisa era nauseabunda.

—Te he hecho una pregunta.

—Lo sé —siseé, viendo cómo la sorpresa llenaba sus ojos al oírme hablar con él de verdad—. Y te estoy ignorando, así que suéltame.

Levantó el labio superior.

—Te crees muy especial, ¿no? Pero no eres...

—Más que una puta. Lo sé. Te oí las primeras quinientas veces que me lo dijiste. Al menos, yo tengo orgasmos. —Mantuve su mirada, sabiendo que estaba a punto de atacarlo con algo tan mezquino y cruel como lo que había utilizado él—. Tú no puedes decir lo mismo.

El dorso de la mano de Hymel atravesó el espacio entre nosotros, directo hacia mi cara, pero de algún modo yo fui más *rápida*. Le agarré el brazo y clavé los dedos en su túnica almidonada.

—Ni se te ocurra pegarme.

Hymel abrió la boca y palideció mientras me soltaba la dolorida muñeca. Nos miramos a los ojos y, por un momento, habría jurado que en los suyos había miedo. Un miedo real, instintivo. Después, su expresión se suavizó.

—¿O qué, Lis?

Una serie de escalofríos me recorrió la nuca mientras las imágenes inundaban mi mente, imágenes horribles de Hymel desenvainando su espada y empalándose con ella. Le apreté el brazo. Una frialdad se redobló en mi interior. Una energía. Un poder. Lo que veía no era un futuro grabado en piedra. Era lo que yo deseaba que Hymel hiciera…

Le solté el brazo, retrocedí un paso. Me latía el corazón a trompicones.

Hymel me miró varios segundos.

—Es curioso, ¿sabes? Tú. Tus habilidades. Un solo roce, y puedes conocer el nombre de una persona y sus deseos. Su futuro. Incluso cómo morirá. —Sus labios se curvaron en una sonrisa tras su barba pulcramente recortada—. Y, no obstante, no sabes una mierda de nada.

—Quizá —dije en voz baja—. Pero sé cómo morirás tú.

Se quedó rígido.

—¿Quieres saberlo? —Sonreí—. No es agradable.

Inhalando bruscamente, Hymel dio un paso hacia mí, pero se detuvo. Sin otra palabra, giró y se marchó a toda prisa de la habitación.

—Bueno —murmuré, mirándome la muñeca. La piel ya estaba enrojeciendo—. Qué gilipollas.

Pero también lo era yo.

Le había mentido. Nunca había tocado a Hymel o me había concentrado lo suficiente para ver su futuro. No tenía ni idea de cómo moriría. Y como el karma era casi tan real como la idea del destino, seguramente nos sobreviviría a todos.

Me marché del despacho del barón y, hasta que no estuve a medio camino de mis aposentos, mientras me imaginaba pateando la entrepierna de Hymel repetidas veces, no me percaté de algo que Claude había dicho. El descubrimiento me hizo detenerme por completo junto a las ventanas con vistas a los establos.

Claude no me había preguntado qué había estado buscando el príncipe Thorne sino *quién*.

Atravesé mis aposentos pensando en lo que Claude había dicho. Seguramente había sido solo un desliz, había dicho «quién» cuando quería decir «qué», pero…

Mi intuición me decía que ese no era el caso.

Pero ¿qué podía significar que Claude supiera que el príncipe había estado buscando información sobre alguien? ¿Qué importancia tendría?

Mi intuición no me ayudó con ello.

Por lo que tendría que estar preocupada en realidad sería por cómo se suponía que iba a ayudar al barón cuando hablara con el príncipe Thorne. Se me revolvió el estómago mientras entraba a zancadas en mi dormitorio. El perezoso giro del ventilador mantenía fresca la habitación, pero seguía haciendo demasiado calor. Me desabotoné el corpiño y me quité el vestido. Lo dejé en el suelo, demasiado cansada, y… Bueno, demasiado vaga para colgarlo. Vestida solo con una combinación hasta el muslo, me tiré en la cama y me quedé tumbada sobre mi espalda, apoyando la muñeca dolorida sobre mi estómago. La giré, dubitativa. Adquiriría un adorable tono azul al final del día, pero no la tenía torcida ni rota.

Tenía suerte de que fuera así.

Hubo veces, en el pasado, después de que me atraparan robando comida o en algún sitio donde no debía estar, en las que no había tenido tanta suerte.

Miré el techo, volví a pensar en la cena. No podía leerle la mente al príncipe. A menos que agrietara su escudo, algo que Claude parecía pensar que yo podía hacer, aunque no estaba segura de si era porque yo se lo había hecho creer o porque él ya lo sabía.

Dioses, quizá debería haberle contado la verdad. Ahora era demasiado tarde. Ahora, iba a tener que… que pensar en algo.

Resoplé, deseando tomar en un futuro mejores decisiones, porque no era probable que se me ocurriera algo menos idiota que mentir.

Dioses, iba a verlo de nuevo.

Un repentino nerviosismo me atravesó. No era una mala sensación, nada parecido a la ansiedad del miedo. Se parecía un montón a la… a la ilusión, y eso me preocupaba. No tenía ningún sentido que me emocionara por ver a un Hyhborn, y menos a uno como el príncipe de Vyrtus. Aunque no lo hubiera visto incinerar a otro con la mano o romperle la tráquea a un vulgar, lo último que debería sentir era ilusión.

Cualquier interacción con un Hyhborn era potencialmente peligrosa, ya que podía descubrir mi habilidad y asumir que yo practicaba la magia de hueso. Sobre todo en el interior de la mansión Archwood, donde había demasiados que conocían mis dones. Lo que debería estar esperando con ilusión era el momento en el que el príncipe se marchara de Archwood.

Pero no era así.

Puede que Hymel tuviera parte de razón, y que me hubieran quitado *a dedazos* todo el sentido común.

Suspirando, mi mente encontró el camino de vuelta hasta Claude. Recordé el día en que nos conocimos, y cómo sus rasgos cambiaron del enfado a la sorpresa cuando lo advertí sobre el hombre que iba a robarle.

Pero esa sorpresa no duró mucho. No dudó ni cuestionó lo que le dije, como muchos otros hacían cuando los advertía sobre algo. Había aceptado sin más que lo que yo sabía era cierto. No era el primero que lo hacía, pero definitivamente fue el primer aristócrata que me había creído sin cuestionarme. Quizá eso debería haber originado algunas preguntas, pero estaba demasiado agradecida cuando me recompensó ofreciéndome trabajo y alojamiento, no solo a mí sino también a Grady. Quería una cama caliente y segura y no tener que robar pan rancio para no morirme de hambre. No quería volver a ver a Grady enfermo y que no hubiera nada que yo pudiera hacer para ayudarlo.

Pero quizá debí haber hecho algunas preguntas.

En lugar de eso, confié en Claude, le conté muchas cosas. Que Grady había estado muy enfermo cuando éramos más pequeños. Le hablé de los orfanatos, que eran poco más que casas de trabajo. Incluso le conté lo de Union City. Y él me habló de su familia, de la sangre Hyhborn que había heredado de su familia paterna y de que Hymel había esperado que lo nombraran barón cuando el anterior falleciera. Pero no hice preguntas.

Era otra cosa para la que era demasiado tarde, pero si Claude sabía algo, si había conocido a otro como yo en el pasado, ¿por qué me lo escondería? A veces se excedía para asegurarse de que yo fuera feliz. ¿De verdad se arriesgaría a que descubriera que él sabía algo que me había ocultado? Cerré los ojos y me puse de costado.

Mi mente regresó una vez más a la noche anterior, al príncipe Thorne y al tiempo que pasé con él. No al placer que me proporcionó ni al orgasmo que le di yo, sino a esos breves momentos en los que él… en los que me había abrazado, sin más.

Me acurruqué, con las piernas cerca del estómago, en un triste intento por recrear esa sensación de ser abrazada, de… de *pertenencia*.

De *justicia*.

Era una sensación tonta, pero me dejé arrastrar al sueño por ella y, cuando abrí los ojos de nuevo, la moteada luz del sol había cambiado de un lado de la pared al contrario, indicando que ya era por la tarde. Me quedé tumbada allí varios minutos, con los ojos pesados, y estaba a punto de volver a quedarme dormida cuando me di cuenta de que la luz no era lo único que había *cambiado* en la habitación.

El aire era distinto.

Más denso.

Electrificado.

Un estremecedor presentimiento danzó por la curva de mi columna. Las telarañas del sueño desaparecieron de mi mente y mi corazón balbuceó.

No estaba sola.

Despacio, enderecé las piernas y me apoyé sobre el codo para mirar sobre mi hombro y ver lo que ya había sentido, lo que ya sabía a algún nivel instintivo: el príncipe Thorne.

19

L o único que pude hacer durante varios minutos fue mirar al príncipe Thorne, pensando que debía estar alucinando y que realmente no estaba sentado en el sofá junto a las puertas de la terraza, con el tobillo de una pierna apoyado en el otro. Un rayo de luz del sol caía sobre el pecho de su túnica oscura, pero desde los hombros hacia arriba estaba oculto en las sombras.

—Buenas tardes. —El príncipe Thorne levantó un vaso con un líquido ambarino—. ¿Has tenido una siesta agradable?

Parpadeé rápidamente y una oleada de incredulidad me sacó de mi estupor.

—Puede que no seas consciente de ello, pero creo que te has perdido camino de tus aposentos.

—Estoy exactamente donde quiero estar.

Prácticamente podía oír la sonrisa en su voz, y eso me enfadó.

—Entonces, ¿qué estás haciendo aquí? —¿Y cuánto tiempo llevaba sentado allí? Mi mirada se detuvo en el vaso del que tomó un sorbo y que después bajó hasta el brazo del sofá, y entorné los ojos—. ¿Te estás bebiendo mi whisky?

—Estoy disfrutando de las vistas —respondió—. Y necesitaba refrescarme mientras lo hacía.

El latido de mi corazón se relajó.

—No hay nada interesante para ver en mis aposentos privados, excelencia.

—Thorne —me corrigió, y aunque no podía verle los ojos, sentí su mirada caliente moviéndose sobre la curva de mi cadera… hasta la longitud de mi pierna, y había un montón de pierna expuesta—. Y no estoy de acuerdo. Hay… abundantes cosas interesantes para ver.

La modestia de la que previamente había carecido decidió levantar la cabeza. Me senté, cerrando las piernas. Me dolió la muñeca cuando me tiré de la combinación, aunque me cubrió muy poco. Incluso en la tenue luz de mi dormitorio, el material era prácticamente transparente, algo de lo que tenía la sensación de que él era muy consciente.

Lo fulminé con la mirada.

Las sombras rayadas por el sol expelieron una carcajada profunda, enviando una extraña mezcla de sensaciones a mi interior. Cautela. Un ácido ardor de inquietud. Peor aún, una dulce oleada de *ilusión*, que achaqué a mi estado medio adormilado. Pero había una enorme dosis de curiosidad. No imaginaba por qué intentaría verme el príncipe Thorne en privado, a menos… a menos que necesitara que lo *sirviera*.

Lógicamente, eso no tenía sentido. Él no se había creído que yo fuera cortesana. No obstante, mi cuerpo no tenía planes de escuchar a mi sentido común. Un pulso de deseo me incendió las venas, provocando que varias partes de mi cuerpo cobraran vida.

Por todos los dioses, ¿qué diantres me pasaba? En realidad, conocía la respuesta. Era *él* lo que me pasaba. La presencia de un Hyhborn y su efecto sensual en el vulgo. Tenía sentido que la presencia de un príncipe fuera incluso más… difícil de ignorar, más fuerte.

En realidad, si me había buscado para que le prestara un servicio, seguramente sería solo porque, como había dicho, siempre tenía hambre. Así que no había ninguna razón para permitir que mis hormonas, al parecer muy influenciables, me controlaran. Levanté la barbilla.

—Ahora no… estoy *trabajando*.

Ladeó la cabeza.

—Me complace enormemente oír eso.

Hice un mohín.

—¿Y por qué te complace?

—Porque prefiero que nuestras interacciones, de ahora en adelante, sean entre tú y yo —me dijo—. Que no estén dictadas por una tercera persona.

—De ahora en adelante no habrá interacciones entre nosotros —repliqué, lo que era mentira porque las habría, pero su presencia no solicitada me molestaba… y me excitaba, lo que también servía para irritarme.

—Yo no contaría con ello.

Mi pecho se elevó en una profunda y breve inspiración. Había algo distinto en él. No sabía si era su visita inesperada o el hecho de que no podía verle la cara, o si eran sus palabras. Podían ser todas esas cosas, pero un tipo diferente de instinto cobró vida entonces, uno que no tenía nada que ver con mis habilidades y que era solo mortal. Primitivo. Me urgió a levantarme despacio y a abandonar aquel espacio, a hacerlo sin correr porque, si lo hacía, me perseguiría como un depredador.

En las sombras, las estrellas de sus ojos se iluminaron. El cuerpo entero del príncipe Thorne pareció tensarse, como si notara que estaba a punto de huir. Bajó la barbilla hasta la caricia de la luz del sol. La curva de sus labios estaba llena de una intención depredadora.

Un movimiento me atravesó el pecho a saltitos mientras apartaba la mirada rápidamente, sintiéndome un poco falta de aliento.

—No me has contestado —dijo el príncipe Thorne, atrayendo mi atención de nuevo hasta él. Tomó otro sorbo de mi whisky—. ¿Has tenido una siesta agradable?

—*Era* bastante agradable hasta que me desperté y me encontré a alguien a quien no he invitado a entrar en mis aposentos —señalé—. ¿Por qué estás aquí? La verdad.

Esos largos… y diabólicos dedos suyos tamborilearon el brazo del sofá.

—¿Me creerías si te dijera que te he echado de menos y quería verte?

Resoplé.

—No.

—Tu falta de fe en mis intenciones me ofende, *na'laa.*

—No te conozco lo bastante bien para dilucidar tus intenciones o tener fe en ellas.

—¿De verdad? —me preguntó, arrastrando las palabras, antes de inclinarse hacia la luz del sol. Cuando ladeó la cabeza, sentí una tenaza en el pecho. Tenía el cabello apartado de la cara y solo un mechón ondulado le acariciaba la mejilla. Sus ojos multicolores estaban clavados en los míos—. ¿Crees que no me conoces lo bastante después de que te metiera los dedos y tú me agarraras la polla?

Otro abrupto estallido de deseo me atravesó. Aquello era lo último que necesitaba que me recordara.

—Como si eso tuviera algo que ver con conocerte.

—Cierto —murmuró, con una media sonrisa divertida formándose en su boca.

Me rodeé la cintura con un brazo.

—¿Cómo sabías dónde estaban mis aposentos? Mejor aún, ¿cómo entraste aquí? La puerta estaba cerrada.

Curvó los labios en una sonrisa.

—¿Crees que una sencilla cerradura puede evitar que esté donde quiero estar?

Sentí una zambullida en el estómago.

—Bueno, eso es un poco… espeluznante.

—Es posible. —No parecía perturbado por ese hecho—. En cuanto a cómo sabía cuáles eran tus aposentos, tengo mis métodos.

Lo miré.

—A riesgo de sonar repetitiva…

—Lo que acabo de decir también ha sido un poco… —La sonrisa de sus labios era ahora desafiante—. Espeluznante.

—Sí. —Mis dedos se detuvieron en el pequeño lazo rojo del escote de mi combinación—. Pero veo que, aunque eres consciente de lo inquietante que resultas, eso no te ha detenido.

—No lo ha hecho.

—Bueno, supongo que ser consciente de tus problemas de comportamiento es la mitad de la batalla.

—Solo sería una batalla si mi comportamiento me pareciera problemático.

—Al menos eres sincero —murmuré, retorciendo el lazo.

—Uno de nosotros tiene que serlo.

Entorné los ojos.

—No estoy segura de saber qué estás insinuando.

—¿No? —Dejó el vaso de whisky que se había servido en la pequeña mesa auxiliar.

—No.

Fingí un bostezo mientras lo miraba. Su cuerpo estaba reclinado en una postura casi arrogante. Le miré la mano, y de inmediato pensé en sus dedos deslizándose bajo el agua. Sentí una tensa espiral enroscándose en mi vientre.

—¿En qué piensas, *na'laa*?

—Deja de llamarme así. Y no estaba pensando en nada.

—¿Te enfadarías si te dijera que mientes?

—Sí, pero tengo la sensación de que eso no va a detenerte.

—No. —Su media sonrisa seguía allí—. Se te ha acelerado el pulso y no ha sido ni el miedo ni el enfado lo que lo ha causado. Ha sido la excitación.

Inhalé bruscamente, me resistí al deseo de tomar una almohada y lanzársela.

—¿Y qué, si lo fuera? Deberías estar acostumbrado, siendo lo que eres. Es solo una… una reacción natural a tu presencia, no es algo que pueda controlar.

—Oh, *na'laa* —chasqueó la lengua—. Me gustan tus mentiras.

—¿Qué? No miento.

—Lo haces. Lo que dices suena a coacción, y no se trata de eso. Nuestra presencia no incita lo que no está ya ahí —me dijo—. No te obliga a sentir placer, si no estás ya abierta a hacerlo. Solo acentúa lo que ya existe.

Cerré la boca.

Levantó una ceja.

—Tu respuesta a mi presencia no es algo de lo que debas sentirte avergonzada.

—No lo estoy.

Me moví de nuevo, apoyando el peso en mi mano derecha. Hice una mueca ante el estallido de dolor y levanté la mano de la cama.

—Claro. —Se puso en pie.

Me tensé, detuve los dedos en el lazo. Mi pulso era atronador, cada parte de mí era totalmente consciente de que su mirada no me había abandonado desde el momento en el que desperté.

—No deberías estar aquí.

—¿Por qué? —me preguntó mientras se acercaba a la cama. No caminaba; parecía merodear—. ¿Eso molestaría a tu barón?

—No, no le molestaría, pero esa no es la cuestión. No te he invitado a entrar.

—Llamé —dijo, deteniéndose junto a la cama—. No respondiste, y me alegra saber que a él no le importará.

Ignoré ese último comentario.

—Y entonces decidiste... ¿Qué? ¿Entrar directamente?

—Obviamente —murmuró, bajando la mirada hasta mi pierna—. Después decidí dejarte dormir. Parecías... muy tranquila. —Elevó la mirada hasta mis ojos—. Supongo que quieres que me disculpe por haber entrado sin permiso. Que reconozca que he sobrepasado los límites.

—Ese sería un buen comienzo —repliqué—. Pero tengo la sensación de que no vas a hacerlo.

Su respuesta fue una sonrisa con la boca cerrada.

—Voy a decirte algo que no estás dispuesta a admitir. Mi comportamiento no te parece tan problemático.

Tragué saliva.

—Te equivocas.

—Yo nunca me equivoco, ¿recuerdas?

—Recuerdo que lo dijiste. —Con el corazón desbocado, lo vi sentarse en el borde de la cama, a mi lado—. Pero también recuerdo que me pareció improbable que alguien no se equivocase nunca.

—Puede que te haya molestado que entrase —dijo, plantando la mano al otro lado de mis piernas.

—¿Puede?

Curvó una comisura de sus labios.

—De acuerdo, te *ha* molestado, pero mi presencia aquí no te parece un problema.

La inhalación que tomé estaba llena de ese aroma suave y silvestre que todavía no conseguía identificar.

—Debo admitir, excelencia, que me has decepcionado.

—Thorne —me corrigió una vez más—. ¿Y por qué te he decepcionado?

—Habría esperado que un Hyhborn con tu poder entendiera mejor a la gente —le dije—. Al parecer, esperaba demasiado de ti.

Se rio en voz baja y bajó la barbilla. Otro mechón de cabello castaño dorado cayó, sobre su mandíbula esta vez.

—Creo que has olvidado algo muy importante que te conté en los jardines. Estoy sintonizado contigo. Cada vez que contienes la respiración, cada vez que tu pulso se acelera, sé qué lo ha causado exactamente. No te incomoda mi visita. —Bajó las gruesas pestañas y me miró—. Te excita, *na'laa*.

El calor golpeó mis mejillas. Tenía razón, pero me incomodaba la verdad de sus palabras.

El príncipe Thorne levantó las cejas.

—¿No tienes nada que decir a eso?

Retorcí el lazo con fuerza alrededor de mi dedo.

—No.

Emitió una risa grave.

—Veo que te has quedado con algo que no te pertenece.

—¿Qué? —Fruncí el ceño; entonces él miró con intención la daga que había sobre la mesita de noche, junto a la vaina y el arnés que Grady me había buscado—. ¿Vas a quitármela?

—¿Debería?

—No lo sé. ¿No te preocupa que la use contra ti?

—No especialmente —contestó, y eso me enfadó—. ¿Eso te molesta?

—Sí —admití—. Es un poco insultante.

—¿Es insultante que no tema que intentes hacerme daño?

Pensé en ello.

—Un poco.

El príncipe Thorne se rio entonces, una carcajada profunda y ahumada, y decidí que ese tipo de risa también me parecía insultante a pesar de lo agradable que era.

—Si lo temieras, quizá no entrarías en mi dormitorio sin anunciarte ni ser invitado —razoné.

—No, creo que eso tampoco me detendría.

—Genial.

—Hay una razón por la que estoy aquí.

—¿Además de para incordiarme? —repliqué.

—Además de para eso. —Su mirada bajó hasta mi dedo. Dejé de juguetear con el lazo mientras sus ojos volvían con los míos—. Quería saber cómo habían ido las cosas con tu barón.

Comencé a hablar, de algún modo aliviada… y consternada por que de verdad tuviera una razón para estar allí, pero clavé mi mirada en la suya y de repente deseé preguntarle si alguna vez pensaba en la niña pequeña a la que había conocido en el orfanato. Quería saber si me había hablado, como yo creía que había hecho aunque Grady dijera que era imposible. Quería…

Me aclaré la garganta y aparté la mirada.

—Hablé con él esta mañana. Lo alivió que no estuvieras aquí porque el rey está enfadado con él.

—Nunca he dicho que el rey no esté enfadado con él.

Lo miré bruscamente. Una inestable exhalación me abandonó. Estaba más cerca, de algún modo; ahora nos separaban menos de treinta centímetros.

—¿Qué...?

La mano del príncipe Thorne me estaba rodeando el codo, y antes de que supiera qué estaba haciendo, me levantó el brazo derecho. La línea de su mandíbula se tensó.

—Estás magullada. —Los colores de sus ojos habían dejado de moverse, pero sus pupilas se habían dilatado. Con cuidado, me giró la mano, exponiendo el interior de mi muñeca al estrecho rayo de luz solar—. Sé que yo no te hice esto anoche. ¿Quién fue?

Negué con la cabeza.

—Ni siquiera sabía que la tenía así —mentí, porque de ninguna manera podía decirle la verdad, ni siquiera a Grady. Era... Era demasiado humillante, y sabía que estaba mal sentirme así, pero eso no cambiaba lo que sentía—. No tengo ni idea de cómo me lo he hecho.

—Los moretones parecen de dedos. —Su voz sonó grave, y el aire se enfrió.

Se me erizó la piel mientras miraba la habitación con nerviosismo.

—Debe ser una ilusión. —Tiré para zafarme.

El príncipe Thorne me sostuvo, deslizó sus largos dedos por mi muñeca. Se movían en círculos lentos y suaves.

—Tu piel es demasiado adorable para magullarla —me indicó. Parte del hielo abandonó su tono—. Cuéntame, *na'laa*, ¿no trata bien el barón a su *favorita*...? ¿A lo que seas para él?

—Yo...

Me detuve cuando se llevó mi muñeca a la boca. Presionó mi piel con sus labios, unos labios duros e implacables, y aun así, de algún modo, suaves como la seda. Abrí la boca y una extraña y hormigueante calidez se extendió por mi muñeca, aliviando y después *borrando* el dolor. Lo miré mientras bajaba mi mano hasta mi regazo. Los moretones habían desaparecido. Lo había hecho de nuevo.

¿Era posible que sus besos sanaran?

Deslizó los dedos por mi brazo.

—¿Quién te hizo daño?

—Ya te lo he dicho. Nadie.

Ladeó la cabeza, envió una onda de cabello sobre su mandíbula.

—¿Nadie te ha dicho que mientes fatal?

—¿Nadie te ha dicho que no sabes de lo que estás hablando? —le espeté.

—Nunca. —Levantó la barbilla con expresión incrédula—. Y nadie me ha hablado nunca como tú lo haces.

Eso debería haber sido una advertencia para que vigilara mi tono, pero resoplé.

—No me creo eso ni por un segundo.

—Y yo no te creo a ti.

—Creo que eso ya lo habíamos dejado claro —repliqué.

Motas blancas aparecieron sobre el azul de sus ojos, y después se extendieron al verde.

—¿Te trata bien el barón?

—Sí, lo hace.

Otro estallido explotó en el azul de sus ojos.

—Lo poco que sé cuenta ya una historia diferente.

—¿Y eso?

—No creo que te tenga que explicar lo imprudente que fue con tu vida anoche —me dijo, con un músculo latiendo en su sien—. Pero, solo por si no te habías dado cuenta de ello, el barón te envió a los aposentos de un príncipe Hyhborn al que no se había advertido de tu visita. Mis hombres podrían haberte matado. Podría haberlo hecho yo. Cualquier otro Hyhborn te habría hecho eso y más.

Se me enfrió la piel, no por sus palabras sino porque sabía que decía la verdad.

—Y lo hizo a pesar de que está claro que no eres tan experimentada como intentabas que yo creyera —continuó, y la caricia de sus dedos en la curva de mi brazo me sobresaltó. Sus dedos, suaves como plumas, despertaron una revuelta de reacciones confusas en mí. Debería estar enfadada, porque estaba en mis aposentos, tocándome y exigiendo respuestas.

Pero no me sentía airada.

Lo único que sentía era la tensa y temblorosa oleada que seguía el sendero de las yemas de sus dedos por la curva de mi codo. Solo sentía cómo se había calentado mi piel, de repente, cuando apresó la fluida manga de mi combinación, eso y... y anticipación.

—Bueno, ya conozco la respuesta a mi pregunta —me dijo. Sus ojos no abandonaron los míos cuando se detuvo para apartarme los mechones de cabello. Ni bajaron cuando sus dedos se deslizaron por mi combinación para enderezar el delicado lacito.

Intenté reunir mis pensamientos dispersos. Sin mi intuición para guiarme, no tenía ni idea de por qué a aquel príncipe le importaba tanto cómo me trataban. Tampoco sabía qué le haría al barón, y aunque Claude se comportaba a veces como un niño grande y había tomado decisiones aún más cuestionables que las mías, era lo mejor que muchos de nosotros teníamos.

—El barón me trata bien. —Mantuve su mirada, sin permitirme siquiera pensar en contarle que había sido Hymel. No porque quisiera proteger a ese imbécil, sino porque sabía que Claude reaccionaría muy imprudentemente si le hacían daño a su primo—. Nos trata bien a todos.

—¿A todos?

—Sus amantes. Pregunta a cualquiera de ellos, y te dirá lo mismo.

—Entonces, ¿eso es lo que eres? ¿Una de sus amantes?

Asentí.

—¿Y envía a su amante favorita a la habitación de otros hombres?

—No somos exclusivos. —En realidad no éramos nada, pero ese me parecía un tema polémico en aquel momento—. Ninguno de sus amantes lo somos.

—Interesante.

Lo miré levantando las cejas.

—En realidad no lo es.

268

—No estamos de acuerdo en eso. —El príncipe Thorne bajó la cabeza, y contuve el aliento al sentir su boca junto a mi oreja, contra mi amartillante pulso. Besó ese espacio—. ¿Quién te hizo daño, *na'laa*?

Me aparté, puse algo de distancia entre nosotros.

—Nadie —repetí—. Seguramente me lo hice mientras... mientras estaba con las plantas.

Alzó la mirada despacio hasta mis ojos. Pasaron varios segundos en los que ninguno dijo una palabra, como si ambos hubiéramos caído presa de un trance repentino. Fue él quien rompió el silencio.

—¿Con las plantas?

Asentí.

—No sabía que era una actividad tan violenta.

Apreté los labios.

—No lo es normalmente.

—¿Y cómo te hiciste daño en la muñeca mientras estabas con las plantas?

—No lo sé. Ya te he dicho que ni siquiera me di cuenta. —Me sentía frustrada y retrocedí, me alejé de él. Saqué las piernas de la cama y me levanté—. ¿Y a ti qué más te da?

El príncipe Thorne ladeó el cuerpo hacia mí y, en el momento en el que me miró, me di cuenta de que ponerme en pie no había sido mi idea más brillante. Estaba bajo los rayos filtrados del sol, y era como estar desnuda.

Su mirada abandonó la mía entonces y bajó, sobre las mangas y el lacito que había enderezado. Sentí un hormigueo en los pezones, que se endurecieron bajo su escrutinio. Un escalofrío caliente siguió su mirada por la curva de mi cintura y de mi cadera.

Podría haberme movido para cubrirme, pero no lo hice, y no tuvo nada que ver con el hecho de que él ya me hubiera visto sin nada de ropa dos veces.

La razón era la misma que la de la noche anterior. Yo... quería que me mirara.

Y lo hizo mientras se inclinaba hacia adelante y se levantaba. Me miró tanto tiempo que los músculos de todo mi cuerpo comenzaron a tensarse con... con una embriagadora anticipación.

La inquietud llegó entonces, una que me instaba a girarme y huir, sabiendo que me perseguiría. Pero había algo más. Lo deseaba. Que me persiguiera.

Los colores de sus ojos se estaban moviendo de nuevo, las estrellas se estaban iluminando. Unas sombras aparecieron en la pendiente de sus mejillas, y podría haber sido mi imaginación, pero creía que él *quería* perseguirme.

Todo eso me sonaba... demencial. No quería que nadie me persiguiera ni que... ni que me *atrapara*, y menos un príncipe.

Temblando, me mantuve totalmente inmóvil. Cuando hablé, apenas reconocí mi voz.

—Te he preguntado por qué te importa.

El príncipe Thorne no respondió durante un largo momento, y después inhaló profundamente. Su cuerpo irradiaba tensión, y también el mío.

—¿Por qué me preocupo por una chiquilla del vulgo que finge ser cortesana?

—No soy una *chiquilla* —lo interrumpí, enfadada con él... conmigo misma—. Y eso es algo que ya deberías saber bien.

—Tienes razón. —Su mirada pasó sobre mí en un lánguido escrutinio, y el lado derecho de sus labios se elevó en una sonrisa—. Mis disculpas.

Me tensé bajo su lenta y abrasadora lectura.

—Eso ha sonado más insinuante que una disculpa.

—Seguramente porque el rubor de tus mejillas cuando te sientes perturbada me recuerda cómo te sonrojas cuando te corres —me dijo, y me quedé boquiabierta—. Me disculparía también por eso, pero tengo la sensación de que sonaría igualmente como una insinuación.

—Oh, por todos los dioses —siseé—. Eres...

—¿Qué? —Los colores de sus ojos estaban girando de nuevo—. ¿Cautivador? Lo sé. No tienes que decírmelo.

—No planeaba hacerlo.

—Lo que tú digas, *na'laa* —murmuró.

Cerré los puños.

Su leve sonrisa desapareció cuando miró las puertas de la terraza. Pasó un instante.

—Me has preguntado por qué me importa. —Frunció el ceño—. Tengo la… sensación de que te conozco. La extraña sensación de que nos hemos encontrado antes.

Las palabras *lo hemos hecho* reptaron por mi garganta, pero no conseguí que atravesaran mis labios. El deseo de que supiera que nos conocíamos batallaba con la advertencia de que decírselo podía ser un error. Me detuve, confusa, sin comprender ninguna de esas respuestas.

—¿Aparte de eso? —Tensó la línea de su mandíbula—. En realidad, no lo sé. No deberías importarme.

Parpadeé.

—Vaya.

—Me has malinterpretado.

El príncipe no era el único que sentía cosas extrañas. En ese momento, había algo parecido a la punzada del… rechazo ardiendo en mis entrañas.

—No, creo que has sido muy claro.

Se giró hacia mí.

—No me refería a ti personalmente, Calista.

Me estremecí al oír mi nombre.

Ladeó la cabeza, al parecer notándolo.

—Soy un Deminyen. ¿Entiendes lo que eso significa?

—Mmm… ¿Que eres un Hyhborn muy poderoso?

Una carcajada grave y oscura lo abandonó.

—Significa que no podría estar más lejos de un mortal, de la humanidad. Me preocupa la humanidad en general, pero solo debido a lo que soy. A cómo me crearon.

—¿Crearon? —susurré.

Sostuvo mi mirada.

—Los Deminyen no nacen como los *caelestia*.

—Lo sé. —Me di cuenta de algo mientras lo miraba—. Eras…
—Me detuve antes de decir que, cuando nos conocimos, parecía un poco más joven. Me pareció más joven entonces en comparación con lord Samriel, pero sus rasgos, en realidad, no habían cambiado en los doce años que habían pasado—. ¿Qué estás diciendo? ¿Que no puedes sentir compasión ni preocupación?

—Algunos Deminyen pueden. Lores y damas, si deciden hacerlo.

—Pero ¿tú no? —Lo miré—. ¿Y los príncipes y princesas? ¿Y el rey?

—Nosotros no.

—¿Porque sois más poderosos?

—Es más… complicado que eso, pero sí.

Arrugué la frente.

—Por lo que sé de ti, no creo que seas incapaz de esas cosas.

—Creí que no nos conocíamos.

Entorné los ojos.

—Sé lo suficiente sobre ti para saber eso.

El príncipe me miró en silencio antes de murmurar:

—Adorable.

—¿Qué?

—Tú.

Crucé los brazos y puse los ojos en blanco.

—Vale. Lo que tú…

—He mostrado compasión *contigo*, *na'laa*. Eso no significa que sea un ser compasivo.

Poco de esa afirmación tenía sentido para mí.

—Creo que te equivocas.

—¿De verdad? —Esa sonrisa tensa reapareció en su rostro—. ¿Y por qué lo crees?

—Porque dijiste que te habría decepcionado la destrucción de Archwood —señalé—. Y no es que nuestra ciudad represente a toda la humanidad.

—También dije que eso no habría evitado que lo hiciera.

Se me revolvió el estómago.

—Sí, pero además dijiste que creías que convertir un alma en un Rae era injusto. Si fueras incapaz de sentir compasión, ¿no serías también incapaz de sentir remordimientos, culpabilidad o incluso ecuanimidad?

El príncipe Thorne abrió la boca, pero me miró sin decir nada. Pasaron unos segundos y pensé... me pareció que palidecía un poco.

—Tienes razón —dijo con voz ronca.

Después se giró y abandonó mis aposentos sin decir otra palabra, dejándome estupefacta porque la idea de ser compasivo pudiera causarle tan evidente inquietud.

La extraña respuesta del príncipe Thorne ante la idea de ser bondadoso se quedó conmigo durante el resto del día, pero cuando se acercaba la noche, mi confusión fue reemplazada por ansiedad.

Mientras entraba en el cuarto de baño, pensé que debería haberle mencionado la cena al príncipe cuando estuvo aquí. Abrí el agua en el lavabo, bajé la cabeza y me eché agua fría en la cara.

Tomé una toalla y me sequé mientras levantaba la barbilla y comenzaba a girarme. Me detuve, pues algo en el espejo atrajo mi atención. Me incliné, acercándome, con una mano en el borde del tocador. Mis ojos... no estaban bien.

Eran castaños *casi* por completo.

—¿Qué demonios? —Me acerqué más al espejo. La parte interior y más cercana a la pupila era de un... tono de azul claro, y eso no era normal en absoluto.

Cerré los ojos, noté que mi respiración se aceleraba. Tenía que ser la luz del cuarto de baño o... mi mente, jugándome una mala pasada. No había ninguna otra razón lógica para que mis ojos cambiaran repentinamente de color. Tenía que estar viendo cosas.

Solo tenía que abrirlos para demostrarlo.

Mi corazón aleteó como un pájaro enjaulado.

—Deja de pensar ridiculeces —me reprendí—. Tus ojos no han cambiado de color.

Una llamada a la puerta de mis aposentos me sorprendió. Debía ser Hymel y, conociéndolo, estaría tan impaciente como siempre, pero mi corazón seguía latiendo con fuerza. Me obligué a llenarme los pulmones de aire, abrí los ojos y me acerqué al espejo.

Mis ojos… eran, efectivamente, marrones. El sencillo marrón de siempre.

Llamaron de nuevo, esta vez más fuerte. Tiré la toalla al lavabo, corrí a la puerta del dormitorio.

—El barón Huntington requiere tu presencia —anunció Hymel.

Mi estómago se zambulló tan rápido que fue un milagro que no vomitara sobre las pulidas botas de Hymel.

Lo esperaba y, aun así, la ansiedad me asaltó cuando me uní a Hymel en el pasillo.

Este me miró con expresión desafiante mientras caminábamos.

—¿Vas a contarle a mi primo lo de antes?

—¿Estás preocupado? —repliqué, en lugar de ignorarlo como normalmente haría.

El tipo se rio, pero sonó forzado.

—No.

Puse los ojos en blanco.

Hymel se mantuvo en silencio hasta que nos acercamos a los aposentos de Maven.

—Yo en tu lugar no diría nada al respecto —me dijo, mirando hacia adelante—. Si me buscas un problema…

—¿Tú me lo buscarás a mí? —terminé por él. Dioses, Hymel era un cliché con patas.

—No. —Se detuvo en la puerta de Maven y me miró—. Haré que tu querido Grady tenga algunos contratiempos importantes.

Giré la cabeza con brusquedad hacia él y el corazón me dio un vuelco.

Hymel abrió la redondeada puerta de madera con una sonrisa.

—No tardes mucho.

La furia y el miedo colisionaron en mi interior mientras me obligaba a alejarme de Hymel. Entré en la oscura habitación, con tanto odio en el pecho que apenas fui consciente de que Maven me conducía a la bañera. Mientras me desabotonaba el vestido con sus dedos retorcidos, deseé que mi corazón se calmara. Hymel tenía cierta autoridad en la mansión, pero Claude de ningún modo permitiría que expulsara a Grady o algo así. No mientras estuviera satisfecho con lo que yo podía hacer por él.

Eso fue lo que me recordé mientras me bañaba y después me secaba. La encorvada Maven recorrió los percheros hasta encontrar un vaporoso vestido negro.

Después de ponerme un trozo de tela que apenas podía considerarse ropa interior, Maven me ayudó con el vestido de gasa. Una serie de delicadas tiras de encaje cruzaban mi torso, y estaba segura de que mis senos harían una aparición improvisada si me inclinaba en la dirección equivocada. Miré la falda del vestido. Había aberturas en ambos lados, hasta la parte superior de mi muslo. El vestido apenas podía llamarse así, pero seguramente debía costar mucho dinero.

Con el cepillo en la mano, Maven me instó a sentarme en el taburete. Comenzó a quitarme los enredos, tirando de mi cabeza hacia atrás. Cuando quedó satisfecha con el resultado, se dedicó al maquillaje. Rojo para los labios. Kohl oscuro para los ojos. Rosa para las mejillas. Le olían las manos a jabón, del que se usa para lavar la ropa. Después cojeó hasta los profundos estantes que bordeaban la pared y sacó un tocado de un baulito.

Tiras de pequeños rubíes ovalados casi tan largas como mi cabello colgaban de una diadema. Las joyas brillaron bajo la titilante luz de las velas. Maven me colocó el tocado en la coronilla. Era mucho más ligero que el de diamantes.

Después de haberme ajustado bien las ristras de rubíes en el cabello, la mujer se alejó y me dio la espalda. Sabía qué significaba eso. Había terminado, y yo debía regresar con Hymel.

Pero me moví y me levanté despacio, mi mirada pasó de la línea curva de la espalda de Maven al espejo de pie. Me acerqué a él, casi temiendo verme los ojos, pero lo hice.

Seguían siendo marrones.

Lo que había visto en mi cuarto de baño había sido solo mi imaginación.

Eso era todo.

20

E
ntre los numerosos candelabros encendidos había bandejas con pato asado y gruesa pechuga de pollo dispuestas sobre la larga mesa, colocadas entre los platos de salmón a la parrilla y los cuencos con zanahorias al vapor y puré de patata. Las bandejas de postres estaban ya en la mesa, con diminutos bombones cuadrados y pastas rellenas de fruta. Había suficientes cestas de pan para alimentar a una familia entera durante un mes.

Por mucho que viviera, nunca me acostumbraría a ver tanta comida en una mesa, en un único hogar.

Y era demasiada, pero Claude quería impresionar al príncipe con un banquete. Ni siquiera quería pensar en cuánto habría costado aquello, pero tomé nota mental de hacerle saber al cocinero que debía enviar los restos al convento local, donde sabrían qué familias estaban más necesitadas. Al menos, lo que quedara intacto no se desperdiciaría.

—¿Dónde coño está ese príncipe?

Frente a mí, la pelirroja Mollie estuvo a punto de tirar una botella de champán antes de depositarla sobre la mesa. Sus ojos pasaron de los míos al hombre sentado a mi lado mientras el resto del servicio esperaba junto a la pared, como si intentara mimetizarse con ella.

Despacio, miré a Claude y tomé aliento profundamente, aunque no hizo mucho por calmarme.

Estaba despatarrado en su asiento, con una bota sobre el borde de la mesa, a unos centímetros de su plato. Una copa de champán con incrustaciones de diamante colgaba precariamente de las puntas de sus dedos, destellando bajo la luz de las velas. En cualquier momento, el contenido de la copa o la copa entera terminarían en el suelo. O en su regazo.

Me estrujé las manos hasta que apenas pude notar mis dedos. El resto de mis muchas, muchas preocupaciones se había quedado atrás en el momento en el que vi a Claude.

No había tomado decisiones inteligentes la tarde que había pasado con los hermanos Bower.

Me dolía la mandíbula por la fuerza con la que la estaba apretando. Ni siquiera quería pensar en lo que pasaría por la mente del príncipe si entraba en el comedor y veía al barón sentado así. Al menos, no estaba tan mal como la noche anterior. Afortunadamente, ni su camisa blanca ni sus pantalones tostados hedían a Óleo de Medianoche, pero no estaba a muchas copas de champán de irse a la cama haciendo eses.

—Deberían estar aquí de un momento a otro. —Hymel se aclaró la garganta desde su asiento, al otro lado del barón. Estaba más pálido de lo habitual, y pensé que parecía realmente preocupado—. Al menos es lo que me ha dicho uno de los Hyhborn que viaja con él.

Claude resopló y se llevó la copa a la boca.

—¿De un momento a otro? —Tomó un sorbo—. Como si tuviéramos todo el tiempo del mundo para esperarlos.

No estaba segura de qué tenía que hacer Claude después de la cena que fuera tan acuciante. Bueno, además de unirse a los aristócratas que ya habían empezado a agruparse en el solario y en la Gran Cámara. Pero sobreviviría aunque llegara tarde, o no asistiera, a una fiesta.

Tomé la jarra de agua, serví un vaso y lo deslicé hacia el barón.

—¿Quieres un poco de agua?

Bajó la copa y me dedicó una amplia sonrisa que mostraba demasiados dientes.

—Gracias, querida.

Le devolví la sonrisa, rezando a los dioses para que captara la insinuación.

Pero, por supuesto, no lo hizo.

—Estás encantadora esta noche, por cierto. —Alargó el brazo y tiró suavemente de una ristra de rubíes. Bajó sus oscuras pestañas—. Al menos tengo algo bonito que mirar mientras espero.

Abrí los ojos con sorpresa y levanté mi propio vaso de agua. Quizás estaba más cerca de la incapacidad de lo que yo creía. Bajé la mirada al suelo. Contuve un escalofrío al ver el mármol de color marfil con vetas doradas. El suelo era el mismo en el comedor y en la sala de recepción, así como en la Gran Cámara. Me giré hacia donde estaba Grady, haciendo guardia entre las columnas de mármol y oro.

—Ya vienen —anunció Grady.

El corazón me dio un vuelco, y no estaba segura de si era por lo que había visto en el espejo antes, por el estado actual de Claude o por el hecho de que era *él* quien venía.

—Ya era hora —murmuró Claude, gracias a los dioses quitando el pie de la mesa. Dejó el champán a un lado.

El sonido de las patas de la silla arrastrándose sobre la piedra me puso en movimiento. Me levanté tras olvidar momentáneamente que había que incorporarse cuando llegaba un Hyhborn.

Grady hizo una reverencia brusca y se apartó, y el cambio de energía en el comedor me erizó la piel. El aire se hizo más denso a nuestro alrededor.

El primer Hyhborn que entró fue uno con la piel de un suntuoso tono marrón y el cabello oscuro rapado y degradado en las sienes, con unas rastas cortas en la parte superior que formaban una especie de mohicano. Sus asombrosos y grandes rasgos estaban acentuados por la barba bien recortada que encuadraba su mandíbula y su boca. Mientras caminaba, las llamas de las velas titilaron antes de quedarse totalmente inmóviles. Sus ojos eran como los del príncipe Thorne, aunque con el azul y el verde más vibrantes. Nos miró; su mirada pasó de largo sobre mí y después regresó.

Una media sonrisa tiró despacio de sus labios gruesos.

Antes de que pudiera considerar esa sonrisa, entró otro. Era tan alto como el primero, pero no tan ancho. Sus rasgos, fuertes y llamativos, eran de un beige frío, en abrupto contraste con su cabello de ónice, que caía sobre su frente y sus ojos rasgados y separados, unos ojos de un pálido tono de azul y verde que resultaba casi luminoso a la luz de las velas. No había marrón en sus iris, no que yo pudiera ver, ni tenía el aura de energía casi frenética del que había entrado antes que él, pero cuando nos miró noté una innegable y aguda sensación de poder.

Entonces… fue como si hubieran extraído el aire del salón.

El príncipe Thorne entró mientras las llamas se volvían locas sobre las velas, danzando rápidamente. Acobardada, miré la mesa. No vi su expresión, pero noté el momento exacto en el que me vio. Un escalofrío ligerísimo erupcionó en mi piel. Sentí sus ojos taladrándome, tensando mis nervios hasta que estuve a un segundo de emitir un sonido absurdo, como un chillido. O un grito. El calor reptó por mi garganta; *todavía* podía sentir su mirada. Por los buenos dioses, ¿por qué no hablaba nadie? ¿Y cuánto tiempo se suponía que debíamos…?

—Por favor, sentaos —dijo por fin el príncipe Thorne, rompiendo el silencio con su voz profunda.

Me derrumbé en mi silla mientras Claude, sorprendentemente, lo hacía con mayor estabilidad.

—Es un honor tenerlo en mi mesa, príncipe Thorne —dijo, y sentí una carcajada burbujeando en mi interior. *¿Honor?* No había sonado demasiado honrado momentos antes, pero al menos parecía sincero—. Aunque espero que no necesite la armadura entre los platos de pato y pescado.

¿Armadura? ¿Qué?

—Uno nunca está demasiado preparado —replicó Thorne.

Levanté la mirada, y me encontré a los tres Hyhborn sentados a la mesa y al servicio colocando ante ellos platos y copas con incrustaciones de diamantes. Los Hyhborn llevaban, efectivamente, armaduras, un hecho que se pasaba fácilmente por alto a simple vista. Las corazas estaban cubiertas de cuero negro, causando que se fundieran con las negras túnicas sin mangas que llevaban debajo. Había algo grabado en la piel: una espada con empuñadura de cruz rodeada de… de alas. Alas delineadas con hilo dorado.

—No sabía que tendríamos compañía —dijo el príncipe Thorne.

Mi corazón se saltó un latido y, antes de poder contenerme, levanté los ojos para mirarlo. Estaba, por supuesto, sentado justo frente a mí y…

El príncipe Thorne estaba devastador a la luz de las velas, con el cabello suelto descansando suavemente en sus mejillas. No parecía ni remotamente mortal. Me costó tragar saliva, al observarlo fijamente. Las espirales de sus iris estaban inmóviles, pero su mirada no era menos intensa o penetrante.

—Ah, sí. Supuse que, como ya la conoce, no le importaría su presencia —dijo Claude, con la copa de champán de nuevo en la mano—. Espero no haber errado en mi conjetura.

—No. —El príncipe Thorne sonrió, y su mirada no me abandonó mientras se relajaba en su asiento—. No me importa su presencia, en absoluto.

Me hundí unos centímetros en mi silla.

—De hecho —continuó el príncipe Thorne—, es bienvenida.

Mi corazón dio un extraño saltito por el que tendría que abofetearme más tarde. Claude ladeó la cabeza. Se hizo de nuevo el silencio. Después de una pequeña eternidad, el príncipe apartó la mirada y por fin pude tragar saliva antes de ahogarme con ella.

—¿Y quién es este? —preguntó el príncipe Thorne.

—Mi primo Hymel —respondió Claude, dejando la copa junto a su plato. Esperaba que se quedara allí—. Como capitán de la guardia, es parte integral de la mansión Archwood y de la ciudad.

—Excelencia. —Hymel inclinó la cabeza con respeto—. Es un gran honor tenerle a usted, y a sus hombres, en nuestra mesa.

¿Nuestra mesa? Apenas pude contener la risa.

El príncipe Thorne lo miró con una sonrisa en sus bien formados labios que no se parecía en nada a las que yo le había visto. Era fría, desapasionada. Se me erizó la piel.

—No creo que me hayan presentado a sus acompañantes —afirmó Claude mientras el servicio llenaba las copas de champán y cargaba los platos generosamente con un poco de todo lo que había disponible.

—Comandante lord Rhaziel. —El príncipe Thorne extendió la mano hacia el Hyhborn que había entrado segundo y después asintió al otro—. Y lord Bastian.

Bas.

Miré al otro lord Hyhborn y de repente comprendí su sonrisa cuando me vio al entrar. Estuvo en los jardines esa noche: fue el que habló con el príncipe Thorne mientras yo entraba y salía de la inconsciencia.

Lord Bastian captó mi mirada y me guiñó el ojo.

—Vuestra ciudad es muy tranquila —dijo, cambiando su atención al barón—. Como lo es la mansión. Es un… un escenario encantador, sobre todo los jardines.

Oh, dioses…

¿Sería dramático que deseara que el suelo se abriera bajo mi silla y me tragara entera?

—Es muy amable. Archwood es la joya de la Región Central. —Claude levantó la maldita copa de champán—. Por favor, disfrutad de la comida. Ha sido preparada en vuestro honor.

—Muchas gracias —dijo el príncipe Thorne.

—Archwood no es solo la joya de la Región Central. Es un puerto comercial esencial, situado en un punto nuclear del reino, y con mucha diferencia la ciudad de mejor acceso a lo largo del Canal Oriental —dijo el comandante Rhaziel mientras el príncipe levantaba un cuchillo para cortar el pollo. Era cierto, aunque solo porque el resto de las ciudades a lo largo del Canal Oriental habían quedado aisladas por el avance de los Wychwoods—. Archwood es muy importante para el… reino.

—Es un alivio saber que el rey Euros reconoce la relevancia de Archwood para la integridad de Caelum —respondió Hymel, y después se lanzó a una declaración de los éxitos de Archwood en la organización de los barcos mercantiles y su canalización a través de los otros cinco territorios.

Yo apenas estaba escuchando, pero por el rabillo del ojo vi que Claude hacía un ademán para que le rellenaran la copa. Me tensé, dudando que el príncipe Thorne o los demás no fueran a darse cuenta. Claude tomó un rollo de mantequilla y lo pellizcó antes de comérselo poco a poco mientras seguían intercambiando formalidades. Yo esperaba que el pan empapara parte del alcohol que estaba consumiendo. Miré al príncipe de soslayo, sus manos, mientras cortaba el pollo con impecables modales.

Había una tensión característica en el modo en el que todos hablaban, una escasez cada vez mayor en las palabras de los Hyhborn mientras el barón seguía bebiendo. Y yo estaba fascinada viendo comer a los Hyhborn, lo que admitía que era un poquito extraño. Pero era raro verlos comer con modales tan impecables a pesar de llevar la armadura, echando miradas breves a sus dagas envainadas cada vez que se movían en sus asientos. Mientras, el barón seguía picoteando su comida como un niño pequeño.

—¿Te gustaría otra cosa? —preguntó el príncipe Thorne.

Como no hubo respuesta, dejé de mirar sus manos y me di cuenta despacio de que me había hablado a mí. Se me calentaron las mejillas.

—¿Disculpe?

Señaló mi plato con su tenedor.

—Apenas has comido.

Mi apetito, habitualmente robusto, había desaparecido, debido a mis nervios y a lo que estaba pasando a mi alrededor.

—Comí algo no mucho antes de la cena —le dije.

Levantó una ceja y me miró como si supiera que estaba mintiendo, lo que era así.

—¿Estás cansada? —Claude miró mi plato antes de dirigirse al príncipe—. Ha estado bastante cansada últimamente.

Me mordí el labio. Era extremadamente innecesario que le contara eso.

—¿Sí? —El príncipe Thorne tamborileó la mesa con los dedos.

—Pasa mucho tiempo fuera —continuó Claude mientras yo inhalaba de manera profunda a través de la nariz—. En ese jardín suyo.

Un destello de interés apareció en el rostro de lord Bastian.

—¿El jardín?

—No el jardín en el que seguramente está pensando —le expliqué, rauda—. Es solo una pequeña sección de los jardines del barón que es mía.

—Si no la encuentro entre las paredes de esta mansión, siempre sé dónde buscarla —dijo Claude con un toque de cariño—. Tiene buena mano para las plantas.

Sintiendo en mí la mirada del príncipe Thorne, atravesé una humeante zanahoria hervida con el tenedor.

—Eso he oído —murmuró el príncipe Thorne.

—¿Le has hablado de tu jardín? —me preguntó Claude con una carcajada grave—. ¿Le habló de las distintas razas de sedum? Es una conversación estimulante, se lo aseguro.

—Distintas *especies* —murmuré entre dientes.

—Todavía no. —El príncipe Thorne tomó un bocado de pollo—. ¿Cuántas especies distintas de sedum hay?

Seguramente no quería saberlo de verdad, pero colocó su tenedor junto a su plato y esperó.

—Hay… Hay centenares de especies distintas, excelencia.

—Thorne —me corrigió.

A su lado, el comandante Rhaziel giró la cabeza hacia él, levantando las cejas.

—¿Centenares? —replicó el príncipe, ajeno a la mirada del comandante o pasándola por alto—. ¿Cómo puede alguien estar seguro de ello? Supongo que todas parecen iguales.

—No parecen iguales. —Me incliné hacia adelante en mi silla—. Algunas crecen más de treinta centímetros mientras que otras tapizan la tierra. Sus tallos pueden parecer delicados y frágiles, pero son capaces de asfixiar incluso a las malas hierbas más persistentes, sobre todo un tipo llamado Sangre de Dragón, que se extiende con bastante facilidad. Pertenecen al género de las suculentas y... —Me detuve al darme cuenta de que todos, incluido el servicio, estaban mirándome.

Lord Bastian tenía una sonrisa curiosa en la cara.

Parecía que al comandante Rhaziel le estaban clavando picahielos en las orejas.

Pero el príncipe Thorne... Él parecía *ensimismado*.

—¿Y qué? —insistió.

Me aclaré la garganta.

—Y hay de casi todos los colores, pero yo... prefiero las rojas y rosas. Me parecen más fáciles de cultivar y son más longevas.

El príncipe Thorne flexionó la mano con la que estaba tamborileando.

—¿Cuál es la más común?

Consciente de las miradas de los otros Hyhborn, que saltaban entre el príncipe y yo, noté que el calor reptaba por mis mejillas.

—Seguramente un tipo que se conoce como sedum de otoño. Me recuerda un poco a la coliflor, en su apariencia durante el verano, pero florece en un llamativo rosa en septiembre.

—Creo que las tenemos en las Tierras Altas —dijo lord Bastian, arrastrando su tenedor sobre lo que quedaba del pato de su plato. Me sonrió—. Solo lo sé porque también creo que parecen coliflores.

Le devolví la sonrisa con vacilación.

—Hablando de las Tierras Altas —comenzó Claude, bebiendo de su copa—. ¿Todos han viajado desde Vyrtus?

Casi segura de que aquella era la segunda vez que lo preguntaba, lo miré. ¿Tenía los ojos ligeramente vidriosos? Me tragué un suspiro.

El tenedor de lord Bastian se detuvo, su sonrisa perezosa desapareció mientras Mollie se acercaba a mi lado de la mesa con una jarra nueva de agua.

—Sí.

Me incliné hacia ella y mantuve la voz baja.

—¿Puedes asegurarte de que el cocinero sepa que no debe dejar que se desperdicie la comida que sobre?

Comprendiendo mi pregunta, Mollie asintió y sus ojos castaños se encontraron un instante con los míos.

—Gracias —susurré, mirando de nuevo al frente.

El príncipe Thorne me estaba mirando; el azul de sus ojos se había oscurecido. Me moví un poco en mi silla, incómoda.

—¿Han viajado a caballo o en barco? —les preguntó Hymel, rompiendo el silencio.

—A caballo. —El comandante Rhaziel sostenía el tallo de su copa, pero yo no lo había visto beber de ella.

Pensé en lo que Claude había dicho aquella mañana: que era difícil acceder al príncipe, pero que los otros no lo serían tanto. Había una posibilidad de que fueran tonterías, pero podía descubrirlo ahora, ¿no? Rhaziel era un lord, pero pensé en lo que había sentido cuando entró en el comedor. No portaba la misma... aura de poder.

—¿A caballo? —Claude se rio, sus ojos se llenaron de sorpresa—. Ha debido ser un viaje increíblemente largo. Si les soy sincero, no estoy seguro de poder sobrevivir a un viaje así —continuó—. Soy demasiado impaciente. Habría tomado un barco.

—Es imposible tomar un barco desde las Tierras Altas —señaló el comandante mientras yo reunía el valor para intentar leerlo.

Sobre el borde de mi copa, me concentré en el Hyhborn de cabello oscuro. Acallé mi mente, abrí mis sentidos. Creé ese cordón en mi mente, conectándonos. El muro blanco se hizo visible. El escudo. Me imaginé extendiendo la mano hacia él, rozándolo, y después visualicé mis dedos hundiéndose en la luz, abrasando el muro.

El escudo se *quebró*, y de inmediato *oí* lo que el comandante estaba pensando. *¿Cómo, por los cinco territorios, ha conseguido este hombre mantener a flote esta ciudad?*

Mi propio asombro me apartó de la mente del comandante antes de que pudiera notar algo más. Claude *había* tenido razón. Miré al barón.

—Por supuesto. Estáis rodeados por las montañas y los Wychwoods. —Giró la muñeca hacia el Hyhborn y se le derramó el champán, haciendo que me sobresaltara un poco—. No obstante, el Canal Oriental es accesible desde el interior de estos, ¿no?

Pero, claro, quizá no necesitaba mi intuición para saber lo que aquellos Hyhborn pensaban del barón.

A continuación me concentré en lord Bastian, creando ese cordón y encontrando el muro blanco. Tardé varios minutos, pero su escudo se quebró justo lo suficiente para que oyera: *¿Cuánto ha bebido exactamente esta noche?*

Corté la conexión y me moví, inquieta. Claude había tenido razón sobre la posibilidad de leer a los Hyhborn, pero ¿habría sido intencionado? Porque aquello no era algo que pudiera saber solo porque era un *caelestia*. Solo podía saberlo si había conocido a alguien como yo en el pasado.

El comandante levantó una ceja, al parecer ajeno a mi intrusión.

—Hay que viajar varios días para acceder al Canal Oriental.

—¿Sí? Bueno, la geografía nunca ha sido mi fuerte. —La copa de Claude se movió frenéticamente de nuevo y, esta vez, le agarré el brazo antes de que se tirara la mitad del champán en el regazo, o en el mío. Me miró, con una sonrisa fácil—. Lo siento, cachorrito. Me entusiasmo un poco al hablar. Lo heredé de mi madre.

—¿«Cachorrito»? —preguntó el príncipe Thorne en voz baja.

Noté un hormigueo en la nuca que no tuvo nada que ver con mi intuición.

—¿Hay un animal en el salón del que no me he percatado? —continuó el príncipe—. ¿Un perro, o quizás un gato?

Oí una risa que venía de la dirección de Hymel y miré fijamente mi cuchillo. Oh, cuánto disfrutaría apuñalando a Hymel con él.

—Dioses, no. —Claude se rio, echando la cabeza hacia atrás—. Es un apelativo cariñoso para Lis.

—¿Sí? —murmuró el príncipe Thorne—. Qué... apelativo tan adecuado.

Tensé los músculos de mi espalda y mi mirada colisionó con la del príncipe. No era posible confundir la burla de su tono. Solo se necesitaba un oído para detectarla.

—Mucho más adecuado que otros *apelativos* —repliqué.

Curvó las comisuras de su boca.

—Se me ocurre al menos uno más conveniente.

—¿Sí? —Claude se inclinó hacia adelante, demasiado ansioso—. Me muero por saber qué le parece más indicado, después del poco tiempo que ha pasado con ella.

El príncipe Thorne abrió la boca.

—¿Han disfrutado del clima de finales de primavera en la Región Central? —lo interrumpí, mirando a los Hyhborn—. He oído que el clima en las Tierras Altas es bastante temperamental.

—Podría decirse así. —Lord Bastian se echó hacia atrás en su asiento. Su sonrisa traviesa había regresado en algún momento—. Hace mucho más frío que aquí. —Miró al príncipe Thorne—. ¿En qué otros apelativos cariñosos estás pensando?

Oh, por todos los dioses...

Los labios del príncipe Thorne se curvaron en una sonrisa lenta y sensual.

—*Na'laa*.

El comandante emitió un sonido como si se atragantara.

—¿Qué significa? —preguntó Claude.

—Tiene muchos significados —respondió lord Bastian—. Tengo curiosidad por saber a cuál se refiere en este caso.

—Cree que soy testaruda —dije, mirando al príncipe.

—Bueno —replicó Claude, despacio—. En eso estoy de acuerdo.

—Y desagradecida —añadí, antes de que el príncipe Thorne pudiera hacerlo.

Claude frunció el ceño.

—Yo iba a decir «valiente» —dijo el príncipe.

Hice un mohín, notando que mis mejillas se calentaban de nuevo.

La atención del príncipe Thorne estaba concentrada en mí, con una mano despreocupadamente en el tallo de su copa mientras con la otra tamborileaba la superficie de la mesa. No había cenado mucho, pero parecía haber terminado de comer. Dudando, abrí mis sentidos y dejé que se acercaran a él. Me topé con el muro blanco casi de inmediato. La mano que me imaginé no hizo nada.

—La humedad aquí es bastante insoportable —añadió el comandante justo entonces, casi reacio, como si creyera que tenía que agregar algo a la conversación que se había desviado tanto.

—Sí, no escapamos de la humedad que emanan las Tierras Bajas —estaba diciendo Claude mientras le llenaban la copa una vez más—. Le aliviará saber que lo peor de la humedad no llegará hasta las Festas. Supongo que, para entonces, ya se habrán marchado.

—Eso no te lo puedo asegurar —respondió el príncipe Thorne—. Nos quedaremos aquí algún tiempo.

21

M e tensé, atrapada entre una oleada de temor y de... alivio, y como media docena de emociones más que ni siquiera podía comenzar a distinguir.

—¿Disculpe? —resolló Claude.

Girándome hacia él, le ofrecí el vaso de agua que todavía no había tocado.

—Toma.

—Gracias, cachorrito. —Con una sonrisa frágil, volvió a concentrarse en el Hyhborn—. ¿Cuándo se marcharán?

—Es difícil contestar a eso —afirmó el príncipe Thorne con frialdad, y habría jurado que la temperatura del salón había bajado varios grados.

—Creo que hay asuntos de los que es mejor hablar en privado —les aconsejó lord Bastian.

Claude señaló al servicio con la cabeza. Abandonaron las sombrías paredes, silenciosos como espíritus. Hymel siguió sentado, pero yo me levanté, preparada para huir de la habitación a pesar de que quería oírlo todo, ya que suponía que tenía que ver con los Caballeros de Hierro.

—Tu *cachorrito* puede quedarse —dijo el príncipe Thorne.

Me detuve medio segundo. Cerré los puños en los costados y me giré despacio hacia el príncipe. Nuestras miradas se encontraron de nuevo.

Me guiñó el ojo.

Hinché las fosas nasales mientras me inundaba la irritación.

La sonrisa del príncipe se *calentó*.

—Bien —dijo Claude, y antes de que pudiera sentarme en mi silla, tiró de mí *sobre* su regazo—. Sospecho que necesitaré su consuelo durante esta conversación.

Los dedos del príncipe Thorne dejaron de moverse. Un escalofrío rompió en mi piel cuando las llamas de las velas se agitaron como si una brisa se hubiera colado en el salón, aunque no había tal cosa.

Tan pronto como el servicio se marchó y la puerta se cerró, el príncipe Thorne habló:

—Pareces… inquieto por la perspectiva de alojarnos.

—Solo sorprendido. Eso es todo. —Claude se aclaró la garganta, un poco tenso—. No me desagrada la noticia.

Miré a los Hyhborn. No creía que nadie en la habitación se lo creyera.

—Me alivia oírlo —dijo el príncipe Thorne—. Estoy seguro de que estás al tanto de lo que está ocurriendo en la frontera con las Tierras Occidentales. Hemos venido a decidir qué medidas hay que tomar.

—Hemos oído algunas noticias al respecto.

Claude mantuvo un brazo alrededor de mi cintura mientras alargaba la mano hacia su champán abandonado.

La mirada implacable del príncipe Thorne hacía que me fuera difícil quedarme quieta.

—Se ha reunido un ejército en las Tierras Occidentales y se cree que pronto marchará por la Región Central. Sospechamos que la princesa de Visalia tiene la vista puesta en Archwood y en la corte de Primvera.

Se me quedó el aire atrapado en los pulmones. ¿Un asedio a Archwood? Eso era lo que Ramsey Ellis había temido, pero oírselo decir al príncipe era algo totalmente distinto. Se me secó la boca, y de repente deseé echar mano a mi copa de champán.

—Pero esa no es la única novedad —añadió lord Bastian—. Están los Caballeros de Hierro.

—Sí, hemos oído que posiblemente se unirán a las tropas de las Tierras Occidentales —dijo Claude—. No obstante, esa noticia me parece de lo más confusa. ¿Vayne Beylen, que quiere ver a un vulgar en el trono, uniendo fuerzas con el ejército Hyhborn de las Tierras Occidentales? Tiene poco sentido.

—Por lo que hemos descubierto, Beylen ha decidido que es más probable que su revolución tenga éxito si ayuda a las Tierras Occidentales —compartió el comandante Rhaziel.

Claude dejó escapar una carcajada estrangulada.

—Comprendo que la política de la corte no es habitualmente asunto nuestro… —comenzó.

—No lo es —asintió el príncipe Thorne.

—Pero nos vemos implicados en todos los conflictos que se producen entre los Hyhborn. —Claude se bebió el resto de su champán—. ¿Qué ocurre con la princesa de Visalia? ¿Cuál es el origen de todo esto? Estoy seguro de que es complicado, pero yo debería saber qué está empujando a las Tierras Occidentales a poner en peligro la seguridad de mi hogar.

—En realidad no es complicado —le contestó el príncipe Thorne—. La princesa cree que ha llegado el momento de que tengamos una reina, en lugar de un rey.

Levanté las cejas y abrí los labios. ¿Una reina en lugar de un rey? Nunca había existido una, ni una sola vez de la que se tuviera constancia, no desde la Gran Guerra. ¿Hubo reinas antes? ¿Era posible?

—Creo que la adorable Lis podría no estar contra esa idea —señaló lord Bastian.

El príncipe Thorne inclinó la cabeza.

—¿Crees que una reina, debido a su sexo, sería mejor gobernante?

—No —dije sin vacilación—. No creo que eso marque una diferencia.

—¿Y qué te parecería que fuera un vulgar quien gobernara? —me preguntó el comandante Rhaziel.

Su pregunta me tomó desprevenida, y tragué saliva.

—Tu respuesta no saldrá de esta habitación, y no te juzgaremos —me aseguró el príncipe Thorne—. Comparte con nosotros lo que piensas, por favor.

—Yo... —Me aclaré la garganta, preguntándome cómo había terminado siendo la que respondiera a esa pregunta. Oh, sí, por mis expresiones faciales, que seguramente habían traicionado mis pensamientos—. Es posible que las cosas fueran distintas si gobernara alguien del vulgo. Los vulgares somos más numerosos que los Hyhborn, y por lógica, nosotros comprendemos mejor nuestras necesidades, pero...

—¿Pero? —insistió el comandante Rhaziel, con dureza en su mirada.

—Pero seguramente no sería mejor ni peor —terminé—. Seas vulgar o Hyhborn, rey o reina, cuando obtienes autoridad y riqueza, ya no representas a la gente.

—Interesante punto de vista —dijo lord Bastian, pasándose los dedos por la boca.

—Pero irrelevante —añadí—. Si los Caballeros de Hierro respaldan a las Tierras Occidentales, eso significa que están apoyando a otros Hyhborn.

—Efectivamente —murmuró el príncipe Thorne—. Parece que Beylen cree que la princesa gobernará de otro modo.

Casi me reí, pero pensé en Grady... pensé en el vulgo que se uniría o apoyaría la causa de Beylen. ¿Sabían, aquellos que arriesgaban sus vidas y morían por su causa, que Beylen apoyaba a otro Hyhborn? Dudaba que se alegraran de ello.

—Entonces, ¿han venido a decirme que la guerra no solo está fraguándose...? —Claude bajó la copa hasta apoyarla en mi pierna. La agarraba con fuerza, con los nudillos blancos—. ¿Sino que ha venido a mi puerta?

—Así es —le confirmó el príncipe Thorne, y se me heló el corazón—. Pero también para informarte de que defenderemos Archwood.

Me sentí aliviada y exhalé con brusquedad, porque hubo un momento en el que algo que ni siquiera quería reconocer había comenzado a reptar en mis pensamientos. Pero ¿los Hyhborn iban a…?

—¿La defenderán? ¿Solo los tres? —balbuceó Claude.

El breve alivio que había sentido ya se había desvanecido, y ahora era como si nunca hubiera existido.

—El barón no pretende ofenderles —dije con premura, forzando una sonrisa débil—. ¿Verdad?

—Por supuesto —dijo Claude, despacio.

—Sabemos que los Hyhborn son muy poderosos —añadió Hymel, y creo que nunca había pensado esto antes, pero les di las gracias a los dioses porque dijera algo. Joder, me habría alegrado aunque solo hubiera abierto la boca para insultarme—. Pero ¿solo tres para enfrentarse a un ejército?

—Te sorprendería saber lo que podemos hacer nosotros tres —replicó el príncipe Thorne—. No obstante, supongo que prefieres que tu ciudad permanezca en pie.

Mi siguiente inspiración se perdió por el camino. De inmediato, pensé en Astoria y… miré al príncipe. Vi su sonrisa. Era puro hielo. Quizá me había equivocado sobre su compasión. Si fue él quien destruyó Astoria, muchos inocentes perdieron la vida en el proceso. Como mínimo, miles tuvieron que marcharse, se convirtieron en refugiados por los actos de unos pocos.

Pero algo no encajaba en aquello. Él era mi… Malditos fueran los dioses, si darme de tortas no hubiera llamado la atención, lo habría hecho. Él no era *mi* nada.

—Como se ha decidido, tendremos nuestro propio ejército —dijo el comandante Rhaziel, y me concentré en una palabra. *Decidido.*

Como si hubiera existido otra opción.

—A menos que la invisibilidad sea un talento de las tropas Hyhborn… —Claude fingió examinar el salón—. Supongo que ese ejército todavía no ha llegado.

Oh, dioses…

Se hizo el silencio en el comedor. Estábamos tan callados que estaba segura de que podría oír toser a una mosca.

—Las tropas están esperando mis órdenes. —El tono del príncipe Thorne era gélido—. Tenemos varios centenares de guerreros Hyhborn, además de quinientos del regimiento de la Corona. —Los vulgares y los *caelestias* que servían como caballeros—. También están las tropas de Primvera. —Miró al comandante.

—Creo que apenas tienen trescientos guerreros Hyhborn —contestó este.

—Entonces, ¿eso es todo? —Claude presionó el pecho contra mi espalda al inclinarse hacia adelante—. ¿Poco más de un millar que defenderán Archwood contra *varios miles* de Caballeros de Hierro y de soldados de las Tierras Occidentales? ¿Y quinientos de ellos son vulgares y *caelestias*?

—Quinientos entrenados por nosotros —replicó el comandante, apretando los labios.

—Varios centenares de Hyhborn deben ser el equivalente a varios miles de vulgares —le aseguré a Claude, apretándole suavemente el antebrazo—. Es suficiente.

Me miró a los ojos y se relajó en su silla, seguramente pensando que era mi intuición la que hablaba, pero no lo era. Mi intuición estaba en silencio. Solo estaba intentando evitar que dijera otra tontería, y que lo mataran.

—Tu *cachorrito* tiene razón —afirmó el príncipe Thorne.

Giré la cabeza en su dirección y tuve también que recordarme que no debía decir una idiotez, a pesar de que la irritación destellaba de nuevo en mi interior. El apelativo cariñoso de Claude era a menudo irritante, pero nunca lo decía con el tono burlón que usaba el príncipe Thorne.

Por una vez, Thorne estaba mirando sobre mi hombro. A Claude.

—Cualquiera con la edad y la habilidad suficientes, y que desee defender su ciudad, debería prepararse para ello.

—Tenemos guardias —murmuró Claude, ausente—. Hombres entrenados.

Se me constriñó el pecho y miré las puertas cerradas, hacia los pasillos donde Grady esperaba.

—Cualquiera con edad suficiente y en buenas condiciones físicas puede recibir entrenamiento básico —repitió el príncipe Thorne—. Eso te incluiría a ti, barón Huntington.

Claude se quedó inmóvil a mi espalda; después, la carcajada que estaba subiendo por mi garganta se derramó por sus labios.

—No he levantado una espada desde que recibí mi título.

Nada en las expresiones de los Hyhborn delataba sorpresa.

—Entonces te sugiero que lo hagas tan pronto como sea posible —le aconsejó el príncipe—. Después de todo, no podemos pedir a los demás que luchen para defender sus hogares y sus vidas si no estamos dispuestos a luchar nosotros mismos.

Eso era cierto, pero ¿para qué servía un soldado que era más probable que se apuñalara a sí mismo que al enemigo?

—Como el comandante Rhaziel ha dicho antes, Archwood es un puerto esencial —continuó el príncipe Thorne después de un momento—. Si se apoderaran de Archwood y después de Primvera provocarían un efecto en cadena catastrófico para todo el reino. Esto daría ventaja a las Tierras Occidentales, y el rey no lo toleraría. En ese caso, Archwood se daría por perdida.

El comedor quedó en silencio. Lo único que pude oír durante varios minutos fue el latido de mi corazón.

Fue Hymel quien rompió la quietud.

—¿Quiere decir que se permitiría que Archwood cayera en las manos de las Tierras Occidentales y que, por tanto, se convertiría en parte de esta rebelión de vulgares y Hyhborn?

Mi intuición me decía que no, que ese no era el caso, pero después guardó silencio y supe qué significaba: la respuesta la tenían los Hyhborn, una que no podía ver pero que podía suponer.

El gélido dedo de la inquietud me presionó la nuca.

—Deseas hablar. —La atención del príncipe estaba concentrada en mí—. Por favor, hazlo.

Me erguí, sabiendo que no era mi papel hacer preguntas, al menos no en una reunión pública, y que ya me había sobrepasado con mis opiniones sobre el asunto del rey y la reina. Era el papel del barón, o quizá de Hymel, pero ninguno de ellos dijo nada. Nadie lo hizo.

El príncipe esperó.

Me aclaré la garganta.

—Si las Tierras Occidentales o incluso los Caballeros de Hierro solos consiguieran adueñarse de Archwood, ¿qué ocurriría?

—Los puertos y los mercados comerciales serían destruidos. —Sus ojos se encontraron con los míos. Sus colores estaban inquietantemente tranquilos—. Como lo sería la ciudad entera.

22

Los platos con incrustaciones de diamante y las fuentes de comida intacta habían abandonado hacía mucho la mesa, y solo quedaban algunas bandejas con postres. Hymel se había marchado con el comandante Rhaziel y lord Bastian para hablar de los preparativos para enfrentar al regimiento que se acercaba… Algo en lo que el barón debería haberse involucrado. No obstante, una botella de coñac había reemplazado a la de champán y ahora solo nosotros tres estábamos en el comedor.

A aquella hora de la noche, el barón ya estaría en el solario o en la Gran Cámara, rodeado por sus amantes y amigotes, pero el príncipe no mostró señal alguna de estar dispuesto a abandonar la sala. Por tanto, el barón se quedó.

Y yo también.

—Dígame algo, excelencia —comenzó Claude, y cerré los ojos brevemente, porque no tenía ni idea de qué tontería iba a salir de su boca.

Y habían salido muchas ya, como cuando Claude le preguntó al príncipe Thorne si creía que las gachas frías de cereales que a menudo se comían al despertar podían considerarse una sopa, algo a lo que este había contestado solo con una expresión en parte confusa y en parte incrédula, o cuando entretuvo al príncipe con historias del tiempo que había pasado en la universidad de Urbane, justo a las afueras de Augustine.

O intentó entretenerlo.

Al príncipe Thorne no parecía divertirle nada de lo que el barón decía.

No obstante, parecía interesarle bastante dónde estaba la mano libre de Claude. Observó cómo los dedos del barón jugaban primero con la tira de encaje entre mis senos, y su mirada siguió después el camino que trazaron hasta mi estómago, hasta mi cadera. Fue consciente del momento exacto en el que la palma viajera de Claude llegó a mi muslo, expuesto por la amplia abertura de la falda. Diminutos estallidos blancos aparecieron en los ojos del príncipe.

Claude parecía no haberse dado cuenta de a qué estaba el príncipe tan atento, pero yo era consciente... demasiado consciente. El barón tenía las manos frías, pero el fuego del escrutinio del príncipe me escaldó la piel, creándome un conflicto de emociones que era imposible de ignorar.

Sinceramente, podría haberme marchado en cualquier momento. Ni siquiera estaba tratando de leer al príncipe Thorne. Claude se sentiría decepcionado, pero no haría nada por detenerme. Temía que, si lo dejaba a solas con el príncipe, se metería en problemas, o algo peor.

Conseguiría que lo mataran.

Pero ¿esa era la única razón?

Mi mirada se topó brevemente con la del príncipe y me quedé sin respiración.

—He oído algo totalmente fascinante sobre los Hyhborn por lo que siempre he tenido curiosidad pero que nunca he tenido la oportunidad de preguntar —continuó Claude, pasando los dedos de un lado a otro sobre la curva de mi muslo—. Una vez oí que los Hyhborn podían... regenerar sus extremidades cortadas.

Casi me ahogué con el champán que estaba acunando.

—¿Es eso cierto? —preguntó Claude.

Frente a nosotros, el príncipe Hyhborn estaba sentado como antes en mis aposentos. Tenía un vaso corto de whisky en la mano y una postura casi relajada, *casi* perezosa, pero la tensión enroscada, el poder apenas contenido, estaba allí.

—Depende —contestó el príncipe Thorne, recorriendo el borde de su vaso. El líquido ambarino era casi del mismo color que el cabello que rozaba su mandíbula.

—¿De? —insistió el barón.

Thorne apretó la mandíbula.

—De lo… fuerte que sea. Sanar una herida requiere una extraordinaria cantidad de energía, incluso para un Deminyen. —Su mirada siguió los dedos de Claude mientras estos se deslizaban bajo el panel de mi vestido, y me mordí el interior del labio—. La energía no es infinita, para nadie.

—Interesante. —Claude tomó otro trago.

—¿Lo es? —replicó el príncipe Thorne—. ¿Debería preocuparme tanto interés?

Me presioné el pecho con la copa. El tono engañosamente suave de su voz me erizó la piel.

—Bueno, me tienta un poco la idea de cortarle un brazo solo para verlo creer de nuevo —dijo Claude con una sonora carcajada—. Debe ser algo muy raro de ver.

Abrí los ojos con sorpresa. Me dije que no acababa de decirle eso a un Hyhborn… al príncipe de Vyrtus.

El dedo del príncipe se detuvo en el borde de su copa. Las llamas se avivaron de repente en las velas.

—El barón solo está bromeando, excelencia. —Sonreí, con el estómago revuelto—. No tiene que preocuparse. Posee un sentido del humor bastante inusual.

—No estoy preocupado —contestó el príncipe, recorriendo de nuevo el borde de su vaso—. Después de todo, no ha levantado una espada desde… ¿Cuándo? ¿Desde que recibió su título?

Dudaba que Claude hubiera levantado una espada antes de eso.

—Y, para atravesar la carne y el hueso, habría que blandir una espada de *lunea*. —Se detuvo, tomó un pequeño sorbo de whisky—. Son bastante… pesadas.

Entonces bebí un trago bastante grande de champán, sabiendo muy bien que Claude no podría levantar una espada de *lunea*. El príncipe Thorne también lo sabía.

Y Claude.

—*Touché*. —Se rio, echando mano a la botella de coñac. Se sirvió con mano sorprendentemente estable—. Pero hay dagas de *lunea*, que supongo que son más manejables.

Por todos los dioses…

—Me gustaría saber algo —comenzó el príncipe Thorne—. ¿Qué harás si los Caballeros de Hierro consiguen entrar en Archwood?

—Eso no ocurrirá si usted y su regimiento protegen la ciudad. —Los dedos de Claude se deslizaron bajo el panel de mi vestido una vez más—. Pero si fueran… —Claude bebió, y me tensé—. ¿En caso de derrota? Tengo a mis guardias.

El príncipe Thorne sonrió débilmente.

—¿Y si matan a tus guardias?

Se me hizo un nudo en el estómago, miré la puerta. Ni siquiera quería pensar en eso.

—Entonces supongo que estaría con la mierda hasta el cuello, como suele decirse —dijo, deslizando la mano por mi muslo. Su palma rozó mi vientre.

El príncipe Thorne sonrió.

—Bueno, esperemos que la cosa no llegue a eso.

—Esperemos. —Los dedos de Claude regresaron al encaje, como lo hizo la mirada del príncipe—. Pero, hablando en serio, si eso ocurriera, defendería lo que es mío de todos los modos posibles. Aunque no haya levantado una espada en muchos años.

Deteniéndose con el whisky a medio camino de la boca, el príncipe Thorne ladeó la cabeza.

—¿Y qué consideras tuyo?

Los dedos de Claude rozaron la curva de mi pecho.

—Todo lo que ve.

—¿Todo? —insistió el príncipe Thorne.

—La ciudad, desde el Canal Oriental a los Wychwoods, y sus habitantes. Sus hogares y sustentos —dijo Claude, y fue la primera vez que me pareció que sonaba como… Bueno, como lo haría un barón. Lo que estaba en un crudo contraste con los dedos que surcaban mi pecho. Me sobresalté, se me escapó un pequeño suspiro. El fino material no era una verdadera barrera contra la frialdad de sus manos—. Los campos y jardines, esta mansión y todos los que viven en ella.

—¿Tus sirvientes? —La mirada del príncipe estaba clavada en la mano del barón—. ¿Tus amantes? —Tomó un sorbo, no parpadeó—. ¿Tu *cachorrito*?

Me sobresalté de nuevo, y esta vez no tuvo nada que ver con las caricias de Claude. Miré al príncipe Hyhborn con los ojos entornados, pero él no me vio. ¿Cómo podría haberlo hecho, cuando seguía atento a la mano del barón en mi pecho?

—Sobre todo ella. —Los labios fríos y húmedos de Claude me presionaron el cuello—. Ella es la más valiosa de todas.

Levanté las cejas.

El príncipe Thorne bajó el whisky mientras alzaba la mirada hasta los ojos de Claude.

—Creo que eso es algo en lo que estamos de acuerdo.

Me tensé.

—Estoy a…

Contuve el aliento cuando Claude recorrió con los dedos la sensible cumbre de mi pecho. Agarré con fuerza el tallo de la copa y las llamas de las velas titilaron una vez más.

—¿Decías? —me preguntó el príncipe Thorne, curvando una comisura de sus labios.

—Decía que estoy aquí. —Ignoré la mano de Claude mientras bajaba de nuevo por mi vientre; ignoré la mirada abrasadora del príncipe que la siguió, y la intensa y dual sensación de calor y frío—. Por si lo habéis olvidado.

—Confía en mí —dijo el príncipe Thorne, despacio, echándose hacia atrás. Las estrellas de sus ojos eran aún más brillantes—. Ninguno de nosotros lo ha olvidado.

—Eso es lo segundo en lo que ambos estamos de acuerdo.

Claude pasó los dedos sobre mi ombligo y entre mis muslos, ampliando la abertura en los paneles.

—Me alegra saber que habéis descubierto algo que os une —dije, levantando la barbilla—. Espero poder proporcionaros una tercera cosa.

—¿Y qué sería? —me preguntó Claude, tomando de nuevo su copa.

—No soy un objeto. —Esperé hasta que la mirada del príncipe regresó con la mía—. No pertenezco a nadie.

—De acuerdo —murmuró Claude, presionando los dedos contra la carne del interior de mi muslo, abriéndome las piernas unos centímetros hasta que no hubo duda de que el príncipe podría ver el escaso encaje negro entre mis muslos.

La mirada del príncipe no se había desviado ni un segundo, y pensé que… que sus labios se separaban un poco mientras parecía empaparse en lo que el barón le había revelado… a propósito. Me sonrojé bajo su mirada, pero no de vergüenza. Una parte de mí pensaba que quizá debería sentirme avergonzada. Que, si fuera *buena*, pondría fin a lo que Claude estuviera haciendo, porque empezaba a preguntarme *cuán* borracho estaba en realidad.

O estaba mucho más ebrio de lo que sospechaba, o estaba gestionando la bebida mejor de lo que creía, porque sus actos y palabras se habían vuelto muy precisos y claros.

El barón se ponía a menudo juguetón, sobre todo cuando bebía, incluso conmigo aunque eso no nos llevara a ninguna parte, pero empezaba a pensar que me había equivocado, que Claude era muy consciente de a qué estaba prestando atención el príncipe. Ahora había un tono de provocación en sus actos, como si no fuera su propio deseo lo que lo impulsara, sino lo que veía en la mirada del Hyhborn.

Pero no hice nada para detener a Claude. No podía… o no quería, mientras el príncipe miraba, mientras el calor de mi piel inundaba mis venas. Y quizá había bebido más champán del que creía, porque de repente me sentía envalentonada.

—¿Y su excelencia? —lo desafié—. ¿Está de acuerdo?

Las llamas danzantes proyectaron sombras interesantes en sus rasgos.

—Diría que sí, pero sería mentira.

—¿Y eso…? —Una trémula exhalación me abandonó cuando Claude me cubrió con la mano. Una abrupta oleada de placer llegó a continuación—. ¿Y eso por qué?

—Nadie en el Reino de Caelum es realmente libre. —Miró cómo se movía la mano de Claude—. Todos nos sometemos al rey.

Claude se rio.

—En eso tiene razón, cachorrito.

La tenía, pero no dije nada. Tenía el pulso desbocado. Me sentía un poco mareada, y quizás un poco trastornada. No estaba segura de cómo habíamos pasado de hablar de un inminente asedio a aquello. No creía que fuera posible entenderlo.

—Tengo otra pregunta para ti —dijo el príncipe Thorne—. Cuando estuviste en la universidad de Urbane, ¿pasaste algún tiempo en la Corte Real?

—Sí.

—¿Y qué te pareció?

—Fue una… experiencia —contestó Claude—. En parte, como esperaba.

—¿En parte?

Sentía curiosidad y quería oír la explicación del barón. Yo no sabía que había estado en la corte del rey. Solo los *caelestias* y algunos aristócratas entraban en las cortes Hyhborn; bueno, ellos y aquellos a los que los Hyhborn *cosechaban*. Pero me resultaba difícil escuchar. Estaba mirando al príncipe tan ávidamente como él miraba la mano del barón. Sus dedos recorrían el borde de su vaso en una sincronía casi perfecta con los que estaban entre mis muslos, y era muy, muy fácil imaginar que eran sus dedos los que sentía.

Giré las caderas, inquieta, mientras me concentraba en los dedos del príncipe y mi respiración se aceleraba. ¿Podría notar el barón el calor húmedo a través de la sedosa lencería? ¿Creería que era la respuesta de mi cuerpo a sus caricias o...? Me moví en el regazo del barón, mi pecho se elevó bruscamente cuando presionó la lencería de encaje, pero yo... yo no lo sentía *a él* debajo.

El barón lo sabía.

Claude estaba tocándome como si quisiera extraer una respuesta de una bola de cristal. No era la técnica más excitante, no de lo que yo sabía que era capaz. Estaba...

Estaba ofreciendo un espectáculo.

—Es tan opulenta y hermosa como creía que sería —respondió Claude después de un momento—. Pero no esperaba que fuera tan...

—¿Tan?

Me mordí el labio al oír su voz, esa única palabra. Sobrevoló mi piel como la seda caliente, y curvé los dedos de los pies en el interior de mis zapatillas.

—Cruel —terminó Claude.

Y esa única palabra enfrió parte del calor de mi sangre.

—Tengo una pregunta para usted, excelencia.

El príncipe inclinó la barbilla.

—¿Eres tan cruel como afirman los rumores? —le preguntó, provocando que el corazón me diera un vuelco.

El príncipe Thorne no respondió durante varios minutos demasiado largos, y siguió mirando los dedos en movimiento de Claude.

—Solo cuando es necesario.

Claude, al parecer, entendió lo que eso significaba.

—¿Le gustaría beber algo que no fuera whisky? No lo ha tocado en un rato.

—No es de lo que tengo sed.

—Supongo. —Claude se quedó en silencio, y volví a sentir un vuelco—. ¿Cachorrito? —dijo contra mi ruborizada sien, pasando el pulgar sobre la palpitante conjunción de mis nervios—. ¿Por qué no te sientas con el príncipe?

Mi mirada colisionó con la de Thorne. El aire se detuvo en mis pulmones, aprisionado en mi cuerpo, pero el corazón me latía con fuerza.

—Parece muy solo —susurró Claude—. ¿No?

El príncipe Thorne no parecía solo.

Su cuerpo entero estaba tenso; sus rasgos eran más duros bajo la violenta luz de las llamas. Parecía…

El príncipe Thorne parecía *hambriento*.

—Ve —insistió Claude, soltándome la cintura y sacando la mano de entre mis piernas.

Dudé a pesar del desconcertante latido de placer que resonó en respuesta a la… ¿Qué? ¿Orden? ¿Autorización? No sabía qué era. Sabía que a Claude le gustaba mirar y que le miraran, pero aquel era un príncipe. No era uno de sus amantes, ni otro aristócrata.

Pero me bajé de su regazo y me levanté, dejé mi copa sobre la mesa. El príncipe Thorne no dijo nada, pero me siguió con la mirada mientras caminaba sobre unas piernas que sentía más débiles de lo que deberían. Miré la puerta, sabiendo que podía marcharme. Claude no me detendría. Tampoco *creía* que lo hiciera el príncipe Thorne. Podía marcharme y poner fin a la locura en la que aquello empezaba a convertirse.

No lo hice.

Si hubiera sido otro, lo habría hecho, pero era *él*.

Me acerqué al príncipe, con el corazón latiendo con fuerza y un hormigueo en las manos. Él me miró, todavía en silencio, y de repente pensé que habría sido buena idea marcharme. Sin duda, si el príncipe quería compañía, lo habría dicho. Un tipo distinto de calor golpeó mi piel. Empecé a retroceder un paso…

El príncipe Thorne extendió el brazo mientras se echaba hacia atrás. Me detuve.

Sus arremolinantes ojos se encontraron con los míos.

—Siéntate.

Sintiendo que no podía respirar lo bastante profundo, me deslicé entre él y la mesa. No conseguí llegar más lejos. Me rodeó las caderas con el brazo y tiró de mí sobre su regazo.

Lo *noté* de inmediato.

Estaba grande y duro contra mi trasero. Contuve un gemido que seguramente resonó en el salón demasiado silencioso. Al otro lado de la mesa, Claude sonrió.

El pecho del príncipe Thorne, sentado más erguido que el barón, estaba caliente contra mi espalda. Colocó una mano justo debajo de mis senos y extendió los dedos sobre mis costillas; la otra abandonó el vaso de whisky.

—¿Qué opinas del intento de rebelión de la princesa de Visalia? —le preguntó a Claude.

—No estoy seguro de saber lo suficiente de sus intenciones para tener una opinión. —El barón levantó su copa.

—Sabes que quiere gobernar —dijo el príncipe Thorne. Deslizó la mano sobre la pulida superficie de madera. Mi corazón todavía latía con fuerza—. ¿No es suficiente?

—Supongo, pero ¿y si su motivación es solo un deseo de derrocar al rey Euros? —Claude resopló, tomó un sorbo—. Entonces no tendría sus intenciones en alta estima.

La mano del príncipe abandonó la mesa y se posó en mi muslo. Me sobresalté un poco cuando su piel caliente entró en contacto con mi carne. No se detuvo allí. No hubo insinuación ni... seducción. Su mano se escurrió bajo el vestido y entre mis piernas, sus dedos indagaron bajo la tira de encaje y en mi carne húmeda. Mi cuerpo reaccionó, arqueé la espalda y levanté las caderas contra su mano. Su pecho vibró contra mi espalda, un retumbo grave que me abrasó la piel. No sabía qué había provocado ese sonido, si fue mi reacción o la suya a mi humedad.

—El ansia de poder parece ser algo que afecta a vulgares y Hyhborn por igual —estaba diciendo Claude—. En realidad, no podemos culpar a nadie por lo que se ha convertido en una segunda naturaleza.

—Supongo que no —dijo el príncipe Thorne, deslizando un dedo a través de mi palpitante humedad, y después en mi interior. Giré las caderas, me agarré al reposabrazos de la silla. El sonido que emitió entonces fue inconfundible: una risa grave—.

¿Puedes tú, *cachorrito*? Es lo natural, que las especies intenten ejercer su dominio —añadió mientras hundía el dedo.

Giré la cabeza hacia él. Nuestras bocas estaban a centímetros de distancia.

—No me llames así.

El azul de sus ojos se extendió al resto de los colores.

—¿Cómo se supone que debo llamarte?

—No así... —Contuve la respiración cuando curvó el dedo, encontrando un... un *punto*.

Su mirada vagó por mi rostro, al parecer notando la intensificación del color.

—¿Qué dices tú entonces? ¿Puedes culpar a otro por intentar conseguir lo que quiere?

—Yo... —Tenía la sensación de que no solo estaba hablando del líder de los Caballeros de Hierro, pero no podía estar segura, porque tocó ese punto de nuevo. Una revuelta de sensaciones me atravesó. Me apoyé en él—. Supongo que... Supongo que depende.

—¿De?

—De qué se intente conseguir —contesté, apartando la mirada—. Y de la razón por la que se lo desea.

Ahora era Claude quien miraba, pero... pero me di cuenta de que, por cómo estaba sentado el príncipe Thorne, la mesa ocultaba mi mano y la suya.

A diferencia del barón, él no quería que otro lo mirara, lo que me sorprendió. Habría esperado...

Mis pensamientos se dispersaron cuando el pulgar del príncipe se unió al movimiento. Me estremecí cuando comenzó a girarlo, rápido y preciso. El cuerpo del príncipe... Su mano y sus dedos se calentaron, se calentaron contra mí y en mi interior. Oh, dioses, nunca había sentido nada así. El borde de la madera se clavó en mi palma.

—Pero dudo que solo el ansia de poder empuje a alguien, aunque sea una princesa, a ser tan temerario y audaz como para intentar apresar una ciudad que atraería la ira y el poder del rey —continuó Claude—. Seguramente haya más de un puerto que le parezca lo bastante valioso sin arriesgarse a ser destruido.

Algo... Algo en el modo en el que Claude habló hizo que un escalofrío de cautela cubriera mi piel. Respirando demasiado rápido, procuré concentrarme.

—Creo que esa es la tercera cosa... —El dedo del príncipe Thorne me penetró, su pulgar giró, y fue... fue demasiado. El creciente placer bordeaba el dolor. Empecé a apartarme. El brazo que me rodeaba la cintura lo evitó—. En la que estamos de acuerdo.

La tensión estalló sin advertencia. Me corrí, gimiendo...

El príncipe Thorne me cubrió la boca con la mano, amortiguó el sonido de mi liberación.

—Aquí no —me susurró al oído—. Nadie debe oírlo, más que yo.

Cerré los ojos mientras me estremecía, un poco perdida en las oleadas de placer crudo, en la sensación de su carne dura y en los tendones de su antebrazo, que en algún momento había agarrado sin oír ni ver nada. Lo único que sentía eran los ondulantes temblores del placer y la acalorada presencia de su dedo, ralentizándose.

Estaba jadeando mientras me asentaba en su regazo, con el cuerpo laxo y totalmente relajado sobre el suyo. Miré con los ojos entornados cómo deslizaba la palma sobre mi muslo y levantaba la mano.

Los ojos del príncipe Thorne se clavaron en los míos mientras se llevaba el dedo brillante a la boca y... y lo succionaba.

Oh, dioses. Mi cuerpo entero se estremeció una vez más.

—Gracias —dijo, y después su mirada se detuvo en el barón—. He disfrutado el postre.

Claude se rio y se terminó la copa de coñac.

—¿No lo hemos hecho todos?

—Hay algo que me gustaría pedirte, barón —dijo el príncipe Thorne después de un momento, mientras su otra mano regresaba a mi cintura y yo me concentraba en controlar mi respiración y mi corazón—. La quiero a ella.

Me quedé inmóvil.

—La quiero a ella —repitió el príncipe Thorne—. Durante mi estancia aquí, será mía.

23

El orgasmo inesperado y seguramente inapropiado me había podrido la mente, porque no era posible que hubiera oído bien al príncipe Thorne.

Claude bajó despacio la botella de coñac.

—¿Por qué?

—¿Tiene que haber una razón? —replicó el príncipe.

La incredulidad me atravesó. Lo *había* oído bien.

Saliendo de mi estupor, me incliné hacia adelante, pero no conseguí llegar muy lejos antes de que el brazo del príncipe tirara de mí contra su pecho. Giré la cabeza para mirarlo.

—Suéltame —susurré.

Los remolinos de sus ojos se clavaron en los míos. Pasó un tenso segundo; después, me soltó con una leve sonrisa.

—Tus deseos son órdenes.

Me levanté, golpeé la mesa e hice que traquetearan las copas mientras me alejaba de él.

—No sé por qué sonríes, excelencia. No puedes tener lo que pides.

—Thorne —me corrigió. Levantó su whisky—. Esto no debería ser una sorpresa para nadie, pero solo para que todos lo tengamos claro: ¿lo que quiero? Lo consigo. Y lo que quiero es que tú me hagas compañía durante mi estancia aquí.

Inhalé con brusquedad.

—Bueno, supongo que entonces esta será la primera vez que te digan que no.

Tomó un sorbo mientras me miraba.

—Eso ya me ha pasado. Hubo una vez, solo una, en la que no conseguí lo que quería. No habrá una segunda.

La ira hirvió en mi interior tan rápidamente que olvidé *qué* era él y *quién* era yo.

—Estás loco si crees que puedes exigir mi compañía.

—Lis —me advirtió Claude.

—No —le espeté. Mi respiración hacía que mi pecho se alzara y cayera bruscamente—. Será sobre mi cadáver.

El príncipe solo levantó una ceja.

—Eso es un poco dramático, *na'laa.*

—No me llames así. —Apreté los labios—. No soy un objeto del que puedas apropiarte o coleccionar.

—No he sugerido que lo fueras.

Me clavé las uñas en las palmas.

—¿Qué estás sugiriendo entonces exactamente? Porque no te he oído preguntarme qué quiero yo.

—Ya sé lo que quieres. —Algo demasiado parecido a la diversión danzó en los remolinos de sus ojos.

—Tú no tienes ni idea de lo que quiero.

—Tengo que mostrarme en desacuerdo con eso.

—No hay desacuerdo pos…

—Solo voy a pedirlo una vez —dijo al barón, interrumpiéndome—. No lo pediré de nuevo.

—En otras palabras: no estás pidiendo permiso —repliqué.

Levantó un hombro.

—Puedes verlo así si lo deseas.

—¿Si lo deseo? —exclamé—. No hay otro modo de verlo.

—Una vez más, no puedo estar de acuerdo.

—¿Por qué ella? —preguntó Claude de nuevo, sorprendiéndome.

El príncipe Thorne no respondió en un largo momento.

—Tengo que alimentarme, y prefiero hacerlo con ella.

¿Me quería para poder alimentarse? La ira casi me asfixió, pero iba acompañada de algo similar a… ¿a la decepción? Eso no tenía sentido. Furiosa, le di la espalda al príncipe con toda la intención de abandonar el comedor. Estaba harta de tanta tontería.

—Me has preguntado si soy cruel. —El príncipe Thorne habló de nuevo, concentrándose en el barón—. Yo te hago a ti la misma pregunta: ¿eres cruel?

Me detuve, girándome hacia el príncipe. No podía…

—¿Disculpe? —Claude se levantó, plantó las manos sobre la mesa—. No estoy seguro de por qué me hace esa pregunta.

—¿No? —El príncipe Thorne habló en voz baja, haciéndome sentir un escalofrío—. Afirmas que es la más valiosa para ti y no obstante la tratas con descuido y desconsideración. La enviaste a mis aposentos, al parecer demasiado distraído o demasiado ebrio para informarme de su llegada. Podría haber muerto.

—Pero no morí —siseé—. Obviamente.

El príncipe Thorne me ignoró.

—No solo eso: se la trata con crueldad. Cuando la vi antes, estaba magullada.

Lo miré con brusquedad.

—No estaba magullada.

El príncipe me miró.

—Me gustan tus mentiras.

Claude se giró hacia mí, tenso.

—¿De qué está hablando?

—De nada…

—Tenía la muñeca amoratada —me interrumpió el príncipe Thorne—. Me dijo que se lo hizo en el jardín.

—Fue así. —Le eché una mirada que podría haberlo incendiado.

Él se mantuvo impasible.

—Era un moretón extraño para hacérselo con la jardinería, teniendo en cuenta que parecían huellas de dedos.

—¿Qué pasó, Lis? —me preguntó Claude, presionando la mesa con las palmas.

Levanté la barbilla.

—Nada, como ya he dicho.

Claude apretó la mandíbula mientras se inclinaba hacia adelante.

—Los Hyhborn no pueden mentir, pero los *caelestias* y los mortales sí. Quiero la verdad.

—No digo que él mienta. —Me ardían las puntas de las orejas, me crucé de brazos—. Ni siquiera me di cuenta de que me había hecho daño, así que di por supuesto que había ocurrido mientras estaba con las plantas.

—Ajá. —El príncipe Thorne inclinó la cabeza—. No sabía que las plantas tenían dedos y que podían agarrar a alguien con la fuerza suficiente como para dejarle un moretón.

—Nadie te ha pedido tu opinión —repliqué.

Despacio, el príncipe me miró.

—*Lis* —siseó Claude esta vez—. No seas tonta.

Lo era.

Sabía que no debía fulminar con la mirada al príncipe de Vyrtus, aunque lo hice mientras el corazón me golpeaba las costillas. Me había pasado, más de una vez, pero esta vez había cruzado la raya de un panzazo. Me detuve. El vello se erizó en mi nuca cuando el aire se electrificó y las llamas descendieron. Esta *boca* mía seguramente me había metido en un lío otra vez.

Pero el príncipe Thorne… *sonrió*.

El corazón me dio un vuelco.

Su sonrisa no era tensa ni fría; era amplia y sincera, mostrando un atisbo de dientes y suavizando la belleza gélida y sobrenatural de sus rasgos.

—Ella no pretendía ofenderle, eso se lo aseguro —le prometió Claude, y casi me reí ante la ironía de que fuera él quien tuviera que defenderme—. A veces es apasionada hablando y… no piensa.

—No me ha ofendido. —El azul de los ojos del príncipe se había iluminado una vez más—. Al contrario, si te soy sincero.

Negué con la cabeza, incrédula, pero parecía... *satisfecho*, y eso era... Bueno, de algún modo más inquietante.

—Gracias por su comprensión. —Claude tomó asiento—. Le prometo que no fui yo quien le hizo daño. —Flexionó un músculo en su mandíbula—. Pero llegaré hasta el fondo de este asunto.

—Me alegra oírlo. —El príncipe Thorne volvió a tamborilear la mesa con los dedos—. ¿Y mi petición?

¿Su petición? Su demanda, mejor dicho.

—Me marcharé pasado mañana para reunirme con mis tropas y escoltarlas hasta aquí —continuó el príncipe Thorne—. Tardaré varios días en hacer el viaje, pero mientras esté aquí, la quiero conmigo.

Claude volvió a servirse coñac. Cuando agarró el vaso para tomar un sorbo, tenía los nudillos blancos.

Comencé a sudar, cada vez más ansiosa.

—No tengo ningún problema con su petición —anunció el barón.

—¿Qué? —jadeé, girándome hacia él.

—Perfecto. —El príncipe asintió a Claude y después se levantó, se giró hacia mí. Sonrió—. Trato hecho, entonces.

Como yo no había acordado nada, di un paso atrás, tropecé con la mesa.

Su sonrisa se amplió.

—Tienes una hora para prepararte. —Pasó a mi lado y se detuvo cuando su brazo rozó el mío. Bajó la mirada, entornó los ojos—. Estoy deseando verte más tarde.

Sin habla, observé al príncipe de Vyrtus mientas se marchaba del comedor. Ni siquiera podía moverme; mi piel viraba del calor al frío.

—¿Cómo has podido decirle que te parece bien? —Miré a Claude. Después, viendo por fin más allá de la ira, lo entendí. Los Hyhborn *podían* tomar todo lo que quisieran, incluso ante un *caelestia*—. No tuviste opción —admití, pero podría… al menos podría haber dicho que no le parecía bien.

—Nos ha dado opción, Lis. Aunque no lo pareciera, sabes que ha sido así. —Claude me miró, al otro lado de la ahora tranquila luz de las velas—. Podría habernos obligado a ambos a aceptar.

Sí, el príncipe *podría* haberlo hecho.

—¿Eso importa?

—Eso siempre importa —contestó Claude en voz baja, y bebió.

Importó la noche anterior, pero eso había sido distinto.

—¡Esto es absurdo! —grité, alzando las manos—. No puedo…

—¿Quién? —me preguntó Claude—. ¿Quién te hizo daño?

No podía creerme que estuviera pensando en eso cuando prácticamente me había entregado a un príncipe Hyhborn.

—Eso no importa ahora.

—No estoy de acuerdo. Quiero saber quién fue.

—No es…

—¡Contesta! —gritó Claude, golpeando la mesa con una mano y asustándome. Tomó aliento profundamente, apartó la mirada—. Lo siento. Sé que no soy perfecto y que hay mucho que podría hacer mejor contigo… con todo esto. —Señaló el comedor con el brazo y me miró de nuevo. Pasaron varios minutos—. Pero sobre todo contigo. Los dioses saben que quiero más para nosotros… para ti, pero sé por qué te quedas, Lis. Lo sé.

Me quedé en silencio, con un nudo alojado en mi garganta.

—El miedo que tienes a volver ahí fuera… a volver a vivir en las calles con Grady. Es horrible tener que vivir con eso, y yo he tenido la suerte de no conocerlo nunca. —Se rio, pero sin humor—. Pero me he aprovechado de ese miedo. Me he beneficiado de él, cuando debería haber hecho justo lo contrario.

Yo… No podía creerme lo que estaba oyendo. No había sabido que él… lo sabía. Que se había dado cuenta. El nudo se expandió en mi interior.

—Me gustaría poder decir que soy mejor persona, pero sé que no lo soy —continuó, apretando la mandíbula—. No obstante, nunca te he levantado la mano… Ni a ti, ni a ninguno de mis amantes. Es lo único que me consolaba saber que te proporcionaba: seguridad, protección. Porque esa era la razón por la que te quedabas conmigo.

Agarré el respaldo de la silla mientras se me constreñía la garganta y me escocían los ojos.

—Tú… me has dado eso.

—Está claro que no. —Su mirada se encontró con la mía—. ¿Fue Hymel?

Dudé, porque los dioses sabían que no quería proteger a ese imbécil, pero temía lo que haría Hymel si Claude se enfrentaba a él. Lo que le haría a Grady. Incluso al barón.

—No —le aseguré—. La verdad es que no sé cómo me lo hice. Te lo juro.

Claude no dijo nada durante muchos minutos; después apartó la mirada, tomó su vaso y se bebió el licor dulce.

—En realidad me alivia la demanda del príncipe.

Parpadeé.

—¿Qué?

—¿Con quién estarías más segura que con el príncipe de Vyrtus? —razonó.

Apreté la madera de la silla con los dedos.

—No necesito estar segura.

Claude levantó las cejas.

—Vale, no me he expresado bien —me corregí—. Lo que quiero decir es que no necesito que me protejan.

—Es evidente que eso no es cierto.

Me tensé.

—Estoy segura aquí. Te prometo que…

—Ni siquiera estoy hablando de eso —me interrumpió—. Vayne Beylen y los Caballeros de Hierro se dirigen hacia aquí. Tú misma lo dijiste. *Ya viene.*

Bueno, no estaba segura de que mi premonición fuera por Beylen, pero esa no era la cuestión.

—Podríamos tener suerte y que la fuerza bruta del regimiento real disuadiera a las Tierras Occidentales y a los Caballeros de Hierro de intentar apoderarse de Archwood.

Claude resopló.

—Beylen es muchas cosas, pero fácilmente disuadible no creo que sea una de ellas. Si le han dado la orden de atacar Archwood, la cumplirá.

—¿Cómo lo sabes?

El barón no dijo nada.

Una presión se formó en mi pecho y mis sentidos se abrieron de inmediato. Mi intuición estiró sus dedos hasta que ese cordón se formó en mi mente. Me acerqué al muro gris y *empujé*.

—Tú lo conoces.

Claude me echó una mirada desaprobatoria.

—No me leas la mente, Lis.

—Perdóname por hacerlo, pero por todos los dioses, si conoces al comandante de los Caballeros de Hierro, ¿no crees que es algo de lo que deberías informar al príncipe Thorne antes de que otro se lo cuente a él o al rey? —Me dejé caer en la silla—. Si lo descubren…

—¿Me colgarán en la horca? —Claude se rio con voz ronca—. Créeme, lo sé. —Echó la cabeza hacia atrás contra la silla—. En realidad, somos parientes, Lis. Afortunadamente, es un primo lo bastante lejano para que sea difícil descubrir dónde se unen exactamente nuestros árboles familiares.

Si no hubiera estado sentada, me habría caído.

—Si sois parientes… —Coloqué las manos sobre la mesa—. ¿De qué parte de la familia?

—Paterna.

—Entonces eso… eso significa que es un *caelestia* —susurré—. ¿El líder de la rebelión vulgar ni siquiera pertenece al vulgo?

En respuesta, Claude se rio y levantó su vaso en un brindis.

—Lo siento, me encanta verte sorprendida. Es muy inusual.

Me eché hacia atrás en la silla.

—Bueno, quizás eso responda a la pregunta de por qué ha unido fuerzas con una Hyhborn… Algo sobre lo que tú fingiste no tener ni idea.

—No fingía. A mí también… me sorprende eso, pero Beylen no… —Cerró los ojos—. Pasamos algunos años juntos cuando era niño.

—¿Es de la Región Central? —le pregunté—. ¿Cómo terminó en las Tierras Occidentales, un mortal al mando de un ejército de la corte?

—Es un hijo de las estrellas —dijo, y fruncí el ceño. No solo porque eso no me decía nada, sino porque había algo que me parecía vagamente familiar en esa frase—. Pero nada de eso importa ahora. Lo que importa es que Beylen no se desviará y que no hay otro lugar más seguro que con un príncipe Hyhborn.

Seguía desconcertada por el hecho de que estuviera emparentado con el comandante de los Caballeros de Hierro. Eso era más importante que la exigencia del príncipe Thorne.

—Entonces Beylen sabe que eres el barón de Archwood. Sois familia.

—La familia no siempre lo es todo —murmuró, con la mirada fija en las velas—. No cuando se trata de lo que él… —Claude negó con la cabeza—. Hay cosas mucho más fuertes que la sangre.

Sentí un pequeño escalofrío y mis pensamientos regresaron con Maven y lo que el barón conocía sobre mis habilidades, al escudo gris que protegía sus pensamientos.

—¿Cómo sabías que me sería más fácil agrietar el escudo de un Hyhborn que no fuera tan poderoso como un príncipe?

Frunció el ceño.

—¿Qué?

—Lo dijiste esta mañana.

Tomó un trago.

—De verdad que no tengo ni idea de qué estás hablando.

Dudé.

—¿Cómo es pos…?

—Deberías estar preparándote, Lis —me interrumpió—. El príncipe volverá a por ti, y tienes poco tiempo.

—Ahora mismo eso no me importa.

Una breve sonrisa apareció en sus labios.

—Ambos sabemos que eso no es cierto.

—Vale, me importa, pero podemos volver a ese lío en un minuto.

—¿Lío? —Se rio—. Ni siquiera sé por qué protestas tanto. Me ha parecido que disfrutabas *intensamente* de sus atenciones —señaló—. No creo que haya visto a nadie disfrutar de un orgasmo como ese.

Mis mejillas se incendiaron mientras murmuraba:

—Dudo que eso sea cierto.

—Vamos, cachorrito. Nada de lo que yo te haya hecho con mi polla o mi lengua se ha acercado siquiera a lo que él te ha hecho con los dedos —me dijo—. Incluso yo admito que nunca he puesto esa expresión de éxtasis en tu rostro.

—No me puedo creer que esté teniendo esta conversación. —Eché mano a la botella de vino que quedaba en la mesa y bebí a morro de ella—. Nada de eso importa, Claude. No soy un objeto, no puedo ser regalada o aceptada.

—Y nadie te posee. Lo dejaste muy claro en la cena, pero ¿sabes? —Levantó un dedo de su vaso, me señaló—. Te equivocas. El rey nos posee a todos. Somos sus súbditos, en carne y espíritu.

—De acuerdo, vale, aparte de eso. —Agarré el cuello de la botella—. Quiere utilizarme para alimentarse, Claude.

—Sinceramente, dudo que esa sea la única razón, Lis. Hay innumerables modos en los que podría alimentarse que no exigen que lo haga de una sola persona.

—Entonces, ¿por qué yo?

Levantó una ceja.

—Es una buena pregunta, ¿no?

No lo era. En absoluto.

—No quiero irme con él y estar... estar a su merced, a sus órdenes.

—Tengo la sensación de que estar a sus órdenes y a su merced solo significará estar *debajo* de él —contestó Claude.

Un abrupto deseo palpitó en mi interior a pesar de mi enfado, y eso me hizo querer abofetearme de verdad.

—Me gustaría lanzarte esta botella.

Claude se rio.

—Deberías descansar el brazo de lanzar para cuando estés con el príncipe. Tengo la sensación de que algo así lo excitaría.

—Oh, por todos los dioses. —Me dejé caer contra el respaldo, negando con la cabeza—. ¿Y si cree que soy una bruja?

—No lo eres.

—Pero eso no ha evitado que en el pasado te preocupase que los Hyhborn me acusasen de ello —le recordé.

—Sí, pero él no pensará eso —replicó.

—¿Y cómo lo sabes?

—Porque lo sé —me aseguró—. Es un príncipe. Si alguien lo sabría, sería él.

No estaba segura de que eso marcara una diferencia. Me mordisqueé el labio inferior, intenté combatir la creciente oleada de frustración.

—Ni siquiera sé por qué quiere esto.

—Se me ocurren un par de razones —replicó Claude con sequedad.

Seguro que sí. Mirando el techo arqueado y sus vetas de oro, negué con la cabeza de nuevo. Pasaron varios minutos. Miré a Claude.

Tenía la vista clavada en su vaso casi vacío.

—¿De verdad no quieres irte con él?

Abrí la boca.

—Sinceramente —insistió—. Quiero una respuesta honesta, Lis.

Cerré la boca, negué otra vez con la cabeza. No sabía qué responder a eso. Si me detenía a pensar en el príncipe, en *mi* príncipe Hyhborn, no había nada más que pensamientos y emociones confusas.

—Si me hubiera preguntado si me gustaría hacerle compañía mientras está aquí, podría haberte respondido a esa pregunta, pero como no lo ha hecho, no puedo.

—Si lo hubiera hecho, ¿habrías dicho que sí?

Mantuve la boca cerrada.

Claude levantó las cejas.

—Es un príncipe, Lis. Su concepto de «pedir» es muy parecido a lo que acabas de vivir.

—¿Y?

—La mayor parte de los lores no habría preguntado, y mucho menos un príncipe. Joder, la mayoría de los Hyhborn no se lo habría pensado dos veces. Habrían anulado tu voluntad, y después te habrían tomado.

Bajé la barbilla, le clavé una mirada.

—¿Y?

—Estás perdiendo el tiempo, cachorrito. —Agarró la botella ovalada de coñac y se levantó—. Prepárate.

No me moví.

Claude suspiró profundamente mientras atravesaba la sala, y se detuvo poco antes de abrir la puerta.

—Grady estará bien mientras estés con el príncipe. Te lo prometo.

Cerré los ojos contra la repentina y tonta oleada de lágrimas. El comedor estaba tan silencioso que habría podido pensar que Claude se había marchado.

Pero no lo había hecho.

—Esto es algo bueno, Lis. Espero que llegues a comprenderlo —me dijo—. Porque el príncipe de Vyrtus podrá proporcionarte algo que yo no puedo.

—¿Qué?

—Todo.

Me pasé las palmas bajo los ojos, me giré hacia la puerta.

—¿Qué…?

El espacio estaba vacío.

El barón se había marchado.

24

—N i siquiera puedo imaginármelo —susurró Naomi desde donde estaba, mirando por la ventana de mi antesala, con los brazos cruzados con fuerza sobre su cintura—. La idea de que haya un asedio… una guerra.

Parte de mí pensaba que quizá no debería haberle contado a Naomi lo que había descubierto sobre el ejército de las Tierras Occidentales cuando me topé con ella tras haber abandonado el comedor. No era porque temiera que se lo contara a otros, posiblemente causando el pánico. Sabía que no lo haría. Pero odiaba verla preocupada… asustada.

—¿Recuerdas que te dije que esperaba que hubiera lores aquí a tiempo para las Festas? —Naomi me miró sobre su hombro. El pálido lavanda de su vestido resaltaba abruptamente contra el cielo nocturno al otro lado de la ventana—. No me refería a un ejército.

—Lo sé —dije desde el sofá donde estaba sentada, con las piernas recogidas debajo de mi trasero. Con la mente abarrotada, jugueteé con uno de los cordones de mi vestido.

—¿Todavía no se lo has contado a Grady? —me preguntó.

Negué con la cabeza. Quería hacerlo, pero ver a Grady en este momento implicaría que también tuviera que hablarle del nuevo *acuerdo* del príncipe, algo a lo que sabía que no respondería bien. De algún modo tendría que convencerlo de que había aceptado hacerle compañía al príncipe, pero al parecer no era demasiado convincente en lo que se refería a mis emociones. Todavía no me podía creer que Claude supiera por qué seguía en Archwood, que siempre lo hubiera sabido. No sabía qué pensar al respecto. No sabía por qué eso me... entristecía. Ni siquiera podía pensar en descubrirlo cuando tenía todo *aquello* con lo que lidiar.

Aparté la mirada de la mesa donde había dejado el tocado de rubíes y miré la puerta. Casi era la hora. El corazón me dio un vuelco.

—Cuando Claude me llamó anoche, me envió a los aposentos de uno de los Hyhborn que han llegado antes que el regimiento. Claude no sabía por qué estaban aquí, y quería que yo descubriera la razón.

Naomi dejó de mirar la ventana, levantando los delicados arcos de sus cejas.

—Por todos los dioses, ¿y ahora me lo cuentas? —me preguntó—. Habría esperado que acudieras a la puerta de mi dormitorio a primera hora de la mañana. Estoy muy decepcionada contigo.

Estiré las piernas, me senté en el borde del sofá.

—No lo estés. No hay mucho que contar.

—No me tomes por tonta, Lis. Hay un montón de cosas que contar. —Abrió los ojos con sorpresa mientras se acercaba—. A menos que hayas usado la Larga Noche. Con un lord Hyhborn.

—No lo intenté. No estaba segura de si funcionaría y no me arriesgué —le dije—. Y no era un lord. Era el príncipe.

—¿El príncipe? —repitió con sorpresa—. ¿El príncipe de Vyrtus? Asentí.

—Hostia puta. Necesito un momento para asimilar esto... Espera. —Me miró con valentía—. ¿Pasó...? ¿Pasó algo cuando estuviste con el príncipe? —Todo en Naomi cambió en un instante. La provocativa seductora había desaparecido, y en su lugar había una tigresa alerta—. ¿Qué ocurrió anoche, Lis?

—Nada que yo no permitiera que ocurriera... Nada que no deseara —le aseguré—. Él era... No lo sé. —Negué con la cabeza—. No era lo que esperaba.

—Se dice que es...

—Un monstruo. Lo sé, pero es... —El príncipe Thorne era un montón de cosas, irritante y arrogante, exigente e insufrible, pero no era un monstruo—. Creo que gran parte de lo que se dice de él no es verdad.

—¿En serio?

—Sí. Te lo prometo.

—Bien. —Se relajó, descruzó lo brazos—. No me habría gustado morir mientras intento cortarle la polla a un príncipe Hyhborn.

Se me escapó una sonora carcajada.

Naomi se cruzó de brazos.

—¿Crees que miento?

—No. Por eso me parece divertido.

—Esta es la distracción perfecta. —Me empujó el pie con el suyo—. Quiero todos los detalles jugosos sobre por qué el temido príncipe de Vyrtus no era como tú... *esperabas.* —Me guiñó el ojo—. Y quizá necesite una demostración práctica.

—Bueno, puede que no haya tiempo para eso —dije con voz aguda—. Hay más. El príncipe solicitó, y uso la palabra «solicitó» en el sentido más básico posible, que le haga compañía durante el tiempo que pase en Archwood.

Parpadeó una vez, después dos.

—¿En serio?

—Por desgracia. —Agarré el borde del sofá.

Me miró durante lo que me pareció un minuto completo.

—De acuerdo, no me creo que anoche no haya sucedido demasiado. ¿Qué son las cosas que *permitiste* y que lo impresionaron tanto como para que solicite algo así?

—Confía en mí, no estaba impresionado. —Sin duda no lo habría estado, ya que no se había creído que fuera una cortesana experimentada cuando intenté y fracasé presentándome como tal—. Creo que él... ¿Sabes? La verdad es que no sé por qué. Para mí tiene poco sentido.

Naomi caminó hasta el sofá y se sentó a mi lado.

—Es evidente que esto no te emociona. ¿No...? ¿No disfrutaste estando con él?

—No es eso. —Me aparté un mechón de cabello de la cara—. Disfruté.

—¿Pero?

—Pero no me lo pidió, Naomi. Fue solo un paripé. Dejó claro que no se contentaría con un *no* por respuesta.

—Me sorprende que se molestara en hacerlo, si te soy sincera... Y sé que esa no es la cuestión —añadió cuando abrí la boca—. Nunca he oído hablar de un Hyhborn que haya pedido permiso para algo.

Tampoco yo.

—No me gusta que crea que puede exigir algo así, y no me importa que sea un príncipe. Eso no debería importar.

—No, no debería —asintió—. Y a mí también me cabrearía. —Me miró—. ¿Al final dijiste que sí?

—En realidad, no. —Suspiré.

—¿Y qué dijo Claude al respecto? —me preguntó, antes de resoplar—. Pero, claro, ¿qué podría haber dicho? A un Hyhborn no se le niega nada.

—Exacto —murmuré—. Pero esto es lo extraño. Claude siempre se ha comportado como si temiera que estar con los Hyhborn pudiera exponerme a una acusación de brujería. Y en realidad nunca me creí que esa fuera la única razón. Creo que también le preocupaba que otro pudiera, no sé, alejarme de él... Pero parecía aliviado por la petición del príncipe.

—Yo... —Naomi arrugó la nariz—. Es extraño.

—Sí.

Se quedó callada un par de minutos.

—¿Qué vas a hacer?

—No lo sé. —Me recosté sobre los cojines, crucé los brazos. Mi mente no paraba. Sabía que no sería prudente rechazar a un príncipe, así que tenía que proceder con cautela—. Pero si cree que voy a someterme y a ponérselo fácil, va a llevarse una sorpresa.

Llamaron a la puerta poco después de que Naomi se marchara. No quería que estuviera aquí cuando el príncipe Thorne viniera a por mí. No tenía ni idea de qué iba a hacer, y tampoco cómo respondería el príncipe.

Pero no era él.

Lord Bastian estaba en el pasillo, con una media sonrisa tallada en la boca.

—Buenas noches —dijo, con una ligera reverencia. Mis ojos se detuvieron en la daga que llevaba sujeta contra el pecho—. Estoy aquí para escoltaros hasta los aposentos del príncipe Thorne.

Erguí la espalda y me agarré a la puerta. No sabía por qué, pero que el príncipe Thorne enviara a otro a *escoltarme* golpeó todos los nervios de mi cuerpo del modo equivocado.

—¿No podía venir él?

—Por desgracia, no. —Se colocó las manos a la espalda—. Se ha retrasado un poco y me ha pedido que viniera yo en su lugar.

—Siento hacerle perder el tiempo —dije con cautela, sin tener ni idea de cómo respondería aquel lord Hyhborn—, pero no tengo intención de reunirme con el príncipe Thorne esta noche.

Levantó sus cejas oscuras.

—¿No?

—No. No me siento nada bien —me excusé—. Tendrá que buscar otro modo de entretenerse.

La cercana luz de mantequilla de un aplique de pared se reflejaba en la piel suave y oscura sobre su pulcra barba.

—Entonces, ¿hay algo que pueda proporcionarte?

—¿Disculpe?

—No te sientes bien. —El verde de sus ojos se iluminó hasta el punto de que no podía ver los otros colores—. ¿Hay algo que pueda traerte?

Parpadeé rápidamente.

—Gra... —Me detuve, y lord Bastian curvó la otra comisura—. Aprecio su oferta, pero tengo lo que necesito.

—¿Estás segura? —insistió—. No sería ninguna molestia.

Asentí.

—Una vez más, siento haberle hecho perder el tiempo, mi señor. Que tenga una buena noche. —Me moví para cerrar la puerta.

Lord Bastian fue tan rápido que ni siquiera habría podido seguir sus movimientos. Extendió una mano, que plantó en el centro de la puerta para evitar que la cerrara.

—¿Podría preguntarte qué mal te aqueja? —Lord Bastian bajó la barbilla—. Después de todo, Thor querrá saberlo.

—¿Thor? —murmuré.

—Es el diminutivo de Thorne. Siempre se enfada cuando lo llamamos así, de modo que, por supuesto, lo hacemos todos. —Lord Bastian me guiñó el ojo.

—Oh. —Aquella fue mi respuesta más inteligente. Su naturaleza burlona me tenía un poco desconcertada—. Me... Eh... Me duele la cabeza.

—Ah, entiendo. —Me mostró sus dientes, rectos y blancos, en una amplia sonrisa—. Supongo que se trata de un gran dolor de cabeza. Si tuvieras que describírmelo, ¿dirías que mide aproximadamente dos metros y cuatro centímetros?

Cerré la boca de golpe.

Lord Bastian se rio.

—Le haré saber que te sientes... indispuesta. —Apartó la mano de la puerta—. Espero que no termines sufriendo un dolor de cabeza aún mayor. —Retrocedió, volvió a ponerse las manos a la espalda—. Buenas noches.

—Buenas noches. —Cerré la puerta, y me puse rígida cuando oí su risa amortiguada en el pasillo.

Estaba claro que lord Bastian no me había creído. O, para ser más precisa, que había adivinado el origen de mi dolor de cabeza inventado. Pero el príncipe Thorne sería estúpido si me enviara a otro, o viniera él mismo, después de haberse enterado de que no me sentía bien. No creía que eso lo disuadiera para siempre, pero al menos me daría una noche para descubrir qué iba a hacer, qué podía hacer, o quizá más, ya que había dicho que tenía que marcharse para reunirse con sus tropas.

Pero ¿de verdad quieres mantenerlo alejado?, susurró esa voz molesta.

—Sí —siseé, quitándome los zapatos. Crucé la antesala; mis pies descalzos se hundieron en la suave zona alfombrada cuando me acerqué al pequeño aparador para servirme un poco de whisky. El licor era el mejor que podía encontrarse en Archwood, suave y delicado y con un mínimo sabor a alcohol. O eso decían todos. Yo todavía notaba el gusto del licor, pero me bebí el whisky, haciendo una mueca al notar su calor.

Hizo poco por calmar mis nervios y me serví otro que me llevé conmigo ante la ventana. Miré más allá de las *ālms* doradas que danzaban en el cielo nocturno.

Cuando llegaran las Festas, las tropas del príncipe estarían en Archwood. Entonces, ¿cuánto tardarían en aparecer por aquí los Caballeros de Hierro? No se necesitaba pensar mucho para asumir que esto estaba más relacionado con la importancia del puerto y de la corte Hyhborn que con la gente que consideraba que Archwood era su hogar.

Apoyé la mejilla en la ventana, pensando qué diría la gente de Archwood cuando viera a las tropas Hyhborn. Cuando se enterara de la amenaza de las Tierras Occidentales. El miedo y la inquietud serían palpables. Me bebí el whisky, agradeciendo su amargor esta vez. Los aristócratas seguramente abandonarían la ciudad hasta que la amenaza hubiera pasado. Muchos tenían familia en otras ciudades y los medios para viajar hasta ellas. Pero los más pobres de Archwood, los mineros y los trabajadores del puerto, los campesinos, todos los que mantenían en marcha la ciudad y los puertos… No habría una salida fácil para ellos. Tendrían que resistir.

Sentí el cambio repentino en la habitación. El vello de mi nuca se erizó cuando la electricidad golpeó el aire. Un chasquido envió un escalofrío a mi piel: era el característico sonido de una cerradura.

Con el corazón desbocado, me giré despacio hacia la puerta. No era posible. Bajé el vaso vacío.

La puerta se abrió y él estaba allí, con las piernas separadas y los hombros rectos, el cabello recogido lejos de sus asombrosos rasgos. La armadura todavía le protegía el pecho. Parecía un guerrero, y una cosa estaba clara.

El príncipe Thorne había venido a conquistar.

25

El príncipe Thorne cruzó el umbral y la luz de mi cámara destelló en la empuñadura dorada de la daga sujeta a su pecho.

No pensé. Debería haberlo hecho, pero solo reaccioné.

Le lancé el vaso al príncipe de Vyrtus.

En los breves segundos después de que el vaso abandonara mi mano, me di cuenta de que, hasta ese mismo momento, no había tenido ni idea de lo temeraria, de lo idiota que era en realidad.

El vaso se detuvo en el aire a varios pasos del príncipe.

Inhalé bruscamente, con los ojos llenos de sorpresa.

—*Na'laa* —ronroneó el príncipe Thorne con suavidad. El azul de sus ojos era de un tono brillante. El cristal estalló y desapareció; no quedó absolutamente nada de él, ni siquiera esquirlas diminutas. Se había desvanecido sin más.

Retrocedí un paso, vacilante.

Él sonrió y me estremecí como lo haría una presa al darse cuenta de que no solo estaba cara a cara con un depredador perfecto, sino que este estaba jugando con ella.

—Tienes un buen brazo —me dijo—. No obstante, habría preferido descubrirlo de un modo que no involucrara un objeto lanzado contra mi cabeza.

Me latía el corazón tan rápido que temí desmayarme.

—Yo… No pretendía hacer eso.

—¿De verdad?

Tragué saliva y asentí.

—El vaso se me resbaló de los dedos.

Levantó una ceja.

—¿Se te resbaló hasta el otro lado de la habitación?

—Me has asustado —repliqué, dándome cuenta de lo ridícula que era mi excusa—. No esperaba que nadie abriera mi puerta y entrara. Pero debería haberlo esperado. Tienes esa costumbre.

—Sabes muy poco de mis costumbres. —Me miró con media sonrisa—. Pero yo sé que *tú* tienes la costumbre de mentir, algo de lo que disfruto inmensamente.

Me erguí.

—No estoy de acuerdo. Conozco al menos dos costumbres tuyas: irrumpir en lugares a los que no has sido invitado e insistir en insultar mi honor cada vez que me ves.

—¿Cómo podría la verdad ser un insulto para tu honor? —replicó—. Quizá seas tú quien te deshonras al mentir.

Mi pecho se elevó con la ira que me atravesó.

—¿Por qué estás aquí, excelencia?

—Tenemos un acuerdo.

—No lo tenemos, pero esa no es la cuestión. Me duele la cabeza.

—Sí, un dolor que mide dos metros y cuatro centímetros de altura.

Abrí la boca.

—No fui yo quien dijo eso.

—Lo sé. Esas fueron las palabras de lord Bastian. —Miró la habitación, reparando en mis zapatos y en la botella abierta de whisky—. Siempre me resta un centímetro para que no sea más alto que él.

Arrugué la frente; después, negué con la cabeza.

—Como sea, la cuestión es que me duele la cabeza y que no me siento bien para acompañar a nadie esta noche.

Esos iris giratorios se posaron en mí.

—Tú y yo sabemos que ese no es el caso.

—¿Cómo podrías saberlo? —Me crucé de brazos—. ¿Me estás diciendo que puedes estar tan sintonizado con alguien como para notar si le duele la cabeza?

—No. —Su risa sonó grave y suave, y envió un escalofrío por mi columna—. Es sencillamente que no te creo.

—Bueno, eso es muy grosero.

—La verdad nunca es grosera, solo indeseada. —Su sonrisa se amplió y oscureció, provocando que la irritación me cubriera la piel—. Parece que ahora deseas lanzarme esa botella de whisky.

—Eso sería un desperdicio de buen licor —repliqué.

—Y mucho más difícil de justificar como un resbalón de los dedos. —Se había acercado, en ese silencioso modo suyo—. Tenemos un acuerdo. ¿Vas a cumplirlo?

—No. —Levanté la barbilla—. Porque yo no tengo ningún acuerdo que cumplir.

—Lo suponía.

Retrocedí un centímetro. No conseguí alejarme más. El príncipe Thorne cayó sobre mí antes de que pudiera respirar de nuevo. Me rodeó la cintura con uno de sus brazos mientras se encorvaba y, un segundo después, me levantó sobre su hombro. Durante un momento, me quedé tan desconcertada que no pude hacer nada más que quedarme colgada allí, con el cabello sobre la cara y su aroma silvestre abrumándome.

Después se giró.

—¡Oh, por todos los dioses! —chillé, agarrándole la túnica—. ¡Bájame!

—Lo haría, pero tengo la sensación de que querrás discutir. —El príncipe Thorne entró en el dormitorio, pasó junto a la cama—. Y prefiero hacer eso cuando esté cerca de la cama en la que planeo dormir.

—¡No puedes hacer esto! —Mi furia erupcionó, borrando todo mi sentido común. Le aporreé la espalda con los puños, pataleé… Olvidando totalmente *qué* estaba golpeando—. Bájame… —Siseé, mientras el dolor subía por mis puños cerrados y mis brazos—. *Joder*.

—Deberías parar —dijo, con evidente diversión—. No quiero que te rompas las manos. Podríamos necesitarlas más tarde.

—Oh, por todos los dioses. —Puse los ojos como platos cuando se abrió la puerta. ¿De verdad iba a llevarme a sus aposentos? Estaba loco—. Bájame.

—No me fío de ti.

—¿Tú no te fías de mí? —balbuceé mientras la puerta de mis aposentos se cerraba a nuestra espalda—. Estás montando un espectáculo.

—No soy yo quien está montando un espectáculo. —El príncipe Thorne giró la cabeza y su barbilla me rozó la cadera—. Son tus gritos los que despertarán a cualquiera que se haya ido a la cama y alarmarán a los que todavía no lo hayan hecho.

—¡No estoy gritando! —dije. Bueno, grité—. No quiero nada de esto. —Intenté bajarme de su hombro, pero uno de sus brazos me sujetaba la espalda—. Esto es ridículo.

—Lo sé.

La incredulidad rugió en mi interior.

—Entonces bájame o…

—¿O qué?

—O te vomitaré en la espalda.

El príncipe Thorne se rio.

—Por favor, no hagas eso. Aunque, si lo haces, será una excusa excelente para que después me ayudes a bañarme.

Separé los labios en un gruñido exasperado y mis ojos se detuvieron en la empuñadura de una espada corta justo sobre su cadera derecha. Yo estaba sobre su hoja envainada. Una vez más, estaba demasiado enfadada para pensar en lo que estaba haciendo. Levanté una mano, la acerqué a la empuñadura.

—Yo no haría eso —me advirtió.

Me detuve, con los dedos a apenas unos centímetros del mango dorado. ¿Tenía ojos en la nuca?

—No a menos que sepas cómo utilizarla y que planees hacerlo —terminó.

—¿Y si fuera así?

—Estaría bastante impresionado —me indicó, y levanté las cejas—. Pero no creo que tengas ese conocimiento.

Podía utilizar una daga; Grady me había enseñado. Pero sabía que una daga y una espada eran cosas muy distintas, así que dejé escapar un grito frustrado y mudo con la boca cerrada mientras atravesábamos los oscuros pasillos.

—No obstante, también sospecho que, si supieras utilizar una espada, no dudarías en hacerlo —supuso.

—No te equivocas… —Grité cuando me hizo rebotar—. Eso ha sido tremendamente innecesario, excelencia.

—Thorne —me corrigió, riéndose—. Lo siento. El hombro se me… *resbaló*.

Vi rojo.

—Oh, estoy segura de que ha sido eso, *Thor*.

El príncipe se detuvo en seco.

—Creo que voy a tener que matar a Bas. —Comenzó a caminar de nuevo.

Abrí los labios cuando mi estómago, que ya tenía revuelto, cayó en picado.

—¿Qué?

—Solo bromea a medias —dijo otro, a quien reconocí como el propio lord Bastian. Levanté la cabeza y capté solo un vistazo de su pecho, de las puertas abiertas de sus aposentos y del lord que esperaba en el pasillo ante ellas—. Me echaría terriblemente de menos si me matara.

—Yo no contaría con eso —le advirtió el príncipe Thorne.

Lord Bastian se rio mientras se apartaba.

—¿Podría preguntarte por qué llevas a tu invitada como un saco de patatas?

Se me calentaron las mejillas, pero antes de que pudiera hablar, el príncipe Thorne contestó:

—Está resultando ser bastante difícil.

—Debe ser ese dolor de cabeza suyo, de dos metros... —replicó el Hyhborn.

—¿Ahora he perdido cuatro centímetros? —murmuró el príncipe Thorne.

—Solo establezco los hechos.

La frustración me superó.

—¿Me está secuestrando y vais a discutir cuántos centímetros es más alto?

—¿Ves? —El príncipe Thorne me sujetó con fuerza—. Incluso ella sabe que yo soy más alto.

—Traidora —dijo lord Bastian con un suspiro.

—Eso es... —Contuve un grito cuando el príncipe Thorne me agarró las caderas y de repente me bajó hasta el suelo. La lámpara tituló en la pared cuando me liberé y puse varios pasos de distancia entre nosotros.

—Antes de marcharme —dijo lord Bastian, despacio—, Crystian ha partido hacia Augustine.

¿Augustine? Esa era la capital.

—Bien.

—Sabes que el rey estará descontento.

El príncipe lo miró.

—Ambos lo sabemos.

—Así es —murmuró lord Bastian y después me miró y su sonrisa regresó—. Por cierto, Crystian también quiere conocerla.

—Estoy seguro de ello —murmuró el príncipe Thorne.

—¿Quién es Crystian? —pregunté.

—Un grano en el culo.

Lord Bastian se rio.

—Bueno, no os divirtáis demasiado esta noche. La mañana llegará pronto, y hay que madrugar.

El príncipe asintió mientras el lord inclinaba su cuerpo hacia mí en una reverencia. Levanté las cejas. Riéndose, lord Bastian se irguió y después desapareció.

—Él es... distinto —murmuré.

—Eso sería quedarse corto. —El príncipe cerró la puerta. Sin tocarla.

Tragué saliva.

—Tú eres distinto.

—Eso también es quedarse corto, *na'laa*.

A solas con el príncipe, cambié mi peso de un pie al otro.

—Entonces, ¿por qué hay que levantarse temprano? ¿Has cambiado de idea y te marcharás al alba para reunirte con tu ejército?

El príncipe Thorne se rio.

—No te preocupes. No te dejaré tan pronto. Mañana me reuniré en Archwood para comenzar a entrenar con aquellos que están dispuestos a defender la ciudad.

—Oh —susurré, uniendo las manos.

Me miró.

—Pareces perturbada por eso.

—Lo estoy. No he olvidado lo que se avecina, pero oírlo hace que parezca más real. Y no me preocupaba tu ausencia. —Miré las puertas más allá. Me mordí el labio, apartándome un poco—. La estoy deseando.

—No es verdad.

Mi mirada regresó con él.

—No te aconsejo que intentes huir —me dijo, pasando a mi lado.

—¿Porque me detendrás?

—Porque te perseguiré. —Se quitó las correas que sostenían la espada corta a su espalda mientras se dirigía al dormitorio—. Y te atraparé.

Me tensé.

El príncipe se detuvo en el dormitorio, inclinó su cuerpo hacia mí mientras bajaba la espada que se había quitado.

—Pero quizá sea eso lo que quieres. —Lanzó la espada envainada a un baúl—. Huir. Para que te persiga.

Una emoción inesperada me golpeó la sangre. Fue una prueba más de que había algo que estaba drásticamente mal en mí. Tragué saliva, manteniéndome inmóvil.

—Yo no quiero eso.

Una de sus comisuras se curvó en una sonrisa mientras se quitaba el tahalí.

—¿Qué es lo que quieres, *na'laa*?

—Esto no.

Su carcajada fue como el humo oscuro.

—¿Qué crees que es *esto*?

—Creo que voy a ser tu ganado personal.

Se le escapó una carcajada breve.

—¿Mi qué?

—Me quieres para poder alimentarte cómodamente. Tú mismo lo dijiste…

—Esa no es la única razón —me interrumpió—. Tu barón quería una razón. Yo se la di.

—Entonces, ¿por qué? —Me detuve. Sus razones no importaban—. Yo no he accedido a nada.

Soltó las armas y después se quitó las botas, pues al parecer aquella noche no tenía un pequeño arsenal del que deshacerse.

—No lo recuerdo así.

—¿Perdona? ¿No lo recuerdas así? —Lo miré, incrédula—. Estoy segura de que fui muy clara.

—Sí. Fuiste muy clara. —Ladeó la cabeza—. Tan clara como cuando te corriste en mis dedos… No una, sino dos veces.

Me quedé boquiabierta y el calor inundó mis mejillas y más abajo, en mi interior, donde mi cuerpo me dejó claro que no conocía la vergüenza.

Hinchó las fosas nasales, vi cómo se iluminaban sus ojos incluso desde lejos, y supe que había sentido esa oleada de deseo.

Apreté los dientes.

—No estoy segura de qué tiene eso que ver con el acuerdo en el que insistes.

—Tiene todo que ver.

Desapareció un momento y después regresó con una botella de licor y dos vasos. Inhalé, pero el aire no llegó a ninguna parte. Mientras servía los vasos, lo miré.

—Si ese es el caso, hay muchos en esta mansión y en esta ciudad que estarían dispuestos a ocupar mi lugar.

Me observó por sobre su hombro.

—Pero ¿alguno de ellos me lanzaría un vaso?

Tomé aire bruscamente por la nariz.

—Supongo que no, lo que seguramente debería ser un alivio para ti.

—Pero no lo es.

Parpadeé, sin saber qué decir a eso, porque… ¿quería que le lanzaran objetos contundentes a la cabeza? Eso significaba que Claude había tenido razón sobre él.

—Y también sé que ninguno de ellos me recordaría a las cerezas ni sabría tan bien en mis dedos —continuó, ofreciéndome un vaso medio lleno—. Ni sería un misterio para mí.

—No hay nada en mí que sea un misterio. —Miré el vaso antes de arrebatárselo.

El príncipe Thorne me escudriñó con unos ojos tan penetrantes que me fue difícil quedarme quieta.

—¿Por qué te opones tanto a este acuerdo? —Frunció el ceño mientras yo tomaba un sorbo de lo que resultó ser algún tipo de vino oscuro—. Por favor, no me digas que sientes algo por tu barón.

Eso no me lo esperaba.

—¿Y qué, si fuera así?

Apretó la mandíbula.

—Entonces estarías desperdiciando tus sentimientos en un hombre que está claro que no los merece.

Desprevenida por su afirmación, tardé un instante en responder.

—No conoces al barón lo suficiente para decir eso.

—Sé que la única razón por la que sigue vivo es que tú estabas sentada en su regazo y preferiría no verte cubierta de sangre.

Se me heló el corazón.

—¿Por lo que dijo de cortarte el brazo? Solo estaba bromeando… Fue una estupidez, pero no hablaba en serio.

—No me refiero a eso. —Tomó un sorbo—. Pero estoy de acuerdo en que eso fue una estupidez.

—Entonces, ¿a qué?

—Te estaba tocando —respondió—. No me gustó.

—¿Qué? ¿Me estás diciendo que estabas celoso?

—Sí.

Mi risa rompió el silencio que siguió.

—No puedes estar hablando en serio.

Los lentos remolinos de sus ojos se encontraron con los míos.

—¿Te parece que bromeo?

No, no lo parecía. Lo miré, boquiabierta.

—¿Por qué diantres te pondrías celoso?

—No lo sé. —Se metió un mechón detrás de la oreja—. No saber se ha convertido en algo muy habitual cuando se refiere a ti. No estoy seguro de si eso me molesta o me excita.

—Bueno, a mí me confunde.

—A mí me confunde tu reticencia.

—¿En serio? —Cuando me miró de nuevo, vi que decía la verdad—. ¿De verdad no lo entiendes? ¿Ni siquiera se te había ocurrido que exigir algo así a otra persona la haría enfadarse?

—Si tú y yo no nos conociéramos, si no supiera cuánto has disfrutado de mis caricias, entonces sí, comprendería que te enfadases, pero ese no es el caso.

—Que nos conozcamos y hayamos disfrutado de nuestras caricias no significa que no quiera que me pidas mi opinión, ni que vaya a seguir disfrutando de esas cosas.

—Pero sé que quieres que te toque —replicó—. Hace apenas unos minutos, te has excitado y tu pulso se ha acelerado…

—Oh, dioses. —Dejé el vaso en la mesa para evitar lanzárselo—. No me puedo creer que vaya a tener que explicarte algo que deberían haberte enseñado al nacer…

—Pero yo no nací —me interrumpió, frunciendo el ceño.

—Eso no debería… —Me detuve, mirándolo. Abrí la boca al recordar lo que había dicho antes aquel día, en mis aposentos, sobre su falta de humanidad. Eso englobaba un montón de cosas, que iban más allá de solo preocuparse por los otros. Ser comprensivo. Considerado. Atento. Sin humanidad, solo quedaba la…—. Lógica.

—¿Lógica? —repitió.

Negué con la cabeza.

—Los Deminyen operan sobre la lógica, y no sobre las emociones.

Me pareció que pensaba en ello.

—Eso sería bastante preciso.

Pero la lógica era fría, y él no lo era.

—Anoche me pediste que me metiera contigo en la bañera, en lugar de dar por sentado que era eso lo que yo quería.

—Sabía que era eso lo que querías —dijo, y entorné los ojos—. Pero sentí tu nerviosismo… la pausa en tu respiración que era en parte incertidumbre y en parte excitación.

—¿Podemos no volver a decir «excitación» nunca más en la vida?

—¿Por qué? —El azul de sus ojos se iluminó—. ¿Te incomoda la verdad de lo que sientes cuando estoy presente?

—No lo sé, ¿eh? Pero quizá no necesito que me lo señales cada cinco segundos.

Bajó la barbilla.

—Así que reconoces que te excito.

Abrí la boca.

—Tengo la sensación de que vas a mentir —continuó, con el atisbo de una sonrisa jugando en sus labios— y a afirmar que no disfrutas del tiempo que pasas conmigo.

—Lo haga o no, no importa. *Siempre* deberías preguntar.

—¿Por qué?

—¿Por qué *qué*?

—¿Por qué, si ambos sabemos ya que es deseado?

Exhalé un suspiro exasperado, me aferré desesperadamente a mi disminuida paciencia.

—Porque no deberías asumir que eso no cambiará. Puede cambiar. Puede hacerlo en cualquier momento, por distintas razones.

—Uhm. —El sonido escapó de él en un zumbido mientras su mirada se detenía en mí—. Supongo que debo esforzarme para asegurarme de que eso no cambie.

Hice un mohín.

—No me refería a eso.

—¿No?

Suspiré, retorciendo los cordones de mi vestido.

—Me siento como si habláramos idiomas distintos.

Esa media sonrisa suya apareció mientras se terminaba el vino.

—Bueno, *na'laa*, ¿te gustaría acompañarme esta noche y tras mi regreso?

Lo fulminé con la mirada.

—¿Qué? —De algún modo estaba más cerca, a menos de un paso de mí—. Estoy haciendo lo que me has pedido. Te lo estoy preguntando.

—¿Y por qué me lo preguntas ahora?

—Porque para ti es importante que lo haga.

La sorpresa me llenó los ojos.

—Sí, bueno, pero es un poquito tarde para eso, ya que me has secuestrado.

El príncipe Thorne se rio.

—No estás secuestrada ni cautiva. Si deseas marcharte… —dijo, levantando una mano. Sus dedos se cerraron sobre los míos. Bajé la mirada, momentáneamente absorta por el hecho de que nuestras manos se estaban tocando y de que no sentía… No oía ni sentía nada que no fuera mío. Me sostuvo los dedos, atrajo mi mirada hasta la suya—. No te detendré, Calista. No soy… —Frunció ligeramente el ceño.

—¿No eres qué? ¿Como otros Hyhborn?

La pizca de confusión que se había grabado en sus rasgos antes, cuando estuvo en mis aposentos, reapareció. Inclinó la cabeza.

—¿Cómo son otros Hyhborn?

—¿Es una…? ¿Es una pregunta seria?

—Lo es. ¿Qué piensas de los míos?

Abrí la boca, pero fui prudente y la cerré.

Me examinó.

—Está claro que tienes opinión al respecto. Compártela.

Por enésima vez en mi vida, deseé que mi rostro no revelara todo lo que pensaba.

—Yo… No conozco bien a ningún Hyhborn. En realidad, tú eres el único con el que he pasado algo de tiempo, pero por lo que sé… por lo que he visto… Los Hyhborn no parecen preocuparse de verdad por nosotros, por mucho que afirmen ser nuestros protectores. Quiero decir, las Festas son un ejemplo perfecto de ello.

Me pasó el pulgar por el dorso de la mano.

—¿Qué pasa con ellas?

—Las Festas siempre me han parecido más una celebración para los Hyhborn que para el vulgo.

—¿Y por qué crees eso? —Mi silencio lo hizo sonreír—. No seas tímida ahora, *na'laa*.

—Deja de llamarme así.

—Pero me intriga saber qué opinas y estás siendo muy testaruda, así que es…

—Sí. Lo sé. Adecuado. —Suspiré profundamente—. Si el rey Euros y todos los Deminyen quieren demostrar su compromiso hacia su labor de protección, ¿por qué lo hacen solo un par de días al año? ¿Por qué no lo hacen cada día? No es que… —Me detuve entonces, pensando que seguramente debía hacer caso al consejo que yo misma le había dado a Grady y cerrar la boca—. No importa.

—Sí, importa. —Su pulgar se había detenido en mi mano—. ¿No es así?

Negué con la cabeza.

—No es que… solo nos muramos de hambre un par de días al año. Está claro que en las cortes Hyhborn hay comida de sobra para compartir. Asegurarse de alimentar tantas bocas como sea posible durante el año sería un modo mejor de demostrarnos que los Hyhborn son realmente nuestros protectores.

—¿Y qué sabes tú de pasar hambre? —me preguntó en voz baja.

Su tono me tomó desprevenida. No era un desafío, sino una pregunta genuina, y eso me hizo contestar con sinceridad.

—Yo… crecí sin hogar.

—¿Eres huérfana? —Su voz se había afilado.

El corazón me dio un vuelco mientras sostenía su mirada, esperando que se diera cuenta de que ya nos conocíamos, esperando comprender al menos por qué mi intuición me decía que no le contara que era así.

—Fui solo una de muchos. Demasiados que no consiguen llegar a la edad adulta —dije, cuando ninguno de los dos descubrió nada nuevo—. Sé lo que es irse a la cama y despertar hambriento, día tras día, noche tras noche, mientras algunos tienen más comida de la que nunca podrán consumir. Comida que simplemente tiran.

El príncipe Thorne se quedó en silencio varios minutos.

—Siento oír eso, Calista.

Incómoda con la sinceridad de su voz y el sonido de mi nombre, aparté la mirada y asentí.

—De todos modos, se me ocurren modos mejores en los que el rey podría demostrar amor a su pueblo, sean Hyhborn o vulgares.

—Suenas como Beylen.

Lo miré y mi mente regresó de inmediato a lo que Claude me había contado.

—¿Lo conoces?

—Sé que ha dicho lo mismo, o cosas muy similares —me contestó, sin responder en realidad a mi pregunta—. No has estado nunca en ninguna de las cortes, ¿correcto?

—No. Nunca tuve el honor.

Su pulgar comenzó a moverse de nuevo, deslizándolo despacio sobre el dorso de mi mano.

—A la mayoría no le parece un honor.

Levanté las cejas. Me había dado la impresión de que había violencia en su corte, pero lo que estaba diciendo ahora parecía distinto.

—¿A qué te refieres?

—Sé lo que parecen las cortes desde lejos: opulencia y suntuosidad desde los tejados a las calles, todo purpurina y oro —me explicó—. Pero, como en la mayoría de las cosas que son hermosas por fuera, en su interior no hay nada más que ruina y furia.

Un escalofrío se enroscó al bajar por mi columna.

—Pero dices la verdad. El rey podría hacer más. Todos nosotros podríamos y deberíamos hacerlo. Supongo que no nos enfrentaríamos a estos problemas con los Caballeros de Hierro si hubiéramos hecho las cosas de otro modo.

—Es extraño —dije después de un momento—. Y bastante… agradable.

—¿Qué?

—Estar de acuerdo.

El príncipe Thorne se rio entonces.

—Se me ocurren otras cosas en las que podríamos estar de acuerdo que son mucho más que solo agradables.

—Y entonces lo estropeas.

Otra carcajada retumbó en su pecho, y noté que mis labios se curvaban. Su risa era casi tan contagiosa como la de Naomi, y eso hizo que mi corazón diera un brinco inseguro.

Pero el sonido se desvaneció, como lo hizo su sonrisa.

—No sé en qué sentidos soy como los demás, pero sé de qué modos no lo soy. No te forzaré a hacer nada que no quieras hacer de verdad.

Entonces me soltó la mano, pero la sensación se quedó conmigo, calentándome la piel mientras retrocedía. Dudé, aunque él no se movió, aunque yo no me moví. Miré la puerta, apreté los labios. Dudé, buscando una razón para detenerme, y encontré una.

—Lord Bastian mencionó que el rey no estaría contento. —Lo miré—. ¿Por qué?

Una sonrisa apareció en sus labios, pero fue breve.

—Mi decisión respecto a Archwood.

—No lo comprendo. —Fruncí el ceño—. Planeas defender Archwood... —Me detuve al recordar sus palabras durante la cena. *Hemos venido a decidir qué medidas hay que tomar...*—. A menos que esa fuera solo una opción. Una elección tras decidir si merece la pena salvarnos o... —No me animé a decirlo.

—O no. —El príncipe no tuvo problemas para completar la frase—. Destruir Archwood era una opción. Se abandonaría Primvera y se establecerían nuevos puertos a lo largo del Canal Oriental. Y esto es lo que prefiere el rey.

26

—D ioses —jadeé, llevándome una mano al pecho—. ¿Por qué...? Espera. —Sentí un nuevo tipo de horror—. ¿Por qué estará descontento el rey con tu decisión de no destruir Archwood?

El príncipe me miró durante varios minutos.

—Porque destruir la ciudad sería más fácil.

—¿Más fácil? —susurré, tropezando con las patas de un sofá—. ¿Matar y desplazar a miles de personas inocentes es más fácil?

—Es menos arriesgado para las tropas Hyhborn. Muy pocas vidas se perderían, si se perdiera alguna, al... evitar que Archwood se convirtiera en una ventaja para el enemigo —dijo, cruzándose de brazos—. Nuestros caballeros morirán defendiendo la ciudad.

No podía creerme lo que estaba oyendo, aunque no debería sorprenderme. No había creído que al rey Euros le preocupara el vulgo, pero aquello era... de una frialdad brutal.

—Entonces, ¿tan poco significan las vidas de los vulgares para nuestro rey?

El príncipe no dijo nada.

Una carcajada mordaz ardió en mi garganta mientras la ira me inundaba.

—¿Eso fue lo que ocurrió en Astoria, entonces? ¿Te enviaron como juez y ejecutor?

—Lo de Astoria fue totalmente distinto —dijo, endureciendo su rostro—. La ciudad ya estaba perdida.

—¿Importa la razón tras la destrucción? —le pregunté.

Se quedó en silencio de nuevo.

Inhalé profundamente.

—¿A cuánta gente has matado?

—Demasiada. —El color de sus ojos se oscureció hasta un negro absoluto y se extendió sobre el resto de los colores, y habría jurado que la temperatura de la habitación bajaba—. Pero, solo para que lo sepas, ni mis caballeros ni yo saqueamos las ciudades que caen. No alzamos nuestras armas contra la gente. No matamos indiscriminadamente. Las muertes que se producen lo hacen a pesar de todo lo que hacemos para evitarlo.

—¿Quieres decir que esas muertes se producen porque la gente que vive en esas ciudades se defiende? ¿Porque luchan por proteger sus hogares y modos de vida? ¿Esperas que no lo hagan?

—No esperaría menos de ellos —me dijo.

Sintiendo frío de repente, me rodeé la cintura con los brazos.

—¿Cuántas ciudades ha decidido nuestro rey que no eran dignas de poner en peligro las valiosas vidas de los Hyhborn? —le pregunté, pensando en las pequeñas aldeas y en los pueblos que habían desaparecido en el transcurso de los años.

—Demasiadas —repitió sin emoción—. Y muchas más se habrían perdido si hubiera estado de acuerdo con el rey en todas las situaciones. —Ladeó la cabeza—. ¿Qué? ¿Crees que puedo desobedecer las órdenes del rey? Soy un príncipe, y él es el rey. Las opciones son limitadas, incluso para alguien como yo.

Lo miré fijamente. Una parte de mí comprendía que solo era un engranaje más en el sistema, aunque uno muy poderoso. Inhalé, temblorosa.

—¿Qué te lleva a decidir qué ciudad merece tu protección y cuál ha de ser condenada a muerte? Más aún, ¿por qué salvas Archwood, después de lo que te han hecho aquí?

Un músculo se movió en su mandíbula, y apartó la mirada.

—Por ti.

—¿Qué?

—No hay una respuesta en lo que se refiere a otros lugares, pero aquí has sido tú. Tu valentía. Supuse que, si tú eras tan valiente, seguramente habría otros así.

—¿Otros que podrían luchar?

—Esa es otra pregunta de la que ya sabes la respuesta. —El negro desapareció de sus ojos y los tonos azules y verdes reaparecieron—. En cierto sentido, me alegro de que me hayan envenenado. Si no lo hubieran hecho, no te habría conocido.

Pero ya me conocías. Esas palabras se deslizaron por mi lengua, pero no consiguieron abandonar mis labios. Tragándome lo que mi intuición no me permitía pronunciar, miré la ventana. A lo lejos, vi las resplandecientes *ālms*.

—¿Por fin te parezco un monstruo?

Cerré los ojos.

—Deberías considerarme así —continuó en voz baja—. La sangre que tengo en las manos nunca desaparecerá. Ni siquiera intento que lo haga.

Me recorrió un leve escalofrío ante el peso de sus palabras al hablar del remordimiento y quizás incluso del dolor con el que cargaba. ¿Deberían ser solo sus manos las que llevaran esa mancha? ¿O también las del rey? Porque tenía razón: las opciones *eran* limitadas. Todos respondíamos ante alguien, incluso el rey; se decía que él respondía ante los dioses. No obstante, como príncipe, todavía tenía elección.

—¿Qué ocurriría si el rey no solo estuviera descontento con tu decisión, sino que te ordenara que destruyeras la ciudad de todos modos, y tú te negaras?

—Guerra —respondió—. Una que haría que, en comparación, lo que se está fraguando en las Tierras Occidentales no fuera más que una escaramuza a olvidar.

Contuve el aliento.

—Estás hablando de la Gran Guerra —susurré.

Asintió, y pasó un instante.

—¿Sabes cómo era el reino antes de la Gran Guerra?

—En realidad, no.

—La mayoría no lo sabe. —El príncipe Thorne regresó al aparador y se sirvió otro trago—. ¿Quieres?

Negué con la cabeza.

Volvió a tapar la botella.

—Después de la Gran Guerra, cuando el reino fue lo bastante estable para que alguien comenzara a escribir las crónicas, todos los que recordaban cómo había sido habían fallecido hacía mucho, llevándose con ellos los recuerdos de miles y miles de años de civilización. Se decidió que era mejor que todo fuera olvidado.

—¿Tú estabas… vivo en aquella época?

—No. Me crearon poco después, con el conocimiento de lo que había llegado a ocurrir. —Se acercó a la ventana. Mientras miraba el exterior, los ángulos de su rostro se tensaron—. En nuestro idioma, a la Gran Guerra se la llama «las Revelaciones».

Un escalofrío bajó por mi columna.

—Los Hyhborn siempre se habían mantenido en un segundo plano, observando e instruyendo. Protegiendo no solo al hombre sino la tierra —dijo—. Hemos sido conocidos de muchos modos distintos, adorados como dioses en algunos momentos, o tomados por gente del bosque (ninfas y seres mágicos de otro reino) en otros. —Se rio en voz baja—. Algunos creían que éramos elementales, espíritus que encarnaban la naturaleza. Otros nos consideraban ángeles, siervos de un único dios, mientras que había quienes nos veían como demonios; ambas versiones fueron registradas en las escrituras por mortales que apenas comprendían las visiones y premoniciones que tenían.

El aire abandonó despacio mis labios separados. ¿Estaba hablando de visiones similares a las que yo tenía?

—Supongo que los primeros Deminyen fueron todas esas cosas, de modos diversos. Cada nombre es adecuado en algún sentido. —Tomó un sorbo—. Como sea, los Deminyen son *antiguos*, Calista. Tan viejos como el propio reino. Estaban aquí cuando el primer mortal recibió la vida, y supongo que estaremos aquí mucho después de que el último fallezca.

Otro escalofrío se curvó por mi columna mientras me acercaba al sofá y me sentaba en el borde.

—Pero el tiempo es implacable, y ni siquiera los Deminyen son inmunes a sus efectos. —El príncipe Thorne me miró mientras bebía—. Y aunque al principio los Deminyen interactuaban con los mortales, llegó un momento en el que eso fue algo que no podía continuar. Los Deminyen asumieron el papel de observadores, pero comenzaron a perder la conexión con aquellos a los que protegían. El más sabio de los Deminyen, cuyo nombre era Mycheil, vio los peligros que había en ello. Ya lo estaba advirtiendo en otros: cómo los estaba cambiando el tiempo, volviéndolos más fríos, menos empáticos y humanos. Comenzaron a ocurrir accidentes.

—¿A qué te refieres con «accidentes»?

—Muertes. —Sus labios se curvaron en una sonrisa amarga—. Las causas variaban. A veces estaban provocadas por el miedo, tras ver a un Deminyen tomando la vida de un mortal. Otras veces fue después de que los Deminyen intentaran evitar que un mortal hiciera algo que dañaría a la mayoría o a la tierra, en un momento en el que abatir a un mortal... era inaudito.

—Bueno, eso sin duda ha cambiado —murmuré.

—Sí, lo ha hecho. —Se terminó su bebida, la dejó sobre el aparador—. Mycheil sabía que había llegado el momento de que los suyos se alejaran de la humanidad, de que descansaran. Tenía la esperanza de que, cuando resucitaran, estarían renovados. Así que les ordenó que marcharan a la tierra, que durmieran, y lo hicieron. Durante siglos, se convirtieron en mitos y leyendas olvidadas para la mayoría, y en ancestros desconocidos para otros.

Tomé un cojín suave y mullido y lo abracé contra mi pecho.

—¿Qué...? ¿Qué pasó?

El príncipe Thorne no contestó durante un largo momento.

—El tiempo siguió avanzando. El mundo anterior a este, el mundo que cayó, era mucho más evolucionado. Había edificios que se alzaban tan altos como montañas. La comida rara vez se cazaba, pues se criaba o creaba. Las ciudades estaban conectadas por carreteras y puentes que cubrían kilómetros. Las calles estaban llenas de vehículos motorizados en lugar de carruajes, y jaulas de acero atravesaban el aire, transportando a la gente sobre los mares. El mundo no era como este.

Lo que decía sonaba increíble e incluso imposible de imaginar, pero los Hyhborn... no podían mentir.

—Esos grandes edificios reemplazaron a los árboles y destruyeron bosques enteros; la maquinaria ahogaba el aire y los nuevos modos de vida empujaron a las criaturas de todo el mundo al borde de la extinción, o más allá. Todo ello tuvo un coste. El mundo se estaba muriendo y los mortales eran incapaces de cambiar sus costumbres, o no querían hacerlo. Las razones no importan en realidad, porque toda esa destrucción despertó a los Hyhborn. Los antiguos intentaron advertir a la gente, pero pocos escucharon, y muy pocos de los Deminyen renacidos habían regresado con una conexión renovada con los humanos. Demasiados empezaron a verlos como un flagelo para esta tierra, una plaga que había que eliminar, y eso fue lo que hicieron. La mitad de los Deminyen se volvieron contra las personas, creyendo que debían ser despojadas de su libertad, convencidos de que ese era el único modo de salvarlas a ellas y al mundo. La otra mitad, intentó defender los derechos de la humanidad. Entonces fue cuando comenzó la guerra entre Hyhborn. Su lucha hizo temblar la tierra hasta que los edificios cayeron, hasta que el viento se levantó y propagó el fuego en las ciudades y elevó los océanos, tragándose... tragándose continentes enteros. Los mortales simplemente se quedaron atrapados en el fuego cruzado.

—¿Continentes? —susurré.

—Solían ser siete, grandes extensiones de tierra rodeadas de enormes cuerpos de agua —me explicó—. Ya no son siete.

Dioses. Apreté el cojín con más fuerza.

—Los mortales no fueron totalmente inocentes de lo que ocurrió. Después de todo, fueron sus actos, su egoísmo y su ignorancia deliberada lo que despertó a los Hyhborn, pero ninguno de ellos se merecía enfrentarse a tanta furia, a tanta ruina. —Me miró—. La Gran Guerra no solo terminó con muchas vidas. Redefinió el mundo por completo.

Intenté procesarlo todo, pero creía que era algo que no podría hacer nunca.

—Todavía hay Deminyen que formaron parte de ese mundo, ¿verdad?

—Algunos. Hubo muchas bajas en ambos bandos.

—¿El rey?

El príncipe Thorne me miró.

—Estaba vivo entonces.

—¿Y de qué lado estaba? —le pregunté, medio asustada.

—De ambos. Muchos de los Deminyen que sobrevivieron fueron los que se quedaron en algún punto intermedio. Creían que los mortales necesitaban protección, pero que no podía confiarse en ellos para que gobernaran la tierra. Que, si los dejaban solos o les entregaban un verdadero poder, repetirían la historia.

Yo pensaba a veces que no podía confiársele a un vulgar que llevara una jarra de agua sin derramarla, pero decir que repetiríamos la historia era injusto, cuando esa historia era desconocida para nosotros.

—¿Tú qué crees?

—No estoy seguro. —Una sonrisa amarga apareció en su rostro—. En realidad, varía según el día. —Me miró—. Pero lo que sé es que ese tipo de guerra no puede volver a producirse. Los mortales no sobrevivirían a ella, y debería hacerse cualquier cosa para evitarla.

—Entonces, ¿de qué se trata? —Me levanté, dejando el cojín donde había estado sentada—. ¿De sacrificar a unos pocos para salvar a muchos? ¿Eso es lo que significa en realidad obedecer las órdenes del rey?

—¿Simplificando las cosas? Sí. —Me sostuvo la mirada—. Hay una razón por la que la mayoría de los mortales no conocen la historia de su reino.

—¿Porque, si la conocieran, temerían a los Hyhborn?

Asintió.

—Más de lo que muchos ya lo hacen.

Tenía frío, y me pasé las manos por los brazos. No estaba muy segura de que esa fuera la única razón por la que la historia se mantenía en secreto. Tal vez el rey y aquellos que gobernaban no querían que tuviéramos la opción de ser mejores de lo que habíamos sido antes.

—Tengo mucho que asimilar.

—Lo sé.

—Supongo que la ignorancia es una bendición —murmuré.

—El conocimiento rara vez hace las cosas más fáciles. —Inhaló profundamente—. Lo que he compartido contigo está prohibido.

Lo miré.

—Entonces, ¿por qué lo has hecho?

—Una vez más, no lo sé. —Se rio—. Creo que siento la necesidad de explicarte por qué he hecho las cosas que he hecho, porque me parece… —Frunció el ceño—. Me parece importante que comprendas que no…

Que no era un monstruo.

Tomé una inspiración irregular. No sabía qué pensar. ¿Era un monstruo? Posiblemente. Afirmaba no sentir compasión y había devastado ciudades por orden del rey, pero llevaba el peso de esas órdenes. Ahora podía verlo.

Sabía que no era ni malo ni bueno. Tampoco lo era yo, y no necesitaba mi intuición para confirmarlo o para saber que había salvado a aquellos que había podido y que había lamentado la muerte de los que no.

—Si deseas marcharte, Calista, no te detendré. Ni siquiera te culparé —me aseguró, atrayendo mi mirada hasta él—. Te lo prometo.

Asentí, retrocedí y le di la espalda, porque eso era… eso era lo que creía que tenía que hacer. Atravesé la estancia, con su mirada quemándome la espalda. Llegué a la puerta, rodeé el pomo con los dedos, lo giré en mi mano. La puerta se abrió. Mi corazón comenzó a latir mientras miraba la estrecha rendija. Estaba paralizada, en guerra conmigo misma, porque no…

No quería marcharme.

A pesar del hecho de que debía hacerlo y a pesar de lo que había descubierto, quería quedarme y sabía qué significaría que lo hiciera… A qué estaría accediendo. El tipo de compañía que él quería no tenía nada que ver con que yo le enseñara las complejidades del consentimiento o con seguir discutiendo sobre los dioses sabían qué. Él me deseaba. Mi cuerpo. Yo lo deseaba. Su cuerpo.

¿Por qué no podía tenerlo?

No había ninguna razón, excepto una… una intensa sensación de nerviosismo, porque quedarme inexplicablemente parecía *más*.

Porque no sería solo placer lo que buscaría si me quedaba con él. Sería su compañía. Su al parecer inexplicable confianza en mí. La complejidad de quién y qué era. También la paz que encontraba en él.

Cerré la puerta, me giré hacia donde lo había dejado. Nuestras miradas se encontraron y creí ver un atisbo de sorpresa en sus rasgos.

Despacio, me ofreció la mano. Sentía el corazón atenazado y libre al mismo tiempo. No noté el frío suelo bajo mis pies mientras caminaba. Sus ojos no abandonaron los míos mientras levantaba mi mano temblorosa y tomaba la suya. El contacto de mi palma contra la suya fue una conmoción para los sentidos, y cuando entrelacé los dedos con los suyos mi intuición se quedó en silencio, aunque de algún modo sabía que nada volvería a ser lo mismo después de aquel momento, después de aquella noche.

27

Había muchas posibilidades de que fuera solo mi hiper-
estimulada imaginación conduciendo mis pensamientos, rellenando los huecos sobre los que mi intuición
se mantenía en silencio, pero no podía despojarme de la sensación de que aquella decisión era el principio del cambio de todo.

El príncipe se giró. Sin decir una palabra, me condujo al dormitorio. El corazón me seguía latiendo con fuerza cuando miré
desde la entrada el cuarto de baño y después la cama. La energía
nerviosa aumentó en mí, una mezcla de anticipación y... atracción hacia lo desconocido. Había pasado mucho tiempo desde la
última vez que estuve con alguien.

Y nunca había estado con alguien como él.

El príncipe Thorne se detuvo junto a la cama y se giró hacia
mí. Se mantuvo en silencio mientras me ponía la mano en la
mejilla y los colores de sus iris giraban. ¿Sabría por qué latía
ahora mi pulso? Me mordí el labio inferior.

Sosteniéndome la mirada, me pasó las puntas de los dedos
desde el cuello hasta el hombro. Me hizo ponerme de espaldas a él.

—¿Cómo fue? Tu infancia.

—Yo... No lo sé. —El ligero roce dejó una estela de escalofríos en mi piel.

—Sí, lo sabes. —Me colocó la larga melena sobre el hombro—. Cuéntamelo.

Miré hacia adelante.

—¿Por qué quieres saberlo?

—Solo quiero.

—No es interesante.

—Lo dudo —dijo—. Cuéntame cómo fue, *na'laa*.

—Fue… —Contuve la respiración cuando sus dedos encontraron la hilera de diminutos ganchos en la espalda de mi vestido. Una lámpara se encendió junto a la cama, sobresaltándome. Su habilidad para hacer esas cosas no era algo a lo que pudiera acostumbrarme—. Fue dura.

Se quedó callado un momento.

—¿Cuándo te quedaste huérfana?

—¿Cuando nací? —Me reí—. O poco después, supongo. No sé qué les pasó a mis padres, si enfermaron o simplemente no podían ocuparse de mí, y… solía pensar mucho en eso. ¿Por qué me abandonaron? ¿Tuvieron opción?

—¿Ya no te lo preguntas? —quiso saber. Mi vestido se aflojó a medida que trabajaba en los botones.

Negué con la cabeza.

—No tiene sentido hacerlo. Me volvería loca, así que decidí que no tuvieron otra opción.

—Esa debe ser sin duda la verdad, fuera cual fuere el escenario —comentó, y yo asentí—. ¿Cómo sobreviviste?

—Haciendo lo que fue necesario —contesté, y después añadí rápidamente—: No estuve sola. Tenía un amigo. Sobrevivimos juntos.

—¿Y ese amigo? ¿Hizo que sobrevivir fuera más fácil?

Pensé en ello mientras el dorso de sus dedos recorría la piel de la parte baja de mi espalda.

—Lo hizo más fácil, pero…

—¿Pero?

—Pero también más difícil —susurré—. Porque ya no es solo tu espalda la que tienes que vigilar, ¿sabes? También la de otro… Alguien por quien te preocupas cada vez que te separas para buscar dinero o refugio. Pueden pasar muchas cosas en la calle. Todo el mundo es… —Me detuve y me moví incómoda, cambiando el peso de pie.

—¿Todo el mundo es qué?

Lo miré sobre mi hombro. La tenue luz proyectaba sombras bajo las curvas de sus mejillas.

—¿De verdad quieres saberlo? Porque no tienes que fingir interés por nosotros para hacer lo que sea esto.

Me miró, con sus ojos ocultos bajo sus pestañas.

—No finjo —me aseguró—. Y tampoco fingía en la cena.

Levanté una ceja.

—¿De verdad estabas interesado en los distintos tipos de sedum? —me reí—. Nadie está interesado en los sedum.

—Tú sí.

—Sí, bueno. Yo soy fácilmente impresionable.

El príncipe Thorne se rio.

—Eso también lo dudo. ¿Todo el mundo era qué, *na'laa*?

Mordiéndome el labio inferior, negué ligeramente con la cabeza.

—Todo el mundo era un enemigo en potencia. Otros niños, incluso aquellos con los que compartíamos espacio y en los que confiábamos. La persona que te daba pan un día podía echarte encima a los magistrados al día siguiente tras acusarte de robar. ¿El amable caballero en la calle? Bueno, esa amabilidad tenía un precio. —Me encogí de hombros mientras sus dedos se detenían en los últimos ganchos—. Así que no solo tienes que cuidar de ti mismo, pero no estás solo. Tienes a alguien que también vela por ti.

Se quedó callado un momento.

—Haces que parezca que no fue nada.

¿Sí?

—Solo fue lo que fue.

Se produjo otro silencio breve.

—Eres más valiente de lo que había creído.

Sonrojándome, forcé una carcajada.

—Eso no es cierto. Me he pasado toda la vida asustada. Todavía… —Tomé aire profundamente—. No creo que haya sido o que sea valiente. Seguramente solo estaba desesperada por sobrevivir.

—Tener miedo no reduce la valentía —dijo, terminando con el último botón—. Ni la desesperación. Si acaso, la fortalece.

—Quizá —murmuré, aclarándome la garganta—. Te preguntaría cómo fue tu infancia, pero como nunca has sido niño… —Me detuve, frunciendo el ceño—. Es muy raro decirlo en voz alta.

El príncipe exhaló una carcajada y presionó los dedos suavemente contra mi piel, abriéndome el vestido mientras los subía por mi espalda. Las mangas del vestido bajaron un poco por mis brazos y se detuvieron justo por encima de mis codos.

—¿Cómo fue? —le pregunté, demasiado curiosa—. Ser creado.

—Es difícil de explicar y seguramente imposible de comprender. —Me acarició la parte superior de la espalda, provocándome otra oleada de escalofríos—. Pero es como… despertar, abrir los ojos y saberlo todo.

Pestañeé.

—¿Todo? ¿En un instante? —Volví a mirarlo, pero había girado la cabeza de modo que no podía ver su expresión—. ¿Tú lo sabes todo?

—Sí, pero se tarda un tiempo en comprender lo que sabes y cómo se aplica al mundo que te rodea… al mundo en el que vas a adentrarte. —Sus dedos recorrieron la línea de mis omoplatos—. Pueden tardarse años en comprenderlo del todo.

Intenté descubrir cómo sería despertar con el conocimiento que habría obtenido en el transcurso de una vida. Él tenía razón. No podía entenderlo.

—Eso suena… intenso.

—Mucho.

Me quedé inmóvil mientras seguía explorando mi espalda, disfrutando de sus manos cálidas.

—Y cuando te crearon, ¿tenías este mismo aspecto?

—No exactamente. —Sus dedos bajaron por mi espalda—. Cuando obtuve la conciencia, estaba bajo tierra.

Contuve el aliento.

—¿Te enterraron vivo?

—No, *na'laa*. —Subió las manos de nuevo por mi columna—. Me crearon de la tierra, como ocurre con todos los Deminyen, y cuando adquirimos la conciencia todavía no estamos totalmente… formados.

—¿No estáis totalmente formados? —Mi mirada se detuvo en su espada envainada—. Voy a necesitar más detalles sobre eso.

—Nuestros cuerpos tardan un tiempo en desarrollarse y ser lo que ves ahora, y las cosas pueden salir mal en el proceso de creación —me explicó—. Al principio no somos más que una conciencia, y con el tiempo, nuestros huesos se forjan a partir de la roca del interior de la tierra mientras nuestra carne se talla en la piedra. —Sus dedos se deslizaron por el lateral de mis costillas—. Mientras, las raíces de los Wychwoods nos mantienen alimentados, creando nuestros órganos y llenando nuestras venas. El proceso puede tardar años, mientras escuchamos la vida que tenemos encima y alrededor.

Seguramente estaba boquiabierta. Intenté asimilar todo eso y me rendí, porque no había manera.

—¿Años debajo de la tierra? Yo me volvería loca.

—Claro que te volverías loca. Eres mortal —dijo sin más—. Nosotros no.

—Pero no lo comprendo… Quiero decir, cuando te hieren, sangras. No es savia.

—También lo hacen los Wychwoods.

Recordando los rumores, hice una mueca.

—Había oído que los Wychwoods sangraban, pero…

—¿No lo creíste?

—Supuse que lo que la gente había visto era solo savia roja, pero creo que ahora comprendo por qué los Wychwoods son tan sagrados. —Solté una risa trémula—. ¿Sabes? La noche en los jardines, cuando dijiste que formabas parte de todo lo que nos rodeaba, no creí que fuera literalmente.

—La mayoría no lo habría creído. —Sus dedos inspeccionaron la curva de mi cintura.

Pensé en lo que me había contado sobre el mundo del pasado.

—¿Conocían los secretos de los Wychwoods aquellos que vivieron antes de la Gran Guerra?

—Si los conocían, los olvidaron, pero debieron encontrar señales al entrar en el bosque que les indicaron que caminaban por terreno sagrado. Advertencias que tuvieron que ignorar. Fue la destrucción de los Wychwoods la que despertó a los primeros.

En cierto sentido, era difícil no enfadarse con nuestros ancestros, cuando parecía que se habían cavado sus propias tumbas casi voluntariamente.

—Hay Hyhborn que han nacido, ¿verdad? —le pregunté—. No me refiero a los *caelestias*.

—Los hijos de los Deminyen nacen y envejecen igual que los *caelestia* o los mortales, pero quizá más despacio.

—Eso es lo que pensaba. —Me detuve—. ¿Tienes hijos?

—No.

No sabía por qué me aliviaba oírlo, pero me aliviaba.

—He oído que los Deminyen pueden elegir cuándo tener un hijo. Que ambas partes tienen que querer que se cree un niño. ¿Es cierto?

—Lo es.

—Debe ser agradable —murmuré.

—¿Y tú? —Sus manos subieron de nuevo por mi espalda—. ¿Has tenido hijos?

—Dioses, no.

El príncipe Thorne se rio.

—Asumo que no te gustan los niños.

—No es eso. Es solo que… —Me detuve. Recordé las palabras de Grady. ¿Por qué querría traer un niño a este mundo? Esa era una buena pregunta para la mayoría, pero ¿para mí? Aún más. ¿Podría al menos tocarlo?

—Lo comprendo —dijo en voz baja.

Abrí la boca pero la cerré, pensando que quizá sabría que no podía darle a un niño la vida que se merecía. Que temía terminar repitiendo la historia. No quería hacerle eso a un niño. No podía. Pero era imposible que él supiera lo difícil que sería realmente para mí.

Me aclaré la garganta.

—De todos modos, ¿has dicho que las cosas pueden ir mal durante la creación?

—Si el proceso se perturba, la creación se interrumpe. —Me pasó las manos por los brazos, agarró las mangas de mi vestido. La inhalación que tomé se quedó atorada en mi garganta cuando el sedoso tejido abandonó mis brazos y bajó por mis caderas hasta encharcarse a mis pies—. Lo que se desentierra es incluso menos mortal que un Deminyen.

Un escalofrío golpeó mi carne expuesta.

—¿Estás hablando de los que no tienen nuestro aspecto? ¿Como los *nix*?

—En cierto sentido —me dijo, acariciándome las costillas con las palmas una vez más, alejando de ellas la frialdad—. Despiertan a los *nix* antes a propósito.

Mi mente regresó a la última vez que estuve en aquella habitación.

—¿Era a lo que te referías cuando dijiste que no confiabas en aquellos que habían creado a los *nix*?

Su aliento rozó mi nuca, y después sentí allí sus labios.

—Sí.

Quería preguntarle por qué intentaría nadie interrumpir el proceso, pero sus manos se dirigieron a mis caderas. Deslizó los dedos debajo del fino encaje y comenzó a bajarlo.

Se me aceleró el pulso. Miré sobre mi hombro, pero solo vi la parte superior de su cabeza mientras bajaba la tela por mis piernas, que se unió al vestido en el suelo. Su boca rozó la curva de mi trasero, dispersando mis pensamientos. Después sus labios se desviaron de mi espalda baja, tomaron el centro de mi columna y subieron hasta mi nuca.

—Dime una cosa, *na'laa* —dijo, haciéndome girar en sus brazos—. ¿Es así como sobrevives ahora?

Levanté la mirada y mis ojos se clavaron de inmediato en los suyos. El azul se había profundizado hasta un cielo durante el ocaso, filtrándose en el resto de los tonos.

—¿A qué te refieres?

Reunió mi cabello, me lo colocó sobre el hombro.

—¿Todavía sobrevives haciendo lo que sea necesario?

—Sí —susurré.

Bajó sus gruesas pestañas, ocultando sus ojos.

—¿Por eso has decidido quedarte esta noche?

El corazón me dio un vuelco.

—No.

—¿De verdad?

Un temblor descendió por mis brazos mientras los levantaba para curvar los dedos en los lados de su túnica. El corazón me amartilló el pecho a medida que se la subía. En silencio, tomó el control y se la quitó, así que busqué la solapa de sus pantalones. Desabrochar los botones no se pareció en nada a la primera vez que hice aquello con él. Y tampoco cuando bajé el suave y desgastado material de sus pantalones.

—Sí —respondí mientras se deshacía de la ropa. Coloqué las palmas contra su vientre, cerré los ojos mientras me empapaba en la sensación de su piel pulida bajo mis manos. Otro temblor me atravesó—. De verdad.

El príncipe no dijo nada mientras mis manos reptaban por su pecho, pensando que su carne estaba realmente hecha de piedra. Durante varios minutos, me permití perderme un poco en la sensación de tocarlo, en la fricción de su piel dura contra mis mucho más suaves manos. En las bruscas caídas y pendientes de su estómago. En las cordilleras de músculos. No tenía ni idea de qué debía pensar de mí, pero la novedad de tocar a otro era demasiado fuerte para resistirme a ella. Él no me detuvo. Se quedó allí, permitiéndome explorar como yo se lo permití a él, aunque no creía que llegara a entender lo que me estaba proporcionando. Me puse de rodillas ante él sobre la piedra del suelo, tan dura como su piel pero fría.

Abrí los ojos, elevé mi mirada hasta la rígida y gruesa longitud que sobresalía de sus caderas.

—Eres glorioso —susurré.

Ladeó la cabeza ligeramente, exponiendo una… mejilla más coloreada a la luz de la lámpara.

Abrí la boca.

—¿Te has… sonrojado?

—¿Lo he hecho? —Sonaba verdaderamente dubitativo.

Había algo encantador en el tenue rubor de sus mejillas… en que alguien tan poderoso y sobrenatural como un Deminyen se sonrojara.

—Sí, excelencia.

—Thorne —me corrigió—. No creo que me haya sonrojado nunca antes.

—Quizá lo has hecho y nadie te lo dijo.

—No muchos habrían tenido el valor de hacerlo —replicó, levantando la cabeza—. Pero creo que esta ha sido… la primera vez.

Seguramente no lo era, pero me gustaba la idea de ser la primera en hacer que el príncipe de Vyrtus se sonrojara. Sonreí mientras le pasaba las manos por los muslos, concentrándome en su longitud. De rodillas, tenía que estirarme para llegar hasta él, porque era tremendamente alto. Surqué su piel, sintiendo la dura curva de su trasero y después la carne magra de sus caderas, todo mientras mi corazón seguía latiendo con fuerza. Su tamaño era impresionante… e intimidante, y aunque no hubiera pasado tanto tiempo desde la última vez que hice aquello, me habría sentido nerviosa. Excitada, pero nerviosa.

—Estaba pensando… —dije, sintiéndome descarada y juguetona—. Que, como tú ya has tomado el postre, sería justo que yo también lo tomara.

Sus dedos me acariciaron la mejilla antes de enredarse en mi cabello.

—Entonces tómalo.

No hubo vacilación, incertidumbre ni pretextos. Estaba de rodillas ante él, tocándolo, porque quería estarlo, y no había nada en mi mente más que mis propios pensamientos. No me temblaron las manos cuando lo rodeé con los dedos, pero él lo hizo. Noté un ligero estremecimiento cuando apreté los dedos, y lo sentí de nuevo cuando mi aliento acarició su glande. Subí la mano por su longitud, sintiendo la ligera rugosidad mientras lo miraba.

El aire se quedó atrapado en mi pecho. Había un tenue halo dorado alrededor de sus hombros, de sus brazos. Tenía la cabeza bajada, el cabello caído hacia adelante y contra los laterales de su rostro. No podía verle los ojos, pero su mirada era intensa y caliente. Avivó el fuego que ya ardía en mis venas. Sus dedos se curvaron en mi cabello.

Lo tomé con la boca y me estremecí al oír el profundo y retumbante sonido que emitió. Tomé tanto como pude, lo que no fue mucho, pero el príncipe... Su gemido en respuesta y el ligero movimiento de su cadera me dijo que no le importaba, en absoluto. Pasé la lengua por su longitud y por las rugosidades de la parte inferior, hasta llegar al hueco bajo el glande. Me lo metí en la boca de nuevo mientras su carne... se calentaba en mi mano y en el interior de mi boca, y ese calor invadía mis sentidos. Succioné la punta, sorprendida por su sabor. No era salado, como había experimentado antes, sino... ¿ligeramente dulce? Como espolvoreado de algo parecido al azúcar. Nunca había probado nada así. Su mano se tensó en mi cabello, tirando de los mechones mientras yo succionaba con más fuerza, llenándome más la boca con su sabor. Sentí un hormigueo en la boca y esa abrupta espiral de sensaciones se movió por mi interior, endureciendo mis pezones y uniéndose a los músculos que se habían tensionado en mi vientre. Notando cómo me humedecía, gemí con la boca llena de él. El leve y feroz dolor en mi cuero cabelludo cuando su cuerpo entero se sacudió solo intensificó mi excitación.

Me apoyé en él, presioné mis senos contra sus muslos mientras trabajaba con mi boca y mi mano. La palpitación contra mi lengua tuvo su eco en mi entrepierna, y deseé bajar la mano y tocarme, pero nunca había hecho eso… Nunca me había tocado delante de otro. Dioses, me apetecía tanto que el deseo era casi doloroso. Le clavé los dedos en la parte de atrás del muslo.

—Joder —gruñó, moviéndose bruscamente de nuevo.

En realidad nunca antes había gozado demasiado con aquel acto, pero ahora me sentía ansiosa. Me la tragué hasta el fondo, insaciable, disfrutando de su sabor, de sus gemidos graves y guturales. Y cuando comenzó a mover las caderas, deseé que lo hiciera más rápido, más fuerte. Deseé todo tipo de… cosas perversas, y abrí los ojos y lo miré, con el pulso desbocado y el cuerpo anhelante. Apreté los muslos, me estremecí ante la llamarada de deseo. Afianzó su mano en mi nuca, sujetándome mientras se movía. Quería…

—Tócate.

Abrí los ojos.

Me sacó la polla de la boca y después me ayudó a ponerme en pie. Me temblaron las piernas cuando me hizo girarme, cuando me sentó para que estuviera en el borde de su cama. Se interpuso entre mis piernas, me las abrió. El aire frío besó el calor entre mis muslos. Bajó las manos entre nosotros, apresando una de las mías. La deslizó sobre la longitud y la punta de su polla, sobre su carne cubierta de la humedad de mi boca y de la… y de la *suya*. Las yemas de mis dedos se calentaron de inmediato y sentí un hormigueo.

—¿Qué…? ¿Qué es esto? —le pregunté, apenas reconociendo mi voz. Era gutural. Sensual—. Siento un cosquilleo en la piel y sabe… —Tragué, gimiendo suavemente. En mi bruma de lujuria, recordé algo que había dicho—. Tu semen…

—Es afrodisíaco —terminó.

—Por todos los dioses —jadeé, abriendo los ojos con sorpresa. ¿Ni siquiera se había corrido todavía y ya tenía este efecto?—. Ahora… —Gemí cuando un estallido de intenso deseo me atravesó—. Ahora comprendo por qué la gente lo anhela tanto.

Su carcajada sonó oscura y pecaminosa.

—Tócate —me ordenó, colocándome la mano de nuevo en la nuca—. Fóllate con los dedos mientras yo te follo la boca.

Mi cuerpo se incendió ante su demanda… ante unas palabras que normalmente me habrían cortado el rollo pero que en ese momento me arrancaron un gemido de placer. Clavando los ojos en los suyos, hice lo que me exigió. Llevé la mano hasta el espacio entre mis muslos mientras él me miraba, mientras se quedaba totalmente inmóvil, con su polla brillante entre nosotros. Me acaricié el clítoris y mis caderas casi abandonaron la cama. El hormigueo que sentía en los dedos se transfirió al tenso y sensible botón…

—Oh, dioses —gemí. Me atravesó un escalofrío de placer que hizo temblar mi cuerpo—. No creo que pueda.

—Puedes. —Acercó mi cabeza a su cuerpo—. Quiero esos dedos en tu interior. —Apretó la mandíbula—. Los quiero dentro.

Me estremecí y los deslicé a través de mi humedad, y después en mi interior. Él no parpadeó ni una sola vez mientras yo comenzaba a mover los dedos. Se cernió sobre mí, sujetándome el cabello con fuerza. Una cosquilleante calidez siguió a la oscilación de mis dedos.

—Esa es mi chica —murmuró.

Se me desbocó el pulso cuando volví a agarrarle la polla con la otra mano, y se la chupé mientras hacía lo que me había pedido. El gruñido que emitió eclipsó mi gemido de aprobación cuando comenzó a impulsarse con más fuerza, vigorizando sus movimientos, pero había control en cada empellón de sus caderas. No me hacía daño y, dioses, yo sabía que no habría sido difícil debido a lo duro que estaba, a lo fuerte que era, pero tomaba sin *tomar*. Su sabor me llenó la boca mientras me retorcía contra la cama, tocándome. Mis músculos se tensaron y enroscaron en mi interior. No podía oír mis gemidos, pero sabía que él los sentía mientras me veía comerle la polla, mientras me veía tocándome con mis propios dedos. El orgasmo me golpeó con fuerza, robándome el aliento.

El príncipe se apartó de mi boca, me empujó sobre la cama y se acomodó entre mis piernas, atrapando mi mano y su polla entre nosotros mientras aseguraba su peso sobre mí. La mano que tenía en mi cabello tiró de mi cabeza hacia atrás. Me miró mientras se estremecía; noté su liberación caliente y hormigueante en mi mano... en mi centro. Su cuerpo estaba caliente, su carne parecía vibrar. Abrí los ojos ante la revuelta de sensaciones y miré con sorpresa su cuerpo, cuyos límites resplandecían como las *alms*. Emití un sonido mientras le agarraba el brazo que seguramente habría debido hacerme sentir avergonzada, pero su risa (su risa apasionada y rica, acunándose contra mí) me hizo sonreír al tiempo que me atravesaba oleada tras oleada de placer.

Y se prolongó hasta mucho después de que él se hubiera quedado inmóvil contra mi cuerpo. Los segundos se convirtieron en minutos. Seguí temblando por el placer mientras él buscaba entre nosotros y me sacaba mis dedos. Me estremecí cuando... cuando se detuvo sobre mí, cuando me apartó los mechones de cabello húmedo de la cara para rozarme la mejilla, los labios separados, con los ojos abiertos y sin perderse ni un solo instante. Me observó y me acarició conforme el orgasmo se prolongaba y prolongaba, hasta que la última ola de placer se desvaneció y por fin escapé de mi cautiverio. Lo miré, con los ojos entreabiertos.

Por todos los dioses, Naomi no se había equivocado con lo de los orgasmos.

—Quédate aquí —dijo el príncipe.

No iba a irme a ninguna parte. Cuando se levantó, no podía moverme, cada uno de mis músculos parecía haber perdido su capacidad para funcionar. Creí oír que se abría el grifo. Cerré los ojos mientras estaba allí, mientras la calidez desaparecía entre mis muslos antes de que su sabor se disipara de mi lengua. Puede que me quedara dormida, porque cuando abrí los ojos lo descubrí de pie ante mí y tuve la sensación de que llevaba allí un tiempo.

—Toma. —Se encorvó, apoyó una rodilla en la cama mientras deslizaba una mano bajo mi nuca y me levantaba la cabeza—. Bébete esto.

Abrí la boca para aceptar el vaso que sostuvo ante mis labios. Era agua y bebí con ferocidad, sin darme cuenta hasta ese momento de lo sedienta que estaba. Apartó el vaso cuando terminé y tomó una toalla que debía haber traído consigo. Me levantó el brazo, pasó la toalla húmeda por mis dedos laxos y después me bajó la mano hasta la cama.

—La próxima vez… Y habrá una próxima vez —me prometió, pasándome la toalla entre las piernas. El azul de sus ojos se volvió luminoso cuando gemí, levantando las caderas débilmente contra su mano. Curvó una de sus comisuras en una sonrisa—. Haré que te corras con mi polla, y te quedarás ahí hasta que desaparezca el último resquicio de placer. —Se detuvo, ladeó la cabeza—. ¿Te parece bien?

Alcé las cejas ante su intento de pedir mi opinión, y me habría reído si no hubiera estado tan cansada.

—Sí, excelencia.

—Thorne —dijo con otra carcajada—. Y me alegro de que estemos de acuerdo.

Resoplé.

Cuando dejó la toalla a un lado, supe que tenía que levantarme y vestirme. El príncipe quería mi compañía, pero yo sabía que la parte de mi compañía que deseaba no incluía que me desmayara en su cama, a pesar de su petición de la noche anterior. Me ordené moverme y empecé a sentarme.

No llegué muy lejos.

El príncipe Thorne regresó a mi lado y, antes de que supiera qué estaba haciendo, me tomó en sus brazos. Me tumbó en el centro de la cama y después se acomodó a mi lado. Lo siguiente que oí fue el *clic* de la lámpara al apagarse. Abrí los ojos a la oscuridad de la habitación… al pecho que había mirado y *tocado*. ¿Quería que pasara la noche con él? ¿Que *durmiera* con él?

Yo solo había dormido con Grady, y no se parecía en nada a aquello. Allí tumbada, no sabía qué pensar ni qué sentir. Mi corazón tropezó consigo mismo, pero su pecho estaba inmóvil bajo mi palma, excepto por el movimiento ligero de su respiración. ¿Qué había querido decir cuando me dijo que su corazón no había latido como el de un mortal en mucho tiempo? ¿Tenía algo que ver con cómo lo... crearon?

—¿Estás dormido? —susurré.

Se produjo un silencio y luego:

—Sí.

Fruncí el ceño.

—Entonces, ¿me estás respondiendo en sueños?

—Sí. —Me apretó la cintura.

Tragué saliva, presioné los dedos contra su pecho... contra el lugar donde *debería* estar su corazón, aunque no podía sentirlo.

—¿Puedo preguntarte una cosa?

—Acabas de hacerlo.

Arrugué la nariz.

—¿Puedo preguntarte otra cosa?

—Sí, *na'laa*.

—No me llames así —murmuré.

—Pero en este momento estás siendo especialmente testaruda.

Puse los ojos en blanco.

—Da igual.

Suspiró, pero el sonido no fue de molestia. Era casi como si lo divirtiera.

—¿Cuál es tu pregunta?

Mordiéndome el labio, miré la oscura silueta de su pecho bajo mi palma.

—En el pasado, ¿tu corazón latía como el de los mortales?

—Sí. —Bostezó.

Curvé un dedo contra su piel.

—¿Por qué no late así ahora?

—Porque… —Su mano se movió despreocupadamente por la parte baja de mi espalda—. Perdí mi *ny'chora*.

—¿Y qué es eso?

Tardó tanto en responder que creí que se había quedado dormido.

—Todo.

¿Todo? Esperaba que se explicara, pero solo hubo silencio.

—¿Sigues despierto?

—No —fue su respuesta, acompañada de una leve risa.

Las comisuras de mis labios se elevaron, pero la pequeña sonrisa desapareció rápidamente. Tragué saliva.

—¿Quieres que… que regrese a mis aposentos?

Me abrazó con más fuerza, presionando mi estómago contra el suyo.

—Si quisiera eso, no estarías en la cama conmigo.

—Oh.

Se movió, y de algún modo consiguió meter una de mis piernas entre las suyas.

—*Na'laa*…

—¿Sí?

—Duérmete.

—Buenas noches, exce… —Cerré los ojos, con una sensación de… ligereza en el pecho. Nunca antes la había sentido—. Buenas noches, Thorne.

No respondió, pero mientras me dejaba llevar por el sueño, sentí el roce de sus labios contra mi frente y creí que lo oía susurrar:

—Buenas noches, Calista.

28

Cuando desperté, el espacio a mi lado estaba vacío, pero el suave y silvestre aroma se aferraba a las sábanas y a mi piel. Coloqué la mano sobre la cama, notando la calidez de su cuerpo que aún perduraba.

Thorne.

Tenía el vago recuerdo de haber despertado bajo la luz gris del alba con el roce de sus dedos en la curva de mi mejilla, con la caricia de sus labios en mi frente y el sonido de su voz.

—Duerme bien —había susurrado—. Regresaré a tu lado pronto.

Abrí los ojos, con una sensación de… *plenitud* en el pecho. No era totalmente desagradable pero me resultaba por completo desconocida, y eso me asustó, porque me pareció una promesa de algo más.

Levanté las piernas y las doblé contra mi pecho. No debía esperar nada más, aunque no estaba segura de qué englobaba exactamente esa idea de *más*. Sabía lo suficiente. *Más* no era solo placer sin medida compartido en las horas más oscuras de la noche. *Más* no era solo algo físico. *Más* era un futuro.

Y ninguna de esas cosas sería posible con un Hyhborn, y mucho menos con un príncipe. Sobre todo, con el príncipe de Vyrtus.

Pero él afirmaba que había salvado Archwood por mí.

Me tumbé de espaldas, negué con la cabeza. No podía haberlo dicho en serio, por mucho que valorara mi supuesta valentía.

Aunque los Hyhborn no podían mentir.

Me pasé las manos por la cara y las bajé, frotándome la piel. ¿Por qué estaba tumbada en su cama, pensando en aquello? Había cosas mucho más importantes en las que concentrarse. Lo que Claude sabía de cómo funcionaban mis habilidades, porque dudaba que no recordara haberlo dicho. Su relación con el comandante de los Caballeros de Hierro. El inminente asedio.

Thorne era el menor de mis problemas.

Pero era el más bonito de mis problemas.

—Dioses —gemí, apartando la sábana. Me senté y me deslicé hasta el borde de la cama, buscando mi vestido. Al no verlo en el suelo, me incorporé; me giré y lo encontré doblado sobre el baúl, donde sus espadas habían estado la noche anterior. A los pies de la cama había una bata negra. Thorne debía haberla dejado ahí para mí.

La extraña y absurda sensación de plenitud regresó a mi pecho mientras me ponía la bata. Era... muy considerado por su parte.

Regresaré contigo pronto.

Miré los aposentos. Él... Thorne había dicho que me quería a su lado hasta que se marchara para escoltar a sus tropas. ¿Esperaría que lo aguardara todo el día en su habitación?

Eso no iba a ocurrir.

Me saqué el cabello de la bata y tomé mi vestido. Lo acuné contra mi pecho y corrí hacia la puerta, que encontré cerrada. Cuando quité el pestillo y la abrí, casi tropecé directamente con Grady.

—Oh, dioses. —Contuve el aliento y retrocedí, tambaleándome.

Grady me agarró del brazo, ayudándome a recuperar el equilibrio.

—Lo siento —gruñó—. Estaba intentando forzar la cerradura... Llevo en ello media hora. Debió hacerle algo para evitar que se abriera desde fuera. —Su oscura mirada pasó sobre mi rostro, y después pareció fijarse en lo que llevaba puesto y en lo que sostenía—. ¿Estás bien?

—Sí. Claro. —Lo rodeé y cerré la puerta a mi espalda—. ¿Por qué estabas intentando forzar la cerradura?

—¿En serio? —Levantó las cejas.

—En serio. —Comencé a caminar por el pasillo.

Me miró fijamente un momento.

—¿Sabes al menos qué hora es? Es casi mediodía.

Aquello me sorprendió.

—¿De verdad? Yo nunca...

—Tú nunca duermes hasta tan tarde —terminó por mí—. Te he buscado por todas partes esta mañana, Lis. En tus aposentos, en los jardines... Me encontré con Naomi, que también te estaba buscando —me contó cuando vio la mirada que le eché—. Ella me explicó lo del acuerdo.

Oh.

Sujeté el vestido con más fuerza.

—No debería haberlo hecho.

—¿Porque tú no planeabas contármelo?

—No, porque seguramente exageraste y te volviste loco y ella tuvo que lidiar contigo —dije, callándome cuando pasamos junto a un sirviente cargado de toallas—. Y yo iba a decírtelo.

—¿Cuándo?

—Esta mañana. —Me aparté un mechón.

Su mandíbula estaba trabajando horas extra.

—No hace falta que diga...

—Que no te gusta este acuerdo.

—Y tampoco a ti, según Naomi —replicó.

Hice una mueca, pero me tragué mi irritación. Naomi debía estar preocupada, y sin duda yo le había dado una buena razón para estarlo.

—No estaba demasiado emocionada con el acuerdo —comencé—. Pero después hablé con Thorne, y he accedido.

Grady había dejado de caminar.

—¿Thorne?

—Sí. —Lo miré sobre mi hombro—. Ese es su nombre.

—¿Y desde cuándo lo llamas por su nombre? —exigió saber.

Desde que decidí quedarme a pesar de lo que me contó.

No lo dije, porque todo era demasiado difícil de explicar o de comprender. Joder, ni siquiera estaba segura de entenderlo yo. Seguí caminando por el pasillo.

—Todo va bien, Grady. De verdad...

—De verdad, me gustaría que dejaras de mentirme.

—No te miento. —Me detuve, mirándolo—. No me emocionaba el acuerdo porque él no me había preguntado mi opinión, qué quería yo, pero lo hemos hablado. Hemos llegado a un... entendimiento. —*Creo*—. Y yo... —Apreté los labios, negué con la cabeza mientras comenzaba a caminar—. Puedo tocarlo, Grady. Puedo tocarlo y no oír, sentir ni pensar nada más que mis propios pensamientos y emociones. Sé que dices que me entiendes, pero es imposible que comprendas lo que significa de verdad.

—Tienes razón —admitió Grady después de unos minutos—. No puedo comprender cómo es.

Se quedó en silencio mientras me seguía, pero no duró mucho.

—Pero ¿esa es la única razón? —me preguntó en voz baja—. ¿Que puedes tocarlo?

—¿Por qué? —Le eché una mirada sobre mi hombro—. ¿Qué otra razón podría haber?

—No lo sé. —Miré el techo mientras él echaba a andar tras de mí—. ¿Te gusta?

—¿Que si me gusta? —Me reí, aunque algo extraño se movió en mi estómago—. ¿Qué tenemos? —Le di un codazo—. ¿Dieciséis años?

Resopló.

—¿Te gusta?

—No lo sé. Quiero decir, me gusta lo bastante para querer tocarlo, si eso es lo que me estás preguntando —le dije, con la piel erizada—. No lo conozco lo suficiente para que me guste de otro modo.

Grady miró hacia adelante.

—Sí, pero aunque llegues a conocerlo, no puede *gustarte*, Lis.

—Sí, lo sé. No necesito que me lo digas.

—Solo me aseguro —murmuró.

Ignorando el nudo repentino en mi pecho, le pregunté:

—¿No deberías estar trabajando, o algo?

—Sí, pero el barón está encerrado en su despacho con Hymel.

Estarían intentando decidir a dónde iban a acampar un millar de soldados. Abrí las puertas de mis aposentos.

—¿Te ha contado Naomi por qué están aquí los Hyhborn?

—Sí. —Se sentó en el borde de la silla—. Tengo que admitir que me ha sorprendido.

—Descubrí algo más anoche.

—Si tiene algo que ver con lo que ocurrió en el dormitorio con el príncipe, no estoy interesado.

—No tiene nada que ver con Thor… —Me detuve cuando Grady me lanzó una mirada—. No tiene nada que ver con el príncipe, sino con el rey Euros —le dije, y después le conté que el rey prefería que Archwood siguiera el camino de Astoria. No le hablé del pasado, del mundo que había caído. Que Thorne me hubiera confiado eso era importante, y el conocimiento sobre el pasado me parecía… peligroso.

—No puedo decir que me sorprenda que el rey prefiera ver la ciudad arrasada —dijo Grady cuando me quedé en silencio.

—¿De verdad? —Levanté las cejas.

—Sí. ¿A ti te sorprendió enterarte?

—Un poco —contesté—. Quiero decir, hay una enorme diferencia entre que el rey se interese poco por el bienestar del vulgo y que decida que nuestros hogares y vidas no compensan la posibilidad de que un Hyhborn muera o resulte herido.

—¿Sí? Yo no veo tal diferencia. —Se encogió de hombros—. Al final, lo único que les importa a los Hyhborn es ellos mismos.

La mitad del tiempo me sorprende que no se hayan librado de nosotros para quedarse con el reino entero.

—Dioses. —Lo miré—. Eso es muy tétrico. Incluso para ti.

Resopló.

Negué con la cabeza.

—Hay más. Es sobre Vayne Beylen.

La curiosidad llenó su rostro.

—Soy todo oídos.

—Y tiene que quedarse en tus oídos.

—Por supuesto.

Miré la puerta cerrada.

—Claude y Vayne están emparentados.

Levantó las cejas.

—¿Qué?

—Son primos por parte de padre —le dije—. Beylen es un *caelestia*.

—Joder… —Arrastró la palabra. Se apoyó en la silla, colocando un brazo en el respaldo—. ¿Cómo te has enterado de eso?

—Me lo contó Claude. Los Hyhborn no lo saben. —Me crucé de brazos, inhalé profundamente y de inmediato me arrepentí, porque la maldita bata olía a… a Thorne—. Pero que sea un *caelestia* explica por qué los Caballeros de Hierro respaldan a las tropas de las Tierras Occidentales.

—Sí. —Se pasó un dedo sobre la frente—. Supongo.

Lo miré.

—Lo siento.

Levantó los ojos.

—¿Por qué?

—Sé que estabas esperanzado en el tal Beylen, y descubrir que es un *caelestia* seguramente lo cambia todo.

—¿Por qué? —Frunció el ceño.

—Porque los *caelestias* no pertenecen al vulgo…

—Prácticamente lo hacen, comparados con los Hyhborn. Quiero decir, mira a Claude. Es tan peligroso como un gatito medio dormido.

Arrugué la nariz.

—¿De verdad crees que eso no cambia las cosas? ¿Lo que es? ¿Su apoyo a los Hyhborn de las Tierras Occidentales, a una princesa que quiere ser reina?

—Mira, sé que he dicho que todos los Hyhborn son iguales, pero estaba… No lo sé. Estaba desahogándome. Beylen y sus seguidores están arriesgando sus vidas. Debe haber una razón por la que Beylen apoya a la princesa… por la que aquellos que ya siguen a Beylen también la apoyan. Puede que ella sea diferente.

Exhalé, negué con la cabeza.

—Tú crees que tu príncipe es diferente.

—No es mi príncipe —le espeté—. Y solo digo… —Me senté en el borde de la silla—. Tengo la sensación de que hay algo que no sé en este tema de Claude, y de que es importante. Claude me dijo que Beylen era hijo de las estrellas o algo así. Me resultó familiar, pero no sé por qué.

Había muchas cosas que no entendía, como lo que Claude había dicho sobre que el príncipe de Vyrtus podía proveerme de lo que él no podía. De *todo*.

—¿Hijo de las estrellas? —murmuró Grady, y yo lo miré. Se inclinó hacia adelante—. Espera. He oído eso antes. Te he oído decirlo a ti.

—¿A qué te refieres? —le pregunté, jugando con el cuello de mi bata.

—La madre superiora de la Piedad, aquella a la que te entregaron. Tú me dijiste cuando éramos pequeños que ella solía decir que *tú* eras hija de las estrellas.

—Hostia puta. —Bajé la mano hasta mi regazo—. Tienes razón.

Me dedicó una sonrisa insolente.

—Lo sé. Seguramente es solo una coincidencia extraña.

—Sí —murmuré, aunque no creía en coincidencias.

Tampoco él.

Hija de las estrellas.

Sabía que eso significaba algo.

Mi intuición, que normalmente guardaba silencio sobre todo lo relacionado conmigo, me lo estaba diciendo.

Que era importante.

Claude seguía con Hymel, así que hablar con él no era una opción por el momento, y como aquello era algo que quizá solo sabría un *caelestia*, la otra única persona que se me ocurrió fue Maven.

Si Naomi tenía razón sobre ella, y se trataba de la abuela paterna de Claude.

La cuestión era que tendría que conseguir que hablara o… o sonsacarle la información de otro modo, sin su permiso.

Eso no me parecía bien, pero tampoco me detuvo. Era una hipócrita, y totalmente consciente de ello.

Me bañé, me puse la túnica ligera y las mallas que normalmente prefería el servicio y me recogí el cabello en una trenza. *Todavía* sentía en mí el suave y silvestre aroma de Thorne. A aquellas alturas comenzaba a pensar que era mi imaginación porque… ¿Cómo sería posible?

Me acerqué a la hornacina en la que estaba la puerta de la habitación de Maven y llamé. No hubo respuesta, pero luego de unos minutos, la redondeada puerta de madera se abrió.

Después de un instante, tomé aliento profundamente y empujé la puerta lo suficiente para entrar en la estancia, iluminada por docenas de velas amontonadas sobre los estantes a lo largo de las paredes de piedra y en casi todas las superficies planas. Tenía que haber electricidad en aquella habitación para calentar el agua, pero Maven parecía preferir el ambiente reconfortante de la luz de las velas.

O el ambiente inquietante.

Cerré la puerta a mi espalda y casi no la vi. Vestida de negro, estaba sentada en uno de los muchos taburetes, cerca del armario, con la cabeza inclinada mientras cosía una prenda en su regazo. La habitación olía a jabón de lavar y un poco a alcanfor.

Con la garganta extrañamente seca, me acerqué a ella.

—¿Maven? —Hice una mueca ante la ronquera de mi voz—. Te he traído el tocado. Olvidé hacerlo anoche.

Me señaló con la cabeza uno de los estantes en los que guardaba otras elaboradas piezas.

Mordiéndome el labio, llevé el tocado al estante y encontré un gancho vacío en el que dejarlo. La ansiedad se asentó en el centro de mi pecho mientras la miraba. Su cabello lacio y mate caía de su cogulla, ocultando su rostro.

—Yo… Quería preguntarte algo.

Coloqué la cadena en el gancho y posicioné con cuidado las ristras de rubíes sobre el estante.

No me respondió. Sus dedos retorcidos siguieron pasando la aguja y el hilo a través de la fina tela roja.

—¿Eres la abuela de Claude? —le pregunté.

Siguió en silencio.

Miré sus hombros encorvados. Como la noche anterior, una gélida presión se asentó entre mis omoplatos. El cosquilleo se extendió por mis brazos y se filtró en mis músculos, guiándome hacia ella. No emití ningún sonido mientras me acercaba, levantaba mi mano con dedos temblorosos y…

Más rápido de lo que la habría creído capaz, Maven se giró en su taburete.

Contuve un grito, retrocedí un paso bruscamente.

—¿Crees que puedes obligarme a responder, niña? —exigió saber con una voz tan frágil como el pergamino y tan ligera como sus huesos—. ¿Después de todo este tiempo?

—Yo… —No sabía qué decir. Aparté la mano.

Se rio, un sonido parecido a un resuello seco que sacudió todo su cuerpo.

—Nunca antes me has hablado. Nunca me has preguntado por los míos. ¿Por qué ahora?

—Eso no es cierto. Te hablé cuando empezaron a traerme contigo —le dije, pero eso era lo de menos—. ¿Es tu nieto Claude?

Las arrugas de su rostro eran tan profundas como las cañadas Watery. Sus ojos se clavaron en los míos, sombríos pero alertas y llenos de curiosidad.

—¿Por qué te importa?

—¿Puedes solo responder a la pregunta?

Los mechones de su cabello plateado se deslizaron hacia atrás cuando levantó la barbilla.

—¿O?

—O... —Noté un cosquilleo en los dedos—. Conseguiré la respuesta por las malas.

Se me revolvió el estómago; no me gustaba ser tan hipócrita, sobre todo después del sermón que le había echado a Thorne sobre el consentimiento. Por supuesto, obtener una respuesta de Maven no era como exigir mi tiempo y mi cuerpo, pero se parecía bastante. Se parecía mucho a lo que hacía cada vez que usaba mis habilidades para Claude. Quizá fuera por eso por lo que la demanda de Thorne me había supuesto un problema. Y quizá por eso al final había aceptado. Con el corazón latiendo con fuerza, di un paso hacia ella.

—No podrás detenerme.

La risa en respuesta de Maven sonó parecida a un graznido.

—No, supongo que no. —Se levantó despacio y caminó, arrastrando el dobladillo de su túnica negra por el suelo—. Sí, es mi nieto.

—¿Por parte de padre?

—Sí.

Exhalé bruscamente mientras ella dejaba la prenda sobre una mesa cercana. En la oscuridad, me recordó a una salpicadura de sangre.

—Sabes lo que puedo hacer.

—Sin duda —replicó, regresando al taburete. Se sentó pesadamente, hinchando las mejillas por el esfuerzo.

Ignoré su tono de sarcasmo, sorprendentemente marcado.

—¿Sabes lo que significa «hijo de las estrellas»?

—¿Por qué me lo preguntas a mí? —Tomó un alfiletero y lo atravesó con la aguja—. Podrías habérselo preguntado al barón.

—Porque está ocupado y supuse que, si tú eres una *caelestia*, podrías saber qué es.

Maven negó con la cabeza y lanzó el alfiletero a una cesta que había a sus pies.

—¿Y por qué crees eso?

A aquellas alturas, no tenía ni idea.

—Porque lo he oído antes, a la madre superiora de la Piedad, y Claude lo mencionó de... pasada.

—Eres una chica inusual —dijo, riéndose—. Sabes mucho y a la vez sabes muy poco.

Entorné los ojos.

—Hymel me dijo algo parecido.

—Sí, bueno. Ese sabe demasiado.

—¿Qué...?

—¿Por qué no me sirves una copa de esa botella roja? —Levantó un frágil brazo—. Allí. En la mesa junto a la puerta.

Miré sobre mi hombro y la vi. Atravesé la estancia, tomé la botella de cristal y le quité el tapón. El aroma del whisky era fuerte, casi me abofeteó.

—¿Estás segura de que quieres esto?

—De lo contrario no te lo pediría.

—De acuerdo —murmuré, vertiendo el oscuro licor marrón en una vieja taza de cerámica. Le llevé la bebida y esperé que el whisky le soltara la lengua y no la matara—. Aquí tienes.

—Gracias. —Rodeó la taza con sus dedos finos y huesudos, evitando los míos con cuidado. Tomó un sorbo... un trago largo. Abrí los ojos con sorpresa mientras bebía, y después hizo un sonido con los labios—. Me mantiene los huesos calientes.

—Ajá.

Su risa fue poco más que una exhalación.

—Una vez fui como tú. No una huérfana recogida de la calle, pero tampoco mucho más. La hija de un pobre campesino, una de tres, con el estómago vacío pero el corazón y la cabeza llenos de tonterías.

Levanté las cejas ante lo que había sonado como un insulto, pero me mantuve callada.

—Y como era como tú, estaba más que dispuesta a hacer cualquier cosa para no irme a la cama con hambre cada noche —continuó, mirando las velas del muro mientras yo me sentaba en el borde de otro taburete—. Para no levantarme cada mañana sabiendo que terminaría como mi mami, muerta antes de entrar en la cuarta década de su vida, o como mi padre, amargado por el duro trabajo en el campo. Cuando conocí al barón Huntington, Remus Huntington... —Sus rasgos arrugados se suavizaron cuando habló del abuelo de Claude—. Estaba más que dispuesta a darle lo que quería a cambio de comida y refugio. A cambio de comodidad. Él fue amable, sobre todo cuando le di un hijo que su esposa hizo pasar como propio. Pero yo crie a Renald. Seguía siendo mi niño... El padre de Claude. También le di una hija. Le puse el nombre de mi madre. Eloise. También la crie a ella. De algún modo, los sobreviví a ambos. —Se rio de nuevo, encorvó los hombros antes de tomar otro trago—. Sangre vieja. Eso es mi familia. Nuestra sangre es vieja. Eso era lo que mi padre solía decir.

Despacio, giró la cabeza hacia mí.

—¿Sabes lo que es la sangre vieja?

Negué con la cabeza.

—Es otro nombre por el que les gusta llamar a los *caelestia*. Sangre vieja. Significa que muchos de nuestros ancestros pueden rastrearse hasta la Gran Guerra. Incluso antes de esta. Puede seguirse hasta los primeros de ellos, aquellos que fueron las estrellas que nos vigilaban. Más antiguos que el rey que ahora nos gobierna. Tan viejos como el que hubo antes que este.

—¿Los primeros de ellos? —Mi intuición guardó silencio, y eso me dijo suficiente—. ¿Los Hyhborn?

Maven asintió.

—Los Deminyen. Los vigilantes. Los protectores.

384

Thorne... Él había llamado así a los antiguos Deminyen. *Vigilantes.*

—¿Qué tiene eso que ver con los hijos de las estrellas?

—Si dejas de hacer comentarios innecesarios, llegaré ahí.

Cerré la boca.

Maven emitió una risa ronca.

—¿Alguna vez has pensado en lo raros que son los *caelestias*? ¿En lo inusual que es su creación? Procedemos de un Deminyen... pero no somos su prole. Para que un *caelestia* nazca, tiene que haber uno de ellos y un vulgar, ¿y no es eso extraño?

Suponía que sí, pero no quería hablar.

—Piensa en ello. —Me miró—. Los Deminyen podrían revolcarse con la mitad de este reino y no tener nunca un hijo.

Una carcajada reptó por mi garganta al oír su exabrupto, pero me la tragué con prudencia.

—Deben decidir tenerlo. ¿Y por qué querrían tener un hijo con un vulgar?

Como no dije nada, me miró con intención.

—No lo sé —le dije—. ¿Quizá porque se... enamoraron?

Soltó una carcajada tan grave y fuerte que el licor se desbordó en su taza. No podía culparla. A mí también me había sonado ridículo.

—Quizá. Es posible, pero toda creación tiene preparativos, y eso era lo que los Deminyen estaban haciendo entonces. Los preparativos para los nacidos de las estrellas.

No tenía ni idea de qué estaba hablando, pero me quedé callada y escuché.

—Y yo soy de la opinión de que a algunos de ellos no les gustaban esos preparativos. Al menos eso era lo que mi padre decía siempre. Seguramente creerás que fue porque querían mantener su sangre pura, ¿verdad? —dijo, y sí, eso era exactamente lo que estaba pensando. Sus labios finos e incoloros se curvaron en una sonrisa, revelándome unos dientes viejos y amarillentos—. Yo creo que no querían debido a lo que hace la sangre vieja: permite que las estrellas caigan.

Sentí un hormigueo en mi nuca.

—Entonces, ¿los hijos de las estrellas son los *caelestias*? —le pregunté, confusa.

—No. Ellos no. Ellos no nacen de las estrellas. —Levantó una mano y me señaló con el dedo—. Las estrellas no caen por cualquiera, pero… —Su mano moteada desapareció de nuevo en su manga mientras levantaba la taza con la otra—. Solían decir que, cuando una estrella cae, un mortal obtiene la divinidad.

Mis cejas subieron por mi frente.

—¿Divinidad?

—Un ser divino, como mi otra nieta, niña. —Elevó la taza en mi dirección, como si me saludara—. Divino como tú.

—¿Yo? —gemí—. Yo no soy una *caelestia*…

—No eres una vulgar ordinaria, ¿o sí? Ves el futuro. Lees las mentes de los demás. No, no lo eres. Sangre vieja —repitió—. Cuando uno nace, todos los que vienen después tienen esa posibilidad. Y hay más de los que crees. —Su mirada se volvió astuta mientras bebía—. Nadie se pregunta cómo obtienen realmente los brujos su conocimiento, la información sobre los usos de los Hyhborn. Sangre vieja. —Se rio con voz ronca—. Nadie se cuestiona nada.

La sorpresa me atravesó. ¿Los brujos descendían de los Hyhborn?

—No sé… —Me detuve, y una risa estrangulada escapó de mí—. Claro que no lo sé. —No, si lo que ella decía era cierto—. Mi intuición nunca me ha sido de mucha ayuda con los Hyhborn.

—Es extraño, ¿no?

Asentí despacio. Tenía muchas preguntas.

—Es extraño, que todos hayamos olvidado la verdad.

—¿La verdad?

Maven miró su taza, con el rostro oculto una vez más.

—El bien y el mal son reales. Siempre lo han sido. No obstante, el peso del reino siempre ha recaído sobre aquellos que están entre medias, sobre los que no son buenos ni malos. Eso era lo que siempre decía mi padre. —Levantó su bebida de nuevo—. Pero también era un borracho, así que…

Parpadeé, despacio.

—Hay Deminyen en esta ciudad, en el interior de estos muros, ¿verdad?

—Sí. Un príncipe y dos lores.

—Un príncipe. —Asintió—. Estaba destinado a suceder.

—¿Qué?

—Que viniera. —Giró la cabeza hacia mí—. A por lo que es suyo.

29

Un abrupto remolino de estremecimientos irrumpió en mi nuca. *Que viniera a por lo que es suyo.* El corazón me latía con fuerza. La misma sensación de antes regresó y se asentó en mi pecho. Justicia. Aceptación.

Me incliné hacia adelante, agarrándome las rodillas.

—¿Estás…?

Un estallido de energía nerviosa me atravesó. Mi cuerpo se movió sin pretenderlo, girando en el taburete hacia la puerta un segundo antes de que se abriera golpeando la mesa con fuerza suficiente para hacer traquetear las velas.

Hymel estaba allí, con los ojos entornados.

—¿Qué estás haciendo aquí?

—Nada. —Me levanté, me sequé las palmas en los muslos—. Solo he venido a devolver el tocado que usé anoche.

La mirada de Hymel se detuvo en Maven.

—¿Y para hacer eso tienes que sentarte?

—Maven tenía las piernas un poco débiles —dije rápidamente, dejando que me empujara a mentir no tanto mi intuición como mi desconfianza generalizada hacia él—. Le he servido algo de beber y me estaba asegurando de que estuviera bien.

Maven no dijo nada mientras levantaba su taza, terminándose el licor que de verdad esperaba que Hymel no pudiera oler.

—A mí me parece que está bien —gruñó.

—Sí. Por suerte.

Me giré y asentí a Maven. La anciana no dio señales de verme, ni a mí ni a nadie más. Dudé, porque quería una confirmación de lo que sospechaba, pero estaba mirando fijamente las velas y Hymel esperaba. Tragándome mi frustración, abandoné la estancia.

Hymel me siguió y cerró la puerta.

—¿De qué estabais hablando?

—¿Hablando? ¿Con Maven? —Me obligué a reírme—. No estábamos hablando.

Curvó el labio superior en una mueca de desdén.

—Oí hablar a alguien.

—Me oíste hablando sola —repliqué, concentrándome en él—. ¿Y qué más daría que hubiéramos estado hablando?

Hymel apretó la mandíbula.

—Nada —contestó, mirando la puerta y después de nuevo a mí—. No creo que te necesiten aquí.

Abrí y cerré las manos en mis costados, me giré con brusquedad y salí de la hornacina para atravesar el estrecho pasillo de servicio. Cuando llegué a las puertas del vestíbulo, miré a mi espalda y vi que Hymel ya no estaba allí.

Como seguramente había regresado a la habitación de Maven, en mi mente no hubo una sola duda de que sabía todo lo que ella me había contado.

Aquella noche, tres *alms* bailaron juntas sobre las rosas mientras caminaba por los jardines. No me había alejado demasiado y todavía podía oír la música que escapaba de la mansión Archwood.

Después de hablar con Maven busqué a Claude, pero no lo vi hasta aquella noche. No pude hablar con él. Estaba celebrando una fiesta que seguramente rivalizaba con las que tendrían lugar durante las Festas. El camino estaba lleno de carruajes decorados con joyas y la Gran Cámara rebosaba de resplandeciente aristocracia. Pasé allí apenas unos minutos, y supe que casi todos habían acudido para ver a los lores de Vyrtus y, por supuesto, al príncipe.

Extendí la mano, pasé los dedos sobre el sedoso pétalo de una rosa. Me había equivocado al asumir que la mayoría de los aristócratas abandonaría la ciudad al enterarse del inminente asedio. Ninguno de ellos lucía demasiado preocupado por la razón por la que estaban aquí, y sus mentes parecían concentradas en captar un atisbo de los Hyhborn, o algo más.

Lo que significaba que ninguno de los asistentes había estado con los Hyhborn esa mañana para prepararse para el asedio. Eso no me sorprendía. Yo todavía creía que muchos se marcharían cuando asimilaran la realidad de lo que se avecinaba.

Los Hyhborn no estaban presentes, y yo no sabía si alguno de ellos aparecería al final.

Ni siquiera sabía si Thorne había regresado a la mansión, si me había buscado.

Una de las *ālms* descendió y casi rozó mi brazo antes de adentrarse flotando entre las rosas mientras yo oía en mi mente el eco de las palabras de Maven. *Que viniera a por lo que es suyo.* La cálida y cosquilleante espiral recorrió mi nuca, y la sensación de antes regresó. Justicia. Aceptación. No la comprendía.

Comencé a caminar, sin saber si lo que sentía era mi intuición o no. Como hasta entonces solo había tenido premoniciones vagas, me era difícil saber qué alimentaba esa sensación. También me resultaba difícil creer lo que Maven había dicho… lo que había sugerido.

Si había dicho la verdad, entonces estaba afirmando que yo… que yo era una *caelestia* y que era así como había obtenido mis habilidades. ¿Era eso imposible? No. No conocía a mis padres, y menos a mis ancestros, pero Claude no tenía dones. Nunca había sabido de nadie con habilidades anormales, pero tanto ella como Claude hablaron de Beylen como si fuera diferente.

Divino. Como si yo fuera diferente. Divina. Porque nosotros éramos... ¿Hijos de las estrellas?

Miré el cielo estrellado. Parte de mí deseaba reírse de la absurdidad de esa idea. ¿No habría notado Thorne...? No sé, que yo era una *caelestia*. ¿No me lo habría dicho Claude? ¿Por qué escondérmelo? Una idea horrible cruzó mi mente. ¿Me lo habría ocultado porque los *caelestias* eran automáticamente aceptados en la aristocracia? Yo habría tenido ciertas oportunidades. Podría haber recibido educación, si hubiera querido. Podría tener propiedades. Comprar una casa. Montar un negocio...

—No —susurré. Claude no me habría arrebatado todo eso solo para mantenerme a su lado. Si era cierto y yo era una *caelestia*, debía haber una muy buena razón por la que Claude no me lo hubiera dicho.

A menos que yo fuera increíblemente ingenua, y no lo era. Al menos, no creía que lo fuera.

Paseé durante varios minutos y me detuve cuando sentí el repentino engrosamiento del aire, la breve y antinatural quietud y después el brusco *crescendo* del zumbido de los insectos y del parloteo de las aves nocturnas. Se me erizó la piel de los brazos. De repente, tuve un presentimiento.

Me giré despacio. Tomé una inspiración inestable, y la sensación de plenitud regresó a mi pecho.

Thorne estaba en el sendero, a un puñado de pasos de mí, vestido con la túnica sin mangas y los pantalones negros. Una brisa cálida jugaba con los mechones sueltos de su cabello, lanzándolos contra el corte de su mandíbula. No había en él el destello dorado de las armas, al menos que yo pudiera ver, pero su ausencia no lo hacía menos peligroso.

Y esa maldita necesidad (de correr, de provocarlo para que me persiguiera) se alzó en mí de nuevo. Mis muslos se tensaron, preparándose. Era una sensación salvaje.

—Te he estado buscando —dijo, atrayendo varias *ālms* a su alrededor.

Entrelacé las manos y me mantuve inmóvil.

—¿Sí?

—Creí que estarías en mis aposentos o en los tuyos.

—¿Quieres decir que esperabas que estuviera aguardando tu regreso?

—Sí —respondió sin vacilación.

—No deberías.

Le di la espalda, con el corazón latiendo con fuerza mientras me obligaba a moverme despacio. A no correr. No miré atrás, porque yo… sabía que me *seguiría*. Un escalofrío caliente bajó por mi espalda.

—Creí que habíamos llegado a un acuerdo —dijo Thorne, sonando como si estuviera a solo un paso, si acaso, a mi espalda.

—¿Sí?

—Sí —replicó—. Recuerdo haberte dicho que volvería tan pronto como pudiera.

—Pero yo no recuerdo haber accedido a quedarme sentada esperando tu regreso.

—Supuse que no te sentarías a esperar.

Me detuve y lo miré. Estaba cerca, se había aproximado a mí con ese desquiciante silencio suyo.

—¿Qué esperabas, entonces?

El azul de sus ojos, cuando me miró, me pareció luminoso.

—Que no te escondieras de mí.

—No me estaba escondiendo, excelencia. —Levanté la barbilla—. Solo estaba disfrutando de un paseo nocturno.

Curvó una comisura de sus labios.

—¿O solo querías saber si conseguiría encontrarte?

Cerré la boca. ¿Por eso había acudido allí?

Su sonrisa se amplió.

Que viniera a por lo que es suyo.

Me giré y me mordí el labio inferior mientras comenzaba a caminar; el vestido que me había puesto después de la cena susurraba por el sendero de piedra.

—¿Te has reunido hoy con la gente de Archwood?

—Lo he hecho —respondió mientras caminaba a mi lado.

Mantuve la mirada fija delante.

—¿Cuántos han aparecido?

—Muchos, pero no todos los que podrían —me dijo, rozando mi brazo con el suyo mientras avanzábamos—. Tu barón ha venido.

—¿Qué? —La sorpresa me atravesó mientras lo miraba—. ¿Ha ido?

Thorne se rio.

—Yo estaba tan sorprendido como tú.

Parpadeé, me concentré delante.

—¿Ha entrenado?

—No, pero hoy no hemos entrenado demasiado, pues Rhaz tenía que determinar cuáles tenían alguna destreza con la espada o las flechas y cuáles no —me contó, y me pareció divertido cómo acortaban sus nombres. Rhaz. Bas. *Thor*—. Seguramente no te sorprenderá saber que la mayoría no la tienen.

—No. Aparte de los guardias, dudo que muchos hayan levantado alguna vez una espada —le dije—. Los únicos que tendrán habilidad con un arco son los cazadores, y seguramente estarán de caza. El resto trabaja en las minas.

—En su mayoría, fueron solo ellos quienes aparecieron, y están ansiosos por aprender —me comentó—. No obstante, no son los únicos capaces de defender la ciudad.

Sabía que hablaba de los aristócratas.

—Supongo que la mayoría todavía no había despertado de sus actividades nocturnas para unirse a vosotros —le dije, aún desconcertada por el hecho de que Claude hubiera ido—. ¿Qué hizo el barón?

—Sobre todo escuchó y observó, que es más de lo que esperaba de él.

Lo miré y el corazón me dio un vuelco cuando nuestros ojos se encontraron.

—No es un irresponsable total, ¿sabes?

—Ya veremos —contestó—. Pero creo que está mejor equipado para la vida en la corte que para gobernar una ciudad.

Lo que Maven había compartido conmigo titiló en mis pensamientos. Me retorcí los dedos, teniendo la sensación de que, lo que preguntara, tenía que hacerlo con mucha cautela.

—¿Es eso lo que hace la mayoría de los *caelestia*?

—Algunos. Depende de la corte y de cómo traten allí a los *caelestia*. Algunos Hyhborn los tratan como si fueran…

—¿Vulgares? —terminé por él.

Thorne asintió.

—¿Por qué?

No respondió de inmediato.

—Los tratan más como sirvientes que como iguales.

Exhalé despacio.

—¿Y es diferente en tu corte? Siempre he oído que los vulgares no son bienvenidos allí.

—No lo son.

Lo miré.

—Y yo que empezaba a pensar que lo que se decía de ti, que no te gustaban los vulgares, era otra falsa narrativa.

Thorne miró hacia adelante.

—Las Tierras Altas son un territorio feroz, *na'laa*. Peligroso incluso para un Hyhborn que no lo conozca.

Pensé en ello. Sabía que la porción más grande de los Wychwoods estaba en las Tierras Altas.

—¿Hay *caelestias* viviendo allí?

—Los hay. Algunos son incluso caballeros de la corte.

—Oh. —Eso tenía sentido, ya que yo sabía que muchos *caelestias* estaban en el Regimiento Real. Me mordí el labio inferior, buscando un modo de preguntar lo que quería saber y encontrándolo—. Siempre he querido saber una cosa. ¿Puedes tú u otros Hyhborn sentir a un *caelestia*?

Lo pregunté mientras abría mis sentidos, creando esa conexión. Entré en contacto con su escudo blanco y, cuando lo presioné, no hizo nada.

Él asintió, y yo corté la conexión.

—Su esencia es distinta de la de un mortal.

Bueno, eso era una traba para lo que Maven afirmaba. El príncipe se había referido a mí repetidas veces como mortal.

—Es extraño que te preguntes por eso —comentó Thorne.

—Me pregunto por un montón de cosa extrañas —le dije, lo que era cierto.

—¿Como qué?

Me reí.

—Prefiero no humillarme compartiendo las cosas que se me pasan por la mente.

—Bueno, ahora estoy más interesado.

Resoplé y le eché una mirada.

Hubo una pausa mientras nos acercábamos a la wisteria. Solo entonces me di cuenta de cuánto nos habíamos alejado.

—¿Alguna vez piensas en mí?

Lo había hecho muchas veces en el transcurso de los años, e incluso más desde la primera vez que lo vi en Archwood. Me detuve, pasé un dedo sobre las flores de tonos lavanda. Me había preguntado todo tipo de cosas aleatorias e irrelevantes sobre él. Tenía preguntas tan tontas que ni siquiera debería pensarlas.

—¿Tienes familia? —le pregunté, que era algo por lo que tenía curiosidad—. Quiero decir, obviamente no de tu misma sangre, pero algo similar.

—Los Deminyen tienen algo parecido a una familia… a un hermano —me contestó, levantando una mano. Sus dedos se cerraron sobre la gruesa trenza que descansaba sobre mi hombro—. Nunca nos crean solos. —Pasó el pulgar por la parte superior de la trenza mientras bajaba la mano—. Normalmente nos crean a dos o tres a la vez, compartiendo la misma tierra, el mismo Wychwood.

—Así que, en cierto sentido, tienes… hermanos.

Sus dedos llegaron a la mitad de la trenza, que descansaba en mi pecho.

—En cierto sentido.

—¿Y tú tienes uno? ¿O dos?

Bajo el suave halo de las *ālms*, vi que tensaba la mandíbula.

—Ahora solo uno. —Frunció el ceño—. Un hermano.

—¿Hubo otro?

—Una hermana —contestó—. ¿Alguna vez te has preguntado si tú tienes hermanos?

—Solía hacerlo.

—Pero ¿ya no? —supuso.

—No. —Mientras estaba concentrado en la trenza, estudié abiertamente las asombrosas líneas y los ángulos de sus rasgos—. ¿Qué haces cuando...?

Contuve el aliento cuando el dorso de su mano rozó mi pezón. El vestido de muselina amarillo no era barrera para el calor de sus dedos.

Levantó las pestañas. Unos ojos más azules que verdes o castaños se encontraron con los míos.

—¿Qué estabas diciendo?

—¿Qué haces cuando estás en casa?

—Leer.

—¿Qué? —dije con una breve carcajada.

Una media sonrisa apareció en su rostro.

—Pareces sorprendida. ¿Tan difícil es creer que disfruto leyendo?

Elevé la mano para apartarle la suya, pero mis dedos se cerraron sobre su antebrazo y se quedaron allí. No me importunó ningún pensamiento pero... sentí algo. Un susurro cálido en mi nuca. La sensación que había tenido antes. Justicia. Pero ¿era mía?

¿O suya?

¿Y qué significaba?

—*Na'laa*?

Me aclaré la garganta, volví a concentrarme.

—¿Qué te gusta leer, entonces?

—Textos antiguos. Diarios de aquellos que vivieron antes de mi creación —me contó—. Cosas que la mayoría encontraría aburridas.

—A mí me parece interesante. —Bajo mis palmas podía sentir los tendones de sus brazos moviéndose con su dura carne mientras pasaba los dedos por el extremo de mi trenza—. En el despacho de Claude solo hay un par de tomos de historia.

—¿Los has leído?

Negué con la cabeza, dándome cuenta de que estaba hablando en serio. Después de todo, los Hyhborn no podían mentir. No sabía por qué siempre lo olvidaba.

—Las páginas parecen antiguas, pero me da demasiado miedo dañarlas accidentalmente.

—¿Qué más? —Su mano abandonó mi trenza, acarició mi estómago hasta detenerse en la curva de mi cintura, y mi mano la siguió como si estuviera unida a su brazo. Era un mudo y sencillo contacto que no podía abandonar—. ¿Qué más te preguntas?

Si alguna vez pensaba en la niña a la que conoció en Union City. Me había preguntado eso muchas veces, pero esas palabras no acudirían a mi lengua. En lugar de eso, le pregunté algo que había comenzado a cuestionarme ese mismo día.

—¿Crees en viejas leyendas y rumores?

—¿Como cuáles? —Su mano se deslizó hasta mi cadera.

—Como las… las viejas historias sobre los nacidos de las estrellas —le dije, y su mirada se posó en la mía—. Mortales hechos divinos, o algo así.

Las manchas marrones de sus iris proyectaron de repente sombras sobre el vibrante azul.

—¿Qué te ha hecho pensar en eso?

Levanté un hombro, deseando que mi corazón siguiera latiendo despacio.

—Es solo algo de lo que oí hablar una vez a una persona mayor. Todo sonaba rocambolesco —añadí—. Ni siquiera estoy segura de que sea real, así que quizá no tengas ni idea de qué estoy hablando.

—No, era real.

Era.

Me mantuve en silencio.

—Y yo creo en ello —me dijo.

—¿Qué significa eso? —le pregunté.

—Significa… Significa *ny'seraph* —dijo—. Y eso es todo.

Todo. Había dicho eso antes, cuando habló del *ny'chora.*

—¿Qué más?

Distraída, negué con la cabeza.

—¿Alguna vez has llamado *na'laa* a otra persona?

—No. —La sombra de una sonrisa apareció en su rostro—. Nunca.

Nuestras miradas se encontraron de nuevo y, por alguna razón, esa revelación me pareció tan importante como descubrir si algo de lo que Maven había dicho era cierto.

—Yo he pensado en ti —me dijo en medio del silencio—. Lo estoy haciendo ahora mismo.

—¿Oh?

—No le he contado a ningún mortal que tengo un hermano, ni he compartido con ninguno que me gusta leer.

—Bueno, yo no le había dicho a nadie que quería ser botánica, así que…

—¿Ni siquiera a tu barón?

Negué con la cabeza.

—Eso me gusta.

—¿Por qué?

—También es algo que yo me pregunto. Por qué. Por qué comparto cosas contigo, pero tú ya lo sabes —me dijo, y fue tan ligeramente insultante como la vez anterior—. Hoy, cuando debía estar totalmente concentrado en aquellos que estaban ante mí, me sorprendí pensando en ti. Es increíblemente desconcertante y molesto.

Vaaale. Aparté la mano de su brazo.

—Bueno, entonces quizá debería marcharme para no seguir alimentando ese molesto desconcierto.

El príncipe se rio.

—Más bien soy yo quien es molesto y desconcertante para sí mismo —me dijo—. Y si te marcharas, tendría que seguirte y creo que eso nos haría discutir, cuando hay cosas mucho más entretenidas que podríamos hacer.

—Ajá. —Habíamos comenzado a caminar de nuevo.

La sonrisa que cruzó sus labios tenía un encanto juvenil que lo hizo parecer… joven y no tan sobrenatural. Tiró de mi corazón. Aparté la mirada rápidamente.

—Baila conmigo.

Lo miré de repente, levantando las cejas. No me lo esperaba.

—Nunca antes he bailado.

Se detuvo.

—¿Ni una vez?

Negué con la cabeza.

—Así que no sé bailar.

—Nadie sabe bailar la primera vez. Solo baila. —Me miró a los ojos—. Yo puedo enseñarte, Calista.

Tomé una inhalación llena de ese suave y silvestre aroma suyo. Mi nombre era un arma, una debilidad. Asentí.

Bajé la mirada hasta la mano que me ofrecía. Aquello… era surrealista. Mi corazón aleteaba por todas partes. ¿Y era mi imaginación, o el violín que venía de la casa parecía sonar más fuerte, más cerca? También la guitarra. Y de pronto había una melodía en el aire, en el canto de las aves nocturnas y en el zumbido de los insectos de verano.

—¿Y si prefiero no hacerlo? —le pregunté, abriendo y cerrando la mano en mi costado.

Una rendija de luz de luna acarició la curva de su mejilla cuando ladeó la cabeza.

—Entonces no lo haremos, *nu'luu*.

Una opción. Otra que no debería importar tanto, pero que lo hacía, y yo… quería bailar aunque fuera para ponerme en ridículo. Levanté la mano, esperando que no notara el tenue temblor.

Nuestras palmas se encontraron. El contacto, la sensación de su piel contra la mía, seguía siendo sorprendente. Cerró sus largos dedos alrededor de los míos y bajó la cabeza ligeramente.

—Es un honor —murmuró.

Se me escapó una risita nerviosa.

—Creía que los Hyhborn no podían mentir.

—No podemos. No he dicho ninguna mentira.

Thorne me tiró suavemente del brazo, acercándome mientras él lo hacía. De repente, sus caderas rozaron mi vientre, mi pecho estaba contra el suyo. El fugaz contacto fue repentino, inesperado, y solo entonces me di cuenta de que aquel no era el tipo de baile que había visto ejecutar a la aristocracia en las fiestas menos salvajes que el barón celebraba a veces, donde había al menos varios centímetros entre los cuerpos y cada paso había sido medido y practicado. Aquel era el tipo de baile en el que participaban los aristócratas cuando usaban sus máscaras.

Balanceó las caderas y la mano con la que sujetaba la mía me urgió a imitarlo. Después de algunos minutos, me di cuenta de que aquel tipo de baile se parecía un montón a hacer el amor. No era que yo supiera cómo era hacer el amor, pero ¿follar? Eso era algo totalmente distinto, y aquello no se parecía en nada.

—Acalla tus pensamientos.

—¿Qué…? —Levanté la mirada. Solo podía ver la mitad inferior de su cara.

—Estás rígida. A menudo eso significa que tu cabeza no está donde está tu cuerpo —me dijo—. Estás pensando demasiado. No es necesario pensar para que el cuerpo baile.

—Entonces, ¿cómo se hace? —le pregunté, porque me era difícil no pensar en lo cerca que estábamos… en lo alto y ancho que era, en cómo eso me hacía sentirme minúscula, y no había casi nada en mí que pudiera describirse así. Ni siquiera mis manos. Cuando giró, tropecé con mis propios pies, y quizá con los suyos.

—Solo cierra los ojos —me pidió—. Como hiciste anoche, cuando tenías los dedos entre los muslos y mi polla en la boca. Cierra los ojos, y siente.

No estaba segura de que recordarme lo de la noche anterior fuera a ayudarme, porque el abrupto pulso de deseo que esas palabras provocaron tuvo un efecto completamente distractor, pero cerré los ojos.

—Escucha la música. Síguela —me ordenó, con voz más grave. Más ronca—. Sígueme, *na'laa*.

Respirando superficialmente, hice lo mismo que hacía antes de usar mis habilidades. Silencié mi mente, me permití escuchar la música… el vaivén del violín y los sonidos de la noche asentándose a nuestro alrededor, electrificando el aire. Había un ritmo, que tiraba de mis piernas y mis caderas. Y lo seguí y también lo seguí a él, mi cuerpo se relajó gradualmente, mis pasos se hicieron más ligeros. Esta vez, cuando giró, no tropecé. Lo seguí. Era como flotar, y me imaginé que era una de las *alms* que danzaban sobre nosotros… que ambos lo éramos.

Y la sensación fue extraña, casi liberadora, mientras bailaba con el príncipe. Me moví al ritmo, persiguiendo las cuerdas cuando alzaron el vuelo. El sudor me humedeció la piel, humedeció la de Thorne. Algunos mechones de cabello que se habían escapado de la trenza en la que me lo había recogido se me pegaron a la piel. El dulce olor de la wisteria se enredó con nosotros mientras nos movíamos, mientras mi respiración se volvía jadeante y rápida, y cada inhalación provocaba que mis pezones rozaran su pecho. El vestido era tan fino que siempre parecía que no había nada entre nosotros. Deseé que fuera lo mismo para mis manos, porque podía sentir su pecho alzándose con inspiraciones más superficiales y largas.

La mano que tenía en mi cadera se deslizó hasta mi espalda, dejando una estela de estremecimientos a medida que girábamos bajo la wisteria. Se me aceleró el pulso, y no creía que tuviera mucho que ver con el baile. Relajé el cuello, eché la cabeza hacia atrás mientras abría los ojos. Sobre nuestras cabezas danzaban las *alms*, un borrón de luz suave mientras girábamos y girábamos, y de algún modo su muslo terminó ajustándose entre los míos. Cada movimiento que hacía yo, cada movimiento que hacía él, creaba… una delicada y lujuriosa fricción.

Seguí la música, lo seguí a él mientras el ritmo se ralentizaba gradualmente. El mundo dejó de girar y nos movimos en el abrazo del otro a un ritmo más lujurioso, más sofocante y palpitante, como lo hacía la sangre en mis venas. Cada inhalación que tomaba parecía que iba a quedarse atrapada en mi garganta mientras mis caderas se movían con la música, se movían contra él. Y me sentía seductora, lujuriosa y excitante, deseosa y efusiva. Thorne me apretó la cintura, su otra mano se tensó en la mía. El deseo retorció los músculos de mi vientre; podía notarlo mientras me movía, contra mi estómago, una gruesa parte de él más dura que el resto.

Su pecho retumbó contra el mío y un punzante dardo de placer me atravesó. Su aliento rozó la curva de mi mejilla y después la comisura de mis labios. Se detuvo ahí, pero yo no. Nuestros cuerpos seguían moviéndose, pero no estaba segura de que a aquellas alturas aquello pudiera considerarse un baile. Me estaba frotando contra él, poseída por una salvaje sensación de rendición, y la mano que tenía en mi cadera me animaba a hacerlo. Sentí esa primitiva necesidad de huir. El feroz deseo de que me persiguiera. La salvaje necesidad de que me atrapara.

Se detuvo completamente contra mí; solo su pecho se alzaba y caía con rapidez. Despacio, levanté los ojos para mirarlo. Estallidos de luz de las estrellas habían aparecido en sus pupilas. No sabía si era el baile o la melodía en el aire, si era saber que no había llamado *na'laa* a nadie más, o si era esa extraña sensación de justicia… Podrían haber sido todas esas cosas las que me envalentonaron.

Me aparté despacio de él, di un tembloroso paso atrás. Ladeó la cabeza. La tensión se vertió en el espacio entre nosotros y en el aire que nos rodeaba.

Y lo hice.

Cedí a ese deseo.

Me giré y corrí.

30

Sujetándome la falda del vestido, hui a través de las ramas de la wisteria, con el corazón desbocado y la sangre… la sangre caliente. Corrí tan rápido como pude, salí disparada a la izquierda y después a la derecha. En la alocada carrera se me soltó el cabello, me azotó la cara, pero no me detuve.

No hasta que lo noté acercándose a mí.

Tras adentrarme entre las wisterias, me frené. Jadeando, examiné el dosel de enredaderas iluminado por las *ālms* mientras me soltaba la falda. No lo veía, pero lo sentía en la densidad del aire, en la carga eléctrica que danzaba sobre mi piel. Sabía que estaba cerca, y mis dedos se detuvieron en el delicado encaje de mi corpiño. Vigilando, esperando; él era el depredador, y yo la presa. La anticipación me abrumaba. Un palpitante deseo latía entre mis muslos tan nítidamente que me tambaleé. No entendía por qué estaba tan excitada, ni cómo, pero era como si un tipo distinto de instinto hubiera tomado el control en el momento en el que cedí a la salvaje necesidad y me dirigí a las sombras de la wisteria. Cada pequeño sonido, cada chasquido de una ramita o el susurro de las enredaderas intensificaba mis sentidos, mi deseo. Casi sentía que estaba perdiendo la cabeza, porque lo anhelaba como si me hubiera incitado y provocado. Ardía como si hubiera tocado su semen. Los músculos se enroscaron en mi vientre. Empecé a cerrar los ojos…

El príncipe no emitió ningún sonido. Llegó hasta mí desde atrás, me rodeó la cintura con el brazo, tiró de mí contra su pecho. Lo sentí respirando tan trabajosamente como yo. Noté su excitación presionándome la espalda.

—Te dije que te atraparía —me dijo. Su respiración me calentó la mejilla. Me rodeó con el otro brazo y cerró los dedos sobre los míos, todavía aferrados a mi corpiño—. ¿No?

Apoyé la cabeza en su pecho.

—Solo porque yo te lo he permitido.

Su risa fue todo humo y pecado, y me acarició la piel.

—Espero que lo hayas pensado bien antes de echar a correr. Qué ocurriría si te atrapaba.

Me estremecí.

—Qué te haría. —Sus labios acariciaron mi cuello y después se cerraron en la piel de la curva entre mi cuello y mi hombro. Succionó con fuerza, arrancándome un abrupto gemido—. ¿Estás preparada?

Sí. ¿No? Me resultaba difícil respirar y estaba temblando, esperando que me tomara. Que me tumbara en el suelo. Pero él esperó.

El pulso me latía con fuerza y miré los orbes luminosos sobre nuestra cabeza. Thorne estaba esperando. La absurda sensación de plenitud regresó conmigo, y la ignoré. Esa emoción no tenía lugar allí.

—Sí —susurré—. Estoy preparada.

El sonido que emitió fue uno que nunca había oído. Salió de lo más profundo de su interior, un triunfal gruñido de… advertencia.

Cerró los dedos sobre los míos, agarrándome el escote del corpiño. Dio un fuerte tirón, y mi cuerpo se sacudió contra el suyo. Las costuras se rasgaron en mis hombros, exponiendo mis senos al cálido aire de la noche. Miré mis turgentes pezones mientras sus manos se cerraban sobre mi carne y yo le rodeaba las muñecas con los dedos. Su boca se detuvo sobre la piel debajo de mi oreja mientras me subía la falda del vestido. El aire húmedo se arremolinó alrededor de mis piernas desnudas, de mis muslos, de la lencería de encaje. Me sostuve la falda de gasa y su mano se coló debajo, haciendo una bola con la fina tela de mi ropa interior. La lujuria me atravesó cuando me arrancó la prenda de un rápido y brutal tirón.

El príncipe me condujo entonces al suelo, de rodillas, con su enorme cuerpo como una jaula sobre el mío. Rocé la hierba húmeda con la palma al apoyarme en la mano que él había colocado sobre la tierra. Era enloquecedor… cómo me mantuvo así, varios minutos. Después se movió a mi espalda. Me separó los muslos con el suyo. Me estremecí.

—No podrás tomarme entero. Todavía no. —Su voz era un susurro abrasador contra mi cuello—. Pero, *na'laa*…

—¿Qué? —Jadeé al notar la dura e increíblemente caliente longitud de su polla deslizándose sobre mi trasero.

—Querrás hacerlo.

Un sonido gutural lo abandonó cuando presionó el glande contra mi calidez.

Gemí, moví las caderas al sentirlo, solo la cumbre de su excitación abriéndose camino en mi interior, y el sonido que emitió me provocó una abrupta y repentina explosión de sensaciones.

—Oh, sí. Querrás hacerlo. —Me agarró la cadera con la mano, estabilizándome. Me temblaron las piernas y desplacé la mano para apoyarla sobre la suya; en mi mente no había nada más que una bruma de lujuria al rojo vivo. Sus labios presionaron un beso en mi pulso frenético—. Desesperadamente.

Me inundó una oleada de calor húmedo. Me penetró otro centímetro. Sentí su grosor, esas rugosidades, ensanchándome.

—Pero no te lo permitiré —me prometió.

—¿Qué? —Comencé a girar la cabeza.

Thorne dobló el brazo sobre mis caderas, sellando mi espalda contra la suya, y entonces me embistió.

Mi gemido se perdió bajo su grito. Se enterró profundamente en mi interior y no se movió, y yo no podía pensar en nada, solo sentirlo, su penetrante y vibrante calor, su dureza. Me temblaba el cuerpo entero.

Entonces se movió.

El príncipe se retiró, y esas rugosidades... Oh, dioses, se deslizaron por mis sensibles paredes, pasando por ese punto oculto justo cuando volvía a penetrarme. Y el sonido que emití fue un gemido y un grito mientras él me sostenía contra su cuerpo y entraba y salía lenta y firmemente de mí. Él tenía todo el control, pues el modo en el que me sostenía evitaba que yo moviera la parte inferior de mi cuerpo... que retrocediera contra él o me retirara. Lo único que podía hacer era mantenerme arrodillada, con los dedos entrelazados con los suyos, y tomarlo.

Y él me tomó a mí.

El ritmo se hizo más rápido, más duro. Se adentró en mí, su mejilla se presionó contra la mía, y habría jurado que podía sentir su mirada en mi pecho desnudo, empujado por el corpiño. La tensión se acumuló en mi interior, se retorció y tensó. Me folló, pero a mí nunca me habían follado así. Mi cuerpo entero vibraba, cada terminación nerviosa en estado puro. Sentía cómo se estaba formando el orgasmo, cómo giraba cada vez que él golpeaba ese punto. Tenía los ojos abiertos, la mirada fija en mis nudillos pálidos sobre su mano.

—Oh, dioses —jadeé mientras se hundía en mí. Sentí una opresión en el pecho. Mi centro se convulsionó y todo estalló mientras gemía—: *Thorne*.

—Joder —gruñó, embistiéndome. Me levantó las rodillas ligeramente y se apretó contra mí mientras me corría, mientras sentía cómo se hinchaba, mientras notaba el engrosamiento de su polla en mi abertura cada vez que bombeaba, y mi cuerpo se movió solo, atravesado por el placer, se retorció para intentar tomarlo más profundamente en mi interior.

—Chica mala —se rio, y contuvo el aliento al tensar el brazo, deteniendo mis movimientos.

No me permitió tomarlo hasta donde era más grueso, y puede que yo siseara... o que gruñera. No estaba segura, porque el placer alcanzó su cima de nuevo y me quedé temblando y todavía caliente, todavía... todavía palpitante.

Thorne me sacó la polla de repente y la presionó contra la curva de mi trasero mientras llegaba al orgasmo y la tensión erupcionaba de nuevo en mi interior.

Orgasmos que podían durar horas…

—Oh, joder —gemí. La arremolinante sensación estaba creciendo de nuevo—. No… No puedo.

—Puedes. —Me acarició con los labios la mejilla sonrojada mientras nos tumbaba—. Lo harás.

La hierba estaba fría contra mi pecho; su cuerpo, caliente contra mi espalda, aunque estaba apoyando su peso en la mano que yo tenía debajo. Volví a correrme, y ni siquiera estaba ya en mi interior.

—¿Por qué…? ¿Por qué te has salido? —jadeé.

—No quería —me dijo, abrazándome con fuerza—. Creo que mataría por estar en tu interior ahora mismo, pero si esto te ha parecido intenso…

Lo había sido. Nunca había sentido nada así.

—Lo sería un centenar de veces más si hubiera seguido en tu interior. —Nos puso de lado—. Te volvería loca.

Era posible que ya lo estuviera un poco, mientras estaba allí a mi lado, acariciándome la curva de la cadera, el muslo y la crecida de mi trasero. Se mantuvo junto a mí mientras todos los pequeños y delicados músculos de mi interior se contraían en un espasmo, y me aferré a él; no había llegado a soltarle la mano, y él tampoco había abandonado la mía. Ni siquiera cuando por fin me quedé sin fuerzas, agotada y saciada. Nuestras manos siguieron selladas.

Y mi mente siguió callada.

—No —protesté sin demasiado ánimo.

Thorne sonrió desde donde estaba, acurrucado entre mis muslos.

—*Sí* —murmuró, apartando mi carne hinchada con una pasada de su lengua traviesa.

El gemido grave que escapó de mi pecho fue solo uno de los muchos que había emitido desde que nos marchamos de los jardines.

El príncipe de Vyrtus era insaciable cuando se trataba de dar placer.

No recordaba mucho de nuestro regreso a la mansión, pero desde el momento en el que llegamos a sus aposentos, el tiempo se había convertido en un borrón sensual. Nos bañamos... O, para ser más precisos, él me bañó, quitándome la tierra y las briznas de hierba del cuerpo como yo le había quitado la sangre de la piel en el pasado. Me hizo correrme entonces, con sus dedos, y cuando llegamos a su cama, con los cuerpos todavía húmedos, comenzó una lenta exploración de mi cuerpo, trazando un camino a besos por la curva de mi mandíbula, por mi cuello y sobre mis pechos. Su lengua había sido traviesa también allí, girando sobre mis pezones igual que ahora giraba en mi interior.

Thorne se estaba dando un *banquete*.

Cerré los dedos sobre las sábanas mientras su lengua entraba y salía. No había creído que tuviera energía para moverme, pero me equivocaba. Levanté las caderas al ritmo de sus empellones, y su gruñido de aprobación en respuesta me inflamó. Un tenue brillo dorado bordeaba sus hombros desnudos mientras se movía, mientras me metía un dedo. Gemí.

Levantó sus gruesas pestañas. Sus ojos eran de un brillante tono de azul salpicado de estrellas plateadas, y se clavaron en los míos.

—No apartes la mirada —me ordenó—. Quiero ver tus ojos mientras te corres.

Me estremecí, temblando.

—Quiero verte los ojos mientras te corres gritando mi nombre. —Curvó un dedo en mi interior—. ¿Entendido?

—Sí —jadeé—. *Excelencia*.

Me mordisqueó la carne, arrancándome un gemido irregular. El destello de una sonrisa pasó por sus labios húmedos y después su boca se cerró sobre mi clítoris. Curvé la espalda y levanté las caderas de la cama. No aparté la mirada. Nuestros ojos siguieron unidos y grité cuando me corrí, su nombre se derramó de mis labios mientras me estremecía.

Cuando reptó por la longitud de mi cuerpo, posando besos en mi ombligo, en mis costillas, en mi pecho, me sentía como si no tuviera huesos. Se acomodó a mi lado, presionó los labios contra mi sien.

—¿Estás bien? —me preguntó.

—Ajá —murmuré. Me había preguntado eso mismo cuando estuvimos en los jardines, cuando las réplicas del orgasmo comenzaron a remitir. La pregunta me había tomado desprevenida entonces. Todavía lo hacía—. ¿Y tú?

Thorne se rio.

—Lo estoy.

Giré la cabeza hacia la suya. Nuestras bocas estaban a escasos centímetros, y levanté la mano hasta su pecho. Jugué con los dedos por sus pectorales.

—Pero no te has…

—No necesito tener un orgasmo para sentir placer. —Llevó hacia arriba la mano que tenía apoyada en mi vientre, la detuvo en la curva de mi pecho—. El placer más exquisito es el que se obtiene proporcionándoselo a otro.

—Entonces… tú no eres un hombre mortal —le dije.

Se rio, y el despreocupado sonido hizo brincar mi corazón.

—Si de verdad acabas de darte cuenta de eso, no estoy seguro de qué decir.

Resoplé, cerré los ojos. El silencio que cayó entonces entre nosotros fue cálido, cordial, y nada que hubiera experimentado antes con nadie con quien hubiera estado. Siempre había necesitado hablar, llenar el silencio para ahuyentar la inevitable incomodidad que a menudo me sobrevenía o para evitar que mi mente se filtrara en otra.

Pero no había experimentado nunca nada como aquello.

—Me marcharé por la mañana, por cierto —me dijo Thorne al final.

—Lo recuerdo. —Una punzada de inquietud me atravesó el pecho. ¿No quería que se marchara? ¿O era otra cosa?—. ¿Cuándo regresarás?

—Creo que solo serán un par de días.

Intenté descifrar mis sentimientos. ¿No debería sentirme aliviada porque se marchara un par de días? No me sentía así. Solo sentía inquietud y quizás un poco de… tristeza. Oh, dioses. Me di cuenta de que seguramente era porque lo echaría de menos.

Necesitaba ayuda.

—Entonces deberías volver a tiempo para las Festas —le dije.

—Debería.

Parte de la bruma agradable desapareció cuando la realidad de lo que se avecinaba volvió a la superficie.

—¿Cuánto crees que pasará antes de que las Tierras Occidentales o los Caballeros de Hierro lleguen a Archwood?

—No puedo saberlo con seguridad, pero sospecho que será antes de final de mes.

Se me vació el estómago mientras pasaba las yemas de mis dedos sobre las líneas cinceladas de su pecho.

—Ven conmigo.

—¿Qué? —Abrí los ojos, parpadeé.

El azul y el verde de sus ojos viraron hacia el marrón.

—Ven conmigo cuando me marche para reunirme con las tropas.

Mi aliento se detuvo en la palabra *sí*, pero evité que se escapara. Me sentía ilusionada ante la perspectiva de viajar con él, de estar con él, *a su lado*, pero aquello… aquello parecía *más*. Peligrosamente *más*. Tragué saliva, cerré los ojos.

—No creo que eso fuera prudente.

—Seguramente no —asintió, y después se quedó en silencio varios minutos—. ¿Cenarás conmigo entonces? Cuando regrese.

—¿De verdad me estás preguntando si lo haré?

Una sonrisa cansada tiró de mis labios mientras intentaba ignorar mi decepción conmigo misma… y con él, por no insistir en que lo acompañara, algo realmente absurdo.

—¿No es eso lo que quieres de mí?

No debería querer nada de él.

—Sí.

Me pasó el pulgar por la parte superior del pecho.

—Entonces, ¿lo harás?

—Sí.

Thorne se quedó callado un momento, y después sentí sus labios en mi mejilla.

—Gracias.

Un movimiento ligero atravesó mi pecho. Era inaudito que un Hyhborn, y mucho menos un príncipe, expresara gratitud. No supe qué hacer con ella, así que permanecí allí tumbada mientras el príncipe se quedaba dormido.

Pero yo me mantuve despierta, con los dedos apoyados en su pecho. No sabía por qué en esos momentos oscuros y callados pensaba en la premonición que había tenido en la Gran Cámara cuando Ramsey Ellis se acercó al barón con noticias de las Tierras Occidentales.

Ya viene.

Sabía que esa premonición había sido sobre Thorne.

Que viniera a por lo que es suyo.

Eso era lo que Maven había dicho, y yo sabía que, cuando Thorne estuvo aquí antes, fue buscando algo.

O a alguien.

Un roce ligero en mi mejilla me despertó. Abrí los ojos hacia los tenues rayos del amanecer que iluminaban la mandíbula de Thorne y la empuñadura dorada de la daga sujeta a su pecho. Era por la mañana, y eso significaba…

—¿Te marchas? —susurré, con la voz cargada de sueño.

Thorne asintió.

—No pretendía despertarte —me dijo, bajando sus gruesas pestañas mientras me pasaba los dedos por la barbilla.

—No pasa nada. —Comencé a sentarme.

—No, quédate. Me gusta la idea de que estés aquí, en la cama en la que yo he dormido —me dijo, frunciendo el ceño. Pasó un momento, y levantó las pestañas. Su mirada se deslizó por mi rostro, deteniéndose en mis… en mis labios.

Aunque solo estaba medio despierta, mi pulso comenzó a latir. Me pareció que me estaba mirando como si… como si quisiera besarme.

Yo quería que me besara.

Quería besarlo.

Pero ninguno de nosotros se movió. No, durante varios minutos. Después bajé la cabeza. Cerré los ojos. Sus labios no rozaron los míos. Se posaron sobre mi frente y, por alguna razón, ese beso dulce y casto… fue mi perdición.

—Regresaré contigo lo antes posible —me aseguró—. Lo prometo.

Mantuve los ojos cerrados porque temía que, si los abría, se inundarían de lágrimas. Asentí.

—Vuelve a dormirte, *na'laa*. —Me subió la sábana sobre el brazo. Su mano se detuvo en mi hombro—. Hasta luego.

—Hasta luego —susurré con voz ronca.

El príncipe Thorne se incorporó y, aunque se movió en silencio, identifiqué el momento exacto en el que abandonó la habitación. Abrí los ojos, húmedos.

¿Te gusta?

Eso era lo que Grady me había preguntado.

Dioses.

Creía que sí.

Encontré a Claude en su despacho aquella tarde, solo y sentado tras su escritorio. Levantó la mirada cuando entré, con una sonrisa un poco rara.

—¿Tienes un momento? —le pregunté.

—Para ti, siempre. —Dobló un pergamino y lo dejó a un lado. Miré el creciente montón de cartas—. Me alegro de que hayas venido. Me preguntaba si el acuerdo con el príncipe había ido bien, o si te alegrabas del alivio momentáneo.

Se me calentaron las mejillas al pensar en la noche anterior.

—Sorprendentemente bien.

—Ya veo. —Se rio, echándose hacia atrás mientras se cruzaba de piernas—. Entonces, ¿ya no te opones al acuerdo?

Levanté un hombro, porque no había ido a hablar del príncipe. Me senté en una de las sillas delante de su escritorio.

—Me dijo que ayer estuviste con la gente de Archwood.

—Estuve. —Se apartó un mechón de cabello oscuro de la cara. Sus mejillas pálidas se habían sonrojado—. Creí que sería prudente ver lo que se está haciendo. Que me vieran. —Se aclaró la garganta—. Estuve allí esta mañana, un rato.

—Creo que es buena idea. —Sonreí—. Espero que eso inspire a otros a tomar parte.

—Con suerte —murmuró, bajando una mano hasta el reposabrazos de su butaca—. Ya veremos, supongo.

Asentí, tomé aliento profundamente.

—Hay algo de lo que quería hablar contigo. —Me retorcí los dedos, sin saber por qué estaba tan nerviosa. En realidad, eso no era cierto. Me preocupaba descubrir lo tonta e ingenua que había sido—. Es sobre tu otro primo.

—¿Sí? —Miró la puerta cerrada.

Abrí mis sentidos, dejando que la conexión se creara entre nosotros. Vi el muro gris.

—¿Tiene…? ¿Tiene él mis habilidades?

Frunció las cejas y ladeó la cabeza.

—¿Estás intentando leerme la mente, Lis?

Me tensé.

—¿Puedes notarlo?

Soltó una carcajada ronca.

—Solo porque te conozco lo suficiente para reconocer cuando le lees la mente a alguien. Tu mirada se vuelve intensa y no pestañeas.

413

—Oh. —Me moví un poco en mi silla.

—Las tiene —respondió.

Dejé de retorcerme los dedos. Todo se detuvo.

—Así fue como supe que lo que me dijiste cuando nos conocimos podía ser cierto. Él sabía hacer ese mismo truco. Sabía hacer otros… trucos. —Levantó los hombros en un profundo suspiro—. Y si te preguntas por qué no te lo dije, fue porque, cuando te conocí, Vayne ya había cometido traición. Pensé que, si te decía que había otro como tú, querrías conocerlo, y eso te pondría en peligro.

Seguía conectada a él y sus pensamientos reflejaban lo que decía, pero él sabía que yo estaba en su mente. Que pudiera oír sus pensamientos no significaba que no pudiera engañarme.

—Entonces, ¿tú sabes lo que… lo que soy? —susurré.

Me miró, frunciendo el ceño.

—¿Te ha dicho algo el príncipe?

—No.

—Entonces no comprendo…

—¿Soy una *caelestia*? —lo interrumpí.

Parpadeó rápidamente. Pasó un instante.

—No lo sé.

—Claude. —Me incliné hacia adelante, presionando los dedos contra las medias de mis rodillas—. ¿Has sabido todo este tiempo que en realidad no soy mortal?

—Los *caelestias* también somos mortales, Lis. Solo tenemos una sangre más fuerte. Eso es todo —me dijo.

Pero los *caelestias* no eran tratados como los vulgares.

—¿Lo sabías?

Me sostuvo la mirada, y después la apartó.

—Al principio… sospechaba que lo eras.

Un dolor me atravesó el pecho y tomé una inhalación que no fue a ninguna parte.

—¿Y nunca me lo dijiste? ¿Por qué no…?

—Porque no estoy seguro de *qué* eres —me interrumpió—. Y digo la verdad. No portas la marca.

Fruncí el ceño.

—¿Qué marca?

—Tus ojos. Son castaños. Un tono precioso de marrón —añadió rápidamente—. Pero todos los *caelestias* tienen los ojos como los míos. Algunos son distintos, en otros sentidos. —Apartó la mirada—. Pero tú no tienes la marca delatora de un *caelestia*.

—Mis ojos…

Pensé en lo distintos que me habían parecido el otro día, cuando un anillo interior de… de azul apareció alrededor de mis pupilas. Se me hizo un nudo en la garganta. La noche de Union City, Thorne y lord Samriel… habían estado mirando los ojos de los niños. Se me humedecieron las palmas de las manos.

—¿Ha notado el príncipe que eres una *caelestia*? —me preguntó Claude.

—No —le dije, secándome las palmas en las rodillas—. El príncipe siempre se ha referido a mí como mortal, pero…

—Pero ¿qué?

—Pero dice que hay algo en mí que no consigue descifrar —continué, respirando a pesar del nudo en mi garganta—. Tiene la sensación de que ya me conocía.

—Porque es cierto, ¿no?

Perdiendo mi conexión con él, me puse rígida. Incluso mi corazón balbuceó.

—Es el Hyhborn al que conociste en Union City, ¿verdad? —Claude se pasó los dedos por la frente—. El que pensaste que era un lord.

—Sí —susurré—. ¿Cómo sabías tú que era él?

—No lo supe hasta la otra noche, en la cena. Fue el modo en el que se comportaba contigo. Cómo… —Entornó los ojos—. Cómo te reclamó.

Que viniera a por lo que es suyo.

—No lo comprendo —susurré.

—Tampoco yo, y lo digo en serio. De verdad. —Bajó la mano hasta el brazo de su butaca—. Tienes habilidades similares a las de mi primo, pero si un príncipe no puede notar que eres una

415

caelestia y tú no llevas la marca, entonces no puedo saberlo con seguridad.

Aparté la mirada, tragué saliva.

—Aun así, podrías habérmelo dicho.

—¿Y después qué? ¿Sabes cómo se confirma un *caelestia* si no tiene padres que puedan presentar la solicitud? Se le lleva a las cortes Hyhborn, donde un príncipe u otro Deminyen confirma su linaje —me explicó—. Y si un Deminyen no ha podido sentirlo ahora, ¿con qué probabilidad podría haberlo hecho otro antes? Sé que te dije que no me preocupaba que el príncipe Thorne creyera que eres una bruja, pero ¿otros? Habría sido demasiado arriesgado.

Intenté aceptar lo que decía. Tenía sentido, pero...

—Tú no tienes habilidades.

Claude se rio amargamente.

—No, no las tengo. Tampoco Hymel. Ni la mayoría de los *caelestias*.

—Entonces, ¿por qué las tiene tu primo?

—¿O tú? Si eso es lo que eres. —Dijo lo que yo no había dicho—. Porque mi primo es hijo de las estrellas. Es un mortal divinizado.

—¿Y qué significa eso exactamente? —le pregunté.

—Eso no te lo puedo decir —contestó, pasándose una mano por la cabeza.

Me levanté, virando de la confusión al enfado y después a la decepción.

—¿No puedes o no quieres?

—*No puedo* —insistió, y pasaron varios minutos más—. Quizá debería habértelo dicho de todos modos. Estaría mintiendo si te dijera que el miedo por tu seguridad fue la única razón por la que guardé silencio, pero eso ya lo sabes.

—Lo sé.

Claude se estremeció y, maldición, supe que le había hecho daño. No había querido hacerlo, pero lo hice.

—Sé que no soy un buen hombre y eso es también algo que tú ya sabes —me dijo, y fui yo quien hizo una mueca entonces—. Así que mi consejo seguramente no significa nada, pero esta vez tienes que ignorar tu intuición. Cuando el príncipe regrese, tienes que decirle que ya os conocéis. Tienes que decírselo.

31

Descansé poco aquella noche, y no estaba segura de si era por la idea de que me había equivocado con Claude o si se debía a la ausencia de Thorne. Tampoco sabía cuál de esas cosas era peor... cuál estaba provocándome una sensación general de intranquilidad.

Y esa inquietud me siguió a través de la mañana y de la tarde, mientras caminaba por los concurridos pasillos de la mansión. El servicio corría de un lado a otro, algunos cargando jarrones llenos de margaritas de color plátano y alargadas petunias de pétalos blancos mientras otros portaban bandejas de carne que Primvera había enviado y todavía estaba por preparar. Todos estaban demasiado ocupados para prestarme demasiada atención.

Las Festas comenzarían al día siguiente.

Thorne seguramente regresaría el día después, o el otro.

Me detuve junto a la galería, con la mente llena de pensamientos que viraron hacia Claude. Lo que sentía era una mezcla de decepción y rabia, confusión y un poco de tristeza. Intenté comprender su postura, y lo hice. Casi todo. Porque aun así debería haberme dicho lo que sospechaba. Yo había tenido derecho a saberlo, aunque no pudiera hacer nada con ese conocimiento.

Pero ¿no estaba haciendo yo lo mismo con Thorne? No comprendía por qué me detenía mi intuición, pero eso no cambiaba el hecho de que nuestro encuentro en Union City fuera seguramente la razón por la que Thorne sentía que ya nos conocíamos. Lo que no explicaba era cómo encajaba todo eso con lo que Maven y Claude me habían contado. Por qué importaba. Mi intuición estaba callada, aunque inquieta.

Me giré y vi a Grady apareciendo en el pasillo. Comencé a caminar hacia él. Comencé a hablar.

—Lo que tengas que decirme va a tener que esperar un momento —me dijo, colocándome la mano en la parte baja de la espalda—. Hay una cosa que tienes que ver.

Aquello despertó mi curiosidad, pero también esa energía ansiosa. Me puso alerta, con el pecho demasiado tenso.

—Hymel acaba de salir de la Gran Cámara. —Grady me condujo a través del estrecho pasillo hasta una de las muchas puertas interiores. Mantuvo la voz baja mientras entrábamos en el pasillo principal, ahora lleno de jarrones abarrotados de las flores que había visto antes y colocados sobre los numerosos pedestales de mármol—. No estaba solo.

Miré el amplio vestíbulo que se abría a cada lado hacia el exterior y mis ojos se detuvieron en los arcos de piedra.

—¿Con quién estaba?

—Ahora lo verás. —Grady asintió hacia una de las ventanas con vistas a una parte del camino circular que conducía a la mansión.

Vi a Hymel de espaldas a nosotros, pero fueron quienes se cernían sobre él los que captaron y retuvieron mi atención. Eran tres, a lomos de caballos de color azabache que empequeñecían a los percherones. Uno tenía un cabello largo y claro que me recordó al lord que habíamos visto en Union City; lo llevaba recogido en la nuca, pero el rubio no era del gélido blanco de lord Samriel. La piel de otro de ellos era de un cálido terracota bajo el sol, y el tercero tenía el cabello como un cuervo. Era ese el que estaba hablando con Hymel.

Estaba claro que eran Hyhborn, pero ninguno, que yo supiera, había llegado con Thorne. Además, el comandante Rhaziel y lord Bastian se habían marchado con el príncipe.

—¿Son de Primvera? ¿Traen más comida? —pregunté.

—Eso fue lo que yo pensé hasta que vi al que está hablando ahora con Hymel —me dijo Grady, colocando la mano en la ventana—. Es el príncipe Rainer.

Abrí los ojos con sorpresa y me acerqué a la ventana, incapaz de distinguir mucho de sus rasgos.

—¿Qué diantres está haciendo aquí? —me preguntó Grady.

—Quizá sea por la amenaza de las Tierras Occidentales —le dije, aunque no creía que el príncipe hubiera visitado Archwood antes—. O por el mercado oculto.

—Sí. —Grady se inclinó hacia mí—. Pero ¿qué diantres hace hablando con Hymel de esas cosas, en lugar de hacerlo con el barón de verdad?

Esa era una pregunta muy buena.

Hymel se ocupaba de ciertos aspectos de la administración de Archwood, pero era imposible que un barón no estuviera disponible para hablar con los Hyhborn.

Sobre todo, con un príncipe.

Mi ansiedad dio paso a un temor al que no conseguía poner nombre, aunque latía en mis venas mientras me apresuraba por el laberinto de pasillos con el dobladillo de mi túnica gris golpeándome las rodillas. No dejaba de pensar en la posibilidad de que Claude y su familia descendieran de Deminyen, de que yo lo hubiera hecho, y lo que eso significaría en realidad, si era que significaba algo. Dejé a un lado lo que Maven me había contado cuando llegué a las puertas con adornos dorados de los aposentos personales del barón.

Algo no iba bien.

Cuando llamé y no hubo respuesta, probé el pomo y encontré la puerta cerrada. Maldije, me quité una horquilla con la que me había recogido los mechones más cortos del cabello y me arrodillé.

Una sonrisa amarga curvó mis labios mientras agarraba el pomo y metía el fino extremo de la horquilla en la cerradura. Algo que agradecía de mi vida anterior a Archwood eran las... habilidades que había adquirido.

Tomé aliento profundamente, intenté mantener firme y precisa mi mano mientras giraba la horquilla a la izquierda y después a la derecha. Forzar cerraduras era un auténtico ejercicio de paciencia, una virtud que ni vivir en las calles ni hacerlo en una bonita mansión me había ayudado a desarrollar. Debía ser agradable ser un Hyhborn y poder abrir la puerta solo con la voluntad.

O, sencillamente, echarla abajo de una patada.

Si yo lo intentara, de seguro me rompería el pie.

Por fin oí el suave chasquido cuando encontré el seguro. Mordiéndome el labio, seguí retorciendo la horquilla hasta que sentí que el mecanismo cedía un poco. Mantuve la mano firme mientras rotaba en sentido antihorario. El pomo giró en mi mano.

Una breve sonrisa de satisfacción tiró de mis labios mientras volvía a meterme la horquilla en la trenza y me levantaba para empujar la puerta.

Los aposentos privados del barón eran todo riqueza y lujo. Recordaba la primera vez que estuve en esa habitación. No había sido capaz de dejar de tocarlo todo.

Habían pasado al menos dos años desde la última vez que entré en los aposentos de Claude. Quizás incluso más, y ahora era extraño estar allí. Pasé la mano por la mullida parte de atrás de un sofá. Había fruta y carne, a medio comer, sobre una mesa pulida. Los ventiladores del techo agitaban las cortinas de seda, más delicadas que cualquier prenda que un vulgar pudiera poseer.

—¿Claude? —llamé.

No hubo respuesta.

Tomé lo que parecía un gajo intacto de naranja y me lo metí en la boca. El sabor agridulce bajó por mi garganta mientras pasaba junto a una butaca completa con gruesos cojines de terciopelo. Me detuve, dejé que me tragaran mis recuerdos de aquella butaca, rodeada por los brazos de Claude mientras leía la carta de un barón vecino. Aquella había sido una costumbre nuestra durante un tiempo. Despertábamos y tomábamos el desayuno en la cama, algo que antes solo había oído decir que la gente hacía. La primera vez que lo hicimos me asustaba llenar las sábanas de migas, pero Claude lo pringó todo mucho más de lo que yo jamás lo habría hecho y se rio al hacerlo. Después me conducía a aquella butaca, donde pasábamos horas sin hacer demasiado. Recordaba haberme sentido... a salvo. Querida. Deseada.

Pero nunca había sentido que perteneciera. Como se suponía que debía sentirme allí.

No había cambiado mucho desde entonces, pero todo parecía diferente.

Se me hizo un nudo en la garganta cuando aparté la mano de la butaca. Claude siempre lo había sabido: sabía cómo me sentía, aunque yo no me hubiera dado cuenta. Lo sabía mientras se reía y sonreía, mientras me besaba los labios y la piel. Lo sabía.

E intentó cambiarlo.

Pero yo no estaba en su corazón, y él tampoco estaba en el mío. Pero ¿y si hubiera estado? ¿Y si Claude me hubiera amado y yo hubiera sentido lo mismo? ¿Habría terminado como Maven, una amante criando a los hijos que otra mujer, una que la aristocracia consideraba adecuada, reclamaba como suyos? ¿O se habría opuesto a la tradición y se hubiera casado conmigo?

Ni siquiera sabía por qué estaba pensando en todo eso. Pasé junto a una túnica de vivos colores abandonada en el suelo. En cierto sentido, parecía que estaba... lamentándome por lo que nunca había sido.

Atravesé el arco y miré el dormitorio. Una brisa portaba el aroma floral y silvestre de las gardenias que había en los altos jarrones colocados a lo largo de las paredes de la cámara redonda.

Las gardenias eran las flores favoritas de Claude.

Allyson había olido mucho a gardenias últimamente.

Me concentré en la cama, sobre una plataforma ligeramente elevada bajo las ventanas abiertas, con un temblor en las manos. Me succioné el labio inferior entre los dientes. Caminé con paso ligero y subí a la plataforma. A través de la ondulada tela, solo podía distinguir bultos.

Mi corazón comenzó a latir con fuerza mientras alargaba la mano y separaba las cortinas.

La cama estaba vacía.

Dejé que las cortinas cayeran, me bajé de la plataforma y fui al cuarto de baño. También estaba vacío, y no parecía que lo hubieran usado esa mañana. En ese caso, habría toallas por todas partes y charcos de agua. Claude era más desordenado que yo.

Volví a la cama, cada vez más asustada. Un dedo frío me presionó la nuca. Una hormigueante presión se asentó entre mis omoplatos.

Algo iba mal.

Di un paso y ocurrió. Sin advertencia, la piel se me erizó. La presión se instaló entre mis omoplatos y noté un cosquilleo en la piel detrás de mi oreja izquierda. La habitación de Claude desapareció y vi *sangre*.

Charcos de sangre. Ríos de sangre corriendo entre las extremidades inmóviles, vertiéndose sobre las vetas doradas del mármol. Brazos desnudos con tajos profundos. Cuerpos, con las bocas abiertas en un horror paralizado y mudo. Máscaras brocadas y enjoyadas rasgadas, esparcidas por el suelo. Plata y zafiro empapados en sangre.

Inhalé bruscamente, retrocedí, tropecé con la pared. Había… Había visto muerte.

32

¿La visión que me advertía sobre la muerte y las máscaras? ¿Las resplandecientes joyas y vestidos? Las Festas. Algo terrible... Algo horrible iba a ocurrir durante las Festas. Me lancé hacia adelante, después me detuve.

Plata y zafiro.

Había visto un collar de zafiro goteando sangre.

Naomi.

Me giré, salí corriendo de los aposentos de Claude. La adrenalina fluyó por mis venas mientras me apresuraba hacia el ala opuesta de la mansión. El pasillo estaba en silencio, el aire estancado. Una fina película de sudor cubría mi labio superior cuando llegué a los aposentos de Naomi. Llamé a la puerta con los nudillos, esperando que estuviera allí. Esperé, moviéndome de un pie al otro. Tenía que estar allí. Todavía era temprano.

—¿Naomi? —grité, llamando más fuerte—. Soy yo.

Después de un par de minutos, oí sonido de pasos. El alivio me atravesó cuando la puerta se abrió y apareció una somnolienta Naomi.

—Buenos días. —Suavizando un bostezo, se apartó. El profundo azul de su sedoso camisón ni siquiera estaba arrugado. Solo Naomi podía estar tan impresionante recién levantada—. ¿O son buenas tardes?

—Tardes. Siento despertarte. —Entré, cerré la puerta a mi espalda—. Pero tenía que hablar contigo.

—No pasa nada. Ya estaba medio despierta. —Naomi se apartó el cabello de la cara mientras pasaba sobre un par de sandalias de tacón y unos gruesos y mullidos cojines de vibrantes colores para sentarse en un sofá—. Pero no me has traído café. Eso es de mala educación.

—Ni siquiera se me ocurrió. —Con un nudo en el estómago, miré las cortinas fucsias que colgaban de la entrada a su dormitorio—. ¿Estás sola?

—Eso espero. —Recogió las piernas, dejándome espacio.

—Bien. —Me senté a su lado; necesitaba un momento para poner orden a mis pensamientos. Había ido a verla sin ni siquiera pensarlo bien. Tragué saliva—. Hay… Hay algo de lo que necesito hablar contigo.

—¿Sin café? ¿Y ni siquiera té? —Se apoyó en el brazo del sofá, bostezó de nuevo—. No estoy segura de cuánto esperas que retenga… —Se detuvo, me miró con los ojos entornados—. Espera. ¿Fue a buscarte el príncipe esa noche? No te he visto desde entonces, así que supongo que sí.

—Sí, pero…

Naomi se irguió; todo el sueño desapareció de su mirada en un instante.

—¿Y qué ocurrió? Quiero todos los detalles.

—Nada, en realidad… Vale, pasaron cosas —añadí cuando entornó los ojos—. Le lancé un vaso. Discutimos un poco. Después me llevó en brazos a sus aposentos…

—Perdona. Retrocede. ¿Le lanzaste un vaso?

—Sí.

Se frotó los ojos.

—¿Eres un fantasma?

—¿Qué? —Negué con la cabeza—. No. No se enfadó, si es a lo que te refieres. En realidad se rio, y después me llevó a su dormitorio, donde seguimos discutiendo… Al final llegamos a un acuerdo.

Naomi me miró como si hubiera admitido que soy una diosa.

—¿Y después qué?

—Y después… —Cerré los ojos, me presioné la sien con los dedos. Pensé en la noche antes de que se marchara—. ¿Lo que me dijiste sobre el tipo de placer que puede proporcionar un Hyhborn? Es cierto.

—Sé que es cierto. —Una sonrisa apareció despacio en sus labios—. Lis, cuéntamelo todo…

—He tenido una visión —la interrumpí, y la sonrisa desapareció de sus labios. Me senté en el borde del asiento—. Acabo de tener una visión en la que había… sangre. Un montón de sangre y cadáveres.

Naomi se había quedado inmóvil. Tenía los ojos llenos de sombras.

—¿Los *ni'meres* otra vez? ¿Reconociste…? ¿Reconociste los cadáveres que viste? —Le temblaban los labios ligeramente. Se irguió, colocando los pies en el suelo—. ¿Los conoces?

Una lanza de pánico y miedo me atravesó el pecho.

—No pude ver quiénes eran ni si había *ni'meres* involucrados. No conozco a todos los que estaban… presentes en lo que vi, pero creo… creo que sucederá durante las Festas. Vi máscaras, y…

Mi mirada siguió sus dedos hasta el cuello de su bata, donde normalmente estaría la cadena plateada que siempre llevaba. Cualquiera podría haber llevado ese colgante, pero…

—Deberías marcharte de Archwood. No te quiero aquí.

—Lis…

—Sabes que me preocupo por ti, ¿verdad? —Me giré hacia ella—. Y tú te preocupas por mí.

—Sí. Claro que sí.

—Y si tú pensaras que algo malo podría pasar y que yo podría verme afectada por ello, no solo me advertirías. Harías algo al respecto —continué—. La diferencia es que yo *sé* que algo malo va a pasar, y que va a afectar a un montón de gente.

Quizá no te pase nada, no lo sé, pero no te quiero aquí. Al menos durante las Festas.

—Quieres que me marche, pero ¿y tú? —Bajó la voz—. ¿Y Grady? ¿Claude?

—Voy a pedirle a Grady que haga lo mismo, y también a Claude. —Si conseguía encontrarlo.

—¿Y tú?

—Yo… No puedo.

—¿Por qué? —me preguntó.

Porque Thorne había afirmado que era yo quien salvaría Archwood, y aunque no me lo creyera, los Hyhborn no mentían. Y ni siquiera estaba segura de que esa fuera la razón por la que no podía marcharme. *Tenía* que estar aquí cuando Thorne regresara. Lo sabía.

Naomi apretó los labios y apartó la mirada, negando con la cabeza.

—Si tú no te marchas, tampoco lo hará Grady.

Otra lanza de miedo me atravesó. Yo también sabía eso. Me clavé los dedos en las rodillas.

—Si no quieres irte de Archwood, al menos vete a pasar un tiempo con tu hermana. —Tomé aire profundamente—. Deberías hacerlo, antes de que fuera demasiado tarde.

Su mirada regresó conmigo; su piel palideció.

—Tú me dijiste que se recuperaría de la fiebre. Se *está* recuperando.

—Lo sé, pero…

Una profunda inspiración elevó el pecho de Naomi.

—Pero ¿qué, Lis?

Cerré los ojos brevemente, odiándome un poco por usar así a su hermana.

—Pero tú solo me preguntaste si se recuperaría de la fiebre, y lo hará. No obstante, deberías pasar tiempo con ella.

—¿Porque…? —Levantó la barbilla. Le temblaban los labios.

Me escocía el fondo de la garganta.

—Tú sabes por qué.

Sus ojos se volvieron vidriosos.

—Quiero oírte decirlo.

—No vivirá para ver el final de las Festas —susurré—. Lo siento.

Cerró los ojos con fuerza y pasaron varios minutos.

—¿Y me lo dices ahora para que me marche de la mansión? —Abrió los ojos. Los tenía brillantes—. Deberías habérmelo dicho antes.

—Lo sé —asentí—. Lo siento de verdad.

Naomi resopló y apartó la mirada. Apretó los labios, negó con la cabeza.

—Lo sé.

El corazón se me rompió un poquito.

—¿Harás lo que te pido?

—Sí. —Cuando me miró, tenía los ojos húmedos—. Y ahora tienes que marcharte de mis aposentos. —Se giró y me dio la espalda.

Me levanté.

—Naomi…

—No. —Se giró para mirarme; la bata se agitó alrededor de sus pies—. Tú sabías cuál era mi pregunta cuando acudí a ti para saber de Laurelin. No solo estaba hablando de la fiebre, y tú me mentiste. Podría haber pasado más tiempo con ella… —Inhaló abruptamente, agarrándose la falda de la bata con el puño—. Por favor, vete. Tengo que preparar mis cosas.

Caminé hacia ella, pero se giró de nuevo y atravesó las cortinas. Me detuve, respirando a través del dolor. Me tragué las lágrimas y abandoné sus aposentos, esperando que me hiciera caso, que abandonara la mansión y que el daño que yo le había causado a nuestra amistad no fuera en vano.

—Eso no va a ocurrir. —Grady se apoyó en el borde de la galería en la que yo estaba sentada. Lo había apartado de la muralla y estaba en el proceso de intentar, sin conseguirlo, convencerlo para que abandonara Archwood—. No puedo creerme que me estés pidiendo esto. Más aún, no puedo creer que estés perdiendo el tiempo pidiéndome esto cuando ya sabes cuál va a ser la respuesta.

—Tenía que intentarlo.

—Más bien tenías que cabrearme —replicó—. Si quieres marcharte, podemos salir ahora mismo, pero no lo harás porque se te ha metido en la cabeza que tienes que estar aquí cuando el príncipe regrese.

Debería haberme guardado mi razón para quedarme. No me había ayudado en nada.

—No estoy tratando de enfadarte. —Una brisa cálida atrapó un mechón de cabello más corto que se me había escapado de los ganchillos, y me lo lanzó a la cara—. Ya he enfadado a Naomi hoy.

Se cruzó de brazos.

—¿Se marcha?

Asentí.

—Eso espero, pero está furiosa. Tiene derecho a estarlo. No se lo conté todo sobre su hermana. —Apoyé la cabeza contra un pilar de la galería—. Y no logro encontrar a Claude en ninguna parte. ¿Lo has visto?

—No.

Durante el día, había procurado que mi intuición me dijera dónde podía estar Claude, que me dijera algo, pero no había nada excepto esas tres palabras repitiéndose.

Algo va mal.

La preocupación me carcomió mientras miraba la muralla de la mansión y mi mente regresaba a la visita del príncipe Rainer.

—¿No te parece extraño que el príncipe de Primvera apareciera aquí después de que los otros hubieran partido?

—Creo que todo es jodidamente raro ahora mismo. —Entornó la mirada, observando a uno de los mozos de cuadra que cepillaba a una yegua—. Sobre todo eso de que puede que seas una *caelestia*.

Esa era otra cosa que debería haberme guardado, porque Grady me había mirado como si me hubiera salido un tercer ojo. Le estaba costando asimilarlo, y yo no podía culparlo por ello, pero pensé en lo que había visto en el espejo. Ya no estaba tan segura de que el breve cambio de color hubiera sido mi imaginación.

Si no lo había sido, ¿qué era?

Aunque, en realidad, eso no era importante ahora. Lo importante era la visión.

Levanté las piernas y me incorporé.

—Iré a buscar a Claude a su despacho otra vez —le dije, quitándome el polvo de la parte de abajo de la túnica—. Y, si lo encuentro, intentaré convencerlo para que cancele las Festas.

—Buena suerte con eso —contestó Grady.

—Te avisaré, si lo encuentro —le dije, vacilante—. Me gustaría que tú…

—No lo digas, Lis. —Retrocedió—. No voy a irme a ninguna parte sin ti.

Suspiré, asintiendo. Nos separamos; él regresó a la muralla y yo entré. Me dirigí al despacho de Claude y me sentí esperanzada cuando vi la puerta entreabierta. Me apresuré y la abrí. Y me detuve en seco.

Claude no estaba en su despacho.

Estaba su primo.

Hymel levantó la cabeza, sentado en el escritorio del barón con varios pliegos de papel en la mano.

Algo va mal.

—¿Qué estás haciendo aquí? —le espeté.

La sorpresa desapareció rápidamente de sus rasgos.

—No es que sea asunto tuyo, pero estoy revisando la correspondencia. —Levantó los pergaminos—. Que resultan ser avisos de impago, concretamente del Banco Real.

Se me revolvió el estómago cuando miré el siempre crecien-te montón.

—¿Qué quieren?

Me contempló como si le hubiera hecho una pregunta tonta, y lo había hecho.

—¿Cuánto se ha retrasado? —le pregunté—. ¿Y tiene el di-nero para pagar sus deudas?

—No mucho —respondió Hymel, lanzando los pergaminos sobre el escritorio—. Y hay suficiente dinero. O lo habrá. —Me miró—. ¿Qué estás haciendo aquí?

—Estaba buscando a Claude —le dije, decidiendo que los acuciantes problemas financieros eran algo de lo que tendría que preocuparme más tarde—. No consigo encontrarlo.

Hymel levantó sus cejas oscuras.

—No está aquí.

Hice una mueca.

—Ya lo veo. ¿Sabes dónde está?

—Lo último que supe fue que estaba en sus aposentos, pero no soy su guardián.

—Está claro —murmuré—. No está allí. Lo he comprobado dos veces.

—Entonces seguramente estará con los Bower. —Hymel se echó hacia atrás en la silla. Parecía sentirse muy cómodo en aquel sitio que no le correspondía—. Y seguramente estará bo-rracho, con el inicio de las Festas esta noche. Bueno, a media-noche.

—Y debido a eso, ¿no debería estar aquí en lugar de fuera, en otro sitio?

—Sería lo lógico —afirmó Hymel con amargura—. Pero es-tamos hablando de Claude. Se pasó las últimas Festas con los hermanos Bower, alucinando con criaturas aladas en una mina abandonada.

Eso sonaba tan raro que tenía que ser verdad.

—Entonces, ¿es posible que no esté presente en la inaugura-ción?

Hymel se encogió de hombros.

—Es posible. Ha ocurrido antes.

Y yo no podía saberlo, ya que nunca lo había visto durante las Festas.

—Teniendo en cuenta su estado de ánimo la última vez que lo vi, creo que verá bestias aladas una vez más.

Sentí una presión en el pecho.

—¿A qué estado de ánimo te refieres?

—Ha estado de mal humor desde que se reunió con el príncipe de Vyrtus. —Hymel levantó un pisapapeles tallado en obsidiana—. Después de que al parecer accediera a cederte al príncipe.

Me quedé boquiabierta.

—Él no me cedió al príncipe —dije, y dudaba que esa fuera la razón por la que Claude estaba deprimido. Se había sentido aliviado por ello—. Y lo vi después de eso. No parecía molesto. —Al menos no hasta que comenzamos a hablar.

—Eso no es lo que he oído —replicó Hymel—. El príncipe te quería a ti, una vulgar, y Claude accedió. Creo que sus frágiles sentimientos resultaron heridos.

Fruncí el ceño, concentrándome en él. El cordón nos conectó, pero vi el muro grisáceo ocultando sus intenciones... su futuro.

Hymel lanzó la bola de obsidiana y la atrapó.

—¿Hay algo que necesites de Claude?

Hice retroceder mis sentidos, crucé los brazos y no intenté acercarme a Hymel. Conocería mis intenciones en el momento en el que amagara con tocarlo.

—He tenido una visión.

Levantó una de sus comisuras.

—Cuéntamela.

—Había sangre y muerte. Creo... No. Sé que algo malo va a ocurrir durante las Festas —le dije—. Creo que Claude debería cancelarlas...

—¿Cancelar las Festas? —Hymel se rio—. Las tropas de las Tierras Occidentales podrían caer sobre nosotros mañana, y las Festas no han sido canceladas.

Fruncí el ceño.

—Hymel, sé que te gusta fingir que mis visiones no son reales, pero sabes que lo son. Las celebraciones deberían al menos cancelarse aquí.

—Eso no va a ocurrir. —Lanzó la bola de obsidiana una vez más.

Mi frustración ardió mientras lo miraba, y de repente noté ese escalofrío en mi nuca y entre mis omoplatos. No vi nada, pero oí tres palabras susurradas. Me tensé.

—El príncipe de Primvera —dije, y Hymel clavó su mirada en mí. Atrapó la bola—. ¿Qué hacía hoy aquí?

—Compartir las buenas noticias. —Hymel colocó la obsidiana sobre el montón de papeles—. El príncipe Rainer se unirá a nosotros durante las Festas.

33

La noche siguiente me detuve en el límite de la Gran Cámara, mirando el estrado. La elaborada butaca con rubíes incrustados estaba vacía.

Claude seguía desaparecido.

Thorne todavía no había regresado.

Agarrando con fuerza la falda de mi sencillo vestido blanco, sentí la empuñadura de la daga de *lunea* envainada en mi muslo. No sabía por qué me la había llevado conmigo al abandonar mis aposentos. Fue un acto inconsciente, pero hacía que me sintiera un poco mejor.

Examiné el torbellino de aristocracia enmascarada vestida de alegres colores. Por suerte, no había visto a Naomi allí ni en el solario, donde Grady estaba apostado. Tampoco había visto a Hymel.

Algo va mal.

Mi mirada se detuvo en un hombre de cabello rubio. Me sentí atraída hacia él solo porque era el único asistente sin máscara, pero aunque hubiera estado disfrazado, habría sabido de inmediato qué era. Era más alto que la mayoría de los presentes, y su camisa de seda y sus pantalones oscuros eran de factura más delicada que la ropa de los aristócratas más adinerados. Sus rasgos eran perfectamente simétricos, lo que le proporcionaba una belleza irreal. Era un lord.

Y se trataba de uno de los dos a los que había visto el día anterior con el príncipe Rainer, el que me recordó a lord Samriel. Aquel Hyhborn se parecía mucho a él. Había otros Hyhborn, más en el solario que allí, pero no había visto al príncipe Rainer.

El lord ladeó la cabeza cuando su mirada colisionó con la mía. Inhalé, sorprendida.

Él sonrió.

Tragué saliva y di un paso atrás mientras la servil aristocracia lo rodeaba. Como yo no llevaba máscara, destacaba entre los demás. Mi corazón aleteó como un pájaro atrapado mientras me giraba apresuradamente para marcharme de la Gran Cámara. Me dirigí al amplio pasillo y salí por una de las puertas que conducían al exterior.

Estaba inquieta, en parte por la falta de sueño y en parte debido al reptante temor que me había acosado durante todo el día. Intenté varias veces poner a trabajar mi intuición, que me dijera algo sobre el paradero de Claude. Incluso me di un baño y me sumergí para que ningún sonido o distracción pudiera encontrarme, pero solo obtuve silencio. Nada.

Y eso solo podía significar dos cosas: o los Hyhborn estaban de algún modo involucrados en lo que Claude estaba haciendo o su desaparición tenía algo que ver conmigo.

Claude sin duda podía estar con los Bower, pero…

Algo va mal.

Los aristócratas habían salido al césped, donde las risas se unieron con la música. Pasé junto a los invitados enmascarados con un nudo en el estómago. Estaba cansada, caminaba con paso arrastrado, pero la energía ansiosa que invadía mis venas hacía que me fuera imposible intentar descansar.

Usando el estrecho puente de piedra, crucé el pequeño arroyo y me detuve para mirar la mansión. La luz de las antorchas iluminaba a aquellos que bailaban y paseaban por el césped.

Desconocían totalmente la violencia que se avecinaba, a pesar de la amenaza de los ejércitos de las Tierras Occidentales, pero deseé ser uno de ellos, dichosamente ignorante, perdiéndome en el potente alcohol, en la rica comida y en la sensual presencia de los Hyhborn.

Luché contra el deseo de correr hacia ellos y advertirles, pero ¿cómo lo explicaría? La mayoría no me creería. Otros quizá pensarían que era una bruja, y con tantos lores Hyhborn presentes, algo así sería una imprudencia.

Así que seguí caminando. Las *ālms* se desplegaron en el aire sobre mi cabeza mientras seguía el sendero por el que había pasado un millar de veces. Se marcharían al final de las Festas, y no regresarían hasta unos días antes de las siguientes.

Mantuve la mirada en ellas, porque el zumbido grave de la conversación no era el único sonido que escapaba de las muchas pasarelas y de los rincones ocultos de los majestuosos jardines. Había suspiros más suaves, más sensuales, y gemidos más profundos y roncos, una especie de canción que uno normalmente no oía mientras iba por los senderos bordeados de setos.

Las Festas estaban en su máximo y lujurioso esplendor.

Me mordí el labio inferior, observé a las *ālms* descendiendo y elevándose como si se hubieran unido en una danza hasta que una suave carcajada apartó mi atención de ellas. Un trío salió de uno de los sombríos senderos. Eran dos mujeres y un hombre, y no había manera de saber si eran aristócratas o no, pero había un montón de piel expuesta, brazos y piernas desnudos que jugaban al escondite con los paneles de tono pastel de las faldas. El hombre llevaba la camisa desabotonada y abierta. Lazos escarlatas caían de las máscaras de las mujeres, y la del hombre era de un sencillo y brillante negro.

Me aparté, permitiendo que las dos mujeres caminaran juntas mientras la alta de cabello oscuro sostenía la mano del hombre al pasar. Una mujer asintió en mi dirección. La otra sonrió.

—Buenas noches —dijo el hombre, ladeando la cabeza al mirarme. Lo único que vi fue su sonrisa de aprobación al mirar las tiras de encaje que se cruzaban sobre mis pechos y el material fluido que se pegaba a mis caderas.

—¿Te gustaría acompañarnos? —me preguntó.

Me mordí el labio, tragándome una mueca.

—Gracias por la invitación, pero parece que ya tienes las manos llenas.

Una de las mujeres se rio.

—Las suyas sí, pero ¿las nuestras? —Intercambió una mirada con la del cabello oscuro—. Las nuestras no están tan llenas.

El hombre se rio y se inclinó para besar la mejilla de la más bajita, la que había hablado. Aquello despertó mi interés. Abrí los sentidos solo un poco. Tenían... Tenían una relación. Los tres.

Qué hombre tan afortunado.

—He quedado con alguien —mentí—. Pero os deseo unas buenas Festas.

—Qué pena —murmuró el hombre, haciendo una elaborada reverencia—. Felices Festas.

Murmuré lo mismo, me quedé atrás mientras el trío se alejaba por el sendero. Después seguí caminando, esta vez siguiendo a dos *älms* que giraban una alrededor de la otra mientras mi mente alternaba entre la visión, lo que Maven me había contado y la desaparición de Claude. Mi mente vagó, no obstante, hasta *él*. Era difícil no hacerlo cuando estaba en los jardines y la brisa portaba el aroma de la hierbabuena.

¿Regresaría Thorne al día siguiente? ¿Y después qué? ¿Sería suya? Pero ¿no lo era ya...?

—Para —susurré, negándome a terminar siquiera ese pensamiento. Sentí un aleteo en el estómago, y negué con la cabeza.

Lo único en lo que tenía que pensar respecto a Thorne era en decirle que ya nos habíamos conocido.

Cuando me acerqué a las wisterias, me detuve y levanté la mirada. Las estrellas cubrían el cielo con su manto. Era una... una extraña coincidencia que todo aquello estuviera ocurriendo a la vez.

La repentina aparición de Thorne, cumpliendo una premonición de hacía doce años. Mi casi visceral reacción a él. Su interés en mí, que no conseguía explicar, y que yo creía que no era solo porque no se hubiera dado cuenta de que ya nos conocíamos. Mi intuición, que me impedía contárselo. La princesa de Visalia y los Caballeros de Hierro, avanzando sobre Archwood. El descubrimiento de que había vulgares que podían descender de Hyhborn. La ausencia de Claude. La visión. Hymel. Ese sonriente lord que se parecía a lord Samriel. Todo ello estaba pasando a la vez, y yo...

Yo no creía en las coincidencias.

Ni en el destino.

Bajé la mirada hasta las inmóviles flores lilas. Un tenue hormigueo danzó por mi nuca y después entre mis omoplatos. Como un gigante adormilado, mi intuición destelló.

Todo está relacionado.

Todo aquello.

Una advertencia.

Una evaluación.

Una promesa de lo que estaba por llegar...

Charcos de sangre. Ríos de sangre corriendo entre las extremidades inmóviles, vertiéndose sobre las vetas doradas del mármol. Brazos desnudos con profundos tajos. Cuerpos, con las bocas abiertas en un horror paralizado y mudo. Máscaras brocadas y enjoyadas rasgadas, esparcidas por el suelo. Plata y zafiro empapados en sangre. Y esta vez oí gritos. *Gritos de dolor. Gritos de muerte...*

Escapé de la visión justo cuando las ramas de la wisteria comenzaron a temblar, balanceándose a pesar de la ausencia de brisa.

Contuve el aliento y di un paso atrás. Un escalofrío bajó por mi columna y se me puso la piel de gallina. El vello se erizó en mi nuca mientras una energía gélida y sobrenatural se reunía en el aire. Levanté la mirada para ver lo que parecían nubes oscuras agrupándose en el cielo, ocultando las estrellas.

Mis músculos se agarrotaron un instante y después mi instinto se activó, alimentado por la intensa llamarada de la intuición. Me giré y corrí, más rápido que nunca, a través del laberinto de senderos mientras los rayos de la luz de la luna se desvanecían y desaparecían.

Viene algo.

Podía sentirlo reuniéndose en el aire, en el repentino silencio y en la creciente oscuridad, y no creía que lo que estuviera llenando el cielo fueran nubes. Cada parte de mi ser estaba concentrada en encontrar a Grady, y no me atreví a perder el tiempo atravesando el puente. Sabiendo que el nivel del agua estaba bajo en aquella época del año, me escurrí y corrí por la lodosa orilla. Avancé por las aguas poco profundas, salpicando, perdiendo un zapato en el proceso. Continué y llegué al otro lado, con el dobladillo de mi vestido empapado y pegado a mis piernas. Subí la ligera colina, me tragué un grito cuando una dura piedra atravesó la fina suela del zapato que me quedaba, cortándome la piel.

No dejé que eso me detuviera. Corrí por el césped, sobresaltando a muchos de los que estaban abrazados sobre la hierba.

—¡Entrad! —grité, esquivando a otros que se estaban levantando para mirar el cielo—. ¡Entrad ya!

No tenía ni idea de si alguien me estaba prestando atención. Tropecé y casi me caí. ¿Me habría hecho caso Naomi? No la había visto en todo el día y, dioses, esperaba que lo hubiera hecho, pero me dolía el corazón porque seguía viendo ese collar de zafiro ensangrentado.

Jadeando, subí corriendo los amplios peldaños de entrada de la mansión del barón. Estaba a apenas unos centímetros de las puertas cuando las nubes cayeron del cielo en un coro de alas batiendo el aire.

Entonces comenzaron los gritos de dolor, los gritos de muerte.

34

E staba sucediendo. La visión. Yo lo había sabido. Agarré el pomo de la puerta, miré sobre mi hombro y casi me flaquearon las piernas.

Lo que había extinguido la luz de la luna y de las estrellas era algo sacado directamente de una pesadilla: criaturas con una envergadura de más de dos metros y unas garras más largas y afiladas que las de un oso. Era como si un vulgar se hubiera fusionado con un águila gigante.

Ni'meres.

Cayeron en picado desde el cielo, más rápidos que un caballo a la carga. Los que todavía estaban en el césped no tuvieron ninguna oportunidad de escapar de ellos. Las garras de los *ni'meres* desgarraron la carne y el hueso, abrieron espaldas y hombros y atravesaron incluso los cráneos de los que huían.

El horror me apresó cuando un *ni'mere* levantó a un hombre en el aire. El mortal gritó, golpeando las garras clavadas en sus hombros desnudos. El *ni'mere* dejó escapar un sonido aterrador, algo entre un chillido y una carcajada, antes de soltar al hombre. Cayó, desplomándose hacia la tierra…

Otro *ni'mere* lo atrapó, clavó sus garras profundamente en el vientre del hombre y se lo abrió.

Con una arcada, me giré y volé hacia el vestíbulo. No comprendía por qué hacían aquello los *ni'meres*; ¿habría sido atacado algún Hyhborn? No tenía tiempo para descubrirlo.

Se me cayó el otro zapato, resbaladizo por la sangre, mientras esquivaba los pedestales que sostenían los altos jarrones con flores de verano. Corrí por el amplio pasillo, dirigiéndome al solario, donde había visto a Grady por última vez. Cuando llegué a la mitad del trayecto, las puertas de ambos lados se abrieron de golpe. La gente inundó el pasillo en una marea asustada, volcando pedestales y esparciendo petunias y margaritas sobre el suelo de mármol. En un instante, me vi tragada por la multitud.

Alguien me golpeó, me hizo girar. Resbalé. Colisioné con alguien, lo hice caerse mientras las alas batían sobre los muros de la mansión.

—Perdón —jadeé, ofreciéndole la mano—. Lo si... —Me detuve cuando giró la cabeza hacia mí. Unos tajos profundos surcaban sus mejillas.

No tenía ojos.

—Ayúdame —resolló mientras yo me alejaba de su mano—. Por favor. Ayúdame.

—No... No sé cómo. —Retrocedí, tropezando con otro. Me giré hacia un hombre... un hombre que estaba desnudo pero cubierto de tanta sangre que parecía llevar una envoltura de brillante rojo. Me presioné el pecho con las manos—. Lo siento.

Con una tenaza en el corazón, me volví y me abrí paso a empujones, intentando desesperadamente no mirar a los que me rodeaban, evitando oír los chillidos mientras yo llamaba a gritos a Grady, pero era imposible. Vi carne rasgada colgando en jirones como si fueran tiras de vestidos de seda. Mejillas abiertas. Extremidades colgando y unidas al cartílago. Había tanta sangre que tenía el estómago revuelto.

—¡Grady! —grité, tratando de ver sobre los que abarrotaban el pasillo—. ¡Grady!

Las puertas que conducían a la Gran Cámara y al resto de la mansión parecían encontrarse a kilómetros de distancia, pues los pasillos estaban abarrotados de cuerpos. Estaba rodeada de sangre y sudor, y era demasiado. Algo me estaba pasando mientras avanzaba a trompicones. Docenas de cordones se formaron en mi mente, se desplegaron y me conectaron a la vez con todo lo que me rodeaba. Los pensamientos ajenos me presionaron la mente con tanta fuerza como sus cuerpos ensangrentados.

¿Por qué está ocurriendo esto?, gritó una voz en mi cabeza, zarandeándome antes de que rápidamente la opacara otra gritando: *¿Dónde está Julius? ¿Ha conseguido entrar?*

Mis ojos confusos pasaron de un rostro pálido a otro cubierto de sangre escarlata.

Debería haberla ayudado. La he dejado ahí... La he dejado ahí afuera.

Levántate. Que los dioses te maldigan, levántate. Si nos quedamos aquí, vamos a morir.

—Déjame aquí —suplicó el hombre herido en voz alta—. Déjame aquí.

—Y una mierda —gruñó otro.

Sus pensamientos... Oh, dioses. No podía bloquearlos. No podía cortar la conexión mientras me abría camino entre los cuerpos frenéticos, mientras mi corazón latía con fuerza y los gemidos de los moribundos se convertían en sus últimas palabras en mi mente.

Es demasiado pronto.

Esto no está pasando.

¿Por qué yo?

No siento las piernas. ¿Por qué no siento...?

Se mezclaron, haciendo que me fuera imposible saber exactamente a cuántos estaba oyendo, si era uno o muchos.

Me estoy muriendo.

Oh, dioses benditos, salvadme.

Estoy muerto. Estoy muerto. Estoy muerto.

Buscando aire, tropecé con algo... con alguien. Me sujeté a un pedestal que seguía en pie, clavé la mirada en el rostro del hombre. Le colgaba la máscara de una oreja, tenía los labios separados como si se hubiera detenido a mitad de una inhalación.

Su garganta… estaba desgarrada. A través del caos de hueso roto y carne viscosa, podía ver el suelo… podía ver la sangre corriendo por el veteado dorado del mármol.

Mi cuerpo se quedó paralizado mientras me agarraba al frío mármol. Sus pensamientos. Las imágenes y los sonidos. Mi propio y creciente terror. Me temblaban las piernas, sentía las rodillas débiles. No podía moverme, y tenía la garganta cerrada. Como no podía esquivarlos, me deslicé hasta el suelo y apoyé la espalda en la base de un pedestal. Era demasiado. Estaban en mi interior (su miedo, su pánico, sus últimos pensamientos) y no podía escapar de ellos. No podía evitar que fueran una parte de mí. Me sujeté las rodillas contra el pecho, apreté los ojos con fuerza y me presioné las orejas con los puños.

¡Ayudadme!

¡Me estoy muriendo!

Me duele… Oh, dioses, me duele.

Se ha ido. Está muerto.

Estoy sangrando.

Lis. Lis. Lis.

No quiero terminar así.

No puedo.

No es justo…

—¡Lis! —Unas manos se cerraron sobre mis brazos, me zarandearon—. *Calista* —demandó la voz—. Mírame.

Inhalé, aterrada, temiendo lo que vería, pero fueron unos ojos castaños mirándome, unos ojos un tono más oscuro que los míos. *Grady*. Me había encontrado. Como siempre, me había encontrado.

—Puedo oírlos —jadeé, temblando—. Sus pensamientos. Sus gritos. No puedo pararlo…

—Céntrate en mí, solo en mí, y respira… Toma una inspiración profunda y larga. ¿De acuerdo? Concéntrate en mí y respira —me ordenó. La cálida piel bronceada que rodeaba su boca estaba tensa. Otra voz comenzó a inmiscuirse en mis pensamientos—. ¿Estás concentrada?

—Yo…

Comencé a apartar la mirada de él. La sangre se encharcaba en el suelo. Ríos escarlata, viscosos y brillantes. La sangre salpicaba la base y subía por las enormes columnas doradas. Brazos y piernas inmóviles. Piel rasgada por profundos tajos…

—Vi esto —susurré—. Esto fue lo que vi, Grady. Esto fue…

—Lo sé. Eso no importa ahora. —Entonces me sujetó las mejillas, me obligó a mirarlo de nuevo—. Dime qué se supone que debo hacer para que la hierbabuena siga floreciendo.

Su petición me tomó desprevenida.

—¿Qué…?

—Dime cómo puedo conseguir que tu planta favorita florezca.

—Me gusta la hierbabuena, pero no… no es mi favorita. Mi favorita es la coreopsis. —Mi mente se llenó de repente de imágenes de diminutas flores amarillas parecidas a la margarita—. La variedad vivaz.

—Vale. Lo que sea. ¿Cómo se consigue que la coreopsis florezca?

Fruncí el ceño.

—Tienes que cortar las flores marchitas… los capullos negros, las flores secas.

—Es bueno saberlo. —Sus manos me apartaron el cabello de las mejillas—. ¿Te estás imaginando esas flores?

Asentí mientras mi mente empezaba por fin a calmarse. Grady… Había hecho aquello antes, cuando éramos pequeños y yo todavía no había aprendido a cortar la conexión con los demás. Me levanté del suelo y lo rodeé con los brazos.

—No sé qué haría… qué haría sin ti.

—Está bien. Te tengo. Todo va a salir bien. —Me abrazó con fuerza—. ¿Estás herida?

Negué con la cabeza.

—No. Eran solo sus pensamientos. No podía…

—Lo sé. Lo sé. —Se levantó, llevándome con él—. Tenemos que salir de aquí. Adentrarnos en la casa y escondernos antes de que entren.

—¿Los *ni'meres*?

—No solo ellos. —Se apartó, examinó mi rostro y mi cuerpo rápidamente por si le había mentido sobre alguna herida—. He visto a los Rae bajando la colina.

—¿Qué? ¿Por qué?

—No lo sé. —Me agarró el brazo y me lo apretó mientras miraba a su alrededor—. Está pasando algo malo, Lis. Primvera está ardiendo.

Se me heló el corazón.

—¿Qué?

Comenzó a guiarnos a través de la multitud.

—Vi a los Rae desde el solario. Los vi antes de que llegaran los *ni'meres*. Entonces fue cuando comencé a buscarte. Ten cuidado —me advirtió, rodeando un par de piernas inmóviles.

No bajé la mirada para ver qué había provocado que aquellas piernas se hubieran quedado tan quietas.

—Supe de inmediato que algo malo estaba sucediendo. —Grady se pasó la otra mano a través del cabello rizado.

—¿Crees que son las tropas de las Tierras Occidentales?

—¿Quién más podría ser? —me preguntó—. Deben haberse adentrado más en la Región Central de lo que nadie sabía. Esa es la única respuesta. —Gruñó cuando alguien tropezó con nosotros—. Tenemos que escondernos —repitió—. Y después, a la primera oportunidad, tenemos que salir…

A nuestra espalda se oyeron cristales rotos. Grady miró sobre su hombro mientras yo hacía lo mismo.

Los *ni'meres* atravesaron la ventana rota; sus cuerpos emplumados estaban viscosos, sanguinolentos. Agitaron las alas mientras se abatían, cayendo sobre los que todavía seguían en pie con unas garras que goteaban sangre.

Se produjo el caos. Los que podían se dispersaron en todas direcciones, mientras nosotros corríamos hacia el pasillo principal. No fuimos los únicos que entramos en el estrecho pasillo que conducía a la Gran Cámara y a los restantes salones y espacios de la mansión.

—A la Gran Cámara, no —jadeé—. No podemos ir ahí.

—Mierda. —La mirada de Grady se encontró con la mía brevemente—. Sujétate. No te sueltes, Lis. Hagas lo que hagas, no te sueltes.

Me agarré a la parte de atrás de su túnica mientras la gente se apiñaba a nuestro alrededor, obstruyendo rápidamente el pasillo.

Pero ellos no conocían la casa como nosotros.

Las estrechas mesas cayeron, obstaculizando el camino aún más mientras avanzábamos a empujones por el pasillo. Tiré del brazo de Grady.

—¡La puerta azul! —grité—. Los pasillos de servicio.

Grady asintió, mantuvo su paso y el mío mientras nos arrastraban hasta casi pasarnos la puerta. Nos detuvimos, él gruñendo y yo jadeando; varias personas colisionaron con nosotros. La puerta estaba atascada, y Grady tuvo que usar su peso para abrirla.

La puerta gimió y se abrió, y casi la atravesamos cayendo. Me giré y vi los pálidos rizos de Allyson en el frenesí.

—¡Allyson! —la llamé. Giró la cabeza hacia nosotros. Comenzó a luchar hacia la puerta.

—¡Vamos! —gritó Grady, apartándonos mientras un joven de cabello rubio y después Allyson atravesaban la puerta corriendo.

Me acerqué a ella.

—¿Estás bien? —Su vestido azul celeste estaba salpicado de sangre—. ¿Estás herida?

—No —jadeó. Sus rizos caían anárquicamente sobre su rostro—. ¿Y tú?

—Estoy bien. —El corazón me latía con fuerza—. Me alegro mucho de verte. ¿Has…? —Me detuve. Tenía una cadena plateada alrededor del cuello, con un colgante de zafiro—. ¿Ese es el colgante de Naomi?

Frunció el ceño, confusa, y me miró como si no pudiera creerse que le estuviera haciendo esa pregunta.

—Sí, quería llevarlo con mi vestido. Me lo prestó hace un par de días.

Oh, dioses.

Me había equivocado. No fue a Naomi a quien vi…

Allyson levantó la mirada hacia el techo.

—Yo… me separé de los demás —me contó, y aparté la mirada, con el corazón roto al darme cuenta—. Los *ni'meres*… atravesaron las ventanas. No sé si…

—¡Por aquí! —gritó Grady, y me giré con brusquedad—. Vamos. Maldita sea —dijo, mientras la gente se habría paso más allá de la puerta—. ¡Por aquí, estúpidos!

Nadie lo escuchaba.

Negué con la cabeza, y mi corazón se derrumbó cuando el chillido de un *ni'mere* entró en el pasillo.

—Vienen —susurró Allyson, apartándose de mí. Tropezó con un diván—. No podemos quedarnos aquí, con la puerta abierta.

Tenía razón.

—Maldita sea —gruñó Grady, cerrando la puerta de golpe—. ¡Maldita sea!

—Por… Por aquí —dije, mirando al otro hombre. Estaba pálido—. Hay otro pasillo. Conduce a los dormitorios de los criados y…

—A la bodega —terminó Grady—. Esa puerta es pesada. Nadie, ni siquiera los *ni'meres*, podría atravesarla.

—Perfecto. Si voy a morir esta noche, prefiero hacerlo borracho —dijo el hombre, pasándose una mano por la pechera de su camisa rasgada—. Me llamo Milton, por cierto.

—Grady. —Asintió en mi dirección—. Esta es Lis y esa es…

—Allyson —se presentó, frotándose los brazos con nerviosismo.

Un grito atravesó el aire, sobresaltándonos a Allyson y a mí. Milton tragó saliva.

—Vayamos a ese sótano, a ver si podemos emborracharnos lo suficiente para no pensar en lo que está pasando al otro lado de la pared.

—Parece un buen plan. ¿Estás bien? —le preguntó Grady a Allyson, que asintió. Después se giró hacia mí—. ¿Y tú?

Me dolía el pie, y cojeé ligeramente mientras me dirigía a la puerta al otro lado de la estancia. No podía mirar demasiado tiempo o con demasiada atención a Milton y… sobre todo a Allyson. No porque me preocupara que lo que había pasado en el vestíbulo pudiera ocurrirme de nuevo. Temía descubrir cómo terminaría la noche para ellos, y ya… y ya sabía cómo terminaría para Allyson.

Mientras avanzaba, una frágil sensación de tranquilidad que conocía demasiado bien descendió sobre mí, una que había brotado de las noches oscuras y aterradoras que llegaron antes de que huyéramos de Union City y después, cuando dormíamos en las calles y en las zanjas, cuando nos perseguían los agentes de la ley o huíamos de los adultos cuyos pensamientos estaban llenos de cosas horribles. Habíamos estado en un montón de sitios malos, muchos de los que no creí que consiguiéramos salir.

No era que no estuviera asustada: estaba aterrada. Mi corazón no había dejado de latir con fuerza. Me sentía mareada por el miedo, pero aquello era… aquello solo era otro sitio malo que dejar atrás. Otro lugar al que sobrevivir, y lo haría. Lo haríamos.

Abrí una puerta que conducía a otro pasillo, que era de la longitud de la mansión y la rodeaba por la parte de atrás. Estaba vacío. Grady indicó a los otros dos que avanzaran. Corrimos por el pasillo tenuemente iluminado; los sonidos amortiguados de los gritos que venían del otro lado de la pared nos siguieron, acosándonos.

Me acordé de la daga, me detuve y me levanté la falda del vestido. Desenvainé el arma. Levanté la mirada.

A mi lado, Milton alzó las cejas al ver la hoja de *lunea*.

—Ni siquiera voy a preguntar.

—Seguramente será mejor que no lo hagas. —Dejé caer la falda de nuevo.

—¿Por qué están haciendo esto? —preguntó Allyson, mordiéndose las uñas.

—No lo sé —le contestó Grady, y después repitió lo que me había contado sobre la corte Hyhborn—. Pero un puñado de *ni'meres* sobrevolaron la mansión y se dirigieron directamente a Primvera.

—No puede ser verdad. —Allyson contuvo el aliento—. ¿Están atacando a los suyos?

—Es cierto. Yo mismo lo vi —confirmó Milton, y tuve la sensación de que pronto lo sabríamos, cuando llegáramos al pasillo de atrás—. Parecía que toda la ciudad estaba ardiendo, pero creo que solo era la muralla exterior de Primvera.

—Pero ¿por qué nos atacan a nosotros? —Allyson se acercó a Grady—. No estábamos haciendo nada.

Nadie respondió, ni siquiera mi intuición, pero no creía que estuvieran implicadas las tropas de las Tierras Occidentales ni los Caballeros de Hierro. Aquello era otra cosa.

—Me mentiste —murmuró Grady entre dientes.

—¿Qué? —Lo miré.

—Me dijiste que no estabas herida. —Levantó las cejas—. Te sangra el pie.

—¿Estás sangrando? —La preocupación llenó la voz de Allyson.

—No es mucho. Solo un leve corte.

—Los cortes leves se infectan todo el tiempo, Lis. Y después acabas con el pie amputado.

Levanté las cejas.

—Eso ha escalado rápido —comentó Milton en un susurro a nuestra espalda.

Grady no le hizo caso.

—Tan pronto como tengamos la oportunidad, lo lavaremos.

Suspiré profundamente.

—Planeaba hacerlo, pero en este momento estoy más preocupada por los *ni'meres*.

—Estoy de acuerdo —añadió Milton.

Nos acercamos a la esquina donde el pasillo giraba para continuar por la parte de atrás de la mansión. Me asomé. Estaba oscuro.

—Las ventanas están intactas.

Grady avanzó, con la mano en la empuñadura de la espada. Aminoró el paso.

—Dulce misericordia.

Allyson gritó, cubriéndose la boca con la mano. Retrocedió, tambaleándose, y se aplastó contra la pared. Me dije que no debía, pero me uní a Grady ante la ventana, alta hasta el pecho, y me arrepentí de inmediato.

Nada bloqueaba ya la luna. Su luz plateada inundaba los terrenos de la mansión. Había cuerpos esparcidos por el césped... picoteados por algunos *ni'meres* solitarios.

La náusea me revolvió el estómago, pero no podía apartar la mirada de la horrible y grotesca imagen. Solo había visto *ni'meres* una vez antes, y de lejos. Entonces era una niña, pero no me habían parecido menos aterradores que ahora, con sus cuerpos emplumados que eran vagamente mortales y sus rostros de un pálido tono gris. Sus ojos amarillos eran casi iridiscentes, un matiz dorado que encajaba con las vetas que atravesaban sus alas de ónice y su cabello largo y desgreñado. Sus dientes...

Eran afilados, tanto como cualquier pico o garra, y no obstante sus rasgos eran delicados. Habrían sido bonitos, incluso, de no haber sido por el aspecto cadavérico de su piel y por la sangre que manchaba sus labios y barbillas.

Aparté la mirada. Más allá, la vista era totalmente distinta. La mansión de Archwood se encontraba sobre una colina y, en los días soleados, el sol destellaba en la parte superior de la muralla que rodeaba Primvera. Aquella noche, el horizonte entero estaba iluminado por un halo dorado. Primvera *estaba* ardiendo.

—Mierda —maldijo Grady, retrocediendo bruscamente—. Los Rae. Apartaos.

Me agaché junto a Grady, con un nudo en el estómago.

—Si hay Rae...

—Entonces hay príncipes cerca —terminó. Sus ojos se encontraron brevemente con los míos.

—El príncipe Rainer iba a unirse a nosotros para las Festas —susurré—. Eso fue lo que dijo Hymel.

Grady apretó la mandíbula.

—Tu príncipe ha decidido marcharse en un momento terrible, ¿no?

—No es mi príncipe —repliqué.

—Deberíamos intentar seguir —dijo Milton desde donde estaba agachado, a cierta distancia en el pasillo—. ¿Hasta dónde tenemos que ir?

Grady se levantó a medias, manteniéndose por debajo del borde de la ventana.

—Al final del pasillo. Manteneos agachados.

«Al final del pasillo» parecía estar en un reino totalmente distinto.

—Es la segunda puerta al final...

Me detuve cuando el hormigueo de la premonición erupcionó entre mis omoplatos y viajó hasta mi nuca. Se me puso de gallina la piel de los brazos, y noté una extraña calidez en mi... en mi pecho, a pesar de que la temperatura había caído, como lo hizo en los jardines. Se me erizó el vello de la nuca. Levanté la mirada hasta la ventana que tenía al lado mientras me frotaba el pecho.

—¿Lis? —dijo Grady en voz baja—. ¿Qué pasa?

—Yo...

La intuición estaba guiándome. Alcé la mano para agarrarme al alféizar.

—¿No deberíamos darnos prisa? —siseó Milton.

Deberíamos.

Pero había algo que tenía que ver. Me levanté apenas lo suficiente para mirar por el borde de la ventana.

Los Rae cabalgaban sus caballos envueltos en tela negra; la tenue bruma que se filtraba por las aberturas de sus capas bajaba por los flancos de sus corceles y se derramaba sobre la tierra

como la niebla. Debían ser unas dos docenas. Sirenas de advertencia comenzaron a sonar en mi interior cuando los Hyhborn
avanzaron en sus enormes sementales rojizos envueltos en es-
tandartes índigo con una insignia escarlata de lo que parecían
varios nudos entrelazados. Había visto ese símbolo antes. Era el
Blasón Real, y representaba la unión de todos los territorios.

Si fueran las tropas de las Tierras Occidentales o los Caballeros de Hierro, ¿se lanzarían a la batalla portando el sigilo del rey
al que querían derrocar? No lo creía. Pero, si era el rey, ¿por qué
había destruido Primvera? A menos que creyera que Primvera
también estaba perdida.

Un destello de plata y blanco bajo la luz de la luna atrajo mi
mirada. Cabello. Un largo cabello rubio tan claro que era casi
blanco. Más pálido que el cabello del lord al que había visto en
la Gran Cámara.

Lo reconocí.

Aunque de niña había estado demasiado asustada para mirarlo a la cara, sabía que era él.

—Grady —susurré—. *Mira.*

Se giró, se levantó ligeramente.

—¿Lo ves?

—Sí —replicó con los dientes apretados—. Lord Samriel.

35

¿Qué diantres estaba haciendo *él* aquí? No lo sabía, pero no creía en las coincidencias. Ni en el destino. Clavé los dedos en el alféizar.

—Tenemos que salir de aquí —me urgió Grady.

Empecé a moverme cuando el Hyhborn que cabalgaba junto a Samriel giró su cabeza embozada hacia la ventana. Su caballo se detuvo de repente.

—Mierda —jadeé, agachándome. Miré a Grady y apreté la daga—. No puede habernos visto. No es posible…

Un *ni'mere* chilló, enviando un rayo de miedo crudo a mi interior.

—¡Vamos! —gritó Grady a los demás mientras medio nos arrastrábamos medio corríamos junto a la pared.

Alcanzamos rápidamente a Milton y a Allyson y corrimos hacia la puerta que conducía a las cámaras subterráneas, pero aunque mi intuición había estado callada segundos antes, ya no lo estaba. Oí alas golpeando la ventana. *Sabía…*

—No vamos a conseguirlo —jadeé.

—Lo haremos —replicó Grady—. Lo…

—No. —Le agarré la parte de atrás de la túnica—. No lo haremos.

La comprensión atravesó sus rasgos. Maldijo, gritó a los demás mientras me devanaba los sesos para decidir a dónde podíamos ir. Miré a mi alrededor…

—¡La biblioteca! —grité.

Allyson asintió y corrimos por el pasillo, dirigiéndonos a la puerta que yo sabía que conducía a otra parte de la mansión. Habría habitaciones allí; no eran tan seguras como las subterráneas, pero con lugares donde esconderse. Eso era lo mejor que podíamos hacer.

Allyson abrió la puerta y la mantuvo así mientras la sensación de presión seguía instalada entre mis hombros. Era imposible que lord Samriel nos hubiera visto, pero algo lo había alertado de nuestra presencia.

El cristal explotó cuando llegamos al siguiente pasillo. El grito abrupto de Allyson hizo que me girara. Un *ni'mere* cayó sobre nosotros, rozando ambas paredes con sus alas. Me detuve solo un instante mientras miraba los rasgos frágiles y delicados de la criatura manchados de sangre... la carne pulida que daba paso a las pequeñas plumas superpuestas y a unos senos. Senos de verdad. El *ni'mere* era una hembra.

Y yo jamás conseguiría borrarme aquella imagen.

—¡Al suelo! —gritó Grady.

Allyson me agarró del brazo, tiró de mí para ponerme de rodillas. El *ni'mere* se retorció en el aire, a punto de girar mientras Milton lo agarraba por las patas. Con un grito, lo lanzó contra la pared.

El impacto agrietó la escayola. Milton retrocedió de un salto, respirando trabajosamente mientras la criatura caía hacia adelante. Se levantó sobre sus patas traseras a centímetros de mí, chillando.

Me moví sin pensar, poniéndome en pie. No pensé en lo que estaba haciendo. No dudé. Fue casi como si fuera otra persona, mientras el *ni'mere* me atacaba con sus garras afiladas y ensangrentadas. Me agaché bajo su brazo y giré. Irguiéndome, le clavé la daga profundamente en el pecho. La mirada aturdida de la criatura se detuvo en la mía mientras extraía la hoja. El *ni'mere* retrocedió, tambaleándose, doblando las piernas. La criatura cayó muerta antes de tocar el suelo. Levanté la mirada.

Grady me estaba observando con los ojos muy abiertos.

—¿Qué demonios?

Miré la daga.

—Hostia puta.

Un grito atravesó el aire cuando otro *ni'mere* entró en el pasillo.

—Mierda —maldijo Grady.

Pasé junto a Allyson, agarré la puerta y la cerré. Puse el pestillo, sabiendo que eso solo enlentecería a los demás, mientras Grady se lanzaba sobre nuestro atacante. No le clavó la espalda; el acero le haría muy poco. Se dobló por la cintura y lo golpeó con la espada. La hoja le atravesó el cuello, cortándole la cabeza con un rocío de sangre. Grady retrocedió, con el lateral de la cara salpicado de rojo. Yo solo esperaba que los *ni'meres* no pudieran regenerarse, a pesar de ser Hyhborn.

—¿Estás bien? —susurré, acercándome a Grady.

—Sí. —Se examinó, tragando saliva—. Sí. —Se volteó hacia mí, mirando la daga—. ¿Y tú?

Asentí.

—¿Cómo demonios has hecho eso? —Me agarró el brazo.

—No lo sé. —Tragué saliva, con el corazón latiendo con fuerza.

Allyson se sobresaltó cuando algo golpeó la puerta.

—Hay más. —Comenzó a retroceder—. A la biblioteca. Ahora.

Con el estómago revuelto, aparté mi repentina, inexplicable y totalmente imposible destreza con la daga para ocuparme de ella más tarde. Me giré mientras Allyson abría las puertas. Corrimos al interior justo cuando el sonido de la madera rota llegaba hasta nosotros. Allyson gritó, se agarró el pecho del vestido mientras Milton y Grady cerraban la puerta a su espalda.

—Arrastrad las butacas… el sofá —ordenó Milton—. Bloquearemos la puerta.

Tras envainar la daga deprisa, corrí a empujar el lateral del sofá. Apenas cedió. Me di la vuelta hacia Allyson.

—Ayúdame.

Sus ojos enormes y asustados se clavaron en los míos mientras corría a mi lado, y me concentré en ella. Ocurrió muy rápido. Conecté con ella cuando se acercó para ayudarme, y mi segundo sentido cobró vida tan rápido que no pude detenerlo. Mi cuerpo entero se sacudió.

Entonces la vi caer... *sangre bajando por la parte delantera de su vestido azul.* Entonces lo sentí... *una abrupta agonía en el cuello, abrasadora y fatal, mientras la cadena de plata se rompía y el colgante caía, con el zafiro salpicado de sangre...*

Rompí el contacto visual con ella y empujé el sofá con más fuerza. Sus patas rasgaron la alfombra.

—Escóndete —jadeé—. Ve a esconderte.

Retrocedió, tambaleándose.

—Lis...

—Tienes que esconderte. Ahora. No hagas ruido. No salgas. Escóndete. ¿Me entiendes? Quédate escondida, pase lo que pase.

—Sí. —Se rodeó con los brazos.

—Vete. *Ahora.*

Allyson retrocedió despacio y después se giró y desapareció entre las hileras de libros.

Grady se unió a mí y agarró el lateral del sofá. Lo llevamos hasta la puerta. Milton empujó una pesada butaca contra ella...

Algo golpeó las puertas, sobresaltándonos a los tres. Otro golpe. Un *ni'mere* chilló, helándome la sangre.

—Ojalá tuviera ese vino ahora —murmuró Milton.

—Después de esto te conseguiremos una docena de botellas —le aseguró Grady. El *ni'mere* golpeó la puerta de nuevo, chillando—. Tenemos que escondernos.

Mi mente buscó un buen escondite. Pensé en las hornacinas tras las pesadas cortinas donde a muchos de los sirvientes les gustaba escabullirse, para un refregón rápido o para una siesta breve. Algunas de ellas tenían incluso puertas que conducían a otras estancias o a las escaleras que subían a la entreplanta, pero no recordaba cuáles.

—Las hornacinas. A nuestra izquierda. Algunas tienen puertas.

Milton asintió, tragó saliva con dificultad mientras miraba a su alrededor.

—Mucha suerte.

Después salió corriendo, dirigiéndose a la pared. Grady y yo hicimos lo mismo. Nos apresuramos a través del laberinto de estanterías. El muro de hornacinas apareció ante nosotros justo cuando las puertas de la biblioteca se abrían.

En algún sitio de la biblioteca, Allyson gritó de miedo y el corazón me dio un vuelco. *Por favor, guarda silencio. Por favor. Por favor.* Grady empujó una de las pesadas cortinas y, cuando la tela volvió a ocupar su lugar, nos vimos rodeados rápidamente por el aire rancio y oscuro del pequeño espacio.

Grady me abrazó con fuerza mientras yo miraba la rendija entre las cortinas, temblando. No era más que un centímetro, pero me sentía totalmente expuesta con los *ni'meres* volando por la biblioteca. Los libros caían, uno a uno, golpeando el suelo, y yo me estremecí. Cada vez, me estremecí.

Un estrépito se oyó segundos después, como si hubieran volcado una hilera entera de pesadas estanterías. Se hizo el silencio, y después…

Pasos lentos, firmes.

Luego silencio.

Pasaron los segundos mientras intentaba oír cualquier sonido. Pasaron minutos. No se oía nada. ¿Se habrían marchado los *ni'meres*? ¿No deberíamos…?

—No hay razón para esconderse —dijo un Hyhborn, y de repente sentí calor y luego frío. No había olvidado esa voz. Era lord Samriel—. No os haré daño.

Grady no se movió. Tampoco yo.

—Salid —insistió lord Samriel, con tono amable y persuasivo—. Estaréis a salvo si lo hacéis.

Me agarré a la manga de Grady, deseando no haber envainado la daga de *lunea*. No estaba segura de qué haría con ella.

Tampoco había esperado poder usarla antes, claro, pero no me atrevía a respirar demasiado profundo ni a hacer otro movimiento, ni siquiera cuando el aire se volvió gélido a nuestro alrededor.

—Por favor, no os escondáis de mí. —La voz de lord Samriel se estaba acercando—. Queremos ayudaros.

¿Queremos?

A través de la rendija en la cortina vi a un *ni'mere* aterrizando sobre una de las estanterías, de espaldas a nosotros con sus enormes alas extendidas. Giró la cabeza de lado a lado en el silencio.

Entonces oí una voz aguda y temblorosa.

—¿Lo…? ¿Lo prometes?

El *ni'mere* giró la cabeza a la derecha mientras yo me lanzaba hacia adelante. Grady me sujetó con fuerza.

—No —me susurró al oído.

Abatida, me estremecí. Le había dicho que se escondiera, que no saliera. ¿Por qué no me había hecho caso? Quería gritarle, pero no podía. Lo sabía, aunque mi cuerpo entero luchó contra las manos de Grady.

—Por supuesto. Lo prometo —le aseguró lord Samriel, con una voz tan dulce que goteaba azúcar ponzoñoso—. Ven… Ah, aquí estás.

No. No. No.

El *ni'mere* agitó las alas, con una sonrisa cruel y sangrienta torciendo sus labios.

—No es ella —dijo otra voz, una que Grady y yo reconocimos. Hymel. ¿Qué estaba haciendo aquí con ellos? Hymel era un canalla, pero no podía estar involucrado en aquello.

Se oyó un profundo suspiro y después lord Samriel dijo:

—Matadla.

Sin más.

Como si fuera una *cosa*.

Pero era Allyson. No una cosa. Una *persona*.

—Esperad —replicó otra voz, una más fría, más inexpresiva.

El *ni'mere* se detuvo y plegó sus alas, posado en la estantería.

—Dijiste que estaba aquí. —El hombre desconocido habló de nuevo—. ¿Estás seguro?

—Estoy seguro —respondió Hymel, y se me vació el estómago. Nunca lo había oído sonar tan asustado—. La vi correr con Allyson. Tiene que estar aquí, alteza.

De repente comprendí por qué Hymel sonaba tan asustado: porque el hombre con el que hablaba era un príncipe. ¿Sería el príncipe Rainer? Pero ¿por qué estaría aquí mientras su corte ardía?

Grady se tensó a mi espalda. Estaban… Estaban hablando de mí. Mis pensamientos se desbocaron en mi mente, en un caos de confusión y miedo.

—Entonces lo veremos —dijo el príncipe.

De repente, el grito de Allyson atravesó el aire, agudo y aterrador. Me lancé hacia adelante, casi desplomándome. Grady me sostuvo, me mantuvo en pie.

—Ahora calla —le ordenó el príncipe, con esa voz suya casi amable si no fuera por la frialdad. Los gritos de Allyson terminaron en un suave sollozo.

Entonces solo se oyó… el latido de mi corazón.

—Voy a darle a esta adorable criatura una oportunidad —dijo el príncipe, y a través de las cortinas pude ver al *ni'mere* girando su cabeza de un lado a otro—. Voy a darte a elegir. —Se produjo una pausa—. Lis.

Me tensé contra Grady. Tenía el corazón desbocado. Apenas podía llevar aire suficiente a mis pulmones.

—Ven conmigo, y ella no recibirá daño —me aseguró el príncipe—. ¿No?

Se produjo un crujido, un chasquido ensordecedor y nauseabundo.

El grito abrupto y dolorido de Allyson atravesó el aire. Mi cuerpo entero se sacudió.

—Eso ha sido solo un pequeño hueso —continuó el príncipe—. Hay muchos más que podría romper. No quiero hacerlo. Tampoco quiero malgastar unos valiosos minutos buscándote en cada rincón de esta mansión. Ven conmigo.

Grady me rodeó con su otro brazo y presionó la mejilla contra la mía. Su cuerpo temblaba tan violentamente como el mío.

Otro chasquido rompió el silencio, agrietándome el corazón y algo más profundo, más importante: mi alma. No sabía por qué estaba ocurriendo aquello. Por qué aquel príncipe, fuera quien fuere, me estaba buscando. Qué tenía que ver Hymel con todo aquello. Pero ¿que nos quedáramos allí sin hacer nada, que dejáramos que aquello ocurriera? Sabía que Grady no quería hacerlo. Yo tampoco quería, pero en cuanto llegamos a la hornacina, fue como si los años en Archwood nunca hubieran sucedido. Estábamos solo Grady y yo contra el mundo, cuidando el uno del otro y solo del otro. Era así como habíamos sobrevivido tanto tiempo, pero los gritos de Allyson... Quería romperme los tímpanos. Quería sacarme los ojos. Ella no se merecía aquello. Dioses, ninguno de los que habían sufrido aquella noche se merecía aquello. ¿Y nosotros? ¿Yo? ¿Qué nos merecíamos por dejar que ocurriera? ¿En qué nos convertía eso? En el monstruo que Thorne me había preguntado si yo pensaba que era. En eso nos convertía. Cerré los ojos con fuerza para contener las lágrimas, clavé los dedos en la manga de Grady.

—No —susurró, en apenas una exhalación.

Negué con la cabeza frenéticamente mientras los gritos de Allyson se convertían en gemidos. No podía hacerlo, al igual que no podía ignorar mi intuición cuando me empujaba a intervenir. No podía convertirme en aquello. No podía dejar que Grady se transformara en un monstruo solo para protegerme de lo que ellos querían, fuera lo que fuere.

—Por favor —le susurré a Grady—. Por favor, quédate escondido.

—Lis...

No me permití tiempo para pensar demasiado en lo que estaba haciendo, ni le di tiempo a Grady para que se preparara. El miedo y la desesperación eran una mezcla intoxicante que me proporcionó una fuerza que normalmente no tenía. O quizá fuera la adrenalina. O tal vez otra cosa, algo que venía de esa parte oculta y profunda de mí que erupcionó cuando le agarré el brazo a Hymel. No lo sabía, pero cuando me lancé hacia adelante, conseguí zafarme de Grady.

—¡Para! ¡No le hagas daño! —grité mientras atravesaba la cortina, y fui rápida… más rápida que nunca. Corrí a la biblioteca.

Hacia una nueva pesadilla.

Porque Grady apareció justo a mi espalda. Debería haber sabido que no me escucharía. Me detuvo con un brazo alrededor de mi cintura, tiró de mí hacia atrás mientras el *ni'mere* se giraba hacia mí, extendiendo sus correosas alas mientras chillaba una advertencia. Me detuve en seco cuando vi al Hyhborn que debía ser el príncipe. No era el príncipe Rainer. Aquel hombre era rubio, como lord Samriel. La sangre salpicaba su exquisita mandíbula y su mejilla. Sostenía a Allyson contra su pecho por el cuello, obligándola a estar de puntillas. El brazo izquierdo de la chica colgaba en un ángulo incómodo y deformado. Sus ojos enormes y aterrados se encontraron con los míos mientras Grady intentaba tirar de mí, pero yo miré más allá, a lord Samriel, a la derecha del príncipe como una alta y gélida beldad. Sonrió mientras daba un paso adelante.

Grady me empujó a su espalda, desenvainó su espada. Yo grité y le agarré el brazo, pero me apartó.

—No te acerques más —le advirtió, y el lord se detuvo.

El príncipe ladeó la cabeza, sujetando a Allyson con menos fuerza.

—Sí, eso es. Todos vais a quedaros quietecitos y a dejar que mi amiga se marche —continuó Grady—. No vais a detenerla. —Echó una mirada rápida sobre su hombro—. Vete. Yo te alcanzaré.

El desconcierto me atravesó mientras miraba a aquel idiota valiente y leal con incredulidad. ¿De verdad creía que lo abandonaría? ¿Que huiría y lo dejaría allí, aunque los Hyhborn me lo permitieran?

—No.

Hinchó las fosas nasales.

—¡Maldita sea, vete! Sal corriendo de…

—*No* —repetí, temblando, mientras le agarraba los costados, aferrándome a él con todo lo que tenía.

Giró la cabeza para mirarme. Tenía los ojos llenos de pánico, y yo no había visto eso desde… desde aquella noche en Union City.

—Por favor.

Las lágrimas me ardieron en los ojos.

—Te dije que te quedaras escondido —susurré.

—Encantador —dijo lord Samriel, y me sorprendió. No había impaciencia ni irritación manchando sus palabras. Sonaba… Sonaba como si lo dijera en serio. Levantó una pálida mano.

Grady maldijo cuando le arrancó la espada. Lord Samriel la tomó del aire.

—¿Hierro y acero? Adorable. —Lord Samriel chasqueó la lengua con suavidad. Lanzó la espada contra el suelo y esta se clavó en la madera. La hoja reverberó tras el impacto—. Apresadlo.

Ocurrió rápido. Demasiado rápido.

Unas siluetas emergieron de entre las estanterías, con ralas volutas grises filtrándose por las aberturas de sus capas y derramándose por el suelo. Se movieron tan silenciosa y rápidamente que podrían haber sido espectros, pero los Rae no eran espíritus. Eran de hueso y… algo de carne.

Cayeron sobre nosotros en un instante.

Grady me soltó y se lanzó sobre los Rae con los puños. Sus golpes los obligaron a echar las cabezas encapuchadas hacia atrás, dispersaron la niebla gris, pero ellos eran más. Un Rae le sujetó los brazos, se los puso a la espalda mientras lo obligaban a ponerse de rodillas y otro sostenía una… una espada contra su cuello. La hoja brillaba, de un blanco lechoso. Corrí hacia los Rae, hacia el brazo que sostenía la espada contra el cuello de Grady.

Lord Samriel se interpuso.

Retrocedí tan rápidamente que perdí el equilibrio y me resbalé, aterricé con fuerza sobre mi trasero.

Riéndose, lord Samriel se deslizó (se *deslizó* de verdad) hacia donde yo estaba.

—Eso ha sido increíblemente grácil.

Mierda. Mierda. Mierda. Repté hacia atrás, pero se me enredaron las piernas con la falda del vestido.

—¡Hijo de puta! ¡Aléjate de ella! —gritó Grady, forcejeando contra el que lo retenía—. Suéltame o te juro que…

—Calladlo —ordenó el príncipe.

Las capas de los Rae susurraron contra el suelo al girar y la empuñadura de una espada le golpeó la cabeza a Grady. Mi amigo se desplomó, haciéndome entrar en pánico mientras intentaba ponerme en pie. Corrí a su lado, caí de rodillas.

—¿Grady? —susurré mientras los Rae retrocedían en silencio, formando un círculo amplio a nuestro alrededor—. ¿*Grady*?

—Cálmate.

Hymel salió de entre dos estanterías que quedaban en pie mientras yo me detenía; de inmediato miré sus manos vacías y sus caderas, donde su… su espada seguía envainada. No lo habían desarmado.

Y yo había sido una tonta ingenua por creer que la presencia de Hymel había sido forzada. Que no era capaz de participar en lo que estaba ocurriendo.

—Canalla —le espeté, cerrando los puños sobre el aire mientras lo fulminaba con la mirada.

—Es ella, príncipe Rohan —dijo, con evidente alivio en sus rasgos—. Es la que pertenece al príncipe de Vyrtus.

Mi cuerpo entero se quedó paralizado.

—¿Qué?

—Perfecto. —El príncipe Rohan soltó a Allyson.

La joven se tambaleó y se sujetó el brazo contra el estómago mientras sollozaba. El príncipe Rohan miró al *ni'mere* posado en el estante, y este no necesitó nada más. Alzó el vuelo y se abalanzó sobre ella.

—¡Allyson! —grité.

La joven levantó la cabeza; giró en sus talones y corrió entre las estanterías volcadas. El *ni'mere* chilló, se lanzó en picado entre las hileras.

—¡No! —grité. Sabía lo que iba a pasar. Lo había visto ocurrir, y aun así me estremecí cuando sus gritos golpearon el aire, agudos y aterrados antes de terminar en un borboteo húmedo.

Después, silencio.

—¿Por qué siempre corren? —preguntó lord Samriel—. ¿A dónde creen que van?

—A la muerte —respondió el príncipe Rohan, mirándome.

Lord Samriel se rio, haciéndome sentir enferma.

—Muy morboso.

—Tú… Dijiste que no le harías daño. —Apenas podía respirar; tenía el pecho demasiado constreñido, y temblaba con ferocidad—. Dijiste…

—Dije que le daría una opción —me interrumpió el príncipe Rohan—. No dije que no le haría daño.

Abrí la boca.

—¿Qué opción le diste?

—Morir rápidamente o hacerlo despacio y gritando de dolor —me dijo—. Y esa ha sido una muerte rápida.

—Dioses —susurré. Una parte de mi mente era incapaz de procesar la fría brutalidad de sus palabras.

—Espero que no les estés rezando. —El príncipe Rohan me miró con frialdad—. Porque dejaron de escuchar hace mucho.

—No lo hacía —jadeé, sin tener siquiera la claridad mental para considerar si lo que decía sobre los dioses era cierto o no. Miré a Grady, vi el movimiento de su pecho. Coloqué mis palmas en él, dejando que cada una de sus inspiraciones me calmara—. ¿Por qué…? ¿Por qué estáis haciendo todo esto?

—Podríamos decir que estamos cambiando las reglas —respondió el príncipe Rohan.

—¿Qué? —Lo miré a él y a lord Samriel—. ¿Qué reglas?

El príncipe Rohan hizo una mueca de desdén; después me dio la espalda sin contestar. El lord se acercó y me miró. Entornó los ojos.

—No porta la marca.

La marca.

La marca de la que Claude me había hablado.

—No estoy seguro de qué estás buscando —dijo Hymel a mi espalda—, pero tiene habilidades. El don de la premonición y la intuición. Puede leer las intenciones y el futuro.

—Sus ojos —explicó lord Samriel, ladeando la cabeza—. La marca estaría en sus ojos.

Tomé aire bruscamente al recordar la breve visión de mis ojos cambiando en el espejo. No había sido mi imaginación, pero ¿no lo sabía ya? ¿No lo había sabido en mi interior?

—Podrían haberlos enmascarado —murmuró el príncipe Rohan. Yo no tenía ni idea de a qué se refería con eso—. Lo sabremos cuando lord Arion regrese. Mientras, líbrate de ese…

—No. No. Por favor —supliqué, colocándome ante Grady—. Por favor, no le hagáis daño. Por favor. Haré lo que me pidáis. —Me estremecí, no solo suplicando… negociando—. Por favor.

El príncipe Rohan se giró despacio hacia mí. Sus ojos… Eran como los de Thorne, un caleidoscopio de colores cambiantes, aunque el marrón se acercaba más a un tono escarlata.

—¿Cualquier cosa?

El corazón me dio un vuelco, pero asentí.

—*Cualquier cosa.*

Lord Samriel miró a Hymel.

—Dice la verdad. —Hymel se cruzó de brazos—. Esos dos están muy unidos. Él es un inútil.

La ira inundó mis venas pero me la tragué, concentrándome en el príncipe.

—Prométeme que no le harás daño y haré lo que quieras. Lo juro.

Una sonrisa débil apareció en su rostro y, al mirarlo, vi que sus rasgos eran aún más delicados que los de Thorne, pero no había… *vida* en ellos. Era un caparazón perfectamente modelado.

—De acuerdo.

No me permití sentir una pizca de alivio.

—Prométeme que no le harás daño.

Su sonrisa se amplió y, aun así, no consiguió suavizar su mandíbula o calentar su mirada.

—Aprendes rápido.

Miré a Hymel y después las estanterías, donde Allyson había… exhalado su último aliento.

—No, no es verdad. —Tragué saliva—. Prométemelo.

—Yo, príncipe Rohan de Augustine, prometo que no recibirá ningún daño —dijo, y me estremecí de alivio a pesar de que sabía que procedía de las Tierras Bajas… de la *capital*. Los Hyhborn no podían mentir. Tampoco podían romper una promesa. Eso lo recordaba—. Siempre que no me des una razón para ello.

La inquietud pasó de puntillas por mi interior, pero me aferré a la promesa del príncipe.

—Llevadla a sus aposentos —ordenó el príncipe Rohan.

—No voy a dejar a Grady —le advertí, agarrándome a su túnica—. Él se queda conmigo.

Lord Samriel levantó las cejas mientras el príncipe Rohan se concentraba de nuevo en mí. Su mirada era más desquiciante que la de Thorne porque era muy fría, muy inerte a pesar del movimiento de sus iris. El príncipe se movió tan rápido que ni siquiera tuve tiempo de gritar.

Me rodeó el cuello con la mano y me levantó del suelo, obligándome a apoyarme en las puntas de mis pies.

—Te he prometido que no recibiría ningún daño —me dijo mientras le agarraba el brazo. Abrí la mente hacia él y no vi nada… nada más que oscuridad—. Tú decides si cumplo o no esa promesa. Mostrarte exigente es un buen modo de asegurarte de que esa promesa se rompa. —Sus dedos se clavaron en mi garganta, enviando una llamarada de dolor por mi cuello—. ¿Me comprendes?

—Sí —conseguí decir.

—Bien. —Me empujó, más que soltarme. Retrocedí, tambaleándome hasta que me detuvieron los brazos de lord Samriel. Sus manos eran firmes, pero no tan dolorosas como sabía que podían ser—. Llévala a sus aposentos y asegúrate de que se quede allí hasta que los caballos estén preparados. Nos marcharemos tan pronto como tengamos la confirmación de lord Arion.

Lord Samriel comenzó a moverse, y no me dieron mucha opción. Mi mirada se aferró desesperadamente a la silueta inmóvil de Grady. ¿Qué iban a hacer con él? No me atrevía a preguntar por miedo a darle al príncipe Rohan una razón para romper su promesa.

—Alteza —comenzó Hymel, descruzando los brazos—, ¿y el príncipe de Vyrtus? Se marchó para escoltar a sus caballeros hasta Archwood. Regresarán mañana por la noche, como muy tarde.

Mi corazón se saltó un latido. Debido al pánico y al terror, había olvidado el regreso de Thorne y sus caballeros.

—Se toparán con algunos problemas inesperados en el camino, lo que debería darnos tiempo —dijo el príncipe Rohan con una sonrisa, y ese rápido estallido de esperanza desapareció. Me miró—. No te preocupes, querida. Te mantendremos a salvo del príncipe de Vyrtus.

Me quedé boquiabierta. De todas las cosas que habría esperado que dijera el príncipe, aquella fue la más insólita.

—¿Me mantendréis a salvo de *él*?

—Puede que no te lo parezca ahora, pero te estamos salvando la vida —me aseguró el príncipe Rohan—. Después de todo, es al príncipe Thorne a quien deberías temer. Es a ti a quien quiere muerta.

36

Desconcertada por lo que el príncipe Rohan había dicho, apenas fui consciente de que Hymel conducía a lord Samriel hasta mis aposentos. Era imposible que lo que el príncipe había dicho fuera cierto. Thorne no quería matarme. No era una amenaza para mí. Yo no le tenía miedo. Me sentía a salvo con él.

Pero los Hyhborn no podían mentir.

Lo que sí podían hacer era matar.

Se me vació el pecho mientras caminaba; me dolía el corte en la planta del pie. Allá adonde mirara, sin importar la rapidez con la que apartara la vista y a pesar del hecho de que Hymel nos llevó a través de los pasillos de servicio, veía cadáveres, veía sangre salpicando el suelo y encharcándose en las grietas. Cuando llegamos al pasillo que conducía a mis aposentos, estaba desprovisto de sangre y vísceras. De no haber sido por el ligero olor a madera quemada, casi se habría podido fingir que tal violencia no nos había afectado, pero todavía podía oír los gemidos y los sollozos, y los gritos distantes.

Mi visión se había hecho realidad, pero no había condensado el verdadero horror de lo que llegaría a pasar.

Lord Samriel me hizo entrar en mis aposentos después de que Hymel abriera las puertas. El primo de Claude empezó a seguirnos, pero el lord levantó la mano.

—Déjanos.

Mi corazón balbuceó cuando me fijé en Hymel. Vaciló, mirándonos al lord y a mí, y por los buenos dioses, jamás habría esperado que agradecería su compañía, pero allí estaba yo, deseando que no cerrara las puertas para aguardar en el pasillo.

A solas con el lord en una habitación que ya no me parecía mía y que estaba extrañamente fría, fui demasiado consciente de su mirada. Se parecía mucho a la de Thorne. Intensa. Implacable. Me crucé de brazos y me apoyé en el sofá. Pasaron varios minutos de silencio mientras el lord me observaba. Yo lo miré de soslayo. Llevaba el cabello rubio plateado más largo que la última vez que lo vi, hasta la mitad de la espalda, en abrupto contraste con la armadura negra de cuero repujado que protegía su pecho y sus hombros. Parecía… curioso y perplejo. ¿Me reconocía? Como en el caso de Thorne, lo dudaba, pero el mismo instinto que me había advertido que me quedara callada salió de nuevo a la superficie.

—Siéntate —me ordenó lord Samriel.

Como no quería tentar la ira del lord y poner en peligro a Grady, me senté en el borde del sofá, escondiendo los pies bajo el dobladillo de mi vestido.

Despacio, él se sentó a mi lado. Inclinó su largo y esbelto cuerpo hacia el mío.

—¿Tu nombre es Lis?

Asentí.

—¿Es el diminutivo de algo?

Crucé los brazos con más fuerza contra mi cintura y mi pecho. No quería contestar, pero tampoco arriesgarme a mentir.

—Calista.

—Calista —repitió, y oírlo decir mi nombre envió un escalofrío por mi columna, pero no como los que me provocaba Thorne—. Un nombre precioso para una dama preciosa.

Presionándome los costados con los dedos, me obligué a responder.

—Muy amable.

Su sonrisa en respuesta fue tensa y entrenada.

—¿Estás preocupada por tu amigo?

El estómago se me revolvió y desplomó.

—Sí.

—El príncipe no romperá su promesa a menos que le des una razón para hacerlo —me dijo—. Y tú no quieres darle esa razón.

—No lo haré —prometí.

—Me alivia oírlo —contestó—. Háblame de tus habilidades, Calista.

—Yo… Puedo hacer lo que Hymel ha dicho —le conté—. Pero no soy una bruja.

—Lo sé.

Lord Samriel se echó hacia atrás y apoyó un tobillo sobre su rodilla. Las cañas de sus botas estaban brillantes, pero algo oscuro le manchaba la suela. Miré las baldosas cerca de la puerta: había una huella roja. Sangre. Aparté la mirada rápidamente, con el estómago revuelto.

—Quiero oírte describirlo.

No era que tuviera demasiada experiencia hablando de mis habilidades, así que me moví en el sitio, inquieta.

—Tengo… una gran intuición y a veces puedo avizorar el futuro, en visiones o cuando se me hace una pregunta.

—Interesante —murmuró. La curva de sus labios no consiguió suavizar los duros ángulos de sus rasgos—. Esa gran intuición de la que hablas, ¿cómo funciona?

—Me… Me guía hacia ciertas decisiones. A veces no soy consciente de ello hasta que estoy haciendo algo.

—¿Como qué?

Mis pensamientos estaban tan dispersos que tardé un momento en pensar un ejemplo.

—A veces miro a alguien y sé qué está a punto de ocurrir. Puede suceder como una premonición, algo que veo en mi mente antes de que pase, y otras veces lo que oigo es una voz.

—¿Una voz? —me preguntó.

—Mi propia voz. Me… susurra lo que está a punto de suceder o me dice que me detenga y escuche, que tome otro camino o que entre en un…

Un grito en el exterior me sobresaltó. Mi pulso se aceleró y giré la cabeza hacia la ventana, pero no podía ver nada más allá de las cortinas. ¿Quién sería? ¿Alguien a quien conocía? ¿Un desconocido?

—No prestes atención a eso —me pidió lord Samriel, con voz suave y casi amable. Su tono había sido así todo el tiempo. Despreocupado, incluso—. No hay nada que puedas hacer por ellos. Concéntrate en lo que puedes hacer por ti misma y por tu amigo. ¿Cómo se llama?

Un nudo se alojó en mi pecho mientras apartaba la mirada de la ventana.

—Grady —susurré, aclarándome la garganta—. Es solo que tengo una gran intuición.

—¿Y lo de ver el futuro? —me preguntó.

Asentí.

—Normalmente necesito que alguien me haga una pregunta. Yo… Tengo que concentrarme en esa persona, y a veces necesito tocarla.

—Pero también tienes premoniciones sin que te pregunten. ¿No viste venir esto?

—Sí, pero…

Tragué saliva, incómoda, mientras me concentraba en la mano que el lord tenía apoyada en el reposabrazos del sofá. Le faltaba el dedo anular de la mano izquierda. ¿No podía regenerarlo? No dudaba que lord Samriel fuera lo bastante poderoso para hacerlo, lo que significaba que esconderle el hecho de que podía leer la mente no era prudente, pero Hymel no lo había mencionado. Los demás no lo sabían.

—Pero fue una visión vaga. Sabía que habría… una masacre, pero no sabía qué la causaría.

—¿Es porque lo sucedido tenía que ver contigo?

Lo miré mientras mi corazón trastabillaba.

Su sonrisa se amplió y bajó la barbilla.

—Me tomaré eso como un *sí*.

—¿Cómo…? ¿Cómo lo has sabido?

—En el pasado he conocido a otros como tú, con dones similares. Su futuro a menudo era un secreto para ellos. —Su mirada, como esquirlas de obsidiana excepto por el aro verde alrededor de la pupila, viajó sobre mi rostro—. Durante un tiempo. —Levantó la cabeza—. ¿Eres huérfana?

Aquello me sorprendió, pero después lo comprendí.

—¿Hymel?

Lord Samriel asintió.

Me sentía furiosa, noté el sabor de la ceniza en mi lengua. Estaba claro que Hymel había estado trabajando para aquellos Hyhborn, que seguramente fue él quien los trajo de las Tierras Bajas. No sabía desde hacía cuánto lo había hecho.

—Hymel…me dijo que el príncipe Rainer nos acompañaría durante las Festas.

—Lo hizo —me contó lord Samriel—. O supongo que sería más preciso decir que iba a hacerlo. No obstante, el príncipe de Primvera no estaba de acuerdo con los deseos del rey. —Se detuvo—. Que su alma descanse con los dioses.

La inspiración que tomé no fue a ninguna parte.

—El príncipe Rainer… ¿está muerto?

—Por desgracia.

Oh, dioses. Me eché hacia atrás, presioné los dedos de los pies contra la gruesa alfombra.

—El rey… —No conseguí decir lo que sospechaba.

—¿Qué te ha contado el príncipe Thorne? —me preguntó lord Samriel.

Me tensé.

—¿Sobre…? ¿Sobre qué?

—Sobre el rey.

—No mucho —le dije, y no era mentira. No exactamente—. Lo único que sé es que lo enviaron aquí para determinar si merecía la pena defender Archwood de los Caballeros de Hierro.

Lord Samriel emitió un sonido evasivo.

—¿No era cierto? —le pregunté, sin atreverme a abrir mis sentidos. No entonces.

—Los Hyhborn no pueden mentir. —Los círculos verdes giraron despacio en sus pupilas—. El príncipe Thorne desconoce tus habilidades, ¿verdad? Desconoce lo que tú eres para él.

—No, no conoce mis habilidades. —Se me hizo un nudo en la garganta—. Y no soy nada para él.

—Eso no es cierto, Calista —me dijo, y el sonido de mi nombre me heló la piel—. Puede que no sepa lo que eres para él a un nivel consciente, pero ¿instintivo? Estoy seguro de que lo sabe. Se siente atraído por ti, aunque no comprenda por qué.

Me detuve, recordando la confusión de Thorne al admitirlo.

—No… No lo comprendo.

—Bueno, es bastante sencillo —dijo lord Samriel—. Tú lo eres todo para él.

El gélido descubrimiento me atravesó.

—Ny… Ny'chora.

Lord Samriel levantó sus pálidas cejas.

—Entonces te ha hablado de algo.

—Fue… Yo le pregunté por qué no le latía el corazón.

Todo en el lord cambió en un instante. La amistosa aunque fría sonrisa desapareció de su rostro. Su cuerpo entero se tensó, y cuando habló, la amabilidad se había disipado.

—¿Y qué te contestó a eso?

Apreté la mandíbula con la repentina sensación de que… debía tener cuidado. Era mi intuición, agitándose débilmente.

—Solo me dijo que su corazón no late debido a su *ny'chora*.

Sus labios siguieron apretados, aunque se curvaron ligeramente en un lado.

—¿Te dijo qué era el *ny'chora*?

—Solo que era todo. Eso fue lo único que dijo. —Rápidamente, añadí—: Fue por la noche y estaba cansado. Se quedó dormido.

Sus ojos no parpadearon, ni abandonaron los míos.

—¿Se acostó contigo?

Me humedecí los labios secos.

—¿Hablas en un sentido literal o figurativo?

Lord Samriel se rio.

—Literal.

—Sí.

—Y figurativo.

—No —mentí, aunque no sabía por qué. Se me escapó de la boca tan rápido que sonó sincero.

—Interesante. —Su mirada me sobrevoló—. Pero habéis intimado de otros modos, supongo.

—Sí. —Tragué saliva y aparté la mirada, clavé los ojos en la puerta—. ¿Qué tiene eso que ver con esto?

—Nada. Solo estoy siendo grosero e indiscreto.

Exhalé una carcajada amarga.

—¿Qué sientes cuando estás con él? —me preguntó—. Y esta no es una pregunta grosera, Calista. Es una que necesito que respondas.

Descrucé los brazos y me agarré las rodillas, me las apreté con fuerza.

—No sé cómo responder a eso.

Lord Samriel levantó las cejas.

—¿Te sientes atraída por él? ¿Cautivada por él? ¿O te asusta, como te asusto yo?

Mi corazón se saltó un latido y esa leve sonrisa regresó. El lord estaba… ¿Cómo lo había expresado Thorne? ¿Sintonizado conmigo?

—Estoy disfrutando de la sinceridad de nuestra conversación —me contó, mientras seguía callada—. Espero que esta siga siendo agradable y cómoda.

—¿O? —susurré.

—O la convertiré en una conversación cómoda, aunque tú podrías no disfrutarla.

Me tensé, comprendiendo lo que quería decir. Usaría la coacción, se apoderaría de mi voluntad y tomaría el control, como hizo con Grady en Union City. Un nuevo tipo de terror me apresó. No quería eso. Nunca.

—Me siento atraída por él, me parece seductor. Después de todo, es un príncipe Hyhborn.

Lord Samriel sonrió.

—¿Le tienes miedo?

—No.

Esa sonrisa regresó.

—Es el único al que no temes.

—¿Y aun así quiere matarme? —me obligué a decir, aunque las palabras me parecían equivocadas.

—Si quiere sobrevivir, sí.

Inhalé, temblorosa, con el pecho atenazado de un modo que me hizo creer que me asfixiaría.

—No lo comprendo.

El lord se quedó en silencio algunos minutos.

—¿No sabes nada sobre tu nacimiento? ¿Sobre tu genealogía?

—No —dije, pensando en lo que Maven me había contado. Dioses, ¿seguiría viva Maven? Me estremecí—. Solo sé que me dejaron en el Monasterio de la Piedad cuando era un bebé.

Su mirada se afiló al mirarme; después, una sonrisa lenta se extendió por su rostro.

—¿Alguna vez le contaste al príncipe Thorne que te dejaron en el convento?

Mi corazón latió con fuerza una vez más. Negué con la cabeza.

—¿Calista? —Apartó la bota de su rodilla y la bajó al suelo—. Tengo una pregunta muy importante. ¿Era el príncipe

Thorne un desconocido para ti cuando te lo encontraste aquí? ¿Lo soy yo?

Un temblor se inició en mis manos y viajó por mis brazos.

—No —admití en un susurro.

—Oh, qué dulce es la ironía. —Se movió hasta el borde del asiento—. Estabas justo allí, ante nosotros, y ninguno se dio cuenta —dijo, soltando una carcajada grave—. Ya entonces te habían enmascarado.

Esa palabra de nuevo.

—¿Enmascarado?

—Escondieron tu divinidad, seguramente la madre superiora. No habrías sido la primera a la que intentaron esconder. Sus actos son... justos en su naturaleza, aunque exasperantes. Se consideran protectores de aquellos nacidos de las estrellas.

Lo miré fijamente.

—Entonces... ¿Tú crees que soy una *caelestia*?

—Creo que eres más que eso. Verás, numerosos mortales llevan en ellos la sangre de los Hyhborn —dijo, y pensé en lo que Maven me había dicho sobre los brujos—. Podría haber incluso más *caelestias* que mortales. Es difícil saberlo, pero cuando una estrella cae, un mortal recibe la divinidad.

Esa frase de nuevo.

—¿Qué significa eso exactamente?

—Significa que los dioses bendicen a quienes nacen cuando las estrellas caen con ciertos dones... con habilidades que podrían hacerlos útiles en épocas de... conflicto.

Pensé en Vayne Beylen.

—Hay otros como yo.

—Solía haber muchos *ny'seraph* —me aseguró, y contuve el aliento—. Uno por cada Deminyen. Verás, los *ny'seraph* se unen a los Deminyen al nacer, convirtiéndose en su *ny'chora*.

¿Por qué no late así ahora?

Porque perdí mi ny'chora.

—¿Se unen? —susurré.

Asintió.

—Si no te hubieran enmascarado, el príncipe Thorne te habría reconocido en el momento en el que posó sus ojos en ti, pero a pesar de ello, todavía se siente atraído por ti y viceversa. Así de poderosa es la unión.

—¿Estás diciendo que los dioses unen a un mortal y a un Deminyen al nacer? —Tragué saliva—. ¿Por qué?

—Porque, cuando el vínculo se completa, el Deminyen obtiene su *ny'chora*... su conexión con la humanidad. El *ny'chora* lo mantiene...

—Humano. Compasivo —susurré.

Lord Samriel asintió.

—A los dioses les pareció necesario después de... Bueno, esa es una conversación para otro día.

Pensé que ya conocía la conversación de la que hablaba. La Gran Guerra. Según lo que Thorne me había contado, los Deminyen se habían retirado a descansar porque estaban perdiendo su habilidad para conectar con la humanidad, y cuando muchos despertaron, lo hicieron sin compasión.

Dioses, yo no... no sabía qué pensar de ello, de nada de ello. Era demasiado que asimilar.

—¿Cómo se completa ese vínculo? —le pregunté.

—De varias maneras, pero no es algo de lo que tengas que preocuparte —me dijo, y comencé a abrir mis sentidos. El muro blanco que protegía sus pensamientos vibró, pero se inclinó de repente y el movimiento cortó la conexión—. El vínculo no se completará.

Aparté la mirada. Solo uno segundos.

—¿Por qué...? ¿Por qué tiene que matarme para sobrevivir?

—Porque el *ny'seraph* puede ser una fortaleza para un Deminyen, pero también su mayor debilidad —me explicó lord Samriel, con tono amable de nuevo—. A través de ti, puede ser asesinado.

Abrí los labios, conteniendo el aliento.

—Pero no lo permitiremos. —Se levantó—. El príncipe Rohan querrá confirmar todo esto, solo para asegurarse. Deberías descansar hasta entonces.

¿Descansar? ¿Estaba de broma? Me quedé sentada mientras se dirigía a la puerta, pasando sobre la mancha de sangre que había allí.

—¿Y después qué?

—Después te llevarán a Augustine —dijo lord Samriel—. Y te entregarán al rey Euros.

37

Sin saber cuánto tiempo tenía, no quería arriesgarme a que alguien volviera a por mí mientras estaba desnuda, así que tomé la bata del dormitorio y me la ceñí con fuerza a la cintura. Conservé la daga de *lunea*, pero me la coloqué en el tobillo. Llevarla conmigo era arriesgado. Dudaba que los Hyhborn se lo tomaran bien, si la vieran, y lo último que quería era poner a Grady en peligro.

Pero necesitaba algo con lo que defenderme.

Me lavé rápidamente el corte del pie. Había dejado de sangrar, pero lo rodeé con un trozo de gasa. Regresé a la antecámara cojeando ligeramente. Mi mente dispersa volvió de inmediato a las palabras de despedida de lord Samriel.

¿Me entregarían al rey? ¿De qué manera? Sin mi intuición, mi imaginación recorrió todo tipo de lugares. Me pasé una mano temblorosa por el cabello enredado y me detuve junto a la ventana. Aparté la cortina. Mi dormitorio tenía vistas a una parte de los jardines y a la zona delantera de la mansión. Solo un débil rayo de luz de la luna iluminaba los oscuros campos. Ni siquiera había *ālms* a lo lejos, pero podía distinguir un atisbo de… de los bultos esparcidos por los terrenos. Cuerpos. Tragué saliva con dificultad. No podía ver los establos. ¿Estaría bien Iris? Sabía que estaba mal preocuparse por un caballo después de que se hubieran perdido tantas vidas, pero los animales eran a menudo los más vulnerables.

Dejé caer la cortina y cerré los ojos, pero el horror y la confusión me encontraron no obstante. No estaba tan conmocionada como para no ser capaz de enlazar lo que ya sabía con lo que lord Samriel había dicho. Tenía sentido, y aun así no lo tenía.

Lo que no comprendía era cómo podía ser Thorne un peligro para mí a pesar de lo que lord Samriel me había contado. Cómo era posible que me sintiera a salvo con él, aunque él podía matarme para sobrevivir. No me lo podía creer.

Pero los Hyhborn no podían mentir.

Me había dicho la verdad. Un trémulo suspiro me abandonó mientras me presionaba el pecho con la mano cerrada, donde mi corazón… sufría por la pérdida, por el miedo y por la idea de que… de que Thorne pudiera hacerme daño, a pesar de que ni siquiera comprendía por qué eso me afectaba tanto. Apenas lo conocía. No era nada para mí…

Aunque eso nunca me había parecido correcto.

Quizá fuera debido a ese… ese vínculo. A lo mejor por algo más. No lo sabía, pero había empezado a sentir…

La puerta de la habitación se abrió de repente y me giré con el corazón en la garganta. No fue un Hyhborn quien entró y cerró la puerta.

Era Hymel.

Ni siquiera pude sentirme aliviada entonces. No sentí más que rabia mientras cruzaba la estancia y lo golpeaba. No lo abofeteé; le di un puñetazo en la mandíbula.

La cabeza de Hymel salió disparada hacia atrás mientras el dolor me lanceaba los nudillos, y recibí ese dolor con una salvaje satisfacción.

—Joder —gruñó Hymel, agarrándose la mandíbula mientras se erguía. Se giró para mirarme—. Eso ha sido innecesario.

Lo golpeé de nuevo, pero Hymel estaba preparado esta vez. Me agarró el brazo. Con un grito furioso, intenté atacarlo con la otra mano, con los dedos curvados como garras. Echó la cabeza hacia atrás, pero mis uñas le arañaron la mejilla. Siseó y dos brillantes líneas rojas aparecieron sobre su barba.

—Puta —gruñó, agarrándome el brazo.

—¡Suéltame! —chillé, tirando de mis brazos mientras él me empujaba con fuerza. Golpeé el sofá con la parte de atrás de los muslos y perdí el equilibrio. Aterricé sobre el sofá y de inmediato empecé a levantarme, pero Hymel todavía no me había soltado los brazos. Me tiró sobre mi espalda, atrapándome las piernas con las suyas—. ¡Quítate de encima!

—Deja de gritar —escupió a unos centímetros de mi cara—. Harás que venga uno de esos Hyhborn…

—¡He dicho que te quitases de encima! —le grité a la cara—. ¡Traidor hijo de puta!

—Por los putos dioses. —Tiró de mis brazos hacia arriba, presionándolos contra el cojín que tenía debajo de la cabeza. Me unió las muñecas con una mano. Con la otra, me tapó la boca, silenciando mis exabruptos—. Te lo juro por los dioses —gruñó, empujándome la cabeza contra el cojín—. Nada me gustaría más que estrangularte, pero como te quieren viva y yo quiero sobrevivir, necesito que te calles la puta boca. Joder —me espetó—. La única razón por la que he venido ha sido para asegurarme de que todavía respiraras. No conozco ni me fío de ese Hyhborn de pelo blanco. Con la puta suerte que tengo, terminará matándote y todo esto habrá sido para nada. —Me apretó brutalmente las muñecas—. Así que ¿vas a comportarte? ¿Lo harás?

Respirando trabajosamente a través de la nariz, lo fulminé con la mirada mientras asentía lo mejor que podía.

Despacio, me quitó la mano de la boca; su cuerpo entero estaba tenso, como si esperara que empezara a gritar de nuevo.

—¿Has captado algo de lord Samricl?

—Que te follen.

—Como te he dicho antes, no estoy interesado en estar donde mi primo ha estado.

—¿Y dónde está Claude? —exigí saber, temblando de rabia—. Quiero la verdad. ¿Está…? —Se me rompió la voz—. ¿Está vivo?

—¿Qué? ¿No puedes responderte tú misma?

Mi intuición no me decía dónde estaba y, dioses, no se me había ocurrido hasta entonces que podría ser porque ya no formaba parte de este mundo.

Entornó los ojos.

—¿Temes demasiado ver si puedes descubrirlo? —Se rio—. ¿Tanto te importa? Joder. Te lo he dicho antes. No sé dónde diablos está, pero puedo hacer una suposición. —Respondió a mi mirada de odio con una suya—. Se ha largado a la carretera a la primera oportunidad.

La incredulidad me atravesó.

—¿Sugieres que Claude ha huido? ¿Que ha abandonado su hogar? ¿A su gente...?

—¿A ti? Malditos sean los dioses, eso es exactamente lo que estoy sugiriendo. El cabrón es un cobarde al que siempre le ha interesado más follar, emborracharse y drogarse que administrar Archwood. Nunca debieron haberlo nombrado barón. Y tú estarías mintiendo si no estuvieras de acuerdo conmigo.

La cuestión era que no podía mostrarme en desacuerdo. Claude era terriblemente irresponsable, pero ¿lo bastante imprudente para huir? Dioses, conocía la respuesta a eso. No era imposible.

—Y si estuviera aquí... Si consiguiera encontrarlo, estaría muerto —continuó Hymel—. Yo mismo le cortaría el puto cuello.

Y entonces supe que decía la verdad. Podía verlo en esos ojos claros, llenos de demasiado odio y amargura.

—Dioses —susurré, queriendo estar enfadada con Claude aunque, maldita sea, no podía evitar sentirme aliviada. Al menos no estaba allí. Estaba vivo.

Y, si alguna vez volvía a verlo, también le daría un puñetazo a él.

—Entonces, ¿qué? ¿De eso se trata? —le pregunté, mirando sus ojos y abriendo mis sentidos. La intuición se agitó en mi interior—. ¿Crees que deberías ser tú el barón y has ayudado a orquestar esto solo para quedarte con el título?

—Sal de mi puta cabeza.

La aversión me inundó.

—¿Hiciste esto por envidia? ¿Sabes cuánta gente ha muerto esta noche?

—Habrían sido más de no haber sido por mí —me espetó—. Si el rey se hubiera enterado de que te ocultabas aquí y hubiera venido a por ti mientras estaba aquí el príncipe de Vyrtus, la puta ciudad entera habría desaparecido. En lugar de eso, esta noche he salvado a mucha gente. No solo eso: he salvado el título y he evitado que la baronía cayera en la bancarrota. ¿Esos deudores? Había que pagarles, y tú... tú vas a proporcionarnos dinero suficiente para liquidar todas las deudas de Claude, y algunas más. Así que sí, yo debería ser el puto barón.

Lo miré. Él desconocía que el rey quería que borraran Archwood del mapa de todos modos. Negué con la cabeza.

—Eres un idiota.

—¿De verdad lo crees? Tú no sabes nada. —Se apartó de mí y se levantó. Se llevó una mano a la mejilla y se limpió el pequeño rastro de sangre del arañazo que yo le había hecho—. Maldita zorra —murmuró.

Me senté, agarrando el borde del cojín.

—No les dijiste que podía leer la mente, ¿verdad?

—No. —Miró la puerta.

—¿Por qué? —No dijo nada, pero se me ocurrió algo—. Es porque no confías en los Hyhborn, ¿verdad? Esperabas que les leyera la mente y te advirtiera si planeaban traicionarte.

Hymel no contestó, así que me levanté. No se había alejado mucho y, cuando me miró, seguramente pensó que estaba a punto de pegarle de nuevo. Levantó una mano, pero yo no iba a golpearlo. En lugar de eso, le agarré la mano con mis sentidos abiertos y empujé, haciendo *añicos* ese escudo.

No vi ni oí la respuesta a mi pregunta.

Vi otra cosa completamente distinta.

La *sentí*.

Una carcajada me separó los labios y escapó de mí.

Hymel liberó la mano y retrocedió mientras me miraba.

—¿Qué has visto? —La piel sobre su barba palideció—. ¿Qué has visto?

Dio un paso hacia mí…

La puerta se abrió entonces, deteniéndolo. Levanté la mirada y la risa murió en mis labios. Los Rae embozados que esperaban en el pasillo hicieron que mi corazón se desbocara, pero lo que entró en la habitación detrás de Hymel me hizo dar un paso atrás.

La somera inhalación que tomé me pareció pesada, densa y con sabor a… a algo en lo que no había pensado en años: los caramelos de menta que la madre superiora solía llevar en los bolsillos de su hábito. Un poder inundó el aire de repente, se filtró en las paredes y en el suelo, empapando cada hueco y rendija del lugar. La estática danzó en mi piel.

Unos hombros cubiertos por una capa casi demasiado estrecha para ellos llenaron la entrada: el hombre era tan alto que tuvo que bajar la cabeza para atravesar el marco. Se irguió, revelando unos rasgos esculpidos y fuertes y un cabello de un luminoso y plateado rubio.

Lo reconocí.

Era el Hyhborn al que había visto en la Gran Cámara aquella misma noche. Me había mirado y había *sonreído*. Había pensado que se parecía mucho a lord Samriel, y era cierto. Sin embargo, llevaba el cabello más corto, hasta los hombros, y su rostro era aun más delgado, con forma de luna creciente.

—Lord Arion. —Hymel hizo una reverencia rápida.

Juraría que mi daga de *lunea* se calentó en su vaina mientras retrocedía otro paso.

—Entonces, ¿esta es ella? —preguntó lord Arion con una mirada que fue más fría que la de lord Samriel.

—Sí, mi señor.

Ladeó la cabeza de un modo característicamente serpentino.

—Por tu bien —me dijo—, espero que él tenga razón. Mi hermano parece pensarlo, pero ya veremos.

Lord Arion fue muy rápido, y no pude ir a ningún lado. Se detuvo ante mí en un instante y cerró una mano alrededor de mi garganta, mirándome con sus ojos idénticos a los de lord Samriel.

—Bueno, no posterguemos esto más, ¿de acuerdo?

—¿Qué...? —resollé.

Aplastó la otra mano contra mi sien. Movió los labios. Habló en voz baja y rápida, en un idioma que sonaba a enoquiano...

Un abrupto y crudo dolor me atravesó la parte de atrás del cráneo y después cruzó hasta mi cara. La presión se acrecentó en mi interior. Grité, apreté los ojos con fuerza cuando el dolor viajó hasta ellos. Brillantes luces blancas explotaron tras mis párpados cerrados. La agonía era como el fuego. Me temblaron las piernas, y creí que me caería. Que me caería y ardería desde dentro...

El dolor cesó tan rápidamente como había empezado, y me dejó solo un eco sordo, en mis sienes y bajo mi frente.

—Abre los ojos —me ordenó lord Arion.

Los abrí, parpadeando, casi temiendo descubrir que ahora estaba ciega, pero no fue así. Clavé la mirada en la del lord.

—Mi hermano me ha dicho que te dejaron en el monasterio cuando eras un bebé. —Lord Arion me miró, separó los labios—. Él tenía razón. Intentaron esconderte, pero ya no estás oculta. Te veo como eres en realidad. —Me soltó la garganta—. Nuestro señor estará muy satisfecho cuando sepa que le hemos encontrado un *ny'seraph* desvinculado.

Retrocedí, golpeé el sofá pero mantuve el equilibrio.

Lord Arion sonrió, giró en sus talones. Habló con los Rae en enoquiano. La mitad de ellos se marcharon en silencio, y solo se quedaron dos.

—¿A dónde van? —preguntó Hymel.

El lord se giró para mirarlo.

—Van a compartir las buenas noticias.

—De acuerdo —asintió Hymel, y una sonrisa vacilante apareció en su rostro—. Entonces debería ir con ellos, para cerrar nuestro trato.

Despacio, miré a Hymel, sabiendo desde que conecté con él minutos antes que el trato que había hecho con los Hyhborn no había sido prudente. No había entendido claramente los términos a los que había accedido. *Era* un idiota.

—Lo has hecho bien. —Lord Arion miró a Hymel; su capa se deslizó sobre el suelo mientras se acercaba a él—. Nuestro rey te estará siempre agradecido por tu servicio. —Tomó las mejillas de Hymel en sus manos y presionó los labios contra su frente. Levantó la cabeza—. No serás olvidado.

La vacilante sonrisa de Hymel desapareció.

Se produjo un instante de silencio.

Solo un segundo.

El crujido del cuello de Hymel al romperse quebró la quietud.

Observé mientras… mientras se desplomaba, justo como había visto antes, muerto antes de tocar el suelo.

38

—C reo que nos están siguiendo —susurró Grady en la oscuridad de la habitación de la posada de Bell, en algún sitio de la Región Central.

Estábamos tumbados, de cara, en una cama estrecha y dura como una tabla, pero al menos era una cama de verdad y estábamos a cubierto. La noche anterior habíamos pasado algunas horas acampados junto a la Calzada de Hueso mientras los coyotes aullaban y gimoteaban como si sintieran la presencia de los Hyhborn y eso los inquietara.

La única razón por la que estábamos juntos era porque la posada de Bell no tenía muchas habitaciones, y los Hyhborn… Bueno, sin duda hicieron una mueca al ver las instalaciones, pero no se mostraron tan insatisfechos cuando descubrieron que el propietario ofrecía algo más que comida y bebida a sus clientes. El dueño, un hombre flaco que se hacía llamar Buck y al que no pareció preocuparle vernos a mí descalza y a Grady ensangrentado, también tenía carne en el menú.

Justo entonces, un gemido de placer llegó desde la planta de arriba, ensordeciendo momentáneamente el constante golpear de un cabecero contra la pared.

Estaba claro que los Hyhborn se estaban divirtiendo.

Levanté la mirada hacia donde las estrechas franjas de la luz de la luna reptaban por el techo. Se suponía que debíamos estar dormidos. Esa había sido la orden del príncipe Rohan, pero las finas paredes no conseguían bloquear el sonido. Podíamos oír cada gruñido y gemido.

—Dioses —murmuró Grady, cansado—. ¿Es que nunca van a dejar de follar? Llevan así horas.

—Espero que no lo hagan. —Aparté la mirada del techo—. Podrían separarnos.

—Sí. —Grady suspiró y se movió ligeramente, intentando ponerse cómodo, pero no podía acomodarse demasiado con los brazos unidos sobre la cabeza a una cadena asegurada al cabecero.

Yo no estaba atada.

Porque, según el príncipe, yo no era una prisionera. Me estaban *rescatando*, y me parecía que ellos de verdad lo creían, pero también sabía que no tenían razón para temer que intentara escaparme. En eso tenían parte de razón, porque lo primero que hice cuando se marcharon fue intentar liberar a Grady. Incluso usé la daga de *lunea* que todavía no me habían descubierto, pero la cadena… estaba construida con el mismo material, y descubrí entonces que la *lunea* no podía atravesarse, agrietarse o romperse a sí misma. Pero, de nuevo, tenían parte de razón. Gracias a Hymel, sabían que yo no dejaría a Grady atrás. Lo miré, odiando que estuviera en esa situación por mi culpa.

—Tus ojos —me dijo, con voz grave—. No consigo acostumbrarme a ellos.

Mis ojos…

Los vi por fin cuando nos dejaron allí y pude usar el cuarto de baño. Había un espejo sucio sobre el tocador y la luz era tenue, pero los vi. Unos aros de un azul incandescente rodeaban mis pupilas, igual que lo habían hecho antes brevemente. El hechizo que supuestamente había usado la madre superiora para enmascararlos los había escondido todos estos años, y no sabía si el momento en el que yo los vi se había debido a un debilitamiento del conjuro o a otra cosa.

—¿Son… raros? —le pregunté.

—Un poco —admitió—. También son bonitos.

Negué con la cabeza.

—¿Por qué dices que crees que nos están siguiendo?

—Esta tarde oí a lord Arion hablando con uno de sus caballeros, antes de que nos detuviéramos aquí. No me enteré de por qué lo creía él, pero que nos siguen es la razón por la que decidieron alejarse de la Calzada de Hueso durante la noche —me dijo.

Tragué saliva, con la garganta seca. No habíamos comido ni bebido mucho. Al llegar solo nos sirvieron un vaso de agua para cada uno y algo que se suponía que era estofado de ternera. Pero ¿y si nos estaban siguiendo? Una diminuta llama de esperanza cobró vida en mi interior. ¿Sería...? ¿Sería Thorne? Y si lo era, ¿qué ocurriría?

—¿Crees que podrían ser... Thorne y sus caballeros?

Grady no contestó de inmediato.

—No lo sé.

—Tampoco yo. —Cerré los ojos con fuerza, abrí mis sentidos para buscar en vano una respuesta—. No veo nada. No sé si es porque es un Hyhborn quien nos está siguiendo o si es solo que estoy... que estoy cansada y... —Tomé aire, pero eso no consiguió aliviar la presión que se reunía en mi pecho y en mi estómago—. ¿A cuánto estamos? ¿Dos días de viaje de Archwood?

—Al paso que hemos llevado, quizá un poco más —contestó—. El príncipe Thorne fue al norte, ¿verdad? Para reunirse con sus caballeros. Aunque consiguiera regresar a Archwood cuando estaba planeado, todavía estaría al menos a un día o dos.

La poca esperanza que había brotado se extinguió rápidamente mientras los golpes continuaban sobre nuestras cabezas. Thorne no solo tendría que haber cabalgado como un demonio para alcanzarnos; también estaba el problema que el príncipe Rohan aseguraba que Thorne y sus caballeros se habrían encontrado.

Además, Thorne no tenía ninguna razón para venir a buscarme. No sabía que yo era su *ny'seraph*. Yo ni siquiera sabía qué era eso. El viaje había sido tenso y silencioso. Así lo había preferido el príncipe Rohan.

Otro gemido gutural resonó arriba.

Al menos, así era como el príncipe lo había preferido hasta ahora.

—Pero ¿y si es él? ¿El príncipe Thorne? —dijo Grady después de unos minutos—. No estoy seguro de que vaya a ser un rescate.

Cerré los ojos mientras esa presión se incrementaba, sintiéndome como si pudiera arrastrarme de la cama. Se lo había contado todo a Grady mientras intentaba liberarlo. Todavía no me entraba en la cabeza la idea de que Thorne quisiera matarme, sobre todo porque me sentía segura con él. No le tenía miedo.

Pero él no sabía qué era yo, me recordé. Todo podía cambiar en el momento en el que descubriera que yo era… aquello que prácticamente lo despojaba de su inmortalidad. ¿Por qué era así? Había mucho que yo no comprendía ni sabía, y eso lo hacía todo más frustrante.

—¿Lis?

Abrí los ojos.

—¿Sí?

—Te gusta, ¿verdad?

—Dioses —murmuré. Un dolor penetrante me golpeó el pecho. Me lo había preguntado antes, pero ahora parecía distinto. Más real. Más duro.

—Lis —comenzó, y había tristeza en el modo en el que dijo mi nombre, compasión y…—. ¿Recuerdas cuando yo estuve liado con Joshua?

Me tensé.

—Sí, claro que sí.

—¿Y recuerdas qué me dijiste tú?

—¿Que dejaras de perder el tiempo con alguien que estaba casado?

Exhaló una brusca carcajada.

—Además de eso. Me dijiste que le pusiera fin antes de implicarme más y que me hiciera daño.

—Sí —le dije, pensando en el atractivo banquero—. Y tú no me hiciste caso, si no recuerdo mal.

—Lo sé. —Se produjo una pausa—. Ahora te estoy diciendo lo mismo a ti.

—¿Qué? No es igual. No se parece en nada a lo tuyo con Joshua…

—Tú y ese príncipe no os conocéis demasiado. Puede que no estés engañándote a ti misma, como hicimos Joshua y yo, pero te conozco, Lis. Nunca te interesa nadie. Podría ser porque puedes tocarlo. Podría ser por lo que eres para él y él es para ti, pero…

—Vale. Comprendo lo que quieres decir. Lo hago. Pero lo que yo sienta o no por él no importa. —Me tumbé sobre mi espalda—. Tenemos mayores problemas de los que ocuparnos.

—Tienes razón. Eso no importa. —Exhaló despacio—. Lo importante es que tienes que largarte de aquí.

Todo mi cansancio desapareció en un instante.

—¿Qué?

—No estás atada. Puedes huir. Hay una ventana justo sobre nosotros que parece que podría abrirse fácilmente. Deberías intentarlo.

Giré la cabeza para mirarlo.

—¿Has perdido la cabeza?

—Lis…

—No voy a abandonarte. Dioses, ni siquiera puedo creerme que lo estés sugiriendo de nuevo. Que pienses que a mí me parecería bien…

Me detuve, comprendiendo de repente el enfado de Naomi. *Naomi.* Contuve el aliento. Me detuve antes de atisbar su futuro, como había hecho los dos días anteriores. No quería saberlo, porque necesitaba creer que estaba viva. Que se había marchado a casa de su hermana y que esta permanecía intacta a pesar de que yo sabía que Laurelin no viviría hasta el final de las Festas. Que este ataque podría haber sido lo que terminó con su vida.

Solo necesitaba esa pequeña llama de esperanza porque sabía que, cuando cerrara los ojos de nuevo, vería lo que había visto cuando me sacaron de la mansión. Los cadáveres de los sirvientes y de los guardias con los que me cruzaba cada día, en *pedazos*. Cuerpos esparcidos por el césped, iluminados por la luz de la luna. ¿Y la ciudad? Había casas ardiendo y el camino a las puertas estaba atestado de piedra, madera rota y… y cuerpos destrozados. Muchos cadáveres, de vulgares y de Hyhborn. De ancianos. De jóvenes, algunos apenas…

—Lo que ocurrió en Archwood no fue culpa tuya. —Grady interrumpió la espiral de mis pensamientos.

Cerré la boca y me froté la cara con las manos, secándome la humedad que había encontrado su camino hasta mis pestañas.

—Sé que eso es lo que has estado pensando. No es cierto —me dijo, en voz baja y dura—. El rey no quería que defendieran Archwood. Quería que destruyeran la ciudad. El príncipe Thorne te lo dijo.

Me estremecí al oír su nombre.

—Archwood estaba jodida, aunque tú nunca hubieras puesto un pie en la ciudad.

Bajé las manos hasta mi vientre, negué con la cabeza.

—Bueno, fue una casualidad increíble que el príncipe Rohan viniera a por mí la misma noche que arrasaron la ciudad.

—No fue una casualidad. Fue el puto Hymel. Lo que iba a ocurrir en Archwood era ineludible, pero aprovecharon para matar dos pájaros de un tiro.

Quizá Grady tuviera razón. Quizás Archwood hubiera caído de todos modos, y si Hymel no hubiera acudido a los Hyhborn, nosotros habríamos muerto. O habríamos escapado. No lo sabía.

Pero ¿de qué estaba segura? ¿Para qué no necesitaba mi intuición? Para saber que Grady no estaría en esta situación, que su vida no dependería de que yo hiciera enfadar a un Hyhborn. Él no estaría aquí, para mejor o peor, de no haber sido por mí.

Lo único que podía hacer ahora era asegurarme de que Grady saliera de aquello de una pieza, y lo lograría, aunque fuera lo último que hiciera.

No recordaba haberme quedado dormida, pero debí hacerlo porque de repente estaba muy despierta y mi corazón latía con fuerza.

La habitación estaba en silencio. La posada entera estaba en *silencio*, pero algo me había despertado.

—¿Lis? —Grady me empujó la pierna con la rodilla—. He oído un grito.

Tragué saliva y giré la cabeza hacia él, distinguiendo la línea de su perfil. Tenía la cabeza echada hacia atrás. Seguí su mirada hasta el techo, donde no había nada más que silencio. Un escalofrío bajó por mi columna mientras los rayos de la luz de la luna abandonaban el techo, arrastrándose sobre las vigas hasta la ventana.

La lámpara de gas del cuarto de baño se encendió de repente. Todos los músculos de mi cuerpo se tensaron. La luz titiló. Se me helaron las entrañas cuando la lámpara de la mesa cobró vida, parpadeando frenéticamente. El aire se quedó atrapado en mi garganta mientras la atmósfera se cargaba de estática… de poder.

—Los Hyhborn —susurré—. Algo va a…

Un grito atravesó el silencio, repentino y abrupto.

Me senté, agarré la pechera de la túnica de Grady. Un alarido agudo rasgó el aire, y después otro… y otro.

—¿Qué está pasando? —resolló Grady, tensándose contra las cadenas.

—No lo sé.

El corazón me latía con fuerza. Me puse de rodillas y miré por la ventana, pero no vi nada más que oscuridad. Me aparté de ella al oír un escalofriante chillido que terminó abruptamente. Eso había venido de fuera, lejos, de la aldea.

Me estremecí, me bajé de la cama e hice una mueca cuando mis músculos doloridos protestaron. Respirando trabajosamente, eché mano a la daga…

—No —me advirtió Grady—. Llévala contigo y huye, Lis. Por favor. Vete corriendo de aquí.

Cerré los dedos sobre el aire mientras un chillido enviaba un escalofrío de terror por mi interior. Retrocedí; mi respiración era demasiado superficial, demasiado rápida. Me giré y me subí de nuevo a la cama.

—Lis, por favor —me rogó Grady con voz ronca.

Negué con la cabeza y me tumbé a su lado, presioné la cara contra su pecho y agarré su túnica una vez más.

Entonces los gritos comenzaron de verdad.

39

No mires.

No dejaba de decirme eso mientras me conducían a través de la posada; mantuve los ojos fijos en las espaldas de los Rae y de los caballeros Hyhborn. Las piernas y los brazos me temblaban tanto que me sorprendía poder poner un pie delante de otro.

Se habían llevado a Grady de la habitación unos minutos después de que esos... esos gritos pararan. No vi al príncipe Rohan ni a lord Samriel mientras caminaba con lord Arion a mi lado.

No mires.

Pero el suelo del bar estaba pegajoso y resbaladizo bajo mis pies descalzos y había un olor allí que no estaba cuando entramos, antes aquella noche. Un olor acre y metálico mezclado con otro demasiado dulce. Caústico. Abrumador.

Miré.

Mis ojos se deslizaron a mi derecha y me tambaleé al ver al propietario. *Buck.* Vi a otros de los que no conocía los nombres. Algunos estaban a medio vestir, otros no tenían ni una hebra de ropa en ellos, pero todos eran solo cadáveres ahora.

Había cadáveres tullidos esparcidos sobre las mesas y otros colgaban de la segunda planta, apoyados sobre la barandilla de la escalera. Había mucha sangre. Parecía que un animal salvaje se había hecho con ellos, abriéndoles los pechos y los vientres, sacándoles las entrañas, dejándolas colgando de los cuerpos o agrupadas y encharcadas en el suelo a su lado. Alguien... Alguien ardía en la chimenea. Yo había visto mucha violencia, pero aquello era...

La bilis me subió por la garganta tan rápidamente que no pude detenerla. Me giré, me encorvé mientras vomitaba agua y lo que quedaba del estofado que había comido hacía horas. Vomité hasta que se me aflojaron las piernas y golpeé el suelo ensangrentado con las rodillas, hasta que me dolió el estómago y las lágrimas bajaron por mi rostro.

Lord Arion esperó en silencio, y solo habló cuando me calmé.

—¿Has terminado? —me preguntó mientras yo temblaba—. ¿O aún queda más por salir?

Negué con la cabeza. No me quedaba nada dentro.

—Entonces levántate. Debemos ponernos en camino.

Retrocedí. No conocía a ninguna de esas... personas, pero no había nada que pudieran haber hecho para merecerse aquello.

—¿Qué ha pasado? —jadeé, con la garganta dolorida. Tenía que saber qué podía empujar a un ser vivo a ser tan cruel con otro, porque no conseguía comprender una maldad tan destructiva. No importaba lo que había visto en Archwood. Aquella brutalidad era algo completamente distinto—. ¿Por qué les habéis hecho esto?

Soltó un profundo suspiro, uno de aburrimiento e impaciencia. Quizás ambas cosas.

—¿Por qué no?

Lo miré con incredulidad.

—Estaba bromeando —me dijo, como si eso fuera mejor—. A uno de nuestros caballeros se le fue un poco la mano. Los gritos comenzaron y... Bueno, el príncipe Rohan no aprecia demasiado tales molestias. Si se hubieran mantenido en silencio, habrían vivido para ver el amanecer.

—¿Los…? ¿Los habéis masacrado porque alguien gritó? —elevé la voz, aguda.

—Veo que esta respuesta te desagrada —me dijo lord Arion—. ¿Te ayudaría a recuperar la calma saber que la mayor parte del pueblo sigue intacta? Porque eso espero.

¿La *mayor* parte del pueblo? Pensé en los alaridos que Grady y yo habíamos oído en el exterior de la posada. ¿Los que no habían tenido suerte habían terminado así? ¿Abiertos y abandonados a la putrefacción cuando el sol saliera, como había ocurrido en Archwood?

—¿No os importa nada el vulgo? —le pregunté, aunque conocía la respuesta. O creía que la conocía. Sabía que el rey había mostrado poco interés por nosotros, pero aquello era… Aquello iba más allá de cualquier cosa de la que hubiera creído capaces a los Hyhborn—. ¿Esto le parece bien al rey?

—El rey detesta la violencia —me contestó lord Arion—. También detesta los antros de vicio y pecado. Él vería esto como lo que es: una purificación. Esta noche no se ha perdido ninguna vida de valor. Ahora, tenemos que continuar.

Una furia profunda me apresó, alejando la frialdad del terror y la incredulidad. La ira me ardía en la garganta.

—Vete a la mierda.

Levantó sus cejas rubias sobre sus ojos negros y verdes. Eso fue lo único que tuve la oportunidad de ver. Se movió muy rápido.

El golpe que me asestó me aguijoneó la mejilla y el labio, me lanzó hacia un lado. Extendí las manos y me apoyé en ellas antes de impactar contra el suelo. Un dolor ardiente y palpitante subió por mi sien desde mi mandíbula. La sangre me empapó las palmas mientras respiraba sobre el zumbido de mis oídos.

Por los buenos dioses…

Aquella no era la primera vez en mi vida que me pegaban, pero nunca me habían aporreado tan fuerte como para dejar un zumbido en mis oídos.

La sangre me cubrió el interior de la boca. Escupí, hice una mueca ante el abrupto dolor de mi labio roto. Me pasé la lengua sobre los labios, con cuidado, y casi me sorprendió que no me hubiera saltado ningún diente.

—Mírame. —Su susurro rozó mi piel como el aliento del invierno.

Retrocedí, tomando una breve inspiración mientras levantaba la cabeza hacia el lord. La luz de la lámpara era más fuerte allí... más que unos segundos antes. El vello de mi nuca se erizó mientras la electricidad cargaba el aire.

Su sonrisa se amplió.

—Escúchame.

Antes de que pudiera respirar de nuevo, su voz llegó a mi interior y tomó el control. Un peso invisible se asentó en mis tobillos y subió por mis piernas, rodeando mi cintura y mis muñecas, deslizándose sobre mis hombros. Un abrupto y rápido dolor me lanceó el cráneo, y entonces la presión se detuvo allí, llenándome la mente. Cada inhalación que tomaba sabía a... a *menta*.

El centro de sus ojos (donde las motas verdes anillaban sus pupilas) se iluminó y se expandió hasta que solo fue visible una fina franja negra.

—Levántate —me ordenó lord Arion.

No quería hacerlo. Cada parte de mi ser se rebeló contra ello, pero mi cuerpo se movió sin un esfuerzo consciente. Había tomado el control de mi cuerpo... de mi voluntad. Me levanté.

El lord se apartó la capa, agarró la negra empuñadura de una espada. La luz de la lámpara destelló en la hoja de *lunea* cuando la desenvainó, cuando puso su extremo afilado a la altura de mi pecho.

—Camina hacia mí.

Levanté un pie, después el otro.

Sonrió.

—Acércate más.

Mi corazón tronó mientras miraba fijamente el cruel filo de la espada. ¿Iba...? ¿Iba a hacer que me empalara? *No*. No lo haría. No *podía* hacerlo. *No*, susurré, y después grité la palabra, una y otra vez, pero ninguno de esos sonidos llegó hasta mi lengua. Abrí las manos en mis costados, separando los dedos.

—Interesante —murmuró el lord—. *Ahora* mírame.

La presión se expandió en mi cabeza, enviando punzadas de agonía a través de mis sienes hasta que mi mirada regresó con la suya. Solo entonces desapareció el dolor.

El verde de sus ojos vibró.

—*Camina.*

Mis pies se arrastraron por el suelo ensangrentado. Un pie. Después el otro… Y un repentino y abrupto dolor se irradió desde el lado derecho de mi pecho, robándome el aliento mientras daba otro paso.

—Detente —me ordenó.

Obedecí.

El lord apartó la espada, la sostuvo entre nosotros. En la punta brillaba la sangre… *Mi* sangre.

—Podría ordenarte que te cortaras el cuello con esta espada y tú lo harías. —La bajó, apoyó la afilada hoja contra la base de mi garganta—. *Podría* hacer que te pusieras de rodillas y me comieras la polla. *Podría* hacer que tomaras esta espada y fueras casa por casa, desmembrando a los que siguen dormidos. ¿Me comprendes?

La repulsa se unió al sabor a menta en mi boca mientras mis labios se movían.

—Sí.

—Bien. —El lord bajó la espada—. Ahora, ¿has visto bien a los que te rodean?

—Sí —exhalé.

—Puedes hacer lo que se te dice o arrepentirte de no hacerlo. Has visto los muchos, muchos modos en los que podrías arrepentirte. Comenzando por lo que pueda pasarle a tu valiente amigo. ¿Lo comprendes? Di: «Sí, mi señor».

—Sí. —Me dolió la garganta cuando las palabras me abandonaron—. Mi señor.

Pasó la espada sobre la pequeña herida de punción, arrancándome un gemido estrangulado.

—En este momento solo controlas lo que ocurra desde ahora hasta que te entreguemos a nuestro señor. Mis órdenes son llevarte ante él viva y en condiciones medianamente buenas. No se dijo nada sobre tu amigo. Solo vive por la generosidad del príncipe Rohan y por tus actos.

Mis manos se crisparon cuando la punta de la espada rozó la curva de mi pecho y después mi vientre antes de señalar al suelo.

La sonrisa de labios cerrados del lord regresó mientras envainaba su espada.

—Puede ser agradable o puedo hacer que me supliques que te mate hasta el final. ¿Lo comprendes, querida?

Mis labios se movieron de nuevo.

—Sí.

Los aros verdes se encogieron hasta que volvieron a ser solo manchas en la oscuridad de sus ojos. El peso atrincherado en mi cuerpo se disipó sin advertencia, abandonando mis tobillos y muñecas y después mi mente. Se me aclaró la cabeza cuando… cuando renunció a su control sobre mí. Después de haber experimentado la coacción, comprendía el terror que vi en el rostro de Grady cuando éramos niños y lo sometieron a una. Retrocedí, tambaleándome, respirando con dificultad.

—Ahora es el momento de partir.

Despacio, me giré con movimientos rígidos y bruscos. Un temblor se había iniciado en mis manos y continuó su camino por la totalidad de mi cuerpo mientas tomaba nota del pequeño círculo de sangre que manchaba el pecho de mi bata. No era nada comparado con lo que había visto, comparado con lo que sabía que podía hacer aquel lord. Salí al aire frío de la noche nublada.

El patio estaba vacío.

Apenas sentía el gélido terreno bajo mis pies mientras buscaba algún rastro de Grady y los demás. No los veía. El pánico me apresó cuando lo único que vi más allá del muro de piedra fue la silueta de un enorme corcel negro, tan grande como los caballos a los que había visto en los establos de Archwood.

—¿Dónde está? ¿Dónde están los demás?

—Lo verás de nuevo. —El lord me agarró el brazo al pasar. Me apretó con fuerza suficiente para amoratarme la carne, pero no protesté. Prefería que me maltratara a que usara uno de sus dones y cumpliera alguna de sus muchas amenazas—. Se lo han llevado en la avanzada, con el príncipe y mi hermano.

Me sentía confusa, y entonces recordé lo que Grady había dicho.

—Nos están siguiendo, ¿verdad?

—Estamos siendo cautos —dijo el lord con una sonrisa, y me estremecí, recordé la apatía de lord Samriel—. Si nos siguen, seguirán al príncipe, no a nosotros.

Mi corazón latió con fuerza cuando entré en la calle vacía y oscura. Tuve que recordarme que los Hyhborn no podían mentir. Si él había dicho que los Rae se habían llevado a Grady para adelantarse, entonces eso era lo que había ocurrido. Grady era fuerte y listo. Si tenía una oportunidad de escapar, la aprovecharía. Me aferré a eso mientras el príncipe me agarraba por la cintura y me subía al caballo.

El lord montó en la silla a mi espalda.

—Si me haces otra pregunta —me advirtió, tomando las riendas del caballo—, te descubrirás con la boca ocupada de un modo que será menos irritante para mí.

Cerré la boca con fuerza y me dolió, porque tenía la mitad de la cara herida. ¿Por qué los hombres, sin importar qué fueran, recurrían siempre a ese tipo de amenaza? Como si amenazarnos con matarnos no fuera suficiente para asegurarse nuestra cooperación. Clavé los dedos en la perilla de la silla.

—No te caigas —me ordenó—. Me molestará si lo haces, y no querrás que eso ocurra.

Dicho eso, hincó los talones en los flancos del corcel y el caballo se puso en movimiento. Negándome a usar como apoyo alguna parte del monstruo que tenía a mi espalda, me agarré a la perilla. El caballo tomó velocidad rápidamente y corrimos a través de las calles oscuras, lo que me obligó a apretar la silla con los muslos para mantenerme erguida. Me sentí abatida tan pronto como llegamos al final de la calle.

Un halo naranja se alzaba sobre la colina, y el olor de la madera quemada aumentó. El humo se vertió a la noche, cubriendo los caminos. Intenté ver cuál había sido el daño, pero el caballo galopó convirtiendo las calles de la aldea sin nombre en un borrón.

Cuando nos acercamos a las puertas abiertas y desprotegidas de la aldea, las nubes comenzaron a dispersarse. La plateada luz de la luna iluminó la carretera, cubriendo los bultos esparcidos en las cunetas. Siluetas que eran...

Se me revolvió el estómago. Eran los cadáveres de los guardias de la ciudad. Vi docenas de ellos mientras abandonábamos la aldea. El caballo no aminoró el paso.

Por los buenos dioses, ¿cuántos habían muerto aquella noche? Me estremecí. Y todas aquellas muertes... ¿estaría su sangre en mis manos? ¿Como la sangre que el príncipe de Vyrtus llevaba en las suyas?

No. Esa única palabra me atravesó, convirtiendo mi columna en acero. Yo no había hecho nada para causar aquello. Ni tampoco los que habían sufrido esta noche. Eran los Hyhborn. Grady tenía razón. Yo tampoco era responsable de lo que había ocurrido en Archwood. Lo único que había hecho era nacer, aunque no estaba totalmente libre de culpa.

Me preocupaba por los demás, pero era evidente que no me había preocupado lo *suficiente*. Porque nunca había prestado atención a la política de la corte cuando otros barones nos visitaban con noticias y rumores. Había olvidado rápidamente lo que les sonsacaba para Claude. No presté ninguna atención cuando recibimos las primeras noticias sobre la inquietud en las Tierras Occidentales. Usaba mis habilidades cuando me lo pedían, cuando me venía bien, o solo por accidente. Podría haberme esforzado más en agrietar el escudo que rodeaba a Claude y a Hymel, y habría podido hacerlo, como había hecho con el comandante Rhaziel sin tocarlo. Podría haber descubierto en qué estaba metido Hymel, pero había tenido demasiado miedo... No solo por Grady, sino por mí. No había querido poner en peligro mi vida y todos los privilegios que había obtenido, estuvieran garantizados o no. Había pensado en él y en mí. Estaba demasiado concentrada en mi vida y mis miedos. Podría haber hecho más. Había muchas decisiones que podría haber tomado y que habrían cambiado o incluso evitado lo que había ocurrido en Archwood.

Lo que había ocurrido allí.

Así que, a fin de cuentas, ¿era yo mejor que el rey? Que me importara no me hacía diferente, porque no me había importado suficiente. Y los dioses sabían que yo no era la única vulgar que metía la cabeza en la arena, pero había estado en una posición privilegiada, protegida, desde la que habría podido hacer más, y no lo hice. Recordé que le había advertido a Grady que no se involucrara con los Caballeros de Hierro. Había hecho justo lo contrario a lo que *debía* hacer, solo porque no quería arriesgarme a terminar en la calle de nuevo. ¿Cómo podía hacerme eso mejor?

No lo hacía.

El hecho de que hubiera sido necesario todo aquello para que me diera cuenta me enfermaba, porque ahora tendría que vivir con esas decisiones.

Y quién sabía cuántos otros tendrían que hacerlo también.

Nos mantuvimos en la carretera durante un breve periodo de tiempo antes de que lord Arion guiara a su corcel por los prados empapados por la luz de la luna con un brutal movimiento de sus rodillas.

Los altos cardos me golpeaban las piernas, arañándome la piel, pero eso no era nada comparado con el dolor de mi pecho y de mi mandíbula, ni podía compararse con el creciente temor ante lo que estaba por venir. El prado parecía eterno; mis pensamientos trastabillaron unos sobre otros mientras intentaba unir lo que sabía para descubrir lo que se avecinaba, y cómo tomar mejores... mejores decisiones pero aun así proteger a Grady, sacarlo de aquella situación.

El agua helada me apartó de mis pensamientos, empapando mis pies y el dobladillo de mi ropa cuando cruzamos un estrecho arroyo. El escalofrío aumentó cuando el corcel subió la escarpada orilla y nos adentró en... los Wychwoods.

Por todos los dioses, en aquellos bosques había cosas que probablemente serían más aterradoras que el lord Hyhborn a mi espalda.

Entonces miré la tierra aplastada y se me ocurrió una idea tonta, aunque ligeramente aterradora. ¿Todavía habría Deminyen en aquellos bosques, creándose bajo la tierra? Dioses, pensar en eso no ayudaba en nada.

No sabía cuánto tiempo había pasado. En lo único en lo que podía concentrarme era en mantenerme sobre el caballo y no caerme bajo sus cascos mientras corría a una velocidad desgarradora a través del laberinto de árboles. Me sujeté, aunque cada parte de mi cuerpo protestó, aunque me dolían las manos y los muslos. Solo cuando los árboles se volvieron demasiado densos, lord Arion aminoró la velocidad lo suficiente para que no tuviera la sensación de que podía caerme en cualquier momento.

Pero no me relajé, ni siquiera cuando los fragmentos de cielo visibles a través de las pesadas ramas se iluminaron, pasando por todos los tonos de azul. Me aferré.

El caballo aminoró la velocidad aún más, y al final casi se detuvo. Cansada, giré la cabeza para mirar al lord. Estaba observando los densos grupos de árboles, más altos que cualquier edificio que yo hubiera visto nunca. Seguí su mirada hasta donde la tenue luz del alba luchaba por penetrar en las ramas de abundantes hojas. El corcel resopló, exhausto, mientras lord Arion se movía en la silla...

Algo siseó a través del aire. Al lord se le escaparon las riendas cuando se lanzó hacia adelante sin advertencia. Colisionó conmigo y la perilla resbaló de mis dedos entumecidos. El repentino peso del lord nos tiró a ambos de la silla.

Golpeé el suelo con un batacazo que pude sentir en mis huesos. Me quedé allí tumbada, aturdida durante un instante, mirando los parches de… de hierba de un *violeta* profundo. Nunca había visto una hierba así.

Pero eso no era importante en ese momento.

Lord Arion… estaba tirado a medias sobre mí, inmóvil. Reuniendo toda la fuerza que tenía, me lo quité de encima. Giró sobre el lado, con un brazo todavía apoyado sobre mi estómago. Miré su rostro…

—Hostia puta —susurré al ver la flecha incrustada profundamente entre sus ojos.

Retiré su brazo de mi estómago, retrocedí sobre la hierba mientras miraba el charco de sangre que se extendía rápidamente bajo su cabeza. Parecía muerto, pero no sabía lo poderoso que era aquel lord. No sabía si solo estaba inconsciente o si esa flecha que le atravesaba el cerebro había sido suficiente para matarlo. Esa flecha de un *blanco lechoso*…

Entre los árboles se oyó una llamada. El corcel de lord Arion echó a correr; sus casos golpearon la tierra a centímetros de mí. Me puse de rodillas, girándome hacia el sonido del abrupto silbido. A través de los mechones enredados de mi cabello, vi una oscura silueta cayendo de los árboles… No; las oscuras *formas* habían *volado* desde arriba.

Cuervos.

Docenas de cuervos.

Sus alas negras cortaron el aire en silencio mientras volaban en círculos rápidos, acercándose más y más con cada pasada hasta que… hasta que se unieron a unos centímetros del suelo, fundiéndose en… uno.

En la figura de un hombre agachado a varios pasos de distancia, con su capa oscura como el humo encharcándose sobre la hierba violeta.

Un escalofrío bajó por mi columna y se extendió sobre mi piel. Esa sensación me abrumó, la que sentí por primera vez de niña.

Una *advertencia*.

Una *evaluación*.

La *promesa* de lo que estaba por venir.

Pero esta vez algo se desbloqueó en mi mente y, de su oscuridad, una visión que nunca antes había tenido me inundó. En un destello, vi lo que lord Samriel había afirmado. Me vi... a mí en unos brazos, una mano rodeando la empuñadura de una daga clavada profundamente en mi pecho...

Un grito escapó de mi garganta. Muerte. Había visto la mía. La había visto venir de *sus* manos.

—Muévete. Muévete, muévete —susurré, intentando que mis músculos congelados se activaran—. *Muévete*.

Se levantó a esa imposible e intimidante altura mientras yo me ponía en pie. Me giré y corrí tan rápido como pude, de vuelta al arroyo. Corrí, forzando mis brazos y piernas mientras las rocas se clavaban en las plantas de mis pies. Las ramas me abofetearon el cabello y las mejillas, me engancharon la bata y el vestido. Cada paso *dolía*, pero no me detuve. No había tiempo para pensar a dónde ir o en la inutilidad de...

Su cuerpo colisionó contra el mío, lanzándome al suelo. Por un momento me elevé y caí; después, unos brazos se cerraron sobre los míos. Mi cuerpo giró y, de repente, ya no estaba mirando el duro suelo corriendo hacia mí, sino los árboles.

Aterrizamos con fuerza; el cuerpo que tenía debajo se llevó lo peor de la caída, pero el impacto me arrebató el aliento y, durante un momento, ninguno de nosotros se movió. Después me tumbó sobre mi estómago. Un peso me presionó la espalda, atrapando todo mi cuerpo. Cerré los dedos sobre la hierba húmeda.

—*Na'laa* —susurró—. Deberías saber que no debes correr. Siempre te atraparé.

Tomé una inhalación superficial. Un olor... suave y silvestre me rodeó. El aroma del... *sándalo*.

De él.
Mi príncipe Hyhborn.
Mi salvación.
Y mi perdición.

AGRADECIMIENTOS

Me gustaría darles las gracias a mi agente, Kevan Lyon, y al maravilloso equipo de Tor: Ali Fisher, Dianna Vega, Devi Pillai, Anthony Parisi, Jessica Katz, Steven Bucsok, Heather Saunders y Rafal Gibek.

Un enorme agradecimiento a Melissa Frain por ayudar a traer a la vida a Calista y a Thorne y por asegurarse de que las cosas siguieran haciéndose mientras yo escribía. Otro gracias gigante a Jen F. y a Steph por dejarme reflejar mis ideas en ellas. A Vonetta y a Mona: chicas, vosotras sois las mejores.

¿Y los miembros de JLAnders? Vosotros moláis, como siempre.

Nada de esto habría sido posible sin ti, lector. GRACIAS.